阮章竞文存

笔记卷

阮章竞 著

北京出版集团
北京十月文艺出版社

作者像

1952年摄于北京

作者简介

阮章竞（1914年1月—2000年2月），出生在广东省香山县（现中山市）沙溪区象角乡一户贫苦渔民家里，只上过四年乡村小学。13岁辍学做油漆店学徒，刻苦自学。20岁到上海以画工手艺谋生。后投身抗日救亡歌咏活动，成为人民音乐家冼星海的入室弟子。

1937年12月北上太行山，参加八路军。任八路军总部太行山剧团艺术指导员、团长，太行区文联戏剧部部长，晋冀鲁豫党委文委委员等。以文艺为武器，动员组织民众参加抗日战争。其间他大量收集民歌民谣，加以提炼创新，创作出一系列民歌体的戏剧、叙事诗，确立了在中国现代文学史上的地位。代表作有大型歌剧《赤叶河》、长篇叙事诗《圈套》等；1949年创作的长篇叙事诗《漳河水》，被文学史家称为中国新诗民族化的典范之作。

阮章竞还是一位优秀的儿童文学作家，他的童话诗《金色的海螺》获得第二届中国儿童文学创作一等奖，被译成多国文字。

阮章竞的后半生专注于以小说形式反映中国人民伟大的抗日战争，著有长篇小说《山魂》三部曲：《霜天》《晴岚》《尾声 青春祭》。

阮章竞一生酷爱绘画，在中国水墨画、油画棒画和金石篆刻方面有深厚造诣。出版有《阮章竞绘画篆刻选》。

建国后，先后在中共中央华北局宣传部、中国作家协会党组、包头钢铁公司党委宣传部、河北省省委、北京市人大常委会任职；担任过全国政协委员、北京市文联副主席、北京市作家协会主席、名誉主席。

本笔记卷录自国家图书馆藏“阮章竞笔记89种”手稿之一部分。

目录

五十年代

六十年代

“文革”时期

新时期

代　序

在“纪念阮章竞百年诞辰座谈会”上的主旨发言

中国文联、中国作家协会主席　铁　凝

新年伊始之际，我们在中国现代文学馆隆重举行阮章竞百年诞辰纪念座谈会，以此深切怀念这位卓有成就的诗人，向他致以崇高的敬意。

1914年1月31日，阮章竞出生于广东省中山县象角乡，2000年2月11日在北京病逝，享年87岁。“回首当年事，墨砚火熊熊”，追忆阮章竞先生激情澎湃、百折不回的一生，人们都会油然生出感佩和敬仰之情。在中国现当代文学史上，阮章竞是一个熠熠生辉的名字，他的作品长久地留在中国人的记忆之中。和他那个时代的许多作家一样，阮章竞的写作与国家兴亡和民族安危紧密相连，他曾说过：“解放区的诗人，是通过战火的熔炼自我完成为诗人的。”的确，从青年时代起，阮章竞就首先是一位英勇忠诚的革命战士，在炮火硝烟中经受着生死考验。1936年，阮章竞参加了上海职业界革命活动和抗日救亡歌咏运动。1937年全面抗战爆发，中华民族到了最危险的时刻。阮章竞一手执笔，一手持枪，义无反顾地走向抗日救亡的前线。先是在太湖一带进行抗日宣传，1937年底北上太行山抗日根据地。“欲济无舟楫，报国向太行”，从此他在太行山战斗和工作了整整十二个春秋。1938年4月，阮章竞任八路军太行山剧团政治指导员、艺术指导员和团长，并兼任民族革命战争艺术学校和前方鲁迅艺术学校教员，1939年1月1日加入中国共产党。他率领剧团随军转战各地，机警果断，身先士卒。在百团大战著名的黄岩洞战斗中，由于他的准确判断剧团才得以突出重围，化险为夷。他的老部下们至今提起那些往事，仍旧敬佩不已。

在风云激荡、戎马倥偬的战斗中，阮章竞从未失其热烈、执着的诗人本色。对他来说，创作就是战斗，一支永不放下的笔就是一支永不熄灭的火炬，它燃烧着，在暗夜中激励着人们奋勇前行。八年全面抗战，可能是阮章竞的写作生涯中最为勤奋和多产的时期，他创作了大量的叙事诗、话剧、歌剧、活报剧和小说。但是，这些作品大多在战火中散失了，保存下来的只有《未熟的庄稼》《比赛》《糠菜夫妻》三个剧本。这是中国文学令人痛惜的损失。然而，在太行山上，在我们民族最为艰危困苦的时刻，一个诗人和作家曾经用他倚马而就的作品激励着我们民族坚毅无畏的战士们。我想，我们大家都会深切地感觉到，那些已经散佚的作品，它们依然是在的，它们就融汇于争取民族独立与自由的伟大斗争之中。

1940年代后期，阮章竞在毛泽东同志《在延安文艺座谈会上的讲话》精神引领下迎来了创作的高峰期和收获期。结合自身的革命斗争经验和文艺工作领导经验，阮章竞进一步明确了文艺大众化、民族化的方向，为此进行了自觉的探索。1947年2月，他创作了“俚歌故事”的长诗《圈套》，获得晋冀鲁豫边区文学特等奖。1947年秋，他结合在“土改”运动中的切身体验创作了大型歌剧《赤叶河》，采用民间曲调，说唱结合，通过随军文工团的演出被各地群众广为传唱，成为解放区新歌剧运动的重要收获，与《白毛女》并称“一白一红”。1949年3月，阮章竞开始写作长篇叙事诗《漳河水》，以真挚的情感、比兴的手法、通俗晓畅的语言成功地塑造了荷荷、苓苓和紫金英三个从封建礼教下挣脱出来追求解放的个性鲜明的农村女性形象。他将漳河地区的《开花》《割青菜》《漳河小曲》《牧羊小曲》和《四大恨》等民歌小调创造性地融入作品，曲调灵动多变。

漳河水，九十九道湾，
层层树，重重山，
层层绿树重重雾，
重重高山云断路。

清晨天，云霞红红艳，
艳艳红天掉在河里面，
漳水染成桃花片，
唱一道小曲过漳河沿。

时至今日，当我们重读《漳河水》时，这些诗句依然那么亲切优美，它们是“国风”的回响，又是时代的新声，如清冽的河水一般，由口头到心头，滋润着人们的心灵。

一曲《漳河水》，传遍大江南北、备受好评。这是解放区文学史上继

《王贵与李香香》之后又一部影响巨大的叙事诗，也是中国现当代诗歌史上叙事诗写作的一座高峰。阮章竞以具有鲜明的中国作风和中国气派的诗歌，以对中国故事的深情讲述，奠定了他在文学史上的地位。

从1934年冬天在南京《大道日报》发表第一篇小说《割稻的故事》起，阮章竞始终是时代进步的歌者。新中国成立后，他历任中国作协党总支书记、党组成员、《诗刊》副主编，工作十分繁忙。但是，祖国的新生和火热的社会主义建设使诗人激情满怀，他的创作迎来了又一个高峰期。1955年，他写出了优美、纯净的童话诗《金色的海螺》，1956年11月至1959年12月，阮章竞任中共包头钢铁公司党委委员和宣传部长，深入工厂和矿山，先后写出了组诗《新塞外行》、长诗《白云鄂博交响诗》和《勘探者之歌》等一批优秀作品，展现了社会主义工业建设的宏伟图景和建设者们豪迈、高昂的精神风貌。尤其是《白云鄂博交响诗》，将几代人的奋斗串联成一幅多姿多彩、气势磅礴的历史画卷。茅盾先生高度评价这些作品："造句浑脱，想象瑰丽""用字练句，兀突不群""气势刚健""奇特""俊逸"。阮章竞的工业抒情诗吸收了中国古代边塞诗以及五七言歌行的传统，融汇了新诗的句法、技巧和新时代的思想情感、想象方式，为新诗表现崭新的现代工业经验做出了开拓性的贡献。

上世纪60年代初期，阮章竞动笔创作构思已久的长篇小说《山魂》，他把这部小说视为自己必须完成的历史重任，无论在农村参加"四清"，还是在"文革"中历经磨难，总是把厚厚的书稿带在身边。《山魂》的写作如同推石上山，一次次被迫中断，一次次重新开始。写出《山魂》，以告慰牺牲的战友，这成为阮章竞的执着信念。党的十一届三中全会之后，阮章竞担任北京文联副主席、北京作协主席，他以时不我待的急迫感，积极推动首都文学事业的发展，同时投入《山魂》的创作。他在日记中写道："留给我的时间已经不多了，让我把工作做完！"这位病弱的老人，每天凌晨3时就已端坐在书桌前，一字一步地与时间和生命赛跑。如此超负荷的写作状态一直持续到1984年心脏病突发才被迫停止。在生命的最后一年，阮章竞将新时期创作的300余首诗歌初步编成《晚号集》，烈士暮年，壮心不已，时代前进的号音依然在诗人的心中嘹亮回荡。

"土厚根深叶繁茂，纵横老干发新蕾"，这是阮章竞一生的真实写照。他深深地扎根在人民生活的丰厚土壤中，人民在他心中始终占有最高位置。他曾说过："人民大众是爱我们的，但要求我们说真话。""说真话"，说出人民的心声，这是一个人民的诗人毕生践行的艺术信念，体现着一个革命者的高贵情操。在六十多年的创作生涯中，阮章竞取得了多方面的艺术成就，他在音乐、书法、绘画、篆刻上都有很高的造诣，转益多师，博采众长，创造性地吸收古典传统和民间文化的营养，写下了大量为人民大众喜闻乐见的优秀作品，成为我国革命文学传统的重要代表，为后人留下了宝贵的精神遗产。

同志们，朋友们，中国各族人民正在党的十八大和十八届三中全会精神指引下为实现中华民族伟大复兴的中国梦而团结奋进。中国梦是近代以来无数志士仁人为之前仆后继、不懈奋斗的理想，一代又一代中国诗人和作家，把他们的创作深刻地融入中华民族争取独立解放的伟大事业，深刻地融入中国人民对幸福美好生活的执着追求，由此，他们的作品获得了长久的生命。今天，我们在这里纪念和缅怀阮章竞先生，就是为了从先生的业绩和风范中汲取力量，在中国人民创造历史的实践中书写“中国梦”的最新篇章，推动中国文学的创造与发展，回报我们的祖国和人民。

让我们以此共勉！

2014年1月20日

四十年代

一、整风之前[1]（1941年8月—1944年1月）

1#笔记：在太行山时期的一些材料[2]（1941年—1943年）

作者批注：

这本子大概是四一年下半年到四二年时收集的材料。十分丰富，有对敌斗争，有对国民党斗争，有土地问题，有关于剥削方式，有工作中的缺点，有执行政策的路线斗争，有关于风俗问题，简直琳琅满目。已二十多年没有翻看过，今偶然一看，十分亲切。

可惜有些记得不全，绝大多数未写明时间，但我自己是可以看懂的。

---

① 作者从1944年春节至1945年5月参加太行区党校整风学习，不能记笔记。故以此为界，做了划分。参看回忆录《异乡岁月》第八卷第二章。

② 此笔记是国图藏牛皮纸封皮横开小本。国图扫描件编号：1#图片夹共137张图片。

1.1　1941年8月北方局党校[①]（1976年9月9日）（存目）：

抄录曹靖华译《斯大林论文学与艺术》

抄录苏联社会主义的文学及其最近的文艺论争

1.2　1941年10月—11月阳泉、鲁西、冀南和一分区的材料[②]（存目）：

1. 百团大战中对伪军的攻心术
2. 散传单的故事
3. 破路工作
4. 执行政策问题
5. 鲁西敌占区的富户捐
6. 雇农斗争
7. 妇女工作、妇女斗争在鲁西、家庭和睦
8. 巩固党和发展党
9. 农村剧团经验
10. 部队里的文化人团结问题
11. 敌人抓壮丁问题
12. 支部书记是地主

---

① 作者1941年5月—9月在北方局党校学习。参看回忆录《异乡岁月》第七卷第一、二两章。国图藏笔记1#001-011#图片。

② 作者在1941年10月初的“十月大扫荡”（战史记载“十月大扫荡”从10月6日到11月14日，历时40天）开始时从党校毕业。参看回忆录《异乡岁月》第七卷第二章。国图藏笔记1#011-062#图片。

13. 冀南的戏剧工作

14. 兵工厂的工人在重庆的斗争

15. 联防互助公约

16. 锄奸工作在鲁西

17. 冀南五分区的会门工作

18. 对文化人的经验教训

19. 小故事五则

20. 一分区赞皇县区长会议、全县工作总结（11月28日）

21. 高尔基论文学的语言

22. 民兵故事

23. 土地斗争问题

24. 承审员与少女

25. 和东、元氏、内丘情况

26. 赞皇敌占区区长会上的材料：七区、获鹿、高邑、井陉、平东、昔东、临城等

1.3　1942年1月16日[①]太行文化人座谈会

会门报告　李雪峰

数年的根据地，群众的生活，是起了很大的变化，守旧落后的思想改变

---

① 作者此时已回到驻在涉县悬钟村的太行山剧团。参看回忆录《异乡岁月》第七卷第三章。国图藏笔记1#062-068#图片。

了，今天在战争中，过去是离一百几十里的远处，则张皇失措。但在今天，数里地之近，群众镇定自如。人民都自动地需要武装。

从群众的斗争方式上看，创造了许多新的方法方式。

虽是有上述的进步，但以今天来看，是非常不够的，我们应面向现实来看，我们还要从旧的基础上来看。因为受到旧社会的生活习惯，影响很深。

A. 会门的发展，由平原上山地，由邯长大道，由清漳河上，不单是一个最落后的形式，而且发展到知识分子中来（小学教员、中学生、个别的大学生）。在这当中，失意的政人也在里面。在群众中，有的地方占全体人民三分之一，有的全体参加。有的地方发展到暴动。黎城离卦道的事件，不仅表现会门问题，而且是我们工作落后的问题。他们用各种方法，不相信我们，我们不足的，就说是野蛮。表面对我们很好，我们是从形式上看会很好，实质上是相反的，如果不打破我们的表面片面观点，则无法扫除这障碍。

B. 会门的信仰。会门是不同于宗教的，有一种是迷信的，另一种就是有了政治行动的，有真龙天子。不管他是敌人利用的也好，顽固分子利用的也好，这一种是极秘密的，参入也是很严密的，领导上只有直线，而未有横的关系。

从迷信上看：利用自然现象、风水，他们说清漳出廿八宿。在人事方面，讲权力，弄两个破鞋，当作东宫西宫。他们说，朝中的官员都是从前生修来的。

政治纲领上：不纳粮、不纳税、分地，说我们长毛道快胜利了，将来你要什么好地都可以，但你要先卖了现有的地来信道。它的组织形式，很适合于野心家。

C. 反映群众的落后意识。

D. 敌人及顽固分子利用。敌抓着这点落后的意识形态，来解决群众的政治不满。

E. 会门都是反对进步的。

民兵是根据地的进步分子。

这里结婚要穿棉衣（不管夏冬），出嫁女人穿红鞋。裹小脚放了，又缠。

有一个同志要写一封信去争取一个认识的伪县长，不知怎样的写信封。去问政治部负责人，问他是否能写上××县政府？那个负责人说：这不行，如果这样写法，就等于承认他的合法，应写的是“汉奸政府”（形式主义）。

太平洋战争爆发后，敌人说这是大东亚民族解放战争，说过去四年和中国打，是因为英美支持了中国，今天日本已找到真正的敌人。在敌占区动员说：中国人都未有见过大世界，未有见过大海。而今天可以直接借这个机会到外国去，看看海洋去。

敌人用“配给制”来提出口号是防“共匪”，其实是掠夺资源。

太平洋战争爆发后，内部起了变化，士兵由厌战、逃跑、自杀，将能发展到反战的。另外，就是不让百姓谈论太平洋战争，小铺前先都贴着“莫谈国事”。

现在争取伪组织对敌人消极怠工，对我同情，暗中助我，当然反对也可。但今天如果完全不接受敌人的统治是不可能的。

杨献珍同志的发言

一、对大会的感想：

军事上、政治上、经济上，都有很大的成绩。但在文化战线上，不可否认的，对敌的文化斗争上，是打了败仗的。从战略上来看，是最薄弱的一环。

今天的文化中心，是向新民主主义文化的建设发展的。

整个的文化工作看来，是脱离现实、脱离群众的。过去的工作是如此，在大会的讨论当中，也是如此。有许多问题本来是未有矛盾的，但因由从个人的观点出发，形成脱离现实、群众的。

为了积蓄力量，准备反攻，这个任务落在我们的肩膀上。

二、对过去一年文化界现象的观感：

①　A. 去年投稿方面，诗最多，占绝对多数。

B. 出版物的刊物，销路最不好的是“敌伪研究”。

这两点都表现我们研究精神的不够，因而贪容易。

②对国际问题的不研究，而骂希特勒和歌颂斯大林。

③许多人把创作放在无意义的东西，如一个诗人要写一个勤务员要吃那树枝，那个勤务员是结巴嘴的，他写着：我想吃那棵树枝，写成：

“我想吃那

那

那

…………

那树枝。”

这真是一种无意义的浪费。

④在报纸的通讯上，千篇一律的，不追求问题的本质，而追求表面的热闹。

⑤在学习上，只追求捷径、追求方法，而自己不去走，不知道学问是不能走近路的，而是一个斗争过程。

⑥空洞、浮泛、好高骛远。把提高认为是写大文章，写大题目。去年这里出版东西，有十万多字，可是未有通俗东西、下层所需要的东西。

⑦未有通俗常识的东西出版。

⑧投稿为了求名，为了表现自己。

⑨读书不求甚解，未有刻苦的用功，深入的研究。

⑩一般文化人对政治兴趣不高的。

⑪有许多人专写他自己所不知道的东西。

⑫不虚心、自以为是，“人家的老婆自己的文章”，利己主义，别人的文章自己不看、别人的剧自己不用、不唱别人的歌，而自己要一鸣惊人地事业。

⑬为艺术而艺术严重地存在着。

⑭缺乏为大众服务的精神。

三、一九四二年能真正地深入到群众中去，克服铺张、浮华、空洞：

A. 发扬大众的形式，发扬为大众服务的精神。眼睛向下，向着广大落后的群众，不要把艺术变作秘密，没有离开现实的艺术。

B. 掌握辩证唯物论的观察事物方法。有人把片面的现象当作全体。离开了现实不会创作出伟大的作品的。

一个作品必然地要具有三重形象：男人、女人和事物，就是说，人物和人物由于他们的思想所给予出来的物质的表象；总之，就是人和生活，因为生活就是我们的衣服。——巴尔扎克

安阳的敌占区：城外挖一壕沟，叫作“护城壕”，深一丈余，宽一丈余，挖出来的土，压了六七尺，第二道围城沟，叫作“治安圈”（离城直径三十里），由南向北挖一道，叫作“慰民沟”。第二道（西边）叫作“封锁沟”，还有“第二道封锁沟”。这些沟均一丈多深、一丈多宽的。

电线杆子，每根，当中留下一丈二，周围挖一丈二宽与深度的沟，挖出泥土压了六七尺，每里地最少有四根。

这些沟的工，都是派给村民的，每小工七块到八块伪币不等。一天全县要用一千五百个工（现在天天如此）。

难为了寡妇。寡妇无劳动力，雇人除工资外，只够自己生活，可是敌人的要小工、各种捐派，弄得寡妇无法活。有的就找男人，来保护自己。有的就要向村中的恶棍们送礼物。

这些仅是敌人的要小工等类的负担，但还有田赋。各种皇协军要款，如和平救国军、宪兵等等。

宪兵有无上的权威，只不能打日本人，任何人均能打。

伪军：旧的伪军，敌又组织新的伪军。这样的刺激旧伪军说，你干不

好，我就重组织新的。这样来挑拨矛盾。

这里有土匪武装，有地主武装，有敌伪武装。敌人利用封建势力来统治安阳。

有一双拜把兄弟，过去是些土恶之类，但抗日军兴，则同起抗日。日本就借万泉沟水利，挑拨互相仇杀。他就两边供给军火、派顾问，利用各种汉奸游说离间。等到两者俱伤，就出头施以压力，结果两人均为皇协军，但矛盾还在。

关于离卦道的调查

参加这次黎城暴动的，有许多会门，如孔子道、还御道等，不单只是离卦道。

内部组织：主司、副主司、铁笔、交通员、分坛。

坑东的主司，是个贫农。家里有父母、妻，其人平常很忠实，人对他很好，他的妻不好，相当于破鞋，非常风流。自到他家后，感情不好，他对她很怕。他本家的姐姐，是李老二的媳妇。李老二就通过这个女人到坑东组织离卦道，引诱他的媳妇进李老二家。起初说加入是治病，日本人不杀。这个老实人平常很怕死的，就利用他的“老实”的特点。这个主司的妻，就和丈夫很好，这个妻子与李老二、常华廷，陪过好几夜斋（通宵的拜神，实际已是睡觉）。这个主司，后来要做这工作，吃穿均好起来，地又不种！

常华廷的为人看病，首先要加入，说是神治好的。初不给看好，后来加入了，才治好。处女们加入了，说能找个好丈夫。青年加入了，为找女人。

甚至抗日的人，为了这点也加入了。

主司的本家兄，参加抗日，而且不肯参加会门。他们准备谋杀他，常指鸡骂狗。在暴动前一小时，主司的妻因为他们不早睡，就骂她为“浪女人”，要她早睡。后来偷探，是来许多男人，在拜神（他们住在同一院内）。

村子有革命工作要开会，他们就要敬老爷去。民兵什么工作都不能做了，在村外打一窑，敬神用，而且每次敬神时都放哨。

下层人完全不知道是有政治活动的，不知与日本来往。

暴动前，每人做一套黑衣服。做了半月，动员几十个妇女，骗她们说是敬神穿的。在暴动时，均要扎白头巾、白腰带。

这村有个武会主任（青年），他很坚定。他们动员他数十次，说现在不参加，九月就不能参加。这个劝人加入的精神，非常之强。他不加入，遭到他们的歧视。暴动那天，他召集自卫队、青抗先开会召不起来。他要他们开会，他们坚决不肯去。他要用武力来逼他们，他们用宝剑把武委主任砍伤。有一好的青年，来打他，他们夺了他的宝剑，大叫（会门的）把他交了给坑西游击队。

他们（会门）在村外（晚上）坟场开会。

常华廷妻破坏放出后，还活动，现在被杀了。

主司的妻实际上对她男人不好的，背里是另想她的生活。

武会主任报告区上好几次，区上认为信仰自由，不理会他。他现在怨恨，不愿干武会主任。

发展方式，均用女人来引诱男人。如用美的破鞋等人。

敬神带刀，说是祭刀。敬罢神后，这刀能杀妖怪。说穿衣，说为了凡人看不见。说带馍，是将能治百病，实际上是走路干粮。

他们对青抗先说，敬神有道行，能夺敌人武器。对木匠说能多卖棺材。女人生孩子，加入了生了一个（是胡来的）。

李永相（即李老二）诀：十八顽童立坛前（李），朱笔一点泪涟涟（永），木目相连英雄洞（相），干戈一动一把平（其人三十多岁）。

常念的：张人铁铁将军，带来五百铁人，护我神，脚踏廿四龙虎身，南斗六星，北斗七星，太上老君速请速灵（说念够四十九天就修道了，真心了）。

种地刮大风念的：用中指切指冠，桃木（第二指）之尖，向东南指三指，速速显灵愿，弟子×××请法。

八月（旧历）廿三暴动，地点港东。路堡、王家庄、坑东、港东四个坛。

常药亭外号叫堂倌士绅，烟馆、妓女馆（他姊姊的女儿当妓女）、打牌馆，均在他家里，专门招待官场中人。抗战后，很投机。他说“亡国奴不如丧家狗”。他对我们干部看病，对地方干部说，是工作太倦，回家休养就好了。对外来的干部说，营养不足，就请吃好饭。

暴动时，把我们的交通线均弄断，电线也割了。

有的地方因为过去工作过左的关系造成的。

有一地主，战前用剥削方法成家，对抗不好，叫他儿子参加离卦道，这次阵亡。

1.4　1942年7月—10月[①]武乡068–125#图片（存目）：

1. 武乡的工作

2. 负担问题：深海沟斗争

3. 政治斗争在七区

4. 太行山区的婚姻制度

5. 典型人物材料五则

6. 1940年新法令公布后的情况

7. 屯粮斗争（1939年的）

8. 支差斗争（1940年的）

9. 农会斗争（1938年的）：干部贪污

10. 暗杀团（1939年的）

11. 活庄屯粮斗争

12. 一个日本军曹

13. 婚姻和妇女

14. 魏家窑民间传说

15. 民歌民谣

16. 关于典当铺

17. 土地关系、剥削形式、小故事

① 此为作者1942年6月12日反扫荡中负伤后，到武乡养伤时的笔记。参看回忆录《异乡岁月》第七卷第四章。

18. 五月扫荡后涉县维持情况

19. 土地关系、地主搞假文书、造谣破坏

20. 郭村斗争

21. 儿童游戏、民间故事等

22. 武安四区情况

23. 阶层问题的会议记录

24. 第五次强化治安运动

25. 人物故事

26. 抗战前后农民与地主的关系

27. 农民思想意识的变化

28. 武北一区社情

29. 武北古镇村斗恶霸材料

1.5 1943年初邢台、涉县、左权125-137#图片（存目）：

1. 邢台县的剥削方式

2. 涉县恶霸

3. 地主材料

4. 去年五月大扫荡，左权七区群众大转移

5. 民兵正反面故事

6. 涉县小学教员训练班

2#笔记：民间语言记录[①]（1942年）

“兔子不吃窝边草。”

“扣抠鬼。”（吝啬汉）

“扎一刀不出血。”

“抗战一年，大米白面。抗战二年，小米干饭。抗战三年，掉屁股露蛋。”（战士们说抗战中生活逐渐艰苦，同时也带讽刺之意味）

“烧火做饭，养儿抱蛋。”（社会上轻视女性的俗语）

“宰相肚里能撑船。”（宽宏大量）

① 此笔记是国图藏豆青色布面竖开小本。国图扫描件编号：2#图片夹共105张图片，共计2.3万字。

“你不放屁谁能闻到臭呢？”（你不说话谁能知道）

“茅房石头。”（又臭又硬）

“养儿侍老，种竹傍居。”（社会中对儿子的态度）（以下略）

3#笔记：太行山时期的材料[①]（1943年—1947年）

封面批注：在太行山时的材料（1943年—1947年）

扉页批注：1943年材料（后半年）；1945到1947年四分区、八分区时的一些材料；池（必卿）谈的太行群运；一个关于解放战争形势的讲话。（1976年9月）

3.1　人物速记（1943年7月7日起）

模范父亲（参军故事在武乡）

郑峪村一贫农，三十五岁，赵姓，他的孩子廿岁。他儿子在外放羊。经过我们动员，因自己年龄已过参军年限，就叫他儿子去，但儿子不肯去，他就劝他妻，解释自己抗战后的生活改变，是因八路军来后得来的。后又劝他

① 此笔记是国图藏牛皮纸封皮竖开小本（3#）。国图扫描件编号：3#图片夹001-006#图片。

娘来动员他儿子，他娘因孙子是独生子，不大愿，因他用方法动员他，他娘也肯了。可是儿子还不肯，他就说自己去，叫他儿子管家，说这样好的军队，给我们好生活。后他自己剃光脸，穿上新衣服去参军。区上参军委员会说：你多大，他说三十。人不信，他急了，回去跟他儿子打，拚死活。“天生的放羊的脑，要你去出头露面的时候来了，要你去，你不肯去！”非要他去不可，结果他儿子肯去。他在欢迎大会上说，我赎回地，清了债。敌人从前在他村维持，他出东西很多，现在不用出了，是八路军给我的。人家来保卫咱，现在自己去干不好吗？流下泪，大家非常感动。整个联防，全区均受他的影响。

后到军队上检查，他儿子有心脏病，军队不收，要送回来。他儿子哭，不肯回，说他父亲说过日本多会不打出去，他不能回家。后来大家无法，就送他到七区游击队上去（因参军条件非常高，有点病的就不及格。其实这个青年身体是非常好的）。

2月参军，羊工很多，在各阶层中比率占多数。原因是：政治觉悟，生活苦（老羊工到年纪大了就“黑乌眼”看不见，青年羊工长疥，小羊工尿炕，这都是因生活太坏的结果，我们在动员上抓住这一点）。他们自己知道自己是无产阶级，八路军是无产阶级的军队。因而有一羊工在欢送会上说：我是无产阶级，八路军是斯大林领导的，他非参加这无产阶级的军队去打日本不可。

桥则上一老妪，开老公民会时，她参加了。干部在会上谈到过去妇女的受压迫挨打受气，好多老妪都哭了。她就说：“咱从前果然倒运。军队这样好，可是人家借我们的东西，什么我也不肯借。我现在懂得了，我要把陪嫁来的被袱给了八路军。”后来十四团的战士过她那里，她就做折面给几个战士吃，把被子给他。军队不收，她不肯，说我在会上说过的。战士只得收下。

杨李枝，妇救会秘书，是党员，丈夫也是。二人是新婚，半夜由识字班回来，二人还学习，比赛认字。这次参军，提出来，她丈夫愿意去，她说她丈夫到军队也可以学习，他去就去吧。就送丈夫去了。现还很好，常写信。

农民的内在英雄主义（武乡一区干部）

陈某，农民。抗战后，参加工作，很积极，且得到群众的信任。但他的工作做法，从来很害怕别人批评他的缺点，然而在他外表上来看，他是很虚心似的。如果你向他提出意见，他就吃不住，认为在他的工作上是破产了。总之，他是不允许他的工作有缺点的。

大概，在他的整个工作过程中（抗战以来），他家庭是有部分的生活改善，他在借钱给别人，常是几十块的，都是采用东拉西扯的办法，尽量在群众面前表现他的伟大。

这次他调工作了，调后，他的同志提出了许多关于他在工作上的缺点，他就认为是因为有错误而调动工作的，等于是一种处分。表现出受不了，悲观失望，一和人谈就哭，觉得自己破产了。

安家计划，是为了农民打算，使他们生活过得好，增加收入。要说明这个意义，否则农民会疑你是为征收公粮和摊派负担来做计划的。而特务分子也从此造谣。如果他们有这种想法，本来种十亩地，就和你说种了八亩。不但不能增加生产，而是影响了生产的进行。

3.2 军工厂[①]（1943年8月11日起）

新劳动者运动比选大会的材料[②]　（1943年8月11日，在温村[③]）

“希望生病，生病可以吃汤面。还有在做工作当中，借抽烟来贻误时间。偷蜂蜜吃，浪费公物。”这都是和新劳动者运动精神相抵触的（新华工厂的报告）。

运动发动是容易的，困难在于坚持，就要领导干部深入工作，发现问题与解决问题。

有的工人说：你现在跟新劳动运动好好地干，将来的要求更高。你好好地干吧！

新劳动运动的比赛，是个思想改造问题，不单是个生产数目问题（同上）。

工人在一天工作中，曾换了几次衣服。为什么？因工作紧张，汗湿了。

民主讨论后，规定夜工不吃晨饭，因为他们要睡。有一个工人，早晨饿

---

① 国图扫描件编号：3#图片夹007-097图片。

② 编者注：此时作者已从太行山剧团调区党委工作，是他深入到军工厂体验生活的记录。见回忆录卷《异乡岁月》第八卷《迎接胜利》第二章。

③ 潞城市有温村。

醒了，看见早晨人在吃饭，人见他饿得可怜，叫他吃，他坚决不吃，为了执行决议。

师傅和学徒的关系起了变化，师傅学徒双方都自愿结合。

有一个工人的家眷来了三口，这样的照顾生活，是困难的。向上级要求，也是解决不了问题的。这个同志，不向上级提，而是自己在工作之余去开荒、打柴、拔野菜来维持生活。为什么呢？在我们工作干部中也不会这样，而他是一个工人呀！他在思想上认识了根据地的困难（太行工作团）。

有的工人对由工人提高到干部，如当工人排长，他认为是当官。有些积极工作的，他认为是出风头。

有的认为加入共产党是傻瓜，行政的要批评他，党内也要批评他。反对军事管理，什么外出也要请假，认为参加党是八路军工人，我是不参加的老百姓工人。不喜欢上课，认为我是来做工，不是为念书来。

评判标准

基于新的劳动认识与态度（总的标准）。在生产与保护生产中，贡献最大的。

总供给部——高文海，山西高平人，是贫农，十七岁参加115师（1939年）。参加织布工厂，现在纺织第二所织毛巾，一等三级，86元。去年10月开始学织毛巾（过去织布、织口袋，多样的），各方面的研究，每天最多织八条。工作态度从来服从，不讲价钱（因为有许多工人对改行是不满意的）。他认为参加革命工作不是光为了钱，许多工人（织布的）认为我是织布，现叫织毛巾？可是这位同志是不计较的，首先响应了这个号召。

经过一年的努力，各方面的东西都懂。一天织两打为最多，他每天都织四打零半条。他后来每周平均最高纪录为每天五打。因为是土纱，吊扣不快，他就提用杆子，初遭老工人笑，后经自己试验成功，各工人都仿效了。

天气干燥，地上洒水。

十六个机子，平均一天有八九斤烂纱头。他就提出节省，看谁的机出的纱头少。到5月，只收纱头半斤。

战争中，他埋藏东西，消灭痕迹，未有损失过东西。

别人用的绳子，一月换一两条，他则两三月换一次。

在扫荡时，他首先顾公家东西，说自己的东西不算什么，公家的东西要紧。遵守劳动纪律，上工在前，下工在后，喝开水不离座位。厂中提出向他学习。

厂中原定平均每天两打。

帮助别人修机，是经常的事。教育学徒很热心，耐心告诉学徒如何去做。

思想意识是很好，新劳动者运动提出后，他积极参加。他是青年队长，曾在厂中得第一名奖。比他技术高的，他则虚心向人学习，在文化上每天向人学一两个生字，现会加减乘除数。

由他影响，厂中生产超过5%。

梁正成

23岁。14岁做织布工人。

1939年参加八路军地方游击队，去年五月反“扫荡”受伤，三等残废。本叫他退伍，但他不愿，后边府介绍到太行纺织厂。

新劳运动，他在前星期到总工会受训。可是回去后，工作都超过别人。

太行各厂挑战，第一厂是较强。后他回去后，本厂则认识到他有办法，他则参加比赛，39票的劳动者运动，他得了票数里33票。

毛毯过去平均每天最多是两条，他则织五条。在质量，最高为100%。这运动后，各厂质量10%的，现为99%。

织工的速度与质量，要看线之好坏。

厂中有一批坏线，许多工人都不肯织，他则肯织，劳动态度非常好。

节省，过去毛线头都有许多，而且是一尺长都有，他则很少，把线头接起来，不浪费。而且能利用废物，影响厂里职工。

在政治学习上，互助友爱非常好，他赶了夜工到天亮，早晨还参加上课后才躺三个钟头。他的住房的工友，都能得他的帮助识字。他本身文盲，参加八路军后才认字的，现能看《华北文化》《青年儿童》。

今年五月扫荡，他们参加了工作，而且牺牲午睡，参加保护工厂工作，埋藏东西。而且他动员了廿余工人参加。过去是要三天才能埋好东西，这回动员因参加只用了一天。而且过去背东西，脏的都不肯背。他不单背，而且他还收拾好零星东西。在战争中，他又参加战斗工作，他不怕别人的讥笑。

这次敌进东达，总厂是开新劳动者被选大会，因敌情受阻，不开了。他们则以新劳动者九人，自动为总厂埋藏东西，背去廿里地的远处。

这位工人是由一个打杂（初到时），再学纺织，初时仅能织两条一天，也只能织很简单的斜纹。但经他研究机器的改良后，一个多月至两个月，他则能织各种花纹。而且他很有组织性，这次太行各厂改为合作社，工人是知道前途是困难的，但他并不以自己的失业为顾虑，而首先为各工人的失业打算。而且这个合作社只有两个技术工人，但如果未有这个人，则不容组成。这个同志，性情比较急躁，但威信很高。他是初进工厂，还是因伤而很弱的，身体是全在工厂中养好的。他的工作态度，是主张不想别的问题，安心于自己的工作。

太行工厂，是比八路军的工厂教育差的。

本厂是要织够三打半才算为一个成功。

在本区达到五块零二尺，还未有见。

韩文林

初参加八路军宣传队，后参加医院当卫生员。去年精兵简政，就改参加工厂。今年17岁，来厂中是拉风箱，是个最好的同志，因过去拉风箱的是谁也顶不住的，他是去年3月拉风箱到7月。学拉小玻璃瓶（打针用药的）。

5月起新劳动者运动，过去拉五百三十支到六百，运动提后到九百了。速度的研究：是以嘴吹爆坏，百分之五十。现在是百分之一的爆坏。现在他以空气，就拉时借空气作用，而且未有漏点。

节省原料：他不踩坏玻璃碴，别人弄坏，他就反对。

敌人占了蟠龙，不能工作。他早上把工具取出，晚上就藏，而且要出去做，许多工人都泄气，他就不这样，而且劝别人不要这样说，敌人不来我们就应该工作，不该松弛。病，他也要工作。他还不能吃午饭，就要求工作。而且什么工作他也做，自动去保藏原料。

他还帮助别人学习，张三元过去不识字，他帮助认识了三百多字。

他对工厂提出的九小时工作，现在是保持十小时，而且无怨言。

有些上级不解决问题时，他也说些怪话。但人与他提出缺点时，则很好的接受。

拉管的火炉，是很小的，桌子大小，热度非常高，冬天也要脱衣服，夏天就不用说了。

他去了三个月就赶上老工人。

新劳动运动以前，因为这工作很苦，许多人都装病请假。他也有些不高兴，因为要做十小时，别人是九小时。而且还要到几里地河里挑水。运动提出后，他有了转变，他试以空气一拉，用不用口吹，而且不用铁板碰，因碰会爆坏。敌人占蟠龙，工人说：不能行了，顽固分子包围陕甘宁边区，敌人又占蟠龙，我们还能行？他说：你只看见顽固军和敌人，而看不见许多八路军？

他在宣传队时，曾被顽军捉住，有一个投降，他偷跑回八路军。

他每月一定要写篇文章，每天写日记。

他的学习偏向，是在新劳动运动后，和在青年与儿童的劳动关系上改变的。

他的劳动代价，是固定工资，而且九小时外的一小时，是不要工资的。

他病，劝他休息，不过几天，他又急了，就在那里参加非他所熟悉的工作。

这个工作的艰苦，是非常的，常有些弄坏眼。

甄荣典——炮弹王

廿七岁，河北汤县人，家庭成分是雇工，做过铁路路工。1940年才到厂做工，40年以前，是个地方党员。

他自动提出要到军队中来，准备把他送到后方边区，到总部才留下。当路工时，是消极怠工的。到厂两月就上床做工了，这样短的技术学习，因而得过学徒模范。老干家，在生产是算个头儿了，老模范，飞机。

军工部每年的年奖都有他的。

新运动提出，他首先提出挑战，以廿天完成一个月的工作任务。于是各小组展开讨论，答应只要你怎样，我们则赶上。

每天他有自动的义务工，他是以吃饭的时间，等人吃了饭换班，他才下去。因而许多老工人、学徒都向他学习。

他并不因为自己的模范而影响到对别人的接近，就是有特殊技术的老工匠也佩服。他的工作，每天能完成四倍八。

运动前别人是二百三，他是三百，别人是廿多个，他是四十个。

生产条件，都是一样的，平均75秒钟一个炮弹，别人最快的1分至2分，一般是两三分钟。

他的工作是较艰苦的。他的机器，是比别人不好，又大又笨。他的工作容易损害身体，因为是铁与钢的旋磨，碎片都成了火片，他身上都是疤。别人是做这工作不能超过两个月。去年11月到现在，他只因病休息两个工，因为他懂得，他一停会影响别人的工作。

为了有突击任务，他常加夜工。

他在工作中锻炼成有很大的力气，炮弹王，有三个，他是个头。他一松就不行了，因为其他二人还会休工。

他的炮弹王，是从历史来的。

他为什么会超过别人？他有生产计划，有组织性。他首先估计生产原料，机器毛病也打进去。其他工具毛病，如十天多少，一月就多少，如他原定一天八十个，就把阻碍也算进去，如未有这些障碍，就能多生产。如发生毛病，他就想法加夜工，或其他的办法。

我们的原料是生铁，不是好生铁，用快钢刀也刮不动。他的生产计划不欠债，欠赶快还，而且帮助别人，打样冲眼。

另外就是他的力大，用刀能深。

包工倒工从不影响他的产量。

厂规定修理机器原不算在包工之内，恐误时间。他则修理机器不要工资。别人笑他，他解说：我们革命同志，原不算在多少工钱。

他有高度的责任心。做完时，他还要看看合不合样板，把好的放一边，不好的，自已摔出去了，别人则不理这个的。生产质量负责，比别人，而影响别人。

节省原料：炮弹原料未有甚可省，只有爆坏。他的工具、锋钢头、皮带、松烟水，比别人省一半。四五十个弹，原用三个，到了一百多个，也是三个。和别人是十三比八。皮带用得长久，是与用时很有关，换皮带是很不易的，用松香水上得多，皮带转得快，但皮带易断。他的上水十两，用得长，断了，拆下自己接，而且接了许多。比别人少用一半。

“出一用一，不报废一个。”是他的口号。

他原就是干部，到八路军好像到了家一样，政治活动，从不落后。如救灾，则出五十块，无钱向别人先借。厂中发动十元救灾运动，是他号召的。

对党代表大会，他用半月劳动（义务的）献给党。他说：这是应该的，八路军是自己的家了，我要这样多钱干吗？

在工资太高，厂和工会，提出减、平议工资，他是起了作用。

减小米。扫荡时损失很多，九斤到三十斤（每人），上级不能报，厂也无法，管理员也无法，工人不满意，米不够吃，还要扣。他提议分开，不用大伙房，几个人合来吃，别人不满，他则说，我也扣了。

战争中：四〇年他是工人武装自卫队员，在榆社和敌遇，下决心要冲出去，要选出勇敢强壮的自卫队员，闯出去。他是自动报名的一个，这样一百多工人才闯出去。完成任务后，要和队伍相反的方面撤。

今年五月扫荡在西安①，他与民兵去摸哨棚。

在备战时，笨重的机器，他不但把自己的埋好，而且把公家的笨重的埋了。凡是他埋的，未有损失过，而且埋好后，还把工厂的零什物都收拾好。

复工，他是做了重要工作，因为他力大（工厂在战争时，连房顶也拆了的）。

① 编者注：沁县有西安庄村。

他未有念过书，他努力学习文化，在三个月的新劳运中，他学习了一百五十字。政治测验是九十五分。

他做那很不易做的经济委员，后因做得好，就选为劳动保护委员。他因不懂算术，而且天天要用，在新运动中学了乘减。他虽文化水平差，但他还帮助比他低的学徒。每月他都得奖，可以看出他的遵守劳动纪律。

他的友爱精神很好。在他不做夜工时，帮助别人做饭。

过去他不抽烟，现因太倦，为了提神，学抽些纸烟外，无其他嗜好。

在厂中测验是他，在军工部也是他，到总部仍是他。他的模范，谁也知道。

落后工人说："人家甄荣典，是真正模范。""选手一定是甄荣典。"（选举时工人说。）

他的创造性，比较差，也因这工业是不容易的。

评论：甄荣典在政治上是成熟的，他的工作是艰苦的，他在生产上身体上的牺牲，他有深刻的新劳动态度。

在保卫生产上，表现在埋藏资财，而且自己在战争中保卫大家安全。当大家在泄气时，他还劝解别人。

把工厂当成自己的家，以生产当作自己的家业来经营。他的生产不是上级规定，而是自觉地打破，创造新的生产标准，正适应于赵占魁的生产精神。

从他的每次献金中，证明他未有经济上陈旧的观念。

他的技术曾得杨主席的赞扬。

他与别人的联系非常好。

他每件工作完全是由上级调动的，但他从不发怨言，而且还乐意。

工作耐心认真。

一个排字工人，一天排七千字已尽了他的标准。可是他经常在一万字左右。一个人做了两个人的工作，在本区已打破纪录，超过80%。

对节约：本人很朴素，每次在扫地时，他很好的把小五号字的掉下的捡起来。他而且劝别人说，一个铅字顶粒子弹。捆板的绳子，他很好地节约，把过去的废物，都给他拿回来用了。

过去夜工一定要用汽灯、洋蜡，提出用植物油，可是工人不愿。但他在做夜工时不声不响地用植物油，后工人们都无言而取消了。

在保卫资财，每个工人都背许多东西，而他背得更多，走到前面。埋藏东西，消灭痕迹，而且掩护老弱，受过奖。

在比赛中第一个月，他未有得上第一，但并不悲观。第二个月也不是他，他就说：劳动英雄是创造的，不是争的。第三个月，他已赶上别人，选时，推他，毫无反对。公家为了要大家了解开大会介绍推，大家都说是他了。

很能团结别人，生活不贪小利。

很虚心，认为自己不行，学习很好，很守纪律，现能写墙报。

人物选载

知识分子，大约是初中学生。过去领导×××的文化小团体。革命开始，知识青年参加工作是很热情的，因而在参加组织几年的（两三年吧），当然在和平中也是好的。

他自己不能受任何人的命令，但这个人也不当面反对你，只说："我没有意见，你瞧着吧。"但是工作任务，做了，敷衍了事，不坚决实行。

在他一感觉到工作环境对他认为不能发挥他的英雄伟志，就要提调动工作，甚至无论如何也要脱离。

如果这个人未有人去干涉到他的面子，或批评他的工作，还可以。如果当他认识到别人对他有意见，他则跟这个对他有点意见的闹海深似的成见，但他的成见，永不说出来，只找自己的知己朋友来发泄一番，破坏别人的威信，故意打击人，幸灾乐祸，连看也不顺眼。

组织上的批评，先讲究态度不讲立场，会后郁郁难受，唉声叹气。

他常说过去在某处，或领导某团体，自家是个模范，为什么来了这里就如此呢？他是个"山中无老虎，猴子称大王""乡下第一，城里第七"，他不满意的。

容易上小恩小惠的套子，别人请过他吃，一次二次，则念念不忘恩似的。感情结交，甚至在工作有的人已开始污溜，他也麻痹不报告，因为那人和他聊的来，混的来。

只谈自己清，光说我此环境，不行。我想做好，可是环境不让我做好，好的东西受到讽刺、孤立。但他自己就自由主义的严重。一条也不能并驾齐驱，他自己却米票换西瓜，换羊汤和其他的东西。

爱面子，怕受批评打击，工作是从地位和兴趣出发的。在岗位工作时，不研究，不学习。

拖泥带水的两个人：

甲——当他在吃饭，人说谁未有打第几碗，他还是满不在乎地慢吞吞地说："我未有。"

乙——同样在吃饭，同样的事，他则急于抢着说，并上前（因为他吃饭非常慢）："我！"

甲——人家在面前着急，他把眼睛闭下，精神不乐似的："我还未有听清楚。"

乙——当一件事发生，现在马上就得解决，他就说："知道这样，老早就那样好了。"只谈过去而不解决当前的事。

甲——时间非常晚了，他的动作还是磨的。

乙——一开始工作就先要抽袋烟。

甲——人家在生产，他在那里装样子的指东划西。

乙——人家在生产从这里起，他却走到另一处起（因为可以磨时间）。

一个乡下人到城里去，买吃了"元宵"。因他吃得太狠，乱吃，"元宵"都很热的，烫的他太厉害，就乱咽下喉，连是什么味也不知道。有人问他是什么馅，他则说：还不是韭菜萝卜条。以后就不敢吃元宵了。又有一次到城里去，看见卖饺子的，人问他吃不，他则对饺子说：好东西，你以为你多长了两只耳朵我就不认识你啦！

敌后军事工业的艰苦奋斗

要发展机器工业，就要有手工业的发展过程，可是在这里要建设工业，是孤立的，没有必需的工具和原料，以及熟练技术人员。

工人在开始用这样的原料和工具来制造军火，都不相信，锉不动，钻不动，一方面工作就一面哭。

这里的工业，是技师和工人的结合，解决了困难。

过去生产的量数，都是由上边规定的，但都完成不了。现在是上边只规定这阶段要出些某种武器，而关于生产的数量，上边不规定，工厂也不规定，而由工人自己讨论定出。这个规定，就不会发生问题，工人会一定完成它，不偷懒、不被动，而且做得好。技术人员，在此过程中，可以提出意见。过去的工人与技术师都有很大的矛盾，但今天在此是不见的，因为技师能翻书本，可以训练工人，指导他们。同时技师也不能离了工人，因为工人能为他想出许多办法。过去规定的生产额，这个造的和那个造的零件，数目是十分不齐的，但经过民主讨论生产量，就可以由技师来分配劳动力，以取得平衡。

如磨床和磨锋钢的飞轮石，是近二十年用科学方法去造的一种石头，而在军事工业上，不可缺少的。我们工业是在孤立中，是不能有这样的物质，于是我们就找了两个老石匠，到山上去找和这相近的石头。现在用起来，和那种是一个样的。现在把这种代用品打成能上轮盘，是费了许多功夫。经这两个老石匠的工作后，一丝一毫也不差。

我们是在困难中生存起来的，我们没有皮带，就用麻绳打成代替，但麻绳会因气候的变化发生困难，如风雨晴好天气就起很大的变化。我们用的铁，只有造锅用的，它在距离机器上用的纯钢，是差一个时代的过程。我们用各种方法把这些东西弄成介乎于当中的铁料。我们这里没有机器，我们就自己做，费了三个月，敌人又来破坏了。我们又做，但还未做好，敌人又来了，这样我们就成了机器的奴隶。现在我们就不做了，敌人破坏了这部分，我们就用那部分。敌人烧了我们的房屋，我们又不可能动员许多老百姓来盖，于是我们自己来盖。敌人快来的四十小时内，我们把全部机器和屋顶都拆了，埋了。天下雨，这种常拆常盖的房子会漏的，工人打着伞来工作。我们用水力来发动机器，是很不方便的，水大水小都会引起不同的结果。水力推动机器，是很不稳定的。资本主义的工业，要用气锤来打铁，我们用二十斤的大锤，打着动也不动。于是我们就用打桩的办法，用几十个人来拉。敌人来了，我们把架子拆了。

我们比不上山东沿海区，因为他们都能打到轮船、机器和熟练的工人。我们这里是由三种人合成的一个化学工程，技师、农民（由农村来，我们训练的）和青年学生。我们要发展这一工业。我们这里能造掷弹筒、炮弹，其他的地方还少见。

我们的工人什么人都有，银匠、木匠、石匠、泥水匠，因为我们什么都未有，就要自己做。比如做掷弹筒，须有碗粗的钢铁，但我们只有鸡蛋粗细的钢铁，我们未有电炉等等都是困难。从我们的工厂外形上看，不易看出，而要从我们的本质上看。

我们的工人同志，是为公，但有工资也为私。但他们是认识到为民族和阶级的。黄烟洞战斗，工厂还在工作。说什么时候要送到若干炮弹，工人连觉也不睡，就自动地送上去。

工种类型：

机工、钳工（一种最后修理工作）、铁工、木工、药工、化学工、铸工、翻砂工、冶铁工、外矿工。还有临时的工人、劳力。子弹工、完成工。

工人种类：

①老产业工人，现差不多都是干部，很有技术的工匠。有一种政治上很进步的，也有个别落后的，大多数是很好，从领工到厂长的职分。

②新工匠，占二分之一，文化、政治也都好，差不多都是我们培养的，未有流氓习气，是我们中心的骨干。

③从农村中出来，手工业者。初时入工厂，很不习惯，现有的变了，但有的还有保守性，也有一部分是本地的。也有的是土产的翻犁等工人，因而带有农民意识。

职别：

工人、领工（相当于排长）、工长（领导几个领工相当连长），厂长，有时他也领导领工。这里是厂小，所大。副厂长（做政治工作的，也有两个副厂长）、所长、政委或教导员。也有做工务工作的收发（收东西、发材料）、检验员（专检看出品或半成品）、记工员（每天记账）。

技师、绘图员、统计，都是生产技术行政工作的，以上为一系统。

工会系统：有总工会，1940年5月成立。

所工会、厂工会，均有工会秘书，所的是兼的（直属厂的秘书兼）。

政治工作系统：副厂长，所是教导员或政委、组织干事。

还有专保管材料的材料员、采办员。军工都有采办处，有医生。

工人的特点：

①大产业工人、铁路工人少，都是些私军火工人，都是过去的地主搞的。新培养的是从八路军中来的，农民中来也有很多。一般说：生活要求不很高。一方面是几年的政治觉悟，另一方面也是由于是农民的来由，初不习惯集体生活，过去上课是强迫，工人愿做十小时工，不愿上课。在上课时干别的事，很不习惯集体上下工，有的有散漫习气。②但有吃苦耐劳的精神，如制掷弹筒的打铁把手也震裂了，冶铁的烤得厉害，反扫荡时弄坏脚。③工人技术，多是一技之长，技术学习精神好，青年工人学习情绪高，甄就是一个见习工匠。

工人等级（技术）：

①特等技术工人，拿工资不在标准工资内。

②一等工匠，逐分三级。

三等工人中，有三等工匠：工匠、见习工匠、学徒。

四二年以前，技术工人保守性还强，不肯告别人，克服这一点费了很大的苦心。

学徒都愿干好一技之长，为了挣钱，不愿帮师傅做些别的事，也有些旧观点的对付学徒。学徒拼命干，工匠可是不愿意，愿保留技术。但少干多事，再加上学徒的自满，按件工资，这样使学徒有时多拿工资，因此师傅在做比较巧的工作时，就叫学徒出去，或慢慢不教他。

克服的办法，是启发他们的觉悟，开师徒座谈会，互相批评。

工人的穷对付性很大，过去的用锉刀要用英国的，非常贵，论寸的。现在都用自制的，铁也一样。

爱学习，政治比较有兴趣，生活不愿长期打算。——新工人，不腐化，虽爱吃爱穿。

旧工人爱嫖、爱赌，但这些工人不多，来这里都是好的。

党员的新工匠占了一半数，起作用。产业工人也是党员，全在党的掌握下。

本地的手工业者，过去都造犁条的，现在到军事工业来，对工厂很好，为的钱。常要回去，吃饭是公家的，多吃，但不要吃菜，连烟也不抽，爱贪小便宜。星期六很紧张工作，为了早点回家，还要回去种地。星期一早就来，背些农种品回来吃。他是自己吃饭的，成立不起伙房，不够吃，不喜穿衣，什么也不想用，但有时吃零食很厉害。脏，不讲卫生。怕事，怕得罪人，怕调动工作到别处。他们的事是破鞋、房产、土地等事。因有些是地方党来的，很好的也不少，先公后私，但与农村的经济关系没有打破。

新工人、产业工人爱干净，下工后就换衣服，有红绿的衬衣也穿。

集体性很大，散漫性比较不严重。

他们如穿衣穿好，有时是为了痛快，工作完了，可以表示安闲了。

今年的合同第一条要订明工人对抗战是有义务性的。

如工资的降低，经说明后，表示痛快。

红炉（件工）成品的系统

原料、工具、人工，做出后成毛坯（半成品），如用一炮弹来说，外矿、打淬铁、冶工、翻砂、木工作模样、焖火、运输、机工、钳工、药工、化学工、完成工。

“不是跟这个吵嘴，就是跟那个斗气，庙小装不下这样大的菩萨。”“成天到小饭铺里好像是小伙计……”后教导员找他说。他捎话好说了，支支吾吾地说：“我的缺点就是有病。”（因为他为了有点病而到医院休养的。）

有一个工人到训练班受训，早不肯起床。人家问他为什么整风整不进去，他就说：“因为我的脑子里有臭虫，整不进去。”

一、艰苦奋斗的道路，如何适合于这个客观环境，这个很需要介绍。

在说明无产阶级之创造性。

二、工人一切为着抗战，为战争。

1. 建设军火，制造军火，供给战争的需要。

2. 完备的生产机关，组织和管理。

3. 创造干部，工厂管理制度，组织生产，原料，工具，建设生产理论，有阶级性的，能掌握这些机关，和这些干部与技师。

年奖已实行两年。

军工部过去曾每年总结，奖励模范生产者，培养新的劳动工人。这些对象都放在青年的身上，因为青年有进取心，爱学习，爱学技术。老工人则比较不行，有些保守自满，不容上进，缺乏斗争的进取心。

甄荣典，是在此种工人之一，但我们还不是有意来培植的。

赵占奎，但还有许多工人不悦服，说他也算一个，那么就不知有多少了。可是甄荣典的获选后，谁也悦服。

八路军的军工业，是一部困苦中的斗争史诗，是敌后抗战史诗中的一页。如果没有党的不怕困难和群众的力量，甄荣典产生是不可能的。

从一天的谈话中，给我最大的认识就是不怕困难，而克服困难。

甄荣典是这样的一个人：不大爱说话，瘦长的脸，颜色是黑红的，细细的眼睛。戴着一顶工人深灰色的帽子，常常只盖在后脑上，而露出前脑的头发。头发未剪短的留发。穿着一件旧灰黑色的工人装（有三个口袋的），把棉衣披搭在身上，说话是慢吞吞的，声音好像有点沙沙的气音。对人很客气，掏出香烟叫你抽。他是上唇有点撅，和下唇不大能合拢，而露出上唇的牙齿。胸部比较挺一点，衣服内衬一件淡黄色的翻领衬衣。

工人的一群：有甄荣典，工人参议员赵四孩，一个周姓的工会秘书，一个姓杨的工会秘书，一个制枪工人老杜。谈话谈得很广，纸烟是接着抽，毫无拘束的，纸烟头抛满了一桌。老杜谈他过去随着军阀军队到过各省，谈到北方人（山西人）的短识，说有一位店主，只在本县走了一个圈，当过县政府警察，就自以为了不起，诚不知天地很大呢！他们的话语中夹着许多“鸡巴”“屎”之类的字眼。

因为粮食的减少，工人共同做饭吃不饱（一斤五两），因而就分开为个别单独做饭。可是这样每天做十个小时工作，就成了十四小时，鸡叫就要起来做饭，晚上还要切好菜才能睡，而且星期日还要去背粮，连洗衣服的时间也没有了，是非常艰苦的。有的就采用日夜班的同志来互相帮助做饭。

工人结婚的现在很多，好多是不择对象的，如难民。但她吃光了，又走了，或还未走时看你快光了，她又另找出路。有的同志在结婚时大请客，如某工友杀了一口猪、一只羊，做了八席。这样对灾荒的农民是不好影响的，他们是会以八路军来看的。有的工人不是有负担能力的，也想结婚，这将会影响到工会的照顾工人家属。现在还不是时候，等到胜利后，有的是好女人好老婆。

有的是因平抑工资精兵简政，有的人就怕精简出去，因而早点结婚，弄几亩地。有的也找到老财的女儿作对象，也有寡妇。

“成立大灶，包一个伙夫的吃，每人负担二两米，一斤五两吃不饱，又要扣了二两，就是一斤三两，更饿得时时地叫了。”（十个人负担一个伙夫。）

“三个人一伙。”

甄荣典，工人，额头有好几道皱纹，右眉中有个疤痕，眉心紧蹙，鼻中有一小高点（节），眉梢和口梢有纹。开始说话之前，口头禅为“呀呀，这咯这咯……”。

“三兜两兜兜上了。”

“你找工会脸上抹灰。”

“迸蛋他一顿。”

平抑工资，现在又提出甄荣典运动。落后工人说：“提高警觉性，又来一股子风，不知闹什么玩意儿！”

关于公营工厂的小册子（借来参考）

工会主席，是一位工人出身的。他一说话，语气很硬，原则性和斗争性很强，而且头部前后左右摆动，身体一前一仰。他说话像和别人吵的样子，但其实不然的，他的态度、脸色还是在笑的。

他们告诉我：过去开会，是坐不住的。谈谈半途大家都站起来了。他们的作风是干脆的，很坚决就结束问题。

甄荣典运动，要反对借口困难。

工人有什么问题，都不能放在肚里，而要说出来，并且说时是直截了当的。他形容知识分子有话不敢说而放在肚里憋，说："干部是好像一条裂子从里往外裂。初看不见，可是一看见了就不可收拾，我们是往外裂进里的，一裂就看见，就是割了这裂子也损不了好肉，只是割了坏的地方。"

曾有一工人把账弄错了，对不出来就扣了自己的钱，他很高兴说："他妈的，算个什么，我从头发到脚板皮都是八路军的，这点钱算什么？"

平抑工资

新劳动者运动展开后，工人们很积极工作，撒尿的工夫也不愿意浪费，还未有撒完就往工作房里走。在快要下工时，则硬忍住不尿，以等下工后再撒。上工哨子一响，则工房都动了。这个运动推动了数量的增多，因为是"按件工资"，有的较精的大工匠挣钱非常多，这就发生了另一个问题，就是生产品量多了，但公家的负担，也就太多了。军费困难，就要工人阶级看到这一点，平抑工资。可是这一下，都弄到大工匠的利益上来了，平日这些大工匠，都是很不好说话的，一说话就不好听的。四所里就发生了这样的事情：工会主任是个工人出身的，但这个人对原则问题不会掌握，在这问题提出后，他首先就表示不满而骂，说开展新劳动者运动是为了提高工人待遇。现在工人用尽力量来做了，又要减工钱了。工会秘书就跟他说明根据地的困难，工人拿工资太多老百姓的负担太重，工人阶级为抗战服务的义务等道理。他懂了，但是他一到底下工人质问他时，他又觉得工人的话是对的，如此翻来覆去。行政上要召开会议来宣布这个事情，他就说：如果是命令的话，我就没有意见了，如果是民主的话，我就有意见。

大工匠已经在下面秘密讨论了，布置反对。秘书正好此时去叫他开会，他们说开会干啥？秘书说有些事。他们又说：增加工资了？秘书说：对。他们说：我知道，为了平抑工资。秘书说你们知道更好了，走走！他们说：你不叫我我也要去。

教导员把为什么要平工资的理由报告罢后，大家就发表意见。有的说：平抑工资本来也没有什么，不过这是命令还是民主讨论？答复是我们大家来讨论。他们就发表以下的意见：

平抑工资，我也知道困难，未有什么意见。

可是比如过去我们有些要求，生炉子，住房啦，医药啦，就未有好好地应答。如今要我们平了，就来了。

另外的：为了要增加生产，说是提高工人叫参加新劳动者运动，如今增加了数量，又要平，反正什么都是你们八路军的。

还有一种：反正人民困难，干脆我们吃稀饭，把米都捐了给老百姓好了。

后来行政上就抓紧说对平工资未有什么，就说工人同志认识这一点是非常好的，其他的问题如生活上的，确是我们做得不够，以后应该做好。

这个东西，多少是命令的，工人的自私心很难说服。

以后，工人非常消极，上工钟打后二十分钟，机房还无声音，而且常借故休息。如果有人勤些，别的就说："伙计，你别又想把我的又平一平。"

有一个工人，山西太原兵工厂里做过工的，才廿一二岁，为人很精干聪明，现在已经是个一等工匠。但是政治上非常落后，而且是个出言不逊的家伙，平常批评工会不好，后来人家就选上他当工会主任。初时他工作很认真，很负责。他说过去工会是行政的尾巴，不能代表工人利益，现在他就要处处都站在工人上面。但实际上，他是自私自利的，这次平工资，他首先就反对。因他是工会干部，所以很多工人都以他是看，最后大多数讨论，都同意平工资，他就提出退出工会，而且主张不要工会。因而惹起了一个要不要工会的大讨论，但最后大家是要工会的。以后他就在下面发动一些落后工人，要选举那些最不能干事的人当工会主任，这样引起很严重。有一个啥也不懂的人，居然选上九票。可是他自已却只有一票。（结果终是一位很健强的人当选）

有一件事，因为工会没有做好，他就故意地走到工会门前，猛一抬头："呵，这是什么地方？"人家说："这是工会。"他说："呵，工会，工会是干什么的？"人家说是为工人做事的。他又说："为工人做好事还是做坏事？"人家说："凡是好事都做，坏事都不做。"他说："呵……"（他叫张进元）

有一个手工业工人，过去在农村生活，现在到了工厂，很想进步，但怀疑心很重，有一次一个党员和他谈话，就开玩笑，说他有问题，就非常生气，一直闹到教导员那里去。后来人跟他解释，他还是怀疑。

工厂的工资是以小米为标准的。

一个大工匠能每月五十斤（四十五斤）小米。一个学徒也可以挣九斤。

平抑工资，如一个例工每月是做三十个生产品，就该拿多少工资。现在提高到六十个就适当地平为三十五个的工资左右。

工厂里有一个同志，还有一个女同志（初婚的），都很年轻（廿岁左右），她很要求进步，对组织要求很急。支部书记就派这位男同志常和她谈话，而且他们两人都在同一个工作房工作。原来这个男同志是有意在她身上的，就和她常谈话谈到深夜。她只是为了解决组织问题，因而也很接近他，了解一些组织问题。有一次女的问他，她的丈夫是否也可以参加组织（他因对她说她接近他可以解决问题），他便乘机说她的丈夫有问题，正在考查他。她以后就对她丈夫非常冷淡。她丈夫发现他们的接近过分，就向支书提出，问是为了什么，如果没有什么任务，最好是白天谈。支书说是他叫他去谈的，没有什么。

有一次他就要求女的在深夜时到苏公去，女的初不肯，他就说是为了谈组织问题。他想用金钱和手段引诱她，在半途上问她和她丈夫的私生活，女的就怀疑。后他拉她手要行动起来，她急了，心生一计告他后有人来，他看时，她乘机逃脱。以后还经常谈，有次她在小便时，他也进去，是否其中有私，不得而知，后她警告他快出，否则要喊。以后他怂恿她和丈夫离婚，说她的丈夫的问题更不得了。她真和她丈夫分居了，丈夫病了，她良心过不去，对她丈夫哭诉，后告诉教导员，就开会斗争这个男同志，支书是同乡，组织委员也是同乡，所以在发言时都不说，只有一个最不爱说话的人先说，形成会上两派，偏袒男的说女的不好。但最后是正派的胜利了，而那同志受处分。

这个女同志在和她丈夫弄僵时，感情非常难受，时现出良心的谴责。

第二名的劳动英雄邵希明

河南彰德人，三十八岁，共产党员。1937年10月自动拐带工具机器参加八路军，为有功的工人之一。现在是四所一厂铁工一等一级工匠。在机工改刀炉工作，血统工人，带有一妻二女，家里生活相当苦。

他改的刀簧软硬适当，高低合适，焊接坚牢，并能合每个工人用工具的习惯，所以厂中工人齐声说："他改的家伙，称心耐用。"

改刀炉工作，有时很紧，有时又是很松的。紧的时间，他不管到点不到点，总是把工作做完才下工。松的时候，自动找所长另拨一些活儿做，不使时间白过。并且在此时间中做的活儿，是不拿工资的。

他住的地方，离工厂一二里，从来就没有误过工，而且病时还坚持工作。有一次，他"打摆子"，记工员叫他休息，他只在打时在记工房躺一躺，过了又工作。工长让他回去，他说："不要紧，'摆子'过了就没事了。"打了十几次"摆子"，他都没有歇过一工。

去年反扫荡时，他的老婆和女儿都跌伤了。他老婆在这样的困难和惊骇中，经常要闹回家："在这里日子苦，过不下去。"他最后和他老婆说："回到哪里去？八路军就是我的家，我死也不回去！"无论在任何困难和惊慌中，他一样的工作，毫无怨尤。去年生活困难，他吃了一年多糠，就无人知道，他也从不和别人说。

他自觉地把门口路边的破铁断钉拾起来打零件用，省了许多大料。在运动中，他拾了卅斤废铁。在运动以前，他也是如此。他的炉子，一天只烧50斤煤，而且都烧成白灰。

他是长胡子的人了，但是工会的青年委员。不管白天黑夜他经常去帮助青年学习和解决问题。在参加政治活动上很努力。他住处和上课的地方有一二里地远，但上课开会从不缺席。

他自动地帮助病号找房子，糊窗户，帮助病号钱。有次徐凤珍要求工作没批，他在自己万分困难中，解决徐的吃饭问题。走时，还送了一斤米一斤炒面给他作路费。

第三名英雄刘满三

武乡萧家岭人，十八岁。九岁给人家放牛，1940年参加工厂，为焦作一厂学徒。

今年2月还在刮炉砂。4月要求装沙箱，质量不比一般工匠坏，数量则由三十箱提到七十箱。全厂工人在他的影响下，都由卅箱增到四五十箱。

每天不打上工钟就把炉子生着来等别人上工。别人吃饭要一个钟头，他半点钟就吃完去上工了。自己工作完了，还去帮助别人。

每回夜校都参加，照黑板上的字在沙盘里画。他原来是不识字的，现在能读二百多生字。新年自己去组织工人唱秧歌。一下工就召集工人，自己去教。

今年6月敌人占了蟠龙，工厂往左权县移。他是独生子，母亲无论如何不让他去（一般武乡工人不愿离家的）。他非去不可，说服了母亲：“为了抗战就得服从调动。”

为了一把切菜刀的故事

某厂的工人要切肉，由行政厨房借菜刀，叫一个小孩学徒去。伙夫说，钳工厨房拿去了。到钳工厨房则说早就送回去了。于是工人就认为是行政和他们闹不好，就大骂：“他妈的，他忘了老子了？切菜刀是我打的。八路军说什么工人是创造一切的，光会说好听话，用的着咱们这样说，用不着那样说。”后来工会秘书问他，是八路军不借给他，还是总司令不借，还是教导员不借，伙夫不借？他后来就佩服了，说不出理来。

甄荣典运动动员后前进与落后的表示

前进的说：干吧，工作是为了抗战。

有的在还未打钟就上工了。

改良工具上，也有很好的人。如过去钳工要用钢锯来拉细缝，现在就用钻。过去没有工具，则不易工作，现在则能克服困难了，即使就是说一两句不高兴的话，但还是把工作做出来了。

落后的说：咱不参加，管他什么运动不运动，无非是想叫我们多干活。

有的就不肯去开会，要请几次。

学徒一厂中几个不等，但不是跟一个人为师的，而是看情形的分配。师徒关系基本上是好的，在工作上有时顶一两句也有。

因为在技术工具特别落后的敌后，城市工人都有依赖机器的习惯，就趋向于正规的做法。因此在克服困难这一点上，远不如手工业工人。手工业工人在此环境中，是有很大的作用，因他们能够以很简陋的工具而对付了工作。

从前（二年前）大工业工人和手工业工人是很不能闹在一块的，城市工人看不起他们，手工人也看不起他们。他笑他们短见，没有做过什么规规矩矩的事情，而手工业者也笑他们不能克服困难。后来是经过了两年多的长期教育，才克服了他们之间的宗派主义。严格地说，手工业者都能干、吃苦。

现在工友们都很能认识困难，积蓄和利用废物，如铜碎、破铁之类的东西。

一个炮弹的完成手续，要经过八十多个手续。

工具类：床子（机器）、园车、铣车、刨车、钻车、扳手（sbana）、改锥（lashe）、榔头、手榔头、钳子、老虎钳、砂轮、天轴、发动车、水车。

炮弹：弹带、弹尾、弹头。

工作房、床房。

砧子，zom子，螺丝帽，摇轮钻。

工厂是在后方，比较起来，环境是安静一些，和外界的接触少，而且也只能在报纸上看到一些外边的事情。生活平淡滞板，礼拜天就总想朝外边跑，放荡一些，借故请病假松一口气。

机工钳工的党员质量是较好的。

新劳动者运动（4、5、6月）支部积极动员党员和党的干部积极推动和模范作用。在3月竞赛中，完成全计划119%；2月完成数为136%。总结劳动英雄共8名，党员占了6名，支部开了两次支委会、两次支部大会和小组会来专门讨论竞赛问题，支部对生产竞赛问题的作用可见一斑。

4月以前，穿用工资从16斤米改成25平方尺中等布，工人生活质量受到影响了。

新集体合同的执行，是与平定工资双管齐下，影响到工人的经济利益。新合同名义上每人增加了20元工资，而实际比去年8月订的合同低落了。以二等二级工匠能养活一个人为标准，已不能够了。目前他的工资为115元，他的生活必需就要45元。

工人说："增加工资20元，穿用工资吃亏了40元。"同时夜班粮食从8两改为5两。因而工人暗中说，"八路军剥削工人""上级不顾工人的生活""集体合同不顶事""工会不起作用"。实际上工人家属生活是困难了，如头等工匠马文郁在扫荡后三四口人每天吃斤把米，喝稀饭。工长李光廷一斤半米两口子吃，这些困难造成一些工人不满，甚至悲观："参加抗战几年连饭都吃不成。"在这样的情况下，支部协会工会进行艰苦的说服解释工作，用根据地的人民生活和工人生活作比较，指出根据地的物质困难和实际情况，号召每一个党员和工会会员咬紧牙关，度过困难。另一方面行政上做了一些实际解决困难的办法，如请上级发购粮证，这样才克服了。

以上说明，敌后的困难，日甚一日在工厂中表现出来。

工人工作的特性：工作要有始有终，动员时怎样说，总结时要怎样做，说到做到。

工人很爱脸，所以很适合于提出竞赛方式，而且在敌后环境是极必要的，能活跃生动起来。反对老一套的办法。

点包工资制度是一种变态的按件工资制度。这种制度的执行后，能刺激工人劳动强度的提高来增加生产；另一方面对公家和工人都有利（厂方可以少出粮食和穿用工资，工人可以多得工资收入），但也有它的缺点：

①追求数目，容易使成品的质量差。

②调皮工人，它用适可而止的办法，不尽力增产，恐怕数目大就会平定工资，影响个人的收入。

③或估计不妥，发生突然的工资突增好几倍，再往下降，影响工人生产情绪。

支部应抓紧下面几点进行：

①在政治上保证成品的品质优良，号召党员提高责任心，减少报废，反对负责数目的不顾实际的马虎态度，这就是新劳动者的态度。

②提高检验股的检验工作，提高党员的责任心，发扬大公无私，在组织上物质上保证生产品的优良。严格检验制度是资本家工厂的保持成品优良的方法，我们不能忽略它。放松受了影响。

点包工制可助长工人的经济观点的发展（做例工不卖力气，做点包工则提高到二倍到四倍）。这样的现象，影响到党内来，党的号召和决议他可以不睬不理地敷衍了事，一做包工就精神陡增，努力苦干。党内就要教育党员，建立新劳动态度，确立劳动态度，这就是党性标准之一。在党外也强调教育，但较党内松些，否则会影响落后工人对点包工制的怀疑，适可而止。一厂3月份中没有提出劳动态度，在竞赛中生产数量的陡增而没有得到奖励，他们说："上级玩手段，下次再也不做土包子了。"到了4月份的生产，确是降低了。

团结非党的技术干部和大工匠。在政治上帮助他们进步，提高他们的地位，发挥他们的责任心、积极性，是保证生产任务完成的主要条件。因为在厂中技术观点很浓厚，工匠和学徒都很尊重他们，称他们为师傅。而且工厂中的党员和学徒、小工匠较多（除工人干部），大工匠的言行，颇能影响一部分工人和党员。在我们团结的是有缺点的他们。他们发的怨言，消极影响了别的工人。一厂大工匠马文郁因家庭困难，工作受到损失，4月份在工人中散布悲观言论："一个人辛苦一辈子，为的是传家立业，而后传宗接代。现在参加抗战四五年，连家属都养活不了，不是叫我们绝种吗？"引起一些人同情和悲观，随声附和说怪话。领工武振常，支部没有教育他，帮他改正缺点，一味迁就，他的严重的自高自大现象，给予大羊渠工人很大的影响。

扫荡后回来，工房未修理好，露天就工作（今年5月），另外就是早日复工可以得到工资（扫荡是停十五天工，过时就要停发工资的）。

义务劳动竞赛

响应党代表大会的号召，四百个义务工，全月1/3的工资献给革命。工人在生活困难中（菜金不够，连工资也吃进去），救济难民，一两期完成

150生字的学习。

支部党员甄荣典、王洪太、郭清郎很多党员得了奖，特别是甄荣典同志连获两期第一，激励全厂。

新劳动者运动在夏季中，比春季超过2000余。在这个当中还是有个20余天的扫荡。春季的条件比较优良，三个月才达到6000数字，但在4、6两个月份中达到8000之数，现还保持。

但在此时还有个别人成为逃避运动者。

在新劳动运动中，对互相推动发展不够，所以有个别同志对优胜者有吃醋之味。

3月份为生产运动和卫生运动，4月份为保证新劳动者运动，5月份为保证反扫荡任务，6月份为新劳动者第三期和迎接后勤部党代大会的号召发展和教育党员的工作。也是今年经常的中心工作。

“我的困难就是小米减少了，还不说，〇称也要扣，去了也要扣，管理员托的也要向工人派，我看上级全部估计估计，总以为工人有钱。”

1940年，水腰[①]战斗。工厂在离敌人三十里内才拆卸机器。那时代是有蒸汽锅，因而厂内设备是近代化的，有电灯，有俱乐部，有饭馆。虽然是与外界隔绝，但工人并不因此而在生活上受到苦闷，而且那时是实行八小时工作制，空闲的时间并不少，那时到处可以听到工友们的歌声，早晨的各个山

① 编者注：水腰是个地名，在黄崖洞沟底的半山上，八路军兵工厂所在地。

尖上和麓林间。工人拆下机器后，就埋好。那时好多人对敌人的估计不足，以为敌人不可能到水腰上去。合作社中许多大米白面均未搬好，有好几个人在黄昏时从后水腰爬到厂里去抬面。第一次去，抬了好几包回来，到厂时，是叫一个人在山头看望。第二次时，他们正要抬出，可是正要经过的大机房已经有了灯光，于是他们知道敌人已到了，扔下东西翻小路逃走（那天黄昏正是太行山剧团从桃花寨逃出来的时候[①]）。

工人们本来初时是分开的，可是当走上左会山时，各处的都来了，于是就结成千余人的强大队伍。领导者那时对反扫荡还经验不够，没有把庞大的队伍分散而集中行动，结果到了榆社给敌人追上包围起来（敌人初时是退回的，后碰到他们以为是武装部队，就追，后又发现他们是工人，就包围起来）。

问题是严重的，那时只有一个警卫排在。本来有一个营来保卫他们的，可是失了联络，不知去向了。工人自卫队，就奋起抵抗，队员四十余人，其余都是没有武器的。敌人的突击是很快的，在这样千钧一发当头，工人自卫队和警卫排抵抗了一个半钟头，掩护大队千余工人往外突围。这工人自卫队中有甄荣典、郭升运等。工会主任曾遇到大危险，敌人（大概是一军官和一汉奸，还有其余的几个敌人）离他才几十步，叫他缴枪，要想活捉他。可是他枪上只有一粒子弹，敌人追他，他就回枪吓他，敌人趴下，他就跑几步，

① 编者注：当时作者是太行山剧团团长，指挥了那次突围。见回忆录卷《异乡岁月》第六卷第三章。

如是者多次了，敌人知道他枪没有子弹，就紧追。他前面还走着一位班长，于是他就叫班长打枪（他有子弹），班长就回头打敌人，敌人知道这个是有子弹的，就集中机关枪打过来，班长腿先带彩，终牺牲了，但工会主任是脱险了。

在此时间中，工人们都脱险了，负伤了两三个人（郭升运也把脚弄坏了），警卫排伤亡了四五人。当他们听到工厂被破坏后，工人中的好多人，都悲观失望起来了，都说“完了”。千余人中，开小差逃跑了好几百人，回来的，只有四百多人。情绪非常低落。

扫荡后的复工问题

工人尽管落后的跑了，留下的悲观失望，但在正确的领导下，说明了对敌人斗争的严酷性，工人又安心了。复工运动，表现了无产阶级的顽强精神。

上级提出十二天要把工房机器一切开工设备修复完竣，就要把计划交给所。所部认为这多时日太长，就定了七天。工会讨论（工人们自己讨论），认为还多，提出四天。

年老的工人和懦弱的工人，都不敢承担，表示不可能。而且有的表示无法修理。

有一位工人同志，是个产业工人，是正太路破坏工作中的能手。当百团大战开始打到铁路上去，上级命令：一个团一夜破坏铁轨五里地，郭升运和这个同志及其他工友，去到就发了愁。多大的榔头，用尽平生之力打一下，铁轨根本依然如故。又返回去，一次两次均无效。

那位工友恼了："这样还行？"部队中的干部也抓了，那工友就叫营长拨给他年轻力壮的小伙子一连，他带领着去。他先把无条铁轨的接连处（都是用电焊的）打断，整个铁路都拆毁了，一夜他们就拆了廿多里。于是这个方法就为广大部队采用了。

现在复工也就是他，他大叫一声"干！"，于是年轻人都哼哈起来干开了。两天半的工夫，他们把一切都修好了。工厂全部复工了。

当敌人快到，情况紧急时，拆卸机器，有些同志发些怨言，因半夜搬这样笨重铁东西，翻山爬坡，是非常艰苦的。有的人生气起来就扔下："操他妈，不要了！"可是当大家都藏好了，他也一样埋好，而且连一粒螺丝也不会掉。因为他们无论如何，还是爱他自己的工具的。

他是一个这样有趣天真的同志，在砂轮上磨锋钢刀，小粒的火石打进他的眼珠子里，是了不起的痛苦。晚上大家要他唱戏曲，他就唱了，有时也不肯唱，但人们是那么快乐地要他唱，他唱《借钗》，唱《八个和尚》，闭着眼皮，高声诙谐地唱。其他人又给他纸烟抽，他一会儿又唱，好像他的眼珠里的沙子，是无关痛痒的。当然不是那样。他叫同志帮他挑沙子，一小同志为他端灯，一刮着他的眼球，痛，就吹一口气，又笑起来，把灯吹熄了。如此者好多次，他们不感到痛苦，永是快乐的。

甄荣典同志，是那么老实的，他的同志常捉他大头，常要他，他也不恼。昨天夜里我和他开罢会回来，快半夜了，留给他吃的饭太凉了，其余的工友们都到外边买花生吃，他不吃饭就去了，人家在那抢吃了他十元花生。怕是大家合伙的，而在食时就抢开跑了，推他一个人出钱。回来时大家嘻哈大笑，他回来也就说说笑笑了几句。大家常撩他，叫他“飞机”，不叫他名字。

晚上下工了，回到宿舍，大家共同把脸上手上的黑油洗去，在洗时又说又闹都开“飞机”的玩笑，吃饭后抽纸烟，谈东说西，打打闹闹。

这又是一个人，很爱说话，爱谈说一个地方的风俗和生活。他把杂志上的自然常识都记在本子里，他天天都如此，一天辛苦的工作后，晚上就趴在油灯下抄，有人和他谈天就扯，永不停顿地。

宗派主义

河南的工人，为手工艺者多，在钳工部中占很大一部分。这些人比较不强调技术，但保守性和农民意识浓厚，帮口观念深。这种人，讲乡土，因此对革命的集体领导，是重视个人的。如果行政干部（新来的）是自己的家乡人，请客，好领导，他们的服从性是显著的，管理较易。他们只重视钱，工作就是为了钱，甚至只要是钱就一个是一个地藏积起来（或寄回家）。他也不要求什么民主，只要不损他的利益，什么也是对的，但当损到他利益，就不对了，然而他也不提意见。他们和产业工人闹宗派，厉害时则开小组会来对付。自私性大，不轻易把自己的所长告诉学徒，存在学徒是一奴仆的态度。现在是在革命的工厂中，青年学徒是和过去的不同了，因而他也就多一事不如少一事，不教学徒技艺，这些工人都能苦干，但很散漫。晋城的手工业者，曾带有学徒来，这样的宗支和乡土关系，就任何问题都站在一块。工具也只能是自己一派的人用，如果不是的话就还以不客气。

照劳动政策，一个二等工匠能养活一口半人。自从1940年下半年的军事管理改为工厂管理后，他们得到很多工资，而且这里的工资是比敌占区和过去强，故他们很乐意。“八路军有冀南票。”

产业工人

这是比较认识清楚的，觉悟较高的，散漫性少。但是他们的技术观念较浓厚，看不起手工业者，用钱手头大，满不在乎。保守性少。民主要求大。他们都深知也受过资本家的压迫，故对革命工厂有清楚的认识，这部分多数是机工多。

青年工人

是在我们培养下生长的，是进步的。因在革命的队伍中，不愿受压迫，较自由主义，对大工匠的尊重很不够，有些犯自高自大。但他们来自农村贫苦阶层，在现在的政治生活下，深知八路军共产党的好处，他从人民的负担中，比之过去自己在家的时候，还清楚地懂得，这是一批新的力量。

和甄荣典同志谈话

未有念过书，十六岁和人做长工，十八岁时母死，十九岁父弟三人出口去（到塞外）。到陶林县看山，割荆条柳条编筐。一二月后，因太苦，后就改做买卖（小生意），刚搞起来，给黑马队（土匪）抢了。回大同，父背长疥（寄在教堂治），因生活无法，就和兄弟到平绥路右子山修路。二月后，父也病好，就大家回家，正月去的，八月回来。

河北唐县三区牛眼沟

庄稼误了，就跟三四十人和弟一道到天津修了两个月马路。天气太冻不能干了，腊月就回来。在家里种了一年庄稼，以后到湖南南边修铁路（那离广东四五十里），开山，原定是10月就回家，但10月里还未成，又延到年底，年底工未完，又不让回，但有的老百姓非回不可，罢工了，来了一排官兵三十多人，在八九里的地方，把当大头的当一铺人的头，捆起来。我们这个地方接到消息，当头的开紧急会议，把工人集合起来去接他们去，要把他们（被捆的）截下。我们带了武器锤棒去，但兵们散开，但未打枪，终把他们截下，掌柜的就答应工人到他柜上谈判，但工人（好几千人）要一道去，他就提出保证，答应先给一部分工资（原定做完才结账的），做到3月就都完毕回家。在其中有的当头的把钱要了就逃跑了，结果许多小工都吃亏了，烂了账，后求掌柜给盘缠回家。

给我的影响：当头不工作，而且烂了钱，自己落了一个白做的结果。

那时的劳动态度："不打勤谨不打懒的，专打没眼的。"（老实的终始一样做的）

"磨洋工，拉屎尿泡三点钟。"伶俐人都看风头，走到坡草中间坐。

"头等人挑土箩，压得真龙出现；二等人打钱的，死得跟神仙一般；三等人当头的，聊聊天天；四等人监工的，狗腿跑断；五等人开大柜的，好比悭爷的店。"这是形容劳动的态度。

那时监工是常打工人的。有一个人很"憨"（老实），很平均的工作，但会挨打的。

回家种地，做些月工，那时两三个月就能得十五六元工钱。

“七七”抗战了，人都跑走了，留我和掌柜在家。二十九军退到那里，那夜要我推碾，我推到半夜。刚好正在一连长住的院，队伍的兵很好，但那连长很坏，不要我吃饭帮他推碾，半夜了，后掌柜替我才吃上。士兵叫我避开，他们不满意连长的。

王二梅的队伍来了，打骂都来了，都是骑兵。后来走了。后来又从后边来了，大家以为是王二梅的又来了。他们说：我们是红军，对老百姓非常好。老百姓都喜欢这个队伍。他们又宣传等等。

八路军就在那里招兵，许多老百姓都参加了。

咱村在红军帮助下，成为模范村。我在村里一开始就参加了自卫队，工作搞得很好，得到优胜旗。那时也有怕的。

1940年，在村中入党，当自卫队长，我要求到前方参加部队，组织不允。

（他跟我说时，情感很冲动，发颤。）

支书问我到哪部分，我说：“哪都可以，我不挑。”

到了总部后，就调到军工部工作。

到水腰，一见到这样大的工厂、机器已非常高兴。印象很好，热情很高。

到工厂是9月中旬到的，就来了一个扫荡。晋察冀的廿来个青年，不参加自卫队的只有几个弱的，我也参加了。

敌人在西井了，我们在十八盘，挑出四十个带枪的自卫队跟部长一道在后掩护。到了大井，把枪一部分收交给五旅，我到李井滰又收一部，住了两三天，半夜起来走。天明敌就到李井滰，敌人永是跟着我们，一直到榆社边沿区。

突围回来后，复工后，不造枪了，改造迫击炮。我在不久就占了一床车来做工，进步很快。改造炮弹后，很多人都不愿意，因为技术上没有什么进步的。杨洪章是车得最快的，后来我学习他，没有几天就赶过他，因为我卖力。后来又调到一个床车，日夜比赛，这样在“工人生活”上，称我为炮弹王。在此时我们一共三人还有一马云宽，我们三人瞧着来干工作、比赛。

埋藏机器，洗车、刨车、发动车，都是重家伙，一千八百斤的，我未有一个不干的。其他为秦世超、郭琪英（电灯工人，身体魁梧，百团大战破铁路，最有干劲的）、刘发等等。

“洞口机关枪大炮打得成一个了。”

今年3月，这里提出生产竞赛。内容：生产数为6000，卫生，生产了8000，超了2000。奖头等15元、二等10元、三等5元。

柏树沟，第一、第二、第三。河北沟为甄荣典第一，杨洪章、王复成第二、第三。

此时，总工会下了新劳动者运动。

工会开小组长以上的扩大会议，支部会传达动员，工人大会动员，热情很高，说明是全区性的。下来就是小组会具体讨论，提出工具原料的保证，提出生产一万。在生产过程中，原料来不及，而且有的太硬。

初时还认为是竞赛，后来又得通知是个运动。

其中还有学习竞赛：小组竞赛、个人竞赛。

四月份，因原料缺乏未完成，差了一千多，但情绪是紧张的。

我的总结：生字100分，政治是90，生产是480（两天如是）。

原定三个月为一期。

第二期5月（扫荡）。

个人埋个人的机器，一部床负责一部床。

我的机器是埋了以后，作好记号。黑夜埋了，一早就去看，重新伪装好，回来还帮助厂里收拾好东西才睡觉。

我们十个人分在择城指挥部，在指挥部住。天黑打了信号枪，拉到后沟去，配合民兵放哨。敌人到了九妖会，我在热的山头上放哨。敌人在那里乱打枪打炮。老百姓急了，但当发现敌人后，民兵都顾家去，连武委主任也不带了，我们就拉上山去。

我们就决定想回河北沟。开会讨论，在这里和民兵接好头，村长也同意了，我们又看了埋机器地点。

白天我们和民兵摸哨棚，分两路去，武委副主任带我们一道，让敌人发现，怕敌人分散，但敌人打开了。民兵慌了，我很镇定，工人们很团结，出差放哨。总结时不同意我们回来，其实我们是为了保卫工厂。

这次备战好，回来什么东西都未损失，情绪非常好。十二天决定复工，我们两天半就弄好了。

第三期。

成立了三位一体的干部小组。

有了头一次的经验了，有了秩序，紧张了。小组会检讨了第一次的经验教训和原因。

数目字10000。敌占蟠龙，原料成了问题，生产任务无法完成，但认识了这是运动不是竞赛。

杨洪章说："过了运动，咱不干炮弹了，现在提人家说运动新劳动态度不好。"因为车炮、炮弹是极艰苦费力的，他说身体吃不消。

白班车弹台，夜班车弹尾。

都是连环的，如果炮弹多少，挑扣也就多少，互不影响才行，互相追紧。

钳工和铁工都互相保证，不耽误修理等工。运输的也提出，如果我们运不来，就自已挑也要挑够，不误你们。

点包工是按照一定的工资额，但不管高低的技术，都要到了一定的产量才算一工。

在运动中，都是互相轮流吃饭。不使一分钟的停顿。连下了工的时间（空间）也用上了。

发工资叫"管饷"。

洋冲眼打得正，就能转得合适不偏歪。

用力得适当，熬松香油熬得合适。

试看大小的东西叫"样把"。

产业工人与手工业工人

工厂初期（在韩庄），有各种的工人。产业工人的长处，就是懂得科学的常识，或认几个字，在机器或货的生产上，以图样就能做出来，懂得什么叫米突，习惯于规规矩矩的工具工作。崇向于正规化，富有斗争性，爱面子，自高自大，不容易服从。架子很大，用钱手松。现在在工厂中，不管多大的工匠，能有一千八百的是很少的。他们看不起手工业者。

手工业者，肯受，耐烦，少科学脑子，只凭狭窄的经验。产业工人能知道枪要那么高才合于人的身体尺寸，手工业者就不懂的。但是他们居然在敌人今天的环境下，完全适应。他们能不必费许多设备就能工作。他们不大花钱，他们用钱都是很有计划的，如十块钱，他就很能分配好，一块钱旱烟，一块钱买面吃，其余的，则很少用。他们看见年轻学徒用钱太大，他就劝告你，要注意一个人有什么“不时之需”的，如病，等等。但如果你不听的话，他以后永远不说，叫他说也不说了。讲义气，你只要真诚地对他二分，他就对你五分。不比产业工人那样不易接近（我看也有巴结人的意味）。

初期的工厂，产业工人费了两个月的工夫，不能造出一支枪，因为他们要把工具弄得非常合适才能动手。手工业工人不到半月就造出一把枪，那时枪正急用，而且打起来也非常好，受到总部的奖励。产业工人气了，说自己机关枪大炮什么都造过，一支枪就造不出？就要以质量来比，双方都造了一批枪，产业工人就提出打一打来试。他们打了三十发子弹，枪无毛病。手工业的可是一打就打了四五十粒也不会发生毛病。产业工人大为生气。一批枪，双方都有人，那时是双方分开的，上子弹的膛，手工业的因洗膛刀较大些，因此上子弹较快。产业工人的因洗膛刀小，很不易上子弹。上级就提出能不能修理一下，产业工人要以半个月工夫来修理刀才能动手。上面觉得太长，就问手工业者，他答只要八个小时就能修好，结果真是两个小时打刀，八小时就把枪修好了。

过去开会，他们是分为四五两队，每次会中都要唱个新歌，因而他们互相争。

这样的矛盾，在水腰后，还未彻底消除，很不能团结。

宗派主义闹得很厉害，城市的和手工业者，有山西派、河南派、清丰派。山西派又有五台派、晋城派。

手工业工人，不会使用米突和英尺，都是手指三个或两个来一比，就知道这个东西能不能用，或应怎样修改就能用。他们都是以虎口或加一节指头作为标度。他不会以科学的方法计算一个圆铁的周围大小，而是以双手的大拇指或食指作成一圆形，有时随便在地上捡一根枝子或其他认为可以的东西，向机工说："你为我车这么大。"车工当然是不认这样原始的死东西，但他靠经验很准确地制出货来。

产业工人都比较年纪老，有一两个有五十左右的年纪。

4月份的生产，上级是规定7000，小组讨论提出10000。两个人一床车，轮流替代不休息（倒调班）。如果不能完成的，就加义务工一小时或多一些，平均每日有十一小时工作。上级为了防止太倦规定下工，他们还偷偷地加工。

因为常有竞赛，新劳者运动提出是接紧3月的竞赛。又以为是竞赛，多造炮弹，说八路军惯有这一套。后讨论改变这个竞赛名称，变为运动，成立三位一体的组织。但已进行半月差不多，后来的廿天中，就完成7000。

说服落后者的工作，就指出是全边区的运动，劳动态度，改造思想意识。如赵占奎；如节约问题上很快就联系到运动上；如换皮带，成年的工人（产业工人多），都有家眷，精神很差；如马文郁常不满讽刺，学徒就不大敢得罪他，常怨为八路军手段高，换汤不换药……他生了个孩子，行政见他就问他，说更困难了。他以后就告青年说后代的重要，抗战讨不上老婆等。人以为很对，很受影响。他当过工长，新劳动运动时为一般的领工。他的方法方式很灵活，工长变为领工，他也不满。倚老卖老，地位观点。他和齐厂长是同时学艺的，他比厂长大，但现居厂长下，有时工作就自大些。他能团结几个落后的过去工人。有一李姓和他常在一起，住在一院。有一梁姓的，工会的保建委员，是个多面派的人物，见谁说谁话。先进力量因都是学徒多，常为他们压下去。“新劳动态度扯屌蛋。只要你出炮弹多，上级的要求、态度扯蛋。”工会干部是青年，都有师父关系，因而在生产上要受他指导，可是有时跟他们解释问题很不容易，他有时叫青年人为“某师傅”。

“如果没有这三个炮弹王，7000任务就不能完成”（厂长的话）。在三四月份中，他们三个人在一部床上比赛。

甄荣典的最大优点是虚心，跟上下都搞得来，连老师父也不能说第二句话。在任何困难中他不悲观，同样高的情绪。如在扫荡中，吃群众饭问题，如在河北沟的打敌哨棚，他勇敢地掩护和领大家冲出去，枪打得非常厉害。

他那部床非常不好，费力气，他干了两年没有提出调过，过去顶多坚持三个月，就意见太多了。他的货在下工时，都自已检过才交检验员，而且自动检出报废（因为别人都做不到的，多一个多一个钱），他不管任何困难都自动地完成任务。问题一到他身上，就不用操心的。“旁人是积极，可是不经常，三天积极两天消极。”

评判委员会：主任、检查、督促、组织。首先是个人订出数目，个人与个人比赛，白班与夜班比，这部床和那部床比，那部床又和挑扣的比。

运动中的例工的铁工也比赛，白班和夜班，再来评定一工中在哪一种货该出多少。

运动中都有一黑板，每天检查委员和记工员把每人的产量记上。

“平工资这个长那个短。”发生了把生产影响，而注意到钱，就说平资和劳动态度分清。是在4月份后半月提出，但前半月的工资已管了工资，因而在下月来扣。因此河南手工业者不满，他们是包工，已得多，平出也多。

“河南老大哥。”

新劳动运动中来了个平工资，落后者如马文郁就从中说二话。

郭琪英（诨名郭电灯），过去在太原搞电器的工人。在水腰时，专管司电灯，故大家均以“电灯”称他。身体健壮，因而大家又叫他郭胖子。三十多岁，可是在工作和生活作风非常年轻，因而很能和青年团结一处，打球等的运动，他一定参加的。他非常积极，在厂里是特等工匠。战争埋藏机件，都是他的工作，而且他极负责，上级也从不操心他埋存的东西。他自己的电器机器，都埋在极高和极保险的地方。非常爱性子，爱面子，也有些风头。

他专做别人所不敢做的事情，在他的号召下，青年都非常服从他，虽然有时也弄失败。敌人把工厂烧了，偌大的机工房，非是容易能修理好的，许多工匠都表示没法。梁歪了，墙塌了，在工作面前低头。可是他叫了一声，“可以”“顶梁换柱”，青年都响应他。他说：“你们不要怕，我有办法。”于是就哼呵起来，搬石块，移木头，居然在两天半中，他把机器间修理好了，在修时是很危险的，但在顽强的斗争下，成功了。他有他的特长，也能开理其他的机器。每次扫荡时，都是他留下看厂。看到具体的情形后，才去找上大队报告。他的性情很暴躁（个性强），但在组织培养他后，改变了好多。他对徒弟非常好，很爱教育青年人，对自己的学徒常照顾他物质上的帮助。他很能突击工作，有火似的热情。

老工匠（师傅）对学徒的意见

青年学徒，虽然做了六七年，可是功夫还不够。但是过去的学徒，学几年就很有本事了。原因在哪里呢？就是他对师傅不尊敬，你要学本事，又高傲，人家何必要教给你呢，当然要留一手了。

过去的学徒，要帮助师傅做事情。现在八路军的学徒、见习工匠，嘴也不离纸烟，可是师傅们抽的是旱烟。有一个青年见习工匠，每次要请师傅告诉他东西时，因为他在工作上已经不能解决了，可是他还不肯上去找我，而叫人去叫我下来，这是什么态度？好几次都如此，后来我就干脆地警告他：“这样是不行的，你以后不能叫我来你这里教给你，而是你要去找我。”

青年们，从开始就学一手东西，熟能生巧，当然是叫大工匠不如他们的。可是他们以为这就了不起了。

老师傅都是带有家眷的，一下了工，不是担水就是推碾，忙得一塌糊涂。可是学徒们总不帮忙一下，这样怎能学上东西呢？他们去赶集，你叫他帮忙带点东西回来，他就说：“我带的东西好多，不行。”这怎能学东西呢？过去人家到我家里，担水、扫地，为的什么？学东西。

这些人能单独工作吗？虽然是做了好几年了，不行，也只能车几个炮弹，可是这个工作，只学五分钟就行了。

这样高傲的，为什么要把技术告诉他呢？不讨好的事情，你说一点不对，你好意思的，忍着，嘴皮硬的，就顶你一两句，还背了你就说：“×他们，这种人你不顶他一句就不行。”我为什么要把技术教他呢？

他们空着，不帮忙师傅做点事，而拉胡琴唱皮黄，你说不气人吗？

从前，我带着好几个徒弟，那时是包工，跟我做了许多工作，我每给他们一些钱，他们则非常高兴了。

（在这个问题上，当然青年学徒有存在一些缺点，如阶级友爱的互助，对年长者的尊重等等的不够，不过在大工匠中那种过去奴役人的思想意识是十分浓厚的，把徒弟当作自己的私有品、剥削对象，是相当严重的。）

水腰工厂新劳动运动

1942年冬季已经开展过一次生产竞赛。

在新劳动运动中，铜头部最好，青年多，技术高，政治认识强些，那时出了三期墙报，工人均自动投稿。

李万奎，连夜加班，不算工资。有许多工人白天干不完，黑夜加工，均是自动的。

总结时，铜头部第一，超过百分之二十。

七所在这运动上，比次之。工匠在此占45%，因而认识不如青年，雇佣观点大些，而且他们影响到自己的一部分学徒（他们都是晋城、河南来的）。在总结时发表意见均很平淡，“为生产而生产，为冀南票而生产”。运动一完了，根据地也困难了，减少工资，包件工资也减少了，固定工资提高了。他们说：“公家穷了，还不如按件好。”

韩国珍（厂长），技术很好，太原工人，初为技术股长，后升工长，再厂长。他是个“贵族工人”，经济观念浓厚，一个钱不花，锁在箱里，常对指导员诉穷。指导员给过他单衣。他结婚（与地方女人），工人高兴，均送许多礼物，希望他请客，但他不请客。故在分厂时，有的工人不客气地提出要回礼资。他是个天主教徒，在未参加组织时还天天祈祷。政治认识很差，连日本在太平洋上的战争，也不了解。他妻在工厂为杂工，在精简时欲停止她工作（能力不大），他不满意：“用得着靠前，用不着靠后。”“共产党先甜后辣。”他在武乡买了院子，在黎城买了地。地主要他地价，他三个月也不给人家钱，老百姓非常不满意，很影响他的威信。但他技术很好，常怕公家不用，“公家开不起工厂。”他意思是：开不起工厂，工人不做了，技术工资要来个啥，因而要求退伍，要在武乡安家。用公家的东西去盖房，人家跟他解释，他也不认识。造掷弹的大料未有，落后的炉头不愿用铁轨来卷。他用了两天工夫，卷成了。炉头们均服了。他有干的精神。

七所的土工人多，产业工少。其次就是八路军培养的青年工人，他们都是武乡人多，是较落后，也不懂民主，只是单纯的工作观点。下面有意见，不提，如管理科称出麦子，老称收；工资问题，他也不提，堆到出了问题，在下面骂大街。而且在下面发生矛盾，武乡和晋城的。

有次在麦贱米贵时，他要求米，反之就要麦。管理员把麦子发了给晋城（有私有感情），他们（定襄和武乡的）去找晋城说："跟管理员舔屁股！"

武乡工人组织性弱，吃饭半天也不去上工。上级无法就打误工，他就不满。

定襄的工人，产业工人多，组织性强，打一个误工就很难受。

产生过谣言，说太原未有工人，可以去了。

常乐来了中央军了。

产业工人和新工人认识较好。

党代大会有自己献五个义务工来："给公家，我们何必用这样多工资！而且看那驻地的老百姓苦。"

一般他们很吝啬，募捐很少，第三名。

柏树沟

产业工人能想办法克服困难，小资产阶级的工人就不行："怎么行，狼锋钢刀，在资本家工厂就未有见过。"因为他们（中农成分出身的）技术高，影响一部分人。后以党员来试验行了，于是他们就惭愧，现在慢慢都淘汰掉了。

产业工人好，1942年头等工人工资才七十元。但他们很好，政治和文化技术都提高。

有一产业工人（落后），叫人不要吃黑豆高粱。他是晋城人，发动底下开私会议反抗，如：

“过去学徒端饭给师傅吃，现在师傅端饭给学徒吃。”

“共产党就是漂亮，这里未有军阀，可是也有打人。”

“《新华日报》好，可是只有一份。”

大工匠的落后，是开展斗争后，其他人才敢提意见批评。

这个工匠一下工后，就好多工匠都围在一块听他的话匣子。

有的青年人话不对，情绪不好，夜班时就睡觉。

在现时分厂，工人都担心，怕分开自己的同宗派的人。

有的工人相信个人领导，在得奖上有的表示不服，“咱未有资格”“你也未有资格”。

工人是不满意不经常起伏的工作，特别是教育。

现在因工作时间长，而且自己造饭，妨害了他的学习时间，也说些怪话。如执行合同，“规定吃小米，可是又给黑豆”。

党员开支部会，落后工匠就说：“你看，人家又去了。”“去干啥？”“开小组会讨论。”他们忌妒党员，“你们是‘的脑’人。”“你们是那一分子（进步分子）。”

产业工人除了带家属的，老年的，世故深较落后，其他都进步的。

相信个人，对领工不满，就直接找厂部："我对领工有意见，他不配领导我。"领工也一样。

如果有些正确意见："那吃哪一门子的饭？""你称几分？"

在工具困难下，则是："对不起，工厂不要开。"

"咱不负责，咱是厂夫。"

好的工人："他妈的，一个月的任务完不成，对上不好，对下也不好，对自己也挣不了钱。"

手工业者多，而在生活也表示到。

做一天算一天，政治认识较差。在困难下，要求回家的现象也有，但现在少。但还是为了多挣几个钱，不管生活苦些，但家庭观念很深。

做例工时，则吊儿郎当，抽烤烟，慢。但在包工则紧张，对革命的认识，是超不过他对自己的利益，"党还不是这样，将来困难，还不是要靠自己"。在和他们谈这问题，只是口头上承认。甚至在工会干部中领工中也是如此，相信个人。

生活上也发生些问题，不愿成立大伙房，想个人节省些，将来可以寄回家。

有的人抱了坏了重做的态度。

"八路军的学徒一天天地壮大了，工匠则一天天不行了。"

说学徒抽纸烟，穿的也好了，大工匠都不满意。"学徒叼上纸烟，东转西转。"

学徒对技术要求很高，其次是文化。政治学习很差。

对甄荣典的典型，都看不起，觉得甄太平凡。

过去我在旧社会的工厂里工作看到，你初到时，人家会专门搞你，你能不一天出去尿一回吗？人家把你的机器的螺丝弄去了，熟练的，你就先把皮带拉一拉，看看有无妨害。功夫不够的，就一开始就车起来。结果机器一出动，就把货弄坏。你就不能得到地位和较高的工资了。

吴振常，汶水人，三十八九岁，带有一妻（过去城市中的下层妇女似的，带着新，其实充满了旧的妇人）。现在是一厂的机工工长。人都叫他吴师傅。他十七岁时，就在太原跟一山东人当学徒，学修造枪支。后山东人走后，他就占了一部床子工作。然而本厂出的学徒，工资都是极低的，因而他就到别处试工。考上了，每天六毛五，吃公家饭。做了三天，就开路了，不要工资而走，因为觉得工资太低。又在另一地方考上了，每天八九毛，相当于三等工匠。在那里工作了好几年，他觉得来八路军后，说什么工厂和剥削与压迫工人，过去他一点也不觉得，因为在那里，有错误，最多是扣工资。误点，如九十元一个月，误了一点，或看见你在闲坐，工厂也不好说，就在挂牌上扣你三工，如三元一工，就多少，但以后厂方不会再说你这件事。在八路军里则不然，这里开会批评，那里小组也批评，他在那里好几年，未有犯过规。公家如果在老工人中，每年分有红利。他觉得厂方还是为工人，只是对老百姓剥削，而且那里也未有打骂工人的现象。后来他也到过晋城孙殿英那里修械，不准出入，工人犯过戴镣铐上工，打骂，许多人都死了。有一个河北人和他回太原一道出来的，一股子的。开小差未成，抓回来，带镣上工，天天他们背他去上工。这是有点压迫。其余的他觉得很公道的。他也曾在军队中修械，军队欺负老百姓，向老百姓要东西，甚至打死老百姓，这只是压迫老百姓，只要自己跑回工厂去，就无事了。他曾参加冯占海的义勇军那里修东西。孙殿英给蒋介石从晋城调往宁夏，那里有马洪逵，“蒋是一箭双雕”的办法，叫马孙二人打，再叫阎锡山从后路抄孙。

（此处撕去一页）

但在一夜他们和司令部先后被俘虏后，还得到路费，北平的三十元，山西的二十元回去，而且由各县转送。他又参加过二十九军某部修械。

从前他带有十来个徒弟，自己管十来部车在太原，一月最少也有个三几百收入，就是自己病了不能干活，也每月管上个百把块钱。“这算是小剥削徒弟了！”可是徒弟，每月也能管上个五十元，为了要学别人的东西呵！以后他又入太原兵工厂。忻口失守后（那时是造炮弹），工厂发给三个月饷和证章要过风陵渡，在汶水家中待了两天。怕飞机，看见城里炸死的军民不少，就急带妻向南行。那时他的认识是：日本人来，他还是工人，谁来就为谁做工。在路上他捡了一支手提式。有一天一散兵到他睡的屋中去（大概想打劫），他拿枪追出，把那个兵撂倒。到了晋西南（走错了路），就到晋城找他过去的工长，第二天日本占了城，他曾参加了公安队，逃到山中去。他和带兵的认识，到时无工具修枪，他在当副官。后来见到公安队不好，又跑到城里当老百姓。日本人退时，他去看，一日兵叫他送行李。但他不像别的人一样垂头丧气的背，而是又走又跳，日本兵怕他不老实，不远就找别人背，叫他“开路”。以后就参加八路军补充团，在韩庄时的工厂，他是领导的人物。现在这里的副厂长也是在他底下的，多少表示有点不服气。在建设水腰时，他和刘部长先去，划定地点的，后来又到良沟和南沟，又到干粮厂，又调回这里当领长（听说是犯了错误），但他自己说做什么都可以，不讲地位，怕未必然。

他对八路军只感到是过去的有能力的，现在都不行，调皮的现在当干部，老实的现在是大爷。

对自己现在的先说感到好，又挑煤，又推碾，其实是不甘心。他说，我过去未有干过这样好，来八路军时我只说只能吃三个月小米，可是现在非常感兴趣。其实怕是不满。

对甄荣典运动，先说未有意见。后又说甄荣典只是能吃苦，史太诺索夫也是只能吃苦。八路军需要这种吃苦的人，技术就谈不到，五分钟就能学会的车炮弹。

我自己感到有一部分的工人特别是山西和河南的，虽是在太原等处做过工，当作为产业工人，其实这都是一些老兵油子、流氓，剥削意识极浓厚的。

甄荣典在四五年，从未发生问题，在保卫工厂成自卫队，他首先报名。在埋机器，有的其他人则不高兴而且在半夜偷懒，可是他是很负责。技术是只车炮弹，是差些的，劳动态度经常。其他人则高兴就好，不高兴就不好。

在评判上，他和柴东良相争，因为都差不多，但甄经常。

学习上平常测验个80分。

老师父产业工人，旧脑筋多，机工经济上不怎么保守性，有也是个别的。在柏树沟则大都是手工业者，过去都是帮助土匪等造枪，过去都是跑土匪或小军阀的地方。

从前小团体观念很浓厚，现在则好些，但还未全克服。

就这里的产业工人，也非纯粹的，多数农村转而到城市去学手艺的。

对民主老工人感到不合适："什么事都要和他们讨论，下一个命令就得了么。"

老阎过去的办法，是召集外省的工人。为了赶跑他们，而且学习了他的技术，就召山西的徒弟。出布告谁三个月教好一个徒弟，赏多少钱。

过去资本家用小恩小惠来蒙蔽工人，悄悄地收买技术高的工人，买好。

如果现在不满意现在的革命工厂，因为抗战中生活困难了，可是他不看看现在的工厂职员吧，是最艰苦的。

过去太原工厂某处长，建房子，开合作社，租子和东西都便宜，也不用当时拿现钱，可是在管饷时，扣完还不够，你就永远走不开那里了。

孙殿英过去发给工人精面，永远为他的奴隶。一个工人打钱，回头看看有无人，监工在后面看见，就打了一百军棍。打后工人说明为了不妨害后面人，他说："妈比个屄，说得有道理，赏你五块钱去用。"

"事假"是全不供给的。

现在有的工人特别是青年学徒，对现在的技术水平不能提高，因而对前途悲观，怕胜利后吃不开。

河北人比山西人要进步得多。文化水平较高的地方，终是好的。

在我们的学徒中，有许多是因敌人占了家，而参加抗战。但又怕上前线，打算在抗战中学成一门手艺，也不一定就是当兵。

现在造炮弹，都是青年，一般老师傅，还吃不起这个苦。现在在扫荡和精兵后，都淘汰了。

过去有的是工人用机关枪请来的（打顽固分子，或敌人俘来的）。本地的学徒，家乡观念非常浓厚，不久就要开小差。

在秋天时，因生活困难，吃小伙，发生过偷别人地上的瓜，也发生偷窃。

搞破鞋等事，青年少，都是老年老经世故的多。

偷瓜解决开过群众大会，还有赌博现象，老年人多。

有的工人出去认娘认儿，逛破鞋，以致特务分子打进来。

工人对我们工厂认识的前后，联系到许多制度上的问题。

由于中国工业，轻工业较多，真正的重工业少，因而在这些工人，是雇佣的经济观念十分浓厚。在抗战开始时，工厂都垮台了，工人到处找吃饭的地方。这些到了延安，受到优待，家属什么问题都解决，大家吃大家干。从延安带到前方后，情绪就受到困难的影响，崇尚现实的问题，生活的困难的问题："现在你给我一块钱，胜过抗战胜利后给我一碗金。"在太岳时，就很多开小差，那时都带着武器，他们怕到前方编成队伍，一班班的开小差，连监视的放哨的也开小差了。

他们在延安，因为是工人，好多地方都送，好东西给他们吃。

康克清去慰劳他们。他们受不了吃小米，因问他们愿意者就留下，不愿而愿回家者站起来。结果六十人都站起来，后发了每人十五元，遣散了一部分。

那时均按军事管理，班长队长。

四一年才开始正规化，建立了劳动合同。

他们的了解共产党是要什么就有什么的，自私自利的。现在建立了劳动制度，他们又认为和资本家工厂一样，如包工制，他就认为是卖力的。“公家”和“我们”。对工会，都回忆过去的黄色公会，以过去的公会为样，因而认为现在革命工会是和行政提马灯，“一样战斗力也没有”！特别是有些大工匠，有很大的破坏性和流氓行为。“上了八路军的当了。初来时，家属什么都管，现在就不管了。”“自己的工厂，机器带来的，可是借个钱也做不到。”

现在大多数是认识了，未有失业的现象，各种生活也见到了。

储蓄问题是10月份工代大会提出的。

现在有很多党的会议、工人会议。意见有的不提，但他知道没有理由，是错误的。

过去受过苦的，如甄荣典，表现是好的。过去是好的，就对现在不满意。

和资本家做过斗争的、捣过蛋的产业工人，在这里很好。可是那些过去的贵族工人则今天最不好，现在好得多了。在这里环境刚困难时，他们表现得不好。

技术工人政治化，也好像艺术家政治化一样的产生毛病。

“凭什么拿人家冀南票？凭唱歌，凭两片嘴？是凭技术！”

好多工人参加党以为是能受优待，权利多些。

谁能决定他的工资和技术，到哪部车，他则信仰谁。

“我干工作要干个痛快”，人事关系很厉害。不熟的干部初到工厂也不易开展工作。

如果政治生活过得不好，他们就苦闷。

在开展甄荣典运动中，有很多人看不起说：“开尿鸡巴啥，他有什么？”

“人家开展就开展，咱不干，咱自己该怎么干就怎么干。”

“人家学习，你自己落伍摔蛋。”

“工会干部，上面受气，下面挨骂。”

3.3 [①]武乡和八分区社情[②]（存目）：

1. 几个互助组情况（1945年）

2. 农村两性关系

3. 半种地

4. 池必卿介绍群众运动发动的情况（1945年12月2日）

---

① 此笔记是国图藏牛皮纸封皮竖开小本（3#）。国图扫描件编号：3#图片夹098－118#图片。

② 作者1945年下半年在八分区工作，此段笔记大部有关武乡。推测是在武乡长期工作的同志介绍的情况。

3.4　涉县、平顺、陵川、修武记录[①]（1946—1947年）（存目）：

1. 形式主义者的练民兵

2. 涉县前庄村的反特务与执行宽大政策的结果

3. 平顺的反奸运动执行宽大政策

4. 陵川县二区的艾场斗争特务恶霸

5. 陵川五区马武寨一个佃户的自诉

6. 又一人的自白

7. 童话（陵川）

8. 修武的民间传说

9. 1947年形势报告

① 此笔记是国图藏牛皮纸封皮竖开小本（3#）。国图扫描件编号：3#图片夹119−133#图片。

二、不做文化工作[①]（1945年6月—1946年12月）

4#笔记：《乡间记事》[②]之一

4.1　赤叶河日记[③]（1945年6月8日—8月14日）

6月8日

今天下乡，调查研究的工作的真正开始。我曾做了几天的准备工作，如学习百分比和找了本抗日根据地法令，以备将在工作中的参考。特别这次参加了县长县书的会议，对下层工作情况，得到一点初步的知识，但这对我仍是倒转过来的，我仍未作亲身的实践。

我感到有些怯，在我思想中存在着这几方面的顾虑：一是我未做过任何

① 党校整风结束后，作者负气不做文化工作，在太行八分区做农村和工会工作时的记录。参看回忆录《异乡岁月》第八卷第三章。

② 《乡间记事》是作者在1945年6月8日到1948年5月20日使用的一册灰蓝色note book笔记本的总标题。收入本书时，编者按照记录的时间和内容，分成9段。

③ 本段笔记的国图扫描件编号为：4#图片夹001-020#。

的农村工作，毫无经验，过去只能是道听途说的一知半解。二是做这工作是很细致的，我深怕自己是个南方人，可能将在语言上，不能顺利地表达意思，而这在我是很重要的一条。三是一般人在我这数月来的感觉中（我所接触到的），以为未做过群众工作的，是干不成功的，或多或少表示怀疑。我是不服气的，照这说是个真理，那么谁在未出生之前就做过群众工作呢？凡是任何工作说没有经验就不能做，我从来就反对的，我自己承认没有经验是会有很多困难，但经验是从斗争实践中产生的，就是说由人去做出来的。不能多做，就不能少做吗？这显然是一种谬论。我倒不怕这个，我是怕因第二条件而加重这种谬论的根据。

还是问题在于自己，只要是真正为人民服务的，有这项决心是可以克服的。我认为要恢复自己的阶级意识，为献身于劳动人民的解放事业，我也很愉快。因为我想我没有怕过一件事是干不了的，以此自勉，也以此自豪。

这山地很容易走了弯路，我今天常走错了。这也意味着斗争也是如此的。弯路不可免，但在自己能纠正之，能坚持下去。

我在玉门休息，一个老太太看见我去舀冷水，她以为我喝，禁止我。她烧开了水，还为我留第二碗（她怕我渴了），实在感谢她的好意。

晚上宿第三区署驻地潞城村。这里的农会主席是和我在三八年就认识的。晚饭他们为我做了一顿白面吃，我看到他们都在喝稀饭，心里很过不去。好意难却，想跟他说了，又怕伤害了人家的盛情。不说了，感到他们都如此艰苦，我何必如此呢？后来我看他也来和我共同吃（我邀请他们），稍安一些。

6月9日

当我从潞城村出发时，天已不早了。今天太阳特别猛烈，行路实在辛苦。接受昨天的经验，买了三个烧饼，我可以减少饥饿的顾虑了。

弯路同样是要碰到的。到了马圈，我找到我到八分区来时，曾休息过的一个武委会主任，在那里休息了半天。他告诉只有二十里了，可以慢走。

有一个孩子在山顶上放哨，他老远看见我就问我是哪部分的。因为他是在松林下，我虽听到他叫喊，可是未见到人。等我走到山前，他在树边出来。我说我没有路条，他转身又去叫一个拿标枪大一点的小孩出来。他们指点我的路径。

下午到左郊，天还很早，他们都不在，在村里开会去了。我洗了个澡。

吴宇化在此当区长，我认识他，他是火星剧团过去的队长。赤叶河的干部（农会）在这里，宋文孝也在。他们明天要去五区庆祝他们的农会成立。赤叶河干部们都不在家，我是明天走？我还得考虑。

这里蚊子真不少，咬得很厉害，我和他们写了几个贺词，实在疲乏了。

6月10日

早上起来，和任少本、宋文孝等交换了些意见，他们要在三天以后才能回到赤叶河。我心里想，去也找不到干部，并且腿很乏，休息一天再去吧。

当我疲乏地在躺着时，院子里好像发生事似的嚷嚷。原来是一个少妇被她丈夫打得浑身青黑，奄奄一息的样儿。我们感怎会如此狠心，妇女在这种农村中的生活是可悲的。我感到此男子实在可恶。这事情是如此来的，任效南同志出外到街上，碰见这个女人，她叫住他："任政委，你来我和你说个事。"就把他男人打她的事说出。已打了她三四天，因为有一天，他（她丈夫）从陵川回来，看见他女人和四个男女在院子里说笑。他以为那女的与男的有关系，借故说女的不为他做饭（女的已为他端了一碗饭），一脚把她踢倒，夜里用麻绳浸水，把她打了。初时，女的还会叫唤（男的母亲说），以后就不会叫了，打昏了。第二天女的起不来，说她是病了。就如此，过了四天，这个女的会起来了。男的叫她去寻死，跳茅、跳井。女的出来想死，碰到了任效南。"你说我死了，家里还有个老爹，就不能送他终了。你说该怎呢？"

这事情引起全村召开了一个妇女大会。有的妇女也哭了，但妇女们不敢说话，而这个男子却神气十足地报告她不忠实于他，后来又动员，后又搬来了民兵农会员援助。

这个男的是个民兵，在村里也是乱七八糟地胡搞。这个女的，也和别人乱搞，像这种风俗在此地是很普遍的，差不多都有外遇。因此在大会上就有点谁也不敢说谁。中有男的情妇，大概互相都有鬼（这个男的情妇后在打男时还是一个积极分子，她丈夫也在旁）。

我们动员了农会、民兵，她们在里面已干起来了，打那个男子，追问他打她时想的是啥？那个男的只挨打不肯说，共打了三回。他的老婆证明他如何说和区长村干部说过，说打也不犯法，说他三天以后就可以找到媳妇。后来把男的送到区上，女的不愿和他过了。

这里的群众，特别是妇女，并未敢动，只是干部们在其中推就动，有很多时候是干部自己出头质问的。如打，我看见干部在布置，推其他妇女，她又推她，并未真心地唤起对这行为的愤恨。就是后来的打，虽是比开始时积极了，但在道理上并未把虐待妇女的基本思想揭发与打击，只用打架表示热闹了。我看也可能有的也是为了掩饰自己的打（如男的情妇，表示很积极，人不敢，她先敢打），我感不深刻。这个会事前也未酝酿一下，马上临时召集的，开始时许多妇女不来，来的并不多。而且在指导上，也有的问题提得不合适，如说这也恶霸，说这是对妇女的恶霸就不很对。当斗争到了一定程度，如男子不肯说出他的思想，也就感到很难进一步。到底为什么妇女不敢说话，是什么原因？除了历史社会造成的以外，是否还有别的？

会后，有人和我谈起这里妇女对两性关系的不正常，受了压迫不敢吭。那女人被打得那个样子，她毫无力量地去寻死，奄奄待毙地躺在石阶上，这不幸的一群，责任在我们如何使她们起来。

6月11日

昨夜下了一夜雨，青苗可以得救了。今天决定雨一停，就到赤叶河去。上午，好像有点晴的样子，午饭后，我收拾好东西，往赤叶河来。一出门，西北黑云很浓厚，我心里怕在半路遭雨淋，到了潘家掌找到杨乾生派了一个人领我到岭上。果然路是很不好走的，就没有办法可以断说这就是大路，像放羊走的小道。那个人领我到了山头，便回去了。天是下着雨了。这是非常幽静的山路，两边都是青翠的山峦和浓密的树丛。

到了赤叶河，王万洪在家，却也减少了许多麻烦。休息一会后，喝了一些米汤，我就逐渐地问他村里的情形，问他减租减息工作做得怎样。他说这里都减过租了，而且是减过两次。去年冬天减过一次，但不很彻底。今春又减一次，都减了，就是没有订契约。我问他这里佃户多少，他说不多，本村才几家。我问他有多少最穷的，无法的。他说现在都没有什么没有办法的，前一个时候，已发开了一些救济粮，只要好好地养种，秋后就不致无法。又说穷户在反恶霸中，也分得了一些地，所以也就没有什么问题了。他又把他在反特务恶霸中得到、退回的东西，问我公道否，说蟠坡有些佃户，其次就是对我说他在十二月政变后在外不敢回家的情形。

晚上我又和几个党员谈闲天，他们也说佃户不多，就是蟠坡有廿来户。我接着就问了蟠坡的阶层状况。那里据说没有富农，最好的户也就是中农，看起来那里的佃户是不少的。我当时的思想是，我应该用一部分时间去蟠坡调查。我问他们本村有多少最贫的户，他们指出了三四家，以后就扯到他们被中央军抽丁的事情。

从今天的无计划系统的闲谈中，我感到工作的深入还是一个很大的问题。我来了这区后，不管在哪里均一种印象一种思想，就是我们这里没有什么租息问题了，有也都减过了。不管是区干部也罢，村干部就更不用说了。这是一个极严重的问题，你如果觉得这就信，就可以得出这样的结论，群众是没有什么问题了，就是起不来，工作何其漂浮呵！

但在两三个党员的闲扯中说到，群众都说干部解决了问题，干部的东西得到了，得到多，其余的人则没有解决问题。那是显然的，要不为什么群众说干部解决了问题其他的群众则未解决呢？这不是没有问题的。也说明群众不敢说话，可能有些问题。

再一个就是一个党员说，斗争现在有的户没有什么东西，等他秋后收到东西了，斗才能得到利益。还有关于他自己本人的一个为中央军半夜在坡上抢过东西，说可能是某人带去的。问我想从某人那里要回东西，可是无人证物证，他也未看见此人（说因天黑）。这都证明了经济主义的行为是不浅的（他说的某人是个穷户）。

好像从干部的谈话中，这个村该是群众起来了，说生产情绪很积极，可是负担款快三个月还不能完成。

当支部书记和我在谈话时，进来几个党员。他说："刚才说的人是一伙人，我们这又是一伙。都是（意思都是党员）。"

我想到应该找穷户来扯一下，但我初到如何能使他敢和我接近、敢说呢？我又怕一天天的误了时间，对任务不能迅速地完成。

6月12日

白天农民都下地里做活，正是农忙，又逢下雨之后，我想到地里去找找他们。我才来了一天不到，村里很少认识我的，怕不行，而且农民正忙于耕作，打算去帮助他们生产，以此接近他们。不了解对象，胡乱抓一个恐怕也调查不出问题。村长王万洪也忙于下地，好像感到无法下手似的。我希望宋文孝快点回来，把情况闹清，也好共同进行。我把在地委会议上的记录读了一篇，以增进认识，到村里转了一转。下午替万洪锄了一回地，晦气得很，手上打了好几个泡。

我原定计划在晚上叫万洪把村里的户口、人口、地亩等数目字谈一下的，但晚上他们又开收集负担款的会。为了要了解他们的情况，我参加了。情况很不好，都不发言，不哼气，也不说话该如何办。好户不表示态度，贫雇也不发言。会开得很久，问题解决不了，传达了县里介绍九光村的办法，也没表示如何。总之，大户、较好的户，采取缄默，甚至唉声叹气，贫雇也不积极，好沉闷的会议。

基本群众、农会会员不能积极起来，不能对大户或其他的能出的户进行批评斗争。原决定4月收的负担款，现已6月了，还无办法，可见抗日情绪仍十分平常。村长在无办法时，采取的也是行政命令的做法："不说，不能回去。到庙里去开，不想出办法，不能回家。"据说准备扣一个好户，这样才能叫其他的快点交。我批评了他们这个办法，还是从思想上说服动员。为负担交不起而扣人，将会把我们和国民党是一样的。应使基本群众敢于说话，以群众去监督任务的完成，我深感到这个工作并未走群众路线。党员说："你向群众说钱，当然是困难的。"他未想到如果是在群众的自觉上，承认是自己的事的可能。

我和武委会副主任王崔喜谈，他说群众在反恶霸时是发动起来了，但因为反恶霸时，他们有这样的思想，"人家牛长剩（被枪决的汉奸特务），都不行（群众认为他做村长十几年，会算会写会说），我们更不行"。这就很值得考虑的。他认为群众现在不敢说话，关键于此。但他说村里已没有什么问题了，群众是发动过了，但未积极起来。这都是极其矛盾的认识。

有一个同志告诉我群众有的怕变天，我想这多少有点道理。

6月13日

昨夜睡得太晚，今天早上起来的时候太阳已很高了。这里的蚊子实在凶，身体上被咬得一片片的红疙瘩。

为了完成调查任务，实在是有点急。白天，人都忙于下地，宋文孝等又不回来，确实苦。我常在思想这样一个问题，这样不能接近群众，不设法去打破，会完成不了的，我是这样的官僚主义吗？心里实在不愿，只是没有人帮助自己去了解情况。但我又想，如果把我放在一个单独干工作，没有地方的原来干部帮忙，那就无法工作吗？我几次想出去找人谈，除非到地里去。但去是必要的，应从何入手呢？从哪个典型起，我根本不了解这村的人物如何，这真是有莫大的不安。村长是那么忙于种地，晚上他又天天开收款的会，无法插手似的。我考虑到今天宋文孝等一定回来，还是等一下吧。我也想应先了解本村有多少佃户，哪户如何，我可以从这些户入手。

我把区委的调查提纲看了一下，虽过时，但在方法上也有帮助。

任效南来了一信，通知我到县开会，去否可以自便。我也不想去，和想去之间，不想是我刚到村，怕误了工夫；想去的是能知道全县情况。后我想还是去好。

我今天想了一下写个东西，把大体的问题都想了，我想这个东西是会有较好的意义的，但我还未想出一个适当的题目。我想这个东西工作也很艰巨。

村农会主席回来了，宋文孝未回。晚上和他们谈了一下佃户情况，但未完，他们开会去了，又是负担会，又是农会，我旁听了一会儿。

6月14日

宋文孝今天晚上由五区回到赤叶河来，区政府的人也来了，他们就在这开村干部会。吴宇化同志也来了。几天来的打不开工作，单独的生活，为之放开。沉静的村，好像有点热闹起来。

今天一天基本是热闹的，白天区武委会在此召开民兵讲话，来了全区的民兵，所以很早庙里就喧嚷嚷了。不过我看他的会也是很表面的。区武委主任在台上作了半天的报告，问题很多：陵川敌人打走了，是否民兵就无工作可干了？民兵应成为生产的模范，在村里要起火车头的作用，防旱备荒、打虫、训练、国际形势、国内形势等问题，好像是应有尽有。民兵在底下，天气又热，都在打盹了。会后也不讨论，只问懂不懂，民兵们就回去了。我真怀疑这个会的作用有多大。

我今天洗了衣服洗了澡，准备明天到城里去参加会。

和宋文孝谈情况，谈得很晚，又在当中有侯家掌百姓争执一块土地打官司在房里谈了半天。和宋文孝的谈话，使我也了解了些问题。知道最近县里要展开减租的斗争，这样对调查土地关系的工作，是更有利的。我很高兴，感到宋是本村人，对情况了解是更有把握的。但我们考虑到要到县里开会，这个斗争怎办呢？因为地主已经来了好多天，牛皮玉和侯家掌的群众都要求斗，怕会后回来再斗就晚了。又未断定县里开的啥会，如是租息的问题那就非去不可。商量好写信到县里征求意见，参加否由他们决定。我写了信，天已半夜了。

6月17日

15日信发出后，又考虑不到县里开会怕不对头。而且和王二泉谈了后，地主已经回去了，下午决定还是到县里去吧。天将全是黑了，在路上碰到送信人，信上说是开县委扩大会，接紧的是全县区干部会，期间半月，又成了我的考虑问题了。我如果要等他们的会后，这工作任务（一个月），是完成不了的，我自己干，又有许多困难，使我很着难。

摸了十几里黑路，到了冶头，宿于一区公署，碰到王先成同志。

16日到县，他们已在开会了。下午是三区报告，无甚东西，只洪河头国特的阴谋斗争还算有点材料，不过也有问题，干部的情绪也以为这是个成功的斗争，其实是完全被动的。群众未发动，过去反过恶霸，但群众未真正起来，而为特务所利用，斗争后也未转入减租问题。

晚上写了一封信。

17日，早上把信发了，如果樱[①]在三日后接到我不能在县里，能收到回信。

今天是六区报告，九光的斗争还比较典型。在思想上，群众观念上还好，材料都很生动。基本和李希曾同志在地委的汇报一样，但不及这个实在

① 樱：作者对妻子赵迪之的爱称。赵迪之时任八分区晋城县委书记。

生动。

6月18日

今天听到五区和二区的工作报告，我感到这两个区的领导是很弱的，干部的工作深入性很差，照他们的话讲（五区），近两个月来就没有做什么工作。因此五区在工作的报告中，给人的印象很不深刻，听不出些什么东西。最后的一个具体材料“五区农会的成立”，虽然比较是有些内容，但印象仍是不很深，但他用武家湾的典型发言，给了其他村的工作的对比，也很有发言的意义。

二区的工作报告，也暴露出二区的领导有些毛病，特别是关于左郊的群众对村干部不满，为K特利用，结果形成了一场大混战。这个材料在领导上很值得注意，显出我们区干部处理问题的无能，立场的糊涂与动摇。到底这是群众对村长的不满，斗争村长，还是如区干部说的，是反特务的问题呢？我们干部作风上的不能走群众路线，用镇压的方法来扣人，而且扣的也是几个是过去曾为反恶霸反特务斗争中的积极分子。当问题的发生，到底要抗日干部还是要群众这个问题不能适当的结合，先偏这后偏那，村群众思想情形并未抓住。同时我认为表现在分委上也存在不统一、不团结，集体领导的作用看不见，照群众的反映，就是政委一套，区长一套。

古郊村过去曾为反特务恶霸斗争的比较彻底的，而且进行过减租减息，但群众情况是这样，我以为有深入检查的必要。

晚上我参加了他们的议论，我把我的感觉提出来，但无反应。不过我最少是可以作为参考。

6月19日

昨天夜里议论的工夫实在不短，大概休息时已有十二点钟了。早上吴宇化叫我才起来。今天仍是二区的补充发言，内容比较好些，就是召集了一个佃户会，在这里也发现群众的思想问题，这是较好的，但还不是已经行动，还要有待于回去后的执行。

一区工作的报告，干部情况也是极严重的，脱离群众、自由主义、腐化是极严重的。分委会在整顿工作上，走了些弯路。但从他们的进行中，抓到了反省思想，解决了干部中的问题，这不能不说很好的。

四区的工作，也说明了干部情况的问题。一个干部在斗争中是积极分子，而提升了区干部，但严重的腐化堕落。这也就说明了我们过去对干部的固定的看法，一是好就是好的，捧之上天，一是坏的就打入地狱。这就是一个捧之上天的例子。现在摔下来了，就收拾麻烦了。

今天的报告都提出了这个问题，干部是要发扬优点，但放松弱点的批评是不对的。不能从全局的了解，只凭感觉，一定不能认识干部。

很给自己的一个教训，就是不能光听一面的话，要深入全面的了解情况。他们大概对何英在参加庙瓦工作，都有些意见的。当然何英本身有什么问题很难说，但只接近积极分子（而且是固定的看法），不了解底下，势必发生偏向。人家一面在报告，我就在想我不能单靠干部来帮我工作，我要设法去接近群众才能发现与了解问题。只在少数干部先进者的小圈子里是危险的。我在整风中对领导的感觉与意见也在于此。我认为积极分子是会变的，不变的观点那是会出毛病的。我过去也很容易听些认为积极分子的意见，就不能去了解群众，因此了解好多问题是带片面性的。

6月25日

会议是进行好久了，但看这个架势，离结束还得等些时日。虽是自己深怕日子拖得太长，对调查任务延迟，但以一个没有经验的人来说，也就等于住一期预备学校，跟我做准备，了解本县、村、区的情况，收获是不小的。特别是在讨论问题中，对自己的机器好像开动了一步。因而自己的情绪也就逐渐愉快而深入思想。为了二区的干部思想问题，我第一次作一个发言，得到些反响。第二天早上，本来我是要参加区里面的同志们来研究关于九光减租的讨论，县委要我参加县委会讨论。我的思想有这样的思索，我不是县委，地委也声明我参加县委讨论，我有逃的样子。

按过去来说，我不管参加任何会议，我的发言是很少的。我很怕我的意见不符合真实的情况，也怕自己的意见不顶用。但这次我倒没有作如是的想法。我只要认识到，我就提出了。作为研究，我感到开始时，有的同志对九光工作是估计不够，以为或有些过头。我不作这样的看法。我们现在的问题是放手发动群众，是怕发动不够而不是过分的问题。有的群众创造，有些同志不敢承认。群众当他的阶级觉悟起来，他的阶级是非常明显的。的确，像秋风扫落叶似的打碎了地主的尊严。当地主由城里到九光，农民们觉得这是我们的斗争对象，在他不向我们屈服前，任何人都不招呼他。如果要招呼他或跟他打交道，给他水喝，都是一种不体面的事情。农民看到地主拄着拐杖，道貌岸然，就不行，把他的手棍也夺了。看到恶霸地主曹世民的派头，穿着军装，仍以陵川城的街长出现，叫人民和平地讲理，农民一哄就把他打回去。当地主看到不行了，不向农民低头成为不可能时，承认了自己的错误，剥削的手段和实质，农民的愤恨发泄了，胜利了。“你是不是曹恶霸？”“我是曹恶霸。”“你叫什么？”“我叫曹恶霸！”很好，应该这样。有的同志认为不文明，这是原始的，不是进步的斗争方式。我想现在还不能要求过分，这就是要给地主以难堪。

（穷汉孩子富汉牌）

地主全低头了，认识农民的不可欺。斗争是胜利了，农民很自然地懂得如何拉，农民对地主叫吃小米，还送点香椿，但毫不含糊：“我们不跟你一样见识，我们到城里你连稀饭都不叫喝，不找地方给我住。我们不是这样，你吃吧！”好得很，多么清楚，不像小资者的伪装，不好意思，而是直截了当，使地主全感到惭愧，无地容身。

但有的同志反映了地主阶级的情绪，说九光斗争给地主阶级的震动太大，吓得许多地主都出去躲了好几天不敢回来，地主非常着难。不露头就不能改变这个制度，斗争就不能文雅了。我们有的同志就去想，以为斗争会可能使地主满意高兴的一种斗争方法，这简直是做梦。两个敌对的阶级，剥削者与被剥削者，你今天要取消他的剥削（今天还是削弱），怎能会叫他斗争后还会高兴满意的呢？地主着难，不看看农民在过去，是如何着难。“给了你租，请你吃了白面，没有别的东西，我炒了一些瓜子给你吃，你吃完了，把我的地下了，不想想我没有地老婆孩子的命！”他着难吗？不应可惜。

这都是我们一些干部中的思想。我也沉不住气，对这些意见，给予批评了，还有其他的，多了，糊涂思想太多了，如果不打通，如何敢大胆发动群众呢？王国培不反对我这些意见，但他说这不能说右是主要的。我感到这绝不能说左，那么有中间吗？我心里不大同意。不过是在县委会上，在论点完全一致了，我又不了解干部，我也不争论了。不在乎承认不承认的问题，是客观的事实：地主愿意拿东西出来，只要群众不斗争他就什么都可以。

前天晚上，刘毅同志从军区来。昨天他也参加我们的讨论会，讨论到打的问题，该不该打？争论的焦点是地主被打后的反映。争论总结起来有几点：一是唯法主义，我们立法不能叫农民去违法，一是放任，一是强制。我提供了一点意见，最后是小组酝酿，县委会也酝酿这个问题。刘毅他大概是不知道我这几天都在县委会上研究，他说：“你也参加这里吧。”“哪里都可以。”“你参加他们的讨论吗？”“我两头都参加过。”“随你便，想参加哪里就参加哪里。”我这个人有个弱点，就只能要就如何，要就不如何。我的思想有点踌躇，我也不懂得有何神秘。

今天讨论的问题转到锄奸问题上来。关于反汉奸，发动抗日。这里的领导是右的，强调宽大，结果公安局的对汉奸的放任，和人民的复仇情绪完全是对立的。这也就联想县长县联会上的关于晋东的工作提出“反奸”这个名词的问题。我也发表了意见。我讲完后，新的意见未产生。刘毅最后谈到这个方针问题，如果按他的意见不只适用于陵川的话，那么关于晋东的口号问题是对的，反面意见就是不对的了。我当时和樱研究时，不像来了这里后的明确，但连汉奸都不敢反，不敢公开提出，当时也想不通。因为我又是以旁听者的资格参加，未打算能发言，引不起自己思想上的严重思考。现在想到显然的，只强调争取宽大，而不敢大胆地反汉奸、发动抗日，这种思想实质是右倾的表现。我发言后，听见刘同志的发言，我完全同意，我感到这才是对的，因为我的发言，是基于这点上的。

6月26日

今天上午是刘毅同志的谈话，谈关于党内的团结问题，这是针对着区级同志目前的情况而谈的。在这里主要地分析了外来干部与本地干部的关系，新干部与老干部的关系，从老区来的干部对新区来的态度。这方面的问题给予自己一个警惕，虽然自己在主观未必是对新区工作有如何过苛的要求，不过在看到某些现象时，有意无意觉得不如老区。干部弱等的类比起来，这是很妨害团结的，就是在任何地方的言行，也应注意到这个问题。我自己虽然早就意识到这一点，但有时仍会流露于情绪中。

我想到会议进行的日子太多了，已到月底了，我的任务怎办呢？有点发愁，又不愿参加这些问题的讨论半途而止，因为我觉对自己很有好处，也就是帮助了自己对群众工作的传授。我也问刘毅，他无表示意见，只叫我写信去问刘刚。我只好写信去问刘刚和戴云程二同志了。中午写了一封信，叫刘毅的警卫员带去。

中午时，午睡起来，心情有点动荡。想到自己现在才开始从事群众工作，而且也是好像是十分勉强的。自从整风后，我是有点赌气而改行的，当然不能说全是因为这样，我过去也曾有为想更真实的表现群众生活，以求自己的事业更有利于大众，而请求到实际中来。但我并未想真正对文艺工作是在人们的不重视下而下来的。我还是想我的从事文艺工作仍是我的特长，我做这工作对革命事业的贡献，要比其他大些，要好些。然而我在整风的过程中，以及毕业后，我感到自己从事这个工作，是受了气的。从事文化工作的，事实上不为人所相信，好像自己过去日以继夜为了党的事业，从事创作（当然这也夹着自己的荣誉思想在其中），没有得到承认，而且得了全部的烟消。有的同志就来安慰自己说，并不像你所想象的，党并未抹煞你的成绩。老实说，我很不愿听到这类的话，因为我觉得要是如此的话，就应表现在平常的信任上面。我觉得自己受刺伤很大，如果说那是应该的，你值得怀疑，那如果一切问题都是从臆想上去推测，我想把月亮当作太阳也没有什么不可。就是像李绪春所怀疑我时说的：你和党的文艺政策如此对抗，何来四三年的成绩？我心里想，我四三年的成绩虽然不大，但那都是事实，因为它是作品，而且都出版了，而不是空话。像我有时反省的对文艺观点，那有许多不是真实思想，而是在万不得已底下寻找的，就是整风的“过关”思想。如果事实不是这样，我谈了又不相信，那又有什么法子呢？不如此，不能通过也。

我感到许多人，对人的看法是有等级的，因职业地位的不同也各异。我过去却得意扬扬，以为自己的从事文化工作是无限地光荣，在整风的过程中给我全打碎了。我想：共产主义的思想，把我从旧世界中引上光明，从南到北来找党，经过了些波折，终是达到了目的，那些痛苦的生活，都成为过去了。我爱好文艺，党把自己放在一个最适合的岗位上，因此也的确发挥了些自己的能力，培养了自己的智慧，愉快地从事了六年的（到1943年）艺术生活。党鼓励自己，为自己出版了书。我也承认我做这个工作是最适合的。我相信党的事业的胜利，也相信自己事业的胜利，抱着热的希望。然而在整风中，有许多同志给我很大的刺激，认为我是一个外来的，而且又是一个"文化人"，说话不美，放个屁也不臭，认为我过去一切好像都是假的，作伪的。知识分子，必不可能是像我这样的历史，使我深痛，使我误会，我既是要革命，何必要从事文化工作呢？有许多武器，我为什么偏要使用这个武器呢？我原是工农，只因时代的摆布，使我流连失所，错认为知识是我的出路。但我仍承认，因为我得了相当的知识，使我认识了真理，我内心是以此为荣的。事实上（不能光说），从事这工作，许多同志并不看得起，从领导到小组，相信的只是党务的干部，老红军干部，或本地的农民干部。积极分子是他们，整风中比较最不受刺激的，而是专门刺激别人的。我很想站起来，可是立不住脚。我考虑到事业是人民的，中国的社会难免给青年人许多痛苦的包袱，在他觉悟未到之前，是不容易解脱的。为了这个事业，我应受得起审查，但我又得出新文艺的方向，只为在共产主义的养育下，才有前途，这我确信无疑。但在今天的情况下，我不使用这个武器作为今天的武器，或主要武器。为了解放阶级，解放自己，什么都可以使用，今天我何必要使用这个武器呢？我也并不是不打算自己永不做这个事业，以后再说。我不服气，那些所谓天之骄子，是否真正是天生的。在此，我也产生怀疑，难道我这样的气愤不是等于埋怨党吗？这是很不正确的。如果给别有用心的人看见，那就损害革命的利益，不过我想还不至于，因为我并不是说党就完全是这样，而是说我在某一个历史的一年中，曾有如此大的震动。我也怀疑，其他的真正很铁面无私的人就不会像我这样的牢骚吗？或是他们不愿这样露出来呢？我想不满就是不满，掩盖是无用的，人的真诚不在乎他是否说的好，而是在历史的考验。我的不满也可以说对某些人，某些时间，“公平”我还未想通之故也。我想有工夫想到的反省于此，才是愉快的。反正矛盾不能掩盖。如果我自己装着我非常涵厚，修养非常好，而不愿暴露，那是伪君子。

今天下午的会，是讨论到政权在群众运动中的作用。我感到我们过去政权是非常含糊的，以为自己是三三制，就是既不代表地主，也不是农民，而是统战的糊涂思想。

老农民宋文孝同志今天发言，谈到十二月政变后英勇牺牲的董怀臣二同志，这次反恶霸反汉奸斗争，领导的同志（区上的），没有关心，不能让人民全出口气，痛哭流涕，感情之真，不是伪装所能做到的。我感到对自己的战友，应是怀着热烈的真爱，而他得到的是（文孝说的），人死了就什么也全完了，意思是批评我们的同志的冷淡。

只讲绝对的马克思主义，好像人就不需要感情吗？对战友死后，炭冷灰飞，我总打不通这个思想。这是过去人民的领袖，为人民牺牲了，我们应该纪念他，不仅是报了仇就算了，因为他是曾代表了伟大人民的意志。

6月27日

今天休会一天，许多人都到平城去。这几天来，好像有点病的样子，一方面是疥疮发作了，特别是脚部有几个发脓，已经廿来天了仍未见好，又无药品。另一方面，我原到此开会以为只四五天的工夫，故未带衣服来，裤子又太小，有点着了凉，头痛，眼睛今天也有点不舒服，火气是上升了。

李希曾的老婆毕同志来我这里谈坐了一会儿。前天王国培曾告诉他俩的问题。坐在我面前的，我感到是一只无抗抵的羔羊。这个可咒的中国历史首先把女人的智慧掠夺，使得她愚昧无知，又在生理上摧残她，缠脚，虽然她是一个放了脚的，但行动的别扭也是十分不方便的。我看见她没有什么再大的要求，一句话，就是希望李希曾能允许她作为他的妻子。“我是个党员，我可以找工作做，我什么事情也未求过他。跟你们说劝他回心转意。”“早在几年前在太南地委时就发生过，但组织上不准。我一天都在担心这事，以后有了小孩了，成法生了，我以为大概不至于了。现在呢一天到晚发脾气，我什么也不敢逆他。他没有毡子，就到家里做了毡子给他。他是上级，我什么不照顾他呢？说什么是什么。这几天我好像疯人一样，这比国家大事还大，洪同志。”

这件事确实是难办了。据说她昨天和刘毅同志谈了，但未得到什么回答，只是“这也很困难”。

这里问题的关键，在于旧式妇女的不好看、幼稚、落后、文化水平低，这是希曾的根本思想。但他现在办法，就是在几年前已实行过的，回家生产去，养小孩去。“我过去不是在交通局工作，妇救会工作？都是他叫我回去生产，要不几年我不能多少进步吗？”她现在唯一的办法是呼吁同情，劝李回忆十余年的夫妻情意。

李这几天的气色也是不好的，当然是内心里也在斗争着。然而问题的发展是越来越坏的。以一个如此的女人作为自己的妻，这个观念是十分难打消的。孩子虽可爱，到底妻子的问题是自己的，特别是近日有的人也在闹婚姻问题，可能也有刺激。

我看见这女人很可怜，她什么问题都可以，就是一件事是无法——美貌与年龄。我认为如果是一个能独立自主的，有能力的，提出离婚，那也没有什么。然而在乡村妇女的历史痛苦，也是十分可悲的。作为挽救社会的责任，就不能草率，但有如此不如意的婚姻，在思想上是个包袱。是改造呢，还是离异呢？再重新处理，找一个合适她的丈夫，合适他的妻子，那也不是不好的事。然而人的情是难断的，个人主义的心理也是不好肃清的。

我看到了不少这样的悲剧，在这个新旧交替的历史关头，它还在继续地扮演下去。

6月29日

昨天一起床就感到右眼非常疼，左眼较轻些，眼是有病了，经常发痒。在宋光勤那里滴了些沃古林，很见成效。今天眼略好些，但还不是全好，痒得很。想买一些沃古林，但没有钱了。不知作何道理，文联和书店老不把稿费寄给我，实在是不惬意的事。

今天的会，是检查领导，批评领导。上午开得不起劲，涉不到问题的本质，不大胆。得到情报，荫城敌增兵一中队，伪保安三个大队，已出动到西河（音）。

会议仍是进行下去，下午批评较好些，就是敢提出问题了。在这些提出的问题中涉及的是统一领导的问题，党内团结问题。分委会委员的分工与责任问题，有的问题分书是采取放任的态度——反正我领导不了你们，就不说了。有的是分书包办一切，甚至连写个路条，区长也不能处理。“大事掌握不住，小事抓得非常紧”，这就是现在的领导做法。

自由主义的思想在干部中是个严重的问题，今天在女同志中互相不鸟，小气，背地说长道短，影响到干部的团结，牵连非常广。差不多所有的（六个）女同志都联系到了。

使我在此感到一个很不好的印象，我看见我们这些女同志都十分难搞，不知她使着一股什么劲头似的。你说她工作能力高，不然，资格老，也不然，傲而娇气。我今天特别对岚峰的感觉，她到底仗的是什么？原则吗？毫无原则，说不上来，我当时想是否凭着自己的年轻，自以为活泼天真吗？说坦白点就是俏吗？我简直想不出她的之所傲而娇的支柱是什么。我回想一下，在四〇年时有个平汗线剧团，其中有个小女孩，当时很小。以后就忘了。四一年在临参会上看到太行山剧团各分团的集合时的谷兰珍，四一年冬到一分区，在三分团见过她，当时是个小孩，确是天真的。四二年解散了各分团，大概她就做地方工作去了，调到八分区来的就是她，现在的岚峰。怎会如此讨厌，我没有想到。无原则纠纷的主角，我从今天以前对她的观感好像有很多的不同似的。今天她是分委了，农会主席，作风与认识能否胜任？

其他的女同志也一样，有的是程度的不同。希曾见她们对这些“谁说一句什么话”“谁未和她什么什么”大概是讨厌了，叫她的争着发言停止。她们中的一个（李工）怎样说呢？我没想到（对党委会的主席）：“你管我呢？我偏要说！”这哪里是讨论问题，这是撒娇气，把我可气恼了。我佩服希曾的容忍！

今天发言都不是从自我批评出发的，批评得毫无痛痒，这样不能把错误提到思想原则上去认识批评。我担心无补于今后的工作。我对此有不同的意见，但又怕提问题提得太多，怕有过失，这又不对。我应对县委谈，能达到一个强有力的领导核心，这是我的愿望，我也不是为别的。

王国培告诉我，这些女同志很多都和分区有些关系，因此而难领导，真岂有此理！我也看到，如李智同志处理她的家庭弟妹问题，不用经过县而自己直接到分区解决，我在机关时看到就有点不顺。这次刘毅来了，许多人都要和他面谈。在尊重上级党的负责人这一点，我毫无意见，但恐怕其中不全然，那么我感到县就在领导上有困难了。因为这些人不管怎样说，她今天是直接受县领导的。应承认这一点。

晚上，情况无变化。备战要紧张进行，这个城很空虚，我想确是不能麻痹。但我没有什么东西，来就走，管他呢？

我从到了底下来后，看到有许多问题。在作为一个领导者，是十分要紧的。我考虑了一下，叫我去单独负责一个地区的工作，在心里不愿意。就是感到不容易，还是作为底下的执行者，做具体的工作，丰富生活，将在文字语言上做多点事算了。叫我去负责一面工作我实在有点怕。有工夫的话，很想把最近的所见所闻作概括研究，以提供樱在领导上作参考。我有时因别人的问题引起，我就怕她未注意到这些。其实人家从事地方工作几年了，不会不知道的。愿她如此，不过以她的性格来说，我仍是有点担心似的。

6月30日

昨夜下了大雨。会议进行了半月多了，精神也很疲惫。起来时，天已不早了。因有敌情，昨夜县府都在准备。我倒若无其事的。责任的轻重，就有很大的不同。如果是过去在一单独的岗位上，确是很操心的。

我把九光斗争的笔记看了一下，觉得这个材料还是很丰富的，有心打算把它整理出来，作为一个通讯稿，也十分需要的，心想这样做，问侯怀义二同志要他们的材料来看，字迹非常难认，很费力气。幸亏是已听过汇报，中午时抽空看了些，晚上看了些。他们整理的太多，好几十页，太啰唆了。我也跟他们说应以后在斗争后，整理材料为党报写通讯。他们说想这样，但写不出来。我说很简单你怎样想怎样做，群众怎样说怎样行动就怎样写，没有什么奥妙。

明天是党的纪念日，去年今天，年月真去得快。去年这时正是多病的时候，也是思想正受了震动后而转入历史自觉，唤醒些历史痛苦回忆的时候。也是心理比较好转的时候。但对那种震动，是很不易冷静，现在想起来还有点不自然。从我的历史生活中，硬要说无为有。这种怀疑的所谓科学态度，我不大能理解。

很想得到樱的信，我想已半月了，为什么还不来呢？想再写一封给她，又没有时间，算了。

休息时，李二同志问我是否从此就改了行。我笑答改不改也就是这样，对现生活很有兴趣，我无更大的要求，不愿再加大任务，也不愿退后些，能完成志愿就足矣。她们笑问何故，我说再大些，或单独负全面的工作，我怕得很，从近几天来我产生难办的样子。她们哄堂大笑，我也莫名其妙，为什么这样笑。其实虽然有时感到几年工作无变化，特别在整风中的观感，觉得文化工作未被人看起，心很不服气。做别的工作，我未必无信心，我不相信只有这些人才能做。但以我的真实思想就是在现实的斗争中锻炼，回返阶级的生活与感情，我仍是做个艺术工作者并不累我，别也无他求。但千万不要让我又回到高高在上的，或纯粹性的岗位上去。我将是这样回答人的，不用为我惋惜，对劳动人民的教育，我仍有责任。我将在和人民的最底层的斗争中，以现生活来再现告诉他们，使人懂得，艺术可以在生活中来工作，可以由工作中来表现艺术，不是天生的可疑者。（我意是他们不能做别的，或是无关重要的意思。）

7月1日

今天是党的廿四周年纪念日，清早王子英就来叫我去写几个标语。上午准备，早饭后十时才开会，希曾同志报告陵川群众斗争历史，虽然很简单，但使我了解些陵川历史上的农民反抗情况，陵川农民在满清时代义和团暴动就起过农民起义两次（而且领导人物中的一个，前年日本扫荡时才死去），规模也很大。虽然后来是农民败了，但是很好的可泣的事情，如当陵川农民领袖，为官兵所追，跑到壶关某人（农民领袖）家，官兵到，女主人把他化装成她，混出去，而她却穿他的衣服，告官兵说，要把逮去，我非坐轿不行，于是抬到陵川时，却是一女人。女人就说他们（官兵）强奸妇女，把她抬来了。后群众为之语说："三十二里八管乡，赶不上壶关一婆娘。"民国十四年曾与林县、辉县、平顺等起义，成立和平县政府，都最后失败了，起义的原因都为反对税、捐、银而起的，十六年也有过暴动，都镇压下去。抗战以后的斗争也是很轰烈的，退军时两千余人退走，留下的不少为烈士，受到反动派的压迫也是深重的。

中午会餐，下午开座谈会。中午酒醉了。晚上为樱弟写了一封信。

7月2日

今天早饭后，把信拿到交通局要发出去，樱给我的信来了，很好。

今天讨论的问题是关论联合政府的学习与宣传周的问题，也闹了一整天，是否这样的研究法是好的呢？我想都没有什么使人全注意其中，因为只研究方法，就是如何研究的问题，事前很多人还未看过或未好好的看过，光读方法岂不是无的放矢吗？这样说有点过分，我感到近几天来的会就是叫人沉闷，什么问题都搞，什么问题也未集中深入研究以明确思想问题，只是提出问题就算了。如统一领导党内团结等问题，都十分需要解决的，然未深入讨论，不过我是"客人"，又不敢提这个意见。

为了研究九光的材料，我今天未参加会，觉得不十分需要，打算听听总结就结束我的参加会的目的了，心很焦急。

现在大概已经将半夜了，本来我今天非常之困，早就想睡了。我刚才把九光材料写完，可是在写的过程中，乏和痛（大概又是感冒了）侵占了自身。本来今天有很多事情想写在本上的，什么东西在撩乱我呢？我老是在床上滚来滚去，总不能入睡。兼之身又痛，又没有铺的，硌得身体很不舒服。疥又老是有点痛，它也不大地发展，也不快好，有时出来一两个。特别最近的出来就化脓，十分疼，影响身体怪不自然。

今天会议总算结束了，我明天就要下乡去了。我早就感到闷气，任务未完成想早点下去，如果未做出什么成绩，也无结果就被叫回去，我实在是不愿意的。

今天中午后，李二谈起剧团的同志的前途发展问题，也引起了自己的忧伤。的确，正如她说，老贾、振亚[①]已快三十了，仍干这事，如何呢？这一方面说明做这工作的无望，另一方面也说明她的思想：就是认为文艺工作，从事多年仍是如此，地位不高。这正是今天革命阵营中的错误舆论的反映。我看到苏联在卫国战争中文艺工作被作为打击法西斯的一个武器来看，比之我们，叫做这个工作的人感到不舒服。有的聪明人就这样出来说："这是你们自己思想的不正确，莫推之外界。"他马上取消他的真实思想，"谁都不会如此看法。"这样他是十分正确的。

我就感到现在行年三十余了，在此个痛苦的过程中，改了行。确是我为什么这样呢？许多关心的朋友都在疑问。贾宗谊也快三十了，我离开他们时是这样的年纪的，虽又数年了，依然故我，最后是改行了，不改自己也无法跳出这个泥坑。我想到他们也快就老了，到那时，艺术工作者未成，其他的

① 太行山剧团创建时就与作者共事的贾宗谊和张振亚。

也不熟悉，伟大的革命战争就是如此过的，确是可惜呵！

也好笑得很，在故乡时，永不会去想想，或注意故乡的地理是怎样的，平凡无聊。现在一看见地名就详详细细地看，先要看我最熟悉的地方，觉得有无限的温暖。过去听说一个革命者这是落后的表现，但我却感到很留恋，因为那里的一切曾是我的发展基础，一个游子的心是多样的，屈指十一周年了。艰难的任务，使我也不可能时常回忆。我忽想起，家乡的一切都在思想中十分清楚，哪里放个盆，哪是喂猪，哪个角落还挂着衰老的母亲的油画像。这在我的一个农夫和鱼贩的家庭十分不相称的艺术品——日本人会把它都毁灭了。比如我现在长了几个疥，我就想起我小时也长过一次（不知是不是疥）。人告诉我，捉很多小青蛙，在烧红的瓦片上把它烙干，调硫黄之类的东西搽……这一代早就过去，已经不可回忆，红婴[①]将接着这个时日了。但他比我是幸福了，在党的抚养下长大的。

有人常问我：“你放弃了艺术工作了吗？”我很难回答。说不，那你现在到底怎么回事？是个手段吗？就是为了丰富你的创作生活而做群众工作吗？（好像这是犯法的，绝不能如此，要就这要就那。）但我在心里承认一个事：我不想放弃，这对群众我不认为它是不必要而多余的东西，可能很有益。如果是这样的话，那是个手段又有什么诚恐诚惶呢？然而在我仍是心灵，我不大敢在众面前说明：我要为刊物报纸写稿子，我要抽工夫创作，我怕这是不合法的工作似的。我莫名其妙，此思想是由何而来。

① 作者的长子，1939年生。后改成“洪鹰”二字。

我感到很孤单似的，从事这件工作不会有人赞助的，但在我的生活历史中，孤单我是惯的，谁也未赞助过我，我就是如此来的，你不赞助就罢了，只要是有益于人的，何必争论呢？我就如此。

我又回想了一个孤僻和傲慢问题，扯闲天能花整天半天的工夫。不应付，“这是个怪人”。应付非常不自然：因为我想做事。见面时，本来无事可谈。“天气真好”，说吧，我无法再找到第二句话；不说吧，“这个人傲慢、冷淡，这个同志”。我看见有的热情人拉我去打扑克，不去不好，勉为其难。有两个妇女从远处来有事要谈，时间是午睡时，他们只劝她们回去，将来去哪里办。知道了，她们就无聊地坐在门槛上。做人很难，热情，不知用在什么上面好。我讨论工作时，会因群众的行动，热得很，眼泪也出来。创作时也流眼泪：为过褚天根哭，为过金梅与科子的爱情落泪①。可是我看到平平常的实际，冷如冰。我是在克服了，逐渐地注意，但很难自然。人家说我不会有“过分”的热情，是很有道理的。

忘了困了，可是灯已没油了。“灯里无油点捻子”，是这样的。

7月4日夜，不知何时间

---

① 都是作者戏剧作品中的人物：褚天根是《未熟的庄稼》中的；金梅和科子是《糠菜夫妻》中的。

7月8日

8日晨起，要下乡了。趁早上也没有什么事，写了一封信给樱。夜里的思想在信上也咆哮了一顿。我想可能会叫她看见不知我是受了什么气而发牢骚的。快要写完时，侯怀义、郎二虎拉我到饭铺里吃饭，他们请客。有张步云（县长）和李希曾等十几个人。我一入门看见济济盈盈，确有点躬逢其盛之感。我的两旁，都不喝酒，把酒盅都往我面前推来，连喝了好几盅酒。我不会猜拳，我就光喝酒了。这次喝酒觉得很甜，可是不到五杯，脸都红了。回到房子里把信写完，投寄了。理了发，就和宋文孝、任效南离了县城。王国培、谢飞几个人还送我出门，太客气了。

走到复庄，在宋文孝的大舅子家休息，承主人殷勤招待。宋的丈人为了他的第二个儿子的患病，全身不遂，不能劳动已三年了，不请医生，只烧香许愿，天天准备米汤，往来过路人随便喝。钱倒费了不少了，病仍是一样。效南和病人做启蒙工作，最后是接了，他写了一封信要县政府介绍他到分区医院检查，这是个好事。但我当时想分区医生，能否看这病？是否肯给这个从不认识的人看？我对他们的学识和群众观念都不大信任，因为在平常除了负责干部和其他有关的人看病较爽快外，不管什么人（部队中的），都是不大流利的。我也想到现提倡为群众服务，然而我对此很不相信他们能这样做。愿他们和我的思想相反。

我突然想到在这样的农村，患下一个较为“不简单”的病确是只有坐听自然。中医吗？我不敢相信。西医吗？少，没有。就像部队中的也是叫人啼笑皆非的医生。中国是多么的不幸呵！

为了避免中途雨淋，故休午，可是一出村，大雨来了。宋文孝仍说没相关，结果是相干了。幸亏退回半里，否则“恩沐暴雨”了。也好，有一担李子和我同避雨，故尝了几个果子。

雨后的晴，青苍明朗，晚阳是柔和的，不像中午时的酷热了。宋文孝谈他在政变后的不幸，他的历史遭遇。天色渐晚了，东北面的天际，雨云浓布。急急地走了七八里地，夜宿高家。

7月8日下午记

6日，起来后，高家村的干部——农会主席，村长还有其他的，都来了。谈扯他们清债的情形，也闲谈别的事，也谈入党的问题。在陈锁泉家吃了饭，回赤叶河来，途中遇雨，幸不大。离开赤叶河廿天了。我去城里时，这里才下种不久，或正在下种。现在因天已下雨，庄稼青苍可爱，好像少年人在恋爱中一样，“神气十足”。

我在村长王万洪家吃饭，这里买不上盐，吃的是淡饭，很不适口。万洪家里的人，老婆孩子和他都生疥，很讨厌。我心里有点怯，怕传染得更厉害，不好意思提出叫他另派别一家去吃饭，这样是不好的。勉为其难吧，不过心里十分腻味。

下午参加支委会，传达到了开展工作的计划和任务。和陈锁泉谈了一次话，为他填了表。

工作是正在紧张地开始了，我要从这个当中，了解情况，学习工作，我打算在研究这村的工作中，完成任务，和群众也渐更熟了，可以进一步地了解他们。

7月7日晨记

6日夜里睡得很迟，因宋文孝琐泉等三同志谈问题。7日晨，起来就不早了。

“七七”周年纪念，现已是第八次了。我记得，当战争未爆发前，心是如何迫切地希望战争，解脱中国民族的痛苦，自己也立心：战争爆发，我是要把自己献给人民解放事业的。大哥在南洋也鼓励我的意志。因此，战争一发动，从南到北，为了民族的光荣与真理而斗争，在这点上我无负于祖国，无负于父母、兄弟，无负于自己。当时是热情地忘我地工作，只要是工作，我可以不分日夜。自己在战争的熔炉中，虽然时间是长久的，但自己仍是和初衷一样的热情，不敢稍息。四四年以前，常为爱情苦闷，除此以外，也无他求，倒是愉快的。四四年以后，清算自己的历史，更感到自己和劳动人民的血统关系。这确对我今日的对群众的看法与关心，都是很大的不同，“甘为孺子牛”的思想是明确地树起。然而也给自己很大的震动，八年来，依然故我？而且有很多问题，常扰乱自己的安宁，思想深处，有许多不平，有许多牢骚。因此，在某时会引起自己的“到底是谁的是非”之感！自己的个人英雄主义，高傲自满，目空一切，深感不对。使自己的与人之间的关系不能达到应有的协调，这是有的，严重警惕也是必要的。我想这个思想自己倒有决心与把握去克服它，我现在每发一言一举动后都想想，是否自己有不当之处？我想这样的检查是必要的。但又想四四年以来的某些因素，使我存在不满，有不公之叹！有的问题，是不实事求是的，在思想深处许多论据是被迫的压抑住。我听到中央七大会的民主精神，党员可以一直到中央作声明，深为感奋。而又为不能实行的，只在口头上的作风，实在有意见。我想：劳动者和党的相连，是不可分的。从历史上证明，我毫无顾惧怀疑之处，为阶级为人民的事业解放，自己的努力还是方兴未艾的，只要从实际中看，我有时想到愿作解释与露于语言。言多必错，一了了之。

我考虑对九光的斗争，写成通讯，是有作用的，几次拿笔要写，可是心里有别一个思想：你调查的工作做得如何？这不是你的主要工作，又想到前别的事了，又无此勇气。我真有时怀疑人的惰性也是可怕的。我拿起笔时，文孝来了，问我如何学习，后因未讨论，人又不齐，再说。去看河里的垒井，我看到团结就是力量，多大的石头，可以移动。移动的方法，我过去也是不知道的，他们叫作上“驴”①。

下午参加支部会，这里的农民同志，行政命令的习惯，仍要严重教育。说开会不来，“斗！斗一两次就看他来不来”，感到落后分子无法，实质就是非强迫不行。我后提出我们对人的态度问题，对自己的兄弟，应如何？对地主阶级、特务敌人应如何？群众是有智慧的，只要你能提得恰当，他会了解的。结果他们都知道了，如果我们太不讲方式，就会使人离开我们，使群

① 此字难以辨认，姑妄如此写出。

众怀疑。都一致同意，但巩固还有待于实践。

一个党员群众和我谈了一个债务问题，谈得很有劲，我叫他去组织，宣传更多的群众，他很高兴地去了。

工作上逐渐有眉目了，群众也逐渐熟了，就是很忙，我感到自己还不会接近他们，应改善方法。

晚上讨论学习问题，决定8日晨学习。文孝午饭请吃面。

7月8日早饭后记

和区干部开了一天会，讨论怎样开展这村的工作，介绍了九光的经验。农民问题，琐碎得不得了，如牛呀，驴呀。楚江寨的一个农民，去年就给了盘铺一个富农（兼作买卖的）六百元买米，他至今还不给米，也不退钱。三番五次地推取，也不行。约了三期，经过三个保人，这次又去找他索取，他躲在外面，不见面。村副是保人，只好把他的一条腿牛（占1/4）给楚江寨的农民，把牛赶回来，但又不敢卖它。村里感到这个人非常赖皮，历来什么也抵赖，如公粮存在他家舍看管，他拿公粮去做生意。村干部想把一条腿牛卖了，征求我和文孝的意见。文孝和这个赖账的是表兄弟，他只说他表兄弟不对，也无甚主意。我想卖了，也麻烦，最好先叫他家把他找回来，限期不来，经过保人负责把牛卖了。还有一桩是为了失驴的事（中央军把驴拉走了），现又从潘家掌（那里拾了一头驴）要来一头驴，现在发生纠纷。

在研究本村工作中，也有个很大的困难，就是本村太分散，干部不能集中使用，赤叶河本村的租息问题不多，只有两三户，而且都经过代替“恩赐”的方式解决，问题也不大，不能是典型事件，我想不清这样的问题都在小村，但小村都在这村的周围，很不集中。这也很无甚好法，我决定先研究赤叶河从前的问题后：到牛皮玉去。那里是租佃问题多的，且最近也斗争了，可以研究总结这个工作。

要成立民校，干部是这样开法的：村干部在午睡时开了个会，就在晚上召开全村群众来成立民校，好多人姗姗徐来，甚至不来。于是又派民兵去叫。来后，叫他们坐在一边，准备叫他们“坦白”。民兵去叫了，还是来得非常不爽快。会开了，村长说县上开会要成立夜校，赤叶是个模范村（？），要减租息，区干部也来了很多。宣布以后就是推选民校主任、教员……于是就提先在支部讨论好的，谁当主任谁当教员。可是农民的劲头不很大，对夜校是莫名其妙的，可能以后又是个新的负担。讨论对到会迟的人如何？有的说谁要迟到了，罚二两油。有的说罚不好，自动出二两油吧。那与罚二两只是“罚”与“自动”二字的音不同。叫迟到的坦白，这也是坦白。有个仓库主任，他就不坦白，嬉皮笑脸的。这种老一套的包办的行政命令的领导方法，还是十分牢固的。我真对赤叶河的作为已经发动了群众的见解捏一把汗！我有充分理由在县里开会说赤叶河群众并未发动，不要把反恶霸作为就是发动了基本群众的。我当时实在着急，又不好当时纠正，那是包办，后台掌柜。只为以后从这个做法上来检查领导思想问题，和文孝谈了。叫干部在空时开个检讨会。

9日早饭后，文孝找干部们来开会了（区干部都下乡了，只余我和文孝在这村了）。也十分困难引导到正题上来，扯东扯西。不过也反映了许多群众的意见：群众对开会是“打锣开会了，咱就瞎圪转一下吧，成天开会不知有啥事”。干部评说这是中央军在时的老习惯，老百姓不愿开会，心里不赞成这一套，心里说八路军卖狗皮膏药，但嘴不敢说。所以要老百姓很满意很难，他永不会赞成的。（王万洪）“这是小米那也是小米，公家藏着圪鼓咚咚（满），老百姓没吃的。不能叫公家借，秋后还新的？”“光弄冀南票就逼杀了（负担），八路军说为老百姓谋利益？”“叫他们来领救济粮，一叫就来。出负担不来。”“家家存着小米（公粮），不敢抬动。”“还是一开会现在就明要钱。多一个少一个，没什么，我难受啦，躺啦，不去了。”“一捽锣老百姓心就抓花！”

有的说群众不认识民校对他们的好处，就是干部思想也认识不清，可是干部圪拉了半天，提不出问题，都怕说错，尽量往对的上谈。我看到太沉闷，和文孝商量停止了。我想如果干部的思想不解决，民校是办不好的。群众思想不解决也是废物，应找典型，反省对开会和学习的态度，搞清民校是干什么的，打通干部与群众的思想，实行从几个人入手，以推动群众认清不认字、不能写、不知道国事的吃亏，民校和农民有什么好处。文孝去找党员反省去。

7月9日上午记

9日下午，遇见了侯庄的王付虎。这个老头儿是地主李承苏的佃户，也是债户。文孝告诉我，则邀他到庙里来圪拉圪拉。这次牛皮玉斗争李承苏他也去了，但李承苏说“不要讨吓”了，“你得了江山还不美？”只想给回地，其余的话就不必谈了。侯庄只有他一家是和承苏有问题，牛皮玉的佃户不大帮助他说话：“我是独腿船。”承苏说文书都烧了，他懂说承苏是在等“变天”，他不甘心，虽然得了东西：“我没有算时小肚皮疼，算了大肚皮疼。”（意是气未出）不肯这样，就要等宋文孝回来，拒绝了要东西。但是他渴望的是干部跟他做主，为他出气，他在言语间，提起自己的背伤，非常沉痛而忧郁。十八年了，他过去是个好户，雇有长工，因吸灰（金）丹，在承苏的小铺（在高家）借了廿元。还拿了一些布和花（棉），本利垒起来，卖了一头牛（十七元），卖了二亩地（廿元），以后变成十四石粮（利），当了八亩地给他，又租回种（当价一千四百串钱）的钱作租，每百串一石利，共十四石，八亩地能打粮七石（其中有他侄儿的两百串），为了利太重，逼他侄儿当兵去（已十年不知去向），他跟李承苏打官司，后减为十二石粮。开始时从他的庄下地圪垒起，上梯后一样把上面的也垒了（共十三亩地），每年交不上租，地主来时要吸金丹、白面，二地主说“你奶×，又不是吸你的，吸的是东家的”，他弄了金丹白面给承苏和二地主吸后，地主说：“给你丢下五斗。”第二年收租说“年上欠五斗，一斗五升利，该六斗五升”（写成当地的十五年）。“我只知道想起的是这样，粮食就无法算了。”一年劳碌而不够交高利贷地主的利，我看见在说话间那副阴沉而灰色的脸孔，想起中国的农民是那么的不幸，我不禁冒火，真想揍这个地主，弄得人“家破人亡鬼吹灯”（他自诉）。我虽未经历像这样的历史，但提高利贷也就想起父亲阴沉灰色的脸孔，忧郁的叹息！我每年做工的工资，回家就没有了，“无底洞”（母亲的话）。但我当时太年轻不懂得甚事，现在我才知道是如此的悲惨！他走时，我勉励他好好的想，起来斗。八路军抗日政府是为劳动人民的，他说：“我过去不敢说，现在看见我们不怕了。”又说，“到我家串串！”我说：“一定去”。

我想到作调查研究也是他妈的，不如干脆在个村里做工作，这我倒十分愿意。

晚上听民校开会。烧了点花椒水洗疥。疥是发展了，身上手上都起了好多，是天雨的关系还是其他，真他妈的。有时就埋怨樱怎么把小孩交给有疥的人带呢？

10日上午，和四个农民圪拉，两个是退伍军人，一个羊工，一个雇工。除了一个退伍军人（党员）较觉悟，其他的都是“老好好”。他也知道八路军来后他才有地，但对什么不大热心，反恶霸时捎带解决他们的问题的。王奂成说他过去典了房给张朋举，以后（十二月政变后），卖了个姊妹，把他的房子赎回来，但钱人家要了，不肯搬出两三年。（因他哥参加了决死队不敢和张如何。）以后搬出了，把椽、板、砖都撬了，剩下来破烂不堪的房子。多么可恶的特务！

谈得倒很起劲，但谈不出什么新东西，这三个（除退伍军人）都不愿和别人互助生产，自私性很大，但谈不出思想。时间太长，看他们有疲色，就结束了这次谈话。不过最少打下了和他们谈话之门路了。

7月10日下午记

没有什么事，赤叶河的问题，可能是在小村中。打算把赤叶河过去的工作研究一下，便到其他附村去。宋文孝到区里开会，现已三天了，还不回来。等着他有点麻烦。

前天晚上我本来想不写九光的文章了，后来看了一下，又觉得有写的必要。于是写了个底稿，昨天就把它全部写出了，誊在稿子上，第六部分，还不很满意，又修改了一下。今天全部誊好了，用的是文联的稿纸，我怕人家知道是我写的，可是没有别的稿纸，也就将就了。第一次用我的原名——阮章竞。我再细看一下，这样就已脱稿三次，修改五六次也就可以了。如有人到城里去，把它发出。

收到戴云程同志的复信，他和刘岗同志商量了，我可以多做半个月工作，而且捎带把各阶级情况变化调查一下。信上说到李一民在陵高发现许多租佃问题，使县上大吃一惊。也引起自己的思想——要能做出工作成绩来。怕白费工夫搞不出问题。

7月13日上午记

△昨天儿童队斗争一个打儿童队员的问题。事情是由一个儿童小队长去叫一小孩站岗，该儿童的父亲不让去，结果儿童队开会批评该小孩，以后又叫小孩去站岗，他的父亲把儿童小队长打了一顿——这问题发生在楚江寨，赤叶河儿童队自己派人到楚江寨调查，报告村长、武委会，要斗争打小孩的人。开斗争会时，小孩早就到庙等待，我问他敢不敢斗？他们提出理由

非常充分，很有组织。下午开斗争会，村干部先征求他们的意见，小孩提出为什么打小孩，当时是什么思想，第二，为什么几次叫都不来？开会了，被打的小孩先报告被打经过，简单明了。被斗争的人，在未开会时我问他为什么打小孩？他说“没有思想”。在儿童的威力下，这个人也很坦白，承认了错误。不够的地方，儿童追得很紧，比如追问他为什么说“谁命令你们站岗的，你到县政府告我不怕”，儿童要问这是什么思想。后来因他谈得不彻底，还打了他一顿。最后这人也全承认了，而且“自动”了五十元给儿童打枪尖。我深感到新中国的主人——儿童，在新民主主义的社会中，已经不是简单的，说很多道理，是过去的成年人所未想到。如他们说，我们不要钱，你要拿就跟儿童打两个枪尖。过去的儿童在大人面前不敢说话的，而且大人也不把小孩当作一回事，现居然侃侃而谈，毫无惧色，大人也在儿童面前屈服了。

同上，晚记

东盘铺的工作汇报，减租是经过由上而下的包办代替的。李怀毕当了汉奸后，就没收了他的土地，进行减租，佃户瞒了三十石租，只报五十石，不敢实报，怕公家多要。现在佃户是逐渐了解了，特别是在今年的生产中，体会到共产党八路军抗日政府的好处。农民认为几年来今年的庄稼是最好的，只要收个好秋，明年就都有办法。其次是农民要求向山原主李云德要压租银。封建剥削是严重的，东盘铺原是一座荒山，只有四十八分地，今天的面目，全是劳动者的血汗换来的，可是地主却坐收租子，收租时大烟铺、白面招待。农民在那里经营五辈了，交不起租，就给地主撵走，甚也不能带。民廿四五年，因地主把地卖给李怀毕不给回压租钱，而李怀毕又转成租地，农民不满，大家出钱打了三年官司，后来主持打官司的头死了，群众就冷了下去。而李怀毕把这位领袖的后代撵跑了。

石盘河的一老汉，因受了高利贷的剥削，现在了解到，就要起来斗争，来这里向宋文孝"领教"，"我领教透了就敢干了"，劲头非常大，满有活气，这样年纪的确是少见。跑来跑在这几个村，为这而斗争。和他一谈开，就话不完，去了，又回来，来往好几趟，来领教问题，敢不敢斗，可以不可以？"灯一拨就明。"最后他临走时说"你后底听风吧"，走了。

这几天都是和文孝调查研究赤叶河的问题，在反恶霸特务汉奸的斗争中，有的问题是处理得有毛病，群众不满意。赤叶河群众从未很好地发动过的，只是在反特斗争后捎带地解决了租息问题，可是这里也无甚可以作为租佃关系，地主都是贫雇，租地也最多是三五亩。社地问题未搞清，可能在这个问题上有些问题，但已做过自办的减租了。

王二金来把牛皮玉斗争李承苏的问题谈了一下午，谈出许多问题。但这个斗争只是觉悟的起来了，落后的未起来。而领导者又未使他们跟着积极的解决问题，就是没全打通思想。据这样看来，斗争李承苏，并未彻底解决了基本群众问题，如侯家掌、后庄沟、牛皮玉还有个别问题。

事情碰得很糟，这干部又要回区上开筹备农会的成立，这一去又得七八天。我打算不去参加了，他们走后我到牛皮玉调查一下，工作顺利的话，可能到盘铺或侯家掌去。

7月17日中午记完

本来想留文孝再搞个半天工夫。赤叶河的问题大体完成了，剩下的只是个别谈话，访古，然而他也急于要到区上召开分委会，其他的人又急于顺带回家，我也作罢了，自己搞吧。我计划在这一两天里找铁的等开个调查会，以后便到后庄沟去访问王付虎的债务租佃问题。再呢就到牛皮玉。侯家掌、盘铺以后再去。如继续这样坚持下去，任务是可以完成了。

民校倒没正经开始工作，都是斗争了过去中央军在时的一个贪污的村长，过去已经斗争过了，倒了许多东西出来。因此他对八路军、政府不满。群众又选了他当仓库主任，不好好的工作，常说些坏话，特别是他爹（二孩），说“八路军，竹节钢鞭通屁眼，弄了一节再一节”，散布变天思想。农会和干部群众借他不参加开会和打锣不到要他答复，他十分不老实，故形成了斗争。群众对他还是许多意见，要把他斗垮，弄穷他，然后拨几亩地让他过活，特别是干部这个思想很严重。我研究了他到底是个什么人，他没有什么后台，就是一个自私自利，借权势（当村长）假公济私剥削群众，他家是个下中农。先经过农会的小组讨论，在前三天的晚上夜校展开斗争，这个人坚持不承认，特别是他穷，有的干部领导群众要求村政府把他扣起来。这个老汉一捆他，又蹦又跳，号啕大叫。干部们这样平时劲头很大，是要以后，既扣下如何处理？又不能放，群众又来讨论如何处理。

干部的作风确是老的，不会走群众路线，什么也是以简单为快。在斗争的发言中，干部们发言较多，不会启发群众思想。

既已经是群众要求的，那就劝他坦白。把他禁闭起来，派两个民兵守。白天又要派两个自卫队守，在这样生产的时候真是浪费民力。我叫他指出他们（副长）的错误，向群众坦白。第二天文孝去动员他的女儿、媳妇来劝他。但老汉不肯坦白。夜里开会，干部是准备和他算账的，我怕出了偏向，和他们（干部）活动分子开了个会，他们一致要算干他。我和文孝解释了在夜校应是思想斗争，如要算账，其他村还对他有意见，那么就要扩大搞，这就斗争面目不清，到底是反贪污还是其他。如果他因社地问题，楚江寨、牛皮玉群众对他有意见，那就要发动群众，就不能今天就斗。并且他已经清算了一次，这次再把他算干，他只是贪污，也无其他问题，都算干，那就逼他远离我们，也不好。经过讨论，大家都同意思想斗争，算社地问题以后再说。但也有很多不相信坦白能解决问题的。我们提过去只是和他算账，未把他的思想坦白出来，所以群众认不清。我们应在思想上打垮他，使群众认识他。在开会的过程中，老汉始终不说思想问题。副长坦白了些，说他想中央军来报复，斗争后不甘心，群众听到说的对都批准，不对的就追。因为坦白得不够，时间也长了，怕误生产，取保下次坦白，不然就送到区上去。算暂时停止下来。

18日宋文孝等走后，我担水洗了个澡、衣服，今天好像放个假，下午动手写“乡村”，晚上和干部们谈了些关于学习的问题，后召开减租息的调查会。

7月19日晨记

19日上午，写了“乡村”的第一章和第二章的开头，下午参加村农会召开的全体大会。各村的农会都来参加了，但也有很多个别的会员不来。

我也听到村干部的汇报都没有工作，没有内容。如楚江寨的农会主席，什么也不知道，认不得。主村干部平常也没有检查，只是在这次要到区上汇报工作，临时来收集材料的。另一个问题的发现，就是这里的减租的算法问题，这里的减租，就不是减租，而是按二五数在实收产量上算出，如今年是打了一石，出个二斗五，用计算工、本的方法，如果不够，就不出，都来订租约，理由是地不知能打多少，等收秋后看多少出多少。评好地（盘铺），政府没收了，收租，不分给贫苦无地少地的农民。而且东盘铺问题都是群众自已镬开的。社地的减租是出个二五数。这就好像是由政府出一个价格按此来交租了。这样的算法和按老租不超千分之三七五数再进行二五减是矛盾的。这样的减租，佃户吃亏不小。这里的包办减租，一个特殊的条件就是没有什么地主富农，出租地的多是基本群众，而且亩数也非常之少。因此干部也觉得无甚可减了，都是由上而下地减。而且楚江寨的社地出租有叫佃户“自动”的。这个赤叶河的减租情况实在叫人啼笑皆非似的。

十九日晚继续斗争王锁，坦白程度大概也就是这样了。可是他的父亲二孩顽固到底，以老装糊涂，实在有点叫人生气。又把他的第二个孩子的代买东西贪污的问题斗了一下，也是谈出一些，又不谈一些，“赖”。斗争进行大半夜，农民都现不耐烦，又无法结束。我只好提出叫他们以后找工夫来征求解决的办法。

20日，我到后庄沟访王付虎去。原来打算是要在那里住一夜，第二天再出来的。后来想到，二里地一会工夫就出来了，也就不打算住在那里了。他家是在一山沟里。这个沟里有三五户，都是十分零星的。东坡一户，西坡一家，苍绿色的山色、庄稼，有些想起了小时爱画那传说王摩诘的山水的景象。那时自己常想真的有这样的深山中的野人家？又想起小说中的侠客，骑着驴在深山中骋驰，我想这样的路能活动吗？只见幽净的山林，田野，牧童，引起许多童幼的回忆。当时哪里懂得在书本上所歌讴的美景，充满着血腥的剥削呢？哪里有什么田家乐，你可以看到的。

我在对坡就看到付虎家，一个很小的三两间房的小庄。坡上是修成的梯田，种许多的果木，核桃、果子、梨、红果，看起来的确如果不是有封建剥削，不是兵乱，大概也可能是安静的。我去到，一个带病的青年见到我，很疑。还有两个小娃娃，一个穿得很破的女人，年纪在三十余岁了，眉眼长得叫人不大舒服。我说明我来找谁，青年告诉我他不在家，不知道在哪里。很明白，他在哄我。我再解释我是哪里来的，在哪里见过付虎。他问我是吴区长，我说不是。以后他相信了，在外边叫付虎回来。我在等他时心里想怎样才叫他不疑心呢？一会这个老头儿背了一捆青草回来：“哦，我怎么没看见你上来？你没看见路边的青草吗？我就在那里……”我吸了一袋烟，他说：

“我以为你不吸烟袋，你自己弄了一个啦，你不用别人的。”我有点惭愧，因为他那天叫我用他的烟袋我没用。他是很客气的，大概仍不十分相信我们。他告诉我种了个十来亩地。这就使我为难了，我要知道是到底十几亩。我为了怕他误会，不追问他。就谈到生活问题，今年庄稼好坏。他说还可以，不过地里土不深，今秋缺两个月的食粮。去年秋天幸亏有了一石糜子，要不然就过不了。谈到李承书把他圪垒穷的事情，他又是像第一次看见他一样的沉郁。他扯道：这地都是修出来的，他父亲是修地的能手，他也修了十几年地，地里的土都是填上去的，这几年都把土冲薄了，长出的庄稼不行。他要招待我吃中饭，到楼上取了一些面，叫他的儿媳妇弄点汤（就是那个三十余的女人）。当他这样的举动时，我心里又想这实在过不下意。我是来做工作的，他把我当客人。我说（到他的厨房），你们大家吃甚我吃甚。他说不光你吃，我也吃呀！我也无法了。我到屋外看了一看，田地，树木，我感到如果不是李承书把他弄干，他的光景不会很坏了。他抱着他的小孙出来，他说你吃果子，你们年轻能咬动。我顺手摘了一个吃，就谈起哪一块地是承书圪垒去的。这半块我抽回来了，后来他说没有。果木原不在支契上的，他也说是他的，从这块一直圪垒上去，房子也写上，一眼旱井，一个茅厕都是他的。他在说了后沉郁的脸色沉下来，背着。我难分出他到底是难过还是在思想，抑是在怕惊醒他的孙子，半天不说话，不抬头。我倚在果子树上说明党和军队政府的对穷人的态度，我们工作人员的立场，是做什么来的。我抬起头笑了一下。叫诉，这是一座荒山石头堆，他已经是第四辈了，这样修出来的。他的孙女出来叫我们去吃饭，一碗面汤，一碗烙饼。饭后，又谈到敢不敢干的问题，他说不怕变天，又把力量问题向他宣传了一番，提出，他是怎样穷的？他也谈出李承书，是在想变天。

我要等待一下他的大儿子回来和他谈谈，不久，都回来了。他的最小的孩子（十一岁），他的孙子（十六岁），还有他儿子的小舅，帮助种地，都回来了。两个小孩们围住我问这问那，好像我不是第一次到他家的，我心里也很痛快。他们吃饭时，我借机会到树下和他的老婆、大儿子闲扯，他老婆的话较多，大儿子劲头不大似的，很少话。我心里也有点莫名其妙。但要和承书干那是不成什么的。

我是外来人，他们都问我是哪里的，故乡的情况这样的家常事，父母想念不想念等话。

午睡，他们都要休息，我不打算睡，本想以此时间做工作的，我只好不做了。他的第二个儿子倒很跟我谈开起来，谈到中央军在此处的情形，抓他丁，说他不够资格放回来（“我没材料”）。谈到日本人来这里时的恐怖，中央军的不讲理，“老了还吃饭？”打他的父亲。谈到自己不识字，只会闹疙瘩，过去他也不出村来。叫我到他的炕上坐，我嫌他是个病人，又是长了疥，心里很有点腻歪。他一道就道破了，你怕炕上有虱子。我还不好意思，只好解释不是，我也是不实事求是了。付虎起来，我看到也无甚可以谈了，也就是这些，多谈了反不好，不能一次谈好，我把米票给他。开始他不知道这是甚东西，后我解释，他不肯收，说他知道意思就对了。我无论怎样也得给他的。“这个规矩实在可怕”（制度真严）。忽然下起大雨来，是今年以来没见过的，雷电交鸣，窑里有点闷。他的第二个儿子还有最小的，叫我到他炕上去坐，我去了。开始时谈些识字读书的事，说他已廿二岁了，不能读书了，他把珠算盘反面底板上用铅笔记的阴历表给我看，说是他写的，叫我教他唱个歌。外面还刮风下雨，我在里面教他们唱毛主席，谈开，更热了。他在大风雨的咆哮中，跟我谈了以下的一些心事……

大概在他十一岁的时候，家里因圪垒地的事，堂哥哥出去当兵了。大哥要求分家，他爹把两头驴起去驮炭卖，大哥怕把牲口压坏，不让去，和父打起来。“你不能去。”把驴拉住，他的父亲把缰绳打他哥，他嫂（做饭的女人）出来抱住他爹的头，他哥把他爹的腿打破了，不能动，分了家出去，到了丈人家（赤叶河）。付虎不让他把孙抱去，要留下个孙子，他哥的丈人全家骂付虎，他嫂说“别讲你种的是稞子地，你就是金銮殿我也不去”。分了出去了。以后付虎就去驮炭卖，又给王月琴（二地主）把两个驴赶走，哀求也要不回来。垒上三五亩地（月琴种），经过许多艰难，把驴弄回来了。大哥出去二年，病了二年，无法，又回来。正碰上付虎病，在外问爹怎么？人说不很好，哈哈大笑。人说这几天吃些饭了，不说话。对我说（他二儿子自称），“兄弟，我们好好的干，虽然我们不是一个母亲（二儿子是后母生的），是一个父亲呀。”又回来了，承书要租，把姊成给婆家得来十元，交给了承书。租变成七石，分了一半地给大哥种，债务各负担一半，大哥交不出，都是付虎交了。……“大哥看不起我”，想我死，说我的同母兄弟（最小的儿子），要谋害他，“你说这样小能害他吗？”我没材料（无本事）。廿一岁娶过媳妇，跟他们是一股子，不跟我同床。父亲母亲谁都知道。我病她不看我，大哥大嫂想我死。我的侄儿（大哥子）十六岁了，和我的媳妇……年纪都不小了，能不知道这个事？（大概和侄儿有关系）我不能说。唉！去年又要分家，后看见父收了个好秋（八路军来后），又回来了。现在又想闹分家，今年叫宋文孝来调解过一次，“你说道理自己说是不行的，要叫别人听听哪是理”……

这个有病的青年向我诉说了他的心事，我不禁也为他叹息。但我情况不了解，也无法。我劝他多出来村里参加活动学习些道理。我的思想也很难表达出来，他那个媳妇很注意我。我怕人嫌疑，又不敢和这个青年多谈……雨止了，我想到这个家庭是不和的。

管理家政的是由付虎的，我看他每饭都由他分配粮食，招待我吃剩的油饼也是由他分给儿子、小孙吃。十口人的家庭，也是大的，但他的领导作风恐怕也不能把家弄好，责任是如何改造的问题。我想把这告诉文孝，如把承书的问题搞好，这就是第二步工作了。

他们叫我秋天过来他家吃果子。我说对，等你家翻了身，我再来吃。他老夫妻一道说：“唉，都是办好事的人。”从来就没有做工作的人到过这个深沟里来访过他。他待我很热情，把他的腌好的菜给我吃。我感到也很痛快，也不十分推却了。他要留我第二天早饭后出来，我怕又招他许多麻烦，我走了，他不要粮票，“这个规矩真怕”。我无论如何是不拿回的，这是党的政策，我要使他了解我们是和中央军不同的。

怀着愉快，也怀着我的工作的不够，哪里我做得不妥，哪里不深刻，我一路在检讨。

风雨把庄稼有部分的打坏，因为冰雹，农民都有点愁。

和万洪同院的老汉，晚饭时又为我补充了一些情况。王付虎，廿年前是个富农，喂有五六头牛，二三只驴，三百羊。吸毒、赌，把他圪垒穷了，以后变成贫农。剥削者的办法是卖毒、开赌，以叫人倾家。过去雇有长工。

我要到牛皮玉去，时间不允许我作更多的记载，就此罢了。

7月21日上午记

昨天（21日）到牛皮玉时，大概是在十一时了。王二金不在家里，我等了个把钟。这个村庄是深藏在一山坳里，在外面是看不见的，就是到了村口，还不容易发现这就是个村庄。人们住得是那么零散，总共不过是个七八户人家（现分成廿户），就住了四五个小点，全村才八十余口人。

二金回来后，就招来了两三个农民来，都是年轻人。我说和年轻人比较有缘的，很容易就谈开了，好像过去有人批评过我有青年的活气，但不“练达”，大概这就是我的毛病之一。这个意见我直到今天还不知个所以。不过，何必要知其所以呢？

二金的领导作风，是有很多好的地方，一是敢说敢干；二是有活气，全庄的青年没有一个不在他周围；三是能联系群众，没有一个基本群众和他不相连。在赤叶河村一个月来的观察中，这是第一干部。在地委训练班时，我就很喜欢他的。

他跟我谈了许多话。我因为太倦困，中午时休息了一会。起来时，他们都已经上地了。我实行几个青年的指导，在村里圪游圪游。但这个下午我真是有些苦无事干之闷，好像一分钟不做点事，就觉得很闷。我想一个人只要他是要工作的，不分配给他工作，就不用坐牢了。我只好再拿出调查表来，研究了一番，也启发了自己一些思想。然而这个表的调查提纲给李一民带走，我想地委机关也有点怪，为什么这样的提纲，关系很重要，不多印一些，而是整个机关只有一份呢？是否物以稀为贵，诚不可解。但我们要可解呢？那是多事。

傍晚，二金回来了。我想问他这里的减租是如何算的，仍是和赤叶河的一样，打一石出个二斗五，我跟他说明了这不叫减租，用三七五标准和他算，他说吃亏了，都错了，而且是全二区均是这样。如果我的认识没有错的话，陵川的减租计算就是个问题，怕不一定光是这村，这个区的问题。这把汗该谁来捏呢？难道八分区就和老区有这样个根本不同吗？

农民们逐渐来了，来这里“寻圪拉”，从石碾为什么无故自己会炸开谈起，谈到飞机，谈到中央军在这里的统治、罪恶，到恶霸特务，群众受压迫，谈到租息问题，今年光景问题。如果是写文章的话，实在难出一个题目，我名之曰：仲夏月夜闲话。

来的农民均为三十左右的青年，也有两三个是将四十的人。提出的问题很多，都说：“洪同志，我有这样一个问题，你说能不能斗？”我问他们能不能不要问，只问这个问题我们伤不伤？他们说怎么不伤，气得几日不安。开始谈得还不深，提出的问题一谈开，他们都十分大胆，毫无拘束。如对着干部陈锁金的官僚主义也提出许多意见。特别是对地主李承书，井上的冯费孩（地主、恶霸），控诉他们的罪恶。怕变天现在不怕的狗孩跟我说，我实在憋不住了，我赶不上了，人家都翻身，就是我狗孩的脑娇贵？八路军的地方都在干，我在饿肚？我问他们光有抗日政府、八路军好不行，要翻身还得自己干！敢不敢干？就嚷起来“敢”“那还不敢”“马上就干”。好像地主就在身边一样，农民都把我挤起来，四面都来，我也兴奋得很。他们说我们敢干，还得一个好领导。共提出了一件镬头地问题，一件租的问题，一件债务问题，恶霸问题等七八件，对象大小四个。主要的两个，我提如何争取地主村的群众同情我们，帮助我们。大家开始想到难，后来明白了，要减少障碍，打要打得疼。大家都说能到他们那里拉拢人。大家高兴得忘了睡觉，我看月亮已沉在南山后了，他们还谈得起劲。我说问题提出了，急是不行，要有计划干，明天要下地，今夜暂不讨论了，才散了。但他们还不散，仍在树下谈，如何干，要团结落后村的群众，还在酝酿我提出的“受苦人是一家，翻身要大家都翻”。说我是从南方海边来的，还不是为大家翻身吗？农民还不走，最后说不早了，才散了。我在楼上默祝他们胜利！

这个村贫雇多，青年多，是个特点之一，他们有自己的领袖，特点之二。

因为太兴奋，跳蚤咬得厉害，一夜没有睡好。我又是沉不住气的。笔不好用，不能多记事实，很费工夫。算了。

7月22日上午记

△今年群众生产情绪十分好，地都耧了三番。他们告诉我这是好多年来没有见过的，他们都是没有什么别的事情，又不用支差，一有工夫就在地里

圪工。八路军来了三年，一年比一年好，群众都有地种了，光今年全村就买了三十亩地。去年还要吃糠，今年不吃糠了，或少掺糠吃了。男女老少的生产情绪是罕见的，三个互助组，大家都承认这个闹养种的办法好。“人多好做活”，一会工夫说说笑笑就干了很多的活，感谢党和军队、政府流露于一切中。

午饭后，本想和二金调查减租的执行情形，后看见精神也太倦，而且时间不多，就想推在晚间做。我到赤叶河拿了一些本子和应用的东西进来。

晚上群众都来了，圪拉斗争井上冯费孩的问题。群众的要求是急于斗争，感觉得要把井上的群众也联合起来，不容易。他们不相信那边的群众能起来，说费孩的特务工作做得好，都不想耐心去说服落后的群众，想光牛皮玉群众斗，不管他们。特别是二金和一两个青年，主张蛮干，这也是不可免的。我当时也感到很难说服，后来慢慢讨论，应多考虑，想得周到。有的赞成应向井上做调查，以后减少我们斗争的障碍，讨论很长的时间，才渐趋统一。

这个斗争的性质问题，也很费脑筋。现在看来可能反维持勾引敌人的问题是突出的，减租的问题会放在次要的。因为只有两件问题是关系到土地问题的，先斗争减租夺地的问题，转入反奸反恶霸的斗争，还是先做民族民主的斗争，再做土地问题的斗争呢？要是先进行后者，就可能把前者放松，而最后解决也就什么也完了。或是共同来搞呢？我想到共同搞如果只有牛皮玉的群众来斗，还可以。但很可能发生偏向，就是恶霸人的身体侵害，会占主要的。我今天想了一下，如果是在一起来清算的话，先进行第一个革命的斗争转到反恶霸汉奸斗争，这较好些。

为了要深入解答群众的问题，我研究土地政策。过去也看过，但因为实际工作的没有，很难和实际结合，也难清楚。现在的看看，许多都和目前工作联系起来，也较好懂。我现更想到本区的执行政策处理问题是不对的，如盘铺的土地当汉奸土地没收，就有问题了。这座山原是顶地，有押租金的。李云生出卖该地产时，并未退回押租金，因而农民曾和他打官司好几年。新地主又把土地当租佃关系收租，这就说明农民已受双重的剥削，新地主当了汉奸，政府没收了土地，由公家收租，但原来的押金问题并未解决，我觉得这处理是错误的，这土地和汉奸当时的租佃关系，并不是自愿的，是在压迫底下的，政府现当汉奸土地处理就是把顶地这个非法问题，置于不顾，忘了根本。这件土地问题我认为应无条件把土地交回给农民（所有权），押金要退回。其次就是租的算法问题，我在未看法令时还怕我错了。现在很清楚的，是干部对法令的缺乏了解，因而这里的减租问题全是错的，基本群众吃了不少亏。

7月23日午记

△23日原来计划是统计这村的执行减租情形，早晨天阴，我想如果天阴，我想如果下雨的话，农民都不上地进行这个工作是更好的。可是雨未真的下成，只是零星地点滴了半天，似晴非晴似阴非阴的天气。我也不想耽误生产的正常工夫，故未进行。

郎永刚从区上开会回来了，上午到我这里来，还捎来一个牛角，说宋文孝明天就可以回来，把开会的情形略谈了一下。谈到关于减租的算法，二区都错了，可能其他的区也有错的。这个人的一个举动叫我今天焦灼了一天。他回来昨夜向万洪家要钥匙把我的房子打开住在里面，当然他长疥的，我已十分不满。更成问题的是我的东西都在里面，这个人非常鬼，他不偷看我的东西吗？我当时想批评他一顿，又怕落个不好看，但越想越心灼。这个王万洪也是扯蛋的，明知郎是什么人，也知道我的东西在那里，他自己也原有住处，为啥答应去开门给他呢？真他妈的想起来真想揍他一顿。如果他家不是同志我也不会把钥匙放在那里。反正得出这个经验，教训了自己，不能太随便，虽然没有什么太秘密的东西，也应带在身边。我也想到这的，但我考虑到金喜住在庙里，不开门是不要紧的，我也是三几天就回，谁知如此呢？这不怨郎永刚，万洪主要负责的。等文孝回叫他批评他们一顿。

午饭后，原想和二金谈谈减租情形，一个小孩（楚江寨）是去年在这里放牛的，因工资太低要来增资。他就是在赤叶河斗争打儿童队员的人的儿童小队长，真想不到一个小孩能这样清楚问题，敢找干部和牛主辩理，并且很充分。根据地的儿童真不简单，比大人还行得多。这样参加这个处理就误了大半个下午，当和二金谈问题时，不多久天就黑了。

晚上，农民来了六七人，今天较冷，围着熏蚊子的火堆闲扯。两个雇农向我谈出他的增资问题，还有些霸占地问题。

很多问题我沉不住气。我一听到封建剥削的厉害，压迫农民喘不出气，就想在斗争上彻底地打击他的罪恶。如今天听到赤贫里保给他本家的家长的欺负：穷，要变卖房地，不许卖给别人，只能卖给他，而且价格非常低。利用人家的穷，要卖人家的好地等强买欺压的事实，人喘不过气来。这次斗争农民讨论要他（家长）多出些代价以补里保的吃亏，而赤叶河干部（老干部）认为那是买卖关系，不能这样，而自己出了一个很低的数，回来叫农民接受，真岂有此理。这些所谓政变前的老干部，对基本群众的痛苦是官僚主义的态度。现在老干部都是区干部了，看前看后，工作的做法可想而知。这村的减租的行政包办就是他们造成的。老干部、工农干部，也有两种。这些借着工农的招牌（过去的中农成分），自己一翻身，就忘了群众的，行政命令、包办代替的脱离群众有时甚于知识分子。过去常听到人无条件地看待他们，岂不是错了么？这些干部如不严格的改造，歌颂是解决不了问题而且会造成恶果。现在这里的群众对他们都是怀疑的态度“干部说的，那谁敢说不对”。

7月24日上午记

△牛皮玉的工作经过几天的调查统计，也就差不多了。文孝是25日来的。两个晚上的斗争练习，群众现在都说这样的晚上闲拉、辩论，比受训还好（他们不知现在的受训也是自由讨论）。不过群众情绪是好，每天晚上吃饭就自然而然地到二金家来。

前天参加了一个妇女们的会议，讨论的题目是：为什么要做军鞋，其次是绞脚（小脚）对自己有什么好、坏的地方，再次是看青问题。都不敢说话，一个个的问才羞羞答答地说几句。对一般的道理还能从自己的体验中答复，只专对放脚的大了，年纪老了，不能伸开，思想不很通。缠脚的坏处是知道些了，决心还不大。她们说过去脚大说是马脚，老百姓还说“娶媳妇看脚，买牛看角”，这真把妇女侮辱坏了。

相传说，牛皮玉原是侯家掌前面的平地，过去有一大老财，放很大群的马，放在牛皮玉沟。放马的都敷牛皮为褥，故名牛皮玉。

老农民××，过去原住楚江寨，因这样一件事把他家弄光了：有一个恶人，妄想要他的几亩地，就设法弄他，把牛放在老农夫的庄稼地里。老农夫问他这牛是谁的，骂了一句话：“谁家的牛谁就要死人。”恶人的儿子正有病，第二天恰巧死了，到老农夫家说：××你可得把我的儿子治活。他们仍以为说笑话，一会就把死小孩抱来放在老农夫的家里。最后是把地给了他。已经廿余年的事了，现这家恶人的后代也已变成极穷了。前天老农夫到这里来，我和他谈起。他说久了，他家也不好过就算了。辛苦一生，看到现在都是穷人了，他就不愿斗争自己的受苦人，我很感动地听完他的话。

昨天把盘铺的工作研究了一下，我和文孝决定到里面去，以便发动这个斗争。封建剥削建筑在土地的基础上，现又更是清楚了。地主过去对农民的压迫、剥削是极多花样。我听罢盘坡的情况，心上好像压了一块石头。

牛皮玉的工作是告一结束了。我原是昨天下午出去，到赤叶，因天雨，又因数目字不确，就留下调查了一下。昨天晚上和几个农民闲谈牛皮玉的过时光问题：全村七十八口人，土地只有一百一十八亩。过去群众是靠山吃饭，采青壳大量，换布穿衣。去年药材销路不通，好多东西（药），推不出去。每人平均的一亩多地，够吃就是了不起的事。我看到这里的农民，屋子就很少，回家无房的（全村共廿人家），很多都没有被子。二金告诉我："今年收个好秋，能置上一条盖子，我两口子简直美死了！"就是有条盖的也是七扯八破，农民过去都是靠担挑，以补不足。

7月28日晨记

△牛皮玉的工作，暂作结束了，28日早饭后，到赤叶河，宋文孝已经束装上路，到盘铺去。

赤叶河稍有点改样。听说妇女工作已展开，小学校已开学，庙里已不是寂然无声，而是喧哗叫嚷充满了全庙。我在学校里借了近日的报纸，没有停留就往盘坡来。

路上，天是下着蒙蒙的细雨，庄稼正需要雨水，农民表示欣悦的颜色。经过楚江寨，这里有小流泉，三三两两的山庄，重叠的峰峦，怪有风味。同路的同志告诉我，这里在不知年代传说百里为王，十里为寨，山坳里还有一古寨的遗迹，指给我看。对面的耸高的峰上，那里也是左寨，农民常在地里还可以刨出箭头。

盘坡，不应是盘铺而是盘坡。一间两间的农家，像一条带子上的扣子似的蜿蜒缠在半山腰上。西盘坡在山底下，比较集中的有六七家。东盘坡则绵长十余里，但只有廿家人。

村副，住在西盘坡的一富农家里，整年在那里。他是个独身汉，和富农的大老婆是“相好”。这个富农曾是赤叶特务反攻、暴动的一位人物，是过去这里的统治者，而是我们的村副住在那里，这里的情形，是不大好的。群众是有口难言，不敢说话。农会委员，是这样的农民领导者，是一个老年，反特务时曾是个积极分子，现在是不管群众痛苦，而溺在搞女人的坑中，和不清不明的外区的一个女人，说是姊弟关系，又和他的表姊也是暧昧关系。前次经我们工作同志发现这女人把她送回一区，现在他又到一区去找她了，已七八天未回来。实在有点沉住气。据说这两个干部的毛病，早就知道的，但在领导上是熟视无睹。有的人实在不愧为中国人，遵守着不痴不呆不作阿翁阿姑的态度对待问题。宋文孝等四人带我到这富农家里去找村副，在那里坐了一会儿。雨正密密地下来。我还不知道这就是那个富农的家，他们在西盘坡有点公事，我便和喜保先到东盘坡来。我问他这家是谁的，他告诉我。我想到这是十分不自然的事情，为什么我们一来就都到这个人的家里去呢？我真有点生气，没有别的地方可以停一下？这对群众的影响是不好，人家会觉得我们干部一来就到异己分子家里去，对我们会怀疑的。特别是在发动群众的现在。我向他们提出我的看法，如果村副在那里我们就像住他家一样的到那里，那就是十分错误的。有公事，叫他出来。这就是官僚主义，必是对的。实在闷了一肚子气。

到了东盘坡，住在燕重家里。他是这村的拨差，据说是一个积极的干部。王国培也来了。

这里群众发动的情况和工作汇报有很大的距离。陈锁金的工作，是创作不是事实的。晚上开了一个附近的佃户会，佃户都很少发言，只说对李元德的事情太久了，记不清。有的说不知道，想不起来，问题是要求解决。但在群众的思想中，是希望上面来解决，恩赐给他们。实在使听的人打盹起来，我真佩服陈锁金工作汇报时的创造。

摆在斗争前头的有两件很重要的事情，一是群众的阶级觉悟并未起来，谈出的问题不痛不痒，没有什么责任似的。如有一个佃户，两口子都说不清楚。二是谁来干，是自己干，还是靠谁。显然是靠我们干部来包办，因为过去的减租就是这样的。我看到这个情形就想到斗争还将费相当大的气力，而宋文孝都在诱导他们如斗争地主，将来如何演习，我心想：你这不是白说，提得过早了。我们干部都不会跟群众自由思想自由讨论，在一定的程度下，他就御驾亲征了，以自己的意见代替群众的思想。我和文孝说，现在要先启发的是历史与阶级的觉悟，启发他们对地主的仇恨，别的都不用谈。稍把空气转了一下。

29日的上午，和王国培交换两个基点村的工作情况，楚江寨的干部都来了，中断了谈话。因为昨夜的跳蚤蚊子的扰乱，一夜未安睡，精神很困。国培他们对减租的算法问题和我的计算方法不同。在一个二五减以后，再不能二五减。如果是超过了三七五，就实行拔到三七五规定。这到底谁的算法对呢？我记得我的算法曾问过武乡（有笔记），也问过武振声和林明（一分区），都是这样算的。就是二五减后，超过三七五，再用二五减到不超过三七五规定。如果是我错，就可能老区某些县的计算错了？如是他们错恐怕也就是一个县的问题了。不过我总想到他们的办法不一定好，如是这样何必用二五减，干脆拔到三七五不是更省事？我也研究法令，他有他的解释，我有我的解释。

我建议文孝，下午召开佃户座谈会，主要讨论的是“访古”。下午因为和国培交换材料，谈了好大的工夫。座谈会上，东西两个社的佃户都来了，今天的发言比较，有几个人把受地主压迫的情形都谈出来。就是在前晚说不知道的一个佃户，今天也谈出了他的佃田收租问题，耧子也给李元德的二地主扛去了。

这座山最早的开辟是在一个老汉（六十多岁）的七八岁的时候，都原是斜坡石头，树木攻不进的荒坡。农民曾修好了地，水冲了，又修。无数年代的修，成了现在的东盘坡。[①]房子、井，一切都是经辛辛苦苦修盖的，当时只出粮食，都是由一串涨到十串。也有后来的是租种户。农民说，当时是荒坡，夜晚就不敢出门，怕狼。向李元德要开地种，先找金丹，吃好的，再谈价钱。常是用写了纸，不画十字，又要再请吸金丹，加多些元洋，不写在契内。

有个五家人，要想开山头的荒地（廿亩）种党参，和元德商量。元德摆着架子，拄着杖，慢慢吞吞地说：“你开了坡不把我的平地冲了？”佃户找金丹、白面，他吸吃了，等会又说：“那么这样吧，给我七块元洋吧。”平地不冲了，写了契不画十字，佃户慌了，不画十字就不敢开镢，又去找金丹

① 作者在此处加了眉批：“东盘坡材料”。这一段的素材，用在了一年后写成的新歌剧《赤叶河》中。

了。“那么这样吧，每人再和我出一半粮银。”到了三年过去，该开地起参时，元德拄着棍又来了。小主都慌了，又忙着招待他，先吸上金丹，支上灯，喝了水慢慢地说：“今年的参可好，可值钱，你们吃稠的，我不喝口汤？”佃户慌了，不给开不了镢，半夜去找金丹，狼也不管，怕这几年的辛苦白费。打上火把去半路山上接回来，又花了每人十元。这十元的花出，有的已卖了豆子，有的是卖了毯子……这种残酷的封建剥削，农民一看到元德到了对面的山头心就慌。许多佃户都谈出问题来，还有和其他的地主和租佃问题，一直发言到天黑，看见天快要下雨才散了回去。我散了会又继续和两个新提出问题的佃户谈了一下，跟他算了账，都感到吃亏了。

晚上召开了个活动分子会，但来了好多人，提出讨论今天的材料：我们为什么穷，我们该不该受剥削，东家靠小主活还是小主靠东家活，讨论得很好。有的反省到自己为什么穷得无处安身，粮食都被人家抢去，说：这就是我们的痨病底，我们是受人家剥削穷的。李元德在东盘坡未动一镢，以后他又把我们镢开的地、盖的房、井、碾、人，都卖给了李怀毕。过去受剥削是咳嗽，但没有发火，卖了给李怀毕，发火了。打官司，人家钱多，敷平了路，结果是输，断了给李怀毕，都成了租地。农民未开发这山时，原写是许丢不许夺的，现在我们要发火了。佃户的思想逐渐开朗了，我也防止了文孝的急，不待思想成熟就提新的问题。最后提出的问题，如何对待地主，向他清算什么？太夜了，就散了会。

经过29日的思想反省，讨论，自由思想，情绪是和前天晚上是不同的，但因采青壳的季节在即，这个斗争的思想酝酿到行动的时间问题，现成了极大的矛盾，因为我们原来在此工作的，并未解决群众的思想问题。

7月30日上午记录

经过两天的座谈会，佃户的思想是逐渐打开了，比之前几天真是有长足的进展。卅日上午，工作的同志开了个会，是分散下去还是集中起来干？最后研究到日子逼迫，还是集中讨论，打通启发觉悟，以便在立秋开坡前斗争，以免妨害群众的采青壳。上午大家分头到各个庄去动员群众。

下午召开座谈会，在座谈会前，我调查了三个佃户的问题（西盘坡的杜新权、李秋保、徐金崖）。会议开头就圪扯我们为什么穷？我们为什么辛苦一年不够吃喝？群众又提出了新的问题，补充材料。一个老太太，沉痛地诉说她从十六岁嫁过来后的生活由辛勤上升，由地主剥削而下降，以至逃亡的过程。元德比之袁世凯，一来就把你凯住了。

我们为什么穷？都说是地主背穷了，说到当时的主脑（统治者）不好，天大的本事也不能翻身。有钱人是越富，穷人是越穷。“那时的政府就不正，正了就会帮助我们。”（一个放牛的老汉，急急要去放牛，说这句最后的话。）

讨论到我们为什么不敢说话？谈出有的怕变天，干部说过去有的事情不敢干是怕变天。群众提出过去有的说了话不硌事，干部不理。就谈到干部的包庇和腐化问题。干部作了自我批评，但群众的批评仍不够。我提议以后放在农会上反省，大家很同意。

晚上附近的庄又圪扯问题，怎么样干，有的不发言的，如老刘（由河南移来的，是李怀毕移来的，以想代替山西佃户），发言很正确，他说这事情也是我们的，如果大家过去不把地镢开，我们今天种什么？群众已经开始产生报复情绪，要把元德揍一顿，游街戴高帽，把他的家当弄光，叫他尝尝苦的生活……宋文孝想引群众往正的路上去，怕出偏向，我认为过早，群众的觉悟才刚抬头，这样会堵塞了自由思想。我叫他别说，以后诱导，进行政策教育。我想群众的左，在阶级觉悟刚起来不可免，但要诱导往正确上去。简单也是不可能，应先启发高度的觉悟后，进行教育，打通思想。文孝能否接受不得而知了。

7月31日午记

31日的工作，是讨论我们应该不应该受人剥削。这样的讨论农民是更觉悟了，大家想到地主，凭什么来剥削我们呢？就联系到整个的社会制度问题。都说当时的政府是人家的，他们鼓励剥削者剥削穷人，提出了李元德的把山卖了，为什么把二百多人也卖了，那是把我们不当人看待。这是阶级仇恨提高了。退伍军人说到他为什么全家都死完了就剩下他一个人，说："我就不要他什么，只要能把他毁了，才出了口气。"老农夫崔修成说如果上面不管我，我就拿镰刀去和他斗去。这些意见也得到群众的批判。谈到如何对待李元德，有的说把他弄干，叫他受受苦的滋味。有说还要叫他坦白。有的说叫他在全二区"游营"，打黄牛警黑牛。初时的意见很分歧，后来也渐渐一致，都认为打死他解决不了问题，认叫他把心事都说出来，得东西是第二，坦白是第一，如果不坦白就出不透气。讨论到谁来干，都说自己干，但要政府做主，又展开了不同意见。有的说政府不做主无法，有的说自己起来可以干，后来也一致了。

今天讨论问题，每小节，每个中心问题，我都作了很简短的结论，从根本道理上总结他们的意见，他们都懂了。最后选举减租委员会，这是经过大家慢慢讨论才推出的，群众都讨论谁能领导他们。

为了不代替群众的自由觉悟，把领导这个斗争，由他们自己主持，我找工作同志开了个会如何指导他们自己行动。

群众不习惯这样的生活与经验，晚上开会讨论如何领导这个斗争以致胜利，谈了好大半夜，开始未抓到主题。这里有个原因就是过去领导农民打官司的头的儿子二宝来了，大家推选他领导减租委员会。我开始不很同意，因为他刚到不了解情况，但群众的民选也就算了。这个人一上台，就是有毛病了，看不起大家的意见，话非常多，提好多意见都是群众早就解决的，使得减委会许多人不说话，是一种反对的表示。这人仍不觉悟，哗啦哗啦一套。我看不行了，如果这样下去，后天的斗争会就开不成了，才提出了群众已解决了什么问题，减委会今天要做什么事，是领导组织这个斗争，才把会引入正轨，才把群众的意见扶过来。

决定了近日去叫元德和探听地主情况，廿六日（阴历）斗争。会是开到深夜，回去睡，不知是什么东西，跳蚤、蚊，咬得睡不着。

现在想到领导一个斗争事情很多，日子的急是个大事，因为要开坡，所以很多细微的工作不能得到充分的群众讨论。我又怕以自己的思想代替了群众的思想，真是十分焦灼，又考虑政策上是否有问题?

昨天调查了三个佃户的问题，其中一个是女的，这个人是过去较好的农，最少是个富农，但因严重的封建剥削破了产。她现在的要求，和真正的贫农显然是不一样的。

8月1日上午记

8月1日，上午分头写了信派人到一区叫地主来，同时派了希重去侯庄调查地主的情况。宋文孝来了个信，说陈锁金在西圪垒搞反恶霸斗争，搞得很起劲，把已经起来要求斗争的租息问题不搞，这样把宋文孝气坏了，我听到也是气得很。这个干部真他妈的，到哪里工作哪里神怒鬼怨。给我的印象是第一次分配他到楚江寨工作，到了家三四天才去（原就在家里好几个月）。第二次叫他在东盘坡工作，绕路回家了（才刚离家）。这次由区上回来，本来工作就十分紧，决定干部不要回家，也回家了。高家编村和附近各村对他的意见真不少。宋文孝和他提出，不接受，说宋对他有成见，群众对他有成见。他在高家编村工作，到小庄去搞女人，在那里的威信也是可观的。这次回盘坡区来汇报，我们都不敢相信。因为小垛等村的群众要求减租，考虑到没人在那里领导，叫他去不放心，不去个人又不行，才叫他去。已经当地的问题告诉他的。他生在那里，工作在那里一年半载了的，但没发现问题，叫他好好地和东盘坡配合。他回去，就不到工作岗位上，而在家里。现在却把群众基本问题不管，搞反恶霸了。宋文孝去到时，他却在大会上哗啦哗啦，群众情绪是“不发言”。

联合斗争是不可能了，这里群众和干部都不愿延后，因为采青壳不几天就要开坡，只好单独进行了。

今天进行政策教育，昨天群众左的情绪十分严重，退伍军人想到他的家破人亡，不要求东西只要求打死地主出气。虽然后来稍见一致往正路上走，但道理未认清。今天经过政策教育，我们为什么今天要团结地主，打好还是叫他坦白，认透封建剥削的真面目好，什么才叫真的翻了身？翻身后富裕靠什么？意见开始很分歧，但也很快一致。我最后把今天的法令政策向大家读了一下，大家都高兴地拍手。我十分怕他们听不懂我的话，我学了他们的语汇，用比较，他们这几天都能懂了。

接着是进行斗争练习。开始不好，群众没有斗争经验，辩不过地主（王喜保工作同志当地主），每个关节我叫他们检讨，怎样才能辩胜地主。这样翻来覆去，群众领会了追根要抓住要害，又练习了地主软怎样斗，硬怎样斗，不软不硬怎样斗，都预防到地主的狡猾，群众都满意，说不是这样不行。

群众现在都在等待一显身手，晚上减委会开会研究如何斗争（领导），在对地主的招待问题上发争论。有的说要客气，我们是讲理的。有的说不能客气，现在不是过去，客气已够了。最后决定是不能客气，但也不能不给他吃，我们吃什么他吃什么。有的说只给地主半升玉茭，也不跟他碾开，叫他自已来。可见群众的思想（阶级性），很多是和其他地方的斗争是一样的。

今天又听到古来东盘坡一个传说：这里原是无主的山，徐、王和李三个樵夫在这砍木烧炭。河底下路过一公人说此山的粮银无法，只要出粮银就把山给他。徐、王都胆小不敢要，姓李的说他愿出二两粮银要了此山。以后不知是否交过粮银，此山就成了李家的。徐、王的后代都成了小地主。

我现在每天要调查两三个农民的材料。有的进行好，有的我看可能还不十分确定。因为这里农民觉悟仍是初步的。不过一般问题是敢跟我谈。有的非常亲切，也可能是我的猜疑，不过这猜疑是有利无害的。

我现想在斗争前把这村的情况搞完，可是工夫不够。日日夜夜都忙得很。我想斗争罢，就不进来了，把赤叶工作再搞一下就回机关了。但仍要看工作完成如何。

8月2日下午记

△斗争前后

2日下午，文孝和村农会主席铁的同志，离了东盘坡到赤叶河去。派了一人到区上去征求能否把开坡的问题，通告全区延后三五日。我因为想在东盘坡把调查问题搞清，我决定了再留一两天把问题来作个调查。

雨后的夏夜，湿润而微凉，农民的生活是可悲的。我吃饭的农民家殷中，他媳妇下午和他洗衣裳，他在炕上睡觉[①]，我以为他是午眠。天不造美，下了雨，他就无法起床来，因为他只有这一套破衣服。晚上召开了这个

① 作者在此处加了眉批：“赤贫层的生活”。

庄的调查会，这庄共六户，我逐一的调查他们的问题。因为经几次的谈话，这个庄的人对我较敢谈话，凡是想起的问题都说了。调查许多问题，特别这村的干部对几个人的压迫。杨希重（村副），在会上谈话也很积极能说，是个雇工，独身汉，流氓，在村中的恶霸事很多。由一个青年四孩和我说出了他的受压迫外，还有一个独身汉王金孩，从谈他的受人剥削，谈到村副对他的压迫。移民老郭谈村副的借公粮和公家的东西去做生意，使得村里的人都不敢说话。

东盘坡的农民，如以这里的户口来说，也只有三几户中农，但以生活水平来说，其实都是贫农，能打够吃的就十分少，这里和牛皮玉差不多，都是靠揉采青壳和担脚，土地都是十分不好，是个穷地方。

三日早饭后，我到窑石礴调查。这个庄也是六户，也是在半山腰上。这个庄的群众，虽然认识我，但没有东盘坡的群众敢说话。我看他们是有点不老实的，特别是中农户对问他的情况是有点故意说自己太穷，当然他们也不会十分骗我，因为我在这里几天领导他们反省，在了解我是为他们谋利益，那是相信的。我从什么地方发现呢，就是从镢头地上，他们现在都懂得多报镢头地对他们更有利，现在有点后悔过去不多报。

说也奇怪，我每次作了调查，都在检查我哪里做得不够，怀疑农民的说话不真实，然而东盘坡群众在了解有问题说出来对他们有利，现在是不用置疑的。农民都说我是来做好事的，但我仍在怀疑他们是否有事不敢说。

我回来时，很早，我到河里洗了澡才吃午饭。下午我出来，出来赤叶河，准备斗争会。在山路上碰到昨夜晚和我说话的王金孩，说他今天找我来。我停在路上和他谈开，他说村副怎样欺负他，要挑拨人不让他在西盘坡住（要回他住的房子），要回他的地。他说他找不到一个人能说话，叫村长解决，村长不解决。说他现在只有两个办法，一是拚命，再就是寻死，哭起来。我安慰了他，叫他不要伤心，等斗争会以后，可以解决他的问题。他又哭起来，叫我无论如何要进来，怕别人来解决不了，再三地嘱咐我“要一定来”。这个孤独者（曾是决死队的战士，现为独身汉，打短工的，又是佃农），现在已经有个四十来岁了，他感到谁都不能和他解决困难，现在能有人同情他，因而动感情的。我想工作并不是白做的，在这沟里现在农民都能和自己谈问题了。

经过楚江寨，小儿童队把我截在那里要教他们唱歌，教了一两个钟头都不放我走。

中途遇大雨，回到赤叶河。别后十来日，又是一番面目了。学校已哗哗的吵杂声，我的房子已让教员占了，我只好在戏楼右厢住下。

从3日到4日，李元德父子先后都到了。这里的干部群众都有个旧作风，就是凡要斗争的对象，不管什么都把他禁闭起来，这三个人，当然无例外。我想到这不合适，因为这是民主的斗争。

4日，整天都在忙，准备斗争，这是一个联合斗争。因开坡已得到区上同意延后三天，故和高家编村斗争李成书的问题合起来。后晌，高家的群众都来了，我从文孝的口中，听到群众是起来了，但没有进行政策法令教育。我以领导东盘坡的经验看，不打通这个思想，将来在斗争中和最后的算账，就会发生困难——这是我主观想的。我有了个东盘坡的打通思想经验，但没有斗争结果经验。宋文孝虽然领导群众斗争多时，都是凭热情苦干的，不研究政策，不研究思想领导。他唯一的特点就是“干”字。他的积极联系群众值得学习，但文化水平太低（不识字），缺乏这一面的能力。我把经验告诉他，进行个政策教育。于是和群众开了个座谈会，讨论翻身靠什么，什么才是打垮封建社会——道德、良心、理性。进行的简而短，不如东盘坡（盘坡用了半天工夫和一个上午），但干的劲头比盘坡要大。

我心中充满了愉快和顾虑。愉快是我是在斗争的洪海中，我跑来跑去，觉得身体健旺与有活力，思想一分钟也是紧张的；顾虑，我没有领导过任何的群众斗争，今天成了这里领导斗争的主角。我想我什么都和群众讨论就能解决我的幼稚无经验。虽然群众也是未发动过的，但可以由它那里发现我领导上的可能遇到的问题。我顾虑盘坡的群众斗争，情绪不如高家群众，我想到离开了两天，怕它冷了下来。

座谈会上，果然群众是有他老的斗争传统，打人问题，经过了论争到底怎样才叫打垮封建，打人能否彻底解决问题，我们为什么要宽大。打人的思想可以说是相当地解决了，但翻身靠什么未彻底解决。

斗争情绪是高涨的，然而才发动不几天，思想并未成熟，可是根据文孝说，已经是不成问题，我也有点突然之感，怎么西圪垛那边，群众发动很差，这一下子却动得这样快而且成熟？当牛皮玉和李承书进行斗争时，去发动西圪垛群众参加，那里的群众不愿参加，现在却劲头这样大，原因何在？我佩服他们的斗争性，也佩服文孝的办法。可是我总是在怀疑有什么地方是漏洞。

当晚，李承书也由公安局要来了，我很高兴，这个联合斗争是成了，运送公粮的群众也回来了。

准备工作是十分差的，因为是联合斗争，组织工作，西圪垒这边根本未做，这就是工作的弱点了。也没有领导斗争的组织，仍是随着这干部（文孝）的动和止。我跟他组织了斗争组织（减租清债委员会），盘坡的这个组织成后，是经过两三次研究讨论如何领导和准备斗争的。而西圪垒现在只能把它组织起这个形式，没有工夫进行研究。就是盘坡这个山庄，是没有任何经验的，所以也很差。

西圪垒的斗争纲领和行动要求，宋文孝是不管，推在我身上，我叫陈锁金把材料归纳起来。他整整干了一天，也归纳不起来。可见得他们的了解情况的不细致。等到5日要开会的早晨，我才根据他收集很少的材料归纳几条，这个斗争是什么性质，他们也不知道，真是麻烦，我不了解他们的情况，到底群众受剥削些什么事实，哪类问题是主要的，我稍根据他两人的谈话，规定是这样的性质——清债是占主导的。总纲领提出："反对李承书高利剥削、敲诈，要求减租清债退约而斗争。"同时也把东盘坡的也写在这里："反对李元德非法剥削，要求清理东盘坡土地。"

因为盘坡是无经验的，西圪垒太匆促，动员了赤叶村的干部替这两个斗争做事务上的准备工作。如柴火、住处、招待。

5日早晨，我仍是在准备。4日晚因盘坡群众出来太晚，在楼棚上把一个老汉四保（很积极）跌坏了。我真怕斗争未成，先损失了力量。伤势不轻。我发闷了很久时候。

早饭后，附近各村群众先后到来。他们动员了好几个村群众参加，看起来阵势是庞大的，来帮助自己的农民兄弟解放。因为组织了报到招待，所以工作还方便，只是在开会中途到的，未找到招待的人，发生了照顾不到的缺点（因招待的拨公粮去了）。

农民结队在街上，游到大会场，这样对地主的精神也是个镇压。会场是设在凤凰岭下的山麓，在松林里很清凉。

考虑到领导上指挥上和反映群众情绪的便利，事前就组织了小组，各村一个或两个。看到过去斗争群众的乱喊口号，也规定了几个人领导喊，不要乱喊。联合斗争委员会推选出主席团，由群众通过。事后群众反映没有吸收妇女参加，第二天加上两个主村的两位妇女主席。有人提叫儿童团也参加，这是个形式主义，后没有这样做。

这里的斗争形势，仍是过去的一套，不让斗争对象上台，只在台前放一桌，站在桌上讲话。我这个情况初时不了解，我主张不用台前的桌，文孝和村干部都反对，说过去有过经验，群众不让斗争对象在台上上课，我想这一定是反特务时的做法，现在的减租息也运用此法。入水随湾，我也没坚持己见，恐怕这不一定就完全是群众的，而是几个旧干部的意见罢了。

斗争会的进行，开始了，群众提意见。第二个提意见的是一个牧儿，说到李承书的如何剥削他父母，以致家破人亡。现在自己无家无地，当了放牛的，控诉了地主、高利贷的道德。群众都抢着发言。第四个是健牛发言，他控诉自己三十年来的受剥削事实，愤慨的感情激动，怒火与眼泪并发。我当时想到他会打李承书的，还算好，事前的说服工作起了作用。群众愤怒，都要求李承书答复，李承书答复不上，很怕。群众追问他的思想，追得很剧烈。这阵和平的阶级斗争，吸血鬼站在台上发抖。这一下可是先把李承书打昏了，他找不到群众提出的问题的答路，现在焦灼与恐惧。群众在开始的冲锋陷阵，来势汹涌猛烈。我的思想主要跟群众先给了他一个下马威，使他尝受了这一下以后，再来启发他叫他坦白。吴宇化（区长），这时也来代表政府赶到了。我向主席团提议，老吴去启发地主，叫他坦白；我和文孝去召集各小组长，主席团检讨刚才的情形。提出典型问题追根，这是我事前未想到的，在三五个群众的发言后，已产生了典型。群众很快接受了这个意见，回去各组即时一堆堆地讨论，追什么问题、如何追法。

重新又开会。我们向地主要他坦白思想中问题，这一场开得很好，真正做到追根彻底，使地主剥削群众的事实暴露无遗。群众听得是对了，也点头呼喊通过，或哄然大笑，或骂一两句。会场很沉静听地主的答复。如地主说："我为什么牵驴，你娘磕头我也不行，我想的是你的驴，不但磕个头不行，就是磕个窟窿也不行。""我为什么不再圪垒你了，把地抽了。因为我要的是你的地。你什么都已经光了，我还圪垒个啥，我就又租给别人了。"的确，剥削已经把穷人剥削光了，还要你干什么？剥削者已把穷人吸干了血，他管你的孩子将会成孤儿，将会成为无家可归的牧儿呢？从七八岁为牧儿，现在十六七了，仍是牧儿。牧儿你该愤恨了！

在被压迫者的控诉中，眼泪和怒火，文孝跑到台后放声大哭。

二金拿起短棒在李承书站着的桌上敲："你妈的×，李承书！"

吴宇化低语我："这很成功。"

时间已不早了，太阳已经在西边了。群众不愿停止，不吃饭也要干，最后我们看见群众已声竭，服说大家，休午。

午饭后，召集主席团开会研究前晌斗争，经过决定是典型追根，其他的提问题叫他答复承认就算了。后晌是两个典型发言，一是武连仲，一是王付虎。这两个都是从前的富农，被李承书圪垒干了。付虎老汉的发言，很平淡，仍是和过去一样的沉郁。当谈到他的侄儿为什么出走，侄媳为李奸淫的地方不说了，蹲下来，双手抱头不说："我不能说。"王金喜就在此插上替他发言，说李承书怎样的引诱妇女。群众纷纷提出意见，为了追根典型，于是休会准备。在小组会上提出了，追哪些问题，检讨了乱喊口号，提出地主仗什么来奸淫妇女，提出是否每个人的问题都要追根。六十件问题时间的不容许（因为已经产生了有的提了问题的未答复而表示不积极，特别是西圪垒的），妇女也在午饭后检讨了参加会我们能懂得什么。

原决定是按着这样来进行的，可是下午的会产生了偏向，走了弯路。宋文孝去和妇女开会，着重在追奸淫妇女问题，而且在思想承认"可以打"，他又在小组长中提追问李承书的政治问题。

一宣布开会，就搞起了追问奸淫妇女的问题。搞得很不严肃，光追问他怎样去奸淫，不追问他的仗钱和势力，不从阶级观点上揭露地主的狰狞面目，而作为一般的两性问题的斗争。陈锁金和高家的干部在地下活动妇女准备动武。宋文孝低声问我，叫妇女"捋"他一顿。我想到这不对的，全是区干部和村干部在做鬼，跃跃欲试。我叫宋文孝和铁的去制止他们。因为当时万洪老婆已在布置动手，如果一打就打乱了，全场千余人非动手不行，因为这是传统。这还不够，他们又去动员了李承书的姘妇（他狗腿的媳妇，从小就和李承书是相好，现仍来往不绝，最近还到承书家住）来反对李承书，叫她坦白。这女人毫不害羞，而是扭捏地谈说，咱的声名也不好，就这样马马虎虎。真是乱七八糟。李承书还嬉皮笑脸地说他如何引诱妇女的经过，如何下手。我急了，还有好笑。底下也在笑，妇女也笑。我气了，我说："李承书，你笑什么，你奸淫妇女笑啥？"主席制止了大家的笑才转到严肃，群众才转到愤怒。承书怕了，发抖，向妇女磕了头。确是丑态百出。

又转到追问仗着什么来压迫群众。他说是仗着国民党、蒋介石、中央军，又生出偏向，变成了K特坦白。他说他怎样参加了国民党等组织上的问题。群众中又产生追出他是国民党枪毙了他。

县上的指示，特务的组织问题不要在大会上追根，怕弄得社会不安，只能以负责干部来掌握这个问题。我想他是已经扣在公安局多时，K特问题是无疑的，一定知道，不必在大会上坦白，又天色已晚，停止了这个追根。

晚上召开了两个斗争委员会小组长、主席团联席会。先讨论每一个问题都要追根，检查大会的优缺点，这个问题小组长马上带回去分头领导小组讨论。主席团接着研究当天大会情况，群众思想，叫王喜保同志去和地主李承书谈话。会上检讨了上午会成功的地方，下午的会走了弯路。检查了关于两性问题的缺点。群众都很能根据情况检查，有很多发言是不坏的。着重指出这会应是减租息，其他问题不应紊乱中心问题。定出了明天斗争的办法，仍是典型追根，小问题只要他承认就对了。但因时间问题，都怕明天一天解决不了李承书一个人的问题，群众要向他提的还有四五十件。我提出的办法，是在大会上明天追李元德的大问题，坦白后到了相当的暴露封建剥削的实质就分成两个会去进行，得到全体通过。吴宇化因区上有事还要赶紧回去，想不要拖长，而选定一个典型发言就追根。我感到这不是从群众中来的，而是指定的，不好。但他和文孝要这样我也无法。我怕的是不能把封建的罪恶一览无遗，集中追根。

6日清晨就开大会，会场借在庙里，追根李元德。因为区干部的想急于结束斗争，盘坡王二虎提了他的问题就追根。宋文孝和吴宇化要这样我也无法。我想是二虎并未参加发动这次斗争的全部酝酿过程，他是在开大会前才赶到的，很多思想并不成熟。结果是猜的并无错，因为没有把地主的全部黑暗暴露就拼命叫群众追，打不中要害，成了僵局。群众也是能啃住一点，其他村的群众不明全部过程和剥削的事实，帮助讲理无力，不能从各方面打击地主，只在追他的卖土地、打官司。我很着急。眼看不行，我找文孝和老吴检讨这个领导的方法，不是从群众思考上集中形成典型，而是皮肉不要，光剩下骨头的干追，并未激起群众对地主的深痛。他们此时体会到我的估计是对的，马上重新发言。徐宝泉把李元德在东盘坡的全部剥削历史暴露，激起群众感情，来进行追根。休息吃早饭。

吃早饭后，又移到松林大会场开会。群众情绪很激昂。李元德非常狡猾，什么也不承认。在没法时勉强承认马上又翻。

我们做工作的同志只知道叫群众发言，而不研究群众的问题。宋文孝对我说西圪垒那边也有对李元德的个别问题，我想他一定是叫他提的。今天会场上出了件怪事，就是“地主向小主算账”。苗家有一个干部（积极分子），在大会上提出三四十年前租或是烂契了一参坡给李元德，是荒坡，李元德十几年来没有向他交粮银。他（现在是大概成了基本群众）现在理直气壮地向李元德要租要粮银。我听到这个问题是个怪事。李元德死不承认这坡现在为他所有，而说不知在谁手。参加大会的积极分子也不管三七二十一，一致咬住李元德要求他答。我想到不对头，就问铁的和万红，他们也说未听清楚。叫主席宣布，问题未清楚，重新提出。我到后台找提问题的人来谈，我指出他们反了，这是李元德有理，李应回你要烂价和押租银。他还不死心，仍想向李元德倒回东西。其余清楚的群众也批评他不对，把问题倒过来了。以后他还不服，第二天晨，又和一个老妇人（他们是本家）来。我还未起来。还要这地。我又向他们把法令规定镬头地的处理办法讲了。她们去了，以后又跟我谈过两三次，说："不能倒粮银，还不能要回地种？"

第二件怪事，就是一个贫苦农民向李元德的五孩提出前年向候庄买粮，交了六百元给保同。保同死了，他现要向五孩要。可是前年交的了，又不是交给五孩，而是知道是五孩卖粮，现无凭据。这问题提出许多群众都不满意，五孩也不承认。后因几个也是不管三七廿一的积极分子呼口号硬把五孩压下去承认了。我的思想是可能五孩收了这款，但中间隔了一个人，无凭据不行呀。五孩算在群众中低头了，但不服（在对元德斗争中五孩是较开通的，坦白）。再一个就是里保说，过去（廿余年）元德两头牛压了他的参坡，他把牛拉回了。后听到是李元德的，怕，送回去元德不收，后磕了个头才收了牛。要求赔，说踏了十八亩参地（当时群众就发问，两个"老君"就能踏十八亩参坡？），又为不管三七廿一的呼喊压了下去，非赔两个“老君”（牛）不可。而且在群众若干人支持下，很坚决。

这几个人提出问题后，引起东盘坡的中农和破产富农，向李元德算账，什么都要倒东西，会上经济主义发展到高度。我觉得问题是很难说服的。本来吴宇化要走，我叫人留下他开分委会决定政策，他也有同样的感觉。

在这里谈谈李元德。今年已经九十岁了，据说从来就吃的是小锅饭，“要不为什么八九十岁还很红光”。农民这样说。在李家来说，他是个族长，在侯庄他是个统治者。个儿很高，留着很长的髭须，都已经很白了。这个行将就木的剥削者，幸好还有今天，给他一个最后的裁判。现在他的行动已老态龙钟，不过拄杖仍能行动自如。一双花烂的红眼，但耳力很灵。这次在会上怕是怕的，但都倚老卖老。问题被迫时才能“你说这就是这样吧”，很狡猾，一脑瓜的封建剥削者的意识。在几天大会的讲理中，他并未真正向群众低头，他总认为他的剥削人是合理而公道的。他为群众的威力所压服时，起不来坐不下，在地主的眼光看来一定是觉得可怜。他的五孩说：“唉，你真是个死了未埋的人。”第一次讲理时，他不坦白，把群众搞得又好笑又好气。群众怒了，唾他脸，捽他髭。我跟他说服了一次，也算坦白了些东西。但也仅是你向他提出的问题就答复，群众问新的问题又不答复了。然而我却不承认他是老昏，许多事情他是十分清楚的。王全金问他为什么向二地主打官司，还向小主要钱，他说那是好意。群众追他好意在哪里，非要他说不行。群众说：“由八斗租，到了你打赢官司，就一石二，好意在哪里？”气得群众无法时唾他第二次，又捽下几根胡。他说：“这……这是什么？”你今天才晓得这是什么吗，地主？群众追问他为什么要把佃户的姑娘作媳妇，却贴十块钱？为什么和人家作亲戚却不承认。人证物证都在，他还狡辩：“你们人多势众。”群众火了，差不多就打他了。但群众还是原谅他的年老：“你不是年纪大了，非揍你一顿不可。”这个人的品质就是反复无常，过去是剥削了不认账，现在仍是如此。答复了问题，在算账时又翻了。群众很好，当他每个问题翻了，非讲理不罢。

他的五孩在群众的压力下，开头就开明，什么都承认，也代他父亲坦白。但他不是所有问题都知道的。但有时也很狡猾，如说：“现在是民主，民主就这样吧。”意思是说我们是不讲理。不过这人在东盘坡问题上是坦白的。

下午分开进行，我领导东盘坡，宋文孝领导高家。群众在追根上，做得很好，很能抓住问题的本质。对李元德说的“好意”追得十分好，逐渐地主的假脸撕下来。杨喜忠的发言也很生动有力，本来谁发言都要报名，因为要记录。他先不说，先问六孩认得他不？六孩说不。“我知道你不认识我。”就谈他的姑，如何为李元德要去当媳妇，却不承认是亲戚。他到李家时受到的冷淡，和李元德出卖盘坡时就没有亲戚了。六孩到东盘坡拜年，称丈父母作叔婶，剥削是认钱不认人的。他说向老财搂粗腿舔屁股是“烧香敬驴屌，越敬越拨撩。”他说自己受苦，弄到什么都没有了，家都散了。“吃半升净一升，升升不断。拆东墙补西墙，年年饥荒。”

赤叶河参加的群众，有的人已经不耐烦，不愿群众深入的追根，情绪很不好。说这样的反复追五天也开不完。开始对较老实人的发言讨厌，特别是几个中农。我叫主席宣布休会，因为当时地主的情形也是不肯低头（李元德）。休会分成各村的开检讨会，各村的积极分子明白了这个意思后，检讨劳动者的解放是大家的团结，兄弟般的帮助。我提出地主的“好意”“民主”是两种不同人的道理，这个道理应不应打破呢？举了争辩上的例子分析。群众此时又觉悟了。吴宇化去说服地主，这样又重新开会，开得很好。最后是把地主的“好意”完全暴露。

最后民兵想追五孩的三支枪，但无实证，结果搞得不好。我事前也不知道的，只听宋文孝说他有三支枪，不知道是否。他们早就想在会上斗的，不过是在最后提，还算好。

吴宇化要回去，我提出分委会应对这次斗争的提出问题作个决定，他同意我的意见留下，晚上开到深夜。东盘坡的问题，事前又准备的哪该算，哪该不算。我提出了，土地部分应算，卖地不承认，应包租，官司要赔。我理由是镬头地应是农民的，烂价要赔。打官司是地主的无理掠夺，要赔造成农民的损失，特别是以后的变成高租剥削。承认原来盘坡就有的耕地四十八分，他能卖，镬头地部分地价赔出来，因为那是农民的。李怀璧已当汉奸为政府没收了，这地价作为公共事业用。其余的额外剥削不算了。可是讨论高家的问题，宋文孝提不出具体情况，不知道是什么问题，只知道是个清债。他不会记（不识字），也闹不清问题。他的发动群众是有点“多给群众东西就是好的”的观点，讨论了半夜，他说头昏走了。第二天早和整个上午都是讨论高家的问题如何算法，把搞高家工作的陈锁泉也弄来共同讨论。他和宋文孝仍是情况不了解，只是个别事记得一两个，分不出类型。最后，大家都无味了，就决定根据本区规定四三年以前的不能算，联系土地部分的依清债条例处理，未税契的作债务问题解决。“吃二馍的赔，十二月政变后翻案的赔，减租部分按法令。”

7日，东盘坡群众讨论如何算。开始意见分歧。中农和破产的富农都要一个都不宽大。像那个老女人，就不要地，只要大米二百石，白银二百两，她认为这就可以致富了。后来讨论引导，渐趋一致。我们两三次研究，群众思想可以接受我们的办法时，才提出。我把各方面的道理都谈了一下，翻身靠劳动重新解释，打垮封建不是单是经济得到多少。提出后，群众都拍手欢迎。农会主席说这就是我的意见。

积极分子在此时起很好的作用，就是有个别自私的人和老太婆，一面是不大同意宽大，应彻底把地主消灭；第二是无人同意他们的意见，怕人说他们财迷。积极分子动员说服他们，意见完全一致。这是比较好的。但是高家的失败了，我们提出的问题群众在某些方面不同意。

高家并未很好的讨论这些问题。宋文孝的看法是容易的，昨天已发生了打人，打了狗腿。我是意料到的。我当时想群众如果分开两个会，高家的非打人不行，因为领导那里的区干部思想就未通（连文孝在内）。特别现在锁金前天就想打人，叫妇女打李承书，前天晚上挑拨高家编村的妇女和赤叶河妇女矛盾。这个干部我真不明其用心何在。

他们急于想在这会上解决过去害抗日干部（十二月政变）的问题，他们猜是和李承书有关，想在此咬李承书一顿。他们想光打狗腿倒不出东西。征求我的意见时，我就想叫他们在进行完毕后再搞，他们不答，嘴不说，来回发问。我害怕脱离群众就叫他们在最后搞，他们和承书把清债的理讲了后，就进行斗苗小狗，想由小狗那里连带着承书，结果是和承书无关，而是另外几个坏人。过去的当过干部的，在斗争时很起劲，想起自己的同志死了都哭了，就打苗小狗。难怪的，这是血海深仇。第一回打后，小狗仍不说。第二回打是宋文孝亲自动手先打，结果又打了一顿。想起死难的战友，是可恨的，应把他杀了也不为过。但区干部自己动手打，而且是在当天早上批评陈锁金（陈又布置人最后算账打承书）后发生的，我感到我们的领导同志是只讲干而不考虑政策的。

打后，宋文孝因高度的兴奋，不能领导这高家的算账问题讨论了，硬把我拉去。我想不去，就无人了；去吧，我情况不摸。而且昨夜和早晨讨论的原则，是非常不可靠的。当时我就很为难，不去就说我光管盘坡而不顾其他的。我勉强答应去听他们讨论，不多会工夫，我才去。几个群众问了些个别问题，他们已讨论完了，他们汇报时，文孝已来，天快黑了，就要算账，怎办？就决定宣布我们的办法。我叫文孝谈，他怎么也不肯谈。我跟他说好，具体情况我不了解，那一部分他自己谈。我把应不应受人剥削，怎样才叫打垮封建剥削，群众还非常高兴，于是一谈到具体部分，我不知道是什么了，叫文孝谈。他也谈不出个所以，有很多和分委会决定是不一样的。

晚饭后，群众已发生了动摇，说那些问题过去说能算，现在不能算，不满意。我找群众座谈了一下，意思想从他的具体事来根据决定做解释。这时才知道如果按未税契可以作债务解决的土地部分，这都是三四十年的老账。而这样就是沾光的是几个过去为承书圪垒完的大户。才知道里面不单是租息问题，而且有许多杂七杂八的事。如同样是借钱给别人，押了同块的地，而为李承书独吞，现在也要算。不是吃二馍的，现在听说吃二馍才能算，又修改为是吃二馍。有的是买卖的来往问题，有的是打官司问题，有的是在廿、卅年前因欠租把驴顶租问题，有的是卖山不带树问题想要回树，也有个别的恶霸问题。这些问题都不是单一个减租息的法令就能解决的，我在这个当中犯了很大的错误，就简单的答复，而不了解清楚群众的思想和要求。我当时还未意识到清债问题的复杂性，就按分委会的决定哪里能算哪些不能算是老账，还未深刻了解如果是按未税契当债务解决只便宜大户，而其他群众因大户把地都抽回，他们将得不到利益而不满（因该沟的土地，均为过去的两大户的）。我也在考虑基本群众得不到东西，是不对的。我也感到我们上边规定四三年前的都不能算是解决不了这里的问题，但是现在马上就要算账，就把个别的问题答复不能算。有的群众“悲观失望”了，有的回去睡了。

散会后，我又和文孝研究这样解决不了问题。他又说不出个所以。吴宇化已在前午回去了。我实在着难，怕解决不了群众的问题，使得斗争搞不好，群众抱怨。一夜不安。

虽然是东盘坡的胜利，却被高家的问题扰乱了全副精神。

四三年以前的不能算，这个决定解决不了这里的群众问题。

第二天（8日）清晨，文孝来，我还未起，说群众嚷开了，不满意。说如果这样做，群众得不到东西。我们又研究了，现在的有几个积极分子把三十年前的地，想利用李承书的无文书，叫他退回地。可是宋还不知道，我当然更不知道。但较近的确是未税的，原主仍出银粮的，我感觉是可以做的，并不是说几十年以前的仍一样看待。

宋文孝想不管了，到区上搞区农会成立问题了（十日要报到）。我因为不清情况，我说明我个人处理不了这个问题。

我的意见仍是先从思想上打通，不要以我们的意见作意见。把情况闹清，叫群众重新开会，我们又把关于土地部分又解释了一番。

我们的同志工作办法都非常简单。我又意识到这样的干部作风，开个会就作为是群众思想打通了。文孝认为群众的办法就可以，这会成了尾巴主义了。

群众动荡，文孝要走，谁都不敢负责，我是生气了。正面提出我们讨论时，（分委会）同志提问题的含糊。我们讨论了一夜一个上午，情况并未汇报清楚。

干急又有什么用呢？文孝不走也不行，十日就要报到，他是负责人。群众已急待解决，就马马虎虎答应群众就算吧。我说明我不了解情况，叫区上讨论。文孝走了，高家群众回到高家村去算，由发动他们的陈锁泉同志领导去。

我心仍不安，怕得罪了群众，掌握不清政策。虽然不是我亲自发动的，但责任是在一起的，共同进行的。我几次想不管，又想到这是群众事业，能不管？

盘坡群众我真想不到自己讨论出许多好办法。自觉的意识，他们原来的表账表得很高，光是粮食酒九百多石，钱是五千多块。第二天早晨，我来不及和他们讨论，他们自己就决定，粮食减为一百石，钱是一块冀钞顶一元，不要银洋，原来他们许多人是要银洋的。我很高兴，特别是他们对冀钞的看法，要把自己的纸票抬高，不要银洋，这是已经有了主人翁的感觉了。

下午他们请地主来算了，因表账仍是高，地主负担不起，否则就要把他消灭了。也经过几次的磋商，中间也停顿了一下，调查了地主的情况，不可能出这样多。又说服群众，个别自私的群众也有些不满，离开了，但最后还是满意了。表三千四百九元冀钞，四十石玉茭，且分秋后交，地主非常满意。我们也照顾了地主是个抗属（李元德有两个孙在八路军中）。

最后我征求地主的意见。五孩表示非常满意，来保们四个人说，人家都说东边斗争一定打，这次却没打，充分说理十分满意。说过去有很多谣言，现在事实却打破了。

我也指出地主过去剥削的残酷，农民生活的困难，赞扬农民这次讲理的应该，宽大是农民的伟大。解释抗日政府的法令不但对农民好，对富人也是好的，向工业或富农经营是可以发展的。他们又问了士绅是什么阶级的人。我解释，士绅能参加抗日民主工作，在国民党统治下是没有的。地主非常高兴，和农民也互相说好才别。

天下雨，又为楚江寨一个老婆啰唆了半天。她原想向她的未婚女婿敲竹杠，这个女人过去就是以女儿作商品的。第一个闺女一年中四嫁，共嫁了十二个男人，最后长杨梅疮死了。现在她又想从第二个闺女中图利。村干部过去是拖，应付她，结果助长了她的私心。这次她又来闹了，要和女婿解除婚约。她批评我们不能跟她办，又哭又闹。我叫铁的把他们都叫来，男的是个青年孩子，是斗争中的积极分子。他开始不了解，不满婚事，但怕要倒东西给女家不敢哼，然对女母十分害怕将来的结果。我们解释了法令，他要求解除。女父来了，开始来势汹汹。那个青年说我不要，如是我爹要就他要。他蹦跳起来。我问他的女儿。女儿不愿和青年结婚，那就解除好了。女父母大喜，眉开眼笑，要求青年赔损失，负担粮。结果我问出了青年过去给她一百元，五石米，一匹布。根据婚姻条例，要女家退还。女母怕了，不大哼了，女父也不哼了。叫他们都到区上解决。

她母女出庙门说："都是你（指母），说不要来，你偏要来，你看！"群众听到这样搞倒了她，非常高兴。喜保、万洪和她都是亲戚，咸称大快。

9日—12日记

胜利的消息不断传来，这个乡间的深居，使我不安了。

前天晚上，民兵代表团回来说苏联向日本宣战，日本已无条件投降了。昨天国培也来了个信告诉我这消息。我是那么的不安静，想马上结束工作返回去。这是抗日战争的结束啊！民兵都出击活动了，我留此干什么呢？我又想到将来国内问题仍是严重的，如何把老百姓发动起来，也是个刻不容缓的问题。过去对收搜赤叶河本村情况，因为种种的关系，做得不够好，现在其他的村的群众已发动，对赤叶也是个刺激，应抓住这个机会访出群众的问题，我真不相信如干部们说的，赤叶河没有什么问题。时间给我是太紧了，过去说是未得其法，自己摸不出怎样入手。现在已有了门径，可是时间都在催促，但无论如何赤叶工作是要突击一下的。

居然，我的估计并没错。赤叶群众未解决的问题是太多了，从这两天我和贫雇的谈话中，谈出了许多问题，对干部的作风问题也开始发现。有的敢说劲头很大；有的仍怕。租息问题也暴露出好几个问题，群众要求解决。他们一听我要回去有点不自然，“什么，洪同志你要回去？”从登记干部的阶级变化中，很清楚的。所有从这村出来的区村干部，所有问题都解决了，哪怕是很小的。然而对群众的则不然，官僚主义漠不关心。区干部对本村的领导是主观主义的。这就是赤叶河村工作的症结所在。

现在提出的问题是租息问题、恶霸问题、干部与干部、干部与群众的问题都十分多。我只同廿个不到的贫雇闲扯，就扯了一个大半上午，一个晚上，和今天整个前晌。

区上的有些问题的处理也乱弹琴的。老孩的离婚问题分明是通奸妨害婚姻，而允许了离婚，使得人家含冤莫白之慨。我是鼓励他上县司法科控告的，这样的处理问题简直是侮辱法令了。

13日下午记

留在赤叶心情是那么的起伏，这已经是思归的情怀。虽然工作是天天的有效果，但由于战争形势的变化，在此好像坐井观天，总想回去了。但又想到农民问题并未解决，回去就不会再来了。农民也渴望自己和他们解决问题。我意是发现了问题，干部还是可以为他们解决。只要打通他们的思想，为群众服务，不致不干的吧？

整理材料也是个非常吃劲的事，这样的统计，我还是初次，故也很费工夫。特别是数目字，这是从来不关心的习惯。但有的材料还不完全，如东盘坡的还有几户未统计在内。区干部的统计工作不可靠，他就没有负起责任，如刘占胜统计的户数，就不全。

特别使我急得跳起来的是，宋文孝把我在牛皮玉调查的统计数字掉了。使我一个下午不安，想揍他似的发火。牛皮玉是统计的最好的，他把你的掉了，真气人。再统计不一定有那次那样具体科学，而且要费很大的工夫。

晚上又开贫雇会议，有一青年（十九岁），还是个孩子，哭诉他被人的压迫。开始叫他说，他不说，好像碰着创伤一样哭起来，“不要提那是败伦的。”他是个孤儿，从小就过继他伯伯。伯伯现在又为本村一中农拉过去，把他撵走，零丁孤苦无住无吃，独个儿为人作劳役。我又考虑我不能太冲动，压抑着叫他慢慢说。他好像在这冰冷的社会里，从未得到温暖，今天在自己的贫民兄弟前温暖地复活了。我先问他怎么办，他说想翻身，说敢干。我跟他说明了他的受压迫，应如何行动。他先哭后破涕为笑，我差一点也就落下泪了。说他十九岁吧，还是一个小孩，古老的社会戕害多少孩子啊！我再压抑不住时：“你不要怕，干吧！反正不得好活，今天就是我们的世界。”他以后很积极说话了。听到别人的问题，听到要干，他就说对，翻身！我对他说建狗不是为你好。给你八斤面，是为了要你的好地，他不是招呼你伯伯，是招呼你的地。他说对，你说的就是。他想我死，想我跑了，或者当兵去。

我在睡时和睡醒时，觉得心上温暖了一件东西，总想到这个孩子，同情而热情的，我应找他再谈谈。

14日晨

4.2　反攻生活录[①]（1945年8月16—30日）

我是在8月16日，大雨后离开了赤叶河的，现在算起来已半月多了。一方面是愉快的，另一方面也有时候是沉闷的。愉快的是新生活的到来，而沉闷的是工作上的障阻，这样与情绪上的热情是相抵的。

本来在陵川时，听说分区[②]已到了底下（山下），就想很快的回到机关，以便迎接新的工作。在路上，听说樱和小洪就在不远，我绕路到那里看看她们。

我回到机关了，但在后面没有人，我心急想工作，曾打电话打了一天半，没打好，回答是叫我在后面等等，怎能等下去呢？现在是什么时候呢？第二天我又走了，往博爱走。前面需要人的，机关负责者都在底下。

廿三日，我随两个陵高[③]的民兵，带着一个开小差的逃兵到前面来。中途遇了很大雨，路是十分不好走的。

---

① 4#图片夹021-022#图片。参看回忆录《异乡岁月》第八卷第三章。

② 指太行八分区。日本宣布投降后，分区机关从陵川迁至博爱。

③ 即陵川、高平。

七年多了，没有看见广阔的原野，现在又看见了，心情充满愉快。战争是获得了报赏，特别想到我这里是旧地重来，我来时经这里上太行山。现在经这里下太行山，这个心情又是别致的。

到了西庄[①]，天又下大雨了，滂沱起来。幸亏是到了机关，不至于受苦了。

然而问题是适得其反。平地的雨天道路是可怕的，水很深。我找机关，谁也不知道秘书处在哪里，很熟的人也是不负责说不知道。我想同一个机关，只不同部门，哪其生也？我所想的前方一定是炽热的，未必全然。他们叫我找首长，连我跟他们带来的逃兵也不愿收。说我们不是作战科，不管此事。我不熟，不知道他们在哪里，只好随电话线去找刘毅了。

他们住在一个很深幽的院里。我的心里想，同一机关，他们不带我来，最少是让我进去的，虽然我不是军事系统的。那个队伍股长说，不要进去，首长现在无工夫。我说我不见也可以，但逃兵你们要收下。大概他看到我是有火了，说现在刘政委和别人谈话，一会儿我告他再叫你来。我说都行，但你要派人引我去找秘书处，现雨天，无人我是找不到的。他算是好意，叫了一个小鬼引我去找管理股。

我到秘书处，空无一人，是在一个十分叫人窒息的黑房子里。我心里是不管三七廿一，今晚我就住此地，明天晴了再说。

我深为机关的官僚主义气得非常发火。但发火也无对象，人家的作风是

① 博爱的清化镇北，有西庄村。

这样的。火热的夏日，走路实在热，我浇了两盆冷水也不见冷些。可是机关的温度实在低，把我这样难以忍受的气也烧之无料。大概我想他们是用冰做成的，不，云母石，不传热，冰见火也化。

我从泥泞中找到了厨房。老杜见我就笑说，你回来了，开罢会你就出去了，不短了。我本来已不想吃饭了，但炊事员同志的热情——碗、筷已拿来了，盛情难却，吃了两碗面汤就完了。伙房是大师傅们的地方，是所谓“下面”，温暖很自然而不伪。

革命为谁呢？为大家、为自己的事业，算他娘。我和李栋、老曲谈，大家除了个“官僚”两个字的叹息外，其余是唏嘘！我不是谁的仆从，也不是出卖劳力。胜利在望，我还是少计较这些。我又想到，我是个党员，今天回来不是见不见“首长”的问题，而是向组织报告，党务的还有什么“首长”。我应让组织负责人知道我已回来，现在工作是需要的，我应让他们知道我回来，分配我工作。我想了，第二天早上写了条给刘毅，这样写的——

刘毅同志：

我昨天将黄昏时到此，曾去见你。但因机关森严，未许获进。故现写此条作为见面。如有什么工作需要我做，请你随时通知我。

24日晨

雨是下得太叫人讨厌，出门都十分不方便，我除了到剧团玩玩，几乎无地方可去。

条子是送去了几天，没见找我谈话。我心里想现在的情形就是如此的，虽然是在大反攻的当前。可是除了军事行动外，机关人仍是不少，但没有什么工作。又加以雨天。李栋说他到各部门串了一下，除了打扑克外，就是睡觉。我心里想的是这是新区，群众的民族界限是不十分清的，对国民党的看法也是不清的。雨天一停，这样多的知识分子、股长干事，要不组织些宣传工作，帮助村里的工作，无疑是好的。许多人都在整理从战争中得到的胜利品（和服、毯子等），这个东西很占部分同志的思想。

坐得实在闷气，在这个伟大的时代中，李栋是如此，还有其他人也是如此。为什么这样使用干部呢？向哪里提呢？

这种心绪，我也无此心思去每天记它，了之了之算了。但问题仍在，了之不得。我和李栋谈，向刘毅提个意见，但又怕犯个“多事”。

也想自己的工作了。在现在，什么我都可以做，只要是革命的工作。无疑，任何工作都会起补作用的。收复了大城市，大概我也不会分配去做什么，自由职业者的路，可能仍走。如果走的话，我就以此作为对内心牢骚的答复：是否文化工作是像在战争中一部分同志的认识一样——无足轻重的。我也不希望能做什么，能在和实际、底层联系的，如在农村、工厂，做个很简单的不出色的工作。我仍喜欢以他们的生活来引导他们，其余的别无他求。剧团的同志也发生了对战后前途的忧虑。我为他们解释，那怎会失业呢？在一部生产的部门中，做点什么不可以呢？但他所想的恐怕是地位的问题。

我虽然在工作上的无聊，但心情却很愉快，这是从来的特点，可以如是观。到城里看看剧团演戏，演得不好，我十分着急。怕过分突出的帮助，会引起不必要的顾虑。但又很想：现在是大的时代，剧团现在的材料是落在后头的，应赶上这个情况。现又无别事，做点也最少对革命无损失。老贾也叫我修改《民族的光荣》。

干着急是无用的，耐心是最好的办法。这就和沉郁的雨天是一样的不愉快。

日子是过得不慢，很快又一星期了。有时想：我这样的干部，也只是配合某些工作，现在不需要了了安之。战后要表示自己的希望，还是在文化工作上吧。大概可能非难不如现在多。我很不愿参加机关或类似的战时的形式工作。

我有时也感到自己的思想，很怪，这样的说法，好像是很小气。我就数气考虑无法大气，有的问题大不起来。所谓政治强的人会说我是对上或对组织不满，或是意气之争，或是失意之鸣，我一回到机关有时就会如此。确是一疑题了。

大概是廿八日，刘毅找我了，“为什么不来我这里，真是这样森严吗？谁都能来。你这几天做什么？”这是刘毅的话。我的话是：就是森严，人不让进，并不是不认识是机关的森严。我把近见的经过谈了，把人也指出了，最后他笑了。在我思想上我仍是就是森严的。你应看的是实际，不要谈一般的道理。

再谈的是叫我去帮助陵川民兵的扩军问题，谈到干部思想的抵抗，任务的重要，也讲了一些胜利消息。大概是谈了十分钟，我欣然接受了这任务。不管如何，这是个战斗任务。我虽然无此经验，但要努力去做，但任务是艰苦的。很快我接受了，就出来，碰见李一清同志。

△下午了，天暗要下雨的样子。第二天走吧，和老曲等一块走，比较好些。晚上机关通知明晨迁移，可是我白天曾问刘毅，他说不一定。

第二天，不能走，通夜大雨，连下两天。真把我闷坏、急坏了。

通宵达旦的连阴雨，真是有点不耐烦，也曾拿起笔记，改写《民族的光荣》。但写了一点点就停止了，总想的是有主要的任务在前面。

30日，雨还是没停。要在一二日内天晴是难的，还是干脆走吧。

路非常难走，三十余里路，比一天山路还难。好容易才摸到焦作市工作委员会。林明是市长，熟人是有好几个。

4.3　扩军工作[①]（1945年9月）

9月1日，我到了陵川独支的大队部。这支人民地方武装，共有500~600人。

这队民兵，根据干部的反映，情绪十分恶劣，所以扩兵号召还不敢公开的提出，怕开小差。开小差风气很严重，而且逃跑的都是过去工作较好的村子。

从县干部到区干部，对扩军在参战中进行，是十分困难的。而区干部根

① 1945年8月下旬，太行军区下达了收复焦作的命令。总攻在9月8日零时开始。

本就对此工作是惧怕。

问题是这支民兵一开始就到焦作方面来，围困东西大井已廿天了。这里无主力兵团，取不到胜利，敌人火力强而怕。在开头来时，上面说的是去最多十天，而且是去背枪。现在枪是不好背的。

想家，家里有老的、小的、年青的无人照管，未安置好就来。老婆一个人在家不放心，秋收时就到了，现在已误了打青壳。明年穿就成问题，今年无法换季。

生活不好，卅两米不够吃，衣衫太单薄，现在已磨破了，都只穿一套单衣来。而且是想来换衣穿，发胜利财的。现在看起来无法夺到敌人东西。

怕编军，怕当主力军。这样久不回去，是不是要编兵呢？恐慌得很。

总之，在民兵的脑子里不是如何消灭敌人的问题，而是如何逃过此关。

好的民兵是现在仍未得胜利，回去不体面，不好看，要打下焦作才回去。

干部的思想，是消极惧战，这是特殊的。有几个区武委会主任，简直在他身上找不到热的东西。反攻这样轰烈，他是老婆问题、安家问题，怕在最后一战中牺牲了。

4.4　1946年2月起武陟南王庄群运[①]（存目）：

1. 武陟南王斗争积极分子回顾

---

① 此段编号：4#图片夹022–030#图片。

2. 南王恶霸欺压的具体情况（2月8日）

3. 南王郭清和翻身故事

4. 武陟四区积极分子训练班发言：南王村

5. 武陟县委张俊卿经验（1946年3月1日）

6. 南王为什么要当积极分子会议记录

4.5　1946年3月起笔记五则[①]（存目）：

1. 各县汇报：陵川、温县（1946年3月7日）

2. 怎样送积极分子下水

3. 焦作群运

4. 民间语言

5. 郎二夫谈1938年的陵川

4.6　1946年7月起笔记九则[②]（存目）：

1. 焦作李封“七七”参军运动

2. 围困蟠龙材料

3. 一个老实农民的思想

4. 土地问题

① 此段编号：4#图片夹030-035#图片。

② 此段编号：4#图片夹035-040#图片。

5. 对顽斗争

6. 顽区抗捐运动

7. 一个女人诉苦

8. 歌颂翻身

9. 土地是谁的

5#笔记：焦作工作笔记[①]（1945年—1948年）(存目)

5.1　1945年10月17日—1946年1月焦作、武陟城乡群众运动情况记录

5.2　拥爱运动动员

5.3　五四纪念座谈会

5.4　《赤叶河》导演意见[②]

5.5　1948年2月20日—5月底土改普查下乡前的准备

6#笔记：调查材料[③]（1946年）(存目)

6.1　1946年3月7—12日地委经验会

6.2　1946年4月—5月9日儿县群运和语言

6.3　1946年3月7—12日温县、陵川、沁阳、武陟、焦作

6.4　1946年7月焦作工作汇报（店员生活情况）、语汇

6.5　1946年12月 武安人物——民兵英雄张立秀的转变

---

① 国图扫描件5# 图片夹，共31张图片。

② 见戏剧卷《赤叶河》附录。

③ 国图扫描件6# 图片夹，共99张图片。

7#笔记：工作纪要[①]（1946年3月—12月）（存目）

7.1　1946年3月—8月焦作地委召集会议的记录，修武钓台营调查材料之一

7.2　1946年12月6日—1947年1月太行区第二届群英会17名英模的事迹。

8#笔记：修武钓台营调查材料之二[②]（1946年12月）（存目）

9#笔记：关于打修武情况的通信（存目）

10#笔记：四幕秧歌剧《南王翻身谣——南王村斗争纪实》[③]

10.1　剧本

---

① 国图扫描件7#图片夹，共52张图片。

② 国图扫描件8#图片夹，共26张图片。

③ 见本书戏剧卷。

10.2　曲谱

14#笔记：《洛阳小曲》[①]（存目）

15#笔记：民歌曲谱十首[②]（存目）

① 油印本5页。

② 作者手迹9页。

三、民歌体创作时期[①]（1947年1月—1949年6月）

4#笔记：《乡间记事》[②]之二

4.7　人物记录[③]（1948年3月）

西柏涧村的街长，党员，贫农出身，反封建很坚决，但作风很生硬。村西头有座庙，许多迷信妇女都去烧香。他听说，则去到庙里，把门关上，把妇女组织起来，分配拔泥胎，哪个妇女拔哪个，不拔不行。这样强迫妇女把神像拔掉。村长的丈母娘也在，就分配了个大的。

阎本贵，西积善贫雇。在参加贫农团的审查会上，自报历史，又说又不敢说，说得断断续续。人家又催他，他更说不上来。人又说，让他说吧，好好的说吧！他停了半会又说：唔……（很长），嗐，我放过牛，唔……我放

① 作者1946年12月结束为太行群英会做美术工作之后，调太行文联任戏剧部长。

② 此笔记为国图藏灰蓝色note book笔记本，国图扫描件编号：4#图片夹041-043#图片。

③ 此笔记为国图藏灰蓝色note book笔记本。国图扫描件编号：4#图片夹040#图片。

过羊。突然又高声，又快速的一股劲的说起来。

郭玉胜，中农，从前在村上好讲个三国或其他评书小说，所以说起话来，不慌不忙，很有修养似的。那天在大会上给平安提意见，已经到了最后才说。他慢慢的站起来："我是落后分子，也不算个意见。"走到平安旁边就蹲下："备战是你到我家备的，还是我到你家备的？"平安答了是他到玉胜家备的以后，郭说："对，那是你到我家备的，我没有叫你在我家备吧？"平安答了。他又说："你到我家备战，不往外边备是个什么思想，我问的是啥意思？"平安说了紧急，故在他家备，他又不慌不忙地说："对，你在我家放了啥东西？"平安答了。他又问"我问问你的思想是啥思想？你在我家有没有存过领毡？"平安没法说，他又说"没有存过为啥你那回在大庙上斗我时，说我拿了你的毡？"平安更没法只好说是想敲他领毡。他又说："没有存过毡，是你想敲我，这是个啥思想，我问的是啥思想。"这样慢吞吞的，不紧不松的把平安弄得没法回答，大家都哄然大笑。他却还是慢吞吞的，也不笑的在追问他是啥思想。这和一个老实的农民的朴素的语法全不一样，全是用套的、引的、反问的。我初时以为他是走过江湖的商人，后又不是。原来是说评书的，专门弄文弄武的作法。

西积善一家地主是这样发家的：两个人骑着牲口去卖煤，甲对乙说，他能押心宝，叫乙下宝。开头时，乙说二，甲说：呀，你真猜中了，就是个二。去卖了煤就给你。乙又猜四。甲说呀，又是四，你怎弄的？乙是老实人，以为是真的，不会上当。去的是如此，返回来时，两人骑在骡上，背面相向，甲又押心宝叫乙下，从西柏涧以东的路上，都是乙赢。一到西柏涧以西，乙就输了，甲就说不怕，下一宝就押中了。这样五里路，把乙的煤钱全都赢了，而且还要短下他的债。

“挂锄钩的时候”（秋收前的一段农闲）。

提出要实行民主作风，改变行政命令包办代替的作风后，干部下乡，不敢叫群众打锣开会，自己打锣。开会时告诉群众现在讲民主了，开会想听就听，不想听就回去，他在上头讲话，底下的群众都走完了。第二次又召开会，还是这样说想听就听，不想就回去，现在讲民主，群众又走光了。第三还是如此，他就到县里说，讲民主不行，他干不了，躺倒不愿工作了。

4.8　《赤叶河》座谈会（1947年12月28日）

《赤叶河》剧本写出在冶陶大会演第一次后，中央局宣传部召开的座谈会上，各地同志的发言。

振声：

1. 描写前一部分，和最后部分，中间部分空过，这很好。斗争的形式，合乎事实情况，老冯的自然和老宋接近，同时反映了批评过去的政策。

2. 考虑的地方：老冯发现问题，着重反映过去政策，村干部的少，应把这部分加强，因为村干自翻身则看不见底层。另一点是王大富的经济翻身，看不见，只把地主斗死，当也很合情理。老冯和老宋串通，应和村干联合起来，真深入底层，村干会和群众矛盾，表现这一面，则表现村级组织，是保护自己的利益的。

其次，用调上，用适合各地方的，是否在剧中变化太多。

方言不懂，这是剧团一弱点："摇三摆"调不好，地方性太浓厚。

崇智：

1. 从劳动创造世界开始，土地原是农民，很完整。但不够紧凑。

2. 农民失了土地，已采用了赌博放债，不用这是否可以，不用赌博。

3. 翻身，反映了些阶级路线。有两个东西可考虑：一是采取人民法庭？二是贫雇如何串通，还不突出。

歌戏是好的，调子有的不合胃口。

绍曾：

对群众教育方面，比较大。土地的来源，很明确。

剧本对阶级教育很好的。地主的撵农民出家，后又住五道庙。对比今天的地主，是好的。

另一方面，是否用农民的赌博，或用债的问题而负债。

最后的区村干部问题，行政命令、官僚等等，是否从正面拿出问题？是否要表现地主和村干拉拢的黑暗面暴露出来，现在只有个别群众不满。

另外：调子太乱。如大先生在赤叶河的地方，有没有？多不多？化装是否相称？

冀南木同志：

落后分子后成了主人，有人怀疑，是否临时抱了佛脚？后说原著就有，这样更感好，太行工作深入。

用事实说明劳动创造一切，在平原就很难说明，这描写很深刻。

不足的地方：赌博的变穷，但在封建制度下，也是非法的，用合法的好，还是非法的好？但一般倒不一定是如此，赌终有点特殊？

再一点，斗争中的组织路线问题。是在承认旧村子的基础上产生的，他的不了解下层，从原有基础上来发现问题，是否和将来有些反作用？

对过去的减租息，是否批判得太厉害？那时是民族战争，感到重些，是否应放在村干的不好上？

王大富的转变太快些，原这样落后，后又这样积极。

话听不懂，洋鬼子看戏。

地主就是罪恶，代表性不够。

区干的转变，模糊，不明确，农民在地里嘀咕起来，是否有这现实性？

狗腿最后没打死，感觉不痛。

见面用“哟哎……”的调，不大好。

王大富的禾子后面的参军，未向群众道歉？

豫鲁冀：

中心工作结合，和领导意图附合。土地回家，脱离群众等等，很好。

演技上都很成功，调子还可以，虽不懂，但不要紧。

看戏很多不掉泪，这次则掉了。

如何能更好?

1. 区干是单纯作风问题，不是组织改造，属这类的，戴军帽，没有，作风改造则重，如是组织改造，则更重。

2. 对放羊的，飘洒些，我区对这则不熟。

3. 二东家应打死，伪军没悔过，父子相见不够真实，感动力则差些。

海啸：

音乐朴素，土调，组织差些，不够统一，不能表达感情，如跳河。

《白毛女》是采用传奇性，没《赤叶河》这样真实。

开荒太愉快，应变为艰苦、不容易。

地主唱得太火了，父子吵架不用“哎哟”……

史平：

音乐上过后没留印象，联系性不够。

如能用更能适合于各地的。

土地最后如何呢?

荒煤：

序幕，作者意图是土地还家，用来就是我的，是否应荒山就有主。情绪上都较愉快，是否把他翻过来，艰苦才得到土地。

闲话的问题，交代了十年，也可。和第三部的翻不透身比，是程度差别，要的话，应把加深K的统治。

斗争好像都集中在大富一家里头，大先生对赤叶河的整个统治还不明，土地归给全沟不够。

池同志：

土地史的问题，不简单，在剧里就不容易，是否一定要强调这一点？劳动可以创造一切，可以，但我以为不要着重。

土地还家并未提到，这就很困难。我以为应是反封建为主，在戏的最后分配，我想很难，不要写得太远。

人民法庭，今天还很少，待考虑，主要写中间一段。

赌的问题，作者是以这样借到高利贷，把拉进圈套之后，表现它更深，在戏上，有它的效果，不要赌，用何效果？

禾子问题，回来，就麻烦了。

形式上，方言戏很好，农村广泛能演更好，如灯光布景等，一方面诗意，也带来舞台工作麻烦，如采用一些旧剧的方法。

欧阳山：

政治意义上很成功，跟今天提出的问题，相联系，这是主要的。

如区干问题，是作风呢？还是如何？但可以□起来，是较易做到的。村干是如何，是否用现在大会精神，考虑，不要勉强，以免破坏统一。

伪军问题，应先有怀疑和考虑，当中还做过长期的兵。

关于剧本的序幕，太美化诗意，不能因开了块荒而美化，生活应很苦，好像旧社会还有如此的小天地。

赌博问题，南方很多，是种骗术。但在戏里，不大能吸引观众，因为是在台后，同时地主的狠。开头应不自愿，后自愿，应本人有入圈套的条件，以后就堕入。

地主到山沟，交代不明，地主到底多大？原是怎样，情节就不合，为什么会来到这沟呢？应使群众了解。

词句上：有些过分诗意些，通俗化不适当？

整个来说，材料本身就是很好的戏，是否能更好地处理，更能代表现实。

音乐方面，在这种调里听不懂词，过于地方化。

贫农的组织没解决，区干只去找了，斗争会没领导，村区干都没出来，这更是更重要。

劳动创造一切，这难说清，而且今天是平均土地，只抽象提出不是地主的就够了。

中青：

土地应还家，但没有分配彻底的企图。

剧和大会意图一致，五四以后文艺上还没这作品，剧团进步很快。

缺点：剧本瘦，不肥，一个解决这样问题不易，如解决土地，应还，彻底还。但根据现在，不易做好。

这写作是先有结论的，要求什么才用材料。

好的是本质反映了问题，本质的语言，戏的插话很妙，没用旧的或新的形式所束缚，已超“白”。但有矛盾，地主没确定身份，从反映四十里的地主，甚贷店在戏里看不出来，和序幕有矛盾，这是世外桃源。羊群，是谁的，没弄清。地权，怕没有这地方，可能有的，不能上舞台。

土地还家，可以解决，四十里地，不能自已管，一定很多人，有二地主，我了解可能先有人，用加租的办法，或更多用二东家等，引逃荒户来，店主要经营土地，放高利贷，有大小伙计，是王大富来要领来开，生活很苦，受地主剥削，不是一家的问题。王是新来的。

其次，地主剥削，从本质上考虑，应从租息、敲诈、骗，结婚用个百把块钱（？），赌不好，负债家里不清楚。

地主和佃户的生活，剥削不够，过程中未显示苦，没生活的表现，这就对群众的启发不够。

闲话太简单，来个对比，或解放后的对比，地主到山沟里去，如何去，则有人家，有个用一切方法，就破了产，或中央军来以后才破产，或早也行，加上中央军统治、灾荒等等。

在何处截止，五四指示后，把问题提出来，人民法庭不解决，要有根据，着重在五四指示中，涌现出很多人，要有运动才行。

分场不要中间拉幕，景，分场戏可以否？

16#笔记：华北文协笔记[1]之一

16.1 《赤叶河》座谈会（续）（1947年12月28日）

某些地方的语言，如“夜深沉”接下是“黑洞洞”“骆驼穿针”，中国群众好像不调剂，有些文一些。

很多词的起头如三月桃花，秋贵和地主一样。有的人则同意。

场与场的闭幕，最好连起来，不要分场过多。历史不连接，如算账、要账则可以合，集中些好。

材料很多，表现不够集中。但也有人说不多。

《白毛女》的，是否要表现法可以多样化？今后希望不一定在这方向。

① 编者注：此笔记是国图藏阮章竞笔记16#的第二部分。16#图片夹034-039#图片。此部分应是1947年12月28日记录的续。

于林：

前头一段，空气沉闷，时间太长。解放后还是太长，琐碎。八路军来后，希望好，但村长又是如此，值得考虑。是否对减租运动估计不够，如放在整党上不怪，放在十四年的时候来解决，值得考虑。

地主性格不同一，最后拉下面孔，地主好像前后不是一人，地主好像是少的，拿枪去山沟强奸妇女不像的。这个行为不调和。

整剧情调沉闷，黑暗面多。禾子的凭吊是悲痛的。

剧本进行迟缓，观众着急，不是很感动，演员怕是有关系。

很像和《白毛女》一样。

信维：

这不该提那不该提，上级错了，是否这样提。减租运动收获是什么没说。是否可以等村干受了地主的手段，说明干部上地主当，地主收买干部则转了。

吕剑：

冯以前都沉闷，但冯以后仓促结束。“什么时候斗争地主。”到底几场几幕，前段的压力太大。

青年农民看不清楚，最后把最大希望寄在两个老头上。青年则不够，特别是王禾子，应有他的戏。对青年不满足。

王大富，赌博，时来运来，群众笑，性格不调和。对农民是否有嘲笑的味道。赌博偶然性很大。

整个发展，前半段压缩，八路军需要热烈些，也有学《白毛女》的地方，如“我要活”，如跳河不感动，怕因不集中的关系。平。

减租减息中，有些干部这样是不够典型的。

反映生活，语言是较丰富，具体，除地主与农民关系外，还有干部在内，发生缺点也在这，成了副主题。原是有毛病的，左的观点，注意诗的时候与行动不多，所以这是缺点。

内容：1. 描写群众问题，2. 党的领导问题，有它缺陷。把封建和农民斗争花得多，新的农民个性不明显，薄弱，没新的人物。村长应是，但不是积极代表，依靠结果是老头子。但他是有冤屈，应有较积极力量。

旧的表现，沉闷，有些阴暗，可以修改的。把他最主要的暴露，反之则把细节则成了看戏，如二部的赌博。

不要在二东家口里说出真理，如他说王有好。统一起来好。

赌博，只使同情，不要作成自作孽。

党的力量，党的面貌模糊，如头一次不彻底，模范的都不模范，要表现有模范，有缺点，这个村长还不是很坏的，修改时转换也快。

地主假开明，有一个干部有意见分歧，解决老冯有依靠，否则全依靠老头子。

新的人物、党的领导问题，可以避免的可以避免（作品的影响问题），任何东西都一样的。经验做支持。教条主义和经验主义不克服，党就不能前进。抗租场可以和第三部一场合并，则从当天到第二天早晨，用暗转明场。第一部可以准备化布施事。则可去第一部第一场。

4#笔记：乡间记事之三

4.9　安阳二区西积善村纪事[①]（1948年3月5日—5月20日）

西积善党员干部名单

王雨声　支书、公安员　贫

范存贵　村长　贫

王万国　副村长　中

郭何林　民教　下中

郭东来　副队　贫

郭海雨　农书记　贫

付三子　副支书　武指　贫

王万枝　武主　中

熊海林　农主　贫

郭雨保　民队　贫

牛二子　仓库　贫

（贫雇）王二明　王双喜　王令　对门寡妇儿子王坎的

① 国图扫描件编号：4#图片夹043-085#图片。

3月5日

郭方，六十一岁，老中农，十二口人，原十八亩地，现四十余亩，自言是八路军来后地主卖给他的，说他曾下窑四十年，家原只有三亩地，以后卖煤发了家（三十元升九十元煤价）。置了十八亩地，现有二驴，有孙在我四十九团当战士，未入农会。原因是他儿子曾搞一饭铺，据自说是卖了房给地主，后地主还，叫他使用，故人把他家当狗腿，不叫入农会。据村书记说，他此儿是在东边，是和地主合作饭铺的，是狗腿。他（村书记）是郭方的近房。现在是有郭一人劳动，两个儿子都死了，留下三个媳妇。

当我在他家吃饭时，郭常作眉眼向门外的孙儿女们，大概可能是不要看客人，也许是其他。

他对土地法，是说好，对村工作也是说好。对不在农会，颇有不满，但不敢表态。

副村长，有四五户，未翻身，但分的都是头等。备战时，他把东西存在东头。郭虎、王黑女，他光卖着吃。王二明、王悔，两光棍汉住在一块，不愿住好房，住破房。王章全是个贫农。就这四五户，动员他挪，他死也不挪，老实人。

农主，没有翻身的，思想落后，不哼气。干部吧，也没多拿什么东西。

我的穿的，不很赖，因为我翻身了。八路军来了我有地，我虽然不很阔，但不用吃疙瘩，能吃顿面，打了麦子，有面吃了。

武指，咱未来时，一直在窑服工。1946年6月，到民兵来，6月7月，当了备战的农主。扩兵后回来，当副书记，生活比没翻身强。从前一人不到一亩地，现家里每人有4亩地，现短不了吃捞饭。下窑服工，短不了吃顿面。

郭玉田，土地法大纲一出来，他自动了一石粮。他是中农，过去当过狗腿，因为他到过东边，带过一些“白性”回来，为民兵搜出。打过他女人，故看到土地法怕，拥护农会。

1945年头次减租，5户，谁提意见谁得，有一部分给贫雇分（在农会的）。分五等：军、干属、积极分子、雇工分头等，对象都是大地主。第二等，是贫雇。

王二明，四十余，四亩地祖业地，分东西分得少，恼。煤工，年把未下窑，在农会。

双喜，二明侄，十二亩地，原有四亩地，娘妹共三口人。下窑，十七八岁，分了王佩段房，不敢挪。

王海的、王旺义、焦世鸣、付行盛、郭养成（因追三代，只许在农会，不能领东西）。

王黑女，一有钱就喂嘴，什么也不管。一万元卖了石粮，抽洋烟，也不穿。四十七八岁，光棍，回家两年，过去在观台当小工。

王小堆，去冬不够吃。

老百姓赶不上嘴，都漫散了。

5日晚的小型贫雇会：王海的、王二明、焦世鸣、付行盛女人、一家抗属。

农会副主任去组织他们来开会，很不好来，只来了抗属，又来了行盛女人（行盛下煤窑去），以后焦世鸣来了，王海的一直去找王二明，很久不来。原是他二人不愿来，后焦世鸣又去叫他，碰是请来不易。

开头我说明来意：为什么来，是毛主席派来的，看看咱们的穷人时光怎么样，身翻了没有，我们是奉命来做觅汉，这村什么时候不翻了身，我们就不走，要求他们蹬着底。大家都说翻身了，有地、有房（但有的并没敢住），说了一些恭维话。我说明共产党是穷人的党，不需要说好听话，天生给穷人办事，我们工作办的不好，许多人还不能吃饱穿暖，扯扯就扯到分了东西，是怎样分的。我们提过意见没有？我们说过话没有。当我谈到我们过去是人家说啥就是啥，大家说这就是说着心里话。我说有的人，本来是穷人，但自己丢了打狗棍就忘了讨吃的苦，大家更表示赞同。我问分配的公平不公平，地好坏远近，他们都会意地笑起来。

焦世鸣很好，说话很多，也较直爽，他分了几亩地，原三亩（？），现十二亩半，下窑。去年打了石把，出了四斗八公粮米，农副，用借款买米顶了公粮。分配果实，作成等级，贫雇要了房地，则要不到家具、衣服、浮财等东西，而且许多房现在还不敢进去住，怕敌人来。

抗属，老太太捣了七八斗粃谷，出了二斗半公粮。

行盛妻子说："人家说，你下窑做工，啥都有，不用分东西，一下窑啥都解决了。""工人分不得东西。"

二明诉了他妻和儿子在荒年给人拐去的苦。我说老财的妻儿就不会这样，众说可不。

海的哥在敌人炮楼前刨地，被敌人地雷炸死，留下一小孩给他看管。

最后的情绪很好。但二明、海的，说话不多，或不哼，几次说要走都没走，问题还不敢指名指姓地提。我是抱不宜早问，所以不追问。

（党员）：王万国（副村），一牲口、三口人、十一亩；

王万枝（武主），驴一、六口人、地廿一亩；

焦海林（农主），驴一、地十六、人四；

付酬的（旧农主），驴一、二人、十亩半；

郭东来（民队），换了五间房、十二亩地、一人；

郭丑的（民兵），地十四亩、房十一间、四口人；

付三子（指导员），驴一、七人、廿八亩，还种了三亩荒地，原只有一亩半地；

郭黑，四人、驴一、房十三、地十亩半。

武珍：

副村长，从十八岁去，三十回来，当过中央兵（民十一去当兵，廿二回来），当兵时打过内战，为红军俘三月放回。

过去有八亩地，他父娶了后娘（带一小孩），地都给了后娘，现地十一亩，买五分六，买了九间房，一个牲口。两口，要了个小女。

作风不好，他说别人，不是没有翻身，是分了东西不好好受。

他住的巷，共六家，被斗争的五家。现抗勤挪到那里，现仍有四家被斗户。

去年搞复查，追三代，搞倒算。原只搞了浮财，去年下山回来，一下子都分了四亩半地。前年斗了，去年又分了地，这是个自私，不愿给到村。所以斗争对象也给了，如双贵斗了四十多亩，又分给三十多亩。

这一块有八个党员，成分不好的是副村长。去年分果实的问题，都不说，连在哪一等都说要好好想想。有思想，有害怕，但一般的成分都不坏，有很多是煤窑工人，旧农会主任，还可以，但未和他细谈。

马世忠：

南头东街廿六户，七家不参加农会。王平，过去当过敌情报，未翻身，也未被斗，现窑挖把工人，对村上有意见，但不敢说，我是立场不稳的人，弟兄仨，王保、王虎三，都是光棍，王平只有五亩地，不好。

王令子，旧富，被斗过。王金全妻，下降富，拥护过地，未斗，中农下降富。焦凯国，旧富。王尖子，破落地主。都被斗过。王金亮娘，曾参加农会，因儿从我军跑回，又跑到东边，故不让参加农会，不分东西。王海星，军属，破落地主，不在农会。

26户中，过去划有12户贫农：

王春来，人六，地廿。原六亩半，因上山偷回来开除党籍，十八亩都是远地。他腿有病，想从附近换二亩地（小磁窑的地来换），需要半个驴也好。头一回分果，分给他四等五等，都是粮。第二、三回，分到地，填补时分过衣服。下山后，民兵干部分东西多，民兵有大衣、布，干部都是分头等，只有王万国是二等。因没牲口，愿多下窑，少分地，下一天窑，十三到十四斤米。

王孩，半工半农，愿下窑，不愿多种地。

王甲保、王虎仁（王平哥）在农会。

这街有驴九，八大一小，都不是干部就是新好户占有。

两个退伍军人——李声桂、郭德云，都有驴。

公安员在山上保存果实，镯子、银洋，后又说找不到了。他和苏明老妻（地主）保存过东西。近几天军帽不戴，好衬衣不穿，换了衣和手巾。在农会拿了很多东西，农会盖了戳还不行，非盖他的不行。

村书记郭青书，在观台打钢时，日本人走，他弄了些东西。以后回家，置了些地。旧中农。

郭说有二户未翻身，副农说有八户没翻身。

5月6日集会

西柏涧情况：一般说，根本没动的贫雇，还未发现。170家的贫雇都动了。贫雇情形：很少部分是得到翻身，房地、牲口都有，但因去年年景不好，生活不好，然而都是干、积。如周桂林，把过去坏地都换成好地。未翻身，未翻透的，到处可以找见，好像多些。昨天会后，提出了要求，孤寡要求分口棺材，原分过，人家倒算走了。现在谁有呢？她则不知道，“我的地，是两头不见面”（山梁地）。

态度上，讲历史，谈得详细，再问则是比日本在强了，再问则谈缺啥。

对干部问题，一般不谈，不提。翻身透和不透的，觉悟都不算高，“八路军到我诉苦，中央军来了也诉苦，八路军能解决问题，中央军不能解决问

题。”（一未觉悟的贫农语）

从此说明，过去运动是恩赐的，几个干部包办。又经倒算，群众吃了亏。所以群众还依靠干部和上头。

再一类情况，是中农：怕斗，等待观望。翻身中农和老中农，要求民主，对土地冷淡。富裕中农，有的要求决定他是什么中农。工作团来了，不会斗了，或今年不斗。是否每年一斗。

斗争未透的富农，现在都害怕。如一皮匠王大理，村把他作富农斗了，现很关心他是什么农，怕仍弄成富农。

散布流言——这离住敌人四十里，怕，不要斗。

干部情况：

支部31人，干部差不多都是党员。支部不愿公开党，说离敌人太近。如一老实党员说，整党不怕，只怕公开，敌人把他爹杀了，杀了老婆还可娶一个，把爹杀了咋办？有的有问题的，怕公开，说离敌太近。

开罢支部会后，大家睡不着觉，无组织但自觉地到妇女会长家开会，对退果实发牢骚。在群众会上，说到退果，农主脸黄，干部有部分不安，有部分则说好。但我们不清楚。

发动不充分，分果富农路线，以每人二石粮，把东西作成价。这样人多的沾光。

群众有组织，但无力量。无常委，只知有主席，小组长只是不到会是问。

干部作风特殊，行政命令。

去年搞了次干群关系，支书胡搞，判了三月徒刑。后支书向分委哭了一场，免了。弄了个意见箱，向一个干部提了廿余条，都是一个人写的。以后弄出来，送到县上，判了徒刑，所以群众都有提意见的经验。

西积善情况：

郭炎祺，富农，听说工作团来了，怕家没啥东西，怕消灭肉体（消灭封建）。

牛丑子也怕，听罢农会宣传后，很怕，有意见不敢提。

北头，有几户中农被斗（五六户）。因为家里有人当伪军或狗腿，现在不敢说啥。

有两个贫农，问他翻身没有？翻了。怎翻？在炕上翻这边翻那边（郭黑子）。郭秀保说：我不种赖地谁种？荒得没人管。他妻说：种赖地好，心里方宽（怕倒算）。“地主高楼很好，我个人搬进去，闷得慌！”“八路军都好，只有手上一根刺，拔了就好。”（郭河的，语安阳城未下）

有的贫雇，等待平分，等好地，土地法拔大缸。他问，人家说，土地法大纲是法令大纲。他又提□走说：我懂了，土地法是大缸。以后人说是评，他又走了，说等平。回去就宣传拔大缸。

被斗错的中农，不满，特别是被打死的。

北头只提自己的事，不提干部。因那里干、党员多，压得不敢讲。大家都想发现干部问题，但群众一问就不说。

王章全，光棍汉，老实人，从现在的房地，翻身都扯淡。他兄弟当了几天还乡团。

王五常，妻和地主包庇东西，地主说出一点，她才拿一点，被群众打死。

王小堆，因不敢看和打人，吐，说病了。结果人家说他顽固，罚了一顿。因查户口，外面拉枪栓，他在房顶上看。结果说他是特务，罚了一升油、九双裹腿（九尺布）。

去年倒算，群众在敌来时，损失很大。但因不上山，落后，出去的人回来了，来了次反倒算，把地主倒回来的东西没收。但分配时，不分给落后人了，只分配给上山的积极分子等。

追三代，许多贫雇（现在的），因为从前光景好，都把果实退出，其他的当过狗腿的，如王五常、王二黑，都没收了果实。有的以后又补了补。

王金子，贫雇，说他特务，逼他供出十几个人，牛丑的爷是他咬出的，金子已被打死。

去年分果实：全村头等的四十人：付三子、王春贵、焦海林、王付的、郭海义、三战士（荣退，老唐、老李、老彭）、郭东来、郭保成（农老积）、郭朋良（老农会）、王瘸子（老农会）、郭何林（民教）、王双贵、郭继成（会员）。

布两捆、棉衣一身、夹衣一身、盖一、铺一、毡一、口袋一条、缎子一件（以每户中的每人领这样多）、笠子一（人多配个帘子）。

“哪是中农，都是半封建。”（旧农主说，意为富农，实是富裕中农）

徐海——东头：

（付文彪）有一家中农自动过浮财等东西。因见查三代，自动落个开明，不自动落个斗争对象。他认为自家比人强，被斗应该。

付双喜老汉，六十岁老光棍。原有一亩多地，现又分给三亩，共四亩多地。去年分果他分四等四千元，分了一房七千元，他不拿钱，拥护了农会。又把四千元也拥护给农会，以后农会书记看他没房，就在东头给了他值四千元的破房。他哥买过几亩地，不能走路，因为闹日本时把嫂和侄打死，倒算，地主把他哥打死，把地收了。双喜几次想上吊，谈起就哭。

未彻底翻身的老人的谐语——在会将结束时，他高声把杖敲地歌颂似的说："毛主席真是有福的人，我从前开了半亩荒地，就只有这半亩荒地。八路军来后，我买了三亩，以后又买了六亩，可不是翻身了？年时分地，又分了六亩。我花了三万元买了一座房。我半夜起来小便，看见地上白森森的，我以为把棉套丢在地上，用脚一踩，冷冰冰的，嘿，原来下雪下到房里来，不用上房顶扫雪了，在家就能扫（意是破房）。我可不翻了身啦？真有福气呀！"

王来贵，很有趣，双手拄住棍，一说就笑。问他为甚穷，他则说，光有坐轿的没有人抬行不？再问为甚要有人抬轿，他则出手掌说：你看五个指头不是一样长。再问他，他则说我是什么材料？再问他为什么不是好材料，他则指屋上说，好比盖房吧，有的是做梁的材料，有的是做椽的材料。要是问着他不能回答时，老是这句话："就是这个吧！"用来作结束。

三个不哼气的农民，我们同志用了两个积极分子去影响他说话，于是找他三人去了。无论怎么样，这三个人还是不哼气，积极分子就说他是个"闷葫芦"。我们同志听不懂"闷葫芦"是什么意思，就紧紧地问什么是"闷葫芦"。积极分子说"闷葫芦"就是"闷葫芦"，这就更把这三人气坏了。最后没办法了，就宣布散会吧，三人一听说回去，忽地就起来走，有一个拄拐杖，很不高兴地说：“‘闷葫芦’就‘闷葫芦’吧！”第二天早，积极分子去找工作员，说，怎办，最好把他们（指三人）送到区上受受训。

工作随笔1948年3月6日

序言

在伟大的土改斗争中，经过整编学习，经过初步检查了个人英雄主义和基本思想，决心为人民做个好长，做个思想上和组织上的真的共产党员。不应停留在口头上、书面上，而应表现在我的行动上、作风上。因此，要在这段伟大的战争中，记录自己的行动、作风、心得、困难，缺点的克服、错误的纠正。

3月6日在西积善村

白天将四天来的工作情况，研究了一下，感到自己在工作中，了解情况还是差，前天晚上召开了个贫雇的五人会，情绪虽然还可以，但言语跟着我的更进一步地深入，因而也影响了我的接近群众，我是十分苦闷，虽极力学本地话，但口音不易变的，我曾有一个想法：“何时能让我回到故乡去工作呢？那时岂不是如鱼得水似的方便于了解吗？”

团委会决定我负责农会方面的工作，天天和农民说话，这又是个难题。张维翰同志，一定要我出面说话，确是勉为其难了。我不是想推，而是操心群众不懂，但我抱定慢、清、重复，来弥补这个不足。

今晚和农会员讲工作团来此的任务，群众情绪较好。但我犯了一个错误，就是在举例中，把北头工作组的拐子工人郭方的例子举出，太个别、特殊。因而在此例上，群众不易了解同情，就是不能代表一般，没收到更好的效果。维翰提群众的反应，我深感到我自己在这方面没注意到，我原先就未考虑到这问题是不能作例的，而认为还很好，这是个错误。对群众的一言一语，不比写文章易，是应反复思考的。

3月10日

在农会中讲了话后，中农对我那天说的，问村里七十头牲口，是在谁的手里，起了思想动荡，以为将会动到中农的浮财上了。群众（中农）接受这点很快，而对中农不动，就是富裕中农需要抽地时，也得本人同意才抽。其他浮财任何东西不动的原则，未起作用。我检查我的意思未讲透，是没敢明指出斗争中的牲口，都为干部和积极分子占有了。我不明指的用意，是想说明干部问题，是农民内部问题，而不要认作为是斗争对象，成了斗干部。这个意思的未谈清，就起了麻烦。我应当直截了当说出就是在干部手里。但是另外一个意思就是干部和地富根本不能一样同评的，就当中有困难，本村地富已消灭，问题就在干部身上。维翰的话，我认为也有以此两方面来说，很难说好。就是指明在干部手里，同时也说明干部问题和地富不一样。说是容易，对群众说极不容易，这是个领导艺术。真是个大锻炼。

昨天把搞农会工作的同志集合研究了一番。老蒋去谈（晚上），但谈的也很含混不清。对农民谈话，我现在了解真是不容易的。

工作似乎已到了新阶段，用前几天的办法，已就过时了。凡是靠自已去找贫雇，别人生出讨厌之感，话也无多可问了。应该找出和培养骨干，用群众自己去串通去，这步应严重注意。

自己的苦恼，在于语言的不方便，使我很多事情不能深入地谈心。群众的土话，也十分费力听懂。唉！无可克服的条件，慢慢来吧！我常反问自己，是否接近了贫雇？我回答是差得很，同时，自己也搞不过来研究情况，用思想，也费了不少工夫。不过这终是个次要的，无论如何我应更进一步去接近贫雇。

3月12日

昨天下午，开团委会，研究了工作情况，觉得工作已到一个新的关头，就是说用过去那套手法，已不适用了（西柏涧的情况也如此）。现在是如何打通积极分子思想（就暂说是积极分子吧），以他们去进行串通工作，培养他们的自觉，不要等待工作团。本村是把地域打乱，不再单独地分割开。成立了三个系统，一个是支部，一个是妇女（同农会的不是截然分开），一个是串通的工作，由我来召集研究，大家都参加。

夜里找了四个贫雇来开会，四个都是矿工。有一个过去是矿工，后来是住觅汉的（长工）。开头我介绍了我们的任务，继之问大家的历史，指出历史的苦处。以后每个人就拉开自己的历史，就使我大体上明白他们的过去，最后就讨论如何对待目前的问题，如何办？我同时谈了对农民的态度和对干部的处理，大家都高兴，以后就讨论如何串通。我们暂时就作为一个组，讨论到很夜才停止。

今天晚上的贫雇小型会，开得很好，从两方面发展成的，继续昨天夜里开会的成绩，明确地向他们提出串通，和如何串通的方法。其次是利用今天下雨，农民不能上地，我又赶紧和花孩和春来谈。分别闲扯了一下，对花孩是着重启发他的串通作用，而对春来是继续启发他的翻身要求和串通的重要，是有成绩的。今天晚上就多来了三人，把最不愿来的元喜，我也把他拖进来了，而且他最后表现很有劲。

今天晚上讲解的问题是经过我事前深深地考验（虑）了的，就是要在内容上加强阶级教育，先读《告农民书》，以便把是非对照起来。再就是从《告农民书》中，展开讨论，中心思想要达到串通的更大发展。结果是非常热烈，觉悟大大提高，会议时间很短。当然今晚多得武珍同志的帮助，方语上（读农民书）方便许多。

3月15日

昨天团委会，开会研究西积善村的情况，确定了这村的运动，是第二类型村，抽补，民主整党结合的方针。对老基础是改造，治病救人，支部成分，连一个中农也没有，廿个党员中，有十七个人下过窑，看过觅，支部建立时间也不很长，缺乏党内教育。基本思想，地富的封建统治，习染很厉害。支部内部，以村长为代表的，还比较好。另一派以公安员小虎子代表的，则为最恶劣的一派。这派占人数多，盲干蛮干，法西斯作风似的用酷刑，贪污、偷窃、乱杀人、浪费等最严重，群众对他意见最多。

从目前的工作看，我了解的情况，也只是粗枝大叶个大概，还缺乏系统的全面的科学材料。自己是手工业方式，忙倒忙，但零乱，虽然也苦心来想，但在对地方工作的用脑，远不如对写作上，这是十分不对的。我将会取不到深刻材料。

今天过党日，我感到工作还不深入，还官僚主义，运用思想不足。维翰说我生活各方面都还好，思想较差。我用是用了，但很多问题我很胆怯，不敢提出问题，没这个经验，说不完全。

我觉得如果我要像徐茂江那样的联系群众，我是很难做到。所以在思想上，还是有保留！

事务主义的工作方式，不能站在领导岗位，我对其他同志的帮助还很不够，说是说了，解决不了问题，等于没帮助。

今后应多以时间来想、捉摸，不能事务主义化，这样就忙极，工作也是干不出来的。

从串通的分子中，东圪台反映：王全、焦世鸣都不很满意，说他们不是没身，而是领了果实，现在装穷。王全我倒很相信，焦世鸣我就不大相信，还没见到这些表现，不过他也不能作为骨干倒是真的，这点我则不固定。

我现在也是在考虑串通分子中，有些是不十分正派的，这将如何？他们作骨干，是不行的，平分当然有份。至于花孩，说是会说，朴素则不行，我有点恐怕他作不了骨干，这还得发展来得出结论。

3月17日

昨天小组里研究前天（15日晚）的贫雇会。开头大家都以为开不好，是形式问题。我以为这不是形式（大会或小组分开讨论），而是对群众的思想认识不足。张维翰提出以诉苦来唤起群众的自觉、提高思想。我开头有想找个方法来提高群众，模糊地觉得诉苦也可，但又不肯定。但在事实的回答，群众对历史的问题，没啥兴趣。如王振说："谁受的苦还轻，地主老财都不在了，诉他苦有什么用？"当王春来诉说到分果不公、村干不民主、压制时，群众同情地纷纷地叫起来。说到如何少犁、没锄等等，当有的人诉说村干把人戴特务帽子，也有少数人同意。但有个老人诉到历史部分，如何生长到现在，群众则表现十分疲倦。她诉得又长，流水账地。

我感到提出用诉苦的方法，不一定好，我们的思想落后于群众。在黄黑家的小组会上，一谈问题就谈到现在的问题。昨天研究了一下，张维翰不认为是这个问题，而且认为是方法上的问题，这是不对的。大会小会，都不能作出这样的结论。而是我们不相信群众的表现。

昨晚，维翰也参加我们这组会，群众讨论很热烈。黄黑有很多问题，现在已很成熟，推选他为组长的选择，昨晚提出来后，大家都赞成。而群众不等我们说则推了他和春来。黄黑的觉悟，已纠正我的不放手。我没此胆子，而是维翰听罢会后谈的，我才好像有人撑了一下腰似的，对本组的估价作出正确认识。

培养群众领导者，比之我们是强得多的，这大大锻炼了我自己。

3月18日

昨天晚上参加姜森的小组，觉得很沉闷，苦思想诱导出个局面，觉得无办法。后来王东方谈到换干部问题，换了又坏怎办？都觉得无法。群众思想不成熟，很难诱导开。最后推选小组长，推了半天，推不出个人。提了四个，条件都不十分妥当，一个是王东方，是"我翻身差不多，我帮助大家来翻身"这样的人。其他的王二黑，要求也不大。这就是树立基础未做好，开始倒轰烈，很快有许多人，而未作深入的发动了解组成分子，这应作为个警惕的。

今天研究了小组（工作组）的情况，黄黑这个组还是有发展。我昨天又个别和黄黑、春来谈了一下，主要是开导他，给他办法如何领导，解决群众思想，由他们去串通。现在算已经过渡到他们自己能活动了。

到北头听了高一帆两组的情况，他们的发动工作，还是差。就是所谓骨干，也自说"叫我当个骨干很困难，解决不了人的问题"。也同样是发动工作差。

东圪台较好，昨天我碰上张年秀和王玉梅（两小组长），我觉她们很有劲。因为郭正君的问题（过去是封建地主的帮凶、土匪、不务正业之人，现又是假贫雇），做了很严正的激烈斗争。我觉得此人的觉悟较高。

工作我想到虽然有起色，但不敢自满，我十分担心消沉下去，也许又是我的缺乏群众观念，如对黄黑初时的看法。

下午开了个调查会，调查过去的地主情况和斗争情况。

晚上参加联合的小组会，群众的问题争吵不休，问题集中在如何叫干部把多占和贪污的果实拿出来和以后的干部怎办？有人说不易拿出来，饿他个不死不活，他吃不住劲，就拿出来。对撤换干部是，短个“金箍帽”。我最（后）给他诱导说：饿他们也是个好办法。但我又说，如饿死了，不是更拿不出来啦？众大笑，这个办法不行。“金箍帽”这是个好办法，但帽在哪里？众又大笑。今天晚上想想，去哪里找。群情很好。

3月19日

昨夜又下起雨来，这里的街道十分不好走。早饭后，研究情况。据王建国等反映，说群众有些疲倦（东圪台）。昨天男人有两三个人，白天好好的，叫开会则说不舒服，吃饭又不见他少吃，也不是不能下窑，连他们那里过去最积极的王兴等也是如此。这确是个问题，我以为有这种情况，一是可能干部活动，对群众有威胁；二是时间很久，只让群众自己讨论，以锻炼他们的民主生活，就是黄黑说的不知道啥时候熟，不揭盖，因此群众摸不住前途如何办理；三是我们这段里只让群众自己讨论，未随时继续撑腰。因此，群众对干部的处理，还不够放心。如东圪台的女积极分子张年秀吃不下饭，怕工作团走后，干部报复。决定召集各组，解决这三个问题。提出串通新翻身户，准备成立贫农团，作为行动的准备阶段。我以为这是很必要的，要不拖时间太长不好。晚上各组的汇报，群众果然是如此，我参加了黄黑的小组也是如此。

坦子娘，是本村的一个死去的工会干部的老婆。这人不好，那天大家要吸收她时，我则考虑是否会有不良影响，喳喳吱吱的人物。这几天，我常见她和农会主任焦海林在说话，今天东圪台反映她到斗争对象家坐，并去了小虎子的女人。东圪台群众提出这人在组内不好。这真是所料必然会发生的事产生了。我告武珍去告黄黑，回说是她已先和黄黑坦白了，说她自己愿在组内保证以后不去。我不十分相信，但不能强迫小组不要她，因为她据说未翻身。

又一个和这人物相似的，也是群众都有意见的，就是北头的郭正君。我今晚去北头听汇报，正碰上高一帆在和他说话，劝他不要乱来。他一出门就自言自语说：“我耳聋，就没听真！”坏透了。他过去是封建统治者的帮凶，虽然家无恒产，但完全过剥削寄生生活，现在也不劳动。过去什么都干，土匪、局子、保长、社道。他两个儿子都是伪军，俘虏了一个过我军，他又成了抗属！享受一切权利。

3月20日

难得的晴天，十余日来才头一次。听了南头小组的情况汇报还未结束，西柏涧已经来了，来开团委会。我把本村情况作了个报告。安立贞报告了整党部分。西柏涧的情况，据报告看来，群众发动还是很差，主要的问题是在扎根上走了弯路，干部的思想做法，也是极其重要的，也有的是领导上的问题。郑笃平素看来是个好好先生，这次却在土改中，成了个思想包袱最沉重的人，据他们反映的情形，我十分替他吃惊。同一机关当然有关，主要在于为什么整编后在土改中却如此表现，工作消沉，结婚思想沉重，说“在贫雇中找不到马列”，说“如果在完成此工作，不让回去结婚，也许回”。我对此很惋惜。维翰又联系到朱鸿曾提出他可以作组长的问题，思想颇多，看不起是一方面，也说明高对他的看法的错误的意思。

此村工作，群众要求揭盖，要求金箍帽是什么东（西）。我们今天研究此情况，提出成立贫农团，和此后工作的道路。

晚上开全村贫雇大会，维翰要我讲这样重要的问题，我却有点不敢讲。我确是不知为啥，现在讲话都十分胆怯，感到自己的不足。我准备了提纲，又和维翰研究了一下，他提出了些补充。今晚来开会的贫雇百多人，我讲话的内容主要是：近十来天群众提出的翻身与民主要求，完全正确。再谈到思想上的问题，从不敢当家到如何叫拿东西（叫干部），到管理干部的金箍帽问题；其次就引到贫农会和农会、代表会，从村到区一直到边区。同时谈到全国的农民组织发展（主要是解决变天思想），处理村干部，继续给群众撑腰。谈到对贫雇层中的有毛病人的看法、改造与阶级的同情心。主要想指指对这些人的看法问题。最后是建议明天讨论，提筹备人。维翰又补充了我谈得不足的两点，一是农民的组织，从村到边区的代表会，实行人民意志的问题；第二是对干部的处理，再给农民撑腰和对划阶级、脱帽子问题，很必要。我准备到有此两问题，但都忘了，谈到不明确。

很高兴，收到樱第一信，谈到关于郑笃的婚事。第一次见到樱对这类事的愿作拉皮条。她意是郑的原对象不大好，有过梅毒，所以才给再找一个。但我想怎样和郑谈呢？后天过去研究西柏涧问题时，和他谈谈，并对他目前工作，应一忠告他。

3月22日

那天团委会没研究生产的问题，昨天（廿一日）早饭后研究一下。早晨我和区长谈了会儿，听了本村生产的情形。团委会决定叫武珍兼负本村生产方面的责任。我感到他最近女人在此，十分影响工作，再兼了生产的事情，至于搞土改的小组，就会放松。但找不到第二个人干得了，还是他干。抽工夫写了一封信给樱弟。

今天想整理材料写报道，和高一帆谈了下，没动手就时间过了。晚上参加北头的活动，情形不十分满意，主要是思想不成熟，加上我们干部，不把问题引导到贫农团问题上，而任其发展，这是个新问题，任其发展是不成的。其次是会前没准备，高一帆没和同志商量通，就"改善生活"去了，回来已太晚，先没闹清醒，该如何做法。

据我看北头的情况，群众的阶级觉悟还不高，个别的较好，有翻身要求，但现在还未提高到当家做主的要求上，所以对贫农团的选筹委，十分害怕选上自己，一个老汉说："我这样老，耳朵聋，烟袋放在哪里都找不到，还能办了事？"一个老太太说："我只有个独子，不能叫他当干部。"只有一个妇女领导的小组较活跃。

我没参加完，回到南头看看，南头讨论倒很热烈，特别是东圪台组，讨论出，定条件，什么人才能当选。西圪台组较沉闷。黄黑组据维翰说不怎么样，说人不好些，没讨论起来，不够深，逊于东圪台。我思想猛然震动，当然我原是亲自搞这组的，以后给武珍去搞。我看他光注意他女人，就很不放心，怕他不细致地提高群众觉悟。现在果然猜对，近日来武珍只接近黄黑，对其他人是不管的，这怎能提高呢？就是接近黄黑也是表面的，将来连黄黑和春来也会丢掉的。

我一夜为此事操心不安，在梦里也在思想着。奇怪，我对一件事要想这样来负责，虽然我已不仅是在这一组上，而是在全村上。我总觉得这组坏了，会引起不良的影响。

今天到西柏涧去，研究西柏涧情况，明确了西柏涧有几个思想没弄好，一个是太注重贫雇的政治条件，如为人正派，无其他关系等等。第二是要从民主下手，没有个根，而不是从没翻身的贫雇培养骨干，以经济翻身为基础。这两个问题都缺乏阶级出发。工作同志把问题连在方针上多，自己的做法没注意到。

晚上，回来天黑了，和南头小组研究如何开法后，到北头和高一帆谈谈。看他们开会，高特别能讲话，在会上一讲一小时，把群众的不愿当干部，怕的思想原封端出，而又无适当的解决，只是批评式的训的口气。不从群众经验来说明问题，引导觉悟。到分组讨论时，仍和昨天一样，开头就提选人，而不是从成立贫农团的作用和对翻身当家做主的关系说起。同志们办法很少，孟良无法，邢天祥也是冷冷的光看群众你推我、我敌视你的选人。真糟。我叫先结束，天气不早了，和高简单研究一下，和群众解释，重申成立贫农团之意，不要先强选人，以免群众怕。

会又是令人不很满意。

3月25日

党日，检查工作立场、态度、做法。感到整个工作中，群众和我们的关系还不自然，群众敬我们，但不是可亲的。走群众路线和群众观念，我们都十分差，而且粗枝大叶。我感到自己便是如此，这是个修养问题，天天检查，天天说，也确是不易克服，工作胆怯了。但每次对团委会的汇报，也是没准备的，提不出什么问题，只是昨天要整理材料写报道，才发现这村工作的情况，南头北头，很不一样。许多情况就没法归纳，以哪个情况来写呢？以这个写，那个情况恰恰是反对的，所以感到本村工作十分需要统一，否则这个人工的分割，将会出更大问题。到底每次的汇报，是否假报告，谁敢断定呢？我最近也跳出了一些狭小圈子，每天到北头看看，参加会，但所见到的，十分差。我这个报道不能写了，等等吧。

下午，杨待哺到北头党日会议的意见，同志们感到无法下手，苦闷，于是就召开了个会。大家都提出在这几个关节上出了毛病！一个是提贫农团的筹委问题，一个是群众对我们失望，一个是对我们不相信（对整干部），感到大有风雨欲来之势。我决定今天不开小组会，只每个组的组长和积极分子征求意见，我被指定到东圪台组。可是今晚的会，又叫我不相北头的情形，群众对这几件事有意见，对干部问题不蹬底，怕他们仍来当干部，将来报复。第二，怕重复老彭问题的血的教训，谈虎色变，金子说，现二月天不太冷，但他昨晚到那里看支部会，两股发抖，因为在那里打吊过他。我们不蹬群众底（心事），群众也不蹬我们底，但失望情绪倒看不见。贫农团的审查口号，是提错了，对群众泼了冷水，感到都没人够条件。我后来做了些自我批评和解释，情绪很好。

基本问题是在对贫农团的宣传不深入，工作不深入，而不是其他。当然有的是走了弯路的。

3月27日

昨天研究了前天晚上的情况，觉得工作中存在这样几个问题：一个是对老基础，对干部和支部问题，因为我们思想上多少存在宗派情绪，强调了改造方针（当然这是对的），而忽视了群众的意见。因此，群众觉得我们和过去处理“彭工作员”的问题，是要吃亏的。第二，对贫农团问题，筹委会和审查的提法，在群众中起了副作用。使谁也觉着自己条件不够，而草鸡了。决定重新说明对老基础的态度：停止干部职务，成立大组长（即组长联系会），原是要解除他们的枪支，后怕震动太大，未这样做。只留抗勤、生产等委会（这都是非党员）。民兵处理，由我们派人专门领导，因为还需要警戒等工作。党员集训学习，原有人提集中睡和生产，也怕过分刺激，怕发生变故，决定晚上召开贫雇大会和组长会。

下午到西柏涧，听了些情况，和郑笃谈了关于他的婚事的不要幻想。

晚上，组长都来得很晚，来不及传达很详细，我只把决定当征求意见的向小组长传达，叫他们回组讨论。维翰在大会上谈了关于对干部和贫农团的两个问题。谈后分小组讨论，很热烈。

今天研究昨天情况，发生争论：就是昨天提问题提得太急，应先召开组长会，由组长提，再集中，给回他们带去讨论，则会很好。但我们仍是由自己出头，争执了好长时间，维翰是不大同意这种说法的。但姜森、高一帆非坚持这是方针问题。最后决定是把群众误解的部分（主要是选大组长当作干部——村长——作为是村长的看法）撕开，使之明确。中心意义是贫农团的筹备会，不是维持会。

晚上去北头参加小组会，原想去看孟良组，未找到。后到姜森组，仍是不起劲（回来后问姜，他说今晚差不多）。再到黄黑组看了看，倒很热烈，但发言不普遍。

我终感到西圪台组的阶级觉悟很差，他们全不愿在本组内选出个大组长，而是从外面找，而且为支差似的。在人选当中，居然举了北头个中农，从此最可以看出工作，姜不善于启发，引证也不生动，又不简练，抓不住主要问题。

今天开始整理阶级调查表，也发现不少搞不清的问题。报道事，简直有点顾不来。

3月31日

工作已到了要求成立贫农团的准备工作了，各群众小组都提出了名单。廿八日上午，召开了小组长会议，我重新谈了“大组长”和筹备会这两名词间的关系，原意是一个的，只是名法的不同。看小组长的情形，是能接受的，把名抄给各组回去传达考虑，晚上提名酝酿。

晚上，各组先进行酝酿，有的酝酿开，有的则很快就选了个人完事大吉，领导工作上，我们确是无能得很，不能把问题引导展开，联系到群众的根本问题。我参加孟良那组，他也是感到无话可引，我插了几句话，为什么要选大组长，他为我们办什么事？能不能办？这样使群众对选举，感到是件要紧的事。开罢后，大会提出、介绍，发生些争论，而且有批评与反批评，很好。原是黄黑组提出不同意有的候选人，但不敢说，我叫武珍动员他们提，后来黄黑就提了。

在展开批评与反批评中，我看见黄黑很不讲方式地提出。我对黄黑是关心的，因为我是作为他组的一个初初的发动者。今天虽不是我直接领导，所以对他有点担心，别人种下对他的成见。但我也不是说黄黑是好得很，不是那样，而是阶级性仍不够，鲁莽，不能当坚强的领导者。但很天真，所以关心他，当有反批评，王平偷偷地和他耳语时，我怕黄黑不考虑，又贸然地提问题（他那时要发言）。我想王平怎会提出好问题呢？我揖武珍问他，提意见要小组同意，不要有成见（意是不要乱听王平的话）。武误会我是怀疑黄黑的发言。会后，他对维翰说我以为黄黑发言的是成见。我听见，很不以为然。黄黑发言是我鼓励武去动员的，武似乎是夸功乎？又不大像，反正他是不知哪回事，和我原意有天渊之别。

姜森最近，大概是人说他组落后了，常对领导很多不满，话很执拗，近乎不冷静，且有非胜不可之慨。当晚又和发规定十一人为候选数目底子的决定，说这是包办。我说这也不一定就是包办，他更厉害起来，非要我说个包办不行似的。我说不能没党，他说现在群众不是要没党。怪我！工作做不开，原来有这样多的事。

廿九日，东积善有个庙会。工作团随群众的习惯，也放了天假。

昨天团委会开了一天会，研究领导问题。在随便的漫谈中，也发现了许多经验。张维翰明天调回去，工作了一个时期，可是工作未完，有些留恋他。

晚上的选举会，情况不佳，这样的做法，不对头。并且昨天是工作考验日，好多男人都不来。有的下窑，我看见，有的就不来，却来了许多平素不来的“代表”——女人们。我看见情形，思想有点操心，“这能选好？”是我的怀疑问，不管如何，坚持下去。做法也不妙，是用我们同他们代划道道。从前院到后院的中堂门道，两边黑板，上写着候选举的人。里院灯下坐着候选人。许多人，一到黑板前，就慌了，连名也记不真，想不起来。一个老太光发抖（谷岚峰拉住她问她选谁），少妇们是羞怯怯的，一直往里走，想不选了。我们同志和监选人则拦住她，耐心问，烦闷问，煞是一场喜剧。有一个老太太，呆了半天，光笑，问她说都想，她走到门道一看（要看被选上），急双手捂脸眼，大笑不止，问为什么，她幽默地说：眵目糊把眼糊住了！大笑。申海香问急了，拿灯照她，她更大笑，笑得也沉不住了。从这选举上，证明了群众觉悟不高，还是对的。同志们的估计显然有毛病，就是说：不相信群众的觉悟。（姜、杨）

我一方面觉得好笑，同时，感到工作上的不深入，思想发动不够，很忧虑，一整晚是这样。会罢，临出门时，我对待哺说：原来人民事业是如此严重负责的！我思想没半会儿的放松，连呵欠也不敢打，注视这个场面的发展。

算学很差，维翰要走，要带走全村的调查统计，和老姜整理到后半夜。

4月1日（上午写记）

昨天下午，开了个工作团干部会，本来我把团委会的决定如何做法，讲一讲就可以，但为了诱导开些问题，就叫大家看看今晚如何做法。从这个当中，发现很多荒谬思想，姜森的带牢骚性的尾巴主义，好像团委会每个举动都是包办代替群众的。许多意见中，他自己就矛盾起来，更和他的工作做法矛盾起来。如他说昨天晚的小组会，说是大组长会的确定，不如说是工作团的决定，怀疑。恰恰不是的，工作团的意见是要开大会。谷岚峰也是发表了谬论，我很同意待哺的意见，姜和谷是一号的谈空话的。

生产，领导上没抓紧、重视，确是个大事，只分配了武珍去负责了解。四百多亩地没犁，我昨天，看见雷振邦病了。没法，我又没经验，也去开了生产组长会，了解些情形。群众并没怀疑其他不敢种地，当我介绍了法令“谁种谁收”，我又引问他们一亩能打多少，他们说，好年能打一石。我说四百亩就四百石，他们同声响应，就不能打一石，也能收五斗。这是大家的心声。问题主要在犁的问题上。其次就是春荒。开头感到没法，后来谈到借贷粮，可以评议给无法生产的户，并把全村牲口用在犁地，大家就很高兴。一组八亩，则就种完。我提大家回去再征求小组意见，明天再决定。我意是怕贫雇的意见，为中农户所代替，他们是主张抓纸团，每组平分开。这是否照顾了最没法的呢？我不敢相信。

夜里找来虎山、春来、王保来谈谈，主要是告他们当选的筹委以后办的事，意想帮助他们，看看他有啥顾虑。奇怪，南头的不愿干这事的思想，很少发现，而且春来夜里在小组会上很负责地说话。但我在担心他要学我们，所以很注意他的做法和态度，问题内容的提法、领导小的方法等。

小组会，我决心还是自己负起来，最近老武搞得不大善美。当然我不一定能善美，不过自己靠一个小组能取得具体经验，看看为啥工作进展得不很快，或群众觉悟到何程度（真正的到何程度）。我最近是有了点怀疑，总觉得是不高的，更不普遍。

又想起前晚的选举，一个老太太想通过门道走去，不选了。我们同志拦住她。她说：同志，说好话，让我过去吧！我越想这个群众觉悟，越不对头。工作不深入，怕是个肯定的结论。

4月2日（早饭后）

上午，开了个会，研究了各组情况，工作怎样进行。决定是应在筹备会中，提出划阶级，树立第一批可靠的贫雇骨干，扎下底子。第二是明提出斗争的内容：牲口、农具、粮食，清算账目，反多占、反贪污，向坏干部要出东西（刨土填坑），反压迫，启发翻身要求。

下午，我去找王春来谈话，他正要上地耧麦子，我则拿了他一张锄跟他上地去。一路给他拾了些牲口粪，上到地就帮助锄苗。我锄一行，他锄两行，并行劳作。在这劳作中，谈了些家事。我随便谈自己家庭也是种地户，做过工。漫无边际地谈，偶然又谈到土地。他告我，说村里还有地要分，如一个人要平分四亩七，他得有三十亩，现在他有廿亩。他说如再分地，他种不来。我问他，为什么种不来，他说腿不得劲，没劳力，没牲口，没家具。从这里谈到如果有一个牲口或半个，有家具粮食，能不能种。他谈当然能种，启发起来翻身的具体要求。以后又谈了些旁的事，又谈到贫雇团。我问他，中农能不能参加。他慢慢地告我，说不能。我问是否因为穷，但不一样。他说对了。我又问他，新中农能不能在贫农团。他说看情形。举了两户例子，如傅景荣，他说就不能，过去当过民教，积极分子。敌人来时，引着王老国（地主），拿着账本到各家倒算，还有王建国住的房东，也是一样的人。又举一户如焦仓保，则能行。谁对他说话，他都不大回话，老实、好劳动、吃苦，是个好受家，他则能。我又问他没翻身，有坑，去哪里取土呢？他就说，要村里的账算清，把多占、贪污的东西拿出来。这样的一边做活一边谈话，作用很大，他什么也敢说。说得很随便，我都问他，照他个人的意见谈。

歇歇时，郭王保从远远的地上走过来，笑道：洪同志，你也会耧地？我说要要吧。他拿着铁锹来了，三人坐在地边谈起来，王保谈他昨天黄昏参加东圪台小组的情形，说到王令子谈他家多么穷时，没房没地，王兴艺就和他别开。说你没房？你是把孬房卖了，买好房住，不是没房。这样就吵起来，王令娘生气走了。春来插说，这就对，斗争开了。王保说就该这样斗争开。又说到什么人能参加贫农团，去帽子、去狗腿问题。王保说，那天副村长王万国对人说：“现在老实人吃不开了。”王保说：“对，我们都是孬人，等将来我这个孬人在会上跟你提提吧。”他和春来都笑起来。三个人谈笑半天。后来王保才走，我们又锄开地了。我们又谈到怎样把大家的翻身要求提起来的问题。偶然春来又问，他说群众有些反映，说这些干部，将来怎办？我说，大家说怎么办？他说群众谈，过去他们怎样对付群众就怎样对付，如用火锥烙。我问，依你的意见怎样好。他就说，这个办法不很公平（合理之意），我们不能这样对付他们，他们过去也是穷人，说没有给老百姓做些好事吧，也不是，给老百姓是做了好多孬事。依他的主意，是犯了罪，把东西拿出来，罪大的，就多判他几年徒刑也行。他说干部是忘本，就叫他们受受，以后回来当老百姓，好了，改过了，还可以当干部。就是再有地主老财，他们还可以领头干。的确，老实贫雇是有他的阶级观念的，我深感到这点。再，我们又谈到该把贫雇团闹起来，好闹翻身，叫干部把东西拿出来，填坑。

太阳落山了，我们才一块回来。天气热得要命，出了一身大汗。多时不劳动，确是很乏，比不上春来，他常要等等我。我临回来时问他，他一个能锄多少。他说，如光他一个人，锄不了这样多。

这又给我一个经验，这样的接近贫雇是最好的。多年脱离阶级，对劳动是不行了，在脑子里是看不起了，以为上地和群众，不容易，有好多错误的念头。其实今天的结果，不是那样，我觉得很好。虽然辛苦，手打泡，腰也酸，但情绪十分愉快，想不到有一种很自然的感情。我想，恢复原阶级的情绪，我只要下决心克服小资产者的情绪，放下臭架子，毫不成问题的。我应相信，我有这天然的条件。另一方面，我对劳动，也不完全厌倦，不要自满，也不否认。打了盆水，洗了个澡，就去参加筹备会的会议。

晚上讨论的事很多。先是汇报各组情况，过去看这些人不大会说话，可是今天看见，都十分负责，把基本情况和工作团同志谈的基本上一样而简单。又谈出个十分重要的问题：我翻身了，有地有房，我帮忙别人翻身。

我们就诱导开这个问题讨论，大家都不敢说自己没翻身（其实都没翻好，因为这村土地多，不要也不行，所以都有每人四亩地），大家漫谈自己。属郭心的这个老实人谈得有意思，都很自然。只有春来先说，我没翻身，有了廿亩地，没牲口家具，借人家的，人家很不好借。王保说他借牲口不好借，就下决心，买了一头，借了人家两三万元，买个不叫背鞍的驴。把大家笑得哈哈起来。张喜仙说她也没翻身。江元也说我没翻身。从这个思想，解决了一大串问题。江元和虎山就演习起来，到小组上怎样打通大家思想。江元说，我翻身了，我不愿喂牲口，八路军讲民主，你不能强迫我。虎山答不通。大家说，要打通思想。我提出这很对，可是向群众说没翻身，向谁来要土填坑呢？向关老爷？大家都笑。张喜仙提出向贪污、多占的人。我问那是谁？她说：谁？坏干部。这就把大部问题解决了。大家又谈到要不出来怎办，又吵开了。大家很快谈到要先组织好贫农团，谈地主老财过去厉害，大家一起来，他就怕。我们组织起来，不怕他不承认，这就有力量。这就全部问题解答了。不能没组织，有组织什么都可以解决。我最后把解决思想、启发翻身要求和组织起来斗争，归纳了一下，给回他们，说明天就到小组这样扯谈，大家情绪很好。

虎山选上当筹，我越发感到不对头。关于村上的事，他很多站在干部的立场上提出来，如合作社，要讨论等等。大家都不同意他的意见，说筹备会不是村干部，合作社有社长有经验，他们照着办事。以后算账，他还跟人家争吵，意要筹备会讨论。我最后告他，筹备会不管这事，只叫他们老老实实地负责，出了乱子将来就不利。

樱来了一封信，霍泛同志也来了一信，对我从赤叶河的成功得出的经验，鼓励一番，很感谢他，我想在党和大家的帮助下，不会使他失望的，我尽力去奋斗。

如果能不断检查自己，努力为人民服务，人是精神愉快的，我除了在工作上的忧虑外，现在没有什么可以扰乱我，这就是幸福。常记取这个经验，这天的生活，那么丰富与生动。

4月5日

这几天的工作情况，十分费思索。自从串通到贫农的组织，时间拖得过长，再加上个生产季节，大家都忙于上地，白天简直找不到人。晚上开会，农民都有些不耐烦，都想赶快开完会好睡觉明日好上地。各组的发展不平衡，就是在一个组内也是不平衡的。这是否在自己的思想上，有个要求全体动员起来、热情高涨的思想呢？比如诉苦，作为划阶级、查翻身，作为加入贫农团的审查。有的组说了，有的组在讨论其他，步骤不一致，如我这组，头一天就经过审查谁能在的问题，别的组还没讨论。我们讨论筹备会决定的查翻身，其他组却在审查，隔了这一天，又提出审查，王虎仁说：“天天谈这，谁还不知道干过什么？谁还不了解？”不耐烦了。当然也有好的，如前天海的娘的诉苦，原说土地多，翻了身了，诉到丈夫死，孩子小，受地主的打、逐，带孩到观台下窑，她去讨饭，哭起来。最后说：我嫌地多吗？不是，只是孩子小，干不来，又没家伙牲口。说出了个真实情况。

王春来，我看这人可以培养的，一般的发言都十分正确。我打算培养这人，而且也很积极，前些日子，主要是老武没帮助他，提高他，我现感到这个工人（贫农），很可爱的，和我的关系极其随便。

杨待哺是感到这段工作，怕在方针上有问题，常给我谈。我思想上也不肯定，为什么？如说这村没翻身，土地多，平均过（不管他用任何形式），是个事实。但群众根本没发动过，是个消灭了封建的空白村。其次，干部作风很坏，区干部过去的左倾蛮干，历史对群众的教训，不组织贫农团，那么贫雇的（未翻身和翻不透的）利益，如何保证（杨提不先费这样大力来搞贫农团，而先搞农会）？整党也没依靠。可是这样搞也不很妥，长期贫雇孤立。依我说，这里应进行段划阶级（初步的），以稳定中农，发动贫雇相结合。

中农问题，最近是忽略的，这怕是严重的错误，现在有急做之必要。我在小组里，已和贫雇们商量过，被斗过的户（中农），前些日子十分怕，坐卧不安。老中农，对被斗的中农，对我们是不同情的，这就说明中农对我们的看法。中农对干部有民主要求，对果实分配，是有意见的（新中农），但他们终不是贫农。有的个别因阶级教育差混入贫雇组，表示就不十分积极。没有很好做中农工作，我看将会受危害。

昨天下午筹备会开了个会，准备晚上如何来通过头一批贫雇加入贫农团，情绪很好，因为这已经到了具体问题了，群众讨论也很认真，每个人的诉苦，都引起群众的注意，会场很活泼，都要求每个要求入团的人，详细介绍自己的历史和受过新旧的罪，叫要求入团的作补充，或点他们哪里应该清楚。

会是江元主持的，稍软弱些，只是经验的问题，将来就会好的。虎山确是有点不好，常争领导会的江元而发言。

会上不足点有二：一是阶级的明确提出不够，虽然昨天保证入团的都是老实贫雇，二是批评还不很深刻，或未展开。当然这些人都无大问题，但可能也包括个情面问题在里面。

春来最后回到家时告诉我，说西圪台的牛王等有两个新中农混入（今晚参加会），和郭更的（筹委）都是中农。的确如他说的，群众的眼光越来越明了。

昨天给樱寄了一封信。老马给我汇来两万元。

4月7日

昨天到西柏涧开团委会，研究了两个村近来的工作。这两村的情况，今天看来，已很多地方不一样，即是个比较典型的二类村，就是封建消灭不彻底，支部不分地，群众没有发动，过去他们认为应从民主入手的判断，今天看来已不大对头，和这村是不一样的。

关于这村搞不搞贫农团问题，我今天肯定答复是要搞贫农团的，如不先发动贫雇，而囫囵先把中农新中农搞起来，老实贫雇就不可能起来，领导权就会必然落到新中农手里，因为一般翻身较满足的新中农，不是民兵就是从前的积极分子，活跃的能说会道的，且也会为不大可靠的、有私仇的人所掌握的权柄。无论如何，在这一段是有其必须的意义的。本村的社会基础、历史条件，当然不能不重视。杨待哺是承认这个新的情况的发现。

今天杨到东傍佐去看地委的工作团。据说社会情况和这里不大差甚，但做法完全不一样。他是开头的由中、新中、贫雇各阶层选出代表，包括被斗错的中农也参加。首先进行民主整党，预备用五天工夫来整，然后再发动贫雇，组织贫农团，再搞抽补。预定时间在一个半月内就可以搞完，我很不相信这个事情。

民主，这点我认为抓对了，这是杨珏对安阳情况是较了解的，可以从这点入手。但不先发动贫雇，而是动员全体，而又未划阶级就来搞整党，这就带有不妥的地方。又是连被斗错的中农也参加，这会使阶级敌人有钻空的机会，也会为炮手或其他别有用心的人，以可乘的机会。其次是贫雇基础，极不巩固。

杨待哺终感本村工作之慢，以这村的历史情况来看，我感慢也不至慢得多少。

上午，我和高一帆讲了两个钟头此村的工作，叫他写报道。这样回述了一下，我感到这里是有好多经验可以谈的。

谷岚峰和姜森，好像都对工作感到有情绪，常对工作找发泄机会，思想不正常，不办实际，光流于清谈牢骚有何用处呢？团委会的决定有些毛病，但不致太大，我有此信心。但好像他两人，处处都是怀疑与抵抗的，又提不起具体的材料，而都是一句半句，或全部的谬论。如昨晚还说今天就把借贷粮评议好，一天就可以结束，今天开会回来却怨不给正式时间，而是当作捎带的。她好多情绪是和姜森是相同的。我如果不是站在团委会，应倾听底下的意见，真要反驳他们一顿。特别是近来，不检查自己，而是发谬论。

4月10日，晨

前天下了一天雨，天造良机，可以用白天来开会。前午，团委会小组交换了关于最近工作中干部的思想情况，感觉到姜、谷、高等对工作很有牢骚，研究开次检查工作的民主会，检查团委会的领导，同时解决干部的思想问题，工作团同志特别是这三人，最近的情形，是叫人不好感的，他们已在“反正你也并不比我怎样”的思想下产生的，工作不能深入，怨天尤人。

下午，贫雇小组召开小组会，雨下得很大，人还算是到会了。春来把大组长会上对黄黑的意见，说他在大会上对些老实自报时追得太紧，把这话转告，黄黑不冷静起来，不接受，那这样以后就少说话，形势不大好。这里有两点必须说明，黄黑提意见的态度，语气是生硬的（前次老吴对我给他谈的误会，今天已证实），容易叫人不舒服；第二，批评空气展不开，情面观点撕不破，所以人家一提意见，就着了急。只有从黄黑的态度上来出题目，也是存在的。特别在昨天的群众大会上，完全暴露。

昨天利用不能下地，召开了群众大会。原想上午解决借贷米与生产（土地）的问题，下午开贫农会。没想到借贷占了三分之二的时间。

昨天会，事前关于借贷救济米的问题，姜森又是那副质问式的口吻问我：你们关于借贷米的分发是什么原则？怎么分法？问得我十分突然。我说不让饿死人，能够救活，进行生产。他又质问，那就是行善？我莫名其妙。他说应该生产的才借，主要是为了生产。这不矛盾呀，他说谷不是这样。杨待哺也没弄清楚就同意了他这个说法，他借到理了。我看见不对头，就找谷来，叫姜也来，共同研究一下才开会，以免又生枝节。姜说，你们谈吧，我来干啥？以后总算叫来了。和借救粮评议员、大组长等研究。其实谷、姜的意见没很大的分歧，你强这面，他抓这面，两不相让的意见。姜漠不关心地，情形不好。最后他的态度又来问了，怎么样把各组的意见介绍。谷说先把各组意见统一了被批准的人，再由各组提出吃粮的意见。他老先生又不同意了，满不在乎地，不以为然说：以后再提？又闹一会。其实这种纯技术性的问题，呶呶不休，有什么好处呢？却有提出关于原则的，比较大的，如避免包办等，却毫无兴趣（然当他发现了有此情形，他则兴趣勃然）。

雷振邦这个同志是好的，就是能力太弱，自己去领导这件事，啥都不大清楚。我怕他弄不过来，叫谷去帮助他，写写名字等。开会原由江元主持，谷的劲头又来了，亲自出马，把会包办下来。我当时也有错误，没马上清醒这个包办不好。但谁也同样没意识到。她原是宣布通过的人名，在这个当中，高又提出岔子了，姜也提出岔子了，弄得她骑虎难下、走投无路。下午时，关于黄黑组提出有几户是地富，不是中农，武珍和我正在商量，高一帆却坚持不让提。我说那不对，群众有意见，应该动员他们提出来。谷却就在大会上谈什么是地主，划开阶级起来。她一说完，春来代表小组提出姓郭的六户、姓王的一户是地主，不劳动。北头（姓郭的）却反对起来。高说这些都是小学教员，又追起三代来了。在会上带头作用起来，南北头就吵起来。杨也感到谷说的有毛病，上台来和我说，说这样不好。他虽然当时是代表高、姜、路的情绪的。这是个宗派的意见，我出头解释了一下，应该团结，我们只有一个姓：劳动。这又把高的思想抖起来，劳动又把小学教员伤害了。真是乱七八糟。

我们有些同志是有宗派情绪的，凡是对他小组的问题，他就跟着落后跑，反映十分片面，叫你很难捉摸，忽喜忽悲。

我确十分讨嫌知识分子的劣根性，不办实际，这给我也是个考验。

我以为群众今天的问题，是抓不破情面，不是意见太多。有相反的意见，工作者在于鼓励群众大胆提出，即使有毛病，不怕，我们是有领导的。自己和群众掺在一块，这是错误的。怕群众提，不叫提，这都是反民主的。群众问题，应强调阶级，不应群众的落后宗派思想一起来，就害怕天也会塌下来了。这样脆弱是不行的。

4月16日

近几天来，一星期了，有些事情，很不舒服。头一点感觉，就是老杨常对团委会过去的基本方针有问题，说这村从民主入手，不用费这样大的力气来搞个贫农团，也不一定要从发动贫雇，而是划阶级，稳定中农，清除恐怖。我的意见，正是因为历史上的恶果，是个没有封建的空白村，不先发动贫雇，就很多对干部有仇的和二杆子货先起来，老实农民不敢动。至于对民主为广泛群众所要求，这倒是的，因为问题就在干部（支部）身上。团委会过去的方针，我以为有它的缺点，就是在中农和目前工作上，时间拖长上，走了些弯路。方针是逐渐明确与补充的、修正的，但整个总方针上，没啥问题。老姜也对杨的先谈这事，有点不耐烦。我以为做就对了，方针有不足之处，修正。而且过去了，也不是出乎很大的问题。杨这思想，我意是不必如此反复争论。我的认识，无大差别的，任何工作在做的过程中，是需要修正的，补充的。我以为这个思想和姜、高对团委会的不满，起了些作用的。当然团委会有缺点，没把领导的意图和干部的思想，讨论清楚，一致起来，所以大家有感到不民主的地方。但另一面，我以为干部的做法很有关系，不能深入反映群众情绪，只反映没法，工作做不开，就推谁身上。姜森那天对我提了很多牢骚，我找不到一个原则问题，无从接受。所以我也冷静不下来，十分苦闷。我有什么得罪他呢？我想没有，除了工作，我没对他说过什么不好的话。他很想把工作做出个名堂（不管他动机如何），我倒很赞扬的。在反映与平常的交换意见中，我也不是以领导者而谈的。我从来在同志间的关系上，不想以自己是个领导人，而是同样正在学习的，情绪感到不舒服。高一帆是如姜同样的，所以很多情绪上不对头、不正常，常常是种质问的态度。我有什么呢？我一般的对他说的意见，是团委会的意见。姜对党、对领导，是不满的。高对党也不满，就是他在整风中受过处分，现在自己又不服气，加上个人主义的工作态度，又没做好。所以什么都在我身上了。

我自己不善于和干部谈心，我只记得一个“工作”。你做，我也做，这就是我的兴趣。所以没能很好地了解和解决他们的思想。另外我也胆怯，知识分子的英雄、不服，我是从来不敢接近的。我就不大愿和这样人工作。所以我在这有很大的漏洞。在会议上，我也不会叫大家把意见说出来，但我在会上，我也没有个领导者的思想，只是个大家都可以说。我又很尊重团委会的决定，在没修正前，我不能有其他的解释。姜是只有他要的民主，没给人也有说话之权。

今天（老张前天又回来），开团委会。张杨的争论，又没解决。我感到意见都差不多，何必在此多费工夫呢？我对教条主义的谈问题，很讨厌。其实问题很简单：现在是以贫农作骨干，团结中农，划清阵营，在团结划阵营（农民与地富）中，组成农会小组，再选派代表，参加整党。没有什么错误，或错误不大的党员，经过群众的批准，则可以参加贫农团或农会，成立农会、代表会，最后整坏党员。划阶级算产量，抽补，讨论去，讨论来，还是如此，何必一定说民主是主要的，就谈如何。翻身是主要，就要撇开中农。撇开中农，不是因翻身而做得不够，而是完整的阶级路线不明而产生的。其实本村的翻身和民主是一个东西，地富都完了，翻身不从坏干部上，从哪里搞？干部问题不是民主问题，那是什么？是“云彩”？老杨昨晚和张争时，情绪不对头。张只说明过去方针没错，我同意没很大的毛病的。在我的经验中，是做的问题和未对加研究，弄通干部思想问题，特别是姜、高的思想。不过在我看来，则使弄通，这两位也不会无意见的。因为他们就不是为人民服务，而是来当英雄，恩赐群众翻身的。

我十分了解领导人的不好干，领导方法我如不能解决，则搞不好工作。我过去从没打算做个领导人的思想，现在真有点不好办之感。

我不愿分负搞干部这个工（作），还是杨，或张干好。多少，他有些办法，也有些经验。姜、高是不佩服我的，其实我从没想叫人佩服，只想把人民的事业做好，不要做坏。尽可能不出毛病，我也没想从此飞达起来。

樱前天来了封信。情绪有些不安，没回信。我还是锻炼少，禁不起人家的非难，我应禁得起来，我并没私心，为啥要退让呢？

贫农团正式委员会，已在12日选出，共九人，王江元、郭黑孩、王春来等。选后，好多人不大愿干。如杜枝子（女）说我要去住娘家了，要不你先给我两斗粮食。焦大川（新中农）开委员会不到，叫也不来。

14日，我在全体农民会上讲解了次中农。什么是中农，那天是连被斗错的中农都参加（老张这天回来）。大家对此事是很注意的，特别注意从哪年划起。

李伟送来瓶Watsman's墨水，信上还勉我多注意材料，将再（写）个剧本。老张把各种问题——战争、土改、前途，把他在中央局听到的拉了拉，我听得很高兴。

报上广告说《赤叶河》原五千份已售完，现再版的已发行。感激党的培养与奖励，使作品在出版两个月中，再版的已发行。

4月18日

昨天中午，和贫农团委员会开了个会。那是昨天早饭后，张维翰把前天和杨待哺争论的问题，就是迅速划清楚农民与地主富农的阵线，团结中农进行整党。这样看来张是接受了杨的意见。这意见也是我们在张未返来时所要实现的，经过工作团团委会研究过，由我提给贫农团委员会讨论。

贫农团委员会，讨论了这问题，决定晚上开小组会，串通中农，以贫农团为骨干，简单地通过中农，共同成立农会小组，选派代表，实行民主整党。生产问题，也提了提，将让贫农团和中农组成的农会小组讨论，看看存在什么思想和困难。

接着工作团也开了个会，主要是讨论这个做法，做法上没有提出什么其他意见。可是谈到划阶级的问题时，据谷岚峰说她那组都是中农，而不是贫农，谈到一个特殊的具体情形，就是都有了房地，是不是翻了身？很多人在她那组内都说“俺是中农”。当时就很惊异。如这样说，这村就没有问题了。（今天我和张杨开玩笑说：“这是无中生有。”杨拿起他的老话：“最少说是‘人工’的。”）杨当时，好像这是问题，正和他的对基本方针认识一致的。我把我的材料提供了一下，肯定地真实情况不完全是这样的。有的虽然分了（或买了）些房地，按村里的推平，每人四亩，也分了些房，但是倒算，农民是赔了本的，没受倒算的是少数，再加上去年灾荒，贫农生活并未改善，只有获得了些部分生产资料。很多贫雇，是要出卖相当大的部分劳动才能生活。我估计的贫雇数目字不会像各组统计那么大（61.4%），但是在50%以上的。

再一点是下窑不能以下得多就是贫雇。相反的，下得多的许多是中农，因为他有剩余的劳力。贫雇因为没牲口等，劳力少，做了地里的活就少下窑。如一家五口，有两个劳力的，则可以多抽一个劳力常下窑。同样一家五口，只有一个劳力，就不能抽出多下窑的时间。所以计算必需具体，从实际出发。

生产问题，没有很具体的办法，只好留在农会小组成立，和大家讨论一次。

关于成立农会，我主张是一面团结中农，则一面组织小组，切勿再来个甚审查之类的成立农会形式，现在是不必要的，大家都同意此意见，是贫农团吸收中农参加新农会，还是如何？谷岚峰提。我说是共同组织，不然对中农尊重不够。但实际上贫农团领导，那还有什么疑问？

关于打破工作团同志间的固定一个小组易产生包办、宗派等起见，提出了换组。高一帆反对得厉害。我想他一定是怕调了，他那过个人的生活就不方便了。最后决定的南北不大调，但换了原组，自由交换。谁都想找个有好的积极骨干的组，特别是谷岚峰，选择了好半天，谁都不和她换。她自己挑了三组，非与这组中的一组换不成。

晚上我参加了原高一帆领导的小组，现在是路学修。因有江元（贫农团主席）在那组领导，我主要目的是想帮助和了解他的如何领导。昨晚那组通过了五个中农，最后一个叫牛以成。他侄是民兵队长，因在一队，分果较多。他不坦白，大家都不哼气，就是不通过他。但也不愿抓破面皮批评。

今天，我原是要找江元，跟他上地。他全家赶观台大会去了。又去找郭黑孩，也锁了门不在家。没做到了解他们的目的。

下午天要下雨。在家里谈到阶级文件，以后团委会把老安在地、县委各工作团交流情况的结果谈了谈。各个工作（点）的情况都不一样。东傍佐的做法，杨原是较同意的，但先未在贫雇中发动，现在仍要回到发动贫雇中去。其他各个（点）都没大的进展。这多少对杨是点说明，但他还不肯信。最后决定搞东积善他去。他说要试试到底说先接近我们就是炮手，是否这样，要看看。

近两天精神十分疲惫，疥疮又好像要发作。晚上参加了一小会儿小组会，看看没啥谈头，回来打算看文件，又想起写日记，就没看。可是我真是累了。

打算好好地把文件精读，今天一面读一面做笔记，在我的读书中是很少见的。我是下决心把这文件学好的。

昨天写了一封信，今天给樱寄去了。想起剧团最近还是做些宣传工作，十分重要，写了一封信给他们。我是由这个思想出发写的：土改不是短时的，现在各地对土改许多不了解，在工作组未普遍展开之前，宣传政策就十分必要。因而给剧团提出这问题。并叫他们最好是在半老区活动。

4月19日

上午学习小组会，研究划分阶级文件，关于第七章富农条的具体计算，费了很大力气才搞清楚，好几个人都翻来覆去地比拟、猜摸。

决定东积善村同时搞，昨天决定杨待哺去那村，高一帆李水珠和西柏涧的两个人共五人。今天又说不够，要把王建国调去。我有些不大愿意，可是为了多搞个村，那又有什么呢？我是怕他去了，南头能做工作的人马太少，老武又要兼搞支部和生产。岳清云是初提拔的干部，办法少，而且刚来。姜森又是跑样的一个。

下午，研究支部这段的工作。工作已进入成立农会，具体进行整党了。准备步骤是：成立农会（今晚就把各组的串通中农和订成分搞完，明天开大会通过），选代表参加整党。讨论到农会时，张维翰说没有农会这个组织形式，而就是农代会。我和老安都了解是有农会的组织形式的，农代会是农民全体的，搬文件，土地法大纲，明文规定也不是很具体，因此，到底谁的理解对呢？三人一面找，一面笑，结果未查明。我想我和安的了解是对的，农会是群众的组织，而农代会是权力的机关，农会倒不一定每个农民都在，而农代会的包括每个所有的农村公民。

晚上，我召集贫农团委员开会，只来了四个人。现在发现贫委选得太少，一有些人下窑或不在，则没有几个留下了，九人中今天才四人。我把团委会决定的成立农会、选代表等一套办法交给他们，把后面一段的大体步骤谈了一下，再把贫委的任务、做法给他说清，树立当家思想，把担子负起来。

现在了解了一个东西，过去怕人家说包办，所以对贫委开会多采用诱导的方法，这已过时不行了，现在应多谈，就是给他们任务，领导他们担负起这工作。把概念、道理给他说得明明白白，告诉他们领导方法，树立他们的领导思想，今晚就是这样和他们谈话的。

4月20日

工作到了严重的一段，近日（近廿天多），逐渐看见我们干部深入不下去，每次汇报，各个人都是东鳞西爪地谈些零碎情况。这些情况毫不能解决群众的思想问题，相反地只消极地强调没办法，群众情绪不高。我感到这是工作上的危机，我早就有心放下事务主义的工作作法，深入几个骨干中去，了解他们和取得帮助他的门径，但总抽不出这样的时间。我去找过江元三次，没找到，所以没做好。也同时说明自已还是没真正注意这问题，我常想为什么不想法，不达目的不止的气魄呢？当然我是有两三回为开团委会和干部会受阻了这时间。但我不去，团委会中是不易找出几个人去做的，虽然说是没工夫，但主要是不利尽量利用时间。可是又苦恼于天天开会。

今天下午开的干部会，除扯了些消极的情况外，看见干部对工作都无关痛痒，最近白天他们都十分清闲。

我必须要打破这个局面，老张老安都在这上面操心。老安是主张做个样子，这是十分必要的。

工作会议，原想讨论今天的方针，征求干部意见，但没讨论好，消闲地结束，只东鳞西片地提出些枝节、纯技术的问题。我感到咱这里工作，批评空气不浓厚，没有一个人受起批评。我也有所见而没明确地提出问题，虽然常谈，也无补于事。

这两天上午学划阶级文件，关于富农和富裕中农的界限计算，整整费了两天工夫，今天才解决。不会算术，现在实在感到苦恼。

晚间，开全体农民（连中农，和被斗错的中农）大会（团结中农的小组），通过各组串通的中农参加农会，成立农会。我作了个发言，谈谁能参加农会，划清地富和农民的界限，新农会和旧农会的区别，树立当家做主思想，农会是干啥的，什么条件参加农会。成立后，农会要办的三件大事：一、审查干部，二、划阶级，三、处理财产，平分土地。

只通过了五个小组提的名单，四个组留在明通过。天已太晚了，怕误明天生产，所以结束了。

今天表忽然不走，大概又是有毛病了。

今天忘了，其实没忘，就是到小学校和他们谈谈，要利用学生们来帮助宣传划阶级工作。中午我去，他们在吃饭，我未便过去。下午开干部会，不能去。开完，天全黑了，又要开农会，所以没把此事做了。

4月21日

工作是不能一刻叫人可以安心下来，无论如何，要亲自行动以便打开这个状况。所以今天一吃罢早饭，我则先去找江元，我想最少在学习时间以前，可以尽可能利用这短短的时间，去到江元正好在锄粪堆，我和他一边工作，一边谈话。首先是问他给谁弄粪，说到那是随子的，但随子跑到东边（因诬为特务案），家里没人劳动。我则从这里入手说现在应该把他们都叫回来，自己穷兄弟当然没事。就是地主老财回来，我们也可以的，我们是消灭封建，不是消灭他的肉体。江元说是呀，是否可以在大会上说说。我说可以。以后谈到昨夜我提的三点，以及领导的作风问题，都和他谈了一下。

回来时到学校去了一下，和他们的教导主任谈，关于我们去和他们讲阶级，叫他们学生出来宣传。他很同意，原规定下午去讲，后因他们做总结，改为明天下午去。

我因为要写报告，和学生讲由维翰去讲，我改天再去。

上午我回来时，他们已在进行学习。

下午，开始写报告，这样长的时候，幸有日记，要不真很难写。在材料回忆中，感到也做了好多工作，日子是斗争过来的，同时也是曲折的。我现在感到在筹委员选出后的查翻身，以致使有几天拖长，好像不很必要。

王春来的小组，今天白天（午饭后），自动开会。我看很好。他一来问我，我十分赞同，不睡午觉就去参加他们的会。有一个问题提得很好，就是党员能不能吸收问题。黑的说在党的，无条件不能现在选。春来却说，郭东来党员是党员，但也是个穷人，只是作用不好些，他也能改，我们也不能没有党呀。我看这个意见提的很好。同时谈老彭老李的问题时，我当他们谈到某妇女是破落地主，时间不够不能改变成分时，就说了两句：和地主女人结婚，劳动时间不够的不能参加。只能他本人（男）参加。这就把他们的思想点通了。

但王春来也有他弱点面，他很容易在会上不考虑问题就提出，这是作风？思想问题？今天晚上大会时，他在群众正自由结组时，他站在高处叫，说他有意见。我怕他这会脱离群众的，叫他等江元说完话再提出。他却提了一个人说叫他参加贫农团不愿参加，农会也不参加。老安听见很不同意（安是不满春来的，因他曾参加过支部，上山又跑回来），说这谈啥，不来就算了，这真不好。我也不很满意，感到不自然。后来我问他，他（春来）说：动员他好几回，向大家汇报一下，让大家知道知道。等不多久，他又给江元提了个意见，江元说你就向大家说说，他就说了。说土地法大纲不能随便毁坏东西，有人把门框、桌椅，塞了火，这不对，大家都要注意！大家听到没有？大家说听到了。我顿产生：又是像干部那一套了，真糟糕！原来他是针对退伍军人老李的准备走，拆了风门来烧而说的。问题本身是好的，就是提法不对头。春来常有这样的情形，有时问题提得很对（我喜欢他就在此），很正确，代表群众本质思想，可是作风上不如江元民主，深为惋慨！我一听吧就好像问题在自己身上。

回来时，我随便和他谈此事。我说最好多叫群众发言。他说大家不肯发言，有是有意见。这倒是真的，他的直爽就在这里，将来怕问题也就在这里。我想如何帮助他克服这个毛病呢？好像自己很有此责，如不这样，自己于心有愧似的。

维翰下午和我谈，群众情绪并不如昨天干部们所说的。我很同意此说。确是干部现在谈的不是假报告就是假象，东鳞西片的，为了汇报时不会没材料。他思考问题发生在哪里，领导关键在哪里。我确求不出答案，我是从不打算领导上这样来考虑我的工作情绪，一辈子我不会这样，所以我无从谈起。工作是自己应做的，为啥如此，莫名其妙。

我很急躁、脆弱，像王春来这样的小事或群众略有消沉情形，我则十分焦思。我很难有经常对这样事漠然的，真不易做到。今天这样兴奋（他们自动开会），忽这样一件事，就引起我好多忧虑。

黄昏开会前，我去找江元先谈谈如何开会，再和贫委们商量，总之是想完全把他们扶植起来。我千叮万嘱江元的作风问题，我想我给他说了不少的，多吸收，问大家意见，不要以自己的意见作为唯一的。我主要给他说了全部通过后，自由结组问题。有的要求参加贫农团而没参加上，或可能有的人农会也暂时参加不上，引起怀疑问题，最后一个是宣传叫东边人回来。最后在会上，和贫农团委规定明天午饭后开委员会。

4月22日

天晴气朗，今天共开了三个会，第一个是上午的学习会，第二个是午饭后的贫委会，第三个是晚间的贫农团小组长联席会。

学习会罢后，我即刻去找江元。他在家修理炉台，又是个谈话的好机会。我把昨天通过农会时的几个问题，和他谈了一下。一个是关于农会是个什么东西，它的重要性，中农对此还没很好的认识，应该打开这个思想；一个是谈关于农会的条件，什么人能在，把那些破产但成分没变的地主，和仗着地主势力、过地主同样生活而不劳动的道理说了一下，划清界限。我谈此问题，主要针对着两个人，一是郭清伦，一是郭正君，还有其他虽是农民，但为群众所不能满意的蜕化分子。再一个就是谈谈今天委员会如何开，谈些什么事，给他谈了个关于不再管制地主妇女出嫁问题。他十分同情，说那天和春来就谈过这个问题，他赞成这个自由。再一个就是村里不能饿死人，如王培贤现在无法，应救济。头一个问题我叫他以后在大会上宣布取消管制。再一个就是今晚的小组长联席会问题。

午饭后，委员们都到了，只有三人不在，江元主持会。他把这些问题提出来，我最后给他们提了些意见。在此以前，我不说话，完全看他们开得如何。我谈的也是和他谈的那些内容，把农会的重要和过去农会不一样，这是自己来掌握生死簿，和地主富农不能混进来。谈了关于上述的两种人问题，又谈了以后是他们负起这个责任问题，加强他们的领导作主观念。最后又嘱咐他们和群众的联系，多听大家的意见，遇事和群众商量。

下午，在家里写报告。快写完了，只差成立农会部分。最后写得背痛停下没写，借了牛三的胡胡拉了拉。

将傍晚时，和维翰商量，晚上如何开会的问题。

黄昏开的小组长联系会，完全由江元主持，看这个担子是可以逐渐放下了。我把三个任务，加上生产谈了一下，又把前面说的两种地主，和一个坏女人的例子，从道理上启发了他们。把农会的重要，如果今天再不掌握这生死簿，就会又落到过去给了阎王、判官、琉璃的手里，大家都笑起来。我谈话都把他们的实际问题联系起来，他们都笑，是懂得了。最后大家讨论得很好，很自然地分成三堆人，女的一堆，谈论如何整党，他们说平儿最近说蹬底了，不知自己姓啥了，以为这就整了党了（江元说）。郭黑孩说，要把民兵的不好分子，把枪下了，换了。谈论的很紧张。有的谈到那个坏的女人，有的谈那几个人不应在农会，什么时候整党，如何整？有的提不要再迟。这样就不像是开一个会，而是开了四五个小圪堆会。江元已不是主席，而是到这组到那组的咯吵起来，讨论很好，想出好多办法。有的谈明天开会先开贫雇小组。王兴芸说，不对，应把中农也叫来，都是一家人，动员他们敢提意见。最后是通过了，哪些人不要再叫来开会（农会），让他歇歇。收了好几次，江元没法把意见收起来，大家吵得厉害。最后有这两个意见：一是重整农会队伍，哪些人该在，哪种人该出去。二是整党，要求行动。大家自己决定明天上午饭后开小组会，把中农和各人思想弄通，敢说话。晚上开全体大会，这是经过大家讨论得出的，工作团没有加以任何意见。

江元把大家意见收了一下，我再谈了几句。一是赞美他们讨论得好，这办法就可以。二是把整队与整党明白地提出。三是把担子宣布放在他们身上，以后由他们自己来管，开会、叫开会等。四是嘱咐他们不要胆小，不要外气，只要常联系群众，和大家多商量就有办法，举了今晚会开得好的例子。提出以后小组长参加贫委会，以补人马太少之忧，而且直接，不用多次的传达。

大家情绪很好，临走时，我又找了几个委员，告他这样开会就好。我主要是叫教育他们别脱离群众。

为了王春来的做法，苦思不好给他提。他问题提得很对，我怕提出会伤了他，不能保持热情，不提又怕他会脱离群众。中午开罢会后，我和王保一块说，先赞他问题提得对，正确。再告他，要在小组中提出来。大家不敢说，就先和大家商量。这样大家都认为是个问题，你再一提出，大家就明，就敢说话了。他们都感到这个办法好。可是春来今天不像昨天话多，是否因我多次的嘱咐不要自己先说，而要多问群众对他有妨碍呢？我也是个担心之点，但不管如何，不说话是可以说服的，作风不好会一个人灭亡。我相信会使他了解的。我多做些工作，如今晚回来，我又说他提意见都很正确，应说话，只是多问别人意见就好。我不怕这会对他有坏处，相反如不保持他的热情，正面批评是不好的。我现在不是这样，而是先鼓励，也的确如此，他的意见是较正确的。江元也告我说春来觉悟可以，也同样说他态度差些。我很同意江元的意见。

我想工作能把这几个骨干的人物做好，工作就有办法。这是很费心的工作呵。

4月23日

上午照例学习文件，已把“地主”“富农”两章学完了。

学习完毕后，把给区党委写的报告，继续整理，已在下午初稿结束，如果没有问题，修正或增添，则可以誊写清楚送去。这样做番整理工作，对自己也有很多好处。

午饭后，南头群众召开了小组会。我不知道它是三个组（妇女组在内）合起来开。会是春来主持，情形还很好，开始有些沉闷，这是我想应接昨天讨论的两件东西来讨论，然而群众是不能按这来做的。会是逐渐地扯开了，是从被斗错的中农诉苦开始的，渐渐热闹起来。春来在开始以前，我把昨天的精神给他提了提，告他在群众讨论开，把这些问题插进去。这个办法，不生硬，能把昨天小组长讨论的问题，如关于农会的重要性，掌生死簿问题，插得很好，都是在正是问题时加入。点明问题，同时把是否有地富钻进农会的划阶级问题也扯了一番，但没扯出具体人，只说都考虑。可是后来春来一提出名来，大家又争论开了，直争论很长时间。散会时，春来要叫我提提，我本想不提，但看热情很好，顺便提提吧，把昨天的中心意思又提了提。提罢该散会了，但大家还不走，还在吵嚷。

晚上，开全体农民大会，到的人很多，且来得早。学校的学生也赶来参加，会前维翰、老安、我，研究了如何公开党后由老安代表谈的，原事前是防止两个东西，一是防止两头撑腰，二是防止支部害怕，二者不可兼顾。从老安谈的情形看来，怕是起了两头撑腰的作用，报告吧，群众不大敢提意见，很沉闷，都是这样说：给他提提改正，知过改过，以后还叫他办事。怕主要起了这个作用。郭黑孩、江元都有点感到大家在小组倒敢说，可是在大会不敢说而叹气，他们怕是就想群众马上提出问题来，但绝不可能的，而且支部党员都在一块听。虽然讨论时他们走了，但长期的威胁下的情况，不可能在一次见面就来个突变，敢提问题。我终感到今天安的讲话，对群众的热情鼓舞不够，可能会起相反的作用，使群众感到反省反省，如此而已。在谈的当中，群众已不感有很大兴趣，且有呼呼打鼾声的，问题怕在这里。

今天上午，很不舒服，喝了好多水，疥疮又感到很难受。慕珍病，出来这里医治，住在区公所。马印秋寄来一信，言区党委要调老郑去电台工作，但组织部通知没到。信上并说剧团情形很好，正在排《赤叶河》去井店演。

4月24日

工作团干部会，今天足足开了一天，研究整党这一段的情况和做法。检查中，觉得农会，还不十分纯洁，有个别的投机分子，掺在其中。如王举保，当我军来后，则拥护给农会土地，敌人来，则又进行过倒算。王天雨，也是满脑袋地主情绪，虽然目下是中农，但在政治上对我们是不好的。付兴成，虽然原是工人，但早已置下地，成了中农，进行过引敌人挖窑倒算。北面的郭正君、郭清俭等，这基本上是在贫农团中，对团结中农，成立农会的重要性，未谈透，所以马马虎虎就都拉进来。我是主张这坏家伙，应在农民中发动，清洗出去，可是有的同志怕对中农震动，我有些不以为然。这全是我们的工作深入不深入，能否启发群众，特别是贫雇认识这问题。

决定今晚开两个会，一是贫农组长联系会，主要是谈整党的态度和给群众撑腰，一是开贫农小组会，由工作团同志去讲关于团结中农和农会的任务，扫清贫农中的忽视农会，和讲整党问题。

我感到贫农中有轻视农会，和自满的情绪。昨天的动员整党，群众劲头不够大，所以黑孩江元十分着急。他们也是出于至诚，感到在小组谈得很好，可是到了大会则不行，怕事弄坏了。

今天晚上的联席会，我根本没找到工夫来准备。黄昏时临时找江元、黑孩、春来谈了谈。开会时，我谈了一番，把给群众撑腰强调，也谈谈对待问题要实事求是，最后宣布整党的时间，明天小组准备，后天整。我谈罢则讨论，大家都提出要早整，现在是时候，将来再谈则不行。现在正是锄麦差不多，棉花还不能耧，许多人都提该一个白天来搞。我们怕误生产，提出半天，群众则说要搞就整一天，我们提议都可，但要回去和群众商量。

在会上，关于群众的顾虑，看起来，是可以解除些，但不等于在小组（农会）中就解决。目下农会的组长，还是十分不能起作用的，且有不纯分子。

在会上，群众也提出些问题。如江元说：现在不比过去，过去苏明去县开会，黄昏回来，一夜扩兵五十三人。其他人则抢着说，不去就打死，还能不五十三人？黑孩说：就没见小虎子去，去了十三人，回来七个（他们在扩军时，用干部带头方法骗了群众）。

最后谈谈锄麦的问题。农会有七八十亩麦地没人耧，大家商量。有人提议借农会麦子，先给一半工资，可以解锄花的当下吃的问题。我是十分急提这问题，不锄就不行了，可是又找不出时间，捎带是解决不了这问题的，以此方法提在小组上讨论，看谁能去。黑孩临走告我，要在大会以后才去。

江元提发出农会糠救济当下没吃的人，大家都同意。但说如果自报，则一千斤也不够。谁当下都没法，以后仅能提出当下支不起锅的。小组讨论，看谁是这情形。

黄昏我回来时，在门口看见春来在和妇女选组长，这倒很好，可惜这东头，只有一个贫雇妇女，病了。选都选了两个被斗过的中农妇女当组长。我总感到缺一个贫农，但选出了，有啥办法。

今天接到机关送来的一斤烟末和《赤叶河》《两条心》。据说《赤叶河》在观台大会上演出。好多群众都在说，王保晚上曾问我。

从现在的情况证明，像这样的村庄，在发动群众上，应从贫雇入手。现在看清楚，偏激情绪，都在那些被打死的、有仇的人的当中。有两种人，一种是怨恨，但不说，只说泄气话的："说他干啥，官官相卫，将来还不是他们当干部？"以松弛斗志；另一种是报复，豁出去："打死我，连小孩打死我也要提。"如有些的确过去是有毛病的，斗了，从中农上说不对，但他对群众的危害上说，也是有错的，如军保。可是现在却把什么都推翻了，而且把问题都推在干部上，也不妥当的。如一开头就做发动全中农，特别被斗争的，则有偏差的产生。如今天晚上维翰谈了谈慎重处理，讲民主，使得他就被处分也就心服，许多老实贫雇十分拥护。所以现在这样的做法，使偏激情绪的没有领袖。像春来、江元等，绝不会发生打人的事情的。很多人怕将来会打人，我很不操这个心，我相信是不会的。

4月25日

上午把中央局给太岳区党委的指示，学习了两个钟头。没有扯开，仅是把几个基本问题谈了一下。

原想今天把给区党委的报告写完。可是当正要写完时，维翰从西柏涧回来，去和老安研究关于本村明天如何开大会整党。确定了几个办法：

对支部是防止发生问题。考虑其他人还不敢提，只有小虎子从那天大会公开党后，很怕，说每天吃饭吃少了，活也不想干了，瘦得很。焦海林也瘦了。这个试验村，在安阳的情况，如发生问题，比之发动不起群众更成问题。如果发生逃跑（这大概不会）或死人问题，则影响所及，就不可设想。确定对他们仍然是表明态度，绝不包庇，但也不扩大。领导上的问题，领导负责，但不推在他们身上。指明他们唯一的办法，是彻底反省。同时对小虎子进行些个别谈话，安慰他们，彻底反省。

其次，对群众是继续撑腰，发动提意见。因为那天老安谈罢以后，东圪台令子娘等五六人，曾到东积善观风，起了一点好作用。就是叫东积善群众敢于说话，现在不同于从前。但另一方面，又反映那天老安谈话的副作用，据王建国的汇报，说令子娘很泄气地说：大党员求救小党员了，说是母亲对小孩，有毛病就要给他治好，懊悔在贫农团上说了话，对我们怀疑。可是据其他小组则说没有这情况。中农发动不足，有顾虑这是事实。所以现在的方针，不是在群众谈其他问题，而是表态撑腰。"彭工作员的历史教训"，在中农中也是十分深刻的。

再次，就是决定了组织准备工作。大会是设立主席团，由贫农团委员九人，加上工作团五人组成，老安任主席团主席，规定白天整三天。

这个根据，是各小组的反映要求，群众都不愿往后靠了，再过四五天就正是忙于锄棉花的时候了。

排到党员先后整的名单，原决定是插开，以小虎子再等一天，考虑如果把问题小的都整在前头，怕群众没劲。也有好几个小组提先整轻的，但提在贫委商量时，王保和张喜仙都提先整大的。黑孩、江元又提出小组有的想先整小的，这样可以把错误都谈出是谁主谋，如大的都先谈，则小的就没问题了，维翰考虑这也是道理，但我考虑不妥，如都先整小的，把问题都推在大的身上，将会恐慌出问题，老张也同意，就仍提出插开，群众（贫委）提出是存贵、雨保、丑的、海林、万枝等七人。

晚上，我召开了贫委会，先和江元、黑孩谈了谈。他俩很同意昨天的做法，不主张打人、骂人的老道路。这我仍是很有信心不至于打起来，但当然也有思想准备，但如宣传不准打人，又怕群众不敢提意见，所以决定用这样方式谈，有秩序，讲透理，讲证据，对证，分清真假，心服，不走老道路，许可申辩。支部也组成小组参加，有发言批评提意见之权。我在贫委会上把这些内容做法提出。大家讨论了一下，都同意白天整。则分头回去参加各小组会，传达这个做法。

我去听了下支部动员，看情形还可以。这支部的确成分是很好的，他们的错误，确是区上县上的领导很有关。我也同情他们，也许是宗派情绪，也不一定。但当想他们（特别是小虎子）作风的恶劣，也是很不能容忍的。所以我听罢安、张的发言后，支部同志提出他们该如何。如东西已弄坏，怎办？借了农会的粮食现在拿不出来，很真情地提出，忽然我很难受，想到这些如此善良的人，怎会杀人这样厉害呢？当然变质，忘本的，其实也只是个别。

返回来，小组会已结束，小组长们在商量明天如何使大家敢于提意见的事，看情绪很不错。妇女小组长们都能说话。

中午时，老安找我，谈说北头小组（昨天）都说开大会提意见，对开小组会没兴趣。说有人提意见，则很能带起来。想今晚就开大会。我心里不同意，整党不是个潦草的工作，中农还有很多思想顾虑，而且昨晚贫委和中贫组长会上的决定，由我随便修正也不好。后找大家来交换情况，我把已决定明天大会整告诉他们，才没有什么说的。这种情况，我们同志的无法贯彻下去，是问题。如谷岚峰，我现在感到她只是吱吱喳喳的人，并不实际。凡是反映情况都是断片的无法的问题，不一定是真实情况。孟良等也是无法的一个，昨天的精神是否能给群众讲透，我是无法相信的。她们只说贫农团小组对此不感兴趣，那和昨天研究的情形，显然是不一样的。

现在目前工作，到了更紧张的关头。弄不好，两大问题，一是群众发动不起来，永无法解决今后的问题，二是支部发生问题，这就会产（生）严重的恶果，领导岗位上，是需要十分慎重的时候了。

今天听到一反映：区上为了剃头，叫人在春忙时送一封信去叫。真岂有此理。区联过去买东西要送到门前，工作团来后不敢了。

4月26日

今天公开在中农贫农的大会上整党。

上午早饭后，因为昨天组织主席团，没有把中农吸收进来，所以在开会以前，和贫委商量，添加了五名中农进来。

农民好多因今天是白天开会，所以很早就上地，一般早饭都迟吃了，所以在大庙会场上，等的工夫很长。

开头第一个，是村长范存贵反省。他谈的还可以，贪污部分，很具体坦白，而且有批评，但也有好多地方夸大，这也很难免，有的不是他的问题，他也扯在身上，可能他生怕群众说他不彻底。我虽然对他，四五十天来，没多接触说话，但在群众的反映中，村长是代表正确方面的。今天想不到，大家对他的批评很少，都说谈的差不多，相反都给他表功。如一女人诉说他男人怎样被打死，村长如何说正义话，一面哭，一面替村长表好。牛三妈也是这样，张春先也是这样，令子娘也是这样，都一面愤自己亲人的受压迫，另方面说存贵好，各小组都很容易就通过。最奇怪的是村长下去后，牛三娘赶紧给他倒了碗开水。

第二个是雨保，老实人，说罢他受命去扣人、捆人和些小贪污，群众则说，对他没啥意见，从小看觅汉，没啥意见。就通过了。

第三个是郭丑的，也是老实人（民兵），没意见通过。

第四个雨声，同样没意见。

这时主席征求大家意见，说是不是要回去吃饭，大家则说早啦，再谈个吧。又谈个付丑的，头任农主，有些贪污，但谈的问题不具体。许多人，特别是受过打击的中农，发言最多，有好多事，如扩兵，都不是他的，但都提出了。弄得他再谈了一次，也谈不清，结果未通过，再反省反省。

中午休息。午后，歇了一会儿，又是集合半天，费了好多时间才集合好。农民开会，就没啥好办法。

焦海林谈。他谈的还差不多，可是态度在第二次回答问题时不好，有点用老张昨夜在支部会上谈的话借力来压群众。当然有些问题不该他负，但那就不好，他谈得最好的是扩兵用硬方法问题，因驴的走了火，说他破坏，和苏明把他吊起来。后不知谁就把他毁了。唉，草菅人命得厉害，过去安阳工作，按我看来，确是乱来。扩兵实际上是“抓丁”。这样的做法，底下必然出问题，如两天要完成几十人的提法，你这里有什么政治和组织条件。今天差不多最主要提的是这问题，特别那些受了压迫、死了人的户。

再一个对他的意见，就是追三代。这又是个厉害题目，在此上发言最多。领导上过去提这问题，现在看来，真是祸根。有的通过，有的仍反省，焦未通过。

最后一个是武主王万枝，民兵内部的意见较多。同样追三代问题，又推到他身上。他的确，路线是这样，不但他，就是谁也糊涂。最后算通过了。

从今天的会看来，大多数意见都是从资金的方面提，没有从够不够个党员和对自己的利害上来检查（利害二字不妥，意是管理、做主），特别痛的是三代和扩兵，没有检查到他们的浪费，如何不爱惜这个家等上去。

总的方面，情绪还不坏，不冷场，但发言不普遍，无问题当然不易提出的，说理未展开，只是问一二句。还不很高。

但没有什么偏激情绪，怕这是发动不足，只是问，而不敢争！

人们的要赶快开，是否有过关情绪，我还怀疑。当然不能否认觉悟是提高了。有了可靠的骨干，所以很有秩序。所以原始的形式，也不一定是农民所喜欢的。

问题很显然，根都在小虎子身上。问题就在明天，偏激还是要注意，因为仇恨集中了。

今天有个好影响，外村干部在这开会，都去看，可以解除乱斗乱打的担心。另一个支部也可以看出，群众能原谅什么人，而且不是斗地主那样。

夜晚，开了个主席团会，工作团干部也略谈了一下。我没参加支部会，回来把给区党委的报告底稿写完，只差誊稿了。今天中睡不着，还写了一会儿，现在不挤就写不出了。

我意今天不应谈最后那个，结果弄到天黑，应留下时间，开小组会。但结果太晚，开了一天会，不可能了。但有的小组自动开，老安的结束语太长，群众情绪都不在焉。

今天宣布的中农原物归原主（退还原地、房），引起部分翻身户的不安。王全夫妻问我是否要这样（他房是中农的），我肯定回答。他说过去溜房檐，现在又要溜房檐。我解释就是退也不会叫贫雇吃亏的，要相等的一间房是一定的。但这个人，还是哼哼的。他是不想退。

4月27日

大会的第二天。第二个人是王虎子，反省得不深刻。在我们的思想上，他是绝不能通过的。当他报告罢，提意见的真多。他作了两次答复。群众对他的意见之多和愤恨是严重的。在群众的诉苦中，简直是这村现下孤儿寡妇之多，小虎子是个制造的人。许多都哭不出声。郭玉田老两口诉说他儿子儿媳妇因特务问题被打死，儿媳妇是先把手铡断下来的，闺女用十根针插进指缝里。郭台先是打（吊）死三次，三次用香熏活又打的。栽赃敲诈，他已经用尽了各种最野蛮的办法。摆俩砖，高低不平，叫人跪在上面，而身子要保持端正，不，就用刺刀在后捅。草菅人命，吊死、打死、铡死，确是惨无比拟了。

这样酷刑，不仅是加在地主身上，而今天诉的都是加在中、贫农的身上。苏民、杨山子，要负很大的责任。会后，付景荣告我：如果杨山子不死，这里还不知道要死多少人。人们从前一听叫去开会，脸色都变了。如果工作团不来，谁敢说句话呢？

在杀人问题上，真可说西积善是空古的未有的。所以我听罢杨山子的恶迹，奸淫妇女、不吃派饭、吃好饭、利用小虎子等，你撑我腰、我拥你护、狼狈为奸，这怎么能给人民办事呢？杨是死了，是死在敌人的枪弹下，因而把那村改成“李杨村”（李曾、杨山子）纪念他们。但从今天的诉苦来评功过，我是提议取消的。这人实际上是个流氓分子。

苏民，这个异己分子就不用再说了，我极主张应把他捉回来，交给人民法庭处理。

前年的应由这两人负责。去年的，应由区干部王景贤负责。差不多去年杀人、勒索，都是由这人指导的。而区干部亲自动手下，把这村搞成个活地狱。

这些干部，我主张交给人民法庭，这不是个小事问题。

当然，再一个就是安阳县的领导。这样的乱，以杀人为目的的工作，怎么会如此“乱弹琴”，我真有些不相信。

下午，我和郭丙五主持，是付三子反省。这人最不好，当群众质问他时，他仍然是过去干部那套作风，睁眼压人，特别对黄黑。他把什么罪过都推在他不知道。实质上他是靠干部的朋比共为奸，强迫武莲子和他结了婚的。而对黄黑（不是小虎子主谋也好），是借故打击他，踏在脚下。怪不得黄黑在最后我征问是否能通过他时，黄黑则说：我通不过。

王方的诉起他女人、闺女的死，哭得起不来，直至散会还一个人孤零零地躺倚在墙角流泪。此种情景，谁能忍看呢？

晚上继续开会，我代表工作团对付三子的态度作了批评，并声明黄黑、武莲子问题调查。如女方现在不愿，强迫付离婚。这一声明，群众很好的反应。

晚上搞了二人。通过一，通不过牛二。奇怪，牛妻不知如何悄悄地混进会场，当人对牛进行批评时，她则替他申辩。主席叫她离会（因为她还不是农会员），她则泼皮地说：我不走，你吃了我？最后强迫她出会场。

牛二反省不老实，其实事并不大，仅仅是贪小便宜弄了人家两领毡、抓钩之类的东西。可是他诡辩。范存贵很好，听见他这种态度就提出批评。牛是有点糊涂混糊涂，报告不是反省，而是拖泥带水谈一两个钟头，叫许多人都打盹了。

支部不纯。像牛二，分了果实地，卖给张喜仙，自己得米。但不写自己名，而写地主郭启昌的名字卖的。这显然其中很有文章。

支部对群众的看不起，怕是我们给他们的安慰，起了不正确的接受（在某些人上面）。

大会是开得很好，提意见都很大胆。无疑的，这是成绩。

收到樱的一封信，可是包裹没收到，信上只有感到孩子们的安慰，其余为啥如此平淡？是她忙吗？叫人不愉快。这是我奇怪的感觉，也许是工作太累，需要精神的慰托。但她也是如此忙，不可强求。

我现在每天是挤时间在给区党委写报告，中午抄些，早晨抄些，会前会后抄些，真无足够的时间来做这事情。

4月28日

大会的第三天，重要的人物有王万国、成保、海雨、平安，次要的是牛三。王万国反省时，态度不好，嬉皮笑脸，老百姓都很不满，反省的不很深刻，群众意见很多。在群众面前，作风的恶劣他是头一个。头一次报告时，他没有谈的。在第二次补充又卖弄漂亮，说群众某某，没给他提，是包庇他。存贵最后对他作了批评。光他就搞了一个上午没通过。

下午是成保，这个还很年轻，但做的事，在群（众）的送号中可以看出——琉璃鬼。他是坚持执行小虎子的指使的帮手、打手。调戏妇女、再起报复。平安给他提的意见，说他在前方曾夺取一妇女的银器，打死那妇女。但他否认。因为他是个杀手，所以群众的仇恨也是多了。且他态度不老实，如说了一大堆不能不按主谋人的意见做后，最后挂一句“我也不对”就了之。许多群众都是质问式的。如令子娘问：是你的政策，还是上头毛主席的法令？最后群众没通过。

另一个没通过的就平安，这也是个打手，差不多全部打、吊、杀人都有这两个人的一份。他为想弄一领毡，就硬说郭玉胜拿了他毡，而借斗争郭时，第二个提意见，打、吊。

在此，再不能不谈谈农民杨山子。因扩兵打死驴的时，那时驴的还没死，叫王万国给他喝水。王骂他装。死了，杨山子还上去给他两巴掌，骂他装。结果是真气绝了。

驴的的女人在哭诉时，我确是伤心起来，草营人命是如此严重。

在扩兵问题上，展开了控诉。像这样的做法，实际上是种下严重的恶果。哪一个抗属，是有半句愿意的呢？没有。而不愿意还不敢说强迫，而硬说“自愿”。要不正如王万国去动员人说：“你不看看驴的？”

在我的听到的思想，这些人我主张开除出去，把苏民、王景贤交群众审判，他们在此做下弥天大罪。

海雨的反省不坏，贪污也不大，所以会后群众说他不算贪污。他在头一段中，把这村拖彭工作员的一段历史情况报告出来，我倒很满意。群众也很平静地听，从这一段中，安阳过去的工作，就有好多毛病。

（大会开到下午，接到四十九团本村的战士给工作团写的一封信。在信上写出过去他们参军是被迫去的，现在认识到这是政治落后，但对此不满。特别对郭驴的被打死，还有对本村问题都提了些意见，并希望将把情形告诉他们。信公开在会上宣读。）

第一任村长郭玉亮，破落地主降中，原就是郭启台等地主的走卒。他的被过分蛮干的“发动”群众打死，我看在那历史阶段是必然的。今天他妻、母哭得很厉害，对此事好像不甘罢休，结合张喜仙的夫仇情绪，表现很十足。散会时还不休地诉说。怪，我对此人，因此不怎样同情。倒不是赞成蛮干，而是这人本就不会向穷人的。

群众的眼睛是亮的，王保等人就有此感（对郭玉亮）。关于彭工作员的问题，区干部如此坏，群众不给地主掌握，以至暴动才是奇怪呢。我们最后用这种方式来镇压地主，实际上镇压了群众。地主杀了，群众也怕了。

牛三今天的反省很好，生动具体，有分析，而且很有阶级性。

最后，由我在晚间大会上作了个最后的谈话，主张声明问题并不等于解决，而是要继续弄清，实事求是地处理，撑腰，因为今天许多人都提到党的问题，我谈谈农民不能没共产党，党员条件，和声明本村对此不包庇。再谈了几个具体问题，对打死的人，同样分一分，对中农坚决赔偿。看这样的声明，群情很兴奋。

最后散会，我参加他们和支部党员的谈话，安慰一下党员，使他们继续反省。要求参加贫农团农会等，表现党员的作用。

今天会开得最少都到了夜十一时。

4月29日

开了一天工作团的会议，研究这几天来的工作，可以看到群众是有发动了，对我们是更相信了，现在不仅在会上谈论，而且在街头巷尾也在谈论村里的问题，这是五十多天头次见到的问题。但我以为现在仍是继续给群众撑腰发动群众，注意与培养正确意见，当然需要。但现在不是主要的。

决定了几个政策的问题：一是对老基础，维翰曾提出支部这样坏，是否应采取解散的组织处分？大家都不同意。这将对安阳整个老基础是都要否定的。我意是：村支部是没脱离区干部的领导，上山前是苏民杨山子，下山后是王景贤，决定问题是在他们，而不在全体党员。并且很多杀人问题，是领导上的。所以最后决定，支部仍然是改造、教育、清洗坏分子。

关于中农问题：坚决执行政策，必须赔偿。原物（房地）退还，牲口问题有争论，未最后肯定。现在就宣传政策。

这里考虑到贫雇的问题，如当下就退，贫雇无法。所以暂时宣布归还所有权。中农因斗而无法的，解决其困难。

关于打死的人的问题：看看群众对这些人的态度，如群众同情死者的冤枉，将来应实行一次追悼等仪式，以从精神上安慰未亡家属。如因被打死造成家中无法的，应在平分中照顾，多分一份。

关于狗腿，宣布取消。特务是假的，摘帽子。是真那又是别论。

西柏涧老宋来，问是否丈地。研究了一下，决定丈地。

工作步骤是继续五天晚间的大会，发动提问题，以后划阶级，选举农代会（如现选，农会中有不纯），进行最后一次的整党和处理。

姜森对（本村的）党恶劣，根本没做啥好事，拧不过来。他的论点是K比我好的，说群众有些感觉。这是很错误的看法，完全否认群众得到土地和消灭了封建。他说要比，但不能和K比，没人同意他的看法。

黄昏，召开小组长（贫中）以上会议，解决了锄麦子地的问题，布置了明天继续发动，后天开大会。但群众改为明天晚上开大会。

分了分工。姜、邢、安整理支部材料。谷、路、雷搞妇女工作。我和武、岳、孟搞被斗、中、贫、地、富的材料（包括打死和跑的）。决定明天开会研究。

房东付景荣，黄昏时送给个小山羊角，十分美丽，可以做个烟嘴用。

4月30日

今天恢复了文件学习，准备以后划阶级。

下午简单地和老武等四人开会研究如何收集材料问题，研究出这次的收集材料，为了解决问题：中农被斗情况，损伤程度，斗出了什么东西，肉体消灭的多少，以便准备如何赔偿。贫雇的被打击多少，受到什么损伤，或窟窿为多大。村里油水有多少（这问题很不容易搞），各阶层逃往东边有多少，准备叫他们回来。地富怎样安置。

对中农的问题，受过损伤应当马上赔偿的解决问题，如待麦收后，则失掉意义了，调查也为此目的。

晚上天下雨来，但不大，可是开不成大会，中午各小组都开会了。

晚间这村土窑的工农主席来找我，说窑上挍窑工人要求增加工资问题。说郭黑孩不让人发表意见，他是挍窑的，这样以致王兴芝等都不敢干了（当干部）。谈了很长时间，最后我叫他先征求每个工人意见，到底有些什么要求，原则是这窑不能停，这是影响到五十多工人的生活问题。但工资也应随利润合理解决，不能要求过高。据说原股东之一的郭清银，在此中间有挑拨的作用。此窑将也是问题，不没收工商业，将还得退还原主，但他这样的话是不对的，他现已很碰巧参加了农会。开大会后，工人曾不上工，挍窑的不去，因此工会主席感到困难。我告他不要紧，只要大家提出意见，我们帮他们解决。

今天把报告全部弄好，完成这个任务了。

5月2日

这几天的情形，不如前几天好。问题是贫雇们好像疲倦了，为什么呢？问题很简单，开会的日子长了，现在正是锄花的时候，群众都正忙，所以疲惫是必然的。按理说，现在应停止土改工作。

窑上发生的事情，原决定叫王建国以工会的名义去处理，他昨表示不大愿意。但是工作，他也只好答应。昨天付三子夜来了一会，谈他想把窑上的账交出来。现在交不是时候，将来农会自然要接收的。

今天上午，联防工会主任来，把窑上窑下的领班和写账都叫在一块，大家把意见提一提。按了解的情况，此窑并不挣钱，煤质不好，卖不出去。除了全部的开销，每天只能有六千来块钱的利润。如果窑上要出个危险事，就无法安排了。以郭清河、郭黑孩为首的挍把增资，要求和窑一样平的要求，是不合理的。他们是把此当作是资本家开的，而不认为是自己。特别是在今天度荒的日子里，喝碗稀汤总比喝开水强。郭清河这样要求增资，实际上是想窑不办了。他们不能考虑前途，只强（调）谁有法谁去挍，显然很错误的。实际上现在的每筐加五毛，等够了几元一筐，每日只挍半天，就已比下窑的好。但他的满足是勉强的，郭清河说，我们还挍人上下。你不挍人上下，谁能给你在窑底挖煤呢？显然无理。郭黑孩今天没参加会，很可惜。决定晚上召开全体工人，征求大家意见。我想到增资是大家都想，但这样的要有窑上，是少数人的，绝不会是多数人。因为谁也知道，这是自己的窑，向谁加工资？不从生产上解决，向哪里解决？但晚上因要开农民大会，结束初步整党，没开成，又推迟在明天。

今天中午时，工作已有点迷乱，下午和大家商量了一下，现在应马上转入划阶级成立农代会。如果不这样，对于当前的工作，又成了问题。决定晚上仍开大会。

下午和维翰老安研究了一下以后的工作，如何搞法。支部今天各个党员，都把家里的东西，交出给群众。看样不大好，像和斗争老财一样，弄得每家院子都乱纷纷，这不但对党员感到当党员的不如当群众，也叫群众感到当党员无下场。按海雨说，有的就不能算贪污了。他们因为下山回到老财的家，就把东西留下，未经过群众（这当然不好）。但有好多家具，回时他们也没拿，今天一交出，每家都是空的。有的简直拿出来，在党的立场上说好，但在群众上也很难说。如好几张破席子，还拿出来，而家却没有了，这就不大对。如雨保，没经过群众拿了一口锅、一张锄。今天拿出来了，但无锅做饭了。

党员有个情绪，就是既拿都拿了吧，避免人家说话。我晚上对维翰说：“这是矫枉过正。”

现在对这个支部，应当转变态度了，否则就做出不好的结果。该到转的时候了。解决问题。

晚间大会，群众提意见还是多。我最后谈了下，这段作初步结束，但问题仍可以提，说明处理该如何就如何，但谁的责任谁负，如村干的、区干的、县上领导的，作了具体实例说明。如追三代，当然是上头领导的事了。

忽然狂风大起，不能把话说尽，后头点提下一段的如何做法，没法谈了。群众已动起来，只潦草地提了提。

考虑到麦收以前，如能做好，则很不容易，才只有三十天。有的人则说不到。如麦收前搞不完，将不知拖到何时了，所以事情十分恼火。我想不管如何，最好是能搞完，要不不好。东积善说麦收搞不完，怕很肯定。西柏涧据说也很成问题，那就扯淡了。

据说在调查水井和存柴草，戒严。看起来可能有军事行动。今天有的人从前方部队归来说，东边有十来万大军，看起来很像。如是这样，这段土改搞不成了。不管，如是打安阳，那是再好不过的事情。

5月3日

前午，学习划阶级，把村里好几户较难划的，都划了划，明确了许多问题，所以光学习不联系实际是不行的。下午和支部共同划了划，也划了五六户，这样的划，是最好的。

晚间在贫农团上动员划阶级，可是今天应到会的贫雇，好多没来。我略谈了这几个问题，一是希望麦收前能搞完，叫群众在时间上蹬底，并说明这是最后的一次，以后就是过好光景发家了。

二是肯定的首先满足贫雇要求，同时赔偿被斗错的中农，要不群众现在因赔中农东西恐慌。

三是以后一段的工作，划阶级，成立农代会，平分，处理干部。

最后说了个划阶级的方法，和推人明天来听讲阶级。许多妇女都不愿干，看有两个组十分为难。

今天贫农团上，由江元提出吸收党员加入贫农团和农会的问题。众眼不差上下，存贵、海雨、何林被吸收参加贫农团。除了虎子、海林、王万国、平安、成保，都被吸收参加农会。

窑上的问题真不好处理，郭枝的是在搞窑的人中，起最捣蛋的作用的。其次就是郭清河等（他今天不发言）。今天晚饭前开了点把钟会，他们提出三个要求，这好像是向资本家提的，你就在现在那个情形下都不行、无利可图下的要求增资。我越听越气，他们结合起来，向窑底的进行反对。情形不好，最后是按八元一件，一尺半篓，加水随便，各派一代表明天在窑上查篓和算利，交农会决定此窑办不办。如果是像他们这样要求，农会只有再拿出钱去赔，根本不能办。但五十多人的生活，虽是米汤，总比不喝好，他们是知道的，但故意为难。我看无利可图，农会很可能不办。

写了一封信给樱弟。

5月4日

上午，召集了各组和贫农团委员，还有高小的学生，讲了阶级。讲一个就划一个，作为学习，办了个半天的训练班。一般的，群众都咯嚷嚷地划着，但是仍不破情面，不敢说人过去干过啥，事不关己，莫得罪人的样子。如东圪台对郭正军是最了解的，可是大家都说对他不了解，这个情形很普遍。则在本组里不谈，但在其他组敢提出的，但不敢在大会提出，怕得罪人。如果这一关打不破，划阶级就划不好。

然而今天也把几个不正派的人划了，虽然还没划出去，但是已在群众思想上是明确了，如对郭正军、乱生娘，都划成了游民。如郭方，我初来时他吃过饭。这个鬼头鬼脑的家伙，原是个封建富农，但在本村打击面这样宽底下，他能逃脱到今天，不得不认为他有点办法。主要是付三子对他掩护。

下午研究了这村的情况（全体研究）。主要是这样几个问题，一、处理干部问题，二、平分问题，三、时间问题。

研究情况中，都感到贫雇的经济要求达不到，没有多大劲头。划阶级不能和抽补结合起来，土地平分过了，贫雇得回什么呢？这是个难回答的问题。

晚上，在大庙，召开了全村村民大会，连地富也来，讲了次阶级，准备明天晚间分片各组划。

5月5日

党日。上午学习中央局对太行区党委关于纠“左”指示。联系本村情形看来，“左”倾冒险主义，在我们的思想上，是未得清算的。表现在整党的问题上，虽然方针上是改造，但在做法上，有几件事是不妥当的：一是停止干部职务。二是这次的拿东西出来，这都刺伤了干部和群众的情绪。三是表现在纠正斗错中农的问题，是不坚决的。如最近的赔偿东西，多数是强调照顾贫雇的问题，未能立即加以纠正。如今晚的划阶级会上王秋众的问题，现在生活就很严重，去年打下的八斗米吃到现在，一家五口，而且什么也没有。四是表现在急性病上，想很快的搞出个场面，搞完。中央局批评了在麦收前搞完，说中央指是在两三年内搞完，可是当这里的情形，如麦收前搞不完，确是不知拖到何时何日，而且群众要求搞完。

下午搞斗错中农的统计材料，维翰要带回去开会，团委会明天要研究讨论。可是现在来弄，总是不如在划阶级时一齐搞，其实很多和过去调查不差上下，但划阶级未完，那是很不好弄清楚的，不准确。我是很怕搞这东西，总在思想上感到不准确。

晚上，划阶级，学校有三个学生参加。劲头不很大，划了五个人。在说话上，维翰打开了头，接着学生们好像小组长的叫人发言或叫不必说哪里，我心里感到他们话太多，又没解决些政策问题，心里很烦。以后因需在群众不清时，讲清政策，结果我们话也说了，想不说，问题则压了，很矛盾，结果是学生们一说，无形中喧宾夺主，是我们当了小组长，是极不放手的。想明天不叫学生去了。

今晚划的结果，有一件不好解决。如果以解放前一年为依据，则贫雇层很多，但这就否认了解放后的实际中的一个情况，就是虽经过倒算、落实，但有的确在过中农生活，如房东付景荣，说是贫雇违反事实的。如以倒算灾荒都不算，就是有这矛盾。如以灾荒倒算都算入，则全都是中农了，贫农团就无必要。今晚算时，一个具体问题发现：就是虽然在两年中（从三十五到今天），有过灾荒、倒算，但都在第一年收了麦，而失了秋、花。第二年收了麦，荒了秋、花，这都合起来够一年。否定了倒算和灾荒不列入，群众都说，谁都灾荒。这就值得考虑的一个问题。

昨天收到马印秋的信，说区党委不同意剧团去外演戏的建议，说生产正紧张，不好，也不同意抽回一两人。我又是多管闲事了。

5月6日

院里设了个打铁炉，这三四天天刚亮就叮叮当当地打起来，没法安静，这地方不能住了。

清早起来，把材料统计工作，碰了一下。早饭后，还继续搞了一回，就开团委会，决定了几件事：一是关于时间问题，大家感到麦收前搞不完，搞完就会粗枝大叶，主张工作团不走，留下人继续在麦收后搞平分。不同意把整党搞完就不搞，杨待哺不主张再搞，我是主张在麦收前搞完。麦收后在这里混到秋天，我也不很愿意，但也不愿搞不完就走。

二是关于农会、代表会，是不是一个东西，意见分歧。我认为不是一个东西的，不能用代表会来代替了农会的委员会，农会小组也不能代替了公民小组。争了半天，结果还是不搞农委会，而是代表会作了农会的委员。可是下午看见报上登着赵庄的经验，恰恰就批评了混合一块的不好。

然而我也很觉麻烦，在农村中搞几个会的组织形式，是不好的，群众弄不清，就是我们也很不容易弄清。简单明了，我以为那是最好的。

三是关于赔偿中农问题，老郑同意安置，不同意现在就赔，等待平分。这是和中央局的指示不合的，我主张不能这样，等至麦收后，就失掉这个坚决团结中农的意义。决定赔，但不一定都赔，赔能生产，目前的救济等（即能生活）。

四是关于支部问题，根据这几天（整党以来）的材料，干部的杀人问题，很多是情有可原的。那些被杀的人，都是有些条件的，今天明了了对支部的认识恶劣，应该修正。甚至小虎子、付三子，我感到除了他自身的部分外，其余不能加他罪。

江元今晚自动召集主席团会，解决两个问题。一是从东跑回来的户安置，因有两户回来了，决定农会给他廿斤炒面，安置房子。二是一个农民要买驴，暂借了农会四万元。在散会时，我征求了下意见，得到的答复：评产量，去年评得不差甚，只有个别不同意，可以叫不同意的提出意见，再评，和重新公布，大家审定。这都很好，可以节省很多时间。另一个地不必丈，从前置地都丈过，只有少不会多。如果这两个问题不弄，平分就好做了。时间现下可以挤，他们提抽半天搞，我看有了这个可能，就可以在麦收前弄完。

晚上的划阶级，这个小组有些报复情绪，都想把每人都弄成中农。后来我们坚决讲原则精神，克服这个偏向。

5月7日

上午开了个工作团的干部会。头一个问题是交换各组这两天来划阶级的情形。普遍一个问题是群众抓不破情面，不敢正面地提出意见。如何打破呢？没解决，采用回避的方法（但各组里并未采用）。关于贫农的概念，又扯了扯，中贫的分界在什么地方。贫农是入不敷出，要出卖劳动力，受人剥削，或兼营艰苦的副业，并要负债。这句很重要，如一个普通兼营艰苦担挑贸易的，如果自已有本钱，仍是个中农。因为他不用给人家出利息，只劳动，而不受剥削。但负债的则不然，就显然地受人剥削。这就解决了好几户到底是否中农的问题。张维翰把昨天团委会的决定传达了一下。

下午各组都去整理材料。

晚间，继续划阶级。因为贫农团的骨干都在，今天晚上把前两天晚上的情形扭回来，所以开得较好。王春来等都在，黄黑也把他订成贫农。退伍军人老李，已经到了中农生活，偏要说他是贫农。“比中农低比贫农高。”我把革命军人那节一念，强调生活方面在革命军人，是一个条件，这样把他卡住了，大家也敢说了。并且把他女人（原地主）按地主定。老韩荣退，叫了好几回都不去，我们就给他定了，告诉他，如不同意则请来提意见。

王天保是个不好的家伙，表现十足的中农性。他过去在大会上提过机器工人傅景佑的六亩地，要他六亩也要出差粮。因为他在观台做工不能来，如不出，则要回来村里住，要不就没收。村中接受了这意见。他提议要叫傅景荣（景佑哥）担保，这样写了好几封信，叫该工人回来（就是我住的房东，这几天回来，支起打铁炉打铁）。因为要定这个新回工人的成分，工人把这意见提出了，王天保脸上无光。我把这种威胁人家是不对的，法令是保证人民这个权利，自己处理，想如何就如何。那个工人说：“我流汗挣钱买的，准备老了不能做工回来，你为啥要没收我的？”这就很有道理。

维翰明天要走，把材料整理好，准备明晨给他，睡得很晚。

5月8日

维翰今天回赤岸开会，要把材料带走，一早起来就整理。因令傅景佑去观台办货，没天明就叮叮当当打起铁来，所以让我睡了个懒觉。

工农干部的吃亏，文化水平太低，我们几个人都不会算账，不但算得慢，而且很不准确，弄了半天都没把材料弄成个所以。看起来，带走的材料，还没研究过，怕不很科学。

老姜和老邢去搞写榜的工作，我趁张走，搬到虎山的院里住，避开那个叮叮当当的噪响。

中午和贫农团委员开了个会，布置了这个工作：如何成立农代会，决定了十五个人成一小组，以农会小组分散，团结不在农会的人结成。选一代表，原想男女分开的，但本村男女数目相等，会选出个半斤八两，形成形式主义，所以就混合打乱结组，注意选妇女代表。规定除地富外，都可以参加，不论贫委和党员。

农代会是急需成立，很多工作，现在要处理。贫委们，特别是江元，很有此感。如现在好多斗错户的救急问题，地富的安置，东边跑回的人的安置，都需要做。今午他们讨论很着急，他自己提出要调查哪些户在麦收前没法过的，散会时他们一齐去看从东边回来的两户人。

规定了今晚开大会动员，明天成立小组选代表。过去的经验，太严格的讨论意义，在农民当中，不能那样做的，否则不叫群众有兴趣。另方面时间的急速，也不许文绉绉的做法。我想明天就可以开代表会。

这完全是个新问题，谁都没做过。下午工作团开了个会研究了一下，提出党员的应该选入，否则将来党的领导就很难实现。我在开贫委会时，提了一下，但没有在研究时清醒。大家考虑党员会选不上，我想不一定，会选上些的。大家都感到选代表没人当。

晚上，风刮得特别厉害，在民兵处大院开会，因为风大，群众对开会的情绪不很高，去得很晚。王小东（农组长）早就睡了，把通知都忘了。但也出乎意料，我在大会上先把划阶级出头榜明天就可以贴出，叫大家提意见，如自己不敢提可以叫别人代提，可以叫小组长代提。

其次就是动员成立小组选代表。我先从过去因为不民主，大家有意见不能提，吃了亏。今天有了新规矩，有农代会，咱们啥事都可以提了。从具体联系到农代会的作用，谈到如何选法，条件（不要求像从前那样严）等等。群众情绪很好，因为我是用随便说些笑话做例，较易使大家接受，而且都联系到他们以后的生产和当家做主问题。如我举了个一家最好分开参加三个小组，举了男人、女人、孩子，在一块不易发扬自由民主，不是男的不叫女的说，就是女的不让男的说，大家哄然大笑。回来在路上，我听见前头的人说：工作团不知道啥做工作的，真想得周到。我看这也是发动的内容。我谈罢之后，群众纷纷就讨论起来，写名单，要成立小组。所以这又给了个经验，和群众说话，也是要能抓住要求才行的。原在开会前不起劲，可是当问题说通了，情绪就起来了。

老张临时说可以通知叫郑笃回去。我已写信给他们。

5月9日

上午，付盛成来找我，问我有无工夫。我在洗衣则告他没啥事。他找来了王保、春来，谈他和焦方的事。意思说因他过去曾引过地主挖了焦方的麦子，以及和地主有些来往，在办公处当过小夫，及后又逃往东边等一连串的事。他是下窑工人，农业是副要的，置了些房地，全是由做工赚钱买的。谈话很长时间。我给他作了答复，因为问题主要是和焦方的问题，且过去已经解决过，在大会上坦白过不需要再反。和焦方的问题，将找几个人配上工作团一齐谈开，因人事关系而牵连到划阶级，这不妥当。我给他谈了一下关于阶级的标准，不能比生活比政治。

老安来谈，第一个是路学修和武珍组都已选出代表，都很潦草就选罢，而且碰成的小组，都有些问题。把不大顺意合得来的，落后些的，党员，都排斥在外。或好的在一块，差些在一块。或先就把自己这一堆碰成，不管别的知道来不知道来。如好多较好、有威信的，他不知道，就有人已经把他算在自己的组内。问题不好的已在路学修那组，他主要思想是想选出来今天就回家去。所以昨夜里就论成组，今天一清早就选好。据说六十多人，只来廿人则把三个组的代表选出。武珍组也是这样，想选出来今天就看老婆去，结果也潦草地选了。

其次是有的落后思想，怕一家人都在组，常开会误事，所以要一家在一组，可以来一个人。我们工作团的同志，对群众这个落后思想不进行说服，有三户的，则成了个小组。

有的是想超过十五人，到廿人的碰成组，这幸亏早发现，说服了这个思想。

群众思想，从最近的看来，碰是有些厌倦。这是个生产季节，如春来等，下了通夜窑，一上来就开会、上地。家里六七口人，只有一个人劳动，这岂不是问题？他也曾说家里光他一人，干不过来。王江元，同样有此情况，他所好些的，因为他不下窑，白天多少还可以找到。

中午时，我找春来、虎成、焦景和来找小组划开，原计划要在三个组中，选出有一个贫委，一个中农，一个女的，或党员。组是和他三人研究划好了，可是这里也露出了些问题，就是焦景和他们早就安排好，女的选谁，男的选谁。我给他们说这样不行，应叫群众自己选。春来晚上要下窑，他留下一张票，选王全。焦景和当时就说：你选谁？选王全？叫人都选王全吧！我对此意见也批判了一下，说不要宣传选谁，让大家随便选。女的，男的，贫委，组长，党员都可以选。他们对选女的，早就准备下要选付丑的女人杨荣花。我对这个女人印象不佳，是个乱弹琴家伙，但他们说她可以（虎山也是如此说法）。我原意是考虑东头是选不出女的，都没有愿意开会的人，想在西头多选上个女的。

我对这几个问题，对他们的说服不起作用。焦景和根据春来的票，去活动开选王全了，活动开选杨荣花了。

晚上，人从地里回来很晚，上灯好大工夫集合不起人，许多人都不来，特别是女的。四十五人的数目，只来了廿三个人，我说了一下选举如何选，把选举的意义说了一下，他们就嚷开计划选谁。王全最活动，最想当选，看他很得意，一选，焦景和就说：选王全，春来选他了。果然，十张票都选在他身上，我当时在写票时就很奇怪，问叫我写票的，你们都商量好了。回答得很含糊。我看这样不行，想改在明天白天选，人可以多些，最少妇女都能来，我也可以进一步宣传，了解的工作。我征求他们意见，说人太少，这样选出不好，他们好像都计划的，哄哄然就都去叫人了，又叫来了好多妇女。我考虑这样的强迫的不好，制止不住他们。这里有几个人最活动的，一个是付景荣、焦景和、付丑的、黄黑，这几个人，是叫来几个了。我无法，只好放弃原意，顺从大家，说服不了了。

但写票的当中，仍然是按原来他们商量好的写的。虽然在写前我宣布了一下，不要按串通的人的话来写，要从自己想选谁就选谁的意志去做。这样也起了些作用，王全的票马上降了五票。纽子明原没一票，马上有了四票。付丑的有了两票。从杨荣花的票上，也可以看出是先就定好的。虽然有些作用，但选举结果，仍不很好，春来落选了。如果他今晚在场就不可能落选的。付景荣是最不喜选春来的。结果是王全、黄黑（一五票，一四票），杨荣花八票。这三人当选。这样把我原想保证贫委能当选的意图都打翻了，把老中农一人当选的意图也打破了。

我从这次选代表会中，感到有这样几个问题，一个是否我们不民主，如想选贫委，就有意识地在这方面着眼，如没选上春来，我当时感到失败了，或者是自己的工作没深入，没了解大家的呼声。当在选举时，由于自己的意图没实现，产生些错想法。是不是这样呢？值得我反复考虑。虽然我并未按照自己的意图去布置，叫某某这样做。

在领导上没解决贫委如何保证在代表会中的多数，事前没和贫农团商量，只在我们身上翻筋斗。

是否在这方面上，我们民主不够，妨害了群众的意思。

时节无论如何不是个好时节。这样是硬叫群众干的，实质上群众很苦恼。

贫农团委员，有不想干的情绪，深怕再选上当代表。他们说，已经戴上草帽，戴多少，还要戴个帽壳？反正季节叫工作在一个苦闷的路上徘徊。

5月10日

老郑今天来，谈谈他回去的问题。他对这段工作，感到是下乡以来最扯淡的一回。他感到在领导上缺乏果断，动摇，工作是前松后紧。西柏涧的情况、群众情绪都和这里差不多。在整党上，他反映是做坏了，主要还在最后那天，给结论坏了。分出三种情况，批评党员是不对的，不正确，你不该接受。同时又批评了群众某些偏激情绪，感到这也是不好的。这样的结果，党员翻案，这几天大大的不满，群众也不满。落了个两头撑腰，两头未撑上，两头埋怨。我相信这情形，因为那天他们不同意这里的先让群众充分吐气的意见，感到没有给予不正确意见以必要的批评。实际上，这是不很民主的，因为群众还没充分地发动，过早的批评，会使很多人发言不大胆，甚至不说。如果老郑的话是可靠，那就证明我和维翰的意见是有道理的。那天老安的意见认为这里这样的公开整党对群众作用不大，我也不很同意的。

各组选代表的情形，问题倒很相同。大多是兴趣不大，只是一些愿当的活动人们起劲。有的组因人不齐，还没选。有的则还有一个组没选。贫农团委员当选的，只有三人。这次原想是快成立，不要拖，以免处理中农等问题的延后，结果粗枝大叶了。也没省下时间，三天还没选完。

有的同志，心不在工作，如武珍。我曾劝他在这样紧张的工作中，不要去看老婆，还是找很多理由去了。前两天没让他去，就神魂不安地苦闷着。路学修是今天才跑回来。

以后这段工作如何做呢？下午开了个会研究，好多天没解决个问题，解决了，就是农会和农代会这个组织形式问题。争吵了好半天，大体上是最后一致了，规定是：代表小组（公民组），将和农会小组统一，在现在为了方便，除选出代表外，多选个组长，以便召开会。农会委员会，经常性的领导组织，农会小组，但在讨论代表性的问题就是公民小组，不是农会员的也可以参加。代表会选举的委员会就是农会的委员会，在代表会上是主席团，在代表会闭会期间就是农会委员会，领导农会的经常工作。代表会的委员会上，设三个主席，第一第二第三，以后在下一段，推选村政委员会（即政府）。

其次检讨一个问题就是贫委在其中人太少，以后将在政府中推选代表当任后，再行补贫委进去。妇女代表也太少，应补充一些。谷岚峰的强调妇女工作，我深感讨厌。这样是不能解任何问题的，怪不得其他人都不同意她的意见。她坚主妇女在各小组之外，另行选派妇女代表参加。这不是双重代表了，这是很不妥当的。她说地委会上有决定。我就不很相信这是妥善的办法，结果是问问再加。

关于赔偿中农问题。我感到工作团中，谷等存在片面的贫雇要求，“左”倾冒险主义，都是首先强调贫雇要求，而认为中农是不必现在就解决。按她们说，这仅是个救济的问题。团委会在处理此问题是不坚决的，如果在麦收前平分，倒问题小些，如拖在麦收，则就不能只说无吃给吃，设法生产的问题，而就算一个赔偿问题。老安对这问题，我觉得也有问题。姜森对此问题认识是较好的。直到今天，工作团的同志，是不认识这问题的坚决性。

今天会是开得很好，有很多争论，这样会使问题明确。

5月11日

选举代表谈了好几天的工夫，然而也弄得不十分完满。我们的同志，工作上是尾巴主义的，没有领导，如雷振邦，如武珍，想走就走。加上群众情绪的不起劲，都对开会不感兴趣。这确是个难题。

考虑到老张带走的材料不十分可靠，我今和姜、邢二人搞了一天。这种统计，是很费力气的。不过也好，虽这次还不十分准确，但也可以看出些问题。可是今天还（没）弄出来。

下午开会研究收集材料的问题，主要是处理被斗中农，安置地主和贫雇目前的困难。但大家最后说材料都很现成，想即时就写下。我叫他们都整理去，以备在代表会上提出。

晚上开代表会，我把代表会的关系，要些啥事，把我们讨论的一套和大家说了说。共三十四个代表，四人缺席，谈了以后就是选举委员会。选了十一人，江元、虎山、存贵为主席。但当讨论明天开会时间问题，发生了争论，情绪很不好，江元看起来也不愿干了。谁也不负责任了，极端民主化的偏向，现在是已在产生，半天没决定，弄得很不好。工作团同志的思想也很分歧，有的人，如谷为代表的，直到今天还在高谈中农问题是安置问题，就是在思想上不承认是赔偿。结合几个农民同志的思想，只有姜、邢、孟等是不同意她们的。明天开会，不认为是解决中农问题，而是技术的安置。我听见他们在争吵时，插了一句，这是原则问题，不能和安置地主的同等看法，至于是如何解决，那看具体条件，具体做法。安是动摇的，我感这就不对，这对中央局的指示，是抵抗的。从昨天开会后，我是打算和他们坚决斗争的，哪怕得罪了某些人。其次她就是啥时候也是妇女工作第一，以为只有她才是注意妇女工作的，十分麻烦。在每次会上都插进妇女问题，扰乱情绪。其实谁不承认呢？她说这里妇女工作不好，这次去汇报大概是妇女工作有些原因，这又从何而来呢？这都有些片面性。

工作是严重了，麦收转眼就到，干部情绪和群众情绪都不对头，工作叫我十分忧心啊。江元近几天接近他少了，我在这方面对新干部的帮助有些放松了。小心你会造下恶果的！

樱才来一封信，给我也是一个安慰与鼓舞。

5月12日

今天上午，开了个代表会议，讨论了两个问题，第一个是对中农（斗错的）和地富，当下无法的人的安置，解决当下饥饿问题；第二是讨论怎样进行第二次划阶级。关于头一个问题，原想是以这作为初步解决中农被斗户的问题，这简直是胡来，和中央局指示的原则相违背的。所做的结果，中农一户也没救济上，都给当下无法的地富所占用了这八十多斤麦子和五十来斤炒面了。我终觉着这样的说要解决中农被斗户的问题，是不坚决的。老安很不同意这个说法，我主张如果麦收前不搞平分，就必须在农会合作社中，先借用赔偿中农的东西，否则没有忽略中农被斗户问题是停留在思想上。

不过下午去东积善杨待哺那里，看见张维翰的信，说区党委答应拿出东西来赔，从县里商量拿，这就解决了。

据张信上谈，农会和代表会的关系，还是我了解的那样，不是一个东西。区党委说不能合并，应分开。这又麻烦了，刚建立起来，又要分则又有问题，不分则和区党委那个意见不一致。

晚上，开全体大会，举行第二次划阶级，进行得很不好，我们事前也没想出个好办法，只当作试试。群众不大发言，只有几个党员发言，虽有些和本人自报的辩论，但没形成群众性的，进行到夜深。我在会上，领导虎山两人时，对他谈问题不透，这主要是事前准备工作做得不好，他们又是新干部，没摸透新的一套。江元在对郭正军的划阶级上，有些调和，没敢正面给他提出问题而想迁就下去，形成和党员的两样看法。党员是坚持他是游民成分。

郭正军，这人确是游民的根本，非常狡猾。他女人从前是个师婆，也不是个好家伙，这晚上他们俩成了一双宝贝。她说话，撒娇气得很，发言好像就快要哭了似的，这是她平常说话语气，所以叫人听起十分气人，怪难受的。郭正军，避免他一切具体事，只谈大概，因为不这样，他就会露形。人们一提到生动的事，他就装聋。说我年老了，听不真，以此来搪塞，记不清，谁知道谁就跟我提吧，我接受。可是明明不接受。我问他有啥意见。他则说，我听不真，由他们编吧。比老狐狸还奸刁。原来开头，他要说自己是贫农，大家没通过他，他看见榜出来以后，就慌了，说自己是中农。今晚说的是新中农。先不说，以后有人问了，才说看我现在不困难（原说不知多少困难），是新中农。海雨偏偏在说明现在没有新中农这名词时，除地主富农中农等以后，特别多加了个“游民”。党员在提意见时，提罢是游民。但最后每每加个“我也不知道游民是啥”，这就需要我来念本本了。这样使他老先生更无法。那个老巫婆则呢呢喃喃，似笑非笑的声音，在辩护他家不是游民。我倒很同意把他划成游民，而且必须在会上具体地提出，对这种就要有打击，教育他，否则他还是在村上无法无天。现在划阶级人不敢给他提意见，都是怕他。就是过去这里的大头子郭启昌，对他也怕，他就敢在郭启昌的前院开烟铺。

这人的祖父原是大地主，现在郭启昌的大院就是他的，有廿余顷地。据说打枪打得很准，他两个儿子都是伪军，全家靠这样的敲诈欺骗人过活。人家一提到这时，郭正军就说：大家说说吧，我在村里欺负过谁，讹过谁？以此来反击群众的发言。像这样的人，如果没有几个党员，谁也不敢给他提意见。据说他儿子被我俘虏后，他立即又成了抗属，在分果时，马上就亲自动手去抓东西。第二个孩子叫岗子窑人打死。

5月13日

上午，开工作团会，讨论这段工作的几个问题。

第一个是关于赔偿被斗的中农问题。根据这村的历史情况，被斗错的中农，有它各种各样的原因的，党员主要问题是在领导上的“左”倾冒险主义，有的中农，确是劳动起家，也无问题，而是划阶级划错。追三代，或如说人家是狗腿，或说人家做过买卖，称两不公，或开过面店磨坊，这样就斗了，这种是十分无道理的。另外一种就是破落户，不用说在先辈就他本身这辈原来就是剥削者，地主、富农，剥削人也很苦，但自己吸毒品把家业甩了，以后参加了劳动（农业），成分是改变了，但从他本身说，是代表十足的封建剥削者的思想实质，如王廷杰、王天纪、羊保等，敌人未来则对农民自动拥护，东西，但敌一来则进行倒算，或参加了前年地主的阴谋大反攻案件，这样挨了斗的。有的因为政治条件，斗了的。伤害的程度，也不一样，有的则扫地出门，有的则动了浮财，有扫地不出门的，最普遍的是拉了牲口，一般的土地没动。

现在中农已经伸出手来要东西，有的则伸得很长。所以这件事就要有批评和斗争，如果没有这一步，就团结不住中农，分别情况来处理，决定有的要赔牲口、家具；有的则可以和买主（牲口）合喂；有的可以赔钱。至于其他零碎东西就不能赔偿了。其实中农现在所最要求的是牲口，因为土地没动。要农具，要房和粮食。

我以为工作步骤的安排，第二榜出来则在贫农团中讨论研究赔偿中农问题，这也是个发动群众，宣传政策，说明为啥要团结中农？中农当中也提出问题，展开批评，用贫雇去团结他们，要使中、贫农都有思想准备，不要草率。先做赔偿中农工作，有它的好处，将在处理党员干部问题上，能使他们气平，冷静些。

有利于后一段的结束整党工作。工作方式是先通过贫农团，用他们去团结中农，同时解决贫雇的思想障碍。

第二个问题，就是讨论了几个划不清的阶级问题，这个办法也好，不但要在群众中划，我们也得学习划，因为很多是很不容易划清的，那就需要我们先弄清楚，好去帮助群众。

决定今天中午开小组会，准备和收集划阶级的意见。所以今天没午睡，开了会。会上中农王天保又提出说没有贫农的讨论，我看这样会使丑的（党员）和付景荣几家中农的翻案、牢骚呶呶不休，我则解释什么精神来划，什么作标准，把他这个议论批评下去，再提他你有意见可以明提，不用在“根本没贫农”的议论上说空话。我这一说他不语了。

老姜不知有啥事，中午没见他召开会，好像有些心事似的，不要出问题来。

正要午睡，妇女在院子捣布捣了一两个钟头。虽然困，那也没法，只好不睡了。

晚间开大会，因召集太晚，浪费些时间，我先把如何开法和代表会的主席团谈了一下，然后各代表都分散下去，会开得还好，但问题解决的不多，好几个没弄清楚，未确定。主要是材料提供的不具体，我们同志也掌握不住材料，同时也就是没全部材料，所以不能确定。

民主作风不够，争论比昨天好，敢发言，但有一个问题，主席是两个党员，一是喜贵，一是王保，事前我没注意原来他们是推选了他两人。发言最多的是平安这些党员。群众对他们还有意见，争论是对的，但是他们来代表小组发言则不好。这无论如何要克服，现在群众已有了意见。

对被定成分人的意见，注意不够，有些硬叫人接受的样子。

今天的好处就是敢有人说话，原来不愿干代表的妇女，现在看来也很负责，在组内起作用。所以我感到只要是群众性的，不是单个的，他则能发挥一定的作用。

5月14日

为了要在工作团同志认识中，明确一致，掌握具体材料来划阶级，今天上午通知他们搜集材料，下午研究，把好几户孤寡原划成地主的，改正过来。我们正在研究时，公旺的一个贫雇的寡妇，抱着小孩来找工作团，因为她丈夫曾参军跑回，以后为干部说是狗腿打死。而农会主席逼她和他兄弟同居，霸占了她，打得她很厉害，来找工作团给她想法。我们很详细地听了她的诉苦，答应她叫区公所为她办这事。听她的话，是叫人可恨的。

晚上通过第一次榜，中农以上的均无问题，有也很少。一到了贫农时，中农们，如付景荣、王天保等，都摩拳擦掌相警告曰：注意，贫农，好好听！精神提到最高度，都金睛火眼地注意。

划阶级当中，是有这样的情形，就是把中农户划成了贫农。另外就是新中农不愿当中农，如你划成他是中农，如王天保说的：咱村没有贫农。都准备报复，所以在晚上报告中农部分时，只通过了很少数，不到六分之一（估计），而且是以嘲笑讥讽的口气来说说。许多贫农都泄气了，赶快声明不在贫农，而说自己是中农，说这样败了兴了。这个形势相当恶劣，很多明明是贫农的，也毫不考虑地批不准，因为批不准的人数众多，造下以后一步的困难，中贫农之间的团结就会有影响，已经形成很对立，但气现无法出，贫农已开始采取由你划成啥的思想。当宣布明天白天开半天会时，看起来，怕到会的人不会多，这就叫人很发愁的，如果开不成，则不开，讨论出个办法。

贫农团，我看应先讨论这问题，掌握划阶级的精神，和中农开展批评。中农，现在如不斗争，他是看不起贫农的。

反正今晚的结果，中农高了兴，贫农很多人都泄气了，干部也很多泄气了。有很多贫农说真败兴，我早就说我不是贫农而是中农，你们把我划成贫农。

中农，我看不批评、不斗争，就达不到团结的希望。

5月15日

今天开大会，原计划是半天则可解决问题，但因昨天晚上的意见分歧，贫农中被否定的人数太多，要逐一来通过，那就很需要时间的。幸好天气要下雨，开了一上午会，下起雨点来，就决定下午再开，以便今天进行完结。

我考虑到昨天中农和不满分子提的意见，如果不进行揭露和批评，今天会是没法开的，决定要做一做。其次就叫工作团同志在组里发动贫农，说明是啥就是啥，不要退让。这不是败兴的问题，而是权利。按本本办事，任何歪曲，我们都要把它扭过来。发动些好的，有正义的中农，争取他们正确发言。

如果早上担心今天没法开，贫农情绪受到打击，心情没劲，贸然开会，那就必然失败。如果单纯地谈划阶级标准和精神，也必然拖延时间，叫人不感兴趣。坚决这样做，于是和老安商量，他去召集工作团同志准备此段工作。我和主席团去叫人开会。老安在支部内也谈了一下。

开会时，很多人是故意不来了，但来的还不少，如王天保、付景荣没有到会。我开头谈了一下，第一个是划阶级要实事求是，是啥就是啥，不能乱来。划阶级只有两个标准，不能有其他条件。公开地、正面地提出些例子。如王天保的“咱村没有贫农、来榜的那块麦地今年长好了，应划成中农”，王林子的报复（因把他划成中农）等等偏向，都指明是毛病，别有用心。第一个是按本本办事，按材料办事，不能含糊。把中农划成贫农是不应该的，把贫农提高到中农，也是错误的。如果是什么你不划什么的话，不顶事，将来还得把他划回来，不会按着错走的。说明中贫农是一家，将来谁都要达到中农的。最后把划阶级的标准和时间又重说了一遍。经过这样的步骤，把正气扶起来，邪气打下去。一开始，就改变了昨天晚上的恶劣形势，各组都从具体材料去考虑谁是贫农，谁不是贫农，做到正确地处理，整个一天中，只有少数（几户）是中农划在贫农是不合适的纠正过来，其他都能做到差不多了。但因为被否定的人数太多，共有八十多人，一个个地进行，就不可能快。利用天下雨的时间，把委员、小组长、代表留下，进行了三十多个的初步审定，这样做得下午又三十多个，是很快顺利地通过了。

也有很多人，不愿说自己是贫农的，但当划到他是贫农，他很高兴。有一个划成中农，他有话说：我早就说我是中农。

张喜仙，大家把她划成中农，她很不愿意，但在大会上，提不成意见。等临散会时，她又提了。老安感觉有一个党员张东来比牛二高，而张在贫农，牛划成中农，叫来榜提出。这样提出要比比，也引起了好多人的动荡。谁都想比，比也可以，但基本上是从生产手段的占有和关系上看的。个别不合适提出就好解决，比就会牵连太多，甚至又要推翻全盘。我主张不要提比，而不合适则提出讨论。张喜仙就钻了这个机会，大问她为啥是个中农，谁为啥不是个中农?

有的已经在前天夜里划过的，今天又提出通过，这很不必要。事前我没考虑这问题。本人虽没有新的材料提出研究，还是那几句话，浪费了许多时间。如对乱生家娘，她还那样厚颜地说自己不是游民，但她靠啥作为自己的主要生活来源，既不是种地，也不是其他，解放后靠卖斗争果实，也不可能吃这样久。人问她靠啥吃饭，她则说：靠啥？给人做活、纺花，也种地啦。给谁做？她又答不出来，只得说：我为啥是个游民？我卖过破鞋？我偷过？我骗过谁？我黑夜也不游，白天也不游。费了好大工夫不决。群众也给她拖疲了，也不发言，也不讨论她了。就讨论别人了。她很不耐烦，一边纳鞋底，一边说：开，开，开到啥时候？我还有意见了。

有人问她："你是啥成分，你自己说说！"她则答我啥农也不是。前天当人划她是游民时她则说："说我是游民，我不在贫农团，不在农会，也不要这游民。"今晚，她又立在高处说了："我还有意见啦，为啥我是游民？我游过哪里？"人家问她："你咋过活的？"她则说："我也不活了，活他干啥？快死了。"人问她："你干过啥事？"她说："我吸过料子，吸过烟，喝过苦水（罂粟壳），我戒了，我参加生产好几年了，我前年九月初一就不了。"总之，一派胡言，又说不出个道理。

再一个怪人就是郭正军，今天又把他女人叫去，还是那样，像下神一样，呢呢喃喃："哎……我干过啥？哎，你听我说说……"就这样连续不断，像鬼迷似的胡说。弄得人家啼笑皆非。

我感到如果这样讨论，一天不开完，一天她们说不完。就不讨论了，有意见在第三次划再说，按原通过的出榜。

破产的、变了成分的地主老婆，很大胆地提出她自己的意见，说明她已经不是地主。有的很能说道理，如郭清简女人，甚至敢反驳群众，质问群众："我在娘家吃过什么，使唤过人？你见过我啦？谁见过，请他说说！"王香的（孤寡），也申诉她不是个地主，而是个贫民。郭清简则被认为地主。我当时听到郭这样气势时，对虎山说，匿名批评她！他们没批评她。有一个孤寡，应该是贫农，人家把她划成中农，她不愿，原她没在会，她一听见就跑到会，一面哭一面说，她不能成中农，今天早上她一早就在门口裹腿，自语自言地说她怎会成了中农。昨晚到会上也说她不是中农，问前天谁说她把家具给了她女儿，她要和他说清楚。

这样也有个好的地方，就大家都敢发言。即使是地富也敢发言，声辩自己的理由。

晚上划郭文新的成分，暴露了南北头的矛盾。因我们了解这材料不够，所以前天学划成地主，但要有新材料修正，则以新材料作准。根据郭文新女人的材料，这户是个富裕中农，因为富农生活没连续三年，但前两（年）（卅二、卅三）则又像地主，但现在看，富中是较可靠的。但南头群众不同意。因此，王兴枝、王林子即和北头顶起来，说北头"包办"。立即宗派情绪就起来。北头的郭黑孩、郭枝子等则非要把"包办"弄清不行，张喜仙则乘机鼓动。后来我们把这个东西制止下去。

5月16日

今天准备整理名单，出第二榜。老杨叫通讯员来，去西柏涧开团委会，我就把名单和出榜的问题交给孟良等人去办。

去西柏涧，兴趣都不大，都不愿去。恰巧老宋也来，就在那里拉了个上午。西柏涧他们现在搞评产量工作，如果不抽补的话，现在不评也无关系，倒占了好多日子，影响了麦收前的结束工作。在谈话中，扯出了个问题，就是赔偿工商业的问题。现在就是一件是孤寡（我们过去把他肉体消灭了）没有经营能力，赔偿也是不能用于再生产或经营，而是消费。这赔偿的钱，还得从上头拿，岂不是不合算？我想到这样的可以不赔，在赔偿他土地相连部分时，多给他一些，就作为工商业的赔偿，这说明我们队工商业的政策是保护。这是否和中央的精神不符呢？还值得考虑的一件事。

下午把工作团的人找在一块，研究了一下前两天的工作，规定今天晚上开贫农团委员和代表的联席会。

联席会上，主要是讨论关于赔偿中农问题，另一个就检讨这次划阶级。

先谈的是划阶级，大家也吵了些具体问题。如对郭清简女人，到底是个啥？谁到底该划成啥呀，都扯了扯。我问问对领导上有些啥意见，啥反映。有的人对自己的成分有意见，如张喜仙，没有把条件说清楚。乱生娘对把她划成游民不满意，说“工作一来就把我逼死啦”。主要是说她原在贫农团，现在却把她划了游民：“大家说说我是什么游民？我在哪里游过，白天我没那工夫，黑夜出去我还怕狼，村子外我都没游过，我怎就成了个游民？”因为主要的问题是放在讨论赔偿中农问题，所以不能多扯下去，但不扯不好，扯就可以给委员在领导方法上，有点帮助。最后我谈了这样几点意见：一个是工作团对大家帮助不够。有的不好划的户，没把材料掌握起来，有点包办，没发动大家去调查，所以有的具体事不大清楚。这就对大家弄清这人该是啥，我们研究的和在大会上的材料有不碰头的地方。我对委员帮助、想办法不够。

其次一个是代表、组长、委员，光自己说，不能多问问小组有啥意见。有好多意见是代表或组长的，并没有问问大家是不是这个意见。再一个就是以理服人的精神不够，很简单说是贫民就是贫民，中农就是中农，没把具体条件说透，民主还不够。（大家很同意这两点检讨）。

关于赔偿中农问题，我先把问题提出来，作了些自我批评。说明斗错中农，不仅是村干问题，是上头领导就有错误。为啥斗错又要赔呢？中贫农是一家，是一家人而不赔就说不过去。如何赔法呢？说明政府拿出部分钱，作为长期的无利借贷。如何赔，赔什么，大家酝酿。这问题的提出，中农当然高兴，贫农发愁。赔是要赔的，害怕是把他们已得到的东西来赔，有好多思想问题。有的则说不能全赔，只能叫他能翻活，能生产。有的说叫有双份的拿出一份。没有得过什么果实的，但自己是中农，这些人主张赔受损失的中农农户。有的不哼，听大家意见。有的则说只要有三大东西就可以，牲口、房、地。有的贫雇开头不哼气，很发愁，如王全，因为要退房，坐在一边吸烟深思不语。

意见都很不一致，最后还问，到底将来这款谁还？是他还，还是咱们还，担心的很具体。同时想到一定要动大家的，不动不行，不相信政府能拿出多大的数目。有的是拿就拿吧。

最后我再说了几句，赔偿中农的路子怎走。村里的财产，还是要满足贫农要求，解决贫农的困难，赔中农是用长期的无利借贷，不用谁还。房屋不能光是退了，贫农就没房住，应有差不多的房住，而还要够住（这大家还很同意）。该不该赔，肯定应该赔的。怎样做，大家都考虑一下。

现在的根本问题是在于县委不肯定答复数目字，如果这个底不摸，这几天就无法处理问题，就要拖。对这点实在不满意。如果不把中农问题先解决，对后一步的整党，处理党员就取不上个顺利的条件。因为如把这个大问题先解决，可以消除很多问题的，同时很多可以说是由于领导上错的，就可以检讨，分担一部分应负的责任。可是县里还是不关痛痒似的，如唐幼民今天的来信，根本没提到这个问题，真叫人难做无米之炊。

5月17日

天给了个很好的机会，昨夜下了一夜雨，今天下了一个上午。群众不上地，可以白天开会。原决定是今天白天开被斗中农会的，因为贫农的白天不能开。现在好了，可以先开了贫农的，这样能够把赔偿中农问题，先在贫农思想上扫清障碍。

上午的贫农会，可以说是昨天晚上的联席会的继续，都有好多问题。赔，大家都大体上同意，有的听说上头可以用长期的无利借贷，注意力都放在这里。特别是些已得有牲口的，则说这错误是政府领导错，政府赔。郭海雨不知是听了谁说的，说上头有这样的一笔款，发到各个解放区，再分区，再发到县，专作赔给中农的。老姜把他们纠正了一下。有的则说，既是赔，就不要说是借，借那还是赔了？有好多质问的话，这里怕主要是海雨在里头说的，他们都有些怕退东西，所以全部寄托在上头解决的观点上。虎成回答他们说：叫毛主席想办法吧！他不是想了办法，往上头借些钱？有的人则主张谁领了双份的家具，拿一份出来。也有好多人是放在干部身上想办法。总之，与自己无关的，容易说话。与自己有关的，都推在上头，或发愁，思想不愿意。我前后作了两次发言，初是引导大家讨论要不要赔，为什么要赔。第二次是把提出来的问题作了些解释，如说毛主席领导的，说明毛主席没叫斗中农，只有消灭封建剥削。中贫农是一家。政府领导错了，对，政府没摸准，可是东西是分了给本村，政府没有拿。现在政府拿出钱赔偿中农，是为了贫农的利益的。我把这个道理说明了一下。谁来还，什么时候还？我说明是长期无利借贷，如将来中贫农都生产好，新社会有了钱，也就可能不要了，还不起也就不还了。我从贫农的切身利益，过好时光，要打倒蒋介石，这就要有人、有钱、有粮才行，所以把中农团结在一起，这就能解决这问题，对咱们有利。我说这道理时，很多人点头称是。

时间快中午，就散会，叫下午开小组会讨论具体办法，具体户、具体对待。这样大家情绪较好了。

下午的贫农小组会，南头这组，开头我以为谈的不坏，都从具体户、具体人出发，哪个人哪样对待。姜森这教条主义，后来又来了个质问式，把群众情绪弄低了。他不会鼓励群众的热情，他用他那一套去问群众，如“中农就不该斗，你翻身为啥在我身上翻”“我啥也都要回来！”这样的逼群众。

海弟母亲说，洪同志、姜同志你们都在，光叫俺们说，你们赶快出个办法吧！俺说不来。对群众起泼冷水的作用。大家情绪不好，都想走了。后来我看不行了，把群众的意见鼓励一番，说那说得对，这是本组的意见，大家不同意再讨论，才把情绪转了一转。这人的作风真有些生硬，完全的自己那套“坚决赔偿中农”的教条去套群众，那是不行的。群众是具体的，现在要处理这问题也是具体的，不能十全十美地赔，否则那就是空话。

晚间由贫农团委员、小组长、代表会委员，和被斗错的中农开会。我的意图是在这个会上能把问题的解决办法求得一致，具体到道理上，把每户的对待办法求得统一。但是没有按这样做到，而是变了一个登记的工作，这也是在我的领导思想未考虑好的结果。

中农的伸手，有的则很好，只要求能在重要的牲口和简单的一两件家具上。但这样为数很少，很多是要求全部，又十分不敢大胆提出。逐渐地提出就具体了，修正、补充都来了。有很多不单要求牲口，而且要求全套的家具，甚至一针一线，如口袋、锨、担子、勺子等很细小的东西。也有的信心不足，不敢多要的。不管如何，手是伸得很长，很多要要回原物，有的要求东西达十来廿种（件）。当然斗错是要赔的，但今天力量不可能做到这样。中农是敢要问题的。今天开会，差不多是每户男女管家的都去了，女的常起促进、补充的作用，翻来覆去地增加。贫农团的人们是不同意的，当他们听到中农啥都要时，就纷纷地带讥讽的口吻，说吧，还要啥？什么都能给，看你要多少？还有没有？不再要啦？等等不耐烦而又无法的话，所以这样全场空气不太严肃。我原想是记些群众思想的，但最后成了我登记他们要木板、切菜刀的工作了，这就没达到原意图。

应该叫代表会的委员和贫委会自己来解决这问题了。我们也应研究，这都已经到了很具体的行动时候了。

今天有个好的东西就是中农还是平静，没有什么过激的话。是否贫农团的人的讥讽口吻对他们起了小心作用呢？我想看明天，一定会提高要求，更详细而具体，数目多。但也可能冷意，希望不大，但这可能不十分大。

我在听中农的什么也报中，也产生厌烦情绪，好像有不高兴他们。但我压抑下去，如果是作为自己的劳动人民看，那就不能那样，不断在克服中开完这个会。

5月18日

研究了整上午，关于如何赔偿中农的问题。同志的思想中有好几种思想，以谷为代表的，则坚持错误思想，糊涂的“贫雇利益”。她和贫雇的落后思想是完全一致的。她的拥护者是几个农民出身的同志，一个是姜为代表的，教条主义，机械地强调中农的合理合法，后来也有一些变动。

群众的思想中，问题是复杂的。除了牲口不好解决之外，房子的退还也是问题。因为廿二家被斗了的中农房院，现在住了四十家贫农。这两个问题，是个根本的问题。

关于牲口的结论：凡是在买时（因为分果是富农路线，都是先作成价卖的）在一个月内付清款的，驴就不动，归贫农所有，而赔偿中等于这驴价（现在价格）的三分之二。因为这就和别的买了拖到现在不给钱的，有所区别。其次，用牲口已好几个月，但在年底，或现在以前才付了钱，或未付完的，牲口退给中农，补贫农三分之二的驴价。没分配的牲口和家具退还。但如现在已是孤寡，无法喂牲口的，则补他钱，投在别项生产。

关于房子，一律退还原主。但如原是地富的，房子多，住不完，可以说服，退回一部分。但在贫农退房，要等在后一段的抽补中，因为不这样，当下退，贫农没房住。另外，房子的分配，也是极其不公的。有的则买了好多，现在也住不完。因为这里分果，不管啥都是作价卖的。所以有法的多买，无法的就没有，或很少。

下午待哺来，老安也来，谈谈赔偿，好像县里不大同意这办法。如果不这样赔，这村工作就无法做了。

老安的意见，有时坚决，有时动摇，在和杨一起谈时，他说凡牲口都应该退。这时我和杨都考虑是否会又把贫农丢远了？他表示很坚决。可是在晚上贫农团决定牲口都退，补给贫农原价，因为依据他们都没给钱，大都是腊月底才给完，有的现在还欠着，他们可是在冬天已经生产赚利了。安则感到贫农太吃亏，我当时也想到这对买者失望。可是当江元等一谈，我想这是赔偿中农，这果实就不应该分，退是应该的，并且过去的买牲口时，都是些有法些的户，或有“能”要上牲口，暂时不出钱的人，且做了一冬的生产，也不至于太吃亏，将来可以再多给他些钱。当安说太吃亏时，我说比之其他没牲口的，还不至太吃亏，比之中农，好像吃亏。他则像很气愤地说就是吃亏。我说过去能买到的，都是上述那些人。他则说这不能都是干部党员，数了数，占三分之一。他像不知哪来的气，说党员就不应翻身了？真奇怪这个人，忽说全退，忽又“贫雇观念”起来，两头都是那么坚决。

还有一个他始终不说不是叫中农给回钱与贫农，而是由贷款来赔，光叫讨论谁给。我想这都是多余的。应就先给大家说了，要不中农会认为斗了他，现在又叫他出钱才能要回牲口，还不是斗？这位同志，难了解他是左还是右，还是正确。难摸得很。

晚上讨论的结果：凡是房子都退给人家，牲口也从贫农退回给中农，给回贫农的买价（这是否不当？）。把每户都具体讨论过。但贫农团委和组长中，对过去买过牲口的人，都不大满意，所以都同意叫他们退。就是退出不是给中农的，也得重新处理，好像有这样的精神。可是另外一个事，就是大家对牲口是关心的，很多人都不同意把未分配的骡子退回，主张是给他一头驴，为啥呢？他们想把骡换成好几头驴。江元这主张就很热烈。我开始也有些动摇，但立即就感到这不对，和中央局的指示矛盾的。

其他的没牲口问题的，给回庄子，或其他家具物料。另外又纠正了王香子的成分，她是地主。这样也使大家明确了不同阶级不同待遇。

但是为什么要赔偿中农，这个思想还不太明确。所以在讨论时，精神上模糊些。也有强调中农有毛病的现象。

准备明天晚上开代表会讨论此事。大家都同意在本村庙会后，用几个白天来把工作办完。

5月19日

把许多分歧的意见，在上午讨论了一下，争论得很厉害。赔偿中农这个原则，好像谁都同意，但一到了具体问题，就分歧了，而且分歧得很厉害。到底中农的牲口赔不赔呢？上面发下来的款子不多，又要赔偿中农，又要满足贫农的要求（有牲口户），实在是做不到。老安的意见，很执拗，不能空说赔偿中农和满足贫农，问题是从何处拿够现在价值的驴价。不会有说这的：使两方都不吃亏，都满意。问题钱从何来？姜森对他们的表示不同意，争论最厉害。当然，姜有些教条，缺乏从具体情况出发，光强调中农的合法合理要求。

最后的办法是以买时的粮价和现在的粮折合，使贫农少吃些亏。但又在具体做法上发生争论。有的主张和中农有斗争，以斗争达到团结。有的是现在主要是承认错误，不是斗争。前者包括左倾情绪，后者过分强调中农的团结。不应疑问的，斗争错，这应承认，作自我批评。但对中农如果没有批评斗争，很难达到团结的目的，因为现在中农是要求全部地退还。

姜森主张支部在斗错中农问题，先做检讨，安等不同意，争得一塌糊涂。我以为在原则上，姜比之以安为首的好一点。但姜不同意有斗争，那就是错误了。

午睡后，去找杨待哺谈谈无利贷款的分配情形，西积善用100万元。

因为现在讨论到处理财产、买牲口问题，群众（部分的）情绪较有兴趣。江元表现得也很具体。

晚上的代表会，贫农小组长也参加，讨论这问题很热烈，他们是同意以粮食折合的算法，不使买牲口户吃亏。可是有一个问题，因为他们只有一两户是喂有牲口的，是否忽略了买牲口户的困难？那就很有可能。

我是按照白天会议的决定在进行，老安等在底下互相讨论不同意，表现得很不好。这样的交换意见，是叫执行决定的人无法进行领导。这样只有表示小资产阶级的不坚定性，禁不（起）冷热。如果决定错了，可以纠正，但在我和贫委们传达时，他还插了句："明天想买牲口的可以借钱。"这就说明决定他是十分同意的，忽一会儿就变了。昨天下午是坚决赔偿中农牲口，晚上又来个贫农吃亏太大。上午是按粮价折合，晚上是影响全县。刚刚是牲口都要退回，退回的明天想买牲口可以借钱；一会儿是"原是买卖关系，不能退"。这位仁兄真难捉摸，孰知他是左手，是右手？最叫人头痛的，就是一说就争，没容分辩，情绪会变化。他这样的变化，那些本来就不想解决中农问题的同志，当然结合起来。他们这样的表现，使得会议很难领导下去。这些人只有张维翰在，他则不敢这样。我并不反对提出修正决定的意见，但不要在会议上闹，那是很不好的。他们说不敢给我提。当然，在没有再决定之前，我是要执行原决定的。但可以检讨修正。不这样坚决就会无法进行下去。最后是武珍告我，我当然可以接受，但这样实在不好。我也颇有情绪。这是干什么的，决议案能随你喜欢随时推翻的。

5月20日

为了昨天晚上在会上工作团同志的思想，一夜很惶惑不安。思想这工作该如何才能做好。

今天早上，我想到要取得统一，否则这工作就无法做，我去找安立贞谈了一下，就到东积善找老杨来参加。

早晨吃饭时，我打探了一下。李贵生的情绪，他是无论如何都不愿退牲口的。他说好容易，我就不退。他有两个东西，一个是骂中农落后，谁叫他不跟八路军上山。而在敌人来时，帮助敌人。敌人走时，又随敌人走。斗了你，你现在怨谁？另一个就是怨上级。他说在八路军多年，就没听过有个刨三代，那还不是领导错了？是谁之过？基本的一个东西，不满意工作团。这几个退伍军人都如此。我在吃饭时就看见唐文亲（荣退）来找老彭老李，我就猜他们无事不登三宝殿的。

上午讨论，大家仍争吵了一番。情况有三种：一种是坚决不退，一种是人家叫退他也就退吧。一种是牲口不好的，愿退。一个特殊情况，就是安阳如果退牲口，就影响到全县问题。讨论决定：一、东西没分，在农会的，或卖了钱在农会的，不管生物死物一律退还。二、两情两愿的，可以退或不退（不退指房子）。三、把上头批准的一百万，分作三等赔偿。囫囵吞枣的办法，不管是多少样东西，不赔牲口，通通赔钱。经过三天来的纷争，这个是叫大家较满意的方法。

这里今天是赶庙会，很热闹，西柏涧他们都出来耍。老宋买来盘驴肉，饱吃了一顿。下午我又和武珍等四人买了斤米吃了。三个月不知肉味，大家都有如饿虎拖羊之势。

农会的三头骡子卖了一头，换了三头牲口，看江元等十分高兴。可以看到，贫农如果经济要求首先不能达到，其他是很难有兴趣的。

晚上，开贫农成分的组长，委员会，传达我们的方针。大家当然同意，但讨论没前两天厉害。此方针当然对贫农有利，但对中农则不易叫他满意，所以这就需要批评斗争。做是这办法较好，但对赔偿中农上，则很差的。只能做到“千里送鹅毛”的比喻，是否得当，还有待结果。

因为这村今天是庙会，很快就把贫农退回牲口给中农的风声传出去了，这是个很糟糕的事情。

人物——王黑女，窑工，四十多岁，光棍，什么事都表示积极，江元说他不能当代表了，赶快把他换了。黑女就说：“不怕，你没工夫去叫人开会，我给你去叫，不用你去。”开会时，他不管什么，接着主席的话就说：“对嘛，现在是赔偿中农，你们有啥意见说吧，不怕，有啥意见都能说。”前几天他是坚决不主张赔偿中农的：“赔偿？不要赔偿！”人都说不敢住老财的好房，他则说：“真是，都不敢住？我敢，我就喜欢住好房。”他看开会时的积极发言，他并不理会别人，光就一劲说，人笑他，他也不管，还是说他的。

此人瘦脸而尖，常以手巾裹成个三角形，说话时不大动作，蹲在地，双手揖着，或咬着旱烟袋，背靠着墙或树，喃喃而语。人笑他，他都不笑，仍是板着那副嘴脸。因为是光棍，所以得过且过，常以斗争果实或其他东西到饭铺换馍吃，不做饭。在参加贫农团时，都批准他加入，但问他还去买饭吃不？他猛然回答：“能改。”人又问他会和小虎子当透气篓子，他说：“给他透气？他压迫我还轻？”人又说当了透气筒怎办？他则说枪崩了我！人说不枪崩你！他又回：“拖也行！”人说：“也不拖你！开除了你！”他大声说：“能行！”

11#笔记：语言[1]（1948年3月—1951年11月）

大梁不正二梁歪，根扎不正倒过来。

物向物，卤水向豆腐。（向[2]，记音，克的意思，一物治一物）

“前几天我好比蚕上架，不顾吃，也不想动。现在不是过比圪堆办法。划成我个中农，我觉得很合适。”

“提拉”（不正派的男女关系的人，安阳就叫这个人“提拉”）也叫“塌垃”。

“谷堆里面挑枪杆，哪根长一点就拣掉。”

“场边不沾地边不踩，他劳动过？”（以下略）

① 此笔记是国图藏用福聚银号存单背面装订的本子（11#）。国图扫描件编号：11#图片夹共48张图片。

② 编者注：应是“降”字。

13#笔记之一：《战争、土地、政权》[①]之一

13.1　安阳二区西积善村记事（续）（1948年5月21日—6月8日）

5月21日

今天是以全天工夫来解决赔偿中农问题。上午召开了买牲口户和住了中农房子的贫农户开会研究，参加的有贫农团委员、小组长。会上讨论问题发言的不很普遍，最多说话的是几个退伍军人，因为他们喂有牲口，有两个人是坚决不主张退的。李贵生的发言，还是昨天的那套。住房子的户，大家都愿把房子退回给中农。正要谈问题时，西傍佐工作的崔光华来，交换意见，我有一个多钟头没参加会。

最后我在会上讲了一下团结中农是诚心诚意的。为什么要团结他们，因

① 此笔记是标题为《战争、土地、政权》（13#）的一册笔记。原件现存国家图书馆藏编号13#图片夹001-019#图片。

为他们是劳动人民。其次说明中农不能斗，斗了就是错。为什么要赔偿呢？主要是从贫农的长远利益出发，把本区的中农和贫农占人口的百分比谈了谈。谈清楚在战争与争取胜利中，贫农应团结中农，他们是能够和贫农一道争取胜利的。举例说明人力与物力的负担，不能光落在贫农的身上，如果中农安心生产发家，就能分担我们的重负。再一个就是又把处理的办法宣传了一番。当然这样的办法，贫农也不会不同意，因为他除了房子外，啥也不用动。

下午召开了全体农民大会，征求中农对赔偿的意见。今天的空气，和前两天中农的伸手不一样，手伸得短了。只除了个别的，其他都不大哼气。为什么？这有个原因，就是贫农已经嚷出去了，一百万和处理办法，已不是秘密。虽然提了些意见，也有好多没提的，不是像那天似的啥也要。有的自动不要东西，不叫赔。

中农不提意见，不提要求，这就展不开论争了，这就不能使他心顺，他只是不哼气。要使中农（特别是地富下降或本身有毛病的），能够接受我们的处理办法，把伸得长长的手缩回些来，就必须有批评有斗争。但斗争没有从群众的自觉中展开，只是几个党员谈了谈，而且谈得很长时间。这样我感到不好，因为在今天群众对干部党员的不好情绪还存在。如果多说，或光是他们说，很容易以为干部就不再解决了，他们又是和过去当干部时一模一样。但这样的把有些毛病错误的中农批评与揭露，很必要，因为要不就以为他的错误，危害了群众利益的东西，以为也是对的了。如郭玉虎女人今天当海雨提了她丈夫为啥被斗的情形，这女人就大发言论。但绝大多数群众对她就不同情，叫她不要发言，停止。

我最后把为什么要赔偿中农，赔偿是因为是中农，承认错误是因为是中农，而不是中农所犯的错误，把这个问题谈清楚。这很必要，群众很同情。最后是强调会后的团结，生产发家。

要补充一点，下午开会时，我代表上头，对斗错中农，自我批评，承认错误。

收到（樱）弟的信，很高兴。

5月22日

上午代表会的主席团，开会讨论赔偿中农，规定等级，赔偿数目多少，有些争论。最后决定了三等：一、二等三级，三等四级。赔偿是以受损失的程度，附加上现在的生活情形。一等的，从四万、三万七、三万五。二等的，最高的三万、二万七、二万五。三等的，两万、一万七、一万五、一万。

谷岚峰，我看到她真是个“百灵鸟”，叽叽喳喳，光发表言论。江元在领导讨论问题时，她偏说这不对那不对。她主张不能光从受损失上看，应看他是个什么成分，如是富裕中农，则少给些。正如武珍的意见，她是救济不是赔偿。好像不如此，就不能表达其“阶级情绪”。思想上的“左”倾冒险，作风的浮漂、突出、好干涉人。我看见她很讨厌，所以不理她，支持江元的意见。这样的领导做法，是个泼冷水。

晚上，开代表大会，讨论通过主席团关于处理中农的具体意见。代表们来得太迟，搞到深夜，可是还有好几件事未解决。如关于中农房问题，没传达。还有漏了一户中农没讨论。关于几个人的成分问题没研究。

主席团（或委员会）讨论的具体处理意见，差不多全部通过，修正了一两户。

有一个问题值得考虑的，就是王玉保王羊保。他的被没收，不是在“五四”指示之后，而是在继续反攻后的反奸清算、八年血汗账、双减、回地倒产、反保长、反贪污等题目下进行的。如果他的也赔偿，那就是把过去那一段，完全推翻了。这在安阳，就不是一两个村的问题，所以就决定不退。但牲口还在农会，现在王玉保要求回给牲口。江元等不愿回，贪他这牲口，答应回给他一头驴。也有好几户不是在前年“五四”以后的，而是这批干部还没上台就搞了。我考虑，这不能退，是否得当，还得研究。

开会现在已经很成问题，半天也集合不起人。不用说就是委员和代表这样少数的，也不好办。连党员也吃不消了。其实最近只开了两三天，存贵江元都说：每个人都是闹十六七亩地。因这样的情况，对我思想也颇有影响，麦收以前结束整党和浮财平分，很无信心，怕做不到。现在时间是不多了，过不了几天（顶多十来天）就动手收麦，整党最少也得用六七天，哪里还有工夫呢？此事已不好办。

马夫杨化仁来接老郑回去。送给我二斤奶粉，说是行署发的。印秋信上说：因为扑虎问题，他和沐鸿关系弄得很坏。高提出辞职，同时向马书面提出撤销委托，真是怪事。

樱弟的信今天寄出。

再补充些情况：群众劲头不大，江元最近算是比较积极的，但是他的积极在卖了骡，买驴牛上头，所以很明显的一个问题，就是经济上的满足贫农要求。

许多代表、委员都不称职，就是时间不允许，实在要在各组织中整顿一下，如杜枝只，根本不负责，而且起坏作用的，坚决地把她扯下来。如来榜，这都是野心家，也应给予他打击。他，在小组里谁也不敢动他。他的成分是游民，谁也不敢哼。在农会中，他是透气篓子，一听见有什么决定很快就传了出去。他有私图，如晚上讨论赔中农时，他则坚决主张赔牛根，他说应该赔。赔什么，他已经倒了算去，现在又在东边，农民并没要他的东西。他说他有个小女留下，谁也不敢批评他。我就答复了他一下，他才停止。我说这是赔偿，不是救济。他小女无法，将在抽补再处理。像这些问题现在都找不出工夫来澄清，我们的工作同志，尾巴主义，早就知道他不是好家伙，但仍让他在小组上统治。

5月23日

上午，工作团开会研究会后的一段整党工作，决定用代表会的形式，如果有的党员是代表的，暂时选出临时代表顶替。时间安排是今天大会动员，明天小组讨论，讲（整）党等工作。发动群众，分清是非，弄清问题。在整党的工作中，清算账目，接收资财等工作。

晚上开全村大会动员，我和主席团把遗留下的赔偿中农问题讨论，把如何给老百姓传达代表会的意见的办法研究了一下。

宣布中谈到五四指示以前的问题，不属于今天包赔的范围。王灵年（王玉保、王羊保）很反对，会后立即就问为什么不赔。和我一路回来时又问。他女人说：那天说能赔，后来又说赔驴，现在又不赔了。表面上装没啥，实质上不满，“没啥，没有骡子过了三年，现在不赔就不能再过三年吗？”这家曾装过开明，拥护过农会，又进行过倒算的中农，对我们是不满的，以为贫农是看中他的牲口值钱了。这当然确是个实际问题。

这问题虽然肯定下不退，考虑到不是一个村的几户问题，而是全县的好多这样的问题。如果是这样赔，反奸清算以来的问题，就会多如牛毛。这是否是左倾情绪呢？在思想上很动摇。

退还中农的房子问题，也在群众（中）引起震荡，有的贫农已很不安心，忧虑房子，一般是不愿退的。为什么？思想很复杂，有的是迷信思想，以后搬进老财大屋深院，没此福气，压不住，要死人，很多农民都这样说。牛二老婆就说：说不搬进去，硬叫搬进去，住不了，就病了好几个人。另一个就是怕一个人在里头住，害“悄”。因为老财的房院都又大又深，特别有几个地方不肯搬进的，一是民兵处，一是区公所，因为这些房子里都打过人，杀死过人。再一个就是全部门窗都拆毁了，修补也是问题，但这不是个主要问题。这问题当下不很好解决，我从时间上计算，简直已不可能。麦收即到，有房的则好说，无房的，就得安排分房问题，可是所有房子都有主（实际上有的是过去富农路线的分果造成的）。这问题就复杂了，动的面就大了。中农现在已叫贫农搬房，这也叫贫农不安。贫农感到房子已不是他的，也感到气不壮了。所以根据此情况，主席团在晚上决定，在代表会没决定前，谁都不能叫人搬房。

工作是越来越难完成，主要是没时间，好多问题不能按估计的问题去完成。现在考虑如把整党结束，账目清算好，分了些浮财就了不起了。

老郑今天回部，给他把棉衣带走，和给马印秋、陈凤翔的信。樱弟寄来的小包裹领据才来，整整一个十天才收到。这段工作，我感不好办了，如不结束也搞不下去了，已和群众的生产全相矛盾。

5月24日

昨日决定整党要六七天才能结束。我想到这又是个主观要求，想在这段工作中打下建党的基础，这是很难的。群众现在不是认识共产党的问题，而是生产。如果这样的拖下去，就会把群众拖得更怕，我们则会脱离群众，任何一个工作也得不到个结束。所以早饭后，去找老安谈。老安不同意缩短，因为怕搞不好，晚上还是动员代表。我想到昨天已动员，今天中午又动员，晚上还得动员？我看群众都要跑光，或睡去了。但他说这很必要，我也没法。决定处理房子的和整党的分头进行，我和姜森等四人搞这工作，这样我多少可以喘喘气，实在忙得喘不过来了。又蹓到东积善，和待哺闲谈了一下。

东积善情况很使我惊讶，他们要三天内就可以把整个工作（除土地抽补不搞）结束。并且他们认为那样的做法是对头的。我很怀疑。实际上那里的工作，是不深入的，但他们倒说很好。我想待哺早就想结束回去了，领导上怕有思想问题在作鬼。我不同意慢吞吞地拖，但也不同意同样的粗枝大叶，因为做一个工作，是对群众负责的，所以在我的思想上，不能如此草率。实在是个疑问。

这里中午开会的情况，很不景气。群众兴趣不大，很多人就不来，各组情况都通通如此。所以我感到现在无论如何，工作应该停止，如不的话，就会把群众都甩开。

下午，五个人开会研究怎样解决因赔偿中农而引起的贫农住房问题，大家都感到在麦收前解决，不可能，因为牵连到其他的人的房子，最后决定是先调查了解，如贫农退出，有老房子的，暂时搬回，并告诉他将来抽补他应有较好的房子。少数没房的，调查村中多占果实房的，抽出给贫农住，（右）就不再动，以后在抽补时，再解决多占者的问题，如该退出就作为退出，如不该退出就将分配房或其他生活资料。其次是如双方愿意暂时不搬的，可以听便，等贫农有房时（抽补中解决），才退给中农。

我又去找老安，把工作不能再这样慢的原因和他说，他见到情况不行了，同意这样做法：这段着重在解决问题，不搞提高思想等工作，今晚代表开会，成立整党主席团，和清算接收委员会，整党用三天。以后就建立村政委员会，房子问（题）能解决解决，不能不勉强，以待麦收后，至能解决时，解决一个问题。现在没啥问题就不开会，只让代表们开会处理。这意见算取得一致了，同志们都十分同意，因为否则没办法。

我把王羊保的骡子问题和杨交换意见，他主张退给他。这问题我也十分犹豫。又怕犯“左”倾，又怕问题不仅是这一个村的问题。

晚上支部和代表们开会，讨论如何整党，这个充分表现了群众对开会的厌烦。老安讲罢话以后，大家都不哼气。选主席团，选上王玉梅，她不肯当，那也就算了，但大家又要逼她当，她就要起态度，大闹一场，大家还在劝说她，我提了个意见：她不愿当就算了，别强迫，另选一个，这才把事情过去。另一个就是讨论整党的时间，打算搞个上午，都不愿误工，特别是王兴枝和王全这几个下窑和揽窑的，磨蹭了好半天，看这个形势工作真是没法干下去了，最后提出干一个整天，以后看情形晚上整。这样硬压着干下去。

工作是无法继续下去了，我还是那句话：坚决干脆地停止！现在已完全脱离群众的要求。可是问题没了结，这样就放弃，简直不知道弄了个啥。老安说，干脆整党也不搞吧，所以亲自和当下状况打过交易的才知道事情不好办。

明天的试整一天，料想是不会很好的，有可能好多人就不来。如果说是没成绩，倒有，过去说啥时开会啥时来，现在则略敢反对，或不来了，这就是群众不像过去那样了。

5月25日

今天白天开代表会整党，不超出原料，召集人来真不容易。这个来那个不来。开会中，讨论问题很不热烈，叫人很苦闷。不过不管怎样说，也把两个问题弄明了，一个是拖老彭的案件，一个是关于打死人的问题。上午讨论得不好，下午代表更少，但讨论较好些，如讨论几个人都能具体分清是非，谈到关于郭玉田女人被打死的问题，玉田就是代表，在中贫团结的目标下，谈清楚了，追他要东西，是不对的。因为他存了东西自动就拿出来，因此引起对他的不相信，以为还有，派人去搜查。发现藏包袱的地方有枪印（做戏放枪的形状），就追问他枪。这样就进行拷打。他老婆，往东跑，为四区截回，从身上搜出两包毒药（可能是这女的怕打死她而准备服毒的东西）。这问题就更麻烦了，就把这女人打死了。据郭玉田说，他因为知道追他家枪的事，所以他一回来就告诉干部说，回来了，有啥事可以去叫他。干部就问他枪，他则撒谎说有，但害怕，扔在某某窑筒了。他考虑到这窑三十多丈深，人不会下去拿，可以搪塞过去，谁知更惹上大祸。支部做了检讨，杀人不应该，错了，同时也批评玉田的毒药和关于枪的问题。玉田说：他也有错，这枪即是有过，是日本人时代的一个杨队长有过的，是不假，但当时不敢这样说（说也不顶事），而说扔在窑筒里，这就更招了祸。

我们的区干部的蛮干，是厉害的。如关于杨花子的问题，虽然这女人不大正派，嫁过四回，丈夫都是当兵带枪的，因他男人郭小保把一个小孩在伦掌交了给地主活埋（他当时在局子里），村里就斗他特务，死了。以后又因都里××追枪问题，向杨花子要枪，她就乱咬，咬她姨姨王方女人付荣子，把这两个女人都打死了。王方的女人是不该死的，她曾献过从前军队在她家存下的冲锋枪，这次又逼她死了。而杨花子死得更惨，她怕死，先跳茅厕未死，又上吊也未死。杨山子叫人先把她手铡断，再拖到坑里活埋。那她躺在坑里时，用未铡的手，拉衣襟盖住脸才埋土的。听起来都叫人不忍听。可是我们的分委书记李政，却赶去看没赶上，说没见过活埋人。干部说已经埋了，他说，扣着的人还多，还可以再拉一个来埋！以此来说笑话。残忍和暴虐地对待任何人，都会叫人不同情的。我们不主张资产阶级的伪人道主义，但也反对这样的低级的东西。

因为差不多每个问题，都有区干部在其中领导，所以这个村的问题，主要由区上负责。支部里没有一件事是未经区干部参与或同意，而且是亲自动手的。因此，今天向区上把王进贤叫去参加会，可是他很多问题，不服，当时就解释、声辩，和支部的人顶起嘴来。当然，他有他的为难，有分委书记的指挥，要打开局面，这样干法是必然的，不必然就奇怪了。但不能不检查自己。王进贤今天恰恰就不是如此。

其次解决了个追三代问题。这个当然是上面错了。

维翰同志今天中午回来，说区党委决定各工作团马上结束，各返原位。各基点村，留下本县干部继续工作，以待将来抽机会解决遗留和未完的工作。喜从天降，正感到工作无法进行了，该下决心停止了。这里杨珏同志有意留老安同志维持着工作，维翰也有意留我继续搞完，以便取得完整的材料将来创作，倒十分好意的。没搞完，是有点可惜，也不愿这样弄个半瓶水，可是这段工作，实在不是时候，在这里拖，我也不愿这样，回去可以把些未完成的工作做完，但没全参加完，是有惋惜情绪。但我又细想，时间的不适合，干部条件也很差，算了吧，完整的土改，也不一定在创作上由一个村来完成，决心还是回去。而且将来又是交给县上领导，我不是这里干部，各方面都不便。

维翰开头就给我说，时真同志问我写东西了没有，说实在关心我，杨珏同志也问我和其他同志有什么困难。我有什么困难？没有，感激杨同志的好意。时真同志的关心，我内心说不上来的感动，党对自己是不时都在希望着，希望能多给人民写点东西，我知道自己材料不足，虽尽自己的努力，还能做出多少的工作呢？有点空虚之感。党和同志的热爱，我真说不出的体会，霍泛、李伟诸同志也是如此，时常在关心着，我要不负党的热望，同志的关怀，这是我应时刻自勉的。

5月26日

今天团委会开会，老张把在区党委开会的总结传达，有好多疑虑的问题，都找到了答复，这就是在工作中所遇到的状况和领导的要求不对头。我很长一段的怀疑，土改不彻底，在西积善说来，是否是事实。为什么工作不对劲呢？但不敢提出这个问题，但在思想上很感到不对头，现在由区党委的总结看来，就是不对头。太行区的土改已经肯定是彻底，现在又来套人为的不彻底，岂不是无理取闹吗？

会议的总结，410村的试验，到处一样，因此由于这“贫雇路线”这种片面性，现在造成农村十分紊乱，会门活动得很厉害，求神等事情，时有所闻。

区党委叫这次会为“扭转乾坤”会议，肯定了冶陶会议的基本正确：土改必须完成，党必须整，停止乱杀人，补偿斗错的工商业。但很多次要的问题有修正，或用在本区不很合适的。这个传达，这个结论，是正确的，能从根本上解决了这个严重的问题。（参看“杂写”本的笔记）

关于各村的工作，转入生产。这村把中农补偿问题（房屋留待以后）解决，整党和清算、抽补工作留到麦收以后，现在先把农会委员会建立起来（贫农团取消了），成立村政委员会。这样这村就告一段落。

黄昏开了贫农团委员和代表会委员的联合会，我把这些问题向他们提出。中农的牲口问题，是劳动起家的，补偿足够的价值。有毛病的，斗得不是全没道理的，不一样看待。把这个问题解决了，准备明晚选农委会，后来选村政委员会。

维翰有这样的意见，想叫我留在此间把整党做完，抽补搞完，能取得个完全的材料，我也想到这也很好。但从目前的时机上看，麦收后是不能马上干完的，这样的拖延时间，我留在此地就作用不大，还不如回去写些东西。但思想上很可惜，没能把全部工作进行到底，要将去别的地方，也不可能像这村的便利，因为我在这里已搞了三个月了，思想上也很留恋。但想到时节，又感到浪费。我想如果可以，将在麦收后，我再返回来一下，把这工作参加完毕。维翰这句话：这是你的事业。这确是很中肯的，我十分同意。也有些归意，想回去整理剧团，写完未完成的东西。如再拖，就总不能完成了。《太行山不倒》现在看来，从动笔到现在，已一年又两个月了，不写成总感不安。因此决定还是先回去，秋天再来吧。《赤叶河》也有很多未完成的手续，从初稿到再版，我都没找到个很好的时间来思考。还是回去吧。

杨待哺把东积善撇下不总结就看老婆去，先回了，莫名其妙，哪里来这样的修养。

5月27日

胃口近两天十分不佳，早饭才吃了两三口就不行了，可是又很快就肚饥。冲些机关送到的奶粉吃，今天才发现，奶粉都坏了，一吃就泻肚。前两次就是因此才泻肚的，从此可见，上面对这些东西的保守，没坏时，永发不到咱这些人的份上。坏了才发，真是欺负没享受这些东西的土包子，大概是怕咱们消化不良，泻泻肚痛快些吧？这些官僚们，真恶作剧，不知多少人上这个当。不知道时，还感恩不尽，好东西老爷们都吃了，真生气，无缘无故叫咱们土包子们闹肚子。

上午老张给大家传达区党委的结论，下午开了个预备会，准备明天总结工作。

晚上开大会，动员如何选村政委员会和农会的委员会。我把最近的工作情况，把全部力量转入生产，遗留问题放在麦收后再闹，给大家讲了讲，把我的苦心说了说，就提出选举这两个会，最后把极端民主化的问题批评了一番，大家光笑。

今天在预备会上，有的同志感到本村的群众，觉悟不高，这是对的，思想发动，提高不够，宗法社会的残余常流露在南北头的某些姓郭姓王的人的身上。迷信落后思想很严重，但这不是在一个运动上能够解决的。阶级觉悟，在现在的民主整党，而不是直接对封建地主，而是干部党员，这就是不容易搞清楚的，并且很多苦主（被杀的）是和地主阶级根本没断的中农，加上我们在串通中的阶级分析法不会，就造成了在某些问题上，感到阶级敌人并不是对立的，这是早就存在，并时常在注意。但有的人说这就是怕我们不敢说真心话，倒不是全如此的，姜森这是个否定一切的思想，两个极端面，好就很好，坏就都坏。补偿中农就不要斗争，要斗争就不要补偿。这就是他的本质，这都有片面性。

5月28日

抗勤主任忘了给我派饭，早饭就饿了一顿没吃。这样应该中午饭多吃些了，也吃不多，只吃了一碗。

总结会，讨论了一天，大家都感到这段工作，在总的方针上是不合实际需要，我名之为无理取闹。整个土地问题都解决了，封建都消灭了，贫农团有什么作用呢？怪不得过去在工作中，总感到有股说不出来的不好办，费力气，原来你所做的都是从上面要求出发：土改，创造土改经验。当然没有土改的地方也不能搞其他了。我长期在工作上感到“生产季节问题”，这就是违反了群众的根本要求，而硬说没翻透身，而硬造出个翻身目标，要牲口、农具等等，而忘了根本问题，土地已推平过。当然过去也没这个脑子，没这个气魄。因为这是区党委的决定，今天看来真是脱离群众要求。

对老基础的态度，对待支部，也犯了错误，以为支部是到了不可收拾的不好，因此有怨恶情绪。我是不断在检查自己的“宗派”情绪，深怕容易原谅支部。

这村的根本问题，是生产，民主整党，可以不必需要用这方式。

所以今天检讨起来，简直是开了场玩笑。怪不得光叫喊脱离群众，根本问题不对，当然群众没劲！越想越奇怪。

贫农团的作用，后面一段无法运用是必然的，因为光有形式，没有斗争的共同内容。在发动贫雇上，实际上做了发动部分老实农民工作。如果是知道本区不是土地问题，而是其他，当然早就完成，也不用这样费力气了。但我们不能改，只能提意见，可是也不敢提意见。

晚上，委派了村政委员会。推出春来、存贵等七人。

赔偿中农后，村里是出生了新气象。王林子兄弟两家，今天立刻把赔偿的款，买了一驴一牛。还有其他也想在廿四大会上买。虎成很高兴地告我，说大家生产都起劲，麦子又长得好，不怕，中农安心了。他说："现在和你刚来的时候，不一样吧？"现在看起来就是实在的，农民生产情绪是十分高的，我问他："如果我们一来就搞生产怎么样？"他很得意地回答说："那就好了。"这就证明了我们是没抓住农民的根问题，而是人为地叫他"翻身"。

5月29日

昨天是检查了方针问题，今天检查区委的有些什么经验。可是因为方针——根本问题的错误，过去认为很好的经验，今天看来就失却价值，或者叫人不重视了。所以在检查上，似乎很难找出什么好经验来。比如贫农团，到底做了什么工作，起了什么作用，就很难评价。根本问题和群众的迫切要求不相结合，就是取到些很好的成绩，也是不自然而勉强的。可以从这几方面来说出些问题，我以为土地改革的根本问题是扫除封建，开辟新的生产关系，发展新的生产力。土改问题解决了，必然是生产问题，民主生活问题，三个月来的工作，整编了群众队伍，稳定了阶级阵营，稳定与发展了生产情绪，开始了民主生活。这是从现在的生产劲头，普遍群众的买牲口，中农生产有劲，光棍汉都想建立家务，找个对象，普遍在造肥，这都能够得到证明。解决了群众怕乱斗的障碍，特别是补偿中农以后，这是不应抹杀的，就是有点新气象。

工作团的作风，是得到群众欢迎的，使群众相信了我们，是真正给群众办事的。也培养了些新的干部骨干。

但是最后的一段工作，基本上，因急于在麦收前解决，群众忙，不能抽更多的时间开会讨论中农问题的解决，未在群众中展开批评。批评不充分。先松后紧，最后具体处理问题，是有点潦草。

但是大家提的意见不深刻，没分析批判，没争论，大家都没有在总结上用脑子。总结会是开得不叫人满意。

本来是要在明天才谈遗留问题，我看像这样的情形，不必要了，就在下午讨论遗留问题。大致上扯了这几个问题：生产为主，组织起来，解决房屋问题（麦收后解决），整顿合作社问题（发展为商业性，提高分红），清理账目问题，处理（分配）牲口，和农会的家具问题（麦收前就处理），整党留在秋后。

家具问题，主要是党员的退出来的东西，这已经不是多占，也不是贪污，前次整党中，叫他们退出来，是错误的，欠慎重的。这些东西拿出来后，党员家里则没有东西了。我今天提出这应设法说服群众，说清道理给回他们。大家同意这个意见。

区党委又来个通知，工作团不叫作结束，留适当的人解决问题，以后由地县委领导。

盼望今天能收到樱弟的信，可是还没收到。写了一封信，叫她不必往这里来信，又想等收到她信再寄出。

晚上原要开农会选举委员会，天下起大雨来，不能开了。

夏天的丰收气象：昨夜天降大雨，不用开会，难得的机会，早睡了，今天清早起来转，到村边走了一趟，村边的打麦场上，农民们都忙于压场。辘轳声、打土声、吆喝牲口声、鞭子声，四面八方传来，广阔无边的麦地，金黄黄，片片衬着嫩绿的半熟的麦穗。天空还是朵朵的灰云，有的透露出晴天的蔚蓝天色。太阳光线，从灰云层里射出来，大地上，远山上，有阳光和没有阳光的相配着，绿绿欣欣向荣地矗立着。一群老鸦，在西瓜地上觅食，人走到地边，它也不在乎，依然觅食。汽车路，经过大雨的冲洗，显出一种新的皮肤，但却给早起的大车，在它的皮肤压下几道新痕。路是那么平坦地伸到远远的岭上，好像能告诉人，这是能走到任何的远方的。忽然一阵吵嚷声从村边的路上传来，我回头一看，无数的牲口，驴、骡、牛，驮着布袋，从麦垅边的路上走来，吵吵嚷嚷地往小羊庄煤窑的路上走去。我站在路口的高地，向南看见煤窑，远山起伏；向西看是绵长的太行山，像长城似的屏障着西方；回头望北，一座坍塌的废庙痕迹，正朝着汽车路。这就是日本人在时的据点，往日的威风如今安在？

30日早

5月30日

为了弄清基本村解放前的阶级关系，今天用了一整天的时间来把各组的材料统计在一表上。可是我们这里的工农同志居多，且又都从没做过这样的工作，加上同志对分析阶级的认识不足，确是煞费苦心。结果最后还没把百分比打出来，大家都不会算术。因为工作需要，我深感自己在这方面的不方便，所以想在这回归去后，无论抽空把珠算学会。

统计工作不是个简单的工作。我发现做好这个工作，是十分复杂。反复研究调查的工作，这村的阶级调查，也不止一次，因解放前和解放的变化很大，很不容易弄清。且又无文字可以作为可靠的参考，因而更显得特别困难。今天把三十四年的土地户口册看，也是十分不详细的，且和今天调查的，不管在户数上、人口上、土地上都有很大的出入，所以很难判断出个准确、不至错误的情况。很多是各组认为情况都差不多，但一合在一块，则又会给你很大的怀疑。按现有的材料看，户数比之过去村里统计的都大，但土地则不足。这就说明报的或村上的统计不准确，我以为都有可能。从地亩的数目上看，却占了百分之八以上，人口占百分之三十五以上，这就很有问题，特别是人口。地主富农的土地，占百分之五十以上，这差不多。但解放前的贫农占不到百分之五十，这又有了问题。三个月来，前后弄了四次，还没弄对头，诚感其难。但自己又不愿马虎下去，每次都很费力气。因此几年来的经验告诉我，要弄清一个村的阶级面貌，实在是极其细腻的严肃的事情。但现在终算是尽了最大的努力，还只能作为参考。中午弄得把饭都忘了吃，晚上也忘了。

维翰也不想总结本村工作了，他想三个村各自总结，三个村工作团同志都听，他再做一个总的思想问题报告。我倒无甚不可，然而他却叫我做本村的总结报告，我很不敢接受。基本方针和群众要求不对头，谈也是勉强而不自然的。他也是想逃避了。

春来今天接任村长工作，看他接受得还愉快。

晚上，进行选举农会委员会，选了张桂枝当正主席（女的），郭王保为副主席等共七人。张一百七十六票，王保少十票。郭玉保、王章喜、郭五成、张目清（女）、郭平安为委员。中分生产、妇女、青年委员。选举是先在支部上讨论过的，选举情形还很好。虎山、梁棣子三人为候补。现在看来，新干部的情况，还很好。我心里常在惦着：这批干部都很好，劳动，老实，有办法，正直。就是怕他们不会注意群众的意见，所以很惦着他们的民主作风。

樱弟的信今天总算来了，很严格地、枯燥地提了些意见，也感觉很对。但也有些“情绪”，即时就回了一封信给她，以文言写的，故意反她的枯燥。不告她是否回去赴邢，把昨天写成的信压下没寄，只寄出今天的文言信。

5月31日

到西柏涧参加全区村干部的参观西柏涧整党结束大会。从上午去，一直等到下午一时后才能开会，共来了七八十个村干部。老刘作了个整党的总结，以后，由支部书记谈他们在整党过程中的思想状况及发展。报告他们开头如何不蹬底，害怕，接着两个党员报告他自己思想变化，思想谈得很好。以后是柳村的发言，举了些例子，分析了几种不同的党员对整党的几种态度。犯错误严重的党员，由于自己坦白，如何很快得到群众通过，同时仍被选为村中的领导岗位，不端正的如何为群众所通不过。

但是不管如何，各村干部的酝酿，对整党是大大的抵抗，认为自己有功的，今天都挨整，不相信，说西傍佐整干部，逼死人（造谣的），自己不知哪天才走出这个窑洞口（过这一关），情绪很糟。老刘后来又说了些整党的政策和态度，但不补于事。他们都在说三十里路远，要回去的问题。区上的干部是和干部有同等情绪的，所以对反映这面的情绪十分周到。

天气非常热，在帐篷底下，大家都汗流满脸。我坐在房里都热得厉害，回到这里，天已将黑了。

6月1日

到西柏涧开会，开工作团的各村总结汇报，吃罢早饭就去。

宋冠英同志作总结。开头是根据区党委的新精神检查的，这样当然没问题，都不对头，各方面都有错误的，因为总的方针不对头，那就什么也很难说圆满。以此精神来检查也很对，这可以检查我们的思想。可是当他总结到第二、第三段以后的各项，就不一致了。他检查正面的经验了，如贫农团的作用、组织及方法等等。原先说组织贫农团没作用，现在却又谈开其作用，因而这个总结就不深刻，累赘与勉强。大家听得也很不耐烦。

几点整党的经验，还有些价值。但是以今天的情形来看，即使是很好的价值，也是不能采用的。

报告很冗长，听不出什么东西，可以清醒思想。因此，不管从思想上检查，或从正面吸取经验，这个报告作得不十分好的。

西积善工作的结束。

6月2日

工作团全体在西积善，听取张维翰同志的报告。根据新的精神来检查西积善的工作，好多事情回顾起来，是甚有问题的。说明一个问题，总的方针不对头，则使曾取过些成绩，但仅能在旧的方针上去体验，如果以新的方针去衡量，很多就不自然而且勉强甚至可笑的。张的报告都是以新的精神从检查上提出的，所以就没有谈到正面的经验。

下午是高一帆把东积善的情况报告，冗长而啰唆了一下午，听不出个所以来。但这里说明了一个极严重的问题，就是在杨待哺领导下的东积善工作，对群众是不负责任的。杨为了达到早回去（这回去到底是为工作的调动是主要的，还是为看老婆是主要的，都值得拷问的事），以很潦草、敷衍的态度，结束了工作。过去他和高都说选出来的新干部很好，成绩很好，现在就证明了我的猜疑。他们以一个晚上的工夫，把村里三套机构——村政委员会、农会、人代会都选出来。补偿中农问题，用恩赐的、行政包办，甚至可以说是愚弄人民的办法（什么出十万元买了中农的情绪，十分值得），毫无民主可言，工作团也根本不了解就解决了。村里的麦地（中农的麦地）等问题，都未解决，瞪眼说瞎话，成绩很好，需要检查。我以为一个人如此爱排场——牲口、马夫、警卫员，带到农村里来，到底是来干什么，为了谁？只有老天爷才能知道。我也不知道上头的分配，谁有牲口、警卫员、马夫的作用在哪里，我以为这仅是对某些人利用特权来满足私利，如杨短短的两个月中，为私事派田警卫员、马夫去送信、送东西就两三次，利用公而实私的也有两三次。可是工作又是如此，为什么呢？我真看不惯这些官僚们，对自己是如此认真，对人民却如此马虎。

6月3日和4日

全体讨论了两天，清楚了这样几个问题：

一、划阶级问题。像这样的村，应不应该也进行划阶级，要划，划什么人的阶级。

回答是：划是需要的，但应是划地主、富农的，划清农民阶级和地富的界限就行，没有土地问题。再在农民内部划，是起矛盾、无兴趣的事情。

二、整党问题。“左”倾情绪，对支部是厌恶情绪。原来的成分好，是作风问题，方针是教育改造。这个是空的，实质上是一脚踢开了，人为地把他和群众隔离起来。

三、依靠贫雇问题。像这样的村，已无土地问题，要不要贫农团，如不要，靠谁。在生产中，依靠谁。如果贫雇的觉悟这样低，不在土改中，就无法提高它的觉悟，怎办？贫雇专政问题，王正大，提出了这大堆问题。确然，在这段工作中，也是个根本的问题。

这个问题争吵了半天，我的发言，相当于统一。我大意是，贫农团的组织形式，有它的任务的，就是无地少地的农民起来领导进行土改，尽这个历史使命。但在这村，土地已推平过，组织起来搞个什么呢？不起劲的根本就在这里，因为它没有土改的任务。所以组织贫农团是错误的，不必要的。组织就是为了解散。全证明了区党委的结论，这样的贫农团不是斗争干部，就是斗争中农，因为这里都没有封建了。其次，群众思想觉悟的提高，不是在一次的运动中能够解决的，如有同志提出农民的迷信、伦理等，这都不可能在一次中完成，更不能在一个斗争中解决。再次，在生产中能提高他们的阶级觉悟，依靠他们，因为他们是最相信共产党，最易接受党的政策，他们都很快成为中农，或已经成为中农，但是不能说依靠他们就是唯一的，这是在领导者的领导思想要清醒。但其他中农一样要团结，发挥他生产的积极性和经验，贫雇也不需要有他的独立组织。生产，是全体劳动人民的事情，不仅是贫农的问题，这问题的提法就带有“左”风。今天的政权是反封建、反官僚资本主义、反帝国主义的统一战线的，在农村中，除了占绝大多数的贫雇和中农，还有几个其他的成分？实际上还不是在农村中就是农民专政？但问题的提法不这样提，这样不好。在城市中，那就不一样了，那就不仅是工人、城市贫民的问题，还有其他的成分，所以要提贫农专政，那不是最不好的办法吗？中心意思大概是这样，大家都大体上同意的。

四、补偿问题，没很好讨论。

3号的晚上，我们召集了全体农民，告诉他们我们几个人要回去，检讨了我们在村里的方针的错误，使大家走了弯路。再就是谈关于支部问题，我谈的内容，是把这段我们对支部的错误，同时提出了，在土地解决了的西积善，支部是有功的，过去斗得乱，上级是要负责的，报告了何商民受了处分，路好勤也受了调动等，我特别问了问，是谁把本村的地主斗垮，是谁把土地分给咱们，斗错的中农，有哪几个，他本就有错，有哪几个。特别指出郭玉亮和他老婆的问题。再一个就是极端民主化的问题。又把退伍军人的事也谈了谈。问题的提法是从生产上提出的，强调这是本村的根本问题。

4号是讨论遗留问题。机关叫化人把牲口送来。因为整理文件，西柏涧少送回一本整编报告，杨待哺也少交回干部回原岗的通知，把我误了整个晚上的时间，没参加支部会的告辞和检讨。

因为第二天要早走，把各种问题都要交清，所以睡得很迟，睡不久就天明了。

归途——

5日，是回归的日子。起来很早，老姜起来更早。我在洗脸时，他就动身走了，据说他去磁县城去看一个女孩，准备作对象。慕珍、孟良、邢天祥，都知道我牲口来，一早就把东西送来，要给他们全部带走。现在的人都不大客气了，刚出来工作，就想一点行李都不带了。这样维翰和我的牲口不能骑了，人多，牲口少，我想最好是少拿一点，牲口驮一些，那就弄开了。岂知道这些人都不管，尽量全都拿来。同样，西柏涧的也一样，雇了一头驴，把四五个人的东西，一点不留地放上去，驴驮得太重，老乡发了急，说驮不动。我建议他们，每人少拿一点，就能减轻牲口的负担，他们不采纳。

体力是不行了，才走了半天，四十里地，到了彭城，我差不多不会动了。维翰的警卫员问我洗脸不，我都不想洗了，维翰也不行了。可是杨尚枫等还在嚷，要分东西给我和维翰的牲口驮。人们很奇怪，既是下来工作，又不是当闲人，拿这样多东西来干啥？杨除了带棉衣、被、毡等东西外，还把褥子也带来了，岂不是给今天多找麻烦？下乡工作，除了必需的东西，多拿总是找麻烦。

在彭城招待所，买了两斤猪肉。这是第三次把这个月不知肉味的问题解决了一下。也算经济，每个人才花了四百元钱。

下午，我打听了一下，从彭城到邢台，走邯郸是个近路，如果把他们的东西送到磁山才走，则绕很远的路。他们也要在彭城找脚。所以我从彭城就和他们分手，我取道邯郸到邢台去。

经过彭城五里地的黑龙洞泉源，这个早就闻名的所在，下马去看看。可惜，不是时候，没看清水是如何从地里冒出来。因为水源是在古庙的当中，下午去光线不对，而且水深。我揭开石块（有个碗大），往洞里看，只觉着一股凉气上冒，但黑洞洞，甚也看不见，看下去有点叫人害怕。庙外是一股清水，清到看见河底的砂石，真是掉下一根针也能看见了。几只小鸭子在水里沉浮，村边是水力发电厂，就是以这水力发动的，没进去看。

头天住宿彭阳村，找到个地方睡，臭虫真多，幸亏是太疲倦了，没有很知道。

6月6日

中午，到了邯郸。从郊外看，这座古城，有些工厂，市里有很宽的马路，有些近代化味道。这里已算是城市，其他看不出什么特点。只有一个新的感觉：我们的工作人员，特别是些女同志，都不是在山上那样朴素，一瞬看见，有股说不出来的感觉。好不容易，才找到招待所停了一下，喂喂牲口，要在下午走。

招待所，是冀南军区和市政府办的，倒很方便，给一斤米票就能领牌吃饭，牲口也有喂的地点。就是人住的地方不好。

下午离开邯郸北上，天下雨来，不大，但很密，很快就把东西淋湿了。

原预定下午走个五十里左右的，因天雨不能走，只走了三十来里，到了临洺关。临洺关，是永年管辖的关，不小，也有些买卖。但镇里工作不大好，招待所是有一个人负责，可是这人不大负责。我去到时，他说才有一个军人来，也不在那里住，在店里喂牲口。招待所的负责人头一句话是：有牲口，真困难，这里还没有草。第二是把我带到镇公所同院的南房歇。一进家，两边炕，敷着席片，一股难闻的臊气，直往外冲。在房里待不住，像进了一个小便的茅厕。那人说要住就在这里。我给他提了个意见，要求在镇公所的走廊里找个门板睡一宵，他高低不答应，又说这，又说那。化人马上就批评他“吊儿郎当”，他就和杨化人吵起来。我看见算了，吵有什么好处，一个这样大的镇，找不到个地方住，就离开，就是不容易，后来找到个店，才住下。

花了这样多的钱，专门有一人脱离生产在大道要口，设招待站，原是好的，可是现在已发展成为人民负担和形式主义了。房里为什么这样臭，我想到只有一个理，就是伤病放在那里，又没人招呼大小便，半夜在房里尿的，月深日久，就成了这种臊气。如这的办招待所，我看满可不必要。

七日，整下了一夜和大半天雨，不能走，在临洛关闷了一天，这一天真难过去。

下午，虹出来了，晴天的预兆已告诉人们了。

八日，天明，则唤起化人北上。雨后的景色，十分清朗，河北大平原已开展在周围。西边的太行山，长城似的蜿蜒屏障西边。十来年在山里，举目看的尽是石、山，看不了多远。现在是一望无边的平原，确有一种新鲜的感觉。公路是和平汉路并行的，路上人与车辆很多。通讯兵在铁路边架电线。华北，除了某些地方，像在路上所见的，确是一个和平的世界了。

13.2　关于妇女的材料[①]（1948年12月14日）

李英同志的房东，为一封建的老人，有一个儿媳妇，有一个孙媳妇。据她儿媳妇说，嫁来她家，从没吃过她点好东西，老妇每当她儿媳不在家，则蒸馍，她藏的办法，是东藏一个，西藏一个，席底、梁上，什么地方都藏，为的是怕家人偷搜去了。她做角角面吃，就等她儿媳去了娘家才做，一面做一面说："我家媳妇喜欢吃角角面，我要给她做吃，她就去了娘家了。"一面做一面吃，做完也就吃完了，最后剩下半碗，她儿子（干部）回来了，她就叉住肚子，作呕说："哎哟，做这一点点东西也吃不下去。"

家庭是不和，各怀各心，媳妇是等她在窑洞住，夜里关门和女儿做饺子吃，她男人（干部）回去，则也赶快存藏好，不让见。这样互相掩瞒，互相浪费。

老人的儿媳，每因月经，必须拄棍行走，所以这棍音也给老人个方便，她一听见棍声，则赶紧藏好东西。

武安有一对夫妇，男人大女的十来岁，整天不和、吵打。以后离婚了，男的另找了一个较大些年纪的女人，女的也找到了一个合适的男人。各人都

① 此笔记是标题为《战争、土地、政权》的笔记之第二部分。国图馆藏编号13#图片夹020-021。

得其所哉，生产得很好。（可以看见合理自主的婚姻，是对民主家庭、发展生产有利。可以加条尾巴，就是双方都另结婚后，可以建立阶级的朋友关系，以说明自主婚姻的好处。）

武安纪城有一家青年军属，因为是自由恋爱的结婚，夫妻很相爱。男人参军已四年，女的毫无怨言，而且是村中的积极分子，生产等都很好，安心等待爱人胜利回来。这次男人来了一封信，她高兴得不得了。（这说明战争情况下，妇女能忍受痛苦的表现，因为她是自由恋爱的，所以更有保证。）

为了用新的办法来压迫妇女，男人用参军的方法，和女人分离。因为政府规定，战士家属的离婚是严格的，所以使很多妇女蒙受了痛苦。西成有一老妇因不喜欢儿媳，叫她孩去参军，以使媳妇难受，但她儿子不愿去。

妇女解放，为的是使妇女都能和男人一样从事生产，今天从农业组织到合作生产，将来过渡到机器生产，使妇女在经济上完全解放，政治上才能完全解放，和男子平等。

中国的社会是个怪社会，一个人劳（动）好几个人看，一个人劳动要养活好几个人。这样使妇女完全依靠男人，不愿去生产，认为生产不是她自己的事，也是不光荣的事。

婚姻不自由，家庭不和，女人还有什么心去生产呢？所以必须是建立在自由的两性关系中，双方都满意，才能使妇（女）愿意去劳动。

西成有一个妇女，因为去浆纱，晚做了饭，男人回去则大骂，女人不敢吭。等晚上，女人才说她丈夫，说也不是偷懒不做饭，又触起男人火，又骂女人。女人顶了几句，老公公在外头听见，大怒：“反了，这是什么天地，女人敢还嘴。你这小子（骂儿），不敢打她还算是人？”男人怒就打她，把她打得遍体黑青。老公公还去告街长，说他儿媳妇骂、打男人。街长去，女人说你看是谁打谁呢？街长不敢管，“就这样，打了还说它干啥？”

88#笔记：文联戏剧部工作笔记[①]（1947年—1948年）（存目）

1. 评论关于李自成的6部剧本（1947年1月）

2. 涉县春节文娱运动（1947年2月）

3. 宋冠英西柏涧[②]工作总结（1948年3月）

4. 张维翰西积善工作总结[③]（1948年6月2日）

① 这是作者1947年1月担任太行文联戏剧部长时，用一本“给饲传票”所做的工作笔记。

② 河南安阳有西柏涧村。

③ 见《乡间记事续》。当天上午张维翰做西积善工作总结，下午是高一帆总结东积善。

12#笔记：土改记事录（存目）[①]

1. 陶鲁笳：我们的路线、政策、组织形式（1948年3月5日—5月28日）

2. 赵时真：青年、妇女和通讯工作

3. 西积善村土改复查工作村民会议记录（3月9日—5月28日）

① 此笔记写在裁开的线装书背面。国图扫描件编号：12#图片夹，共169张。这是作者1948年3月—6月在河南安阳土改工作团，参加各种会议的现场记录。主体是西积善村村民会议记录。

16#笔记：华北文协笔记之二（存目）

16.2　1948年8月11日华北文协成立会议记录

16.3　1948年10月7日会议记录赖、冷二人的发言

16.4　1948年10月24日各地创作运动的情况

16.5　1949年1月23日文工团的方向和方针问题

16.6　1949年1月24日区妇委的妇女工作报告[①]

① 1949年1月18-28日，太行区党委召开首次党的各级妇女、青年代表会议，作者是主席团成员。梁虹代表太行区妇委做了这个工作报告。

五十年代

四、老华北局[1]工作笔记（1950年5月—1953年2月）

18#笔记：华北局文艺处工作笔记之一[2]（存目）

1. 内蒙情况（1950年5月23日，移自17#笔记）
2. 戏曲工作会议华北代表座谈会（12月13日）
3. 再深入讨论几次（部务会1951年1月2日）
4. 1951年文艺科工作计划
5. 1950年下半年文艺情况
6. 山西文艺新闻、发奖大会；鲁笳谈话
7. 1950年工作总结与1951年工作方针（2月12日）
8. 对一篇土改作品的自述

---

① 作者1949年从布达佩斯回国后，到华北局宣传部任文艺处长。参看回忆录《异乡岁月》第八卷第四章。

② 国图藏笔记18#共163张图片，共6.4万字。

9. 到天津调研：春节文艺活动；青年团文艺科谈春季文艺活动；下厂文艺活动（2月23日）

10. 察哈尔春节活动情况（3月1日）

11. 张部长指示（3月6日）

12. 个人今年计划（3月6日）

13. 工业会议传达

14. 乔木、澜涛谈

15. 关于新闻出版工作汇报（4月20日）

16. 李哲人关于互助组的讨论（4月29日）

17. 干部文化学习，文艺处工作

18. 少奇报告（5月7日）

19. 华北各地刊物研究（5月12日）

20. 陈伯达报告（5月14日）

21. 周扬报告关于文艺思想（5月15日）

22. 华北文艺工作整理初步意见

23. 彭真讲话，少奇总结（5月23日）

24. 宣传会议上的讨论（5月26日）

25. 关于华北各地文艺工作的要求

26. 磐石总结（5月29日）

27. 澜涛报告（5月30日）

★[①]28. 关于武训材料；讨论《武训传》问题（6月6日）

29. 写作谈

30. 文艺处工作（6月13日）

31. 列宁论乌托邦

★32. 丁对武训的评论

33. 文艺处工作；工作检查讨论（6月20日）

★34. 讨论《武训传》和孙瑜

★35. 28日上午研究河北关于武训问题的报告

36. 检查抗美援朝作品

37. 天津小人书调查

★38. 关于武训纪念文物、学校处置办法

39. 全国文工团会议代表座谈（6月29日）

40. 平原省关于武训问题的调查

41. 朝鲜停战问题；上半年工作检查（7月4日）

42. 党史学习计划；支部小组学习汇报（7月8日）

43. 领导问题；会议记录；八一纪念（7月16日）

44. 下半年六项重点（7月23日）

45. 兴县专区文化会汇报（7月24日）

46. 文艺脱离政治的倾向；半年回顾；写个华北文联成立的书面材料；

---

① 加★号的条目，在本书中选用了全文。

关于审干；小组整风发言（8月2日）

47. 自我发言：古、丘（8月3、4、9日）

48. 处务工作；自我发言：于（8月10日）

49. 关于8月华北文艺工作会议准备工作；会议发言（8月21日—24日）

50. 成立华北文联（8月25日）

51. 检查处的工作（1952年1月2日）[①]

52. 张磐石文艺工作会议总结（1951年8月底）

53. 处务会议（9月3日）

54. 中宣部关于整党；处务工作（9月14日）

55. 华北县长会议；薄一波农业生产报告（9月23日）

56. 1952年10项工作；李富春工业报告；文艺整风学习计划

57.（部务会记录）；1952年春季文艺活动指示要提出的问题；生活会记录

58. 关于合署办公问题

59. 对重要作家的检查；萧也牧（1952年1月7日）、赵枫川、古一舟、王玉堂等检查（1月10日）；北京市文艺整风汇报王亚平（1月13日）；文艺整风报告；任桂林、白桦、芦甸等发言；方纪谈天津

60. 关于计划问题；机关工作；处务工作；1952年文艺工作重点

61. 参加石景山“三反”“五反”运动前的工作交代

① 这一段时间跳跃，原因待考。

关于《武训传》的笔记

18.28 关于武训材料[①]

冀宣[②]

修学后，他提倡学生求功名富贵。

行乞所得，托地主保管放债收利。

在临清，封建地主车作文和秀才王绍文等利用，他帮助地主跪求推销会门书籍，和学驴叫狗跳给富人取乐。

行乞三十年，大部时间是在地主阶级指使下，当武训九七诞辰（已死后），蒋介石等匪帮中委皆题字纪念。

老年群众认为武是疯子，是财主的玩物，外号为“武豆沫”。因他流氓下贱，无人理睬他。武放债高利盘剥，又要财主保，故与群众关系淡薄。现在知道武训历史者认为他没有什么了不起。办学可嘉，是资产阶级的捧他，其余的人盲目崇拜。

临清有武训小学。

孙瑜等未到过临清。

“不识字受人欺骗，识字可以升官做事。”

“穷人使，富人保，我的钱瞎不了。”

---

① 国图藏笔记18#064-066#图片。

② 编者注：指河北省委宣传部。

其中有三次积钱被骗，但他仍相信地主。

柳林地主郭子襄赠给一块地，馆陶和尚寥正又赠十八亩。他说“你行好，我代劳，大家帮助办义学”。

画传上说他放账，低利贷农，反小足、迷信，皆无事实可查。

入学者多为富家子弟。

韩复榘、何思源曾修建武训墓、纪念堂，把柳林改为武训镇。

1943年改武训县，1946年在武训义学旧址成一武训师范。

讨论《武训传》问题　6月6日

可能武的动机是好的，但结果是相反。

武训与周大的道路，是否异路同归。

孙瑜表现了小资产阶级的忽左忽右吗？（古）

为什么《武训传》某些场面，或全部仍有人拍手呢？因为正合适于他们的思想深度的东西。

武不懂得阶级，不懂劳动人民。

论争中似乎有些谩骂，但应骂。

导演有意把武训美化起来。

对历史的歪曲，结果美化是牵强附会。

孙瑜是个什么人呢？什么立场上呢？他还是矛盾的，因为他常常还点到劳动人民。（古）

孙是否是小资产阶级？他叫周大是响马。

在影片上的农民起义是“响马”，杀人放火者。

另个是片上现出地主阶级威风凛凛。

基督的精神，打我左脸，也把右脸给你打。《武训传》就是表扬这种精神。

中国的劳动人民在封建统治阶级面前，是何等渺小与丑恶。

假马克思主义者，用革命的词句来宣传反动思想，党内也有这种思想。

动机是好的，但实际上反对了人民。动机是有阶级立场的。

孙到底是什么立场？（古）

完全反映封建买办的立场。

片里看见革命是残忍的，周大一刀打进蚊帐（血花飞溅），恰恰中了敌人之思想。

《武训传》的结果，向封建投降是出路，向革命的是都失败了。如周大、小桃。

片子是否有意地反动。（古）

18.32　丁对武训的评论①

丁：总不能把武写得一文不值，过分了。没人是天生的奴才，生下就是奴才是不科学的，只是历史条件所限。

他是贫农怎会投降敌人？

---

① 国图藏笔记18#072#图片。

武阻碍不了什么社会，不相信孙瑜在今天动机就宣传反革命。孙没有什么不好。

不少人开头不大关心，讨论就讨论吧。讨论了一两次，党员不发表意见。

关：利他主义值得学习，三十年如一日，忘我精神。如无电影，武不会如此倒霉。

赤手空拳办成学校，了不起。

不能以现在的尺度去量过去。原话：从一个人做一件有利益于人的事，有利于穷孩子识字，倒是一件好事情。拿现在的眼光去看。你们现在进步了，过去不是有人参加过妙不可言、啰啰唆唆的三青团。

武终有崇敬的地方。

18.34　讨论《武训传》和孙瑜[①]

于：孙瑜是属于批判的思想呢？还是打倒的呢？我认为它是反人民民主革命的，应是打倒。

有的人说，孙的动机是反封建的，但结果是维护了封建。我不同意这种说法。

刘：改良主义和资产阶级的反动思想，不能相提并论。改良有两种，其中一种在一定意义上是革命的。

---

① 国图藏笔记18#073-074#图片。

这是统战内部的思想斗争。

朱：不能把孙的思想问题，划在统战之外。但它是我们的敌对思想。

如果是公开的反动，我们就可以把他捉起来。但他不是这样，只是把它孤立起来。

王：因为孙是披上了革命外衣、马的外衣，所以说他是资产阶级反动思想。

黎：动机和效果可能一致，也可能不一致，孙的动机是以改良（读书）来反封建，但结果是保护了封建。

动机和立场是一致的。因而效果是坏了。

共产党员是要求动机和效果的一致。

对敌人是消灭镇压，对革命阵营中的反动思想是批判，来达到消灭。其次在思想上划清，哪是无产阶级思想，哪是反动思想。

18.35　28日上午研究河北关于武训问题的报告[①]

一、武训是不值得纪念的。因此，在原则上，我们认为纪念他的学校、文物应改换和拆除。我们同意河北办法。

二、办法：

但因过去反动派和其他人对武训的宣传，现在这个问题正在讨论，我们认为在时间上稍迟一步。

---

① 编者注：此处置办法是作者为华北局宣传部给中共中央宣传部请示报告写的初稿。毛泽东于同年7月7日对正式报告作了批示：“可予同意。”国图藏笔记18#078-079#图片。

在报章上讨论已成熟时，以武训命名的学校，在他们提出要求更名，应答应。可以指导他们，他们自己改组，变为私立或公助。如北京武训小学可用此办法。

河北、平原的武训出生办学地方，同意河北做法。但应事先在群众中进行教育宣传，由群众自觉地去除掉，以免造成不好印象。

武训林的石碑、小石柱拔除，免将来剥落又现出武训的名字。

不要掘墓。武训墓不必管，以免留下不好影响。

18.38　关于武训纪念文物、学校处置办法[①]

十二三岁农民抗粮等运动；宋景诗造反（武廿岁）七八年，在聊城，馆陶、临清一带。宋景诗离武训家二三里（小六管庄[②]），贫农也做小买卖，会武艺。起义未遂就被逮，他的兄弟就劫狱起义。不几天就七八百人，不久就千八百人（在冠县，那里是堂[③]、冠、馆三角地）。与柳林镇地主武装干。头子杨明谦，五十二村民团，五十二村地主躲在柳林。杨树芳是他侄儿。宋能战，把杨杀了，杨树芳继之。杨败后，向北京求援，又败。僧格林沁去，戴红帽，骑红马，是洋枪队。宋景诗败了。县志有记载，还有碑文可

① 据原华北局文艺处干事王波云回忆，当时江青到平原省调查武训问题，回来组织了电影《宋景诗》的创作。国图藏笔记18#082-083#图片。

② 柳林镇西数里有刘贯庄村。

③ 堂邑，现聊城西有堂邑镇。

证。宋造反是咸丰二年，武廿二岁至廿八岁。武未参加农民起义，依靠地主办学。

武训扛活在张老辫家一年。张是大地主，有十来个长工。武什么也不会，挑水不会，推车拾粪也不会，扛小活。武训本家说他在张家是亲戚（姨亲）。光看树活，坑工资有说是他哥拿走了，武闹了一场。有说和他积攒，武不愿，闹了一场。外面人说是坑他了。以后开始要饭、说媒挣钱。有说说了一百个媒，认了一个干娘。活时在柳林买地一百廿四亩，合起有一千八十一亩地，都是坏地。耕好，一年比一年租高。有说利用灾荒买地。

租地是许涨不许退，收与不收也要交，催租逼死人。

19#笔记：三反五反笔记之一（1952年2月—3月）

19.1　石景山五反笔记[①]（存目）：

1. 群众座谈会记录
2. 总支扩大会（1952年2月24日）
3. 记录（2月26早）
4. 记录（2月27日）
5. 记录（2月28晚）
6. 工人家属宣传员汇报（3月4日）
7. 记录
8. 关于美国在东北散布毒菌的反映

① 此笔记是国图藏保卫世界和平软皮本的第一部分。国图扫描件编号：19#图片夹共32张图片，共1.8万字。

9. 记录（3月9晚）

10. 石景山发电厂材料：韩伯勤谈（此段移自17#笔记）

19.2　上海五反工作笔记[①]之一（存目）：

1. 江青1952年3月10日信

2. 3月13日记录

3. 介绍上海情况

4. 3月18日上海五反动员大会：薄一波报告、第一期五反计划和纪律

5. 3月18日上海文艺界五反动员大会：薄一波报告、陈毅报告、潘汉年报告

6. 庄子记五金号五反情况

7. 《人民日报》三篇文章的题目

① 此笔记是国图藏保卫世界和平软皮本的第二部分。国图扫描件编号：19#图片夹016-031#图片。

17#笔记：三反五反笔记[①]之二（存目）

1. 庄子记五金号行贿
2. 隐匿敌伪财产
3. 与机关干部勾结窃取情报
4. 欢迎归队
5. 军购佣金问题
6. 大会记录
7. 第二战役重点
8. 第一战役总结，第二战役特点
9. 新业工厂（机器）情况：李豪云、高级职员谈、群众和高级职员情

① 此笔记是国图藏紫红“旅大文艺协会”本。国图扫描件编号：17#图片夹共97张图片，共计3.7万字。

绪、研究新业厂问题

10. 正泰橡胶厂：主要人物等、暂时解除袁树森管制（4月1日）、各小组汇报对老板的研究、生产获利情况、袁树森儿子的反应、偷工减料情况

11. 薄一波第二战役结束和第三战役开始的报告

12. 正泰橡胶厂：洪福荣坦白、五反展览材料（4月21日）、群众检举发言

13. 榆林五金（4月25日）

14. 上海精艺机器厂（公私合营）

15. 大达电机厂：4月27日下午、4月29日下午

16. 包福记（1952年5月17日开始）怎样由工会包办转到资方管理、奖金、前途教育、座谈会（5月31日）、公私合营思想、共产主义是什么

17. 陈丕显报告（6月4日）：五反大体在15日结束

18. 包福记：职员学习总结、总结会议（6月5日）、讨论研究资方问题（6月6日）、生产监督会议（6月12日）

20#笔记：三反五反笔记之三、华北局文艺处工作笔记之二（1952年6月—1953年2月）

20.1　上海五反工作笔记[①]之三（1952年6月中旬—7月10日）存目

1. 包福记

2. 干部和积极分子排队

3. 老工人座谈治淮工程等

4. 关于私营厂民主改革辅导课的指示传达（7月9日）

5. 蒋云嘘（包福记会计主任）的情况和谈话记录

6. 其他

① 此笔记是国图藏深绿“学习”本第一部分。国图扫描件编号：20#图片夹118张图片，共计4.8万字。

20.2　华北局文艺处工作笔记之二[①]（存目）

1. 张磐石在年画会上讲话（1952年8月12日）

★2. 在中宣部电影处谈“五反”写作

3. 机械执行“五一织布法”的例子

★4. 话剧构思随记

5. 传达华北行政委员会第一次会议（8月29日）

6. 中宣部关于劳动就业的宣传工作（8月30日）

★7. 薄一波谈如何写资产阶级（8月31日）

★8. 上层资本家对参加民建总部扩大会和全国工商联筹备会的反应

9. 处务会议，张部长、阿英、白桦参加（9月3日）

★10. 上层资本家反应

11. 周扬在新闻干部学习会讲话（9月6日）

12. 上层资本家反应

13. 剧团问题

14. 部务会（10月22日）

15. 华北创作会（10月27日—11月3日）

16. 公私关系问题（11月12日）

17. 文联工作的中心和重点

18. 戏改工作

① 此笔记是国图藏深绿“学习”本第二部分。国图扫描件编号：20#图片夹022-118#图片。

19. 话剧创作随记

20. 刘澜涛报告

21. 文艺工作

22. 连环画会议大会发言（12月20日）

23. 中央宣传处长会议传达（12月26）

24. 处生活会

25. 周总理国际形势报告（1953年1月12日）

26. 文艺处工作方法与安排；处的问题；处内工作总结；工作经验

27. 蒙绥分局宣传部召开党的文艺工作会（1月19日—21日）

28. 马适安谈1952—1953年工作（1953年1月27日）；磐石补充

29. 处务会

30. 林默涵谈胡风文艺思想（1月29晚）

31. 马适安谈1952—1953年工作（2月4日）

32. 中财委会议传达（2月6日）

33. 代表团文委名单

20.2.2　在中宣部电影处谈“五反”写作

江青：要写，结合“三反”。工作人员是好的。正因为团结，正要教育他。

如荣毅仁问题，两千八百亿，去掉两千亿。社会主义也有贪污。

写群众在党的领导，个别是坏的。

要写资产三个方面，他则易服气。

组织个创作组，羽山、贾克，可不走弯路。

水拍：当然写运动规律那是容易失时，但写基本方面是可以的。

江青：不要光写工业资产阶级，要写商业。

20.2.4　话剧构思随记①

资产阶级要写出他的两面性，使我们的干部与群众看出他的丑恶的本质，但又不能因此使我们的干部和群众得出资产阶级是很好的。

要能使我们看出他的本质，但又要资产阶级不觉得是赤裸裸地在刺激他，而要使他觉得在此有得到教育。

因此就决定了作品的斗争方面，很难处理出“戏剧的高潮”。

到底以什么为主来写呢？

（一）干部曾经过残酷的斗争，而现在为资产阶级所腐蚀。

（二）资产阶级为主？

（三）工人阶级在剧中所处的地位应该是怎样的呢？

自己起草的东西，准备不用，善于使用底下的力量，说清楚发挥他们。

不民主就是没本事，要让他们提意见，善于听取他们的意见。

少做不痛不痒的东西。

劳动就业是个大问题，文艺上很多工作可做，可以到北京去看看。

---

① 似是话剧《在时代的列车上》的构思随记。

处务会应该是讨论文件，要集中准备，其他是办公。

凡是重点，大家都是重要的。集中主要精力来突破，解决主要问题。

半年计划要翻番（上次宣传座谈会上的）。

干部不平，大胆运用。

20.2.7　薄一波谈如何写资产阶级（8月31日）

如何写法：

资本家的思想如何反映到干部中的意识，这就会写成张子善等，他们如何腐蚀我们。反映论有深刻的教育意义，以刘青山为背景写思想变化的过程。

另一种是写资产阶级的思想过程。艾等实质是托派思想，不须反帝、反封，我们是为了反这个东西必须团结贫，但终的目的要消灭，实际上是养猪政策，赤裸裸写不好写。现在要选个什么资本家做模特。

不暴露他的黑暗面是不对的，要肯定下来。使人看了像看了本书。

另方面要写他今天进步的一面，他的进步与落后之争。他本身事业矛盾，思想矛盾。

如写一个他为什么这样动摇，也有个不好处。

唯利是图，是他本质，但他还有环境，还有帝国主义。荣毅仁说“我还是中国人，不是白华”。要分清敌我，他的进步、反帝、反官。土改中他与地主割断关系。

这样画好是不错的。

中国有了政治地位对他吸引力很大。荣跑到莫斯科，对外国人很吸引。

深刻之处是资的动摇性。他斩断了帝国主义的联系，但政治对他很好。

他得不到利，垂头丧气，得到利则好。

不要在剧中包含很多内容，而是几个突出的，最后是有归宿的。

给干部、群众知道资产阶级是什么东西，在资看也懂得自己有前途，就是限制与反限制。

他参加了抗美援朝、交税，要他看了我曾是过五关斩六将，群众看了是把荆州掉了，看到他黑暗的方面。

过五关斩六将，同时写出他的“夜走麦城”的倒霉的一段。

他办了工厂，有战绩，但他实质是为了赚钱，写他的侧面。

拥护共同纲领的，但为了发财。他拥护我一次，是向我借钱，我们也是收买。两重性不要露骨，又要写出的本质，如《红楼梦》中的薛宝钗在金钏死的时用她的衣服。

赤裸裸的斗争暴露不好。

凡和他发财不矛盾的他都可拥护。凡是市场不好，他则牢骚。如宴会时很热闹是旺月，反之则淡月。政治好进步时是市场好转。

这次不是写他特殊坏，如偷窃，而是他本质。

他们是很易波动，如物价一样。摸一摸，看他那几条。

从政治、市场，来反映他的态度。

资（本家）要把他的敌我界限分开。

把几个好的资集中一个人身上，新闻记录不深刻。

这是一部分。

工人中也有在此时李逵式的人物。“你们赚了钱，就说共同纲领好了。”可写老干部。

荣说对我有照顾，我说“我们有照顾你的，有对政府有利的”，他说“都有利”。

王芸生的文章太突出了。

上海资本家有军师，政府出个东西，他则研究。

派人出席和平会议，他们则说“‘五反’不要紧了”。

资不得不向好的方面走，也不得不走，否则无出路。

阿Q看写的是坏的，但人同情他。

资本家不在乎和他说好话，主要对他有钱，就是能让他们有钱可赚。

（1952年8月31日谈的）

20.2.8　上层资本家对参加民建总部扩大会和全国工商联筹备会的反应

上层资产阶级在去京参加民建总部扩大会议及全国工商联筹备代表会议名单之列，是皆大欢喜。李烛尘见了名单说：“有我，李烛尘！”言之扬扬自得。朱继圣和毕鸣岐高兴得很。朱在会上对毕说：“老毕，再给你说个实话，有一个德国人说自己：第一是我，第二是我，第三是我，第四是我领导你。这个就是你老毕。”毕憋了半天说：“这话是你在家和我说的。”毕做了一套制服再做一套，告诉王光英要做制服他有料子，准备开会穿。李钟楚：“任务是光荣的，要当任务看，得好好搞。”

资本家五反后因劳资问题，我们召开了工商界代表会议，款可以分期退，又有了“三权”，感到满意。但因劳资、公私关系，领导上思想还不明确，所以实际问题如成本、利润及贷款未能解决。故有一资本家反映“代表会上像一堂政治课，如听谭富英的戏，绕梁三日余音不绝”。

有的不了解说：“咱们可都是老虎啊！少说为妙！省得过第二次关。”“提劳资问题不是向工人进攻吗？提公私问题不是向国家进攻吗？”

贷款，工人端正了生产情绪，他们说：“过去我以为搞‘五反’等于乡下斗争地主。现在才明白‘五反’不是消灭资产阶级，而是为了生产。”解决了问题则高呼“毛主席万岁”“家里说下雨别去开会了，我说下刀子也得去，政府太关心我们了，一定要努力生产报答政府”。

“不是工人阶级领导吗？你们管吧，我什么也不管。”现在说：“现在营业还有我的份，我得负起我的责任。”将自己的黄金三十二两卖掉，投入生产。

“政府有办法，打哭了我们，现在又哄笑了我们。”

“我们现有了权（三权），有了钱（贷款），只要再把加工订货，利润规格就解决了，什么问题都没有了。”

“咱们臭了，首长还会理咱们，不料真拿咱们当朋友。”

寿丰失火后，在我动员下在董事会上通过恢复工厂，孙报告保险没保过，孙说是理事会通过的，别的股东一听都“炸”了。杨西园为首质问：“董事会通过是因为你们经理部通过了那样的数字，以前老是为了资方代理人多赚钱，什么事情都对董事会蒙住、盖着，我们到厂里董事会去是坐水桶，有一次从早上八点蹲到十二点，孙冰如都不露面，那谁还去啊！”

朱近日心情好了，腰板也直了，蛋厂有加工，毛毡厂活少，要拨工人到蛋厂。劳动介绍所说专业专用，要介绍其他蛋制品工人去。朱的副理坚决主张从地毯厂中调去，一是无活，二是他们也组织起工会，政治条件高，对政策了解深（意思是这些工人能按章办事，不会有过大要求）。说“我们副理坚持原则经过斗争”，劳动介绍所说“你们有你们的理由”。同意拨七十二人。李烛尘说“这个好，有理由还是应该斗争”。朱接说：“这是对人民负责的态度，我们是一个企业自己还不能调动吗？”又谈到工人要福利问题说，“工人应该从长远利益出发，咱们必要的时候还是得进行斗争的。”

朱告别家资本家说：“昨天救济分会开会，宋××同志报告疗养院有扩充的必要，因为有些工人住在医院可以回家休养，但不愿出去，占住床位。使我想起来以前，有些资本家到北京去玩，如找不到饭店住，就去找野鸡医院，装病到医院里去。那是资产阶级钻空子，现在工人也钻起空子来了。”

提起×区工商联办事处有两个委员原是资方代理人，现在归队不愿干了。朱问：“他们在五反中是否打虎对象？”毕说：“有些经理副理都归队了，咱们也该归队了。”朱说：“唉！资方苦死了！”毕说：“苦也得克服困难，我们那个厨子星期日做饭还得加班费呢！”

×区工商界筹备会有干部参加工作，主委对资本家说：“你们别看今天参加筹委会工作的干部，全是检查科的人，那不要紧，人家现在是换了红衣（刽子手）穿上蓝衣，另唱一出。现在专为资本家提提意见。”

“五反”中资的四点感觉：“见了工人和气点，见了干部客气点；开会早到点，座位往后点。”

20.2.10　上层资本家反应

评所得税，税务局干部解释政策是平心静气，干部走了，让资本家自评。隆泰经理郭云藻说要“发扬民主”，让别的资本家脑袋搭地屁股朝天地搞了两天两夜，评下盈益额。干部又去了，还是心平气和，他们对郭非常不满。

劳资关系未解决，资本家说“丢了包袱，扛着扁担还是怪难受的”。

毕鸣岐不服小组搞他，说“在市里活动吃亏了，区里不了解情况，加之以往不买这里的账，被当作大老虎打，打得真够呛。于文在市协商会上说我不好好交代，事实是没处让我交代”。

谭和毕都感到这次“落了架子，在这里显了形，以后领导工作没法抓了”。毕说：“二十五年前是两个肩膀扛个脑袋出来，恢复原样我是不在乎。”说“谁还愿意拿钱出来当孙子”，但他营业信心还很高，在上海定了一座五节大锅炉。两个搅拌锅，又要王光英找懂化学的做经理，待遇从优。毕对外是大骂毕敬生（他侄儿），但内面是从容。

谭志清跟上说：“‘三反’‘五反’是上海惹出来的。去年国庆观礼，一百零一个资方代表太嚣张了，特别是上海。这次天津比上海搞得凶，上海一开始，只有三个人上了报，我很注意《大公报》，但一直没见到再有别人上报。上海人惹祸天津人承担，天津人元气大伤，天津人遭殃。”

“天下雷一般响，哪能两边处理不一样？”李烛尘在九区工商界联会代表会上讲话，鼓掌三几次。李说：“要公私兼顾，劳资两利，工商业者本身来讲是先公后私，先劳后资。固然我们拿出了钱，但劳动人民不劳动，工商业者赚不了钱，因此应先照顾劳动人民的利益，才有资方的利益。只要我们好好经营，人民不会忘记我们的。这次到苏联，看到苏联人民穿得好，吃得好，将来中国也要进入社会主义，只要我们好好经营，不会不让我们一块进入社会主义社会。”谈到去苏时，颇为得意。

因工人实事求是，王光英对厂内党是“凶是凶，但也真讲理”。

化学染料公会开会，有三个职工参加，资本家闭口不谈劳资问题，谈起公营追口头行贿及干部入干股。资本家“有追就承认”，抱“债多不愁”“看你政府怎办”。三个职工走了，他们就大发牢骚，“咱们厂的情形很好，二十七个掌柜（指劳方），三个职工（指资方），还有什么问题”，“现在大大小小全是咱的事，刷家伙，扫地都得干，比进出口的老板强，他们一拨电话机就是钱”。

泰丰贸易行经理沈尔昌被释放后，跟王光英说，因为他弟弟（共产党员）在天津党内受到“排挤”才牵累到他也遭了殃。他是坦白得最早，并且将与香港有关的事都交代了。招了多少怪（指资本方面），问题也不如毕鸣岐大，结果招了成“牺牲品”，报上登出那么大的字，弄得全国皆知，到哪里都“露不了头”“没希望了”。他不承认所姘的舞女是“小老婆”，而说是“老婆”，也不承认“老婆”勾搭干部。他说那个老婆（大的）妨碍他进步，妇联要他和小老婆离婚，他说要离也不在“五反”时间，因此，就等于承认了搞小老婆，并勾搭干部。

朱继圣一再表示深感工人的热情。张延松（立仁工会委员）过去为老厂的打包工人，朱曾说：像这样的人，我过去哪能看得起，但今天张延松把我教育过来了。王惠玉是个老工人，猜一幅“组字画”，一猜就中。朱见状说“工人的智慧真是伟大”。朱最近尽量接近工人，“五一”节晚上，工人值夜班，彼此互称外号取笑。朱见此则笑问，我叫什么外号？工人说你叫大耳朵（朱猪同音），朱哈哈大笑。五月十日工会开会结束五反联欢会，邀朱参加，朱又感动哭了一次。朱在会上和工人划拳，和一老工人跳舞。有过去被革除的工人要求复工，找到劳动局。局说“根据厂方生产需要你们有优先权”。于是他们去找朱，朱表示“工人真讲理，人家只争优先权”。

毕鸣岐在华牲过工人关时，其他商店职工对毕颇不满意，让毕低下头去。因毕胖，低头不易，结果撅屁股弯腰，流着汗，自十点至过半夜一点多。过关后，毕表面表示积极，亨通贸易行王正洲对他说：“你是工商界的领袖，得带头搞土产交流！”毕说：“我是搞国际贸易的，但要学着搞埠际贸易！”当国际经济会议代表来津时，毕向同业吹嘘说：“一定到我那儿去参观。”资本家们说：“如果英国人认识中国字就好多了。”（意指“五反”中工人贴的标语）毕说：“他们不认识中国字，还以为是迎接‘五一’呢。”天津资产阶级称过了关的资本家为“毕业生”。

兴隆贸易行高幼珊埋怨副经理说：“你们做违法事，我差点进监狱。但我去交代问题，你们却去睡觉。”

在“五反”中，孙冰如的寿丰厂，故意把蒋匪前的美援小麦问题，加大数字（据职工说隐匿了两倍，他坦白了廿亿），以似是而非给政府出难题，以遮掩别人耳目。并企图煽惑工商界，听信说政府搞“五反”是只要搞钱。

以职工们的话来说“冷战开始了”，赵四儿（赵季扬，副经理）不再坐汽车了，因为私车是个党员。资本家们连夜在楼上算账。

行动令发下后，夜十一时一五十多岁的老工人捆梯子爬上高楼贴标语。大家劝他，他说：“今儿晚上贴好，明天早晨他们一进厂门则看见了。”

会上，工会代表说：“今天没什么多说的。“五反”运动开展以来，你们表现得很不老实，坦白材料不具体，不彻底，不全面。今天是你们每个人自新的机会，请你们分头各自想一想。”

当孙一听赵季扬腐蚀国家干部，孙顿时面色大变，口称要检举赵，立刻写了通告，向全厂职工领罪，并开除赵季扬副理职务。广播到赵处，赵掉泪说：“我今天才知道资本家的可恨，我过去的作为并非为我自己！孙冰如害得我好苦，我要检举他！”

李志道被解放后（他是副经理），孙冰如去问他账该怎么算，李说：“这是思想问题，你自己考虑一下吧！”

1950年3月6日反映

毕鸣岐在工商会开会，自备炮台烟、糖果。有一次我新华书店的同志去参加，他曾哎呀了一声说：“有他们参加，预备炮台烟是不合适的。”

1950年3月8日反映

边洁修说他是最了解“党”的人：“我和党有多年的联系，我希望把恒源的成就作一个模范，引导私人纱厂前进。”“我走到这里不知怎样才好，工厂管理委员会，协商委员会都搞起来了，以后又走不动了，走前了我怕过火，走慢了我怕跟不上。党为什么不告诉我怎么作，我恍惚得很。”

朱梦苏说劳资协商委员搞也好，不搞也好，工人要搞就搞吧。说恒源搞了生产下降，总之，对工人太民主是不行的。

朱的儿朱尚庆，清华大学助教，思想进步。春节回家和他老子为厂的事抬杠起来“你不了解共产党的政策，太落后了”！老头大发雷霆：“你懂什么共产党不共产党，共产党都幼稚得很！”尚说“厂里的卫生设备应该改善，要重视工人健康”。朱说：“卫生？共产党什么都卫生，满身都是解放虫。”

市场销路不佳，李钟楚说：盲目生产，贬价出售，造成火柴业的不景气。他主张政府要设法淘汰那些不成形的小工厂。如果怕失业，那么这些自行倒闭也是会发生失业的。与其这样不如早让它转业。

朱继圣说，税收太重，麻烦太多，老实说，今年有钱人都不愿拿钱出来做买卖了，能坐吃就坐吃，不要求发展，许多贸易业也准备结束。

经济不佳，毕认为：“政府有意如此，要实行社会主义，干了这一年白费了，别人要踢掉就踢掉你，做政府委员不过是摆摆样子。”“啥也不干下乡去养病。”“立在政府立场说话当摆设，站在人民立场说话不管事。”“我现在舞厅也不敢去了，交际处也不敢去了，去了那些小干部不乐意。”

协商会上，政府号召各界克服目前暂时困难，工会方面并主动提出减薪、借薪等办法，工业界反映极佳。李烛尘说：这是明智的办法，这样可以让工业家的情绪振作起来！近日三5俱乐部又有些喜气，资本家见面谈笑风生，嘻嘻哈哈。

×××当副市长前后，情绪不一样，未当前很暗淡，常闹失眠，当后精神焕发。

北洋纱厂劳资协商会获得成绩，产量提高。朱梦苏为此转变了低沉情绪，不像过去那样轻视工人了。

工人觉悟提高，发挥的力量确是很大的。

因为产量提高了，说我们要向中纺看齐。“恒源、东亚过去都走在我们前面，现在我们的协商会走到他们前面了。”言下大为满意。“如果我们能这样搞，明年可以扩充厂子，工人福利也跟着有办法了。”

“我是老老实实办工厂的，别人只会说大话，当这个委员，那个委员。”言下之意：我搞得这样好，政府为什么不看重我？他说认为“过去不下厂，因为厂子搞得太糟。去年6月我自己也下厂，现在我五六点钟就来，为什么呢？工人太辛苦了，我早一点来是安慰他们的，和他们一起干。”“我不是资本家，资本家是中南、金城，我不过是个代表人而已，我和工人还是一条心呢。”

五、长篇背景材料[①]（1954年11月—1958年7月）

21#笔记：《太行山不倒》写作提示和大事记要[②]（1954年11月）（存目）

1. 长篇写作提示：梗概、人物

2. 解放战争太行区大事记要之一

沁河决堤

1945年8月9日—9月2日大事

太行军区司令部对日军和伪军的最后通牒

阎锡山布告

解放武安、焦作、修武等地情况

---

① 作者从1947年3月开始动笔写作长篇小说《太行山不倒》的初稿；1954年11月开始写二稿，这是他汇拢材料的笔记。

② 此笔记是国图藏杂记账本。有内容的页码共64页。国图扫描件编号：21#文件夹050、042-006、001，共39张图片。写作提纲和大事记要共2.2万字。

保卫焦作矿井的工人

解放邯郸、收复长治

双十协定之后的状况

1946年1月10日发布停战令

中共停战通告（10日）、晋冀鲁豫军区停战令（12日）

修武真相

东北情况

冀鲁豫战况（到10月底）

13#笔记之二：《战争土地政权》之二

13.3 解放战争太行区大事纪要之二[①]（1954年11月）存目

1. 感想。我在回忆、写、查材料的时候，想到有这样的人民，这样正确的党，这样勇敢的军队，这样勇智双全的指挥员，太行山是不会倒的。

2. 1946年冬开始。我军的大踏步进退。刘伯承言：存人失地，地终可得

3. 冀鲁豫前线战况：焦作、博爱、四分区民兵和妇女情况

4. 拉锯中的地主倒算

5. 反蒋谣；群众保卫家园的事迹

6. 李普：刘伯承谈蒋介石

7. 《解放日报》12月5日社论《战局在开始转变》

① 此笔记是标题为《战争、土地、政权》（13#）的笔记之第三部分，国图扫描件编号：13#图片夹021-077#图片。其中包括：解放战争太行区大事记之二（略），《太行山不倒》的一个提纲，高宗智谈四分区情况（略），共4万字。

8. 对敌传单

9. 地雷战

10. 道清线形势（11月中旬以来）

11. 地雷名称、使用法分类等

12. 民兵自卫作战的故事：贾毛猴、郭兴

13. 蒋介石一年的活动

14. 朱总司令1947年元旦广播，及1946年底刘伯承部战况

15. 1947年1月战况

16. 反内战快板：蒋兵谣、当的什么兵、好好想想

17. 蒋介石年初的活动

18. 民兵自卫作战的故事：刚上站场的英雄、强袭高庄等

19.《解放日报》2月23日社论《11月以来的战局》

20. 战况

21. 汤阴战役

22. 保卫延安

23. 素材：段万喜参军故事、齐力廷等

24. 3月战况

25. 群众和民兵故事

26. 4月战况（有手绘新乡、安阳地图）

27. 怎样打坦克、歼灭快速部队、攻取淇县城

28. 安阳民谣一段

29. 公布3月25日—4月25日战果、战况

30. 5月1日汤阴总攻、孙殿英被俘记、李贵良传奇等

31. 5、6月战况

32. 7月战况；猛攻博爱的部队解放战士金生、炮兵连长的话、张龙锁模范班等

33. 自卫战争一年太行区战绩；缴获蒋军文件有66师向蒋求救电及复电等

34. 8月战况；九纵建军、誓词、贺功词等；民兵故事

*35. 我军大举反攻：刘伯承赋诗、某旅出征辞别信、强渡三百里黄河天险

36.《太行山不倒》又一提纲

37. 高宗智谈四分区情况

13.3.35 我军大举反攻：刘伯承赋诗、某旅出征辞别信、强渡三百里黄河天险

某旅出征辞别信：

李主任、鲁司令员、赖政委并转三、四、五专区各级党政军民干部暨全体同胞、全体战友：

我部成立以来，转战豫北，在你们的扶植、指导与帮助下，屡创进犯蒋军，参加消灭第二快速纵队，均以不负太行人民子弟兵的热望，七个月来，歼灭蒋军四千七百，涌现模范班、排、连十二个单位，人民功臣、英雄一百八十二位。8月间，奉命升为刘邓野战军。全旅指战员以十分荣耀坚定的心情，为坚决执行毛主席给予我们的光荣任务，参加大反攻。我们要勇

敢地打出去，解放久被蒋贼血腥压榨的蒋占区人民，赶上三六纵队的老大哥们，继续为太行人民争光，把太行翻身人民胜利旗帜遍插到祖国的远方！

现在我们就要踏上光荣的征途，跨过黄河，直捣蒋贼的心脏！俯视黄河奔腾，北望太行巍峨，对故乡的留恋，阻不住我们保田杀贼、卫国救民的热情！当此暂别太行的一刹那，我们谨在黄水之滨，严肃地北向太行山宣誓："我们是太行山生长起来的健儿，中国人民解放军的生力军，我们坚决执行人民的命令，战斗到消灭最后一个卖国贼，完成全国大解放，为太行山的荣誉战斗到底！"

暂别了，蒋贼依恃的黄水阻挡不住我们的前进，请你们等待着我们的捷报吧，请家乡父老们等候着你们的子弟寄回反攻立功的喜报吧！

再见吧！在自由的阳光照遍祖国大地的时候！

中国人民解放军某旅全体指战员

强渡三百里黄河天险：

8月23日拂晓，由渡口北岸我军于二十五里正面组成五个强大火力点，在沉静微空的气流中，一列英雄式的重炮，瞄准对岸蒋军的碉堡，重机枪对准对中堡垒的门窗枪眼，某团七连和九连的突击队首批登船，号称济源杜八联民兵在前涉渡掩护，七条大船斜向对岸飞驶而去。当渡至中流时，对岸蒋匪响第一声机枪，于是我军炮、枪齐鸣，蒋匪再也没有打第二枪了。此时但见我重炮的不息弹流，机枪万道金线。在持久的轰击中，对岸碉堡冒起长长大火，映红了半边天。首批船头战士凭依沙包在急流汹涌中用机枪横扫滩头阵地。六十五岁的水手老英雄崔炳义第一船靠岸时，离开船时还不到五分钟。渡完一个整团，只一名轻伤。步兵冲上河滩后，沿岸匪军掉头逃窜。在晨光、云彩中，冲锋号鼓舞战士占领第一个山头。战士仅在步枪掩护下，迅速扶梯爬上碉堡，几个手榴弹就占领它。先锋部队的箭头就直向敌防最坚固的石山头前进。

该守敌正副团长以下一千二百余人就歼。

前两天才从洛阳十五师借来的一零五口径重山炮，八十发炮弹，才打五发就被我解放。

在鸡唱的黎明中，蒋的三百里天险防线就完全崩溃了。

13.4　原四分区、九纵队老同志的采访记录[①]（1958年7月27日）

1. 1946年打修武：张显扬、任映、李宗玄、何守志、崔星等谈

2. 打清化

3. 王起明谈敌23师的秘密工作

4. 任映谈俘虏李仙洲情况

5. 杨国平谈四分区情况

6. 大反攻后的情况

---

① 此笔记是标题为《战争、土地、政权》（13#）的笔记之第四部分。国图扫描件编号：13#图片夹077-089图片。共0.8万字。

六、包钢工作笔记[①]（1956年12月—1959年10月）

22#笔记之一：包钢工作笔记之一[②]

22.1　选址初创（1956年12月10日—1957年12月7日）存目：

1. 敕勒歌

2. 工资问题

★3. 杨维谈选址 1956年12月14日晚

4. 矿山情况和医生李治的采访1956年12月25日晚

5. 冶金部夏云谈话12月28日（以下略）

6. 计划处长谈徐总工程师受苏联专家影响1957年1月12日晚

7. 中国作协创作规划会

---

① 作者从1956年12月到包头钢铁公司就任宣传部部长。

② 此笔记是国图藏红色首都日记本。国图扫描件编号：22#图片夹共119张图片。整本笔记共5.3万字。中间有关中国作协的三段记录，已编另文。

8. 包钢整风问题5月27日

9. 水文分队谈黄河钻探问题5月30日

10. 包钢整风座谈会7月8日

11. 中国作协党组扩大会（另文）

12. 包钢冶金建筑公司家属代表会10月21日

13. 鸣放情况

14. 丁玲陈企霞问题（另文）

15. 水铁公司运动情况

16. 杨维谈开辟情况11月10晚

17. 矿山鸣放整改情况

18. 大厂主义、韩德文等基层情况（选）

19. 包钢党委扩大会12月5日

20. 李超谈话12月7日

22.1.3　杨维谈选址 1956年12月14日晚

1953年6月开始。

赵树仁开始了解矿山，开头去很冷，弄到固阳去。

1953年第一期选厂址。都选了三个，就是没选昆都仑水西，老工程师选后回北京电打死。

我回国后，原三个地方，后在这里。自已也想拓荒。

来后，看图纸没有水，磴口黄河不冻也可。去看看眼界打开些，从白塔开始，山前山后都去看。

选厂址提出七个条件：

不依靠党、地方无法进行。到华北局雪峰，后再找中央，后又找澜涛，他介绍找秀峰，后又找磐石。澜涛再介绍到内蒙。内蒙有意搞在呼和浩特。但是不能解决水每天五十二万吨。

地形看矿山也远。

到矿山先看。先找到市长，公安部局汽车常抛锚。雇马车走。到矿山也如此。在矿山骑马找水，找蒙族人说话不懂。2400吨水大体接近。有几个技术人员来，很冷了。

在矿山住了几天，雇骆驼再去看。找个地老鼠又问蒙族人。矿石也鉴定了。技术人员都骑骆驼。

回来总结发生一些问题。把苏联理论讲了三天课，但都不满意。

后我回去汇报，叫他们往西找。到计委安子文汇报。

回来带两个专家，一搞工厂经济，一搞地质。他们说有好处，有坏处。就往西，看乌兰素海。走了两天，头天晚了，借了两辆大卡车，两辆吉普。

吉普坐专家和两翻译（七月间）。到西山嘴很黑了，才下过雨，（失联了）到处找，一晚找不到。他们找到个小店，什么都没有，半夜才知道误在哪里。冻得拉稀屎，买些柴火。

第二天找打鱼的做调查，找安北县了解。

从白塔到乌兰素海，看了十几个，最后选三个。

做工作打钻，我们认为宋家壕较好。主要水的问题。水利部专家说在昆都仑河打坝，内蒙提出从珊瑚河。

昭君坟老百姓三辈未搬家。选定在这里。找材料：地质、水文、人口。

分配来一些知识分子，起作用。

部里1953年分配来的，什么人都有，有反革命，有违反纪律的。

抓了从苏回来的几个干部，组织一些人研究，一些带青年知识分子到外工作。

他们对事业。在矿山很冷，我去做刘敬饶工作，不为明天谁来干这个呀!

苏民听说在那里搞工厂，支持。

青年硬到处找，知道我是负责人就要求解决问题，当然也有压力。

市长给我们找最好的房子，也很不好，你可以去看看。优待给我一房子，我也不好住。

工资也无所谓，搞个临时标准，因为他们苦。

转业干部去领导这些小伙子，说认为领导干部对他们不信任。知识分子也认为对他们不信任。

当时因为净搞技术，做不了结论。

有的团员1953年来，现未入党，也不满。

此问题有发展，苏联设计组来了。

苏联专家要求很高，翻译都是新人。技术问题叫技术人员看，处长们认为对他不相信，专家也不承认他们是组长，说四大金刚，哼哈二将。对我有意见而我不知道。

1954年5月15日，政治局批准在宋家壕。114项资料，一年完成，很大的任务。青年、转业的来多了，没有组织他们中的一些人去学习，有争论。人多事少，实际是四五百人。用的时候都要突击。这时很混乱，部里也不了解，只了解鞍山。

要解决转业干部中的提高问题，文化等。

要搞制度，一长负责制，财政制度还是对的。一长制是硬搬了。

“住了几天野鸡大学，吃了几片面包”，没强调干部长处，只强调学文化。都说“没文化吃不开”。依靠谁，歧视等等。

陈定坤说是企业，还是机关？他说又非企业，又非机关。

1955年上半年很不团结。

审查初步设计，老干部当组长。上了二十几天课，不懂技术干部讲解，到北京学习这个东西。

党代大会解决了团结问题。但新老干部、工农、知识分子关系没解决。老干部和人争论不起就拍桌，问：我们是地主？

“他们来了几天，挣钱比我多。”“他们复杂，入党我就头疼。”

1954年到现在主要搞协作，厂外工程。

修铁路、电器、马路、砖瓦砂石、供水。

电一千瓦，现一万八千瓦。

设计资料国外87项，国内93项，做得差不多。

设备订货，国外分交，国内已定，非标准还未定。

腿勤，嘴软（甜），上嚷。

我们靠比例，资本主义靠钱。

1. 党的统一计划

2. 统一指导机构

3. 主导机构，主动了解，支援

4. 技术人才，资料互相支援

要有施工机器医院。

“眼准，手长，狠。”（经验）

“工作上山头，休息蹲炕头，恋爱找石头。”（矿山苦）

“扫盲扫盲，扫掉老盲剩小盲。日忙夜忙，出来一群流氓。”（工人子弟无法上学的不满话）

选厂址时，乌兰夫同志说百灵庙会有水。杨维同志带了十来个人借了中型吉普去。天气冷得非常厉害，蒙民、旗干部用毡子（一寸多厚）破成块烧炕招待，但根本不能解决冷的问题。天下起雪，冷得不能睡，就坐起来谈天。后实在太累了，连衣戴帽睡。某人朝火口（睡），火把帽子烧着。

141钻探队长坐吉普上山工作，曾翻车摔坏，幸被群众发现。

蒙民现都说我们的包钢，听在那里建工厂很高兴。

也有一些人不讲民族政策，一去到看见蒙古人的服装就嚷着去看鞑子。有些民族干部懂汉话，听到很不高兴。

选厂址的条件，首先决定于资源——矿石、焦煤蕴藏量的多少。厂址地点，先决定于水源地。因为矿石、煤都可以远处运，但水就困难，它需要量大，一昼夜需用30万m^3以上，包钢最后用水约52万m^3。

在矿山条件困难，狼很多，早晨前结队出来。因此，工人说有白班、夜班、狼班。一头狼从工人后面，双前爪搭在工人肩头上。工人不敢回头，怕被它咬喉咙，只能大叫别人来打跑[①]。

“白云鄂博”，蒙民一般称为“白云博格都”。“白云”为富丽（乌力吉那仁说是“佛”的意思）。“博格都”意为伟大庄严。山顶有鄂博（或称脑包），用矿石垒成。过去设有神龛，故山以鄂博著称（地质勘探队报告绪论）。位于百灵庙的西北约50公里，石拉赤老庙之东约20公里。呼伦点力索的正北29公里。

翻译组无人管。

工程师（高级知识分子）没有能参加初步设计学习。

现在信任些，但仍觉得工作不明确。

科学进军领导上没有套办法。

工资、级别都没有定，主要对会计（财务处），因而他们想搞技术，不想搞会计。

经中央的指示，有所改进，但只是当作突击工作。

不合适的，不调整，怕放了没有来的。

百家争鸣，只提出知识分子学，他们提出领导同志到底学了没有？“工

① 作者1957年1月15日写有诗歌《风雪夜里的狼嚎》。

作上领导决定，工作做不好下面负责。”“不同意到报纸上搞我好了。”（杨）

提出处的计划要让大家讨论，但都做得不够。

医务所觉得无工作、无设备，又不让到外实习。

设计处说看不见专家，听不到他们的意见。翻译的也提出这意见。

保卫处在这些方面，有些问题不同意（如派出去学习）。有家属在台湾，即不让出去。

关心进步等问题：支部忙于开会，不能找他们谈，关心不够。

科学进军，支部没有管，现有的单位较重视着（如工程技术处，支部派得好，设备处行政领导注意）。

科学进军要搞三方面：党团、行、工。但过去没有这样做。

建党方面：思想存在怪问题，怕当介绍人，他们进了党对党有危害。有文化，入党就超过我，我要你入党就入，否则入不了。一般认为历史复杂。支部也不敢负责。要组织部先批准，说现无问题，将来有问题怎办？

模范也不够入党条件。吕明浩，支书不敢负责，问历史清楚否，他说不清楚。超龄团员很多，入党不行，悲观。

老干部反映：

有知识有本领，我们不承认不行呀，忙，会多，掉队，赶不上。知识分子作用特别大，我们不行。如杨的讲话，过分强调。

29#笔记之一：包钢工作笔记之二[①]

29.1　铁路运输部（1957年12月）

裴森同志谈（铁路运输部党委副书记）[②]

（三河楞）

第一季度成立：

（1957年）3月15日机车点火、生产，现有56人，干部二十几个。合计运量40多万吨，曾有度事不太多，易引起一些思想问题，闹得较严重。有的从鞍山调来，有很大波动，物质条件差，要求高，实现不了。对公司对劳保品有意见，房子等等，常到部来要回鞍山，酝酿罢工。家属说不解决就找毛主

① 此笔记是夹在国图藏灰色练习本（29#）中的5张散页。国图扫描件编号：29#图片夹019-023。

② 作者根据此次采访写出了报告文学《他们只有一把铁钳》，发表在《人民日报》1958年1月8日第3版。

席。

当时所选的工人代表，都是闹得凶，落后的。因为他敢出来，能说，被选为代表。

检查忽略了政治教育，以为鞍山调来的没有什么问题，工人以三千六百里来的，什么都解决，要求解决问题。

我们分别先从党内动员，勤俭建国。领他们（工人）到昆都仑召看三局的修路队的窑洞，加强联系，缩小了不了解面。

河西成立附属企业车站，借电装两间房（公司），接两台电话。工作开始，（连办公带宿舍），在那打电话，打扑克。

发动脱坯盖房。先机务段盖，还解决不了。电装公司又不让占房，他们把桌子搬进办公，把我们的桌子搬出。

我们盖了十间半，节省八百八十元（一间八十元计）。

干部参加义务劳动，一星期（五）一上午，和工人一起盖房脱坯、抹灰，一直坚持到现在，影响很好。工人看见干部带头，不好意思不干活，也很受感动。

房子有了，小仓库也有了。这时提出勤俭建设包钢，持家，向艰苦学习。

养路、机修都开始工作，没有工具，要动员自己想法打工具（洪炉）。在露天砌了个炉，买了风箱，烧烟煤，连把钳也没有了，后隋永秩（锻工）从家里拿来一把钳，打工具，258件。锤、钳、机车普通用的零件，修理机车的工具都解决，现在炉也盖起房子了。

发动机车，乘务人员监修人员，自己检修。过去要托三局检修洗灌，要花三百多元，一月一次（一台机车），为国家节省一笔开支。这是夏天的情况，但冬天，没有修理厂房，现发动工人，在线路北面搭起迎风障，工程师、技术人员、工人座谈，说可利用中午的两小时。在边上搭了小间，内有火炉，可休息。

过去到三局，人家要有时间才能做。

节约煤水工（上煤加水），开始时雇了六人，六十元一月，干了两月。活不太多，我们动员大家自己上水，大家同意。但落后的说“我们不是这个工种，我是开火车的”，开车、调、段、站自己来搞了。

干部义务劳动卸煤。四十万吨两台机车够忙，来的煤卸不下来，动员干部去干。还有给供应处、设计处等的煤，二千五百八十吨（三个月）。

养路工人自己打工具，今后不买。自己做工具，有木锨，提出每人要做好一事，1200元（节省）。榔头、规矩尺、三角尺、笼屉、脸盆，借洪炉不上班（星期日），都打工具，共搞了13项工具（118件）。后又提出11项，也是养路工人用的工具。年底又提出4项，打斧头、镐柄，公司提出多运少赔。过去是赔钱，每月几千。行政人员由公司开支，工会由生产开支，争取多运不赔，提出增产运量一万吨，找各单位能否把东西提前运。

过去材料供应公司的货，因汽车活少，就把火车的货在河东企业公司那站卸，再用汽车送河西，这是不对的。

11月底完成了9000多吨（超额数）。

过去有人说运输部成立过早，停下来还得开支，不同意停下。找货源共

43000吨，到11月中旬完成82900吨，到年底增50000吨，保证收支平衡。

小高炉、电业局、材运公司，等新货源就超额了。但机车的力量还未发挥，今年能做到收支平衡，完成12000吨是有把握的。

今年运量不算大。

机车节约用煤、油脂等，从各方面节约八千。

现有三百多人（有二百多装卸工、临时工）。

“不发安全奖不能保证安全生产。”

安全操作规程，是我们工人阶级的血总（结）出来的。

祖祖辈辈未穿过皮袄，现在发下皮袄还不满足，张永海以后做检讨，贴出大字报。他原不肯要劳保品。三十四五岁，检车主任（也是工人）。

为什么只发皮袄不发皮裤？三局有皮裤（还有吊面、大头鞋、皮帽）。看哪面合适站哪面（指领导），工资看三局。包钢劳保不如三局，现学包钢。

23#笔记之一：包钢工作笔记之三[①]
（1957年—1958年）

23.1　1957年12月6日—1958年10月6日工作记录（存目）

1. 高泽民同志谈包头市文艺新闻界情况（1957年12月6日）

2. 职工对国家的态度

3. 雪峰讲话

4. 包钢行政处工作汇报（1958年1月20日）

5. 八大二次会议（1958年5月5日—23日召开）传达

6. 邓小平：莫斯科会议（1957年11月14日—16日）报告

*7. 中宣部会议记录，关于李之琏、黎辛处理陈企霞事（见本卷“中国

① 此笔记是国图藏绿色青年日记本的第一、第三部分。国图扫描件编号：23#图片夹共91张图片，3.7万字。笔记地点分三部分：a.1957年12月—1958年1月在包钢；b.1958年7月—9月在北京；c.1958年10月4—6日在包钢。

作协会议笔记”）

8. 访问高宗智（7月20日）、秦基伟（7月28日）

9. 参加《诗刊》座谈会的发言提纲①

10. 务虚会传达

11. 杨国平谈武陟县斗争

12. 北戴河会议（1958年8月17日—30日）传达

13. 李富春传达最高国务会议（1958年9月）

14. 薄一波传达最高国务会议

15. 康生谈教育改革

16. 周扬讲话（9月20日）

17. 包钢党委扩大会（10月4日）

18. 研究发动群众问题（10月6日）

---

① 编者注：作者在1958年8月3日参加了《诗刊》编辑部召开的一个座谈会。会上的发言《群众对诗人的要求是什么》刊登在《诗刊》1958年8月号。

24#笔记：包钢工作笔记之四[①]

1. 黄河水源地（10月7日）

2. 高炉工地总支书记王炳宽汇报20天的工作情况（10月8日）

★3. 同李一夫等去矿山（10月11日）

★4. 旁听党委召开的干部会后，去看西矿和东矿（12日）

★5. 以复转业军人为主体的红车班材料（13日）

★6. 宝音谈白云鄂博历史；晚上去矿山看夜间采矿（14日）

★7. 区委书记巴音都龙谈白云鄂博历史；晚沙那讲自己参加革命的故事（15日）

8. 地质测量科谈勘探情况；基层女同志和工人情况（16日）

① 此笔记是国图藏绿色友谊日记本。国图扫描件编号：24#图片夹共91张图片，3万字。这里选了10月11—18日，作者在白云鄂博矿区的日记。

⋆9. 张新田谈管道队、女同志干劲与牧民关系等（17日晚）

⋆10. 到水源地沉井工程、加压站；到牧民蒙古包、乌兰布拉格（红泉）、喇嘛庙、蒙医院；欢迎解放军汽车队来支援；参加矿山的第一场婚礼（17日）

⋆11. 到草原果山；过军事要冲百灵庙，看到喇嘛在炼铁；路遇狐狸和黄羊，开枪都未打中（18日）

12. 土建总工程师汇报压力灌浆情况；曾写稿发在《包头日报》，苏联专家剪报后来工地，要往《真理报》写稿（19日）

13. 金构青年突击队安装热风炉情况；工人诗歌（10月23日）

14. 筑炉质量检查会记录（1959年6月6日）

24.3　同李一夫等去矿山（10月11日）

同李一夫（矿山公司党委书记）、肖经理，还有一位姓夏的和一位达斡尔族同志到矿山来。

出发时已上午十时了，到老包头青委那里停了一下，到固阳时已一时了，在那里吃了中饭。

过了固阳，天下起雨来，开头不大，一群鸟在天上长长排成一字在雨中飞，牧人披着麻布在雨中放羊①。

今年多雨，草原的汉族合作社（现在成为公社），燕麦荞麦都长得很

① 作者因此景，写了诗歌《雁群》。

好，正在收割。

雨下得很大，吉普车都漏起水来。但若有一小时的样子就晴了。

下午四时多，到了矿山。矿山已和第一次来的时候，不能辨认了，原来的凤凰山下，已是市镇。房屋街道，已掩住了原来荒凉的草原。

老李叫我住在专家招待所，因为这里较安静些和干净些。

吃了晚饭后，我顺便到原来发现《冬天里的春天》[①]的地方去看，天已快黑了，走了半小时多才到，这里完全变了，原来的地洞，现在在它的旁边，已盖成房子，原来的地方只留下地坑痕迹。我曾进去访过的那家，地坑还在。在这片地方的后边，是一片宿舍，有红瓦，有青瓦。

当年看爆破的地方，现在是火车站，只有一个小山上，仍有些人住在地洞里。

我从这片原来访问过的地方走上丘陵，看见主矿和东矿的山头上，像把天星移下来一样，万盏灯光，也像顶宝珠嵌成的宝冠。

大喇叭播送着新闻，其中有关于亚非作家会议的，一会儿播送音乐，这里的广播似乎对《天涯海角》特别有兴趣，几年来都是这张老片。这和辕马的嘶声，火车笛声，不大相宜。

在丘陵岗顶上，看到青山区来支援采矿的中学生。我问了一位，他告我有一千多人来。他们在那里叫喊集合："第三连！"等等。他们住的是荆条

---

① 编者注：作者1956年12月下旬曾到矿区。《冬天里的春天》是他1957年1月5日写的一首诗歌。

泥浆抹成的地下房子（屋顶就在地面）。

新建成的电影院，正在放映《革命的前奏》。

我到李一夫的办公室去，他们正在开会，讨论这次市委要他们完成45吨至50吨矿石的任务和破碎场建设的任务。

任务看来很重，党委已受了批评，主要是因保守、本位主义、不公平。各小炉都说他们给贫矿，这看来是误会，大家都在炼铁，乱抓。矿一到包头即不知到哪里去。

会议未讨论出具体做法，主要是运输困难。市和总公司拨来65辆卡车，其中有20辆是北京军区支援的。

为了运输，将有一万临时志愿队伍来，自带干粮，但无住处，要露宿。在这里无宿舍是无法过夜的，又不是夏天。我提议把电影院、澡堂、饭堂晚上让这些人住，以免冻着。

任务严重，困难很多。但大家是在想办法，乐观也有，伸手的也有。

问题在于发动群众。我介绍了一下高炉工地的发动群众，大家很高兴。

党委有很多书记：巩、葛、马。

巩告我，他们今年四季能出一千多吨钢，其中有好钢。总党委已祝贺他们。

工人情绪很好，老工人不下火线。

散会后，青年们在跳舞，我去看了看，今天星期六。

24.4　旁听党委召开的干部会后，去看西矿和东矿（12日）

早上到工地、矿山前走了一趟。因为觉得有些冷——这里确是比包头冷多了——怕一下着凉，到党委的办公楼去，他们正在开干部会，坐在那里听。

散会时，我同办公室主任谈如有时间，设法找人带我去各处走走。他立即答应说今天下午去。我怕人家现在正忙，他说不要紧，可以去。

下午，他来找我。我把我想在此了解的问题向他提出，他很热情地说可以办到，并告诉我除了找宝音谈之外，还可以找志愿军转业来的红旗大队谈谈。他们从7月到现在是出勤率很好，原来的汽车队只有百分之五十多。

我同时问了他关于压力灌浆的问题。他说他知道，创造者是个党员，他曾了解过此事。

而且告诉我，了解开辟工作可找二四一队，现仍有人在这里。

我们先去看东矿。东矿是富矿，但不凑巧，今天是星期天，除了学生在剥离采矿之外，没有公司的工人，只能看了看。下来时，看了三米立方的电铲在铲土。这玩意儿确是厉害，一兜就足够一卡车，而且放在车上时从底下开口，慢慢放下，卡车马上就往下挫，进行得很快。

到主矿看，也一样，是星期天，没人做工。只把穿孔机看了看，这家伙也很有力量，能打十几米的孔。

矿山的剥离，是以海拔标高来说的，如剥到一千四百多少多少等。矿山已从南边山边，剥了五层。如全部机械化，生产快，真是几年就把山顶剥掉了。

这次上去看已完全和过去不一样了，路都开得很大。

特别宏伟的要算电机车的“万里长城”（工人取的名字），从破碎场到蓄矿库左右绕上山去。路基很高，真像长城。将来的矿石从电铲到电车——破碎——蓄矿库——火车，根本不用落地就运走。

到了西矿。西矿离红角八公里，是贫矿，但都是碎的，可以不用爆炸，我看用电铲就能开采。现在是五百机工学校和护士学校的学生在开采，我曾代他们打了几下榔锤。

回来时，到破碎场看压力灌浆。这是全国最大的破碎场，全部用高压灌浆的先进方法，世界上还没有如此大规模的压力灌浆法，它能容下很大的石块，不用搅拌。六十多米高的破碎场，除了底层外，用两次就完成，这方法是先抛石块，中间插灌浆管，再用水泥砂浆用压力灌的。

压力机是用苏制压碎机改装的。苏联专家对此大规模施工法有怀疑，认为现在没用科学仪器可以检查。但张经理告我，每块都有试验块，这东西就是在灌浆的夹板边，用一方形木框，做一箱子，石头浆都同主体一道灌，灌好了，取下试验，每次都很好。

这个施工技术的改进，真是了不起的。应该说是一大革命。

关于蒋某某科长的一二事

“人家都说专而不红，我是不是以后三天搞技术，三天学政治就红了。”（蒋某某，山东人，搞地质）他的科中，他是科长，还有一个是搞建设技术的科长，两人互不合拍，扯皮，而蒋的意见，常常得到自己老婆（也是搞地质的）的赞同，互相拥护，闹出许多笑话。有什么规划，群众讨论提出，苏专家也同意，但在他领导的科内开会，他不同意，完全要按他的计划做。

原想叫他到苏学习，看这情形，不敢叫他去。

24.5　以复转业军人为主体的红车班材料（13日）

红车班的材料——

车永章（行车组长，团书记）：

建设包钢的重要性，对国防的重要。

调来包钢时，曾听到人说地方看不起转业军人，说他们爱提意见，不好领导。我们抱着多干不说话，有意见提出，但仍服从干。

来包钢即来矿山，虽然大草原，但比战场还是好得多。

来了十八人，大部都是党团员，只有一个群众。

叫干什么就干什么，参加建设。

李桂林做领导工作，如何把老司机带动。李黑天白夜都在汽车队，不睡，大家都感到好，“部队下来的，起作用”。

原有个司机，也是党员，但不积极，这样影响转变好。

把任务讲清楚，讲国内外形势，经过学习，特别农业的高产，使我们很高兴，有多大力量使多大力量。

1957年3月来的。

吴保华（行车组长）：

双反、“大跃进”，对我们鼓劲相当大。农业的如何进步。

领导上的毛病，大字报，批判有的官僚。

昼夜都写大字报。

李桂林，不管什么，看见就干，顶着就干。有一天干廿小时，让驾驶员休息，对他们影响很大。

要解放台湾，要我们马上就去，把红车开去。

车永章：

原来的司机，修车都在正式时间。我们是正式时间拉矿，而在休息时停车保养。

贾速文（工长）：

在军队时开苏车，来后开红车，开头不惯，技术差些。

开头完成任务少些。开头完成七次八次，就是因为不惯的原因，以后完成十五次。

经过双反、“大跃进”，次数多了。今年三十三次，原八次（去年是这样）。

工作是紧张的，气候也是苦的。

现每天是10小时工作以上。

每天去多少车，少去一辆，矿拉不下，就牺牲自己时间维护车辆。

红车是法国的，拉矿是在山地，矿石又尖，因而很坏车。特别是弓，常坏。中国无此钢板，就改用铁板，能对付。在今年跃进中，连铁板也没有了，就想法以别的车的废材料来代替，节省了三吨钢板。要等国家供上，肯定任务完不成。

换钢板，轮胎都要换，每天要工作13小时。

计件的65%，我95%+出车率。我们是计时，大家反对计件。计件这样保养差。我们是政治挂帅。

红车工段转业军人占80%，共22人，军人18人。

保质保量，当天就把车修好，以便第二天工作。

没有铁板就找斯巴达的废板，但现在连废板都找不到了，找其他的废板凑合。

不好使也行，能完成任务就行。

李桂林（工长）：

上矿山，都是矿，又尖，坏轮胎最厉害，钢板最厉害。

业务肯定要完成，意见可以提。

老的人干都要在工作时间修车。

我们初来时，规定工时是八小时，能拉八九趟。到十趟就感到很好，到十五趟队里上级就说好。那时强调休息好，不要出事故。这是去年情况。

来这里，任务很紧。不要向领导要，要改。领导有缺点都改了，就好。地方和部队都一样，领导下食堂吃饭，看改得多快。

车现坏得很严重，一小时跑二百多公里，一小时四五趟。过去是两趟。

（如此说来，现八小时跑五十次，一小时要走六七次，路程四百多里到五百了。）

现在拿俩馒头，也不管劳动纪律，要不就完不成任务。

现给任务二十六七趟。可是已到了五十趟了。

现修理汽车要到处找材料，就要占业余时间，干了再吃饭。

土方队出动65%，我是100%以上。

（为什么土方队不能这样做呢？）

唐、刘老司机（唐剑、刘风春），蚀了弓修两天，上完廿四小时。

刘的跑三五趟就回来修，我提前上班，可以腾出修车时间。

拉不够，一定要撵上。不管多少小时，一定要完成。

过去他们不好工作时就回去修车（计件）。

（计件工资的，看见工作好做就不管一切多拉，看见不好做，就回去修车。）

土方队调俩人来，看两天就说干不了，太累，不肯在我队。

找他们废了的，他们扔，我们看见就捡，上了就干。

有废铁有裂，加夹对付。现在差不多每台都不知换了多少次，加了多少夹子（有的30多）。

现轮胎也缺，用其他代替，从破胎中解决，没有就把另台车子的拔下，回来再安回去。反正不让完不成任务。

龙风桐：

以前吃饭要停半小时或一小时，现看不见一台停的。

提前四小时上班，今天耽误一天，明天要赶上。

助手去找了，他半夜二时就上班，再腾出时间换弓（薛方）。

老司机修车，我们去三几个同志去帮助，影响了他们。他们现在也来帮我们。

我看见有车停就帮助拉，计件的可不帮助我们。但在这样影响下，他们也有转变。

我们来后，弓未买过新弓。

计件的工人拉货计件，修车计时，停车75%工资。

我讨论过计件，大家都不同意，因我们拉得多，怕影响他们。

“看见矿拉不下，眼都红了。”

“看升降表，不问工资。”

杨安，原助手，后送其学习。回来后，我们看家庭生活有问题，叫他去计件，不肯干，要计时。他说我有50就行了，爱人病公家医，现又是正式工（在食堂），一月有30元，我不要计件，我只要给党工作。他是团员，爱人问题解决转正，在食堂。

分了六人到货运队，计件不干，他们说我们不是为多钱，只要计时。

献工，除了做完任务，还去拉沙，拉材料三几小时。

赵传珍说你们来了，把制度都改，修车要算加班，也不休息了。

拉水泥（为怕下雨），不吃晚饭就去。原去10辆，后都去了。五百多吨，拉11时多。第二天7时又出车了（今年7月）。

从未出过大事故，又是在山上，白天黑夜作业。

红车班：

不要加班，注意大家休息。看见病号自己不休息就把病人的车开走。（这是李桂林。）

符队长也很好，看见有石，就招手，看见去吃饭的就自己。

曾凡明（副队长），原汽车排长。

赵玉喜是教导员（蒙），支书。

李国富副队长，转业军人。

吴保华说：李桂林从未谈过加班，他倒与别人上报加班。他没有星期日，也没有节日，有任务就干。如国庆节要出车，他就去了。

他关心同志的休息。要出车，他先到各人宿舍，告诉我们，谁今天什么时候出车，谁休息。我们看见他这样忙，不好意思在家闲着，一有时间就到队里去等任务。

有一次，他已拉了一天矿，下班时看见有人病了，他立刻把病人的车开去拉矿。

这些都很感动我们。

李桂林说：我们从部队来，只在去年评了级，但有两人未评。一个就是吴保华，我同他说这事，吴说：我这点技术，都是党培养出来的，我应为人民多做工作，有什么做什么，不要谈这个。他就是这样，什么都不受影响，一样积极干活。

转业时，有思想问题。上级动员转业时说："你们到包钢去，那里钢铁工业，建设、国防都需钢铁。同志们要保持军队的光荣传统，不要忘了自己是人民解放军。包钢虽然是规模巨大的钢铁基地，但那里任务很艰巨，草原有很多困难，地方冷，条件是艰苦的，同志们要有准备，克服困难，尊重领导，搞好团结。"

我们来到时，看到确是有困难，但并不是像人说的那样。

他们回答完成第四季运输任务是乐观的，说如果把铁路改近一些，每小时可以多跑三趟（现在远只能跑两趟）。带斗，可以，但来回慢，也不能多带。吴、车主张多跑。

他们中有五人在朝鲜战争中得了奖章。

10月17日，已从33次跑到40次，又从40次跑到50次。

24.6　宝音谈白云鄂博历史；晚上去矿山看夜间采矿（14日）

宝音同志谈矿山历史情况①——

1955年12月来。

山原叫白云布嘎达（神山）。

二四一队勘探后才改白云鄂博（富山）。达尔汉旗、茂明安旗，两旗合起来，以山为界。山西茂旗，山东为达旗。

神山，两旗供此山，一年一小祭，三年一大祭（一年一旗供），三年合起来。

大祭即在此赛马摔跤。有香火，那达慕大会似的，祭一两天，王爷拿出好多的牛羊，以单数上供。念经、摔跤、食餐，散会。

山上有位将军，死在此山，对人财两旺。

1953年移灵，两斧一盔甲。移到东南四十华里，也叫白云鄂博。

供此山已有几辈子。

---

① 以下记录，部分成为《白云鄂博交响诗》的创作素材。

移时，中央派人来，附近庙寺喇嘛都来念了一天经，用汽车运去，很隆重。

过去大祭，两旗各供一白马在山上，马死后又换一对新的。

四十年前，比利时人来过，日本人也来过，拿了些样品，牧人反对。日本人来，但未拿走东西，不让挖。和旗队（王爷部队）打过，日本人吃了亏。日本人对牧民财产掠夺很多，后两族搬到蒙古共和国边。

第一次一个多月，第二次住了两月，不断遭到牧人打。

他们在那河洗澡，牧人吓他们说，我为抓毒蛇才来此住，他们吓走。哈尼乌素（水）过去阿木斯尔（口子），瑞典考察队住地。后在破碎厂西住了三十天，白天不上，夜里才上去看，不敢说探矿。

几十里地无牧民。

牧民有基本牧人骑兵守山。奴隶制（王爷的），起冲突，现有的牧人也参加过。

斗争是自发的，也未得王爷的支持。

这支骑兵三十余人，住现火药库地方（有四五华里），那次骑兵损失很大。

这里是1950年才解放进来。

过去知道有矿，丁道源瑞典考察队来过。

日本人来了，牧人跑到戈壁滩，也进行祭。1950年解放，因过去蒙汉隔阂深不敢回，有两个政府，有我们，也有王爷的（现正职都是他们——王爷，现叫区长）。

我来后第一步宣传民族政策。（我11月进来。）

宣传也不行。抓紧对贫民安家立业，过去都是给王爷、贵族放羊牛，现有几百到一千牛羊的，都是我们给他们的（下了羔就还）。他们原不相信，以后有些就接近我们。到1950年末，都回来了。这附近有住过好几辈的，看见我们与国民党（岳友三）、日本人都不同，可能是好人，搬下来了。

1950年底来了勘探队二四一队，二十多人，乌经理（师派一连保护）。

因不敢动鄂博，只是看看，捡石头。但牧人有反感，但还不大。

我们就宣传，联系到锅、勺等是此石做的。

1951年上半年未动，只是插旗、测量。

达旗我政府到处宣传。

1951年下半年召集代表性人物开会，解决勘探问题，讲清此山对我们有什么好处，利用这些代表向牧人宣传。这样将一年的宣传时间。

（一）不破坏鄂博；（二）不挖深坑。牧人允许了。

1951年11月槽探，1952年春下钻探。

内蒙党委指示旗经常开工牧座谈会。二四一队做此工作做得好，有“二四一队是好人”之称，主要是：医疗，只要送信，不能来派车去接。治不好送包头，不要钱。牧人来，招待有房住，一来随便去看机器。

牧人就同我工作了。

二四一队，到东、西矿都无路，牧民开路。

无水喝，只靠雪化水吃用。打井不出水。1951年雪要化，水困难了，把洗脸水留下晚上用。牧民知道了，告诉我什么草就有水。因此处无雨，有水的地方草好，而且要是四围高。

打了十二眼井，但人有用，机器不够用。

1952年下半年关系较好，但还不告诉水源地（那个不说）。

二四一队限着喝水，开一次座谈就提此问题——水，旗政府也做这工作。

年轻牧民也不知道水，只有老人知道。

苏和老汉，三代给人放羊，过去是奴隶，我来后给羊。（二四一）队休息时搭羊圈，要有什么到队里要，六十来岁。他告诉有水，约有四十里地有水，现有无不知道。后告诉东河（八公里）一天能出一百立方水，领去在那里挖井，果然够用。又告诉冬天不冻的，在哪里有泉，但多少年没去过。他未领去，地方不知道。问牧民不说，说谁能知道。访问德巴图，也不说，他是较富的牧民，队与他工作、联系。

1953年老汉看见西矿到东河拉水，四十华里，来回汽车跑，他看见白云有百货公司了，队他来去接送。他就告诉白云布拉格，水近，他带去了找到水源。

过去牧民与牧主放羊，一年也无多少，我给了羊。牧主也因我们来也多给了，对我好了，过去汽车一出去就转向，到包头要走百灵庙。

有次，队一汽车，下雪回不来，二十多里地乱转。有两牧女在放羊，但语言不通，比划，她们把六七百羊放下，坐上车领队回来。领导知道把羊放在野外，又有羊，用小汽车把她们送回去[①]。

---

① 作者据此写了叙事诗《雪海风吹牧歌来》。

放羊时间，十一时去，五六时回，说晚间冷，这样跑能暖些。

苏和为我们开辟很多路线，他和德巴图用腰带套马杆，白灰画路标。

“马那阿基拉琴”（我们的工人）称二四一队。

他们看见队菜无肉，就把羊赶来。春节，牧人最热闹，拉去喝酒，要喝醉。队的领导坐车出去过年，到代表人物家去，牧人很高兴。

二四一队在此有两千五百人，三十多台机器。

今年又引去看了两个水源地：一叫那日布拉格（太阳泉），二叫乌兰布拉格上面。

工人工作：

矿，世界少有。

民族政策，有纪律，大家庭，要帮助兄弟民族，去蒙古包看。当时蒙古包生活是不好，到处参观。长在风沙，生活在风沙里。

工人情绪很高，也是三班倒。

十二点（夜）叫狼班，有两工人被狼把衣撕过。但唱歌，夜里都是歌声。

（1955年来）

他们走了，我和赵叔任来了。建立白云铁矿，带来20多干部、20多工人来建摊子，要十万吨矿。最冷期是12月下半月到2月末都是零下35度以下。半夜到零下45度。

交通不便，只有一辆汽车，火车不通。

建摊开矿，十万吨矿靠汽车拉，召了五百临时工上山采，背矿。

在外头吃饭，一夹起菜，上头就一层白油。馒头买时热，吃时就硬了。

来时在沙拉旗、包头、固阳召了五百临时工。一来跑了二百人，因条件不好。

我们首先把生活弄好些，但不会采矿。

在本溪要来28人矿工、机械工。来就闹情绪，比临时工更不好做。冷，生活，吃冻东西，躺下不干活。

我用二四一队方法，用车拉他们去参观，讲牧民过去的生活，开采远景，有效。绝大部分同志好，劳动力强，每人每天背一万斤，五十到一百公尺，都背，到处采矿试验用的。

有很多人提出不干，辞职。

临时工用以上教育，有的也转为正式工，效果很好。现在很多工人就是这些人。正式矿工不多，山西、河北多，现有干了三年的，都成为正式工。有的今年成技工、三级工以上。他们原都是农民，现成为骨干，组长都是。

民族工作：

开始时，医务所也不好（二四一队走了）。

党委马上弄救护车去，二医生，两三个护士。所有附近牧人治病不用费（1957年以前都这样）。

我经常给牧民解决问题，拉东西给车，来了，也有招待所，病人有住，做饭、送，都不要钱。

1956年12月末1957年1月初，刮了四天白毛雪风，雪大草少，盖住了，到达茂旗拉草料。

1957年后，附近成立牧业生产合作社，现高级社。我与他联系上，支持大。当时肉类统购统销，能从那里赶来五六百羊，挑了，他又赶回去。借车给他们，接病人。工人到他们那里像去家里，春节也来往。

现在牧民都往白云靠。

去冬今春风雪大灾，四十年未遇过。我们抽出四十来台汽车，二十多马车送草料。火车运来，送到每户家里。送去时，很多人哭了，都说毛主席。

当时，牧民都失望，牛羊很多都不管了，绝望了。

我们救济到中后联合旗，给其他地方的牧民也联系好，别处损失牲口50%，这里的损失不到百分之二三。

我们光给呼格基勒图（繁荣）合作社十八万斤草，三万斤料。

他们更感到工牧的关系密切，有事就跑来（都是红车队送的，马车是矿山公司的）。红车队一家一家送，一夜未睡觉。夜里坐在包内烤火，老太太哭，拿好东西给他们吃，拿一缎面皮袄给他们穿。

他们送二百多里，三天时间，送到每户牧民家里。一车准备七八人，不能通过就挖雪。贾速文、李桂林都去了。

大鸣放中，贾、李工作紧，每天睡不到三四小时，又领导鸣放，早上车要烤，自己又要开车。过去车队落后，有本溪、鞍山来的，每月都二百多元。计时不干，情绪低，晚出早归。赵春原很不好，有名的，总公司不要的。现在他们影响下变为先进生产者，现仍是班长。

民族工人的生长

各族共有六，蒙古、汉、达斡尔、朝鲜、满、回。

1956年连干部工人才13人，工人中才3个。

1957年将近100人，现有200上下。各工种都有，电工、车工、采矿、化验、动力，都有。干部各种都有。有达到四级工的。

学习情况都很好，包头、呼和来的思想差些，经过工作，但现基本上都安心。

其他工人，1957年大批调。1958年5月前，来了几批工人（从鞍山来），骂大街的，因来此不计件，不满。对其他工人影响很大。来一批解决一批，经过教育后，这些人不愿计件了，与整风教育很有关系。另外是对计件的害处做宣传。

在鞍山较落后的，也有转变。如叶叔润（八级铁匠）原在鞍山很不好，现变好，从去年四季整风变好。今年一季，工具紧张，如耙子很笨，他打了又轻又好使，给领导拿去矿山叫人试用，确是好用。但只两人能打，计划了十一耙。工人讨论，说三四天就采矿就没有，三百多张，他们三天三夜就打出来，手上都起了泡（烫的）。现仍是早上班晚下班。

乔春山原来也是落后，知道不拿出来，胆小也不敢做。经整风后，很多旧机器他救活了。他现改进压力灌浆，小高炉出不了铁，他白天黑夜在炉边顶着，现成了骨干。

今年帮助合作社用拖拉机开了九百多亩地。粮食长得很好，山药蛋碗大，说明是能种地。

1958年10月14日晚上到白云鄂博矿山[①]

前几天和矿山公司工会主席王德清约好，要去矿山看看工人夜间采矿。

14日中午吃饭时，王德清同志告诉我今天下午三时半搭工人上夜班车上矿山，要带着干粮去。

下午三时半，他来找我。在变电所前坐上红色汽车班的运输车到主矿去。

在司机座里，有一电工，我同他谈了几句话，他是今年5月从鞍山调来的。

这班上夜班的工人，有四五百人。

说是上夜班，但太阳还在很高的西天上。经过几天的下雨，昨天下起雪来。因此，今天的天气特别清朗。

我在候车时，认识了这班的工长，他姓蓝。青年团书记姓杨。

天气确是很冷，虽然是个好天，我穿着的单鞋和戴着的单帽，已很感到冷的威胁。

汽车驶到“万里长城”的口子，听到日班的放炮声。矿山上一阵阵地升起白色的烟云，很像战争时候的阵地景象。

山野纵横交错着电线，雪花把所有的电线和线杆，都裹上一层厚厚的银子。尤其是电线，看见像绣女用银色的丝线在美丽的绣图上绣上的银丝，在斜阳里闪闪发光。特别好看的是矿山顶上的电线，远远地看见就像无数道白

① 此夜的见闻，作者写有诗歌《丙班》。

色的云线。

我坐的是头一台车，先到矿山半山。那里刚解除放炮信号，采矿车间和下班的工人，刚从避炮室里出来，站满一山坡。我下了车，看不见我认识的人，只好站在一边等王德清。那里有几个工作人员（采矿车间的），其中有个女青年，裹着紫毛绒头巾在悄悄地和几个青年谈话，我听到“是的，他住在专家招待所”，看来可能因未见过我这样一个陌生人上山，都在发生疑问。我想要使人发生疑问不如我主动去解除它。我上去和一个年轻同志打招呼。

“同志，你是在这里工作吗？”

他很高兴地告我，他是这车间的安全员。问我从哪里来，问我姓什么。

他知道我是总公司党委来的，以为我来检查工作，就要我去他的办公室（板房）去坐，说外边冷，说王主席来会到办公室的。他立刻就带我去，在一板房前，介绍我认识他的车间周主任。周正在那里指示一老工人今天在哪个掌子要炸掉哪一块。

许多工人都在办公室里外领取劳保品。

我随老王到办公室坐了一会儿。我生怕王的介绍，幸好周主任说我们已经认识。周同我谈任务可以完成，出矿三十到卅五万吨很有把握，工人情绪很好，问题要有三十台汽车。他同我谈了很多。

我同老王上山去看采矿。

我看了各个掌子，看见打竖井的，修电铲的（说电线接错了倒转），用风力钻孔机在钻孔，推小车的。

整个山头上，全是穿白羊皮袄工作服的工人，在山上的行动，很像战争中的战士在运动。各种机器的响声，一下使我想起战场。

我看见因交班未交好，有一组因钻孔机被别组使用，在生气。后告诉他找工长解决不要闹，他去找了。

又看见一个临时工，因劳动太重，不小心前几天被矿顶坏了胸部，不能工作，要求调动轻些的工作。工长说山上没轻活，不能干就回家，因而正在团书记前生气。我们上去问时，工人说确是他干不了，初来时干得很凶，后因不小心摔着，胸部常痛。

现在劳力不易找，很多工人是这里的工人用私人介绍来的，这临时工就是其中一工人的姑父。后叫他下去休息，看看能否重新改变轻些的工作。

劳动情绪确是很高，都是些青年小伙子。

我就滑子上帮助翻车等一些工作，开头还好，但时间长了，确是很吃力，因为都是铁而不是泥土。

红色车队跑得很紧张。

天已完全黑下来了。我在快八时的时候，上鄂博顶看穿孔机工作，这个庞大的东西，笨重地有节奏地一下下轰响着，机边有一青年学徒在燃起篝火。

满山虽然都灯火，但很多地方不大好走，特别是灯光的晃眼更看不清。上山下山很费劲，而到处都是轻便铁轨、电线、木杆。

我看见修理电线的那个电工和另一个登上高杆在接线。线杆都是雪花，很好看。像在水晶的树上一样，而灯光正洒在工人身上。

矿山的高峰很高，北斗星似乎是平举起手就能摘下来。

白云破碎厂、储矿槽、“长城”等工地上一片灯光。西矿也有一列灯光。白云布拉格也可以看见远远的两朵灯光。

天气很冷，但在这样沸腾的劳动中，不感到冷。

晚上八时，是夜饭的时间。我们的馒头无火可烤，只好下山回到车间办公室去。那里无人，也无电灯。我们捡了些木柴在炉子里点着，烤馒头吃，太有意思了。吃了无水喝，又上山借工人的饭盒喝了点水。在那里碰到红车班的车永章。我说工人说你们干得快，他们的情绪，你们一慢他们就泄气。他笑着对我说，要干得快。并告我但现九台已回去三台，到十一时才有六台，甲班再有九台。

蓝工长对此很有意见，因为少拉出去就不算生产多少。

因为汽车晚了点上班和不够，这是工长最恼火的事。这样采了一千九百多吨（连土），矿一千三四百吨，而只拉走一千一百多吨。工长一直嘀咕着。

下班是十一时半，到放炮时间了，在统计了产量之后，红灯早升起了，哨音也响了，我们急进了避炮室，很多工人挤在一起。炮响了，碎石落在顶上。约一刻钟后，出来。

夜里徒步回到住处，已是早上一时半，喝了点水，睡时已两点多了。

星期日晚上，天下雨，又刮风。工人一样干活，皮袄什么都湿透了。大雨时，避一下，小雨又干起来。那天夜里非常冷，但他们就这样干到十二时，干到底（这是新转正的铺路工人李长同告诉我的）。

24.7　区委书记巴音都龙谈白云鄂博历史；晚沙那讲自己参加革命的故事（15日）

原名白云布古达。早年住一王，对人民好。死后把他的东西放在山，名白云巴特尔（巴特尔——英雄），死后名白云波古达（即活佛中最高的意思）。

立鄂博每年祭，才叫开白云鄂博。

过去是茂明安旗、达尔罕旗三年一大祭。

铁山传说，石是吸铁石（操林齐革），又叫波鲁特（钢）。

苏和老汉父亲说：他父亲的父亲说，有年有几个牧民，祭鄂博，骑马，鞍镫被吸住了。

外国人也来过勘察，住在阿木察尔（那里有水），牧民以为是河那面有宝。苏和是十几岁，不知道。夜住那里，白天来勘察。

日本人三九、四十年来勘察过。牧民不满，因他们挖了采槽，“他们动了鄂博待不长久”。（日兵有廿余人）

三九年日本人住过这里，用汽车去拉水（西二十里），遇见黄羊。汽车翻了，司机压死，士兵有几个伤了。带兵的说是地方土匪打了，他们用汽车到处抛了枪。后来包头来了敌人看，就这样说是日本人被打死了几个。里头有一蒙人翻译，现还在百灵庙，我与他对证过。

原茂旗王子现与外蒙有联系，后又与日本人有联系，被日人知道，骗去百灵庙开会，一下马被勒死。王爷死，当天有人回去报告。王爷妻就领着全旗抗日，走到（俄林亲达赖）河套抗日，直到日本投降。她抗日时，日本人曾用汽车去诱骗她。现乌兰察布盟防疫站长，乌蒙的政协、政府、人民代表。

五〇年11月我对白云勘探。

带着中央、自治区的公文来勘探到区。我召代表人物谈，说乌兰夫，王爷商量。他们说可以。勘探队带了百多斤、两袋白面，五块大砖茶，几条烟送礼。

领他们去勘探。

他们表面看不出，但内心有怀疑，认为是神山，自己的，随便动。

基本群众是迷信。谁对山好，富就来了。

“蛮子都会看宝。”

喇嘛造谣：鄂博有四白金马驹，每早到东河喝水，我曾看过。现汉人来了。又说在勘探时，有一白胡子老人向东南方走了。

五一年4月二十几，正发动打狼。刮过风，风不大，但土倒飞上空中。他们说黄土起来了，要大战了（牧民上层和喇嘛），说狼是天狗，不能动。

我们二四一队来，内蒙骑兵师派来一连，都是西盟察盟的人多。本地人很多，容易工作。一面也是保护。

勘探队注意了民族政策。

白云荒凉，两旗无交通，只靠骆驼到包头，无医生。

队不管什么人，供给车辆来回，什么人来都招待。

那时无房，只有简易帐篷。当时盖了些房子，都用来招待他们。牧民说他们说的做的是一样。过去汉商坑他们，一把剪子就一头好绵羊、一头山羊。一包门，五岁牛。木槽，五岁牛。开垦兵在前头打，牧民走犁杖来开荒了。

因此，牧民有旧眼光，骂本族干部是“二八路”。

卫生工作，担负了部分工作。50年我曾组驱梅队，当时梅毒是40%，一知道就出去治疗，几百里都派车去接。（过去打一针六〇六就一匹马。）负责治好病。

牧民见今天汉人确与过去不一样。过去花一马治好，现不花一钱就治好了。

我进来时，全旗生23小孩，死了20个（50年统计）。活的两个都有病。现每户都有三四个小孩，有三十多年未生育，治好病生了小孩。

过去是如此，现交通更便了。

物资方面，布匹、炒米各方面都多了。

过去炒米都拌沙子，面都是土。一碗炒米，足有一掬石子。这都是汉人奸商做的，后我们把他取消。

我勘探队来了，就带来合作社。盟也随着派来贸易公司、贸易小组来了，时间及时，价钱便宜。

“共产党政府处处为人民。”

尊重少数民族地区习惯，民族服装、砖茶等。

由初时不相信到相信，由怀疑到猜疑，到消除而相信。

队来后，地区不熟，没有路，不认识地形，无住处，特别是水的问题。

一是苏和老汉（东河）。

一是敖斯尔加母松老汉（总电站那里）。

这两人帮助很大。

特别是苏和找出道路。过去这里没有牧民，故一找就是苏和。东河和阿木塞尔的水都是他找的。

白云布拉格是敖斯尔加母松找的。

妇女送迷路司机回来。又用小车送回去。

“火车进来，四十里地不能住人，牲畜不活。”做了宣传解释。

去年风雪灾害。三十六万斤料，一百二十万斤草，靠牧民手里无三个月不行，而且全牧区牲口都要动才能解决。

矿山出了九庙、百灵庙（九十三华里）、新皮鲁格（七十华里）、白云鄂博松（五十多华里），一天就送到。同时拨了十套马车，三辆车把草运去。

24.9　张新田谈管道队、女同志干劲与牧民关系等（17日晚）

（张原是甲方的质量检查员）

盟委介绍来支援管道工程的垦荒队中，有几位女的很受队的欢迎。如梁桂珍，很好，一来就要下去挖冻土。队长考虑是女的，不好，怕她完不成，但她偷偷去了。

王师傅是壮工组长，她要跟他去。王不相信，看她又小，说：“看看你这小家伙，怎样？教训教训。”但她挖了一立方，不简单，和男的一样（冻土很难挖）。

她干了一天挺愉快，晚上工长问她哪里去，说跟王组长挖土去。原分配她烧炉子。因此队长说我没有叫你去挖土，只叫你烧炉子，你干不了这活！她说我干不了，你问问王师傅。王当时在跟前，王师傅证实挖得很好。

第二天还要去，队长说你要去，谁分配的。她说我在帐篷里蹲不住。队长说："蹲不住也要蹲住。"她还干了几天，干得很好。因为要女同志干挖土不好，工长组长都找她谈话，照顾她是女同志，硬规定不让去。

她工作很好，认真生炉子，工人回来就不冷，因此工人喜欢她们烧炉子。

还有姓王的女青年，也非常好，跟许师傅拉风箱碾镐尖，一干都是干到12时，或下午2点。

冻土每天都把镐尖磨秃或震断，因而每天要在红炉锻。（加木苏，一两天就碾尖。）

许师傅研究了易断的原因，在沾水上想出了办法。原来的镐很硬，但脆，因而改变了沾水的技术，以适应这里的冻土。

许师傅是个快五十的人，每天都要锻很多镐。队长原是他的徒弟，就劝他不要干到半夜12点。许说，不干到12点能把这样多镐锻好？队长说，不管如何，你睡觉去。许生气说：你别管我，你睡觉去！

工人每夜都听打铁声，就是许和王在打镐尖。

和蒙古牧民的关系：

新年，队员都去给旁边住着的牧民拜年，不懂话，不懂规矩，牧民要他们坐，请吃奶茶，干酪，和炒米做成的籼米条的油炸食品，很好吃。

牧民来给工人拜年，工人请他们吃里脊等好菜。

风雪确有两队员迷路，大家很着急，把队长、支书包围起来，一定要去找。队长怕又迷失人，不同意，但叫喊又不顶事。后工人提出在山上点灯，打锣打鼓。派人出去，不见路，我们三人转了一小时多，结果仍在一个山包上。

牧民听到锣鼓声，知道工程队有事，就来问。他骑马出找，找不到，又去各蒙古包，到了今天中间加压站的地方问牧民加木苏，牧民说未见。后他们就出去找，刚出，这两队员摸到门前。后做饭叫他们吃，不让回去，留过夜。

只有队长有一口琴，有些个别人带着笛子，就伴奏在大帐篷里跳舞开晚会，跳热了就脱了大羊皮衣。牧民也来看，工人在小卖部买东西请他们吃。

胡仁裕同志谈水源地的沉井工程和加压站、高水池情况：

1957年5、6月，矿山完全缺水，连做饭、机器都没水用。水源工程必须提前完成。

沉井方法如黄河水源地。

50方分下，则到了水位下。

沉井要在8公尺深，挖过水线则挖不下去，原来冰未解冻。

在井下遇到岩石。水深，只有两台水泵，后从总公司集中所有的水泵共十台。很多工程师来研究都无解决井下岩石。后老工人提出用风镐慢慢啃掉，搞了很长时间，可是只四五米石方。

无电源，只有一小发电机，又不好，老停电。一停工人就得急上来，否则被淹住。

虽是6月，但非常冷，工人穿橡皮衣工作，水都到半身。但仍克服了困难，完成了任务，于1957年8月1日通水。

通水时，开了大会，奖了“胜利的开端”红旗给三方面。分公司经理、书记都讲了话。

24.10　到水源地沉井工程、加压站；到牧民蒙古包、乌兰布拉格（红泉）、喇嘛庙、蒙医院；欢迎解放军汽车队来支援；参加矿山的第一场婚礼（17日）

今天到水源去，到中间加压站，工人说十天前晚上有人来求宿，不知什么人。这里工人没有自卫武器，也无公安队。

水源地水位都下到地底。

到拉富吨蒙古包去坐了一会，她们请吃了奶茶、炒米、红糖。

这家牧民很富有，有十多万元存款，现已公私合营。

到红泉（乌兰布拉格）去，在北边看见一山沟，里有一牧民家。狗很凶，追，围着汽车乱叫。那河沟很特别，就两滩都长着很古的榆树，很多，很好看。这是这里有树的地方。

红泉水源地很宽，水也不少，很清。

据说可能和富泉是同一水线。故要测三年，每五天一次，看水是否因富泉而变化。

今年大风雪，这里死了很多牛马，留下骨头。

到西矿南的一喇嘛庙看了看。在那里看见有两三个木匠、油匠，都是山西大同来的，为召庙做活，每年10月回去，3月来，主要在百灵庙。今年活少，最近来这里。

找一喇嘛引进庙看了看，很干净，壁画很多。

草原的有水地方，常把车陷进淤泥，很不好走。路上帮两部马车解脱难境，他们是一个合作社的。

这里据说在快到边境有一个大铬矿，现在勘探。矿体很长，有一半在蒙古人民共和国内。

喇嘛庙有蒙古医院，也有个汉人医院。活佛是个二十来岁的人，在学医生（蒙古）。

这里有合作社，去看了看。

这里喇嘛不多，今天只见到一个喇嘛，沙那叫他开门我们进去看。这人同老沙是同乡。

支援运输的解放军汽车队来了，约有40人20台车，在招待所会客室开欢迎会（晚间）。我参加了一下，因要同胡仁裕谈材料，未参加到底。这队年轻人精神勃勃，很有劲。

蒋忠元在矿山结婚，当时是头一个。举行婚礼时，什么乐器也没有，在跳舞时，是打响桌子，打响菜盆和洗脸盆。但大家乐得非常高兴，一直从晚上开始跳到第二晨2时。

24.11　到草原果山；过军事要冲百灵庙，看到喇嘛在炼铁；路遇狐狸和黄羊，开枪都未打中（18日）

今天到离矿山四十里的草原果山，这地方在矿山东南。

白云鄂博迁移即在这里的山头上。现这里的那个山头名中白云鄂博。

在草原上，有这样一个有树、有花果（野桃、野杏、茶树）的地方，确是难得，蒙古牧民名之为果山是有道理的。

走到沟口，果然与别处不同。有很多古老的榆树，看那苍老劲挺的树干，这里的榆树，起码也有个几百年。虽然是在冬天，但仍可想到如在夏日，遮掩着山沟的绿树和红色的花果，一定是好看的。

这道山沟很长很深，汽车只能走一段，我们是随着河沟进去的，两边都看见奇怪的山石和岩壁。有的是凹成半个鸡蛋壳似的山洞。

山沟的最深处，有一蒙古包，宝音和沙那告我，牧民都是住在山两边的高地上，因为这里有水。

在半沟，看到一少先队员，挂着皮包，大概是和他母亲骑着马下沟来。我问他，他说是百灵庙中学的学生。

这里因被山挡住，气候较暖和，有的草还是绿色的，有小水泉流。矿山有意在此修建疗养所。这当然是很理想的地方。叉住一些山口，可以成小水库。

出来时遇见一狐狸，停车想打它。它停了一下，溜掉了。

转车向东南，到百灵庙。百灵庙离矿山九十里，这段路很平坦。

快进镇时的山上，还可见到傅作义修的地堡（钢骨水泥）。

过去以为百灵庙是个很了不起的庙宇，而附近则是一些客店和一些帐篷，是两不相称的地方。现在一看，都不是。庙，并不大和宏伟，而房屋倒新建了不少，已看到一个城镇的规模。这都是这两三年的变化。

这里是乌兰察布盟的达尔罕、茂明安联合旗的所在地。我们到旗委坐了一会儿，宝音找到旗宣传部长罗同志和我们见面。

罗谈了以下一些情况：

镇现有四千人，三千汉人。

喇嘛原有六百，现只有三十左右。活佛没有了。

10月初到现在，镇炼出了一千五百吨铁，这里的铁矿很好，含铁60%以上。有铜矿，有金矿等，共有三十几种矿藏。

镇内有了些工业，如水泥、炼铁、皮革和一些手工艺。

已经在附近修水库，一个小的已动工一年，另一个大的也要动工。将用来灌溉南边的农业牧草地区。今年雨多，牧、农都很好。

百灵庙，很有名，因是军事要冲。据说成吉思汗，用兵即在这里休息。士兵住在女儿山上，他说谁有福气，半夜可听到女儿山仙女的唱歌和音乐，这样来使士兵安心。可是又说喇嘛即说这是女妖，河水涨水就是女妖作怪。

这里经过几次战争，日本人占过，傅作义打过，百灵庙有些已被毁掉。

傅什么都未留下，只留下一些水泥碉堡，现炸开取钢筋用。

罗很忙，他下午叫中学校长蒙人，带我们去参观百灵庙。

庙正在修理，我们大体都看了一下，修理工都是汉人。

最引人惊异的是这三十个喇嘛在炼铁。我们去看时，最高的大喇嘛，在拉风箱。这确是变化了，这些都是原来的奴隶主。

高炉很小，共有二十一座，已干了二十天，出了一百多斤白口铁。

他们是炉成后，即把炉子拆掉取铁。

这确是个大转变。

这位校长叫清苏龙，本地人。日本人在这里办过学校，他在那里念过书。

清苏龙同志说，现在活佛死了，没有活佛了，有很多喇嘛改行和回家不干了。

每年的那达慕大会成了物资交流大会。有戏、有电影、喇嘛跳鬼。牧民不信佛了，念经没有人了。在大会时，牧民都去看电影和演戏，不看跳鬼。

看来，活佛已不留后代，牧民不念经，不看跳鬼，不回家的喇嘛应转为炼铁。

确是这样，现在进牧民蒙古包和进喇嘛庙都打破了古规矩。包内没有佛，可以坐在正右侧，喇嘛也随便引你到后佛堂看。

清苏龙说这里有很多庙，各自为政的，但现在都合起来。喇嘛的牛羊仍很多，送了五百头给中学生产。

看了牧民招待所，除了一列平房外，有上中下三个蒙古包，上的是完全砖木结构，有窗，有地火炕。很明亮，干净，而且很大。被、毡都很干净。中的是砖灰园墙，毡顶，同上的一样。下的即是原来老蒙古包一样。

我看这很不坏，中的是土洋结合。这对使牧民定居的房屋，将来可以这样造。

回来路上碰见两次黄羊，一次是宝音打了两枪未中。我一次也未收效。这种东西走得十分快，很狡猾，不容易弄到。真泄气！

25#笔记：包钢笔记之五[①]

1958年11月8日—1959年1月22日黄河水源地（存目）

1. 高谦益在送别铁道兵团一军干部宴会讲话（11月8日）

2. 工业宪法（两参一改三结合）老工人座谈会，14人发言（12月30日）

3. 水源地党委书记张焕臣谈情况（1959年1月7日）

4. 水源地工程师谈流沙对策[②]；观一、二号零次泵站水底灌浆、昭君坟渡口；洪水气的工作及救助村民（1月8日）

5. 张焕臣谈工地上发现的对个人工作不满而搞破坏活动

6. 劳动模范工程队正副队长李万喜范兆瑞采访记录

7. 陈世才（海员出身）、交通部工程队总支书记郑道发谈水源地潜水作

① 此笔记是国图藏绛色学习笔记本。国图扫描件编号：25#图片夹共93张图片，2.1万字。

② 作者从水源地归来写了两组诗歌：《战黄河三首》《新黄河赞五首》。

业情况。（1月8日）

8. 水源地工作记录：炼铁厂一队长王景福，去年4月带队来水源工地（9日）

二连工会副主席、排长、瓦工庞兆谦，去年5月来水源工地（10日）

哈尔滨土木学校毕业两年的青年女工胡桂芝[①]（10日）

排水工长、革新能手高希亭，解决了技术专家都棘手的流沙问题（12日）

⋆9. 苏联专家哈米科夫事迹（10日）

⋆10. 吸泥船情况（1月9日）

⋆11. 失火、小偷、护桥洪水事故等

⋆12. 高炉评奖会议记录（1月22日）

25.9　苏联专家哈米科夫事迹（10日）

黄河工地上，很多人都满意地谈到苏联专家哈米科夫。他是水建筑的专家，参与设计包钢黄河水源地的工作。

人们都说他很通俗、很负责、无架子，吃什么饭都行。

他已经来过7次，他不是包钢的专家，是北京设计院的，但他去西北经过包头时，特意下来看看。人们说他像在看自己的一件作品。

这件治黄河工作，在国内没有，在苏也是没有过。因此，碰到许多新的问题：黄河的不稳定性和陆地流沙的凶恶。因此，中国的劳动者，在处理这

① 作者写了报告文学《假小子胡桂芝》，发表在《中国妇女》。

样的工程上，创造了许多新的东西，而容易办到。

昨天，哈米科夫和另外两个苏专家来了，我没看见。

今天早上，我们还未起来，听说来电话，说哈米科夫已经动身，八时半就来到工地。我们立即起来洗脸，正想吃饭，他却来了。

他是一位有五十岁白了头发的高个子，我只坐了一小会儿就去找人谈话。中午回来时，他们还未吃饭。刘铁南介绍我们认识（我原不叫他介绍的），他却很喜欢谈话。在吃饭时，谈到中国人、俄国人的生活习惯，他来了中国一年，看到中国人对婚姻上的关系很好，是好道德，能使家稳定。他谈到铁托，他说帕斯捷尔纳克的小说《日瓦戈医生》就是文学上的铁托。

他谈到宇宙火箭，也谈到采尔金的《不是单靠面包》[①]的歪曲苏联生活。

我谈到苏对我的帮助。他说，在中国的同志共同工作下，也学到很多东西。这也是真实的。

他说能把包钢反映出来，是时代的声音，我说这包括我们的朋友苏联在内，这是真实。他很高兴。我介绍了胡桂芝的行迹告诉他，他说很好。

他说到过中国很多地方，到广州，很多苏联同志不敢吃蛇。据说有的专家夫人警告丈夫，吃了不能接吻，有的吃了会吐。

他说过去俄国说有三愿：一吃中国菜，二娶日本的妻子，三是住俄国的

---

① 指苏联作家杜金采夫的小说《不是单靠面包》。中译本由白祖芸等翻译，作家出版社1957年出版。

房子。

下午参加了关于向他提出二号进水口改为浮船进水的建议。关系到重大问题，他说要很好地考虑，如是在南方那没有问题，主要是春凌问题，据说有一万多米的大冰块。

今天风沙特大，起码都有六七级至八级。他不能去看现场了，准备星期一再来。

他今天是因昨天还有其他专家，对此无兴趣，故今天自己来。

他夫人刚在新年从苏来。

25.10　吸泥船情况（1月9日）

到北京号吸泥船上参观。冰封了河，船周围都有上百民工在打冰，不能过去。我们沿着吸泥的管道走上船去的，很危险。

我是随交通部的总支书记去的，和船长谈了一些话，船正在烤电，因湿了，不能工作。

挖泥的抓子因另一司机调走，机器坏了，留下的司机，他们思想有病，也借此走了，不工作了。

他们谈到包钢有时不通知就调走工人，做得好好的，第二天，找不到了。对此很有意见，说很乱。

黄河真是千里冰封，一大片无边的冰川，像在北极上工作。

郑道发总支书记原来是潜水手。他跟我谈了潜水手的情况。

黄河工地的通讯（电话）交换台，有三个女同志在工作，都不安心，想找对象，有工夫就往南牌跑。

说有一个特别态度不好，常打电话和人顶嘴、吵闹。

交换台，经常有许多男青年在那里闹。

我今天（10日）早打电话，果然遇到的是“义务劳动”的男声音。下午打电话，正碰到这个不好态度的女报务员，她确是很有特色，生硬得要命。真是少不得的人物。

25.11　失火、小偷、护桥洪水事故等

正想找工人谈话，突然听到四号泵站起火，立刻和张焕臣同志坐救护车去。

路上看见里工们在公路上跑步去救，外工懒懒散散走着。

到时，火已扑灭。是在东头中间，因炉子烤红了木架子而着火的，为看炉的工人看见。他是老乡，不懂，只自己拍。幸为别的工人看见，喊起来，于队长立即上去（他正为明天在做准备工作）。

如果没有两桶电工的保温盐水在那里，往上运水上去要好几分钟，就发生大事了。

看见于队长（老工人）很沉重。

我们在扯下的草帘中，仍发现有火，扑灭。

我们到了工地办公室，南牌的救火车才赶到。他们不知四号泵站在哪里，一直跑到黄河边。幸未成灾。

四号泵站都是木架和保温的草袋，很易着火。曾要求来救火车住这里，

但说没有有条件的车库不能来。

这次是成火灾不得了。明年通水一定有困难。

工业现在需要大批的劳动力，目前有很多不满意人民公社的农民，自流地流入工业基地。有一部分是党员和团员，他们都不露出身份。

在南牌理发店中，多人要等，许多人都在谈一些对公社不满的话。这确很值得注意。

黄河工地，有小偷。一个人曾偷了三十件衣服，人家晾在外头，他则拿了，从帐篷外塞进自己的床下。

在澡堂里人家的衣服里偷钱，昨天公安员还在审问一个。

有一个本地人，在石拐煤矿找他的亲戚，他则拿了他的转业军人证、党员介绍信、钱，跑来黄河工地找到事做，但未敢拿出介绍信。为公安局追查到这里，那个被偷的人也来看到了。昨天公安员在审他，他说这是没有别的意思，不肯交出，说丢了。现送公安部门审讯。

那天在总公司看见保卫同志说，有一人家有老婆，仍骗来一女青年来找他结婚。来到看见他有妻、子，路费已花完，要找工作。

正在处理那个骗子。

那天在黄河工地看见女炊事员拉一青年到保卫科，说那青年买饭菜时，叫她“爱人”，青年说他没有这样叫，是叫他同班的一工人叫“二哥”。

七八月洪水来时，铁路三局有13个工人在北桥护桥，冲走了12个。有一人一直从昆都仑桥冲过，那时他曾碰到桥，摸着自己的手表。一直冲到哈林格拉村，为护路工人救起，即送入医院，肺中进入沙子，躺了很久才治好。

下放哈林格拉的干部中，因抢救人、物，两个被冲走。一人埋在沙滩上，水退后，为护路工人发现沙滩上露出一手指，挖出来。

25.12　高炉评奖会议记录（1月22日）

崔国华（队长）——

下午到高炉工地。大厂区的变化真大，很多地方几乎不知道是哪个单位。

到二队的办公室，队和工长、连长等二十多个干部正在开跃进评奖会议。我都参加了。

关于评工人部分，已余下二、三、四等的。

会是王助理主持，这里我能认识很多人。

评比都很严肃认真，要求很严格。如评到高德普和赵云程，都未评上二级，他们说高在安热风炉，不够理想，有时回宿舍就说累得够呛，而且“讲古”，影响工人情绪。特别从呼和回来炼铁时，不起劲，因而都只评为三级。

在工长级的干部中，朱孝先，出力是不少的，如在安塔吊、高炉时。但因为后来托盘出质量事故，虽然不完全是他的责任，但他要负一部分，又因他在行政领导不在时，不处理工作问题，也未评上一级。

在评詹德荣时，大家都同意，但也提出最近还是有些工作未全搞好。

评孙健，有的提一级不够，主要是他后来工作不紧时（指无本行工作去炼铁时），也在“讲古”（他告我讲《隋唐演义》）。贺善书说，干部要严格，要在群众里竖得起来。他的意见很好。但孙在支持詹德荣搞热风炉。总支讨论到十二点，十二点半开群众大会（已召集）。当时也不知有多少焊缝，但一提出八天两台，孙健提出政治挂帅就做到，起了作用。并在工作积极干，都同意评为一级。

孙、詹都提自己不够，要求拉下来。

大家决定后，王助理把谁有缺点，也说明。

孙告我，说昨天在群众大会评时，群众要评队的领导为一级。队领导同志不同意，硬压了下去。因此他今天提出如不评，发给他的奖品他不要。但队长们仍是不让评，争论很厉害，是硬不讨论的。

孙告我，说队长同志们比工人辛苦。工人认为报纸只表扬工人不表扬领导不同意。为了评一级的问题，要往上面上书。说他们又领导，什么都带头干，我说可以上。

后来王助理告我，昨天会因他们不叫群众评，结果被群众把他的主席撤了，别人上去当主席。

我在今天看到了张学敬、于长五、高德原（技术员下放干部）、田主席、刘国贤。

这个队的政治质量是不坏的。

会上，他们看见我写在《人民日报》的文章[①]，他们很高兴。

会后是他们的队长崔国华带我去工地看，登上了四十几公尺高的塔吊，

---

① 编者注：指1959年1月19日发表在《人民日报》二版的《将以凯歌报祖国》。

望了包钢工地全境。

在高空上，崔告我：他问老工人如何这样紧张但未发生事故的经验，工人回答很好：

（一）了解工人的情绪，这几天是否有思想问题，如家庭、孩子生病。如发现要解决，或不让上高空作业。

（二）胆小的，不分配上去，要看什么人能干了才分配。

（三）技术差的，要有老的跟着，可以保质量，指导工作。

崔14岁当学徒（钳工），现已当了八年干部。

崔告我在报纸登着支援包钢的消息，提出要早日出铁。他在外边（天津）买了放射性检验用的镭，因为此东西不能和别的东西在一起运，要单另挂车皮，车站不能解决。他拿着报纸去找站长，叫他看，他马上解决了。

26#笔记：包钢笔记之六[①]（1959年1月—4月）

高炉工地（1959年1月16日—4月15日）（存目）

1. 1月16日党委会：内蒙古会议传达六中全会

2. 与老工人石连柱、刘国贤、崔国华的谈话记录

★3. 1月24日高炉工地日记

4. 1月26日老工人培养学徒座谈会（摘选）

5. 1月28日赵书润谈开辟工作情况（略）

6. 1月30日塞胜阿谈炉体焊接情况（摘选）

7. 2月2日党委会刘力子谈队伍建设

8. 对戏剧、电影的意见

① 此笔记是国图藏红色百花齐放笔记本。国图扫描件编号：26#图片夹共149张图片，4.6万字。

9. 访问老工人于、史俊山、刘贵兴

10. 专访史俊山（2月10日大年初三）

11. 看刘国贤后，和石连柱一同去崔国华家（2月10日夜）

12. 走访工人家庭（2月11日）

13. 补记除夕（2月7日）聚餐后周芝春和温克海来访

14. 乌兰布拉格的传说

15. 老工人段明东办钢筋学校

16. 誓言

17. 韩文存、梁昌禄、李英斌、韩秀山、张重缘、云惠兰6青工谈情况

18. 3月6日团委召开的青年积极分子座谈会

19. 3月10日访问一线工人

20. 3月10日夜访问刘志祥

21. 3月12日电器、机械、炼铁进度情况

22. 3月16—18日总公司出铁会议

23. 传达郑州政治局会议

24. 鼓风机站专题会

25. 3月19—23日工地发现的安全和其他问题

26. 卫生工作会

27. 炼铁一队专题会

28. 4月1日两参一改经验介绍

29. 中央新闻记录电影制片厂拍摄包钢建设专题片座谈

26.3　1月24日高炉工地日记

1月24日下午到高炉工地去。本来想找詹德荣谈谈，可是他不在。因为学徒宿舍清洁工作不好，所有连长和一些工长都去监督帮助搞一下。

我在高炉的出铁口台上，会见了彭云长（53岁），他是架子工，从20岁起就在东北做这门工作。

他告我，家在这里有，8口人。在东北本溪、沈阳，还有4口。大儿子在本溪做化验工作，其他的在读书。他54年入党。他是山东人。

在安装高炉时，虽然年纪大了些，但仍很积极负责，他在人都下班之后，仍在现场，收拾东西、看守东西，他告我，因为许多都是新工人，他要为他们准备好今天做什么要什么工具。他也能开卷扬机，起重无工作时，他就去帮助开卷扬机。

在出铁口，我看见他从口内清理出来的草片、砖头等。他说现在设备和材料供应不上，先清理了这些，以便东西一来就能工作。

在回来的时候，我正在等班车。他是每天走路回家的，工地离十三街坊有十五里路，他每天要花差不多三个小时走路。六点以后就往工地走。

我说我不等汽车了，和你一同走。虽他上了年纪，但走路走得很快，和青年们一样。

他在路上告我，年纪大了些，有点老毛病，但不要紧。只是上下不灵活，起重工是要登高的。他说不要紧，还能做几年。

他前年（1957年），在鞍山赶工程，夜里回家跌在一石头沟里，把肋骨折坏了，治了一年。现在夏天还会疼。

他回答我，说喝酒，但冬天不敢喝，气喘。

我问他在这生活惯不惯。他说行，比未来时听到的强得太多。

因为路不好走，上下班人多常出车祸。昨天又撞坏一辆车。所以他在前十来天把自行车卖了给别人，才用了两年花了一百七十元买的，现卖了一百一十元。说车有毛病，故少卖了钱（苏制车子）。

我告他56年这里还是一块荒野。他高兴地说这里现很好，他说，我国再十年就非常好了。他说到这里很快乐。

我在焊洗涤塔旁边，看见一位青年女学徒。崔国华告我她是老刘头的二女儿。说老子英雄儿好汉，她学了两月不到，已经很好。老崔敲着焊缝告诉我。旁边站李师傅（47岁），青年们告诉我李师傅是这里的老把式，头等。李头说，女学徒的焊缝质量已到了二级工。

我问她叫什么。她说刘玉梅，17岁，念了六年书。她说很愿意做这门工作。刘国贤告我说她自愿来学的，现在这里只有她一个女学徒（每月18元）。

在指导刘玉梅工作的，还有两个青年工人。一姓谢（27岁），一姓黄（20岁）。崔告我他们现在是骨干，都干了三几年了。

青年们都挺有精神。黄说，一会儿就没有氧气。现在老是停停干干。

我在这里看见连指导员老杜，和调度姓陈。

我在出铁口，帮油工漆了一回红油。那个同志说你漆得很好。我告他我干过这种工作。油工都是新培养的二级工。主要是在配油上。只有一个是七级工。

包头市委召开包头各厂各业支援包钢的大会（下午开，播送实况，工人都在听）。会后五点半，要来公司送贺信，故都要集合工人来。

欢迎会在五点半时在总公司大门前开。

30#笔记：包钢笔记之七[①]

1959年4月4—13日包钢建设过程（存目）

1. 541队人员刘流、工程师赵国栋、专家科刘玉维、矿山陈淑增、焦化厂石文斌谈包钢初建时的情况（4月4日）

2. 轧钢厂王助理谈1150轧机情况（4月6日）

3. 郄晋诗、炼钢厂鲁书记、材料供应曹处长、设备处赵凤译等各自谈

4. 高书记、苏书记、曹秘书长谈纪录片

5. 张佩青部长谈包头自17世纪的历史、史星三院长谈勘探设计过程

6. 宋书记、门经理谈外省支援情况（4月13日）

7. 设计院勘测室王子春谈定方位测绘

① 此笔记是国图藏黄色人民笔记横格本2件。国图扫描件编号：30#分两个图片夹33+9共42张图片，2万字。根据内容似是为新影厂纪录片脚本写作召开的专题座谈会和访谈记录。

8. 与各地合同履行情况

9. 包钢水文气象资料、沉沙实验、施工准备

10. 苏联专家的帮助

27#笔记：包钢笔记之八①

1959年6月—10月 一号高炉出铁前后（存目）

1. 高炉工地6月指标
2. 各部门汇报（6月2日，以上移自28#笔记）
3. 高炉检查会议（6月15日）
4. 各部门汇报（6月19日）
5. 汇报（6月26日）
6. 汇报（7月2日）
7. 高炉砌砖，煤气净洗设备问题等（7月13日）
8. 高炉指挥部总进度会议（7月14日）
9. 各队情况（7月15日）

① 此笔记是国图藏灰色红星笔记本。国图扫描件编号：27#图片夹共61张图片，1.5万字。

10. 专家验收（8月31日）

11. 指挥部会议（9月4日）

12. 工委会（9月5日）

13. 装配调试（9月15日）

*14. 把酒当成水洗手（9月17日中秋节）

*15. 人井漏做，险些出事故

16. 外国专家名单

*17. 周总理来剪彩讲话（10月15日）

27.14　把酒当成水洗手（9月17日中秋节）

9月17日，是阴历八月十五，由部从北京、西安、酒钢、武钢紧急派来的中国高炉专家、工人、经理在抢着调正高炉大小钟。为了使这些远来的客人过中秋节，高炉指挥部准备好夜餐。通讯员小潘，把酒盛在两只开水壶里，一盛白酒，一盛黄酒。人们已苦战了几昼夜，顾不上过节，到了二时才下来，已经迷迷糊糊了。李作员等同志，满手油锈，找水洗手，找不到。只见桌下有两壶水，提起一壶倒进盆里，闻不出酒来，哗哗地洗了一阵，才闻到酒气，他们说真糟，怎么把酒洗了？又把第二壶倒了些出来，看见是黄色的，说这是茶水，先倒这壶，岂不好些吗，又把盖打开一闻才知道是黄酒。结果，过节没有喝上酒。

27.15　人井漏做，险些出事故

管道在热风炉和料仓机之间，埋设了高炉下水管，土建根据图纸做好了人井。检收也检收了，都不知道人井并未做在两管的断口处，而是做在管上，回填土时，并未察觉此事。21日夜间二时，高炉联合运转时，水冲下来，把铁路的地下冲了个大坑，幸好发觉，否则火车一走就出大事故。

27.17　周总理来剪彩讲话（10月15日）

10月15日晚，庆祝包钢一号高炉出铁宴会上，周恩来总理的谈话：

包头，蒙古话是鹿的地方，现在变是钢的地方。鹿是会飞跃的，包头是个大跃进的城市。

包头发展很快，现在已经是几十万人口。这样可以很快看到蒙古族发展到上千万。要有上千万民族，我们汉族要帮帮忙才行，多送些王昭君来就好了。过去的王昭君，是悲悲切切来的。现在的王昭君，是欢欢喜喜来到塞外。

伟大盟邦苏联，继续帮助这个地区的工业化。

从一号高炉提前一年建成看，在一个比较落后的塞外，都能做到，而在什么地方不能做到呢？没有任何地方做不到。希望包头在很快的时间里能完成年产360万吨钢的任务。

他最后祝贺蒙族地区，人财两旺。

七、中国作协会议笔记[①]（1957年3月—1959年12月）

22#笔记之二：中国作协会议笔记

22.2　中国作协创作规划会笔记[②]（1957年3月12—15日）

1. 新诗意见（存目）

2. 毛主席在最高国务会议上讲话传达（存目）

*3. 写作五年规划、李贺诗一首

4. 1957年3月13日会议记录：康生、陆定一传达最高国务会议

5. 周扬在创作规划会上的讲话1957年3月15日

22.2.3　写作五年规划、李贺诗一首

（一）1957，完成《太行山不倒》的第一、二部。

---

① 作者在包钢工作期间，多次回京参加中国作协和中宣部召开的会议。

② 此笔记是国图藏红色首都日记本，国图扫描件编号22#图片夹023-043#图片。

（二）五年中，准备写一部长诗。

主题是一大革命前后的农村破产，帝国主义、地主、军阀、官僚的紊乱统治与压迫下，以及大革命所给予人民的希望。党领导下的农会和工会活动，教育了劳动人民，树立起推翻反动制度，打倒帝国主义的理想。写一个渔民家庭的子弟的命运。他如何从学徒、工人、失业、流浪，找到了革命真理，参加了革命活动，抗日战争到解放战争所经历的每个革命时期，以及胜利后的情形。

（三）写一部关于经济建设的诗集子。准备在这些诗中，写如何克服困难，在难以想象的条件下，最后改善了人民的生活，奠定了祖国工业化的强大基础。

22.3　中国作协党组扩大会议笔记[①]（1957年7月25日—9月17日）

1. 康、丁玲、冰发言

2. 对作协党组几个同志的意见

3. 我有错误的方面

4. 没有递出的建议

---

① 此笔记是国图藏红色首都日记本。国图扫描件编号：22#图片夹060-069#图片。
编者注：此段记录原没有标题，也没有记录日期。推测是回京参加1957年7月25日复会的中国作协党组扩大会议记录。会期近两个月，会后作者到西安探亲两周后，10月4日返回包钢。

22.3.1　康、丁玲、冰心发言

康

①匿名信的追查方式，有粗暴，先肯定是谁写的。

②从团结的愿望出发不够。

③缺乏实事求是的分析材料，写上报的不谨慎。

丁玲

过关不是一次，要长期才能过得去。

本不谈，多听听，但还是表示态度。

第四次会，钟的话比我看周更坏，因此，很欣赏。不过是写了《电影锣鼓》，算什么。是搞我。

杨朔的话很公正。但没有幻想。

我的肉体在十八层地狱，但这几天有个力量在往井里拉我。

现在又想老老实实给党工作。

我确是反党集团的头。成员将来再研究，因为它不是固定形成的。

两条资本：①左翼作家，②条子未被党发现，可以欺骗。

在延安说雪峰好，以贬低周，为什么[①]？

我需要占有人的心，有感情，爱人家为我，写文章为了获得很多读者。

---

① 作者批注：为什么只是对周？

为此，以心换心，认为我是最懂得人情的人。

过去我以为是帮助人，爱人，从而得到安慰。

（空空的说什么。）

我和肖、柯有关系：

肖对党有成见，老资格。凡是对周的，他就能听进去，影响了他。

柯：周凭哪一点超过我，可以领导我。骂周骂得很厉害。也是我影响他。

冯也如此。

但我喜欢他们这样。

最近以来的反党活动：

从去年起，想蒙蔽利用党委会，向作协进攻。

党委叫我辩证，陈明起草，不叫作协和周看的。

（一面对党宣誓，一面攻守同盟。）

从云南回来，张松如[①]、逯、丁去看我。从李又然的言语、思想批判作为教训，增加了勇气。每封信都挑拨作协领导同志，不叫他们参加对证小组。

由五人小组把支部、小组放在哪里地位，这是挑拨，想起不寒而栗。

我不满，接近人就说些挑拨的话。

我写了和艾青的汇报，后艾问我，我说是刘的挑拨。

---

① 编者注：即公木。

组织劝劝谭谊，可以不告状，加重艾不满。

和陈明的关系，有反党思想。前年，特别去年，陈完全参加，写给党委会的东西都是他起草，要看中宣部记录，他提加进去的，有记录可查。

（肖三应是这个集团的。）

很多人是陈去联络，个别我不知道。

完全同意陈企霞的控诉书，思想上相通。

3月底4月初，陈明给孩子看病，去看陈企霞，我确不知，但无关重要。

说过问题解决，我离开作协。10月会议想了很久，这样有过，与罗谈过。对陈谈了没有，想不起来，企可帮助。

攻守同盟想赖掉（陈明），我是同意的。

第二次会议后，我和陈明去看李又然，对证打牙事。

逆来顺受为什么不谈。

主要关键未谈清：

（一）《文汇报》的利用问题。

（二）对党组会的攻击目的。

（三）分裂，特别不敢说与陈说过。

丁：想反案，攻周，攻党。

为什么还拉周？

努力不放松自己。

冯说他未和章乃器说轻则不理，重的扭送巡捕房。无此事。

又说未说过周、夏是特务（中统，法西），但他起草答徐懋庸信，说那些是敌人特务。

政治观点，思想本质写文章，不要限在会场。

冰

艾青说他不自由，不能看盛家伦。把丁放出来，意见可多，人家说他反政府。

丁对谢说，国特并不都是坏人，有的有良心的，如看她的两个人。

有一部分人整人，有部分专门挨整。

丁陈集团的一员，与《文汇报》记者谈话。（冰心提的材料）

与吴祖光的关系。

骄傲自满，中国看他不高。

入党，如党需要，我可入党。

一年察看，再两年察看，半年徒刑。

招待右派记者，夜十时打电话。

底：丁陈，江丰。

（这是个经过计划好的重一次耍滑头。）

（一）空洞无物，慎重到了可怕程度。帽子很长，那天说两人都病了，今天说白是看着她。

（二）罗自己在谈到与丁陈关系，也不能自圆其说，吞吞吐吐。

是这样吗，前年斗争后，党对你如何，你对党如何。

你欺天欺人，作为参加过那段工作的人，我深感到受气。

那时的气魄，是那样高，今天是这样低沉，好像受了冤枉。

（三）矛盾百出。不是丁陈预谋，和推说党委，还不如说是向党进攻。

很显然是想整一些人。

不是反党，但希丁能胜，打击党。

你不参加，怎能知道是罗等对你意见，你是有意抗拒。

你们想留个什么尾巴？

22.3.2　对党组几个同志的意见

刘对五人小组负责的，但具体的问题少，亲自动手的东西少。但肃反，上面下面叫得很厉害。

白说得多，研究得不够。文井不管事，康是看形势。张无主见。工作困难，表现在大家不好好工作，票定不下来。

主要对肃反研究得少，号召性的多，底下同志无法推。什么事情都要商量说服，但是不服，工作很难。

在运动初期，党委是重视作协经验的，叫去做了些报告。隔离陈的问题时，熊[1]是支持的。

---

① 编者注：即熊复，时任中宣部秘书长。

重要问题的发生在开除陈、李的问题上。

我认为党组扩大会通过，支部不会有什么问题，中直也要派人参加，中宣部党委也参加了党组会。我开头是认为开除是必须的。

中直要来人，党委不同意开除。

第二天的辩论，宣传部没有同意开除的。为什么要在此时开除，有什么好处？熊也不同意（？）。

我没有做过这种工作，感到慎重些也对。张僖说党委是对的，李之琏是最不同意的。

这是头一个问题。

（二）陈企霞的肃反问题。

党委催，我们搞不清楚，康未研究下了乡。我汇报无法，也顾不过来。

按两个党委都提出“一个十级干部”问题，以后在中宣部许立群谈对老干部应不要每次运动都搞了，他们有了经验就不怕党说右。

作协古立高说领导过去和陈长期工作应理解，后汇报，际春也同意了此话。

陈的问题，弄不准会搞错，如错了晚放不如早放。这点我们有分歧，我研究材料应平反。反党问题作党内问题处理，不要弄在一块。

丁、陈问题，中直先是赞成的，主张要摸老虎屁股。我感到领导有支持，但在去年后半年则不一样了。第一次听到的“一个十级干部”的意见，和陆定一对李又然有托派的话过早（公木等对这很有意见），责备我的传达。

党委对肃反的要求，在去年三四月间结束。作协问题，主要在陈、李放出来的问题上，我主张搞错了的就放出来。当时都感到作协的面宽，比任何单位确是大。

党委的总结，缺点上很多是谈作协的，但很多人同意，说写得好。

作协总结稿没有这样写，我认为那样写是不行的。

由于陈、丁等问题，和思想批判面宽（文艺的特殊性未被理解），几层叫喊。可以另找时间，另种方式进行，在当时界限难划清。我更感到工作有困难。我同意不搞思想批判问题。在党委总结草稿中，我是提不属肃反范围的，肃反中的我还是同意的，也这样做了。很多人后来不同意。我不清楚他们的意见，反正总支（新，旧）都是同意。

张、黎是完全支持的。

我主要是感到在当时搞，都被认为是肃反，怎样解释都无法，如对玛金、厂民等问题，罗白问题。

丁陈集团是不是反党问题。

反党，我认为存在的，最少不能没有错误。

我没有说过她不是反党的话。

对反党集团的怀疑，是从查对开始。订不下来才提出查对，不是为了其他。

查对方法：独立思考，不必分析，仍后再研究。为此必须解除谈话者的顾虑，我记得是可以谈陈等在政治上无问题。

我查对唐因、文艺报、秦兆阳、艾青、古立高。

当时有人说是在一种压力下，不敢谈反面意见（古）。所以只是听，使他敢谈。

总的方面是：

古说：反党集团不能成立。

搞时是否想整掉某些人？我说不是，工作可能有偏差。

对康不信任。丁关心创作，周不关心。

陈生活作风是不好。

白羽大刀阔斧有余，细致不足。

古要去看罗、白、陈，我说明为同志，什么时候都可以去。

同时说周已是候补中委，好像应认识自己的缺点似的。

唐因

陈作风有些是不好，对周不好，对乔倒很好。有不尊重领导，特别是周。

通讯员问题不满。

陈影响了一些青年认识工作。

我对杨犁的变化是不满的，过去错了为什么也不知道，不负责任。

艾：说拍桌子，是双方都拍了。

林有些压人服的样子。

好像是她过去的发言有不慎重，失言的样子。

秦也说，丁注意创作，能接一些人，周对创作不注意，陈作风是不好，李准问题，有属于学术方面的，不一定要由党组来硬决定。

艾说：不修改，说陈他当时也不敢不信。陈作风不好倒是一致的。

杨裕民，开始认为是反党，也认罗白，党很宽大。

黎不大支持前年总支工作，舒、罗问题都推在我身上，肃反问题也一样。

张两边倒。

由肃反面宽，我同意过松如的意见，但不是说不要肃反。

我在回答任何问题时，只能谈前年会上的事，我不了解历史情况，因而也是无力的。有意见的人都比我了解。

自己把自己原来意见改变的，又未加说明，我是不同意的。这是对党对同志的不负责任。

（我临走时，他们仍问×如同意就好办。）

22.3.3　我认为我有错误的方面

开头确是左，打击过宽。但也不是毫无考虑，有右的地方是感到意见太多，好像前年的工作是全部错了。我考虑如何使意见能较为一致，被伤害的同志能好好团结，特别对党内批判的部分。

为了这样，想完全结束了这些问题，因而处处迁就，或修改了部分原来意见。

我是感到工作层出不穷，是非不分，无法工作。

因此，我产生过当时不搞党内思想批判，另寻机会方式。

也同意肃反。因反革命少了，可以不用运动，而经过调查搞清楚，被免拖住很多人在内。

作为意见，党委是主张同志说的。

丁反党问题，我看了荃麟的讲话比我想得要轻得多。我看了我都不能同意，原来邵是支持的。我此时回想：是否在工作中有严重缺点或错误。

党委认为白羽：是不肯改正的，陈也不肯迁就。因此，要周来才能解决的。熊复就谈过这样一句话，认为周、刘不参加是不严肃的。

党委作为领导，我认为也不能完全推给下面。

互相影响我同意，但不能放弃领导作用。

我汇报了调查情况，是之琏说不是反党集团，问我。我很难说，调查是这样。他说我看不是反党集团。

不好思想批判，最好找总结原稿看。我第一次是讨论原稿时说的，第二次是刘的信，李要我说。因大家都同意这样，我是同意了的。张僖同意，并不是如此。

下面攻，上面不了解。我当时的工作很孤立，谁也不愿管。

我认为支持不够多，信任当时工作不够。

在这种领导思想上，底下要执行相反的意见很困难。

如对罗白，我还不知，是黎在党委会上说舒已提控告。之琏说刘芝明的意见不可尽信。因我说是有根据的。因此，我才想到有了问题，但我仍认为他们有错。

周对罗白，特别是白，有偏的，或者怕她。其他人都怕。

丁玲结论，我有的同意党委意见，如属于她自我谈的部分。有的原则上不同意，如关于冯达、关于沉痛检讨而有改进、对敌做了英勇斗争这些。

（一）百花齐放、百家争鸣中的失掉阶级立场。以为是过去太不自由，现在就来个什么都可以。香毒并存，但不锄草。

出现不要社会主义的东西，不承认社会的先进。

（二）作家脱离人民，没有主人翁感，但有个人高于一切感。

因此，看问题从自己的有色眼镜去看。

生活鞭策，那是并无自由，但现他们却是自由，这就不要社会主义。

作家的使命、地位，要重新明确，现在是本末倒置。

为什么政治这样低？新变化的情况，有的本来就没有改造。作品为谁、为什么出版，“我”占了很大分量。

党的领导，无就不行。是要社会主义文学，否则就是资产阶级文学。

22.3.4　没有递出去的条子

主席：

下星期的会议，我建议应该请丁、陈、李等同志先发言，这样便于把问题摆开，辨明是非。在今天休会前，应提出这问题。请考虑。

阮章竞[①]

① 此段是22#笔记本的100#图片，是当时会上没有递出去的条子。

22.4　中国作协会议记录[①]（1957年10月—11月）

1. 三中全会传达（存目）

2. 收集包钢建厂资料（存目）

3. 丁陈反党集团问题

22.4.3　丁玲、陈企霞反党集团的问题

这个集团好几年以前就形成。在去年到今年大鸣大放时，又发展了。参加者有丁、陈、冯、罗、艾、白、陈明、李又然。萧三也与这集团关系密切，但他后来检讨较好。

集团是以丁、陈、冯、陈明为主要人物。

在他们的阴谋活动下，丁以大作家、有国际声望、关心青年作者，拉拢、影响了很大一批人。

篡夺了《文艺报》、文学讲习所作为反党的独立王国，尤其是《文艺报》。

这次斗争，同时清算了冯雪峰廿年前的三个口号问题。

（一）这个集团的人物历史

丁：1939年被国民党中统特务逮捕，原因是她的第二次的丈夫冯达被捕

① 此笔记是国图藏红色首都日记本。国图扫描件编号：22#图片夹073-084#图片。编者注：此段记录原没有标题，也没有记录日期。根据前后笔记的时间推测，应是1957年10月下旬到11月上旬间所记。

后告发了她，第二天引特务去抓她。同时在场的有应修人、潘梓年两同志，应跳楼跌死。

丁被捕后，国民党未怎样她，未送宪兵和公安的机构，而是把她送到特务住的地方，而且很优待，继续同冯达同居。以后送到南京特务机关内，由徐恩曾、顾顺章来与她打交道。

顾是叛徒，是国特对我们的凶恶刽子手。

徐是知名的特务头子，专门对付进步文化人的。

以后张道藩等都和丁有来往。

冯达实际上早做了敌人的爪牙，在南京即参加了中统。中统每月都给丁一百元生活费。

丁说在初期有过斗争，这也可能，但后来很快写了自首书。据她自说是被捕后蒙受优待，出去后回家养母，不参加社会政治活动。

（这大概三四个月之后。）

自首后，很快就被送上庐山休养，和冯怀了孕。回南京，国特已把她母亲接来。

回南京后，即更自由一些，与叛徒姚蓬子住在一起。徐、张道藩等来往频繁，打麻将等等。

以后在路上看见张天翼，又到了当时的北平。由冯雪峰叫她去上海。她去后，由胡风夫妇在北站迎接，定好回南京争取公开出来办刊物。未成，再去上海，由冯设法去陕北。

到陕北后，中央很重视她，她当了团的政治部副主任。但她未把自首的事报告。直隐瞒了七年之久，而且说自首书是冯达摹她笔迹写的。以后又说是她摹冯的写的。

这就是她的历史问题。

在延安，1942年，法西斯在世界掀起大战后，进攻苏联。中国人民受到内外敌人的封锁，革命很困难的时候，她写了《三八节有感》《在医院中》，和陈企霞共同发表了王实味的《野百合花》。

陈企霞的历史，曾在上海被捕（1934年），三六年再被捕，现未查出别的问题。

抗战开始时在浙江与翁涛同接苏大使馆工作，未查出问题。

冯，与丁有过两性关系，三十年党员。

长征后中央派回上海联系地下组织。

他撇开了地下组织，与胡风搞在一起，包围鲁迅，发生两个口号的争论。

据他这次自己交代和查对，《答徐懋庸信》等文章，都是冯在这里搞的鬼。说周等是CC、敌人，叫救国会和章乃器不要再和上海工作的同志接触。

以后中央同志批评了他的观点，他拍桌而去，当了逃兵。在义乌，形势紧张，党仍关心他，他不听党话，被捕了。

他的文艺理论，很多是和胡风一致的。对延安文艺座谈会后出现的作品，他是看不起的。因此，长期认为今天的文艺是不行的。当然我们也知道不足，不高，但这是革命的作品。

李又然的思想历史。

罗的历史。

都未写出什么东西。但在延安李写了《鞭尸》，罗写《还是杂文时代》和“五人签名信”，攻击党。

李说在延安做党员，等于在南京做汉奸，也好做，也不得不做。又说中央组织部是特务机关。陈、康都特务作风，陈眼长在头上，康阴森可怕。

（二）丁、陈问题的揭发

前年揭发：《文艺报》向资产阶级投降问题，中央作了检查，查出这是一个独立王国。

冯作了假检讨，陈受了一年察看处分，但都不服。丁认为整陈就是整她，到处向人这样讲。陈要他们反攻，保护他。

以后，丁对陈采取了保护的办法，要他下去，到梅山，送钱壮行色（200元）。

陈不服气，进行写匿名信活动（四封）。

内容：中央偏听偏信，文艺界精神状态低下。

陈对李又然说是“吴三桂借兵”。李说是“武装西德”。陈对柳谈手枪子弹的问题。

前年斗争，基本上是揭发了这个集团的反党活动。但是深刻的历史情况，如丁、冯的历史等，是作为审干问题处理。三口号论争未涉及。

可是条件还不成熟，丁对一些人的影响还是很大。

因而斗争后，许多意见出来了。二十次苏共大会后意见更多，特别是波匈事件后，丁陈提出这是一些人整一些人。

因而使是非搞得很含糊。

我们也有受这些叫喊的影响，考虑是否有不确切的地方，提出查对事实。

（三）大鸣大放阶段

这个集团认为是千古难逢好机会，从去年冬季开始，从党内斗争及肃反问题进行活动。

（1）联络、串通、拉拢人。

首先提出前年党内斗争的肃反都错了。

丁写了书面意见，完全否定了肃反，并结合罗、白研究翻案办法，到处拉拢。

到了今年春天，更厉害了。

丁、陈明的活动——纠合一些受过批评的人。

（2）集中目标，攻击党的领导人。

丁告罗、白，翻的目标不要分散，要他们集中打击在作协负责过工作的人，这些人就会叫苦，一叫苦就暴露周，这样就可知道内幕了。

丁说，她的问题，一是要通天（政治局），一是通地（有群众）。她说关键是在陆。

（3）进行全面翻案，丁说连自由主义都不承认，要说明五五年的斗争是冤狱。

（4）散布谣言，和右派记者串通。

说是冤狱，有部分人记者，整另部分人。

陈企霞要柳溪去联系《文汇报》，艾青夜里找姚芳藻，浦熙修访丁。

要右派攻击党，写信给主席退休。

李又然的活动，冯雪峰的活动，支持陈办刊物，有冤报冤，洪水到大门。

（5）如果整风不能达到翻案，就在10月文代会进行分裂。她们估计是很妙的，以为这样可以把党整垮了。

在6月初，作协召开了党组扩大会议，陈明要求参加。

丁问周以什么身份参加会，丁说她是从坟墓里爬出来的，说这是阴谋陷害。

陈明大肆活动，当联络人，像特务似的活动，装小姑娘声音。

萧三在党组扩大会上号召反党，在支部会上要求大家抓大头。

李又然要康濯起义。

有一些人跟着就叫嚣起来。

当时丁陈集团以为胜利是他们的了。

（四）丁陈集团的彻底揭发。欺党太甚了，起来反击。

作协的前三次党组扩大会是丁陈向党进攻的最厉害的会议，但反右派的斗争在全国开始了。这个集团也看到了这种形势。

第四次会议是个转折点，萧三没参加会，陈明向他报告了情况，萧走了。

首先是从柳溪方面在天津突破，材料是惊人而又肮脏的。陈不但把柳拉到右派的泥坑，而且毫无人性地侮辱了人，在经济上剥削了人。

从这里揭露了丁陈集团的阴谋。

在事实面前，这个集团算是崩溃了，低头了。但丁开始还是抵赖的。

揭了冯雪峰的反党历史，和大鸣放中的问题。

（关于这个集团的反动思想。）

（五）丁玲的极端个人主义思想

丁对人说，她是靠外国人吃饭。

丁说历史清白有什么用。

宣传“一本书主义”，有了一本书就有了一切。

做工作是人家的，写出文章（书）才是自己的。她在俄文版书上把自己描写成一个女英雄，对青年也如此。

认为交椅已经排好：鲁、郭、茅、丁。

丁是个野心家，她知道要与党对抗，就得先有地盘——《文艺报》、讲习所。以自己的地位、荣誉，以关心创作、爱护青年的面目，影响了很多文学青年，灌输了“骄傲就是美德”的论调。她对玛拉沁夫说，骄傲不算什么。

树立个人中心。《文艺报》、讲习所，党是不能管的。五二年中宣部曾考虑文学研究所不够条件，想改为讲习所。她即与受她影响的人一起反对党的提议，当时她是文艺处长。

在她的影响下，讲习所只知道有丁，不知有党，都说讲习所是丁办的。她去休养，写信回所，打印发给学生。在欢迎德国作家参观，挂起她的像。后来她知道了，叫不要拆，但说等我死后才挂吧。虽然后来她已不领导讲习所，但个人中心的影响仍很大。

这个集团在《文艺报》内，提倡士为知己者死，提倡“涸泽之鲋，相濡以沫”来抵抗党的批评检查，提倡抗上“王前”。

她对人是要觉得他有趣味才好交道，没趣味的她则不喜欢。

丁认五五年检查《文艺报》，就是整她。叫她的大将陈，忍着吧！

反党分子都有一种理，反对某人而不说反党。但他们把党内拨弄得不像话。

丁的野心是从来就有的，《莎菲女士日记》。在她写出《桑干河》时即写信给陈，要他搞地盘，说现在让他们去说我吧，说好说坏也罢，等我走运的那一天。

但这一天确是到来了，集团垮台。

（六）教训

要克服温情主义，反党分子反党很有经验，野心很大。如李又然说，不要看我今天是小人物，条件一来我就成了大人物。

前年斗争，我们未警惕他们的利用党的对党员的关心的一面，她们却认为是弱点，可以猖狂攻击。

只在内部搞，未公开，未搞臭，他们也感到不过瘾，不能把他们的面目暴露出来，也教育群众。

文艺界这样的影响是有历史根源的，很多青年堕落为右派。他们利用了党对文学的重视，提倡名利，因而好的也变坏了。如何真正爱青年作者是个严重问题。

丁陈集团说明个人主义的可怕，荣誉愈大，党在他心中愈小。

为什么这种情况在文化界特别严重？

知识的集中地方，有各阶级出身的成分，真正无产者少，被溶化。都未受过严重考验。

在革命起来时，表示了他的狂热，出了很多好的，如也频、梓年、修人，但也出了很多逃兵。

个体劳动（脑力），容易强调个人，当然有他的特殊性，但他应与人民有牢固的结合。

吴祖光集团的情况：

知识界有个狂妄的坏特点，如刘绍棠，居然要修改主席的方向。

个人主义的发展是可怕的，能由小而大，逐渐变质，改造的严重意义在此。

党必须领导知识分子。

也要培养自己的队伍，没有文化是不行的，靠旧的可以有一部分，但有一部分是要分出去的。应有此远见，有决心，宣传工作要注意这些问题。要细微分析研究。教育他们是个集体事业。

经过这次反胡风斗争，是个重要的革命，说明党要加强领导。

反右斗争的胜利是重大的，是政治上思想上的阶级斗争，毫不用惋惜，把右派清除，使我们更健康。

23#笔记之二：中宣部会议笔记

23.7　中宣部会议笔记[1]（1958年7月）

黎辛说：李之琏说过，个别单位，肃反成绩是基本的，不要写，不要提成绩？

总支旁观态度还不够，总支应讨论。

李说，保护积分，不是等于不检讨。

李对某单位不肯道歉，他很不满。

总结，黎不支持，李回书记开会决定不参加，不承认总结。最后是现去请，无论如何，最后支持我们一下。

阻止开除陈时，黎同意李之琏意见，说党委未讨论，不能开除。刘白羽

① 此笔记是国图藏绿色青年日记本中的一部分。国图扫描件编号：23#图片夹046-047#图片。此段笔记原没有标题，也没有记录日期。根据前后笔记的时间推测是1958年7月间，中宣部批判李之琏、黎辛、张海、崔毅等的记录。

曾提这样做阻碍肃反胜利进行。

参政文件之十一中提的问题，我记得是这样：

李之琏等说关于丁、陈问题材料不具体，只是原则提得很高（他们对所有作协的材料都这样看法），要求有具体的材料。就是仅有向中央报告中的材料不行，而要更多（这是中央根据此材料而批准的）。从此看来，已经否定了中央的批示。

我只能从会上（55年）的材料来写，而不了解过去情况，由康写。康写后，白不在，由林看。林说：①不突出，例子没力量；②方法也有问题。后我与林面谈，林说他也改不下去，我也改不了。

因为李之琏要比原件更多的材料。我因林了解此事，要求他写出具体材料，可不改。我感到陈问题最多，要求有具体例子说明，以便说服李。

五人组开会碰材料。

还是报告那些，文井仍是那两件。

在这种否定中央指示的做法下，说材料站不住脚了。

把陈写和康写的都打出。也发给陈，这个做法就是叫陈准备清楚翻案。

肃反结论，李、崔[①]强调保留意见，并应考虑他们每个意见。

李说结论可不写帽子（反革命字眼）。

可以告诉大家，发落不是处分。

过组织生活，黎力争，李之琏负责。不管责任，后叫黎执行。

---

① 即崔毅。

28#笔记之一：全国文化工作会议记录[①]
（1959年12月8日—1960年1月3日）（存目）

1. 预备会（12月8日）

2. 周扬报告（12月12日）

3. 钱俊瑞发言（12月14日）

4. 张子意报告（12月21日）

5. 林默涵发言（12月21日）

6. 邵荃麟发言（12月22日）

7. 许立群发言（12月22日）

8. 云南袁渤发言（12月23日）

---

① 此笔记是国图藏保密手册笔记本。国图扫描件编号：28#图片夹共106张图片。其中03-06#图片是包钢的内容，移到《包钢笔记之八　1号高炉出铁前后》中。本文从笔记的06#图片右页开始，共4万字。是作者离开包钢回到中国作协工作的笔记。发言记录都从略。

9. 李何林观点（12月24日上午）

10. 周扬讲话（12月24日下午）

11. 陈毅报告（12月27日）

12. 李何林（12月29日）

13. 陆定一报告（12月30日）

14. 作者本人的发言提纲（选）

15. 周扬总结发言（1960年1月3日）

16. 周恩来报告

17. 1960年1月4日杜希唐谈修武县斗争情况

六十年代

八、出访拉美笔记（1961年2月—5月）

31#-1笔记：访问墨西哥日记[①]（1961年2月26日—3月25日）

2月26日

飞机7:50起飞离京。作协是李季送行。25日晚上答应援朝跟我到机场。因路长，汽油太贵，未答应迪之去。但小五很早就穿好大衣过来，不让去是不行了。因此，反正只是李季一人去，坐一部车就行，于是都去了。

白羽和光年也到上海去，都在机场见到了。我把我对书记处讨论重点作家名单，向他和光年、李季提出我的看法。我早考虑到他不会考虑我的意见的。果然如此。

楚老和任映林来送行，比他早来的是郑森禹同志。

---

① 此笔记是国图藏咖色漆皮笔记本的第一册。国图扫描件编号：31-1#图片夹共94张。3.6万字。中国作家代表图由周而复、作者和翻译三人组成。先到墨西哥参加拉美保卫世界和平大会，后到古巴访问，适逢美机轰炸哈瓦那机场和吉隆滩事件。

因为安排创作的做法，使我觉得很不痛快，这次出国确是不大开心。反正是无法进行写东西了，出去看看，学些知识，比常为（这些）烦恼要好得多。

到伊尔库兹克的是伊柳14，中途在乌兰巴托停40分钟，到达那里足花了六小时。

下午五时多，乘图104赴莫斯科。起飞三时之后到鄂木斯克。那里真冷，下飞机一会儿就顶不住。那天是零下30摄氏度。

大使馆早派人在机场等着，和我们同机去的还有工会到古巴的代表团（三人）和到匈牙利、波兰两个贸易代表团。所以在机场搞了好几个钟头才办好第二天的飞机票。

我们住在大使馆招待所。新建的大使馆是在列宁山上，在莫斯科大学附近。

大使馆有招待所，据说每年不知要省下多少钱。因为到苏联，各国许多要经莫斯科。住饭店很费钱。

2月27日

7时，大使馆迎接处的孙同志就去找我们，说是9时起飞，路远要早去。

我的护照外交部办理的时候，忘了打钢印。乌兰巴托和伊尔库兹克都未发现，昨天在莫斯科机场也未发现，今天在机场发现了。问题严重了，这样就不起任何作用了。飞机再有一小时就起飞了。周而复同志有经验，立即和使馆同志往使馆打电话，同时我即坐车回使馆设法，如无办法，只好当天回国办好，再到瑞士赶上他们。

使馆同志很负责，想了各种办法，用使馆的钢印打上，到瑞士使馆办另一个。幸好飞机因要等人，晚起飞二小时。使馆请机场等着12时才起飞。马上叫一熟练稳妥的苏联司机送我去，一到立刻办理起飞。

下午3时左右到了布拉格。

为了护照，驻捷使馆想了很多办法，因那里没有公务护照，而北京的号码已通知墨西哥，不符人家是不会发签证的。当天夜往北京打了特急电报请示。同时和瑞士使馆打了长途，准备一到就办理。

第二天，本来要下午7时起飞，因南汉宸同志往古巴的代表团未赶到，故让我们和工会代表团坐上午的班机赴瑞士。

2月28日

上午10时50分，坐伊柳18到瑞士。

驻瑞使馆电话通知，墨西哥使馆要十二张照片，六张正面，六张侧面。我们昨天在布拉格请新华社宋同志赶摄，洗好今天上午九时半取到了。

北京电报来了，指示护照在瑞士使馆换发，写明根据北京的号码而换发的。

从布拉格到苏黎世才两个多小时。伊柳18不错，很快很稳。大概是二小时就到了。

从苏黎世乘大使馆汽车到伯尔尼，要走差不多两小时的样子。

瑞士，从外表看，是很齐整的，草还是绿的，不像冬天。

四百万人口的小国。连煤铁都没有。表业的原料都是从外国进口的。据说最近发现有铝。树木很多，保护得很好。有些水力发电。

近两年对我不大友好，由于美国压力。

一到大使馆就立刻办护照，办好立刻到墨西哥驻瑞使馆去。进行的还是顺当，墨大使也出来和我们招呼一番。他说卡纳德是他的好朋友。管这工作的是个老太太，她们每天办公，是十时到下午四时。但她还算不坏，考虑到我们第二天12时以前就要离伯尔尼，愿意加班，当时就为我们把签证办好。她丈夫是个记者，他来了，他说是来找他太太去看电影的。此人很能找话谈，而且谈得很进步的样子。又写了两张明信片，叫我们带到墨西哥。如有什么问题，可找他的律师和他姐姐和姐夫。这个人说他对阿拉伯问题很有研究。说他原是西班牙人，父亲是社会党的始创人，他自己是因反对佛朗哥而被迫离开祖国的。曾在法国做过车工，现在是记者。说回国时，从那里知道中国的一些情况，很想向中国报纸写文章。此人到底是什么人？是否他们有意弄来对付我们呢？他也说，墨西哥有的人你可以同他说话，但有的人，你们最好不同他说话。

一进入瑞士，就感到了踏入西方世界，复杂的情况完全不一样了。我看到底是这位太太，所有人都下班了，她确是很紧张地进行了差不多两小时工作，把几十张签证打出来。最后说，对不起，根据内政部的电文，只能给我们在墨西哥逗留十天。

最后我们送了筒中华香烟和一个盘子给她。

晚上在使馆见到了王建邦，我差不多都记不起他了，从华北局结束，他就到了教育学院念书，五年学会了法语，现在使馆文化处工作。他送了两条555香烟给我在路上抽。

从墨西哥驻瑞使馆知道，那里并不很热（现在），故把毛衣也带走。

晚上人人整理东西，冬天的衣服都留在瑞士。留了几本书给王建邦和劳辛同志。

3月1日

8时到了使馆，一切都由使馆为我们办好了，感到有使馆就有依靠。从这天起，不能不单独作战了。

10时由伯尔尼动身，一早李清泉同志就和我们在一起。我们的大使都是很平易近人的。

王建邦同志送我们到苏黎世。

苏黎世白天是看清楚了，昨天仓促，又下着雨未看清。

机场很宽大明亮，各色各样的人物来来往往，感到真是到了另一个世界——资本主义世界。

荷兰航空公司的飞机是从阿姆斯特丹来的，因为吃饭太拥挤，费了时间。我们一上飞机就起飞了。那时是13时45分。

飞到里斯本是17点50分。那里已经是快黑了，里斯本阴阴沉沉，葡萄牙的警察摆着一副法西斯面孔，使人觉得更加阴沉。18点35分，又从那里起飞，天色已全黑了。大西洋的水面，很快就看不见。20点25分到圣塔玛丽亚。这块大西洋公约国家的小岛，和里斯本一样，使人一到就想离开。在那里喝了一杯咖啡之后，在机场候机（厅）内，看了一番。21点10分起飞。

横渡大西洋是在夜里，我们是朝着西方飞，感到时间特别长，表几乎是不起作用了。

飞机虽然比较稳，服务工作也做得不错，但一下就是不着陆的十几小时飞行，坐在椅子上半躺而睡，怎样也睡不着，加上我们的座位前左右两排是五个德国小孩，常打扰我们，又不能开灯看书。

飞行在月夜，有时能看到海面，也看到东方微明的天边紫云，但吃了早饭，很长的时间还不天亮。

库拉索到了，从飞机看到海边远方，蒙蒙的海水和微云中，看到一条白色曲折的白线，这是海边冲击起浪花的颜色。

这里是一个热带海岛，看见地面有荷兰的炼油厂，原油是从委内瑞拉来的。

一下飞机，完全是一个荒岛的样子（离城市远了，坐汽车差不多要50分钟的路）。天气热得很。身上穿得几乎都是多余了。

候机餐厅有冷气，能向外看见大海。

8时45分钟从库拉索改乘玛加利特公主号机向哥伦比亚飞行，是在白天，完全可以看到加勒比海。

在哥伦比亚停25分钟。这里似乎不像在里斯本那样。但机场上停着美国的大型轰炸机，美国的泛美航空公司的飞机。

机场中的候机室内摆着的是美国连环画、报刊，可以翻阅谋杀的插图。

约停了20分钟就往巴拿马飞去，看不见运河。

离开巴拿马很快到了圣约瑟，哥斯达黎加的两位朋友和我分手了。

机场候机室内的大厅，画着一幅大壁画，内容是生产和参军。并在各个地方，设着为儿童捐献办福的箱子，大概是想在机场内搞个儿童乐园之类的东西来，装饰门面。

同样，在那里停的时间很短，就往危地马拉飞行。到那里，候机室是很有古老形式的房子。15点35分就飞往墨西哥。快到的时候，天边有雷雨的样，不时闪着电。

我们下飞机时，正是天黑之后。首先进来迎接的是歇尔（前代总统）、墨中友协的书记和卡帕夫人。哈拉将军是在机场建筑物中见到的，行动很不方便了。

墨西哥朋友很热情，只是办签证花时间长，但从驻瑞使馆到这里，签证上的规定要打指印，从未提出。

有几个记者为我们摄了影。当我们快走出机场时，有些学生在欢迎我们，叫墨中友好的口号。

到了旅馆之后（旅馆叫孟太和），和墨西哥朋友一起到一家叫“越园”的广东饭馆吃饭。

在这一段旅途，每过一个机场就看阶级的对立。

许多黑人在荷兰的机场上工作，推行李车，扫地，餐厅服务。很多衣服破烂的孩子在贩报，擦皮鞋。

而在机场的过往客人，真是各色各样。

在哥伦比亚机场，看见什么都有，甚至还有中国的象牙雕刻手工艺品。

机场候机的地方不算小。那里大概是一个日本人，带着照相机，一直看着我们，最后他问老周是不是日本人。

危地马拉的机场相当混乱，候机休息室不大，我们一进去就被几个衣服破烂的黑孩子包围，要买他的报纸。

3月2日和1日一样，都是在飞机上度过的。那是没有白天黑夜的两天。

3月1—2日经里斯本——圣塔马利亚——库拉索（换飞机）——哥伦比亚——巴拿马——圣约瑟——危地马拉——墨西哥（008-011#）

墨西哥日记存目（3月3日—3月25日）

3月3—8日保卫世界和平大会（011-25#）

3月9—13日在墨西哥城周边参观，与各方人士交流（026-36#左）

3月14—20日卡德纳斯陪同各代表团到墨西哥地理中心和卡的老家参观（036-053#）

3月21日回到墨西哥城，为准备告别酒会而各种为难（054-56#，57-59空号码）

斗牛（060-63#内容接036#左）

墨西哥政治情况（068左-64#倒记）

墨西哥与美国关系（074-69#倒记）

巴拉圭女诗人发言（074右）

秘鲁代表发言（075左）

墨西哥鹰蛇传说、画家克拉拉和李维特、古堡雕塑、李季委托找人、金

字塔（075右-078#）

侨情（078#）

参观总统府、最高法院（079#）

卡德纳斯沿途介绍墨历史文化（080-87#）

22日下午遇墨电话业罢工。（87#）

23日参观天文台、金字塔

24日告别酒会，卡德纳斯发言（088#）

3月25日参观美术宫。

3月26日上午飞古巴。送行人员名字（089#）

31#-2笔记：访问古巴日记[①]

3月26日

从墨西哥到哈瓦那。

6时电话响了起来。7时前，阿珂士达、卡帕、卡维拉，哥拉共开了三部小车来。哥拉叫我坐在她车上，向飞机场去。她不大认识方向，常要停车问路，因卡维拉走了另一条路。

（送行的人名，都记在第一本上。）

墨西哥的出境手续真麻烦，搞了一个多小时。幸好有希尔在旁站着，多少在移民局人员面前起了快速作用。

我们匆匆地上飞机，送行的人送到梯前。告别后他们都走了。我们从窗

① 此笔记是国图藏咖色漆皮笔记本的第二册。国图扫描件编号：31-2#图片夹共101张。2.9万字。

口看见卡帕、卡维拉、哥拉和忘了名的女教授仍在栏杆前。飞机发动了，他们都在哭。哥拉用手抹着泪水，很长时间才抬起头，见卡维拉哭，把黄手帕给她。

这些朋友是在墨西哥时几乎日日陪同的。在临别前用手势向我说要写信。在栏杆前同样做着手势。在候机室内，卡帕叫哥拉去为我买儿童玩具，她用面型告诉我太麻烦朋友了。我装不懂未叫她去买。哥拉我未送什么给她，只一小蓝漆烟盒。周不肯送她点什么。

墨西哥，再见。朋友们的友谊我是会记着的。

9时50分钟起飞了。很快就飞进加勒比（墨西哥湾）。在机上吃了早点。11时多到了MERIDA，在那里停半个多钟头。在机上吃了午饭。下午14时到了哈瓦那。

在机场上迎接的是古巴各国友协的主任和我们使馆的文化处四个同志。

这里入境手续办得很快，我们即坐车到了刚拨给这个协会作招待所的“人民友谊之家”（？）。

各国从墨西哥来古巴访问的代表，在卡斯特罗陪同出（去）参观几天之后，今晚举行告别宴会。

我们放下东西就先到使馆去，在那里和申健夫妇[①]等吃了下午的午饭。申健同志谈了这里的情况和问了我们的打算、名义等等。

7时说宴会开始，其实是到了8时多。原说要去看这里的各地会演不可能

① 申健，首任中国驻古巴大使。战争年代为中共秘密战线的“后三杰”之一。

了，因还要各国讲话，朗诵诗。有多米尼瓜农民诗人，墨西哥诗人（在一城市做党的领导美术工作）和古巴的诗人。

中国原未知道讲话，后见苏都讲了，于是也讲了。捷克代表也讲，讲到用枪支持古巴民兵，全场情绪热烈。

这是个很友好的国家，我们在车内看见路旁的人和卡车上的人都呼“中国”。

在此，要有诗的准备。周也如此告我。这是好的。

但他又不同意我直接向《墨西哥永恒报》记者介绍一诗人访问中（国）的事。李季托我办此事，几次无法实现。他总说这是无名的，一问就被动。其实我不是主人，也并不能代表就答应。他是要走上层的、名流的。

说可能到厄瓜多尔。如果仍和在墨西哥的做法，我不想去了。周不同意，说出来后不能自由行动。以个人为中心的活动，我是十分厌烦的。我还是觉得大智若愚，一个团应有的商量精神，何况有的东西，不一定对。如“西班牙殖民者最早征服古巴，拉丁美洲最先独立古巴”，这是事实，但这是不能得到群众同意的。应该只说后者。

3月27日

古巴据说现在是冬天。夹竹桃盛开着花，天气不算太热。

上午说主人要和我们谈节目，用车子送我们去。同车的是两个美国人（夫妇）。她一说起美国人，人就以为是“美国佬”。老周说得不错：美国人民和美国的垄断资本主义集团、帝国主义者，是两回事。她夫妇很高兴。

节目未谈成，因主人病了。

昨天晚上见到一位委内瑞拉驻秘鲁使馆的女秘书诗人，她为了参加墨西哥会议放弃了岗位。她说现在要回去。

下午到工人住宅新区参观，由古巴友协的朋友陪同。

沿着海边走，经过了马塞的纪念碑（有骑马铜像），那里正在开宽马路。在那里，主人告诉我们哪片房子原是美国大使馆，现已关闭。那些都是美国人的房子，现在已交给了人民。

从那里看见突出在海角的是西班牙人的堡垒，是用奴隶，也有中国人在17世纪筑成的。内有箍脑袋用的刑具。何塞马蒂曾被关在此。现在那里建了一座灯塔。

我们穿过一个海底隧道，就到了东哈瓦那。那里原来是荒野，巴蒂斯塔政府的官员用很低的价钱买了这些地，开了隧道，建了一些高贵房子。身价十倍大发了财。现在革命政府利用彩票形式在此建筑工人住宅区。我们参观最新刚完工的一所，设计不错，很齐整。付款办法，是工人按工资、人口申请，管理房子的部门批。二十年付清，是归工人所有。这种是四层的。

有一种是十二层的，还未建成。围着的房群中间是学校和托儿所。他们说，孩子都很小，建在住宅的中间，母亲们可以在窗内就能看见小孩。

坐车沿着住宅看，革命政府在前两年，也为工人盖了不少平房形式的房子。

我们到一个家庭去看了看，主人是七十多岁的老人和儿媳妇在家。这是个革命家庭。（见后面当时记录。）

之后又去看游泳场。看了两个。游泳场都有房子租给人们休假用。

他们说过去穷人是不能享用的，现在为他们创造了这些条件。

最后是坐车看市容。也看了独立战争时的华侨纪念碑，建于抗日战争前。水产馆星期一休假，未看成。

在晚饭之后，我应外协的约请去和他们的主席谈了几分钟话。

晚上通知参加7月26日运动青年委员会召开的学生会议最后的大会。中国万岁声响彻会堂。我们被邀上主席台。冯星平副市长在开会后也参加。

会场情绪热烈，每个人的讲话不断为群众的欢呼声打断到不能回复讲，特别是提反美和提菲德尔的时候，因此要用奏国歌、民兵歌来停止群众的狂呼。

看来菲德尔很受群众信任，他没有什么特别的地方，每个人都随便跟他说话，他也跟大家一起唱歌。

一个老诗人在场上朗诵了诗。

大卡最后作了三小时多的讲话，直搞到早晨三时才回到外协的招待所。

我们在车上，一群女孩向我们奔来，高呼中国，给东西。“美国抢我们的东北，所以我们和中国站在一起。”

3月28日

昨天通知今晨6时半要去东方省圣地亚哥。做三天访问。

因昨夜睡得太晚，我们误了时间。到飞机场，飞机已起飞了，七张票全作废，主人不大高兴。但友好，决定下午乘六时飞机去。

回旅馆吃了早饭，赶快睡。今天很好，虽被人惊醒了一次，但还是睡了三个小时。

起来吃了午饭，准备了一首诗。初稿已成。

下午四时半，按主人意见，做好准备，五时多到了机场，六时起飞。

七点四十五分钟，到了哈马圭，停了二十分钟。

九时到了起义军最先攻克的城市圣地亚哥城。住在克沙格兰达旅馆。

据陪同人员阿基亚尔昨天说，宪法规定，总统和总理都不能有私人房屋。他指着山上一座说，现在大卡住在那里，他带着许多革命烈士孤儿同在那里。房子是国家的。有人想为他买房子送给他住，但将来慢慢再做。

3月29日

昨夜睡得较好。今天上午参观菲德尔在53年7月26日攻打失败被捕的学校城。菲德尔是从海上登陆的，他选择当时反动军队的假期，守兵只有一千来人，正是敌人力弱的时候。劳尔的部队，利用那天是圣星期日，在25日下午五时，即已埋伏进司法厅。

卡斯特罗带着的人，从海上登陆之后，从南边的卡拉松街向东插进巴蒂斯塔兵营大门。已到了大门内，有人打枪，引起敌人发觉。

埋伏在东北角医院的起义部队，发觉兵营已打起来，因此就放枪，使敌人也察觉他们。

敌人在打退了卡斯特罗自己率领的部队之后，即去打医院。起义军力弱，但医院为他们绑起绷带装成病人，第一次未搜查出来。第二次是把每个人都解开才发现不是病人，这样连无辜者在内，杀了一百多人（起义军攻城才一百来人）。在战斗中阵亡者只一人。

卡斯特罗是退到发起攻城的地点被按倒的，送到司法机关。因此，就有审判程序。囚在下午看到的Canel Boniateo监狱。以后放到列那斯岛。他逃跑到美国，以后又回到山地。

以上是学校高中部的主任谈的。

看了学校城之后，就去看新的工人住宅区，共两处。一处贫民区，贫民区坏的房子已拆了，只留下一些还可以支持的。还在那里居住的黑人说，五个月后他们可以免费迁到新的住宅。政府以二比索一天工资，叫他们半天盖房子，半天为公家盖房子。因此，新房就和今天头一次看得不一样，不用付款。我们去看了已搬到新房子的人，确是如此。

回来时看了何塞马蒂的坟墓。

看了之后，看7·26的烈士墓就在何塞马蒂墓旁边。墓后由小方形洞，存有240人的骨灰。

下午三时多去看古迹和风景。先看了哥伦布海峡。看到了民兵营，有的在操练，有的在挖战壕。这里都是灌木林海岸。

再往前进就到了海湾的海口。在高山上，有西班牙时代的炮台。炮台是古堡式的，有两道吊桥（一大一小），有深沟。进去的第一层是木板楼，有很多古炮。

炮台是依着海岸高山建成的，全是石头三合土混凝的建筑物。在山上看大门已不太小，但沿曲折的石梯，下到离海面还有十几公尺的最低的第二层往上看，那是相当雄伟。沿着冲积岩，开有很多炮洞。每海都有洞，都很大，大炮都掩藏在里面。

革命胜利之后，没有人守此炮台。曾有一兵舰偷进去海湾，发觉追击，逃到关塔那摩美军基地。故现有民兵守卫。同时为了保存古迹，加以恢复原状，供人参观。

去年3月美国军舰就在哥伦布海峡炮击这里的炼油厂，引起革命政府的注意。我们也看到战斗机在海面天空巡逻。

看了炮台之后，从炮台右面公路下去，那里都是富有者的玩乐地方。有别墅、游泳场。在海边看海湾不大，但下去之后，看整个城市都在一个大海湾中，风景很好。

我们又经过住的地方和司法厅，上了Pnerto Boniato山，半山即是监狱。山上已修成游览区，可看到全城和大海。山峦重叠，风景很不错。这里不远是马赛奥的出生地，山上竖有石碑。

下午一出城就先看了新建的凡尔赛饭店，修得很华丽，有泳池。在厨房看了来了四十七年的华侨，名叫吴亮成。看来是个很糊涂的人。

晚上吃了饭，夜里在街上走了一番。在商店门口看了看物价。有的东西，如毛巾相当贵。有的，如连衣裙则较便宜（6元左右），男衣料有的2元一码。

3月30日

上午九时出发，今天是到远处去，到马埃斯特腊山脚的学校城。汽车走了两个多钟头，经过农村，也经过一两座小城镇，是向东南方向走的。

这里是1958年恩富戈和格瓦拉率领的起义部队和巴蒂斯塔反动军队战斗的地方。

据说这个地方曾多次争夺。看来是根据地的边沿争夺区。在革命部队控制时，这里叫“自由的土地”。

有一处，像个小镇，有糖厂。这里也是战场。革命军打了敌人就把设备或其他东西搬到根据地去。

到学校城要经过不少山地，虽然不很高，但巍峨的马埃斯特腊山（女教师山），就矗立在东方（略偏北）。

在这里看见的有很多士兵和民兵。东方省，因为要防止关塔那摩，这个特点更显著。

学校城是在一山岗（较平坦）上。面积很大，共有四十处。现在一处已使用，六处在修建。这个革命纪念城，有国际劳动队参加建设。我国北京的李百万（劳模）也曾来此参加工作几个月。主人告诉我们国际劳动队负（责）修建的国际友人会客室。说可惜建小了，地方不够用。

在学校城的大路边有一座长形饭店，那里有很多士兵在吃饭。跟我们做介绍的是一位白发少尉。

这个学校城，是受马埃斯特腊军区司令（一位上校）领导的，主要是教育培养革命后代（包括很多革命遗孤）。

国防部、教育部、工程部都同样帮助领导。

看来这是所革命子弟学校。他们准备从小学一直到大学。办这座城，主要是回答革命战争山区的贡献。

看来办得很有决心，很有气魄。学生学习也很不错，有个才来不到两个月的小孩，写字很不错。

和其他学校一样，学生使用中国铅笔。

看了课堂。他们教学生作文。老师修改，加上胶版插图，自己印课本。这个办法很不错，印得很好。

学生全部是供给制。有仓库，保管学生衣、鞋、教育用品和医药。

宿舍都在楼上，因这里天气热，每六人一间。每人有一壁橱。楼下是食堂和看电视的地方。

我们一到的时候是听那位少尉的介绍，之后军区派来一位青年军官和少尉的太太陪同，先在军人饭店吃了午饭才去参观的。

因为面积很大，天气又热，我们知道每处都是大体相同的，故看了一部分老周就不耐烦要走了。老太太介绍得也很啰唆，什么都叫看。

3时多我们离开那里，去看战场。我们是进入山区山麓了。椰子林中，每株差不多都有一个或好多个弹痕，战斗曾是很激烈的。有很多农民房子被烧了，革命胜利后，政府都为农民修建了房子。我们到一家看了一下，现在还没有电灯。将来学校城的电源接通，这里就有电灯了。房门都留有装电线的眼口。

经过了一些山梁，到了战斗最激烈的地方。一个村子的山岗顶上有辆被革命军打毁的坦克。是用火焰喷射筒从后部打穿的。据说反动军队在山岗上的坦克，向起义军攻击，起义军就从后面夹击他们。

山岗下的村庄，都盖了新的平房。已做好规划要在此建设，路线已用洋灰打好。

今天看到的一个特点就是这个国家的年轻领导者，很注意革命根据地的贡献。用尽各种可能来满足群众的要求。

在回来的路上去参观了女兵营。是一位参加山区斗争的女干部介绍，这人大约有三十岁的样子。

天快黑的时候，赶到了Manzanillo（曼萨里约）。住的饭店叫CASA BLANCA（白宫）。

晚饭后到街上走了一个钟头。在广场的俱乐部楼上，看了我国民间艺术展览。朋友们很欢迎我们。有一张齐白石的莲花倒挂了，我们告诉她。

在楼上守卫的有位女兵和一位男民兵。

曼萨里约是座靠海的城市。我们晚上出去看了海。海边有个公园，绿树成荫。榕树都平铺，暴露出地面。

公园旁有水上俱乐部，有咖啡座、游艇。

城市因汽车没有别的地方多，故较安静。我们回来的时候，还下了阵雨，但很快就天晴月朗。

今天访问的女兵营，有的参加过就在那里的几座山头的战斗。

Las Mercedes，拉斯·麦尔赛德斯（参观战场的地名）。

3月31日

今天早晨8时去附近的渔民村参观。渔（村）就在旅店不远的海边。在一些较好的房子的后面，藏着一些非常贫苦的人民。初到时，看见一片空地，渔民在那里出售鱼类。穿过曲屈的破板屋和小巷，满地垃圾泥水，发出很难闻的臭味。

渔民男女老少坐在门口，有的在劳动。总之挤在潮湿又很脏的地方。

有些小孩鼓着个大肚子，可能是一种病。

临水的地方挂着一网子和停在海边的小渔船。

根据陪同的阿基亚尔说，从前渔民是租船去打鱼，租很贵，但鱼却被卖得很便宜。

主人们是有意识让我们看看过去的痛苦和革命政府对渔民的生活关怀。我们很快就穿过大街，向新建的新渔民城去。

这里见到的和旧渔村不一样。地方是在海滨的较平坦的坡地。地方很大，周围有树木。五百多户渔民房屋已修建好，装饰工程大体都已完工。现在正修建圆形的日用品市场、学校，将来还有体育场。

一座造船厂，基础打好房柱都已立起来。旁边是临时的造船厂。约有七八艘在制造的机船。有一艘能装十吨的运渔船，也快完工了。在那里看见中国来的尼龙布（护船用的），他们说质量很好。

旁边有冷藏仓库，因为找不到人，不能进去看。

很多渔民带着老婆孩子在那里看他们明天的新家。现在还未进行分配。

11时改成大车去看卡斯特罗兄弟、格瓦拉等率领的82人，在1956年登陆的地点。

路是新修的，还未修成。因此，很不好走。白泥飞扬，弄得大家头都白了。今天风大，因此也较昨天凉爽。

十一时开始出城。在中途一小镇吃了午饭。到达登陆地点Belu，因为地点靠近此村，其实是离得很远的荒海滩。

公路修到此为止。滩头有一木门，上写着：自由之门——格拉玛号远征人员登陆处。

真正的海边，离公路还有二里路远。海边是泥沼地带，丛生着一种好似马奶果树叶的树，它的根都是蟹爪形的，离出水面，而树枝生了许多手指和手臂粗的须根，长到水中去。林子密得穿不过人，而根部在水面组成广阔的像沙发破了之后的密层。树干最大也是大碗粗细，很特别。有的地方空出来形成树林小湖。

这片丛林相当大。看来登陆人员是经过相当艰苦的战斗才能穿出来。

当时大卡等在墨西哥，得到墨西哥朋友的帮助（此人现在土改委员会工作），搞到一艘小船，容下这82人已经很重，而且带着食品和武器，从波萨利卡上边一个什么地方出发，原想在我们吃午饭的地方尼克罗登陆，被反动政府军舰发现，改在此处登陆。敌人是海上、天空、陆地来攻击他们，在靠近平地的丛林是被烧过的。

起义部队在此战死2人，分散了，好几天才合起来。只有十二人进了山区搞武装斗争。其余都在战斗中牺牲了。

现在原来的集合地，有几间新修好的板房，椰树干都涂着古巴国旗。

从公路圆形停车场到海边，是砍掉丛林修出来的路。有一半是桥，从那里走到海边还很远。

一到海边，丛林尽处是一大木板桥头，可容一百人的样子，可以望见茫茫的加勒比。风景很好，又加上战斗的意义。

有一个黑人民兵在此守卫。

乌拉圭诗人为我们拍了两张照片。

临海的桥头靠丛林的正面有一块木牌，上写：自由古巴在此诞生。

这是很有意义的地方。可想见当时战斗的不容易。

现在这一块，都改为人民农场，可惜主人未叫我们下去访问一下，只是在车上看。

过去游击队在此活动，反动政府无法对付，放火烧掉椰林。这里的椰林都很密，很多，比青纱帐还要好。现在许多椰树是胜利后新栽的。

主人和一些朋友在此拾了很多椰子，分给我们喝果水。

回到旅店已7时了，主要问题是先洗澡。

在尼克罗吃午饭，一个中年的妇女（在那里做工），欢迎我们说她有个亲戚是中国人。

她问看看她的人民是不是有自由，帝国主义和反动派都说古巴人民不自由。陪我们的朋友说，中国比我们先得到自由，他们了解，你去问拉丁美洲的朋友。她则跑到墨西哥、委内瑞拉几个朋友那里去。她说墨西哥人民是我们的朋友，反动政府不是我们的朋友。

曾到过中国的《永恒报》记者和一位墨西哥青年画家，在看渔村时曾与巴拉圭诗人争了好大工夫，说墨西哥政府是否革命的问题。现在此妇女的进攻下，不得不同意而免引起争论（他们都和她握手，表示同意）。

今早起得早，早写了首民兵的诗稿。

29日晚上在旅馆饭廊吃饭的时候，看见青年工人、学生等在圣地亚哥的广场开会。我们回来的时候就看到许多人高呼口号游行到那里集中。开始是镇压反革命分子的呼声，据说是有几个反革命分子被判刑。那天报纸登着在哈瓦那破获了一桩特务案件。刊登着反革命分子三人的照片和武器。有一些人在台上讲话，群众不断高呼："枪毙他，一定要枪毙他。"

会快结束时，大概是讲到扫盲问题。扫盲是这几天的重要主题。讲到中国帮助的煤气灯，群众高呼"乒乓乒，VIVA 毛泽东"，同时许多人提起煤气灯来。

在妇女营的时候，同样的情况也能看见。为我们介绍情况的妇女呼唤一个女战士，说她们因为有中国的煤气灯来进行扫盲，她两人相互拥抱亲脸。

4月1日

上午去看卡斯特罗等82人在1956年12月2日登陆所乘之游艇格拉玛号。此艇是革命海军按原来样子恢复的[①]。

游艇放在昨天看旧渔村不远的海边。它的旁边有艘炮舰。游艇离海滩还很远，有道较宽的木桥一直架到炮艇旁。

水上码头，有几个人在那里钓鱼，还有几个民兵和炮艇的海军。

---

① 据当年新华社驻哈瓦那记者庞炳庵：格拉玛号是1959年从巴蒂斯塔政府手中找回来修复的。

到格拉玛号先要经过炮艇，然后通过一个跳板才能上船去。跳板很软，巴拉圭朋友在我们的第二天去看，引他上艇的民兵就失足掉在水里。

艇长62英尺，驾驶台有一张床。底仓三个，在前的两仓，有八个铺位。艇不大，82个人是相当挤了，加上天气热，弹药食品。驾驶和开车的是巴蒂斯塔的军官。格瓦拉持枪和掌舵的在一起，卡斯特罗持枪在上层仓，注视艇后。

艇是墨西哥人赠送的，现此人在古巴土改委员会工作。

艇在海上航行了七天多之后，想在我们吃午饭的地方登陆，但被巴蒂斯塔的炮舰发现，改在昨天参观的地方登陆。

看了登陆艇之后，就回圣地亚哥。我提出看人民农场，陪同人员就陪我们去参观以何塞马蒂名命名的农场。

看了之后，路过一些农户，就去看了两家农户。一家是自耕的，一家是为农场管灌溉的。都很贫苦。

今天在路上，连破了三次车轮。先是墨西哥朋友坐的车子，后是我们的。再破也是我们坐的车子。后来在一加油站修补好。

晚上回到圣地亚哥，许多工人、青年在广场集会。我们听在叫毛主席万岁。原来是扫盲工作是用中国的灯。听说美国不肯卖，而中国卖了五千给他们，故叫中国送来光明灯。

我看广场中提起来的是煤气手提灯。

4月2日

上午无节目。一时乘飞机回哈瓦那，到达时已经六时半。

七时以后，和老蔡到大使馆去，到厄瓜多尔访问还无消息。回来时沿着海走，浪很大，有时泼上马路上。

4月3日

今天没有参观节目。

厄瓜多尔那位朋友还没有走。他今天才回国。晚上到大使电影院看美国电影。本来想看部最坏的片子，但只是看了一部半无什么内容的片子。

4月4日

由阿基亚尔陪同去参观松树农场。这是一个以养鸡、养猪、种西红柿为主的农场。

据说是他们的装备较好的农场。但很不节约，猪是以薯类、谷物饲养的，猪棚也很讲究。

西红柿是美国人培育的，投资600万。以小面积试种，以化肥溶液每天输送三次，但结的果实并不很大。但他们很赞美这园圃。

看了包装西红柿的工厂。

去山上看了泉水风景区。是个游泳和游览地点。和在东哈瓦那见的一样，有房子可出租。在那里吃了午饭。

下午去看合作社。走到半路，遇到一军队的小车。说上尉不在，不能看。又回哈瓦那，去看了水产馆。很不错，有很多从未见过的热带海洋鱼类。

老兄看来今天是有意与陪同者闹别扭，搞得十分紧张，墨西哥朋友都发现。他的办法是不理和少看不看。

在水产馆，主人要回去才能回答我们是否能去看何塞马蒂纪念塔和“古巴的控诉”展览。

这是有意的拒绝，我们要自己租汽车去，他也只说了个再见。

看书店都关了门了。但纪念塔还未开门（展览就在那里）。

我们受到很大优待，可以进去。

馆中陈列美国空投各式武器和弹药。有一部分是很早的，是第二次大战后期的，有一部分是前几年的。还有美国落在古巴，打死一头牛的导弹。还有天主教和反革命分子的照片。

馆中的负责人请我们到塔上看全市。本来是不能上去的。

塔高 250 公尺。到了最高层。

塔是巴蒂斯塔时（1956年）开始建。

老兄又把难题给——去提抗议，要拒绝陪同。

我们饭后和大使馆王家彬同志[①]商量了一下，觉得友谊是重要的。陪同者也有功劳，不要一棍子打死（拒绝陪同）。

正要去和对外协管招待工作的秘书谈的时候，见到厄瓜多尔朋友。他说现在他回国也成了问题，美国要航空公司不让他乘飞机。

我们去找这里的负责人谈话，未找到。

---

① 中国使馆文化参赞。

4月5日

上午，到使馆开会，研究拉美的统一战线是否形成问题。我只参加了两段。大家的意见基本上是一致的，就是拉美的反帝统一战线比过去广泛而且大得多。墨西哥会议明确提出了反美的口号。有些资产阶级的开明人物参加了这个运动并起了作用。在拉美人民的压力下，有些国家如巴西，也有些变化。形势是好的，发展很快。但党的力量较弱，现在还看不出以谁为中心的问题。

我和老蔡到厄瓜多尔使馆去搞签证。上午去的回答是大使不在。十时半才能来。十一时又去，说仍不在，是否去见使馆秘书。她出了个不好做的题目。因为周原来要立刻请大使吃饭的，如他的态度好。故这是第三次到那里。

我们考虑不敢做主，就说好下午去见他。回到我们大使馆，申大使说这是不能这样的。虽然我们有国家、党的身份，但公开我们是老百姓团体，搞签证不一定要见大使。这是不好自由做主张，只好决定下午去。

大使馆为我们约好去看西班牙时代的海边炮台。

这个炮台是西班牙掠夺者用奴隶们的劳动建成的。

接待我们的是位海军中尉，他曾在海军学校读书，曾参加了革命活动。

这位中尉很热情，准时在那里等我们。

炮台一进门，有吊桥再通过一隧道似的小长廊，才能到向西的正门。进正门的左边是酒吧间，很像个很高的窑洞。洞顶就是炮台的平顶，何塞马蒂被关在过那里。

看见许多士兵刚下了文化课。中尉说起义军绝大多数是农民，又是文盲，现正在扫盲。进了第一座大门向右边的地方走去，是一个洞似的石窟，内陈列着西班牙时代用绞架对付印第安人的模型。中坐一印第安人，两支铁棍夹着脖子，一根皮带勒着半胸和手。一执行者在后绞动。旁边站着一秃头神父。这个受刑者，伸出舌头，流着血，瞪着眼，两鞋都往上翘，很痛苦的要用脚支着一样。这个模型原在另处。因太黑，故迁此。

向一斜坡道上去，到了另一层。那里是面临大海，有西班牙人设的犯人死刑室。室很大，向下可望见靶场。后左角有一小梯，内有一很黑（看不见）的候刑室。一个士兵擦洋火叫我们看。有很多字写在墙上。有1875年等很远年代。一人高左右的墙壁上都写满了。这是临刑前犯人写下的。

看了西班牙人设的深沟。把犯人从上投下去。沟很长，很臭。沟中有一长石（像堤），犯人在那里睡和吃东西。但两边很狭，大多投下不死即受伤。

看了西班牙人设的暗沟。口很小，把人投下去，和大海连起来，叫鲨鱼吃掉。

还有很多，联结在那里。引我们去看的两个士兵还不知道是什么或通到哪里去。

有一洞中，两边的斜石梯边都是西班牙人的酒坛。但最近在下边挖出人牙和骨头。

看了顶上的全部。在临海的新炮旁照了相。又在西班牙的大炮旁照了相。那里还有很多残破的古老大炮。顺进入城市的湾边，更多。

看了何塞马蒂的囚室。先进一黑洞向右，有铁门。洞很小很低，有一板铺，有一小桌。都是原来的样子。

到瞭望台去看，主人是位有中国血统的古巴人，很热情，叫我们用旧望远镜看到一艘挪威船。

因厄瓜多尔大使馆下午是四时到六时工作，故赶快离开那里。到了厄使馆，等了二十分钟，见到一位二等秘书。个人表现欢迎，但由于5月要开泛美会议，签证很严。叫留下姓名，打电报向他们国内请示。问什么时候能回答，他说不能肯定，十号前是不可能的。

从厄大使馆出来，即乘出租车到我国展览馆。展览馆在美术宫。时间太短，简直是没有看。会合老周等之后，就到大使馆去参加申大使为冯基平副市长举行的告别酒会。即搞到差不多快十一点就到使馆文化处看反动电影《奔》。这部台湾的电影，真是穷途末路，东拼西凑，乱七八糟，只能使人觉得可笑。实在看不下去。为了奇文共赏勉强看完。

一时多才回来睡觉。

今天中午和外协秘书谈话，先是约哪天到对外协会送礼品，没说到阿基亚尔的接待问题。主人说这是她的工作没有做好。同意安排计划先商量。

4月6日

6日，对外协会派了另外两个人来陪同我们。一个是曾在美国受教育的黑人姑娘。一个是搞著作的，曾译著过一些中国情况的书。他说正在出版。

上午是由黑人姑娘陪我们去参观哈瓦那大学。去看古巴二年成就展览，未看成。

她同时是这里警察学校的教员。

我们刚到冯基平同志的旅馆，才进房（冯等不在）就听到电话，要我们到大使家吃饭。

下午三时，是古中友协的招待会。主人都照样不守时刻。正主席未到，由男的秘书致辞，女的秘书送礼。主人每人送了一小篮（玩具小篮），有一小袋糖，两小瓶酒。宴会是在西班牙时代的酒店中举行。

招待酒会不算长，后来由主人领我们到古中友协办公楼去。我们一到，主人说这就是我们的家。

4月7日

上午八时出发，今天到沼地改良田地区旅行。

出了哈瓦那省往东南走，先经过圣坦萨斯省，再到拉斯委拉斯省。这个省在南部，沼地就在海滨。这是一大片平地的灌木林和水草地带。有时可看到一些棕榈树、椰子树。

进入这大块沼地，可以看到有的地方已经烧掉林子和丛草，有的大树已拔起来。有些拖拉机和铲土机、吊车在工作。水田的模样已开（始）看见了。

过去这里没有通路，偌大一片地方，只有铺在草地上的一条轻轨铁路，交通很不便。因此，也很难看到居民。

现在新修的公路已代替了轻轨火车。古巴政府决心要把这块广阔的土地，变为水稻、玉茭等作物良田。

沿着新修的公路前进，中午到了多宝湖，但只到了新建的游览地。因为没有船，不能进湖去。

这里的地名Guama，是印第安人的名字。西班牙掠夺者到古巴时，他第一个起来反抗。跟着他抵抗敌人的人很多，许多和平的部落都跟他起来反抗西班牙人。

Guama在1532年战死。

19世纪初，考古家们在此地面下发现印第安人住房的水上木桩。每根长达三米，行列很整齐。现在的灌溉工程中也发现这样的房桩。同时发现很多的有孔的石头子，是居民坠网用的。

这里是一个淤泥区，地面会发生浮沉状态。

古巴革命政府在此开辟了个很大的游览区。按印第安人原来房子的样子，建造了很多木房和一些亭子。这些房子，都用木头、椰树干、棕榈叶做房架、墙壁和屋顶，很像广东水上人家的茅寮。

有一个很宽大的饭店，大屋顶，顶宽下窄，用三角拱形造成的大门走廊，风能流通，因此很凉快。

这里开了很多养鳄鱼的池，据说曾养了三千多条鳄鱼。现在没有这样多。我们看见成群很小的鳄鱼，像乱木桩一样露出水面上，偶尔惊动一下，突然动起来。有的则在沙上晒太阳。

养这类鱼有以下的目的：供人看和鱼皮制革。

我们在那里的饭店吃了午饭，炒饭有点像广东炒饭，故名广东炒饭。做得不错，只是太咸了。这湖出鲟鱼，味鲜美。可惜，鲜鱼油炸是逊味的。有一种花生冰激凌很可口。

但那里苍蝇实在多，和学校城一样，叫人生畏。

古巴的游览区太多了，但游人并不很多。我想，光是维护费用就是不小的开支。这一点在我们看来是很难理解的。

没有船不能到多宝湖去。据说湖很像印第安人的侧面头部。因未看见，很难写下印象。

我们改变了计划，坐车去看合作社。这是要了解的一项重要内容。

车子经过森林区，看见有烧木炭的地方。这里出木材和灌木，烧木炭是重要劳动。

这个合作社是木材木炭合作社，用攻打圣地亚哥的人名何塞埃巴依斯的名字命名。前些日子大卡来过，并在食堂吃了饭。

详情有现场访问杂记（见后）。但好几个数字，他们总是答不出。

这里的小蚊很多，天气又热，谈话中被咬得坐不住，不一会儿就满身红点。这种小虫很小，能（钻）穿内衣去。

这里已经盖房屋，人们对我们中国来的人都很欢迎。

我们的车子沿着海边，向另一个叫希龙的游览区前进。这片海边的林区，相当大。车走了很久还未走出去。但人家很少。沿途只看见几户人家，有的屋里是无人住的，不知什么缘故。

公路修在海边，海岸很低。这里的树木，都习惯于海水，有的约五六百米多。

浴场不深，但底下石头很多，很硌脚。场的东南方（靠滩）有一水井在海水包围中，说是淡水。由水泵汲水到岸上一个较高的跳水池。现已灌满水，但水未处理不能用。

海岸上正在修葺大树坛。看来游泳季节马上要开始。现在游人很少。

我们下海游泳。只有一妇女带着一女孩和一男孩在学游泳。她们三人都不会水性。另外有两个少年，看装束似是起义军什么学校的学生，很友好，请我吃生鸡蛋。那个女人的小男孩却很不礼貌，用沙子打我们。

晚上到公共食堂吃饭。食堂建立才不久，有一华侨后代在那里当服务员，不会讲中国话。

食堂写着晚八时以后不开饭，谁都不能特殊。

在那里吃饭的有工人、农民、扫盲工作者。

在那里，我们向陪同的主人代表祝他的四十生日，送了一些书给他。他说陪我们出来时曾考虑到此事，女儿在家为（他）准备过生日的东西，可能现在在等他。在走前，他反复考虑，但想到陪我们更重要。他今天确是很少说话。

同时认识了两个扫盲工作的女学生。一个是师范学生，一个是研究化学的。前一个是这个扫盲队的小队长。

由于纪念章的起作用，她们请我们去参观她上课。我们同车去。

那里的农舍是茅屋，就在离游览区不远。现在没有电灯，她们的学生、农民已在门前和屋内等着。

我们问她们用什么照明，她们说有中国灯。我们看到的是德国和英国马灯。因她们已出来好几个月，可能未用上中国来的灯。

第二人教的学生是农户主妇，有四十多岁，现已能写字了。写错的，她的孩子再教她。

她们说送我们扫盲课本，请我们去她的办公室去，是设在一个小学校中。她们给我们每人送了一本扫盲课本和一本教授法。

这个本子对我是感兴趣的，是否可从这本子中学习点西班牙文。我看是可以的。

本来已经告别了，不知是谁又请她们到我们的住处去。

到我们住的房子是那个师范学生。她说今年夏天毕业，还要进师范大学。她很健谈，谈到古巴的情形，谈到读过毛主席的著作。她说古巴已进到社会主义的前夕，现在的工作就是实现社会主义。她说大卡不是共产党员，现在只能提社会主义。

她说大卡和毛主席在中国的作用一样伟大。古巴青年对大卡是相当崇拜的。说古巴革命给拉美起了模范。这种思想我听到过很多。

她对我介绍的中国知识分子、学生要和工农结合、劳动结（合）很感兴趣，说她听得很感动。

她父亲是人社党员，在哈瓦那一家糖厂做技术工作，曾进行过地下活动。

老周叫我送了本英译《漳河水》给她。她一直坐到快十一点钟还不想走。

她一进我们房子时，则把我们下海回来挂在门上的毛巾通通拿掉挂在卫生间。这位女学生很热情而友好。我解释下海回来吃饭弄得房子不整齐，她说男人都不会理家，都是这样。

后来她又叫一个女同伴到周的房中谈到十二点才回去。

一些在休假的人和农民在弹六弦琴，唱古巴、墨西哥民歌，很好听。但唱得时间太久，吵得不能睡觉。

我忘了带安眠药来，弄到三时还不能入睡。

4月8日

六时起来，到海边走了一阵。等大家都起来后，决定上午马上出发，去看合作社。不能下海了。

车子改走另一条路，到了一个名叫Aguada de Pasajeros的地方吃早饭。

天气非常热。到了合作社的地点，周看见又是新房子说不下车看，但未说明要去和合作社的领导人谈话。陪同的朋友以为我们不看了，当走了很远才发觉时不能再谈话了，车已走了很远。而且下午三时约好要去对外协会送礼，只好回哈瓦那。周很不满意，那有什么办法?

回到哈瓦那是二时半。人家准时要我们去会见。谈了一般的友好话。谈到想留我们过了“五一”节，但太久了。我们告诉他们这可太久了。

会长说，如要和土委会负责人、大卡等（见面）要等联系好，看来主人是想布置这事，但和我们有不一致之处。他们希望我们多留些时候好办，我们希望快办，以便于行动。

他们送了每人三张唱片和一盒雪茄给我们。

那么，我们只好18日走了。但哪项节目都未决定。

4月9日

上午无节目。中午是古巴哈瓦那大学电影系教授罗德里格斯请吃午饭。在1830饭店吃了很好的海味米饭。这饭店是贵族饭店，原来是私人的，反动政府时代的一个部长住宅。临海边，有很漂亮的花园。

右边有西班牙时代的小炮台，现有民兵守住。

1830年英国进攻古巴在此登陆，故名“1830”。在那里拍了几张照片。牟森[①]拍的，在那里介绍了来此搞电影发行的两个同志。

饭后到何塞马蒂纪念塔照相。我们三人和王家彬一同去。

下午游泳。晚间到古巴文化局长维森蒂纳·奥托尼亚家里吃饭，作陪的有她的丈夫（律师）和到过中国的古巴图书馆副馆长（女）。

4月10日

上午是王家彬和方晓参赞陪我们到国家公园琉璃河去。

因为是星期一，园上午已关门。由于我们是中国来的，仍然让我们进去。

这个公园林木很多，有许多丛竹，有一道河水（不很大）从园中流过。有人工筑成的拦河坝堤，是作瀑布用的，可惜没有水。

园中最大的特点是旧政府在那里筑了一座小的王城，作城堡样，有吊桥、监狱、守卫楼、地道和皇帝的住房。圆形的院中，植着一些花木。

① 新华社记者。

这完全是欧洲古代的城堡。但很小，道路只能容下一人通过。

后来在园中的饭店谈话，饭店是十二点才开始点东西。天气很热，虽然在绿树荫的走廊里，仍觉得炎气很厉害。

古巴情况：50%是人民农场和合作社，两者的界限不很明显，都是工资和供给制（指福利）。投资都是国家的。个体自耕的50%。

大卡在开始时，强调人民生活的提高，似乎不比过去好则表现不出革命。造房、游览地搞了很多。那时刚没收了帝国主义和反动资本家的东西还有钱。但现在他也知道，故到游览区，负责者要什么、缺什么时，他说没有钱。

工业的依靠性很大，如石油每天耗一百万吨，而自产的只有一万吨。万一美帝封锁更紧就是个很大的问题。这里发电是用石油，电气化一般说（除了农村）是很高的。

他们说现在此地就是社会主义的第三个国家。有对拉美起很大作用，要领导的想法。

人民对他很狂热，看往何处发展，独裁的条件是具备的，但他们还不是如此。

在参观中国展览，他们有一部长见到中国大米。我们说古巴也可以这样做，但回答是不用，大米可以由中国供应。

总的看来，是往好的方向发展，但问题不少。

4月11日

我们下午去看南老[①]时，南老也很忧虑地说到此点。如我们也看到的种西红柿，这是日本的方法。广岛受了原子轰炸，土地也少又瘦，用此法有它的作用。但在古巴则不然，很多地方是荒着，而且又是肥沃土地。用600多万比索（这里等于600多万美金）可以盖好几个工厂。我那天也几次向王家彬和老蔡谈到这样的看法。

肥皂、纸张和其他东西都很紧张，乱，这是无问题的，有些工作不周到是无问题的，但政府、基层对中国是友好的，真诚的。南老说这些要原谅他们，都是些年轻人，不懂不会管事。不如我们，在未全国解放我们就有解放区，各套工作都有。我看这对我们很有用。看出南老和冯一样，都是有锻炼的老干部，确是看问题不从个人的得失出发，而是从人类利益出发。我很受感动。我完全同意这些意见。

南老对水稻专家，要他们在收获后才能谈回去。日本搞的能收2000，我们要能收2500斤。要有成绩，要看到结果，不要急躁，这是马列主义的国际主义精神。

南老很谦逊，问了如何取道去南美各国，民主作风与人商量，不懂就不懂的求是精神很好。不像一些人硬充外事专家。

晚上七时，是使馆为展览会举行的告别宴会。馆昨天已结束，大批零售品已赶到，将再出售，这就可满足部分群众对中国（货）的要求了。

---

① 即楚图南。

宴会在“自由哈瓦那”举行，这原来是美帝财产。

到会有格瓦拉银行行长和其他一些部长，不到一千人。但很友好。

南老致辞，并把137项东西赠给古巴政府，受到热烈欢迎。

和我们同桌的前危地马拉总统阿本斯夫妇十分感动。在座还有他的女儿，很想到中国去。

格瓦拉致答词。

危前总统，人很朴素，不像那些表面应酬的政治家。夫人很健谈，口口赞扬中国。他夫妇到中国（1956年）是未公开的。她很喜欢中国美术。谈了很多，也谈到危（地马拉）的印第安人文化，和中国有相似。

谈得很好。她约我们到他在古巴的家去。

会在十时半结束。

今天中午工会招待我们，中国工会代表团作陪。原是要我们参加招待各国工会（主要是苏联），后改地点单独招待我们。会中银行工会书记致短词，周要我致短的答词。

去看南老的时候，他谈了很多关于他的看法。古巴人对中国的产品非常欢迎，在展出期间所出售的都是从飞机运来的十五吨，船运的是主要的，但要十三四日才能到，这就可满足一部分需求。

由于喜欢我们的货品，市面有黑市。如布娃娃，原是七毛，商店出售是三元，但黑市三十元。因此古巴政府不让出售，以免囤积进行黑市活动。

十一日晚是南老举行的告别宴会，地点在原是美国人开的，现叫“自由哈瓦那”饭店。

4月12日

上午没有出去。下午把东西送到美术宫我国展览会，请他们代我们把一部分东西运回国。

晚上到文化局长维森蒂纳·奥托尼亚等文化界的宴会。在那里看到了《今日报》社长、《革命报》社长。《革命报》社长很热情，要和我们会面一次。

奥托尼亚这位朋友是不错的，很诚恳。宴会是按中国式（安）排，有主客座位。最有意思的是老大哥的一位文化参赞和二等秘书，不请自来。二秘并和图书馆副馆长说怪话。他不懂英语，但与他说能说“我爱你”“你是我的爱人”。副馆长是老处女，说“我恨你”，他却听不懂。看来他们不是来工作的。

晚上，新闻兴趣又来。立刻搞了很长的稿子，要王和蔡送到新华社。我看这样晚又非了不起的事情，但要写送，我说那我送老蔡去。

一到新华社，灯已关。我想不要打门了。两民兵来问我们，我们看见玻璃门中有人影。主人未睡。一进门知道原来反革命分子刚扔了一个炸（弹）在门口靠马路的围墙角。

问题是这样，民兵刚进社去，就有（人）看中这时机把炸弹扔在那里爆炸。

新华社附近是天主教堂。前些日子，学生们在此示威，反对教会的反革命分子，政府捉了一些反革命分子。

看反革命是看中了时机，等民兵进屋立刻动手的。

炸的地方不很大，只把围墙炸了一个角。

据说这几天，把在山地剿匪的最好的民兵调到哈瓦那。局势可能是紧张一些。

4月13日

上午没有出去。下午三时到国立图书馆参观。

图书馆是反（动）政府时盖的。在何塞马蒂纪念塔的西南侧。曾访问过我国的女副馆长，按时在楼下等待我们。这和参观炮台时的少尉一样，很遵守时间。她引我们上二楼会见正馆长。正馆长是个约五十多岁的老太太。

图书馆是在巴蒂斯塔时代建的，是点缀作用的。款原说从每包糖中扣四分钱，但主管建馆的正是一个糖厂主，当然不可能了。她未介绍后来是用什么项目出的钱。

图书馆建得相当华丽，都是用古巴大理石建成的。似乎说是共七层。

过去，每天只有几十个人来看书，而且书很少。

现在（革命后）有书七十万册。每月有三千人看书。现有各国报刊、儿童读物、研究、艺术等等。有录音设备。

楼下的左室，正在展览万徒勒里的作品。有很多是在中国画的，风格也吸取一定中国年画风格。

大约在那里逗留一个钟头就告辞。

4月14日

早晨六时起来，七时半起飞来松树岛访问（PINES）。有大使馆方晓和常（翻译）同来。尤兰达亲（自）陪我们到这里。不知何故，她原说送到机场。加尔维斯少校在岛上迎接我们。今天早上又说陪送岛即回去。后又说陪同到明晨一起回去。

在哈瓦那机场吃了早点，时间还早。有人本来早来不高兴，临时说七时半才起飞，又引起话来。

从哈瓦那到PINES只飞行二十分钟，听说乘（船）是八小时。

在岛上机场欢迎的是两个这里的加尔维斯少校的手下军官。告诉我们稍等一会儿少校就来。

几分钟后，少校来了。自己开了部吉普车带着三个警卫的小民兵。小胖子十二岁，小瘦子十三岁，还有一个稍（大）一点的。他们是哈瓦那人，原来要他们进7·26运动学校（培养青年的学校），他们不愿去，愿意当民兵。可是人太小，故留在少校身边。少校说这就是他的卫兵。说他们枪打得很好。

加尔维斯少校27岁，是这个岛的军事最高司令官。去年同他的夫人访问过中国。在郑州，主席接见拉美国家代表时一起接见过他。因和别的国家代表一起接见不能详谈，他曾不高兴，待在旅馆不出来。后来主席满足了他的要求，单独接见，详谈了两小时（这是周说的），很高兴。在我国时，周总理、陈外长都接见了他。

看样子，这位人民社会党员对中国的态度很好。在我国时参观了我们的军事和其他东西。他在这里的部署，如坑洞是受我国影响的。

一见面，就告诉我们，他的夫人回来生了个小女儿。现她们在哈瓦那。

这位少校确是比较通俗化，不讲外交礼节，要求我们也不要讲。

他和我们同车到此地的圣塔菲旅馆。

他说大使不肯来，说他给大使的电报，大使回电称他是阁下，不高兴。

他叫小鬼过来，说这种枪是中国来的。我们说到中国的卡车已经到了，他说他没有，说那是格瓦拉的，他要吉普，问什么能给他。

我们把东西放下在旅馆（在南面的二层楼），他说那里凉快一些。确是房子也好一些。

圣塔菲旅馆的后面有矿泉游泳池，有一治关节炎的医院，但没有什么病人（看不见）。过去这里都是有钱人来游览的。

这里有3600平方土地，但人口只有一万两千人。有日本人，还有美国人，中国人很少。

过去整个岛，是四家庄园主所有，三个古巴人，一个美国人。而美国却占了一半土地，而且都是好的土地。

少校带我们首先去看民兵集训的军营。那里整个是禁区。每个路口都有岗哨。哨兵看见中国人来，都扬手欢迎。

军营是在山谷中，有木房和帐篷。先经过了以卢蒙巴命名的营，到了集中地，那里的领导者是从马埃斯特腊山来的老战士。少校指着他的大肚子说：现已成了资本家了（说他胖）。

看了营的地下办公室，已建好，装着管子灯。但未迁入办公。他说如敌人来轰炸，在此仍可以指挥。又去看了医院。

民兵们做了很多用山豆（彩色的）和硬果之类做成的珠链。在检阅民兵后，送给我们每人一件。

他叫少尉去集合民兵，很快就集合好，约有好几千人。

少校请我们上木台，他向民兵讲话，欢迎伟大的中国人民代表。他讲话很热情，对毛主席很敬佩。民兵们不断举起枪，或枪上举着帽子，高呼要古巴，不要美国佬！我们一定胜利！毛泽东万岁！中国万岁！菲德尔万岁等口号。

在烈日下，在丛林围绕的山谷中举行这样的集合，使人很感动。使我想起抗日战争的太行山来。

在他讲到中国和古巴的战斗友谊历史时，出来了十个左右的中国民兵。

周也讲了话。

我们走的时候，民兵夹道欢呼，十分雄壮。

他引我们（换了吉普）去看地洞医院。他说如发生战争，病员可以在那里住。地下医院是用松木支架，上盖十公尺土。他说这些都是在中国访问时参观学来的，但这里不如中国，挖下几尺就有地下水。

他和居民很友好，叫一农户做好咖啡，等我们回来喝。

回来在那个农民家喝咖啡，还是原来庄园主的农民，现是民兵。他已有六十岁的样子了，有两个大的儿子。他分了三十亩土地，他能做木匠。房子是木板的，顶是葵叶顶，很像广东的草舍。

木屋的中间是客人坐的地方（地板离开地面，很像古巴印第安人原来的木房样子），左右两间都是卧房。中间坐的那个地方，进去是一间大的房子，再进去就是厨房。屋外面有走廊。

主人的两个姑娘，热情地为大家送来咖啡。我们向他全家送了纪念章。

喝了咖啡坐上吉普车走了。走了一段长路就换回原来做的卧车。

沿着公路，向Rola海滨前进。满山遍野尽是山松，不过松树都不大。少校说这里的松树长不很大。风光很幽美。我告诉他，松树在中国是一种刚健耐冷的植物，它是一种英雄树。因此，这个海岛名松树，它是个英雄岛。他们说已经作出两句诗了。

Rola是将来的岛上居民点，很多地方已拔掉树木划建筑地面。那个地方有座很漂亮的海滨饭店，过去是有钱人来此游览的。因为这里是个海湾，沙滩很平，沙子又白。是个很好的浴场。是个浅水滩，有一很长的桥通到深处。

滩头的椰树林下，我们参观了机枪阵地。

这个地方是小说《金银岛》寻宝箱的地方。

我们在那里和当地市长，党的负责人，青年、妇女等负责人，在一起吃了午饭。

市长和做青年工作的黑人，问了中国青年是什么任务。

他们说，这里人太少，只有一万一千多人。要很多人来。

她听到我说中国人力不仅用[①]，说真是社会主义的优越。

吃了午饭之后，少校陪同到这里的新居民点。看了一所由犯人劳动修成的房子。这些房子的形式，和各地看的新村差不多。新宅还未住上人，有的正在安装水管。只有一家人住进一所新房。少校说那家因火灾没有房子住，故先批准来。

车子在来的路上往西走，约一小时不到便到1870年何塞马蒂放逐居住的地方。那里风景不错，房子的后面是有林木的山。何塞马蒂在1870年10月下旬，从哈瓦那流放到松树岛，他得一名叫何塞·马利亚·梭尔达的人帮助，住到他家来。主人的儿子现已87岁了，名西罗内亚·赫内罗孛·卡塔兰。

这老人介绍：马蒂在那里住到同年12月18日，就回哈瓦那到了西班牙去。

现在的房子，仍保留着原来的样子。有一石头铺的院子，房后有一个后院，院外便是山林。现在的主人，养了几只孔雀在这里。

右墙上，右边是马蒂青年时代的油画像，左边是留他住在这里的主人的油画像，中间是马蒂母亲的像。

正面的墙还有7岁的马蒂画像。

屋内有三门，一门通主人住的地方，一门通后院。左后角是原来的衣橱，左前角是一张能挂帐子的铜床。

屋内中间有一个小书架，大门左后侧是马蒂捣米用的手木桩。

---

① 原文如此，待考。

主人的后代仍住在原来的地方。我们看见两个大的姑娘在廊前摇椅上坐着。

现在这里不远的地方（路进口处），似乎在盖什么工厂，或是什么修理站。

我们坐车到了岛中心新希龙纳，这里有8000人。那里有条海河通到市中去。我们看见和哈瓦那来往的轮船和炮舰。到了海边就不能再往远方去了，那里有士兵守卫。

我们回车过了一道大桥梁就往黑沙滩的游览区去。路过松树岛监狱。

黑沙滩的沙子是黑色的，是浅滩游泳场。那里比希龙树多，场面也大一些。像个海边公园。在那里休息，本地的主人们都来这里陪着。他们唱马埃斯特腊斗争的歌，我也唱了支《在太行山上》，和方晓一起唱了《东方红》和《游击队歌》（《我们是神枪手》）。

少校看来很忙。在海滩一直有人在和他谈问题。

去看反动政府过去关菲德尔的地方，就在那个监狱。要有通行证才能去。

少校告诉我们，当中圆形的都是关着反革命分子，约2000人。方形房子关的是其他刑事犯。

监狱叫模范监狱。

圆形牢房，有六七层楼高，反革命分子很多趴、坐在窗内的窗台上，哗哗乱叫。

这个地方容着这样战犯而不处理，确是十分麻烦。

圆形牢房有六七座。

菲德尔被囚的地方是在差不多最后面的方形牢下。现在内放着一些书报，看不出原来的样子。

我们离这里时，已是快天黑了，看见监狱左面的高山。

我们回到圣塔菲旅店，就去洗澡。

少校和周在谈国际运动关系和战争与和平的看法问题。

晚间是这里的各方面领导人举行的宴会。

松树岛很热，房子里打开冷气仍感到热。

参观很有意思，也很累。

4月15日

按原来的航班，我们应是八时起飞。因此七时就要起程赴机场。

尤兰达早就催过，但她不敢多催。我们的仁兄常给主人一个难题。

由于起程迟，汽车拼命着赶，到了机场，飞机未来。可是少校早在那里等着。也有很多要到哈瓦那的旅客在那里等飞机。

少校找我说，美机今晨轰炸了哈瓦那机场，飞机不能按时来。

少校的飞行员一面同我们招呼，一面在准备专用的军事飞机。

越等越觉得严重的时刻的到来。虽然小胖子们蹦蹦跳跳，我们觉得少校应先回去工作。他同意走了。

电话、电报都突然由于事件断了。只好回到旅馆等下午是否有飞机来。

飞机场上和旅馆一样，哈瓦那的全国联合广播，什么都停止，只播轰炸消息和战斗歌曲。电视也是这样。

大家都很沉默。

在旅馆等飞机，一个钟点都等过去了。旅馆的人们都在注意广播。

主人显然是为了节约，不希望再开房子。午饭后，看来飞机是不可能了，少校指示只要有船来，坐船回去。

我觉得没有什么了不起，顶多是打起来。我提出去游泳，老周和老常都同意去。游了一个多小时，回旅馆休息。

人们都在听广播。可是我们有个人叫人不要开收音机，以免吵得他不能睡觉。

这是很不友好的，朋友有严重事情，都在注视着事态的发展，为什么为了多睡一点点时间而干涉人家的爱国权利呢？

我一直想不通这样事能够做出来。

到了下午，少校来人说，船来了，要我们马上到岛中心去（新希龙）。

车开得很快。民兵都在集中。四十分钟后，我们到了码头。正在下货。

尤兰达很忧愁，但常说事情不要紧，常问我们吃点什么。又叫司机去买来饮料，又把我弄到市中心去喝咖啡。

警察局长一直在码头上为我们搞开船的事。

船在下午六时开，货刚下完。警察局长一直到船离岸时才离开。

船未打扫，很脏，主人再三向我们解释。

我们在船面站着，船离岸送我们的汽车才开始回去。我急去和他招手。其他一些人都坐在帆布椅上，可能未和这些朋友们招手。

同船的客人很少。周说这是少校专为我们而批准开的，是带着这种深厚的友谊在其中。

炮舰上的士兵向我们招手。（后来知道敌人在17日轰炸这里，二人死二人受伤。）

松树岛确是美丽，我特别赞赏他的英雄战斗气概。

有人说敌人会在此登陆，而且很容易。我说他能坚强打击敌人。

我们一直在船面上观望这个宝岛。我们乘的船就叫宝岛。

到哈瓦那大概是七十多海里，要夜里十一时多才能到。

船除了几个客人和休假回家的两个党员民兵，余下是船的工作人员和护船民兵。

因为今天虽然紧张，但未使客人挨饥受渴，故有人不想早去吃饭。龙兰达征求三次之后，八时多才去吃饭。主人说只有“三明治”，我们有人很想要沙丁鱼，主人未办到，似乎有点不高兴。说：“我看见有，她说没有。”

我们吃完饭，餐厅就熄灯了。船长不许开灯。

海空多云，但有星星。

我们一直坐在船面上。

有人早已嘱咐老蔡，到码头，已半夜，再到哈瓦那，不能睡觉了。要主人在那里为我们准备住的地方。我觉得不能什么都由我们的想法来决定。

大概是十一时多到Batabano码头。没有出租车。有一部（别）人先叫了，有人大不高（兴）。但尤兰达已托那部车子为我们叫车来。

车子未来时，什么也不了解，反正有人不高兴。

走了不远，车子来。只有一部，六个人挤一起回哈瓦那，又不高兴："为什么不多雇一部。"

但主人还是叫我们在Batabano喝了甘蔗水才正式上路。

到哈瓦那差不多两点钟，尤（兰达）未带足钱，到对外友协取钱付了车费。叫一女民兵陪同司机送我们回旅馆。

4月16日

15日美机B-26式轰炸了哈瓦那、圣地亚哥哈瓦那附近（我们看种西红柿的农场的所在省）的空军基地。只有圣地亚哥一处是民用机场。

哈瓦那死7人，负伤53人。敌人一架飞机被打下海（就在我们住的旅馆远处），一架打伤逃去。

四岁姑娘Alicia被敌人打死。

空军基地民兵在临死时，用腹部受伤流出来的血，以手指在墙上写下"FIDEL"的名字。

16日早上，我们得到通知十二时要去哈瓦那大学参加追悼死难者。大卡要讲话。因早上大使先来电话要我们到他那里，故要先到古巴使馆，下午去参加大会。

在申大使那里了解了些情况，估计敌人可能进攻。他们已做了些准备。在那里吃了午饭，已听到大会快要开始。

我们没来得及到哈瓦那大学。出租汽车司机告诉我们说，大会在卡德纳斯广场举行。

路上已开始戒严，只有一两条路准许车辆通过。快到广场的地方，已站满民兵和正向广场走去的民兵。我们因是中国人很容易就到了广场。

广场是个十字街口，临时用架架起主席台。

我们找不到对外协会的人，但和守卫一说就上了主席台。

大卡已在那里，总统也在那里。看到了纪廉和阿本斯，还看到了人社党的两个中央政治局委员，是到过中国的。一个听说是书记，他满肩都是泥，看来是搭台子或参加别的劳动而来的。但他对我们未说什么话，有点很陌生的样子。前一个倒很热情。

纪廉只作了一般性的招呼也无特别表示。因为此间都很通俗化，又在这样的日子，穿的都（是）平常的军衣、民兵服装。我听了老周的话，全副装备，把我热得浑身汗。纪廉表示这样太热了。我看大家都如此，何必硬装“绅士”，也（把）外衣、领带解下来。

有人对和领导人见面有兴趣。但无人介绍。家彬说很平常，可以叫老纪介绍。见了总统只简单说了几句话。老纪介绍就走了。

这些我看毫无必要。

第三号人物上去，握了握手，未说什么。

大卡讲话讲得很长。天气又热，有些人晕倒。

老牟在底下拍电影，是阿本斯指给我们知道。

这是个民兵集会，说有十万人。大卡宣布社会主义，十万人都举枪通过。

老牟的镜头向着我们来，喜欢上镜头的早做好姿势。

群众情绪高昂，劲头很大。我对这一点是充满信心的，可以把敌打败。

讲话一直讲了差不多有三小时仍未见结束。大卡说美国人说打下海的飞机是古巴空军反对大卡起义。十万人笑起来。他一段段引美国人的话，说这些人是喝醉时写的，大家又笑起。

已经到五点多了，忽然有人找三号人物，好像形势很急。他立刻上汽车。很快有人在大卡耳边说话。讲话临（时）结束。他们匆匆地坐上汽车走了。

会散了。比较和我们热情的中委说，可能有敌人登陆。

侵略战争的可能，迫在眼前，古巴在行动。

4月17日

星期一。今天该去办理18日起飞的手续，但是这天，整个已经是战时状态。街道都是垒着沙袋，广播不停地宣布民兵集合的命令。

抢时间发新闻：叫把在松树岛的旅（行）写了一篇长文章。拿到新华社，但听到是敌人在半夜，在拉罗格、希龙三处登陆。依我看这种新闻是很次要的。老孔说发罢（后来大使说不发，这些已不是重要的东西了）

到古巴航空公司，如不是中国人根本进不去，都是民兵守着。明天飞机不起飞，什么时候不知道。

看来仗是要打的，放弃十日KLM飞机，只是为了想和大人物会见。这一着安排不妥了。原来整个4月只有两次可以抓到的飞机是10日和18日。

但也好，可以看到英勇人民的斗争，这是个很好的机会。

回到住处HOTEL ROSITA DE HORNEDO，看见尤兰达。她说请我参加旅馆的大会。周和家彬出去买东西，我就和老蔡参加。

我们到的时候，广播美国侵略古巴的战争已经开始。对外友协会长马索拉宣布了住在这里的客人和友协工作人员的战时组织指挥部，要求代表们合作。

他宣布了几条规定。

各国客人都立起来支持古巴人民的反美斗争。

看来我们是要讲话的。我就代表住这里的几个人讲话。当我讲到中国人民一定支持古巴人民时，大家起立对中国的支持感谢。我也表示坚决执行指挥部的一切措施，要我们做什么都可以。我以“让敌人活着进来，不让敌人活着出去！古巴万岁！”结束讲话。大家又起立鼓掌。

坐在我前面的阿基亚尔哭了。很多人都过来握手。

会后尤兰达告我松树岛被轰炸。

下午五点之后，大使叫我们去，分析了情况，问我们考虑搬到他那里住。

对情况的分析，个别人估计很严重。我看不是这样，几千雇佣军，只是进行冒险，古巴四万正规军和装备精良的二十多万民兵（一般的有一百万），是可以击败敌人的。

敌人的突然袭击，是件严重的事，但也是件好事。人民可以受到锻炼，不为当前所必要的和过高要求的东西可以不搞，而加强自力更生的观念。

有个别人开始对此是估计错误，但南老说后，我完全同意南的看法，完全有信心可以击败敌人。大使讲了他的意见，我看是完全对的。

谈到我们迁出对外友协旅馆时，周说要搬为好，理由都可以找到，同尤兰达说明。我早就做好了如下思想准备：在严重的时刻，中国人要镇定，勇敢。万一要搬我留下，让其他同志搬出。否则在各国代表前，影响不好。其实有什么了不起，我们是从战争中长大的。

我提出我的意见：现在不能搬，现在搬影响不好。我们应做个样子。

南老、大使、家彬都支持我的意见。

决定不搬出来。

果然，晚上说有飞机，客人们乱起来，有个女客叫喊。据说尤兰达叫了半天，保证对客全负责，叫大家去看地下室。这是蔡上来告我的。我早就上楼来看飞机到底是不是有，未看见。但可惜，未在楼下看此场面。

兄弟国家的专家，下午已提箱子下了楼不知何事。可能是迁到安全地方去。

在古巴未取得胜利之前，我们不能离开，也不应离开。我想应该是这样。我倒很怕现在忽然有条件而必须走掉。

晚上老蔡收到敌人的广播，说敌人离哈市区46公里。个别人慌起来说大使未把坏的情况考虑，估计得太乐观。我说不能信，先要搞清是什么电台。敌人的话是吹牛的。蔡去再听，果然是美国的广播。

人，是要在斗争的重要时刻才能认识清楚的。

我给蔡做动员，战争并不可怕，讲了一些过去的故事。他是镇定的。我看此人在这点上很不错。

4月18日

昨夜虽然紧张，但睡得很好。

关于登陆的说法，很难判明。有说1000多，有说2000多人。无论如何，只有6000人样子的反革命部队，不可能一次都投来。五六千人在英勇的古巴人面前，并不可怕而是好事，吃掉它。

传说很多。但我仍坚信只能一千多人。三条船不可能运得更多人、弹药、吃的和重武器。

旅馆贴要节约水电的号召，我认为是大好事。战争一来就懂得要节约了，这就好。

情况仍不是十分明白。但人民斗志昂扬。古巴是可爱的。

枪毙了八个反革命，好事情。据说抓了很多，这就好了，早就该抓，这就更有理由了。

但暗藏的敌人也在活动。

神父、主教据说也抓了。好！趁此机会把他撕下假面具。

松树岛的反革命，应该采取果决手段。不知道少校是否这样。对敌人不能施仁慈，特别在严重时刻。

第三号人的受伤，弄清是走火，从脸部耳边过去。问题不大。

对外友协领外宾到离哈瓦那20多公里（南部）的一个轧钢厂去参观。

从哈瓦那出发，沿途看见家家都挂着国旗，人们很安静，修理保护园林的工人，在为棕榈树上喷药物，有的小孩子在门前学开步走。

轧钢厂月产三百吨。有一部分重要设备是美国造的，但因禁运，缺乏耐火砖等等不能工作。

两座平炉都停了，现据说苏联为他们正在修理。

我问工会负责人，古巴能否找到耐火材料。他说可能有。我告诉他我们用土法，烧出很好的耐火砖。

他们都望着外援（砖现从捷来），对自力更生不是提到足够的认识。他们对参加建设学校城的中国工人送的徐悲鸿的马，很感兴趣，说是中国和古巴在跃进。

此厂的热风站，是用汽油发电。出的钢筋是用在建筑用的，钢坯是苏联来的。

在扎钢筋的工序，工人搞了些技术改革，工作快了。我赞扬了他们这一点，我是有意识而说这话的，主要是自力更生的意思。

这个厂子规模不算大，但参观的时间很长。

最有意思的是昨天夜间，敌人广播说他们的远征军已占领哈瓦那以南46公里的地方，而我们今天正是向这个地方去参观访问。我们在车上说起来，觉得十分可笑。

对外友协是有意在此紧张关头组织客人出去做些参观的，这是个好主意，可不使客人发生苦闷。

我们住的旅馆，晚上实行灯火管制，这是很必要的。但整个城市没有这样做。旅馆的做法也很有意思，不设防空警报，反正一天黑，就不开灯，使得我晚上一吃了饭只好睡觉了。

4月19日

情况大致弄清了。敌人登陆约一千五到两千的样子。古巴的重武器已经上去。正在把敌人压缩在海边，以便消灭。

同时革命政府比过（去）采取坚决的措施来对付特务分子，我看到很多教堂都有民兵守着。

据说已杀了五十多名反革命，太少了。只公布了八名。革命不是绣花，敌人在窝藏武器、电台，随时准备暴乱，应该专他的政——镇压。他叫喊就让他叫喊吧，镇压是不能不进行的。

根据情况，军事斗争是可以取得胜利。敌人原打算是在希龙登陆之后，把半岛的三条公路占领。（手绘地图）

利用希龙的建筑、工程（如公路机场）在那里立刻成立反革命政府，马上取得美国和拉美反动国家政府的承认，站稳脚步来反对古巴革命。因此敌人在进到多宝湖地区和澳大利糖厂地，就不马上前进。

敌人认为民兵会大批投降到他们那边去，因此带来的武器很多，以便装备这些人。

敌人带来很多开辟机场的机器、汽油，以便空军在此起落。

敌人占了三条公路，其他都（是）沼地和密林，只要三条公路有重武器顶住，其他地方是无法通过的，敌人确是摸了这片地区的特点。

海上，古巴是无法封锁的，制空权也办不到。

应当承认敌人这一招是计划很周密。

古巴战胜敌人有充分的可能。现在敌人没有从别的地方登陆，古巴的力量并没有全牵住在这里。应该进行速战速决，以免给敌人争取着时间。

传说已经打沉敌舰几只和五架飞机。

从人们的面孔上看到情绪很安定，这是好事。

军事上对古巴很有利，只是经济上的问题出来。

广播说昨夜对大商人、资本家进行搜查，他们囤积了很多生活资料，以便造成困难。这一手，搜查得好。乘此机会，把这些剥削者的东西夺过来。

4月20日

服务员高兴地告诉我们说，广播证实打下五架敌机和几条船。

我想就在这一二天内能解决这批敌人。

友协告诉我们要去听大卡讲话，后来又问我们到不到前线去。

到前线是这（几）天来的理想。我们立刻答应，但要有新闻记者证明。我有一张，他们两人没有。我们在房子跟新华社打电话谈了半天，楼下的人等急了，都在抱怨我们。

其实，只有一两人有记者证。

我们一共去两部车，立即出发。

我们沿着八日到沼地、九日从希龙回来的路走去。

沿路都有民兵，查问很严。但中国人很沾光，只一次看了我们的皮包。

吉隆滩战役简记[①]：

---

① 笔记本的76页至65页是从后向前记录的。

4月15日美机轰炸罪行——

死7人，伤53人。

四岁姑娘Alicia Gonzalez Claro被飞机打死在床上。母亲Eluid Claro手拿手帕伏椅哀哭。

空军基地一个民兵，在临死时（弹中腹部）以手蘸着自己的血写下“FIDEL”（菲德尔）在墙上。这块墙壁挖下送菲德尔。报纸上照片写着这几句话：

“他是青年

在他的手中将一块新的土地未来打开，

他贫穷

他体会过囊空如洗和腰酸背痛时流汗的滋味（此句排三行）

他是爱国者

古巴和革命对他说来是一个现实。

四月十五日清晨

他被美国佬的枪所打死

他的名字叫Eduardo Garcia （埃杜尔多·赫尔克）

他是民兵。”

空军基地指挥员Universo Sanchez（少校），战斗到援军时，领导人在他身边牺牲（安特罗佛维坦它）飞机打死。

30公里地区登陆。

飞机在此打死一小孩。

从登陆前进十五六公里，带的武器很多，希望这里有人投过去。

未收齐的死者已一百多人。

有一美飞行员被打死。他跳伞杀死一农民，被民兵发现打死。

希龙两女教师被捕，已回哈。

六七部水陆坦克。

被捕的青年扫盲教师说：敌人中有三人哭，拼命喝啤酒。要他参加敌军，自己的坦克来了，敌人散了，他跑出来。

飞机涂着起义部队符号，B-26，飞行员一死，一捕。昨天（19日）上午六时半，轰炸糖厂。五人伤，扫射，飞机三人死，一人伤美国人，死的是古巴人。

四支高射下。共来四架飞机，一架打中起火，掉下，死七头牛。

一家八人在转移中，被飞机炸死。

民兵说：是中国机枪打下的。下次给我们多带来，问候毛主席。

148民兵营。

108营从哈来，打了半天。

在拉罗格战场上的材料：

在希龙的不知多少，武器很好。

少尉说不仅知道我们为祖国而且为了拉丁美洲。

敌人很顽强，但是我们战胜了他。

新的古巴是我们的。

昨天在□打下4架。

军舰正在下风。

有敌人两只小划。

坐大船来的，换划登陆。

约一千八百多人，有火箭（50口径）。

船有海盗符号，有蛙人。

在此杀了妇女和小孩，战士来时已见几个尸首（有男子）。

他们武器好，我死伤多，不能吃饭。

敌什么都带齐，肥皂、收音机。

战斗指挥员说的：今早七时歼灭完。

昨日下午五时已支不住，后跑希龙，有的跑林里，有的坐船为我机炸沉。

三天未吃。

敌坦克二。

杀了四个女人，要她们做饭不肯，死时叫革命万岁，菲德尔万岁。

见敌人扔两部大卡车，顶有机枪，登陆用，很高。共六部，在希龙获得。

敌人1500人。

指挥官是82人登陆时少校，Efigonio Ameijeinas。他在希龙指挥他的一营担负重大任务，他从昨天六时（下午）指挥，有各种兵种。

空军起了很大作用。

敌人都打败，敌在林里。

我们伤亡很大。

敌大致有十船，六七条打沉，有的跑了。

敌武器很多，反坦克，高射，100公分的迫击炮。

伞兵约140人，带着吃的，通讯器材。

敌来时望革命军投降过去，他们认为民兵和正规军有分裂。

从尼加拉瓜、危地马拉来的，受过严密训练，很顽强。

他们撤退时很乱。

有的受了一年多训练，有的几个月。

据说敌头子死了。中尉Artimes前在土委会工作。在一年前叛变。

敌人登陆地长度30公里。

桑飞多到可帕东卡。

希龙：

船数不知，4只搁浅在海上。

昨天打沉八只。

有一艘空舰。

昨天上午八时打到下午三时。

民兵上了前线已四天未吃饭。他们说不要紧，可以不吃，但有子弹打敌人，他拍弹袋说。

那天在扫盲大会上朗诵诗的老诗人的儿子和14岁的孙子都在希龙打仗。

我们住过的那排房子都是俘虏，每房约二十多人。大约共有三四百人。

民兵说中有一个中国人。说他供认当了雇佣军，很懊悔。

敌人说古巴人在饥饿。民（兵）说请他们看我们穿的是否无吃无穿。

古巴军队纪律很好，俘虏的手表、戒指都戴在手上。在询问的时候，也很平静。只有在把他们送到别处时，民兵问他们是否美国佬？可以看见俘虏中有美国人。

在美国刚成立伪政府①的总理儿子，这次被俘了。他很强硬，在录音时说，望把这录音广播，让他父亲知道，不要回古巴。还是在家重要。牟森给拍了镜头，他的俘号是 158。（伪总理叫Miro Cardona）Jose Miro D'Torias。

又一次打听，也说扫盲教师被捕逃出，现回了哈瓦那。

游泳场办公（室）和图书馆的玻璃都打破。原来招待我们的主任也被捕后逃出。

在路上看到敌人被打坏的坦克。

到希龙的路上，丛林里仍有散敌。士兵们沿公路垒了阵地、战壕。炮兵准备好炮，还有机枪，都是背海向着丛林。他们一（面）回手招呼，一面叫我们的车快走。

在一段路上，战士告我们不要碰两旁的沙堆，那里有地雷。有几部大

① 据庞炳庵介绍：曾是第一届革命政府总理。

车，刚烧了不久，可能是碰着地雷。有好几部车都翻倒在不远的地方。

俘虏中，有穿着红色和较好料子做的衬衣和其他裤子，可能是化了装。其他都穿掩护色衣服。

在糖厂的民兵、战士望我们再来带回支（援）的高射机枪来，回去代148营问候主席，望他来，他们要好好招待他。

滩头在16日晚敌人已到。不能上岸，用五蛙人下水摸，滩头只有22个民兵，死了一半。四个妇女一个小孩因不做饭被杀。

敌人四条船，打沉两条，打着火一条。

敌人有二次大战的老兵油子，能贴地打枪。

民兵不讲技术，怒火冲天，冲，但没有刺刀，有手提冲锋枪。

重迫击炮伤了很多民兵。

敌人从华盛顿出发，从尼加拉瓜、危地马拉来。

从林中有鳄鱼、毒蚊子。

伪总统的儿子受不了蚊子咬，出来的。我们到二十分钟前出来。

三坦克是自己的，人家是两辆。自己沿公路追，未讲战术。

民兵坐车追，敌人用火箭筒烧，民兵跳下趴在地面打。

敌我距离只三十米，后民兵撤下，用炮打。

美有两条舰接，但不敢靠近。有航空母舰。

有 B-29。还有朝鲜战争的飞机，F-84（喷气）。

战争是美国指挥。

俘虏说未讲到与民兵作战。

据说有外国人20%。

敌登陆总司令罗曼，巴蒂斯塔的军官。

思恩富格思纵队先上去。

卡斯特罗纵队共4个民兵营。

说敌第一批一千多人，第二批人数不知。

“我的父亲和我，过去对古巴人民有什么意见，是错误（指不了解）。”（伪总理的儿子说。）

另一俘虏说：“他离开危地马拉的时候，又来了四百多人来训练。”

敌人从美国加利福尼亚（编者注：佛罗里达之误）的迈阿密出发，先到危地马拉和尼加拉瓜，再从这两个国家的基地出发到古巴。

夜里十二时多了，在路上车中，收到在危地马拉天鹅岛的反革命电台广播，他们说登陆部队（所谓远征军）已取得胜利，古巴的自由是在几小时中解决。并喊万岁，古巴，自由。

（编者注：以上是4月20日的记录。下面是记录当地媒体的报道。）

美国禁运糖后，从古巴进口每年7000万，其中烟草3000万。现全部禁运。美国8000烟草工人要失业，因烟草是从古巴来的。（4月26日《今日报》）

4月27日报载在希龙俘获的战俘中有圣罗曼。此人是巴蒂斯塔的陆军上尉，这次入侵者的总司令。

登陆地区名萨巴塔泥沼区。

何塞，马宾内兹，52岁（俘虏）的供词：1931—1958年她是巴蒂斯塔农村保卫队第四队的少校指挥官，革命胜利后三个月到了迈阿密。

他参加雇佣军，每月对妻子发175元，第一个儿子每月50元，第二个以下的每月25元。有的士兵每月得到400元，他的家眷每月得275元。

他说有佩刀式飞机，两旁是第五舰队，下面有潜水艇。

我们也有五架布尔曼式坦克。

5月3日

上午九时三十分钟，从哈瓦那乘古巴航空公司飞机赴布拉格。

十时五十分钟到了哈马圭省机场加油和修备发电机用了三个多小时。两点三十分才从那里起飞。直接到圣塔马利亚。由哈马圭加油而不到百慕大，是因美国控制不给古巴飞机加油。

到圣塔马利亚岛（亚速群岛）是夜里十一点。起飞是两点三十分。

5月4日

上午八点三十分到布拉格。以上是哈瓦那时间，布拉格时间是下午一点三十分。

飞行经过巴黎上空。

32#笔记：访问拉美的证件、地图等

九、学习笔记（1962年—1963年）

29#笔记之二：听会议传达记录（存目）

29.2　1962年9月传达北戴河中央工作会和八届十中全会记录

33#笔记：江西访问记录（1961年12月—1962年1月）（存目）

34#笔记：读书杂记[①]（1962年7月—9月）

1. 读画论

2. 读《人民日报》有感

① 此笔记是国图藏竖排元书纸习字部本。34#图片夹共19张图片。雁翼《白杨颂》读记是接受中国作协培养新作者的安排。

3. 雁翼诗评

4. 读《光明日报》谈李白诗

5. 《白杨颂》读记

.

34.1 读画论

邹一桂撰的《小山画谱》中，在形似一条里，不同意苏轼这个看法："论画以形似，见与儿童邻，赋诗必此诗，定非知诗人。"邹说，此论诗则可，论画则不可，未有形不似而反得其形者，此老不能工画。故以此自文又犹云，胜因欣然败亦可喜，空钓意钓，岂工者鲂鲤亦非不能鱼，故作此禅语耳。

又引白居易诗，"画无常工，以似为工，学无常师，以真为师"。郭熙亦曰："诗是无形画，画是有形诗。"而东坡乃以形似为非，真谓之门外人也。

34.2 偶读《人民日报》四版版"海防线上"

自己作诗时，感到难，读别人诗时，挑剔容易。偶尔脑子里浮起七个字"挑剔容易作诗难"。

克家做了很多诗评，其近日最常见的论点是：觉得新诗人中用了一些老诗里的语言结构和词汇（见去年11月的《红旗》，今年5月《文艺报》），然而今天却看到他的"穿幽径""步步入幽深"。这是诗中常见的，也不似今天的语言。想起两点：

一、民族风格，是中国诗歌必然要走的道路，你不承认也不行。

二、只要不太使读者不能理解，古代的词汇，对今天仍有作用的，最好不用，但也用之无妨。硬要一刀两断，那么，《雨中登战船》中的“突起千峰万嶂”“波浪喧腾”“清幽安静”有嫌疑，而“穿幽径”“步步入幽深”也难逃鞭笞！

可是大诗家、大诗评论家，也要考虑一些问题，也难免不用一两句“死”去的语言。但是，大家用即可，小家用即非。

这两首诗，写得还是有点劲的，寄意也很有时代的现实意义。

7月23日

34.3 雁翼诗评

看雁翼诗选稿，觉得不少问题，意境常不联贯，语言不精不准，啰唆，很费力气。这些都是自由诗。但看到“大跃进”以后受到民歌的影响，句子短明，清晰易解。

34.4 读《李白的经济来源——读李漫笔之一》（作者麦朝枢）

见1962年8月12日《光明日报》。

大块文章，不大喜欢读，引前人或外人的著作又长又多的犹觉苦恼。但有遇到一些奇文则不在此列。有时硬着头皮也要读完。这倒不是文章有什么可贵，而是感觉怪得有趣。有刺激就有不同思想，这样的文章倒引起许多联想。也是一种锻炼。

研究学术，和空谈是两回事。有根据，而又和所要阐明的问题发生内在的联系的，倒不在乎一定书十万车，有时三两条也很有说服力。可是最可怕的是生拉死扯，胡凑拼起来。

作者不知何许人，大家小家也未听说，然而主观主义很是十足。他把李白曾说过或炫耀过的好客，当作出发点，当然可能是真的。又把李白一些诗，也认为是李白的自供。文学作品，本是大真小假，是许可夸张的，要完全当作历史材料，就要很科学地研究，否则会弄出笑话。

根据麦朝枢的高论，因为李白家住在产铁、铜、银的地区，根据唐代的农业和对外战争需要，他又在峨眉山有铁的地方读书，他的父母又有钱，而他又懂蕃语，因为这是做生意的关系而学来的，判定必是个经营钢铁业的商人。以后李在山东、汴梁、扬州、秋浦、南昌等几十个地方住，来来往往，那都是产铁铜银金的市镇。而诗中也有采铅客，又有“炉火照天地，红光乱紫烟”。他到处都有商号，而且必然自己也经营采矿业。李白又常托商人带信，因此事必无疑：李是商人又是采矿冶炼业者。

除了从诗中找到这样的根据之外，以《唐史》《资治通鉴》等与李毫无关系的唐代历史，通通统一在李白身上，大有你坐过船一定是渔民，你常吃面包一定是外国人之意。

李白有可能是商人家庭子弟，本人做过生意，也一点不奇怪。正如古代文人大都是有土地一样，说是地主阶级也不会不许可。奇怪的是：凡是他走过住过的地方都有铜铁业，几乎半个唐代铜铁业都可在李手中，是个大托拉斯的样子，能使人信乎？余曰：否。此是拼凑文学。

33.5 《白杨颂》读记

三读雁翼诗选稿

经过这一读后给作者提出意见，作者绝大多数作了修改，一读时感到的弱点，有很大的克服。作者的态度是严谨的。

因此，二读就觉得整个都比较好了。诗，常会发生一些怪事，偶因一二处别扭或意思不连贯，读来费力气。但一克服就可能是好诗。好的厨师常因加了些葱花和几滴香油，整碗汤就觉得吸引人。故意外加的辞藻会损害了质，而文辞不准或不美也损害了诗。现在是三读，准备以这次的感受为他作序[①]。

“拂晓时分，大雾茫茫”。

眉注：“紧紧拉住我们的手，我们迈进了她的破烂草房”，“我们迈”改为“领”。

改了的“她头上的鲜血滴湿（她的）衣裳”，删去括弧中的“她的”二字，就利索多了。

“我们举枪在内心宣誓，我们忘记了疲倦，仇恨变成了力量”改为“默默在内心宣誓，坚决消灭蒋匪帮！”

改的是好的，重复的字删去而文思更清。本来“举枪在内心宣誓”是不可能的，“忘记了疲倦，变成了力量”什么变成力量是不清楚的。当然，“坚决消灭蒋匪帮”意思虽明白而不是诗。

---

① 即《白杨颂序》，见本书散文卷。

这首诗，写了解放战争大反攻的事情，写了战士的心情，写了势如破竹的英雄时刻。这是战士时时见到的现实，这是平凡、千真万确的现实。战士不需要再对老人说什么，而是握紧刀枪奔向前方。

《暴风雨的夜》。

头四句有景有声有情，但“风吹着树木，高粱哗哗地响”的头两句，仍缺乏锤炼，树木高粱又可少一个名词，多了倒见累赘。

最后一句，原是“部队与部队交叉，形成口袋式的前进”，我提出前几句写得不像口袋形，而像网，现作者改为“我们张开了歼敌的神网”，准了。

“扭秧歌似的前进”，好。

应是好诗。

“夜里静悄悄”“我这班岗哨还没站完”是指不到换班时刻，说没站完，通是通，但语言上并不准。

《渭河桥上》很不错。

雁翼的诗都是写进军的路，也是建设的路，这是很有意思的。

《带路老人》也不错，接受了意见改得有特色。

《给位党委书记》写得不成功，读了几次印象都如此。平铺直叙无起伏，每段的基本思想、情节几乎相同，只是换了环境。有的地方都把成绩归功于他，宣传得有些过分。当然，我并不是要诗写如何汲取其他党委的意见等更烦琐的东西，折磨读者。这位书记是没有其他生活的，与其说是真不如说假。

《小桦树》《一起迈着阔步前进——走进工厂、矿山、城市和乡村》有必要和写沙漠的那首，《路》《红旗领着绿荫漫卷而来》比比。描写得不自然，后者都是好句子。

《金顶山，你在沉思什么》不好。

《黄河帆影》诗贵精炼，看来开头一节和第二节开始都可合并。诗和散文不同，第二节看来是写得很细，但诗就怕此。

“生活得自由的‘强盗’”，为了自由地生活的强盗，原句十分不顺，音节也不响亮。

诗中有些句子似翻译诗，看来作者不愿改。

已写拾起刀枪，又写端枪和敌肉搏。

既点起松火进帐，又写松火，多余了。

诗是热情的，但文字不是太好，啰唆冗长，知识分子味。

《党委书记》《路》远山野火写得都太散文化，读来很费力。

《在钢铁厂组诗》因是短诗，比前那种长的易读。

《老不知足》写结婚时的写法，较干燥些。

《南温泉》不完整，第一二句好，以下四句都不好。天的颜色可以，地的感情不知何指，而又染绿了古松，染红了牡丹，都显得有点杂乱。

《鹅岭吟》也很浅薄。

《山城的怀念》也很平淡。

《访石棉县》有好句子。

《工程局长》情有而意不清。

《航标》开头好，而后又似其他诗的同样毛病，不能统一有机的整体。

《三峡赞》不错。

雁翼的诗，主题特点是我军解放战争时所走过的地方，也是社会主义建设的地方，基本的意境贯穿着这两方面，路线鲁冀、黄河、汉水、汉中、蜀道、长江，到西康高原。

以战士的心怀反复吟咏这条道路。

在五八年以前的诗，是散文化的自由体，语言各方面都较粗糙，但政治情感似乎比后期要浓一些，深一些，虽然读来有时较费力。后期的较齐整、干净，但深广度不如前，文字似欠精炼。为什么呢？

似乎作者有意识地在克服散文化，而向传统学习，看来时间较短。

（红色字）偶然想到：绿色的山石，白色的浪花从这样山峡中冲流。紫色的山峰，红色的云彩，紫峰从红云中忽见忽隐，这是长江。

“无使亲痛仇快”的出处：东汉刘秀的一个将军朱浮，写给渔阳太守彭宠的信说，“凡举事无为亲厚者所痛，而为见仇者所快”。

毛主席在抗日战争时说：凡是敌人反对的，我们就要拥护。凡是敌人拥护的我们就要反对，是引用了朱浮的名言。

35#笔记之一：读帖、听传达记录

35.1　读金石字帖的笔记[①]（1963年2月）

汉篆存世者：《嵩岳少室石阙铭》《开母庙石阙铭》。曹喜《大风歌》乃后人伪作。

新莽石刻：《孔林坟坛》。

存世货布及布货十品、铜权二器，皆瘦削廉利，咄咄逼人。

唐魏篆法：三体石经，左传遗字，大飨记。

天发神谶旧传为吴皇象书，奇伟，唐碑额多由此出。

萧子云飞白小篆。

李阳冰四绝：丽水《忘归台铭》、缙云《城隍记》（重刻）、处州《新

① 此笔记是作者1963年2月开始用的绿色漆皮笔记本，使用时间是编者根据内容推测的。国图扫描件编号：35#图片夹005-007#图片。题目是编者加的。

驿记》（已失）、乌石山般若台题名处。《三坟记》《栖先茔记》《庾公德政颂》谦卦。

《金石录》载有琅琊山新凿泉题，《考槃馀事》载有千字文，云石在西安学府，《长物志》载有孔子庙碑，今不见。

谦卦的拓极少，现所行是翻本，更有缩小字本，为明人所临，或以为伪托。旧拓本用笔纤细与城隍庙相仿佛、谦卦方圆平直屈伸向背长短疏密无所不备。

唐人诸碑，字体多与《说文》不合，陈惟玉碧落碑乃合。古籀以成文，又杂以汉魏以来碑字，正如鹑衣百结，东牵西挎。旧谓阳冰卧其下，三日不去，毁其佳者数字。

汝帖有郭忠恕篆书六引，似孔子庙堂记。

张仲荀钞高僧传序。郭忠恕篆额。

郭又有汉简一书，系手写入板。汪西亭从曝书亭借刻摹印颇精。

35.2　1963年2月16日计划会议传达记录（存目）

42#笔记：华北局会议记录[①]（1963年6月—9月）

关于四清、五反和社会主义教育运动

离石县阶级情况

关于国际斗争和国内建设

形势问题

43#笔记：华北局传达会议记录[②]（1963年9月—10月）（存目）

43.1 1963年9月中苏论战周毛邓讲话传达记录（略）

① 此笔记是国图藏梅花练习本。国图扫描件编号：42#图片夹共12张图片。

② 此笔记是国图藏蓝色外滩软皮本。国图扫描件编号：42#图片夹共26张图片。

十、重访太行山笔记[①]（1960年—1963年）

28#笔记之二：杜希唐谈修武县斗争情况（1960年1月4日）（存目）

35#笔记之二：陵川泽州访问笔记[②]（1963年3月11日—4月3日）（存目）

1. 关于地方戏曲

2. 泽州东四义村访问记（3月20日）

3. 陵川西河底村访问记

4. 与六所县中学语文教师座谈（3月23日）

5. 陵川横水村简况

① 作者1962年4月请调到华北局宣传部任副秘书长，专心于长篇小说的创作。

② 此段笔记为国图藏35#笔记023-061#图片。

6. 陵川诗歌座谈（4月1日）

7. 陵川黑山底村访问记

8. 泽州柳泉公社简况

9. 毛诗词3首手抄版

37#笔记：重访太行山笔记第一本[①]（存目）

1. 3月16日在长治访问：军区司令部副司令员蒲志奋、参谋长侯喜泰（37#笔记004-008#图片）

2. 3月18—22日在晋城座谈访问（37#图片夹009-030#图片）

晋城县委会座谈：魏世才、陈风义、李和平、成斌（3月18日）

座谈：魏风义（3月19日）

抗日时期游击小组唱的歌

参观巴公公社东四义卫生模范村（3月20日）

参观丹河铁路大桥、柳树口（3月21—22日）

土改双减时的语汇、群众语言、上党宫调历史

① 此笔记是国图藏白色无封皮上海风光笔记本。国图扫描件编号：37#图片夹139张图片，共7.4万字。

3. 3月26日—4月4日在陵川访问（37#图片夹030-067#图片）

陵川县座谈：县文史馆长李更生、县粮食局长姬艮宝——下雪捉县长（3月26日）

座谈：城关西石门大队书记武有成、百货公司干部吴文华、平城公社石门大队主任李启富、县监委书记梁正福、人民医院副院长李希行、李启富、原平城公社党委书记宋泰华（3月27日）

访问：武有成——政变前的群运、打东西大井、解放新乡、打焦作、反师人凤斗争、黑山底村语汇（3月28日至4月2日）

夜里访问：武装部第二政委崔保富——谈解放战争初期情况（4月3日）

访问：原赤叶河村宋文孝、过去结婚鸣春祭社习惯（4月4日）

4. 4月15—16日在长治座谈（37#图片夹067-088#图片）

第一次访问防空办公室主任刘三年、神枪手李仁魁（4月15日）

第二次访问刘三年、李仁魁（4月16日）

5. 4月17—18日访问壶关（37#图片夹088-098#图片）

河薀煤矿支书璩玉发、粮食局长靳松保、县社主任马存有（4月17日）

常行村徐发贵谈窑洞保卫战、参观常行纪念室（4月18日）

语汇

关于国民党98军军长武士敏

6. 4月23—24日在武乡县座谈（37#图片夹098-115#图片）

武乡县委委员武三友、县工会主席张林春、副县长任海生（4月23日上午）

胡蛮岑，姜四孩家娘，不吃日本饭——绝食死了、县监委书记任汉忠、

两个侦查员的相遇故事、段章儿母子杀敌故事（4月23日下午）

少女射手冯风英、兵役局副政委郝绪赤谈群众性人民战争、县监委书记任汉忠谈武西民兵三宝和三虎、长乐战斗（4月24日下午）

7. 4月28—29日在左权县座谈（37#图片夹115-125#图片）

民政局席光华、红军幸福院支书赵永怀和于文光、副县长连子伦谈左权小花戏（4月28日）

东黄漳村袁广顺、川口杀敌英雄巨贵如、民兵陈炳昌故事（4月29日）

8. 5月2日在黎城县座谈（37#图片夹125-133#图片）

黎城中学语文教员史亭北、东旺村副支书王殿臣、监委书记康礼耕

9. 5月6—7日潞城平顺两处故战场（37#图片夹133-134#图片）平顺的狼梯关、潞城神头岭战斗

10. 5月10日襄垣记录（37#图片夹136#图片）打襄垣的民兵故事

36#笔记：重访太行山笔记第一本补充（1963年4月）[①]（存目）

1. 4月12日襄垣屯留（36#图片夹002-008#图片）

上党战役：徐金虎、交川村民兵指导员乔起元在襄垣现场谈（4月12日）

屯留座谈会：西村公社供销社主任张学森、县长李次路、法院副院长李晓岚（4月12日晚上）

2. 4月19日壶关访问（36#图片夹008-010#图片）

县委第一书记陈明广同志谈

3. 5月3日黎城座谈（36#图片夹013-015#图片）

① 此笔记是国图藏绿花软皮横格本的第一部分。国图扫描件编号：36#图片夹32张图片，共1.7万字。与重回太行山笔记之一、之二在记录时间上有交叉。
作者在封面上标注：上党战役打老爷山、黄烟洞保卫战、郝福堂地雷战。

东崖底公社副书记高文举谈

4. 5月8日在平顺西沟访问（36#图片夹016－017#图片）

西沟村申纪兰同志谈

5. 5月10日在襄垣访问（36#图片夹017－019#图片）

原青抗先队长、区长、区委书记、现公社监委郝福堂[①]谈

6. 5月17日在响堂铺访问故战场（36#图片夹020－021#图片）

7. 6月10日华北局农村工作汇报会发言记录[②]（36#图片夹021－030#图片）

36.2　太行山语言笔记[③]（1963年4月—5月）

36.3　华北局农村工作汇报会记录[④]（1963年6月10日始）

① 作者在纪实文学《五阴山虎郝福堂》中记载，郝是襄垣县青南村人。笔记13#记录采访日期是1963年5月10日下午3:30。

② 这次会议的记录还有38#、42#笔记。

③ 此笔记是国图藏绿花软皮横格本的第二部分。国图扫描件编号：36#图片夹010－013#图片。

④ 同一本笔记，见021－030#图片。

13#笔记之三：重访太行山笔记第二本[①]（存目）

1. 5月4日—5日在潞城座谈（13#图片夹090-115#图片）：

经委原富龙、县委冯胖虎谈（5月4日）

漫流河村魏成魁谈神头战斗、黄窑公社武装部长黄小旦（5月5日）

2. 5月7日平顺座谈（13#图片夹116-121#图片）

商业局支书王喜悦、工业局副局长张健、教育局科长王德考、服务公司王金方、文化馆李俊杰谈

3. 5月10日在襄垣县座谈（13#图片夹121-139#图片）

上午决三纵队战士东关大队郎福顺、东关大队支书刘兴喜

下午五阴山战地现场，公社监委郝福堂谈

① 此笔记是标题为《战争、土地、政权》的笔记之第五部分。国图扫描件编号：13#图片夹090-248#和256、257#图片，共6.7万字。

上党战役、民谣、民兵赵永堂的故事

4. 5月12—13日在长治座谈

第三次访问刘三年（5月12日）

高平武装部副部长赵智学谈（5月13日）

晋东南军区副政委、原太行区渡荒与杀敌英雄刘凤皋谈昔阳无人区、王居仁、赵亨德二烈士

5. 5月17日在涉县座谈（13#图片夹159-163#图片）

樊赞先　王堡村支书

曹水堂　偏城西郊支书

吴其福　涉县河南店大队保管

高海清　四川南川　77岁　1932年入伍

郝景明　北关支委

重阅说明：涉县访问后，即到安阳，在林县停了一下，即到安阳（地委）。值雨天，尚未安排日程，即接长途电话，回京参加会议。这样豫北访问计划未完成。后拟在八月济源回途中，再进行，正遇上63年平原水灾正吃紧，不能进行，只好乘飞机回京，太可惜了。原拟定访：安阳、林县、汤阴、辉、淇等几个县。

唐王峧娲皇庙传说、漳河渠。

6. 6月26—28日在太原访问（13#图片夹164-190#图片）

魏名扬谈抗战前武乡斗争（6月26日上午）；太原化工厂长、三分区直属侦察队刘二白谈赵亨德烈士（下午）

魏名扬第二次谈武乡早期党的活动（6月27日上午）

省科委刘世兴讲六旅38、39年的情况；省监察员贾书林谈抗战情况（6月28日）

7. 7月2日—6日在榆次访问（13#图片夹191—228#图片）

榆次监委副书记王忠海谈和顺情况；王荣谈寿阳情况（7月2日）

地委秘书长苗枫谈昔阳情况；晚上工业部副部长侯玉玠谈平定情况；赵亨德战友李德玉、吕连谈（7月3日）

晋中专区文化局长王文韶谈和顺昔阳及清水利一情况（7月6日）

8. 7月8日—11日在昔阳访问（13#图片夹228-248#图片256-7#图片）

县人委李贵元谈昔阳1940、1941年情况；粮食局长路世亭谈马坊地下武装；粮食局赵中盛谈斜峪沟惨案和赵友仁烈士；农林局傅贵祥谈昔西和清水；监委书记瞿治让谈民兵张二狗、铺沟战斗、三烈乡、赵友仁（7月8日）。

关于黄岩底战斗的调查；看龙门口战地；沾尚的炮楼；公社书记李千周谈自己经历（7月9日）

陈永贵谈大寨的材料（7月11日）

38#笔记：华北局农村工作汇报会记录[①]（存目）

39#笔记：重访太行山笔记第三本[②]（存目）

1. 7月5日在榆次东旺荣军疗养院座谈（39#图片夹003－012#图片）

崔忠厚谈抗战后期和上党战役；太岳一分区司令部侦察队班长陈震山、太行28团事务长谭和庆谈打老爷山；太岳二分区电话员王瑞祥讲电话班长俘敌故事；崔忠厚谈渡河

2. 7月11日访问大寨支书陈永贵的记录（39#图片夹012－016#图片）

3. 7月19日在长治访问（39#图片夹028－036#图片）

李旺光同志谈五阴山斗争；社教中揭露的干部与地主结亲、买卖婚姻问题

① 此笔记是国图藏蓝色外滩软皮本。国图扫描件编号：38#图片夹41张图片，共1.6万字。

② 此笔记是国图藏棕色漆皮笔记本。国图扫描件编号：39#图片夹93张图片，共5.8万字。

4. 8月5日在河南博爱县访问（39#图片夹076-093#图片）

县疗养院支书刘聚恒谈博爱早期党的活动；界沟公社党委书记林法长谈游击区斗争；县宣传部长皇甫正璧、医院支书赵本仁、高庙公社副书记张国蕃谈两次解放博爱的拉锯情况

40#笔记：重访太行山笔记第四本[①]（存目）

1. 8月6日在济源座谈

公安局陈振生谈四四年济源解放和四七年大军南渡；铁路局吕坤海原太岳四分区司令员郭庆祥警卫员谈渡河准备情况；交通局卢施学、商业局卢汉谈当年渡河情况

语言记录

2. 8月9日在焦作访问

上白作公社农业技术站长赵桂英女民兵英雄；焦作革命斗争简史摘要；许河公社妇联、女民兵连启英、原武工队长王启富、副市长原修博中心县长张方来等谈焦作斗争

3. 作者对撤出焦作后镇压行为的看法：焦作退出后，杀人很乱。据张方

① 此笔记是国图藏棕色漆皮笔记本。国图扫描件编号：40#图片夹84张图片，共5.7万字。

来同志谈，当时张维翰曾提出阶级路线，不同意高宗智的主张大规模镇压。但高认为这些要求是群众的。后来博爱杀得多，张也说过博爱有气魄。张方来认为是高宗智应负责的，但在冶陶会[①]上只是张维翰负责，而高倒没有什么。

我曾认为是把带上山的犯人（特务、嫌疑、恶霸、土匪）杀掉，而不知是把基本群众甚至大多数是积极分子家属杀掉。58年杨国平表示觉得批评四分区杀人多的错误有保留，不一定是妥当的。高宗智倒承认是多杀了一些。这次访问中，张方来也说冶陶会刹住这股风。但他有些不大愿再说此事。

4. 8月11日—13日在修武座谈

县武装部政工科干事张敬民、原二区武委会主任张喜泽谈修武斗争历史（8月11日）

原三区社会部、县监察院检察长冯天忠谈情报工作；丁来海谈打李固；葛庄公社副书记侯怀银谈打焦庄；钓台营夏国祥、刘志学谈打恶霸武装（8月12日）

大南坡队长赵尊荣、甲板创治安主任周国明谈早期党建和抗战以来的斗争（8月13日）

---

① 编者注：1947年10月2日至12月26日，晋冀鲁豫中央局在河北武安县冶陶镇召开的全区干部会议，又称“冶陶会议”。由中央局书记薄一波主持，徐向前、滕代远、杨秀峰、宋任穷等中央局领导都出席了会议。中央局所属太行区、太岳区、冀南区、冀鲁豫区的县以上干部共1600多人参加。

5. 8月14日在河南济源（在王屋山麓）长泉村[①]访问老民兵、船工、艄公

谈话是在黄河北滩树下进行的，这里的天气非常热。现任村支部书记陈启瑞，战争时在外逃荒。

李振庭，39岁，当年民兵，现任大队副支书。

崔仲法，54岁，老船工。

卢施信，37岁，当年在支前指挥部管财粮草料，在凤凰头引路，也是民兵。

陈国华，41岁，船长。

6. 作者跋：太行访问到此为止。这是个一生遗憾的中止。济源访问后，拟即再到安阳。但六三年水灾正吃紧，到新乡已十分费事。住了一天，刘建勋同志有电话，叫到新乡。一到，他正急于处理水灾问题，住了两天。看来不可能继续访问，哪里都是正发大水，情况严重，交通全断。只好飞回北京。想等水退后第二年再去。四清开始，又没有时间，再想六六年后去，以后未找到机会。

41#笔记：群众语言记录[②]（存目）

① 这次访问提到的地名，在黄河小浪底水库建设后，多不存在了。长泉和牛湾都搬至离黄河较远的新村。

② 此笔记是国图藏绿花软皮本练习本。国图扫描编号：41#图片夹，共7张图片，2000字。

十一、四清笔记[①]（1964年—1965年）

44#笔记：南段村四清工作笔记之一

1964年11月2日—16日工作日记

（灰蓝孔雀练习本，国图扫描件44#文件夹33张图片，2.1万字）

45#笔记：南段村四清工作笔记之二

1964年11月17日—24 日工作日记

（杜鹃花练习本，45#文件夹16张图片，0.9万字）

46#笔记：南段村四清工作笔记之三（2册）

46.1　1964年11月25日—12月21日工作日记

① 1964年11月到次年6月，作者参加华北局以陶鲁笳为团长的四清工作团，在洪洞县白石公社工作。

（牛皮纸封面笔记本，46-1#文件夹149+13张图片，4.5万字）

46.2　1964年12月26日—1965年1月17日工作日记

（牛皮纸封面笔记本，46-2#文件夹150张图片，4.2万字）

47#南段村四清工作笔记之四

1965年1月20日—3月18日工作日记

（顺风笔记本，国图扫描件47#文件夹51张图片，2.9万字）

48#南段村四清工作笔记之五（2册）

48.1　1965年2月21日—6月30日南段村四清工作笔记

（白皮笔记本 国图扫描件48#文件夹011-046图片，1.2万字）

48.2　1965年7月—12月文化部会议和华北局宣传部工作记录

（白皮笔记本 国图扫描件48#文件夹047-096图片，1.3万字）

1. 文化部电影会议记录

2. 华北局宣传部部务会议（8月17日）

3. 在文化局（厅）长会议的讲话

4. 华北文化宣传工作会议（12月27日）

5. 语言与乡土植物图解

49#群众语言记录（1965年—1981年）

1965—1981年群众语言记录

（驼色1965布面精装笔记本，国图扫描件49#文件夹44张图片，1.1万字）

52#笔记：四清工作团发的方言小册子等材料

1964年10月

洪洞部分方言介绍和庄里民兵报道剪报

（印刷品，国图扫描件52#文件夹 9张图片）

#『文革』时期

十二、“文革”笔记（1966年—1976年）

53#笔记：“文革”期间笔记之一[①]（存目）

华北局机关

1. 报摘
2. 关于二月提纲
3. 解决内蒙问题的前门饭店会议
4. 学习笔记
5. 重读《讲话》（7月15日）
6. 石玺讲天津学生情况
7. 樊策汇报中宣部抗大展览会
8. 田毅谈筹备小组第一次会议计划（8月20日上午9:30）
9. 外调沈姓人士的会议记录（8月20日）

---

① 此笔记为国图藏白皮杂记本，国图扫描编号53#笔记共75张图片，2.2万字。

10. 陈清珍谈（8月22日）

11. 河北大学化学系学生上访

12. 讨论学毛著积极分子会议通知（8月23日）

13. 华北局文革筹委会田毅谈机关运动（8月23日）

14.十六条

15. 河北农大普及兽医系学生上访（8月29日）

16. 苏（谦益）答复问题（8月29日晚）

17. 杂记

50#笔记：“文革”期间笔记之二[①]（存目）

华北局机关运动

1. 北京电影厂

2. 北京京剧院调查

3. 青艺调查报告

4. 参观绛县南柳大队现场会（11月3日）

5. 绛县大交公社东盛水大队（11月4日）

6. 西晋峪大队支部书记张维斌（4日）

7. 大交公社磨头大队支部副书记兼妇女主任张士英（11月5日）

8. 在绛县公社以上干部大会讲（5日）

9. 北京组讨论

① 此笔记为国图藏牛皮纸面现场笔记，国图扫描编号50#笔记共105张图片，2.6万字。

10. 各省市区汇报：河北、北京、内蒙、山西（11月6日晚）

11. 义沟桥座谈（11月8日）

12. 磨头大队座谈

13. 绛县县委书记周明山的发言记录

14. 王谦要作者代向李雪峰、解学恭汇报山西省常委工作情况（11月11日）

15. 解学恭同志传达10月28日晚总理讲话（11月14日下午）

16. 解学恭谈个人意见

17. 周总理紧急接见（12月12日停止免费坐车）

18. 华北局布置接待进京红卫兵工作（11月18日）

19. 苏（谦益）布置工作（11月20日）

20. 机关工作（11月21日）

51#笔记：“文革”期间笔记之三[①]（存目）

思想检查和历史梳理

1. 解放十七年的作品：诗歌、未成的、未收的、散文

2. 检查文艺思想

3. 从太行山的武装抗日看两条路线的斗争

① 此笔记为国图藏焦裕禄软皮本，国图扫描编号51#笔记共8张图片，0.2万字。撰写时间不详，均为未完稿。

58#笔记："文革"期间笔记之四[①]（存目）

资料摘录卡片

1. 战争时期的史料：文史资料第5辑——阎锡山和日本勾结时说："存在就是真理，必要就是合法"等；文史资料29辑——廖耀湘、杜建时美蒋勾结内幕等；文史8辑——杜聿明与中国远征军等；文史40辑——唐生明，载日军指挥官更变等。毛选第三卷，苏联对德宣战等

2. 海河的一些史料。资料、语言、历史、科学、情况

3. 关于1943年10月日寇在冈村宁次指挥扫荡太岳的补充材料。名称、兵力部署、路径等

① 此笔记为国图藏卡片装订本，国图扫描编号58#笔记共39张图片，0.7万字。摘录时间应是1970年8月庐山会议后李雪峰被撤职，河北省革委工作环境骤变时。

56#笔记之一：“文革”期间笔记之五[1]
（1972年5月—1974年2月）（存目）

56.1　海河札记

1. 1972年5月的想法

2. 海河之春：序曲、第一部　一定要炸开海河、第二部　南征、第三部　北战、尾声；人物、主线、梗概、结构

3. 1973年3月的想法

4. 1973年6月21日再理第二、三部，主要第二部层次

5. 关于郭老的毛诗

6. 1974年2月的第三部

① 此笔记为国图藏红塑广播日记的前半部分“海河札记”，国图扫描编号56#笔记014-050#图片，1万字。

7. 郭老诗二首

8. 1937年至1938年抗日和夺取政权的情节设计（1975年1月的台历背面4页）

无题[①]

无眠清夜逐寒星，

偶闻微笛送远行。

落叶尚思童年泪，

奔焰何减暮岁情。

---

① 编者注：作者在54#图片夹018#图片写有这首述怀诗。见手稿笔记《〈故乡岁月〉原始稿说明》。

55#笔记：“文革”期间笔记之六[①]（1972年12月—1976年10月）（存目）

55.1　海河治理过程、创作构思

1. 海河治理指挥部报告（1972年12月9日）

2. 海河指挥部董玉林同志两条路线斗争情况介绍；赤遇春同志讲缺席审判问题（12月15日）

3. 海河构思（1975年10月26日）

4. 又一个海河构思（1976年10月26日春）

① 此笔记为国图藏牛皮纸面工作手册，国图扫描编号55#笔记共11张图片，0.8万字。作者在封面注有“内有两个有关海河治理过程的情况”。

54#笔记："文革"期间笔记之七[①]（存目）

身体状况、学习传统文化、传闻及阅读笔记等

1. 1974年1月25日心绞痛

2. 拓印款识材料与方法

3. 书学理论典籍

4. 1974年传抄的江诗"66军战斗队"、毛诗"评红楼"

5. 明朝刘六刘七农民军在孔府的暴行

6. 西方政客的"多米诺"理论

7. 胡适、列宁语摘（1975年二期历史研究）

8. 心绞痛针刺疗法、前列腺炎药方等

9. 1975年7月26日毛对电影《创业》的批示

① 此笔记为国图藏蓝塑小日记本，国图扫描编号54#笔记共70张图片，0.9万字。

10. 赫鲁晓夫回忆录阅读笔记

★11. 为友治印赋诗一首（选）

12. 集齐中华书局版24史

13. 1975年10月10日传达《诗刊》复刊；姚文元信、毛批、张红旗信、出版局报告等

14. 毛关于《水浒》的批示（1975年8月15日）

15. 关于四个正确对待：“文革”、群众、自己、新生事物

16. 毛批刘冰等人来信（1975年11月3日）

★17. 1975年回顾

18. 古典诗的平仄

19. 报摘：宫崎部队的覆灭，铁滚扫荡，打观战团等

20. 创评组党小组会记录

21. 读书笔记：列宁选集一卷93页、侵华日军随军妓院（1977年7月1日参考资料）

54.11　为友治印赋诗一首（选）

一雨涤洗万古尘
木叶争新卉争妍
为君剜制一方石
随驰千里写春山。

54.17　1975年回顾

七五年的回顾：

一、情况：

2、3、4、5月都发病，（河北）省叫回家休息。快一年了，回不去，政治生活不方便，故提出三个变换工作的办法。

对省市的照顾很感激。

今年6月就到了北京了。

病仍是时好时坏，比较说是7、8、9月较好，最不好是最近两月。因此，对三个事情都做得不好：

二、政治学习、政治生活

报刊文章读些，但经典著作看得很少。

法家的东西，看得多。《水浒》重读了，感到受益不少。主席指出“好就好在投降”，就能从各方面联系到反修防修的重要。

如说是在延安座谈会后出来的，但进城后接受了资文思想，这不就是投降了？

“文化大革命”使自己大吃一惊。

革命不是绣花，前进上难免有些不断要克服的问题。但当听到一些缺点时，某些方面又有共鸣。如：学生文化水平低了，招生走后门，使一些真正各方面好的，进不了学校，这样就低了。确是看见一些不良的作风，感到无法，有时强调这些就会摇动坚定性。

向旧的思想、言论示弱，同情，就带有投降，不能坚持专政，表现决裂不足。

世界观要时时改造，不断在群众中得到改造，否则文学工作，不可能写出有点用的东西。

《北京日报》的社论，给了很大的启发。12月9日社论《以阶级斗争为纲，尽快在郊区普及大寨县》。

老生病，学习不好，没计划，好的时间用于写东西了，组织政治生活，不能参加。得不到帮助，听不到外面情况，感到焦急。

三、工作情况

《群山》写作过程，已写了三分之二（初稿）。基本可定的是头一部分的大半部，因以后放下而写《海河》。

《海河》是在生病中写的，现是第三稿，基本可定，但需一二个月的调整。

最近整理首二百行的《海河行》，不知可否有用。

谈谈写作的心情：革命工作无限，人是有限的。怎能做到一个党员应有的作用，这是反复考虑的问题，我是客观的、辩证唯物主义的，是想争取完成长篇，否则前功浪费。过去是因工作和搞新的建设放下的。

如《海河》，又是新插上去的。不搞新的，有个为当前革命服务的问题，也是个不断革命问题，离开现实就难以搞好继续革命。但时间来不及了，手慢得不可原谅。

四、如可能，特别现在，到农村去看看，要看才能写

工厂也可看看，重点应在农业。

1500行-2000行，成一个本本。短诗大概是个三十首左右，可诗可散文各一十篇。

不能奢望，实事求是，看看如何。

这需要一些帮助。发不发，何时发，问题不大。

57#笔记：家史[1]（1967年初）（存目）

59#笔记：诗词格律笔记[2]（1976年）（存目）

60#笔记：气功[3]（1976年）（存目）

① 国图藏手稿57#共14张图片，0.2万字。

② 国图藏白皮本59#笔记共170张图片，5.3万字。

③ 国图藏白皮本60#笔记共39张图片，0.12万字。

新时期

十三、新时期前期笔记[①]（1977年—1983年）

61#笔记：会议记录与长篇采访笔记（1976年11月—1979年7月）[②]（存目）

1.毛主席关于经验主义问题的批示和批判“四人帮”言论（1976年11月）

2.华国锋同志在中央工作会议上的讲话（1977年3月14日）

3.中宣部文艺座谈会（1977年12月21日—25日）

4.《人民文学》百人座谈会（1977年12月28日—31日）

5.胡耀邦在诗刊讲话（1979年1月19日）

6.邓小平谈对越自卫反击战

① 作者在此期间先后担任第五届全国政协委员、北京市第八届人大常委、北京市作协主席等社会工作。

② 此笔记为国图藏绿塑河北文艺社笔记本，国图扫描编号61#笔记共119张图片，3.1万字。

7.邓小平在理论务虚会上讲话（1979年3月30日）

8.访问周希汉（1979年7月6日）

9.访问王政柱（1979年7月7日、7月13日）

10.朱德的两篇抗战时期报告

11.彭德怀小传

12.王政柱讲彭总故事

62#笔记：恢复长篇创作前后的笔记[①]（1977年6月—1980年9月）（存目）

1. 怀念朱总司令、思小川（1977年6月）

2. 讨论黄镇报告（1978年初）

3. 伊克昭盟文化局谈内蒙文联会和浩然问题（6月17日）

4. 北京市委召开作家座谈会（7月14日）

5. 准备到北戴河写作用的物品清单

6. 到汤阴、安阳、临漳的记录（1979年9月10日—12日）

7. 过安阳哭小川（9月13日）

8. 给项骊珠设计一个情节

9. 钱小惠讲乾隆便溺处立牌

① 此笔记为国图藏灰纸面工作手册，国图扫描编号62#笔记共77张图片，2.2万字。

10. 汤阴张庆君讲豫北战役（9月12日）

11. 吴芝圃蛮干浮夸故事、关于耿其昌的民谣（9月13日）

12. 范县杨集乡走访刘邓大军渡河处；过洛阳、登封、三门峡

13. 山西考察路线设计

14. 在武乡马牧考察朱德驻地（10月2日）

15. 到五台县，看松岩口、豆村、孟县到娘子关的骆驼道；参观佛教建筑群；访太和岭村（10月8日—10日）

16. 关于“两个凡是”的报摘；猴年报摘（12月31日）

17. 诗草：《骆驼道》《秋风楼》

18. 北京市人大常委会听取市公安局报告1978、1979两年来的刑事案情况（1980年4月1日）

19. 诗草：《樱与松》（4月）

20. 向市人大提出环保意见（禁止随地吐痰、配用无烟煤、管理噪声）

21. 诗草：《溯河千里行》《我问》《晚晴》

22. 渤海2号平台事故（1979年11月25日发生）

23. 树木写生体会（4月）

24. 偶读想到的真话《鲁滨逊漂流记》

25. 诗草：《题汾酒》《卦山柏》《求赵树理遗墨》《溯河千里行》（9月）

26. 《人塑的泥神》

62.26 《人塑的泥神》

人塑的泥神，是为了吓唬别人。

人塑的泥神，是为了自己能统治别人。

人塑的泥神，起作用的不是泥神，而是活着的塑神的人。

人塑的泥神，不可怕，因为它不会享受和发号施令。

人塑的人间真神，是十分可怕的人。它是制下无穷的灾难的活着的神，它把一切大权集中在手里，任它的意志，发号施令。

63#笔记：《群山》补充材料之一[①]
（1978年7月下旬—1978年9月）（存目）

战史摘抄1

1. 林南战役

2. 韩略战斗：王近山消灭战地参观团

3. 壶关南部地区民兵反扫荡战斗

4. 南乐战役

5. 安阳战役

6. 朱总光辉业绩调查提纲

7. 潘开文同志谈朱总（1978年10月28日）

8. 华东解放军鲁南战役摘要

① 此笔记为国图藏蓝塑面礼花笔记本，国图扫描编号63#笔记共127张图片，3.8万字。

9. 莱芜战役

10. 宜川、瓦子街战役

11. 中岳地区伏击战斗

12. 中原一纵高山铺遭遇战

13. 二野二纵龙堌集运动防御战

14. 120师358旅716团滑石片夜战（1938年11月3日—4日）

15. 129师抗战史资料摘录

64#笔记：《群山》战史补充材料之二[①]
(1978年10月下旬，散页为1979年2月、12月)(存目)

战史摘抄2

*16. 偶然想到：权利与自由

17. 有关朱总的材料：从七七宣言开始；坚持抗日统一战线——洛阳谈判；朴素作风

18. 朱总年谱摘要

19. 写给陈友群代问朱总在太行活动的提纲（一）

20. 写给陈友群的提纲（二）

21. 联系李达副总参谋长秘书张胜

① 此笔记为国图藏牛皮纸面笔记本，国图扫描编号64#笔记共107张图片，3.6万字。其中001-014、102-107#图片是散页。选入的一段文字摘自017#图片。

22. 摘录战例：阳明堡、七亘、神头、响堂铺、长乐、磁武林涉战役、潘溪镇、篓子镇、苏亭

23. 日本战前战后的钢铁产量

24. 诗草

25. 军博文物组关于朱德望远镜的来信（以下是散页）

26.《解放军文艺》胡奇来访未遇留信

27. 海军副司令杨国宇访谈记录：刘邓故事（1979年2月11日）

28. 崔培民、李新农访谈记录：刘邓故事；朱怀冰、高树勋（1979年12月20日）

64.16　偶然想到：权利与自由（选）

我们有什么权利？有人家定好的事要我们去投票的权利。

自由是诱人的，但从来是按照最高统治人物的要求去做，才能有自由。

以上这是一方面。

另一方面——

我有权就可以使任何人都按我的意志办事，这就是我给你的权利。

按我许允的思想去做，这就是给你的自由。

还有另一方面——

我所想的就要得到，这就是权利。

我所想而一定要这样做的才是自由。

以上把人都搞糊涂了。

56#笔记之二：《群山》材料与构思、战史补充材料之三（存目）

战史摘抄3

56.2　《群山》补充材料之三[①]（1978年11月初开始）存目

29. 阅读访问太行笔记的一些摘要

30. 跟随朱总司令的片断回忆

31. 群山补充材料（上接1978年10月下旬本64#笔记）

32. 关于百团大战

33. 榆社战斗

34. 对国民党顽固派斗争

35. 刘邓关于对朱石的分析（1940年1月23日）

36. 刘视察晋冀豫友军情形的报告（1940年1月30日）

---

① 这部分在56#笔记《“文革”期间笔记之五（海河札记、群山补充材料与构思）》中。

37. 迎接1941年邓小平同志文

38. 时局和几个政策问题（1941年3月）

39. 反对麻木打开太行区的严重局面（1941年4月28日）

40. 一二九师命令：1942年工作方向（1941年12月29日）

41. 太行分局关于接受中央“九一”决议的简报（1942年12月11日）

42. 对几个问题的意见（邓小平）（1944年1月）

43. 对敌斗争类文件

44. 总结太行军区1942年2月反扫荡的军事经验和教训（刘伯承）

45. 杨秀峰讲敌治安强化运动

46. 太行军区1942年夏季反扫荡军事总结（刘伯承）

65#笔记：《群山》战史补充材料之四[①]
（1978年12月初开始）（存目）

战史摘抄4

47.（上接56#笔记刘伯承《太行军区夏季反扫荡军事总结》）敌扫荡特点

48. 第二部分　扫荡作战要旨

49. 第三部分　我们反扫荡的战斗活动

50. 第四部分　民众性的游击战争的组织和指挥

51. 第五部分　统率机关与资材

52. 关于1942年5月扫荡敌挺身队

53. 邓小平政委发表《政治攻势与敌占区同胞的关系》（1942年8月20日）

54. 刘师长在分区参谋会议上的报告（1942年9月2日）

---

① 此笔记为国图藏红塑面为人民服务笔记本，国图扫描编号65#笔记共63张图片，2.3万字。

55. 1942年10月二分区秋季反扫荡总结报告

56. 刘伯承《论游击战与运动战》（1937年冬）

57. 刘伯承《抗日自卫队的基本任务》（1937年12月7日）

58. 刘伯承《敌后抗战的战术问题》（1943年7月4日延安《解放日报》）

59. 刘伯承《关于太行军区建设与作战问题》（1941年2月1日）

60. 刘伯承《致太原执行小组公函》（1946年2月19日）

61. 刘伯承《目前形势》

62. 太行区开辟时期的情况

66#笔记：《群山》采访笔记第一本[①]（存目）

采访笔记之一

1. 作者对此本笔记的提要

2. 刘备耕同志谈战史（1978年11月5日）

3. 李树槐同志讲朱总（11月6日）

4. 周桓同志讲总司令（11月13日）

5. 张香山《战斗着的日子》摘抄

6. 林海云同志谈朱总（11月16日）

7. 周恒同志讲对前一次讲的订正补充（11月27日）

8. 李达同志请来部分老同志在总参会议室谈战史（12月6日下午）

---

① 此笔记为国图藏墨绿塑皮文艺报笔记本，国图扫描编号66#笔记共108张图片，3.6万字。是作者1978年11月5日开始对部分老将军的采访记录。

9. 李新农同志谈刘邓（12月10日上午）

10. 卢耀武同志谈刘邓（12月12日上午）

11. 何正文副总长谈刘帅（12月12日下午）

12. 陈斐琴同志谈朱刘邓业绩（12月14日）

13. 李新农同志谈鹿、朱问题（12月15日）

14. 林桂森同志谈渡黄河（12月26日）

15. 陈斐琴同志谈彭总（12月27日）

16. 王政柱同志谈话（1980年3月18日）

17. 有关百团大战的彭总自述摘抄

18. 《关于百团大战问题的探讨》摘抄（《近代史研究》1979年一期）

67#笔记：《群山》采访笔记第二本[①]（存目）

67.1　采访笔记之二

1. 曾绍山同志谈（1978年12月21日）

2. 杨国宇同志谈（1979年1月9日）

3. 杨国宇副司令讲（2月11日）

4. 朱德《抗日游击战争》摘要

5. 香港星光公司出版《刘伯承元帅》（摘抄）

6. 程国柱《我所知道的刘伯承将军》（摘录）

7. 《回忆刘伯承将军早期之革命事业》（重庆 王尔常）

8. 刘帅谈重庆“三·三一”惨案、“泸州起义”以及杨闇公烈士资料摘抄

① 此笔记为国图藏绿塑人民文学笔记本7812-8004部分，国图扫描编号67#笔记005-082#图片，2.5万字。005#图片是散页，故放在后面。1997年访问王政柱的记录另文。

9. 李达同志建议看孙口渡口和定陶附近歼敌处（8月24日下午）

10. 随彭总写作小组在浦安修同志家访问（1980年3月22日）

11. 在刘帅家，汪荣华同志谈刘师长（4月10日）

12. 胡耀邦、胡乔木关于意识形态的两段话

13. 寒风给陈斐琴抄刘帅淮海战役题词的信（1978年7月7日）

67.2 采访笔记之三[①]1997年8月20日下午

王政柱谈五月扫荡时的总部（南艾铺被围）。

（因王谈的较乱，故回来作此整理。）

五月扫荡前，中央曾决定总部搬到晋西北。彭德怀不同意，感到迁晋西北，对军气士气会受影响，而且总部北方局机关很大，又要过封锁线，目标大很不容易。

总部朱彭，此前到中央都是从中条到洛阳，借此与卫立煌见面。如总部到晋西北，一过黄河就是陕北，放弃中条山线，就不便与卫会见。

因此，彭不主迁，但可缩小机关，保总部北局，北局由邓负责。

此议中央没有坚持，彭是1943年9月回中央的（王政柱同年3月回延）。

关于关家垴。在七大前整风会上，华北一些同志提出关家垴为歼敌一个大队，值不值得。陈赓问彭："彭老总，如果打此一个大队就使革命胜利，

① 此笔记为国图藏绿塑人民文学笔记本的一部分。国图扫描编号67#笔记084-087图片，0.2万字。

我牺牲两个旅也愿意，值得。”说这是胃口太大，暴露了自己。

彭之主张：感到敌常以一个大队就可对我横冲直撞，如我歼其一个大队，故得考虑。彭考虑好、决定好的问题，不易改变的。

彭在下令时，陈不敢打。彭说如果关打不下来，我取消129师番号。

打不下来，彭亲到前线看（即那张常见的照片）。看见敌援也到，就不坚持再打了。

延安会上说百团大战是拿鸡蛋去碰石头，消耗部队，保护蒋介石。

当时，彭很孤立，没人为大战说话。

百团大战，朱在太行时已多次研究决定。是朱回延后，由彭老总指挥。原决定是正太线大破击，22个团参加。

初拟太行、晋察冀南北夹攻，这不是自己打自己。后决定刘邓管打阳泉到榆次段，聂管打娘子关到井陉东段。

下令后，许多要求参加。彭考虑也好，能牵制敌援，集中打正太。

要求参加的多于105个团，研究报道时，彭说105个吧。

五月扫荡，总部决定分三路转移：总部沿清漳河往北，政治部后勤向峻极关向东（武安）。

罗瑞卿、杨立三两部在南艾铺、十字岭间被敌机咬住。

彭对此次扫荡估计不足，行动晚，许多机关，见总部都跟总部，目标大。

杨立三有很多东西，土布、一百多匹骡马。

敌机轮番投弹，才知处在合击圈里。左权被炮弹打中头部，好几个科长被俘。

罗瑞卿后来说（似是延安会上——阮注）轻敌，估计不足。

百团大战，蒋曾电贺。同时令在中条，冀南鲁南的国民党军配合的话语，实际是大惊，命令不宣传，不许见报。

此时又是蒋反共高潮。毛12月说百团大战不宣布结束，不公布，要利用百团反击反共高潮。

关于挺身队，王未说知道。但说俘虏200余人（？），组织日本士兵觉醒反战同盟。

朝鲜义勇军访问团，他不知道义勇军的炮兵团是武亭领导。

敌奔袭在前，说中国话，有报话机。

关于七六九团保卫总部，王说未见有一兵。在战史上所载，均是该团团长郑国忠吹写的。

在南艾铺十字岭，全是总部各部警卫连：总部警卫连、政治部政卫连、北局保卫连、后勤也有保卫连。未说朱德警卫团。全是这几个连在抗敌。

几次问我见陈锡联、卢仁灿进姚门沟后怎样，王未置可否。是否是不知道，未得到明确回答。

68#笔记：两次豫晋、豫皖之行笔记[①]
（1979年6月—1981年10月）（存目）

第一次豫晋之行

1. 在全国政协五届二次会议上的记录（1979年6月26日）

2. 会议简报98期对汪的意见

3. 1978年11月29日王府井大字报

4. 关于上党、平汉战役的资料

5. 到河南安阳、洛阳、山西要了解的情况列单[②]

6. 在范县县委会开座谈会，了解刘邓过河。杨集公社李桥大队来人（9月13日）

---

① 此笔记为国图藏红塑全国政协笔记本，国图扫描编号68#笔记共87张图片，3.7万字。

② 作者1979年9月9日出发去豫晋考察访问。

7. 在台前县座谈大军过河情况和船工号子（与会人员名单084#图片）

8. 登封开母阁传说

9. 参观洛阳行辕（9月19日）

10. 到潼关（9月25日）

11. 到万荣县，在荣河公社和庙前渡口座谈（9月29日）

12. 到安泽，上“三不管岭”，1938年总部曾驻过（9月30日—10月1日）

13. 到洪洞，下午到马牧村看朱总进太行前的驻地，访问房东（10月2日）

14. 从马山村到测鱼，过七亘访问老乡（10月7日）

15. 从旧关到娘子关，滇军战败之地（10月6日）

16. 到五台南茹村，1937年球总部曾驻40天（10月9日）

17. 参观五台山佛教建筑群（10月10日）

18. 雁门关下太和岑口1937年做过阎锡山的前线司令部，有窑洞改造的防空洞（10月10日）

19. 秦基伟同志谈开辟一分区等（1980年4月16日晚）

20. 马方晓（师部医生）、吴仲昆（师敌工部）同志谈刘邓（4月21日）

21. 到河南花园口考察（1981年10月12日下午）[①]

22. 河南周口地区鹿邑县座谈（10月17日）

23. 从鹿邑去沈丘（槐店）道上，在郸城西向拾粪老人查问（10月17日下午）

24. 沈丘县县委副书记长李荣建同志介绍大军渡沙河情况（10月18日上午）

---

① 作者1981年10月12日晨到豫东考察访问。

25. 过上蔡县杨埠，看洪河（10月19日上午）

26. 从息县出发去访汝南埠的大小雷岗搭浮桥过河处和彭店（10月20—21日）

27. 息县座谈会（10月22日）

28. 在光山调查，路遇老乡，说家里住过大军指挥员（10月23日）

29. 商城县座谈会（10月27日）

30. 安徽金寨县访谈县政协主席（10月28日下午）

31. 六安地区座谈（10月30日）

32. 台前县参加座谈的船工名单

33. 陈斐琴转达李达意见，本人在大别山经历的信（1981年9月13日）

69#笔记：会议、视察和1983年新疆行笔记[①]（存目）

1. 胡耀邦主持邓小平报告的会议记录（1980年1月16日）

2. 外蒙历史报刊摘抄（1月29日）

3. 对四项基本原则的反映；李先念说“文革”损失的5000亿

4. 北京市第四次人代会记录：讨论徐汉涛报告和意见建议，陆羽秘书长讲话，林乎加闭幕讲话（2月29日）

5. 准备在中国作协三届二次理事会议上谈的几点意见

6. 三届二次理事会记录，胡乔木讲话，张光年讲话（12月21日）

1983年

7. 市人大常委视察昌平农村

8. 去新疆前，几首诗的处理（投稿）情况（8月27、30日）

---

① 此笔记为国图藏蓝塑四次文代会笔记本，国图扫描编号69#图片夹，共134张图片，4.6万字。

9. 绿风诗会日记[①]（9月1日—10月7日）

10. 各地接待同志的通讯录

11. 参加中国作协理事会议小组讨论记录。发言者有曹禺、萧军、孙谦、张庆田、王蒙、刘心武、焦祖尧、邓友梅、蒋子龙、西戎等（12月19日）

① 此日记2.8万字，后整理成散文集《新疆忆旅》，北京环境科学出版社1993版。

70#笔记：市人大常委和北京作协工作、六中全会传达笔记[1]（1980年5月—1981年7月）(存目)

1. 稿费、版税、奖金党费规定（1980年5月）

2. 市人大常委视察昌平县东沙家禽总厂、四季青公社

3. 北京市向中央汇报的要点

4. 人大常委会传达彭真在全国人大的讲话

5. 贾庭三的讲话

6. 6月23—30日北京市四届文代会上周扬讲话（6月27日）

7. 各大城市所见的愚民政策后果

8. 诗草

9. 太原环保局谈严峻情况

① 此笔记为国图藏米色纸皮工作日记，国图扫描编号70#图片夹，共86张图片，1.7万字。

10. 一段传闻

11.《群山》构思片段

12. 吉县接待同志名单（11月5日）

13. 1980年市国民经济计划完成情况

14. 中央书记处对北京工作的四项指示

15. 贾庭三报告记录；段君毅讲话记录

16. 思想动向

17. 武乡工作搞得不好；谢姓军队干部违法乱纪

18. 民间对高层领导看法（华、邓、胡）

19. 人民文学出版社30周年启功和诗（4月9日）

20. 诗草：《壶口》《水》（6月）

21. 传达胡耀邦5月17日对文艺界的讲话

22. 诗草：《乡村大道》

23. 群众对文艺作品的顺口溜

24. 学习十一届六中全会建国后历史问题的决议，听录音的笔记

70.25　市人大常委听段君毅7月10日传达六中全会情况（7月17日）

正式会6月27—29日，预备会6月15—25日

胡耀邦讲话三点

陈云讲几句

邓小平：解决两个问题：历史决议和人事

历史决议起草过程

毛的功过问题

三中全会前后的若干大事

七个重要提法的说明：路线斗争、无专下继革口号、阶斗为纲、新—社过渡时期、“文革”性质、“文革”原因、个人迷信改为崇拜。

讨论人事时的意见

政治局决议

71#笔记：市人大常委会工作和思想战线问题会议的笔记[①]（1981年5月—10月）(存目)

1. 市人大常委会有关生育问题、讽刺对联、部队占房等（1981年5月）

2. 市人大常委通报旱情（5月12日市人大常委旱情）

3. 市人大常委视察延庆县两拨子公社东唐营大队、珍珠泉公社庙梁大队、大榆树公社、西二道河公社，听取了延庆县农办主任的汇报（5月13—15日）

4. 人大常委会讨论干旱问题（6月11日）

5. 人大常委会听取市公安局长安朴报告，贾庭三讲治安措施（6月12日）

6. 参加全国思想战线问题座谈会（8月3—8日）

---

① 此笔记为国图藏灰蓝纸皮工作手册，国图扫描编号71#图片夹，共80张图片，1.6万字。

胡耀邦讲话（3日）

小组会于兰、吴雪、刘导生发言（4日）

周扬、朱穆之、胡乔木、习仲勋讲话（8日）

7. 在中宣部召开的“文艺部门党员骨干学习会”（2月12日开始）上的发言提纲（3月3日）

8. 文化部、全国文联老作家、文艺家座谈会（8月20—25日）

姚雪垠发言（21日）

林默涵讲话（24日）

9. 给李文贤的条子（9月14日）

10. 清点油画棒画作

11. 参加北京作协驻会作家的学习座谈会（10月4—6日）

陈模传达胡耀邦9月25日下午的讲话

刘导生讲话（6日）

72#笔记：豫东南、皖西南之行笔记[①]
（1981年10月—1982年4月）（存目）

1. 张国福讲花园口（1981年10月12日）

2. 诗草：《开封》《花园口》

3. 油坊店公社建筑队杨万喜所说的简单记录（10月21日）

4. 息县座谈会记录（10月22日）

5. 山东垮房东吴子义谈刘邓

6. 砖桥完小的文世栋谈房东邱中如家做斛山寨战斗指挥部情况

7. 青年林场许维龙等谈斛山寨战斗所闻和现状（10月23日）

8. 六安座谈会谈张家店战役

9. 刘祖慈、公刘等陪游包公祠（11月2日下午）

① 此笔记为国图藏牛皮纸裱封面工作日记，国图扫描编号72#图片夹共75张图片，1.2万字。

10. 诗草：《太白楼》《黄山》《花园口》

11. 参观芜湖市铁花工艺厂、丝绸厂；下午看了针织厂和迎宾阁（11月5日）

12. 参加全国政协第五届第四次会议的发言提纲（11月29日）

13. 北京作协会议讨论记录（电影《零点起飞》、韦君宜文章等）

14. 北京市人大常委会会议记录（教育、北京不一定是经济中心等，12月23日）

15. 诗草：《舞赞》；《北京科技报》约稿（1982年1月）

16. 市人大常委会第十八次会议记录贾庭三讲话（3月9日）

17. 拥护市委关于干部要管好家属子女的文件

18. 市人大会提关于环境和卫生的意见，会议讨论记录

19. 市人大常委会视察黄村、房山窦店、怀柔汤河口的记录及意见和观感

20. 各地接待人员名单

21. 诗草：《元旦》

22. 篆刻设计稿

73#笔记：市人大常委会工作和参观庐山的笔记[1]（1982年3月—8月）（存目）

1. 参加市人大会，有关城市管理问题的提案（1982年3月12日）

★2. 在市文联、作协组织驻会作家学习中国文联四届二次全委会精神会上的讲话提纲（1982年7月10日）

3. 市人大常委讨论关于北京城市建设总体规划方案（草案）的意见

★4. 参加中国作协庐山文艺之家活动的笔记（8月1—9日）

5. 诗草

6. 北京出版社诗歌出版座谈会上发言提纲（11月2日）

7. 市人大常委视察北京市少年犯管教所（11月19日）

8. 全国政协五届五次会议开幕前杨尚昆、薄一波在党员会上的讲话（11

① 此笔记为国图藏牛皮纸工作日记，国图扫描编号73#图片夹共36张图片，0.6万字。

月24日）

9. 全国政协五届五次会议上的发言提纲

10. 市人大常委听取经营责任制的汇报

11. 市人大常委讨论卢沟桥规划（3月1日）

12. 市人大常委视察义利食品厂和北京人民食品厂（5月24日）

73.2　在市文联、作协组织驻会作家学习中国文联四届二次全委会精神会上的讲话提纲（1982年7月10日）[①]

一、我理解艺术和政治的关系

现在的情况，其他艺术和文学、本市、主流、支流。

自由化是指倾向，不是指都已是资产阶级。文学始终都会有这现象的。注意有责任，但不要太敏感。

作家应在大的问题、世界观，忠于四项基本原则，就是有主见。

文学的典型与一般工作的典型。歌颂与暴露有时是很难分的。

文学不是指导一般工作的手册，它仅能通过感情、思想去认识、辨别现象。谁能开出一个治好某种问题的方子？可以提出，但不是任务。

要有我行我素的气度。

① 此段是73#图片夹006-008#图片。

二、深入群众的生活

可以有各人的范围，要深，也要广。不能现买现卖，更不能加工订货，但不排除后发。

为某种要求去写，很难写的，首点是要有所感。

为此深入生活，可写、可不写。报告要写，积累很重要。没有库存是不行的。

我有很多（库存），但不能写，可是丰富了认识。

三

如有兴趣，协会可搞些作家活动，交流，探讨，辩论。

最好的，首先在总的方面一致，不一致难谈得来。

风格流派绝对要自由。

成功不要嫉妒，失败要同情。

反对吹捧。

打胜仗不握手，打败仗便先检讨。

73.4　参加中国作协庐山文艺之家活动的笔记（8月1日—9日）[①]

参观（雨中）中共会议纪念堂。这就是当年错误批判彭总的地方。据说，那天会议开到晚十时都不能散会吃饭（餐厅就在礼堂楼下一层。当时调

① 此段笔记为73#笔记的11−15#图片。

来一些戏曲、歌舞、剧团来助兴，都在莫名其妙地等待。）毛在楼上拍桌子骂娘。有人拍马助威。据说朱倾向维护彭，刘较稳（其实是两面，读过他当时的发言。说他是最爱搞个人迷信的，他就是搞个人迷信）。

前一天（5日）看了现在国际俱乐部，即原毛的别墅。是继人大会堂的建筑力量来此修筑的。据祝方明和史明及其他同志都说，此别墅地下有两处地道，现不让参观。省文联的曹华介绍：地下有全部居住、休息、娱乐、绿茵等等，有科学照明。史说毛住前，就要把所有的鸟打跑，以免有吵闹声，后山是削成峭岩，有重兵把守。此地列为禁区。不许人来此游玩，如有人来，则有人客气地问下姓名单位，转去当地公安部门立案。说不知有多少冤假错案。庐山全是岩石，开凿地下建筑不是易事。

地面门右前是芦林湖，湖中有黄琉璃瓦亭，有休息、更衣室，说老人家在此游泳，调来一些年轻美丽的女游泳运动员，一是保护伴游，二是取乐。说美貌的可入更衣室陪伴，不大美的则在湖边等候。

别墅之大是了不起的。有大片庭园，右为鹿泉，有梅花鹿雕塑，喷泉。从前面宽阔的走廊进墅，左边房室分为弹子房、麻将室、桥牌室、电视房、接见室等等。右边是舞厅等其他寻欢作乐场所。据说卧室不止一处。中庭后庭都有露天绿茵，现仍见到维护花工在劳动。四面长廊围着中、后庭修建。

据说这所豪华中外的大高山别墅，计划时，有刘、周等在内，但他们都不去住，只有毛一家去住。全部都是高级地板。

据说室内服务员都挑美貌年轻的，有不少人吃了哑巴亏而不敢说，汪就是其中快乐的一人。过去一直封锁不让参观，现已批准开放。门票二角（特贵）。

开放时，原室内家具均有，但因人们都去床上卧（特大），沙发上坐（特大，现仍见两张已破的），实施了报复性的坐卧动作，物件大受摧残，现已全部撤去。现右边的舞厅对外宾开放，咖啡厅对内也开放。

修建一年完成，正是全国最困难时期。

那天去看蒋彝画展。一青年告我：毛过去住的地方应去看看，地板光滑得连走路都不敢迈步，都特好木头修的。

这处叫芦林湖。为盖此湖，打了桥坝抬高水位。

一个人，不管功劳多大，住此地而能安心睡觉，忘民久矣！

中共中央会议堂，原是蒋介石的庐山军官教导团礼堂。现已开放为影剧院（原不批准不能参观），蒋在此讲话训话。原蒋军官学员的宿舍现为庐山大厦。礼堂与大厦中间有一大楼，两层，现为博物馆，存有原蒋家王朝的家具。

74#笔记：市人大常委会工作和政协视察葛洲坝的笔记、诗草[1]（1983年4月—1988年）(存目)

1. 市人大常委会视察二轻局展销门市部和门头沟区（1983年4月30日）
2. 童话诗《小姑娘与乌猿婆》构思（5月）
3. 弥勒佛像楹联
4. 西陵峡和葛洲坝记录
5. 政协委员听取葛洲坝情况汇报（5月6—7日）
6. 有关葛洲坝的资料摘录
7. 诗草：《西陵峡》《访隆中》《长江》《张飞擂鼓台》

① 此笔记为国图藏牛皮纸工作日记，国图扫描编号74#图片夹共36张图片，1.6万字。

8. 市人大常委会听取赵鹏飞讲打击刑事犯罪问题（8月7日）

9. 学习《邓小平文选》笔记

10. 胡乔木《关于人道主义和异化问题》笔记（1984年1月27日）

11. 诗草：《望峡》（1988年9月）

75#笔记：新诗集定名和新疆纪行的笔记[①]（1983年5月—1986年）（存目）

1. 林彪集团垮台后传达十大时常引用的两首诗词

*2. 新诗集定名考虑：《石缝草》（5月）

3. 访新疆纪行（1983年8月30—31日）

4. 词语记录

5. 与徐、杨谈妻子赵迪之经历（1986年5月17日）

摘录

① 此笔记为国图藏牛皮纸工作日记，国图扫描编号75#图片夹共22张图片，0.5万字。此笔记的前半部分的时间是编者推测的。

75.2　新诗集定名考虑：《石缝草》（5月）

石压草芽曲折生。因此取名《石草集》。

春天到了，万物滋生，石头压着的草芽也在弯曲地寻找条件生长。

石缝草

生于忧患，长于忧患，是革命思想把我领进革命。

少年看见是逼债、牢房、地主债主的怒目。

长大看见老板的颜色，老板娘的嘴皮。

再大是帝国主义的横行霸道。

抗战了，我抛弃爱情而要枪。看见村庄被焚烧，妇孺被打死；看见是火与血，刀枪与炮火。

人民共和国的出现，来之不易。

十年内乱的出现，不是马克思主义带来的，是封建之未清除彻底。

打倒了“四人帮”之后，我感到是个新的、第二个春天。但真正的春天是在三中全会之后，但我老了，只能希望祖国从此好起来，也果然比之任何时都好。我常说这才是形势大好，真的越来越好。

我歌唱，但我唱不出缠绵的歌，甜蜜的梦，唱不出凸胸纤腰，南瓜式的臀；更不懂外语，说几句维纳斯缪斯。我只多少知道，在此时要恢复为中国独立而战的那时的光荣传统。但正是一个名刊要我写诗，在反复要用之后，一位大诗人所说写得“太差劲了”。在一片绿风绿色的爱、遐思遐想，小道、吻、拥抱的诗浪中，我的很少的而花了不少气力的、“太差劲了”的诗，全国大报刊多数不肯刊登。我力求能得到刊登的条件，尽量写得软一些，但叫鲁智深去唱张生是难的，因此都刊不出来。退稿，遗失，找不到，几乎是家常便饭。如蒙见爱的，退稿信封已连地址姓名都不肯写，而是剪下投稿信封的寄出地址姓名，贴在大报小信封上退回，这是一次最好的优厚待遇。

当然偌大的中国，富有革命传统的人民不至于此处不养爷自有养爷处；处处不养爷，回家卖豆腐。多谢一些刊物为我发表了一些已被退稿，弄得残破不堪的“太差劲”诗。东西确是艺术、思想水平低，有什么办法？但我心是想我的祖国好。

我们有些现象很怪，十三四世纪出现的现代主义，居然被一些大家拾起这些前人外人牙慧为新东西，要“马克思主义的现代主义”“社会主义现代化的现代派”。一位大名鼎鼎的大师质问“你懂不懂什么叫资产阶级自由化？”意思是叫我不懂就免开尊口。

什么梦都出现了，坦克中的恋爱，火线上的多情，敌对者后代公子小姐相爱恨晚，似乎我们过去的战争，是历史上一场纯粹的误会。

可我也做有梦，写我们过黄河也在炮火下做梦，是想过河去把〇〇的田野山峦都植出树木，但此种不行，甚至剪发出地址退回，连名都不愿写。

春天奇花固然争开，小树争荣，压在大石下的小草，也弯弯曲曲在寻找机会发芽。我多谢有些真正人道主义的报刊，让这辑小草从大石缝出来。故这些经过不平凡道路的“太差劲”的诗，名之曰“石缝草”。

76#笔记：西北行之吐鲁番、甘肃，北京文联工作笔记（1983年）[①]（存目）

1. 吐鲁番沙疗地、治沙站（1983年10月7日—8日）

*2. 甘肃访问日记（10月9日—23日）

3. 听《诗刊》传达重庆诗歌会议之后有感（10月26日下午）

4. 北京作协支部讨论整党文件，人道主义与异化（10月29日）

5. 北京文联学习十二届二中全会座谈会主持致辞（11月10日）

6. 游新疆拟句:火焰山、吐鲁番、牧场夜月、造山运动、巴音布鲁克

7. 抒怀（选）

8. 1945年10月30日是冼星海在莫斯科逝世纪念日

9. 抒怀

---

① 此笔记是国图藏白色无封皮横开厚本。国图扫描件编号：76#图片夹共90张图片，1.5万字。

10. 杂记楹联对子

76.2 甘肃访问日记（10月9日—23日）[①]

向吐鲁番车站疾驶的时候，小雨下着，风很大，天气见冷，在大戈壁中风声呼呼号着。

蒙陈君堃的安排，马领班十分客气为我们买了硬席车票。在外宾室候了一个多钟头，54次车进站了。

硬卧车，很冷，我很顺利地换了个软卧，昨天陈说软卧全被上站调走，走了后门。我进软卧房时，看见都一些转业军官在那里，并无外宾或别人。听到他们为乘务员赠送了南疆特产梨，乘务员的感谢，军人就大大称颂此种梨的优点。可见调走软卧的事，是一种关系户的"杰作"，这节车厢差不多未见别的任何人，也不一定是按铺位购出去。军人们为整理大小包包，吵吵嚷嚷了好长时间，但我太累，入睡了。

9日5时半起床，天亮后，我对闻山讲到兵团在新疆的伟大作用，同住软卧的军人说：兵团是起了伟大作用，但国家……太什么了！意思是报酬太少了，对不起兵团。

此种观点的军人，我在旅行中，不只碰见过一个两个人。他们总觉得国家有负于他们，这些军官都很年轻，顶多三十几的年龄。

---

① 作者注：这是1983年天水访问笔记。整理访新文字后未得整理，甚可惜。

题赠敦煌博物馆

天荒大漠岂真荒，地老敦煌更辉煌。

暴沙埋城埋不住，汉唐丝路不灭光。

1983年10月9日

9日7时30分钟，54次车（到上海的）准时到柳园，天下了小雪，下车后，来接的车未到，我在候车室穿上棉毛衣和绒裤，正和两个在吐就见过的美国游客说话时，他们要看我的画，此时，敦煌县委宣传部杨生海同志的车来了。

公路很不平，虽然一个多小时，把我颠得颈脊骨一直作痛。

车一直是戈壁上走着，除了几处道班房之外。敦煌是在戈壁中，一点绿洲都看不到，等看到一点绿色树木时，已到了县的附近。

按县委宣传部杨生海同志的安排，是先住在县招待所。在莫高窟，敦煌研究所有个内部招待所，不对外，参观者都是住县宾馆和招待所，每次参观，上下午都回县吃饭。

今天是星期日，闻山想直接去莫高窟找他知道、有介绍信而未见过面的人。杨说今天不易找到，他坚持要去，最后我说按主人的安排，先住招待所，明天再去。下午去参观了县文物博物馆，题了《秋晨》给博物馆，再看了看市容，商店虽是星期日，但都冷冷清清。新城建筑很干净。马路中心、县、人委院内，都搞了飞天塑像。

县人口一万两千人，全县二十多万人。县没有什么工业，我问如何发展，杨说要有国家投资才能行。

此县是汉代古敦煌郡，出土文物不少，在修机场时，出土了许多汉代墓文物。

在博物馆的沙盘上，看了此县的全貌，有玉门关、阳关、汉长城、烽火台线，但这些地方很远，路不好走，特别车子又困难，不好提出去看。闻山反复说想去看，我考虑主人有困难，说不要去了。决定明天进莫高窟，加上后天，参观一天半，出来乘11日下午3时飞机去兰州。

1983年10月11日中午

李永宁同志介绍（敦煌文物研究所专家）：

259洞，北魏、东龛，释迦牟尼的禅定像，结跏趺坐，从感觉上说，很好，微笑是发自心的、内在的，脑子想着什么似的，不看外形的，像蒙娜丽莎那样。“文革”中把眼睛搞坏了，有人在讲解不注意抠坏了。没法追查是谁搞的。无法修补。古文物修补不易，失真反而不好。故必须修的，都要有意留下痕迹，以便后人了解。如卧佛的鼻子是修补过的，有痕迹，就是为了这样做（很重要的说明）。这塑像作于474洞以前。

275洞，北凉，最早，都是单人交脚弥勒，有子母阙。头戴珠冠，头上有画佛（即弥勒菩萨），公元386年以前一点。

佛教歌神，迦陵平江（佛教的歌神）。莫高窟从4世纪开始，一千六百多年开凿于4世纪到14世纪之间。

魏壁画的共同特点，就是宣传苦行和牺牲。画面上充满悲苦绝望，消极厌世情绪，看不到一点点生的欢乐，而相反地认为人生最大的幸福和快乐是在于自我牺牲（潘洪兹）。

9月28日登牙门牧场时，陪同的潘寿川对我说，他在牧场时看见每年大雁南飞越昆仑时，如果开始上飞的高度不能飞越昆仑就往回飞行，再往高度飞越昆仑。他说是什么原故，但看到的是如此。

10月19日

上午早晨准时到达天水北道阜东站，刘竹溪和地委、地区文联筹备的杜松奇、杜自勉来站接到地区招待所。从车站到天水市20多公里，因竹溪在事先说了话，安排是周到的，这站参观，收获会好。上午看了报纸，原想写《塔克拉玛干》，但要研究行动计划未写。

中午，要了有关麦积山的资料两本翻了翻，近3时，去看了伏羲庙，是明代建筑，现是师范。“文革”中，因该校未引起其他的冲突，故此庙，伏羲像，均保存下来。但被军队驻占，正殿存武器，也起了保护作用。但在1971年却把大门外的两座木制牌坊拆了。院内有很多古柏，现都钉牌保护。

此伏墓不如河南淮阳的大和雄伟，但此地也说是伏羲的家乡。

看伏庙后，去看玉泉观。这是元代修的道教庙宇建筑群，在一高坡上。柏树很多，槐树只几株。庙是因一个远方道士在此不远的地方得到一方玉石和在此庙中有一眼泉水而建，故叫玉泉观。庙中有赵孟頫的草字碑，最后一块只余下中间的一段，留着“松雪”两字题款。

这个庙观，部队占驻但不肯迁出，许多文物如神仙洞之类的古迹、房宇都被破坏，建了一些不宜于大庙的新房屋。肖华来参观时，馆中的负责人与肖说，肖不表态，故现在仍占着不迁出。现政府拨了四十多万元在重修。但当地的领导，只知红红绿绿，不肯接受古文物应保持古朴的特色，搞得油漆色彩都太浓艳。这是重修古建筑的一个通病。在主管人邓海的要求下，题了“玉泉并辉映，辫柏特常青”十字。此庙的辫柏，露着根，高悬巨干于上岩，实为壮观，非常好看。

最后到马坪看李广墓。墓在一个小学带初中的高处上，前院的大石马，只余两匹有屁股，足和腹部的石雕，在上墓的石阶上，不注意就认不出来，据说过去不止这两躯。

墓是在最高处，刻有“汉将军李广墓”六字，据学校的教师说是衣冠和武器冢，但另一教师说，挖地洞时挖到墓下，只有石头，未发现别物。据说墓前的砖碑是三十年代胡宗南立的，蒋介石题字，现被人用洋灰填掉，此墓胡修过，原修墓人还在，60岁。我建议应找此人，说明胡为什么修，砖碑是否原来就有，如无，应拆去，但在县志上应说明。

天水是坐落在两山对峙的峡谷中，有耤通过。现仍保持着一些古庙之类的建筑物。

20日到麦积山时，要注意44窟和121窟。

双玉兰堂

关于甘泉寺“双玉兰堂”匾问题：

齐白石95岁书的“双玉兰堂”原为洒金底蓝字，1959年国庆时悬在双玉兰树后厦前，1968年被拆落做了案板，并把字刨了一刨，幸不太深。好心的厨师反过来用，1978年春解放出来，刷成白底蓝字，挂回原处。白石手迹不知在何处，现是冯国瑞临摹的。

麦积石窟

10月20日，由地区文联筹备组负责人杜自勉、文化馆摄影家王埱（四川大学毕业，原学林业）、地委司机曲师傅陪送去看麦积山石窟。出发时是八点钟，比原定计划晚了很多。

早晨下了一阵小雨，预报也报天水地区局部有雨，但饭后晴了。今天只是多云。据说已经好多日子都未晴过，因此路上有许多地方，有泥泞地段。天水到麦积山，五十多公里。路沿着去火车站的北道公路折向南走，先经过距天水十公里的甘泉镇，因有名泉。杜甫曾为甘泉寺做过诗。

这座寺，古名“太平寺”，后又改名“甘泉寺”。

这座寺，现已搞得乱糟糟，正殿是齐白石95岁时题的“双玉兰堂”额匾，苍拙有力。古代植下的两株白玉兰，壮而青葱。正殿现为大队阅览室，对面是卫生所，左庙房是育婴室，院内一塌糊涂。名泉在此院的右边，估计可能是旁院，有一座也像佛殿堂似的古建筑，但被农民用土隔断为一院子，几株古柏，一株被隔在墙外。靠正院的墙外，有一口井，就是“甘泉”，井口似是洋灰修理过，边拴一老黄牛。在井前面，生有大柏，另一是大椿树，中生了一株柏树，名“柏槐孕椿”，1971年被人砍伐，槐树死了。和玉兰并存的只有六株古柏，也在1971年被砍了。井右边是一户住户，看来此院已成了此家农户的地方了。甘泉寺外的低处，有泉水流过，许多妇女在池里洗衣。此寺如果保护好，又是个某镇（今天是某），确似一幅风俗画，可惜弄得乱糟糟。我在晚上，向专员、宣传部长提出整顿此寺，作为进麦积的第一站，他们说没有钱，其实迁出一户农家和一个卫生所、育婴室，拆围墙，不需什么钱。似未见有什么反应，因此没说下去。在看电影时，我又向第一书记说，他说意见很好。

天水地区，近似川北，气候温暖多雨、湿润，故山水青葱，完全似南方景色，北面属黄河流域，南属长江流域。

离开甘泉镇到了麦积山。吉普沿斜坡到石窟门前。有些军车、消防车停在那里，是来参观的，还有几个师专美术系的学生在写生。山路雨后很不好走，因找不到管石窟的人，说都回家种麦子去，据说邓立群去的时候，一样一个人也找不到。故王叔建议先上石窟对面的高山上去看全景，很陡又湿又滑，走了一段上不去。后小卖部的女售货员是杜自勉爱人的同学，她热情地帮我去找到那位当过县委书记而不愿在石窟工作而闹情绪回家两个多月的潘书记，才找来曾在莫高窟又调到这里的天津人何静珍为我们作了介绍。她很熟悉，讲得也不错，但因牙疼，故改由柳太吉作讲解员。

柳要吃饭才能陪我们上去，于是我们就在会客室内吃了带去的冷餐，我又去画了一张石窟外景，柳才吃了午饭上石窟去。先上斜山坡，再到栈道（全是洋灰钢筋的），往下看，我们是在悬空中行走。我逐渐有眩晕加重的感觉。但我决心要登上，看完西崖能看到的洞窟。这次登高是艰苦的，但也是叫人高兴的。这些丰富的、从后秦、北魏到隋唐之明，一千多年的塑像艺术，是惊人的，许多佛和菩萨，全是活人那样，都同人一样是有感情的人而不是神，尤其是许多微笑着的佛、菩萨、童男童女，神态都十分生动，比去年在意大利看的，毫无逊色，而且是早一千多年（此处比莫高窟晚二十年左右），这是世界上一处雕塑的伟大宝库。

可惜这次只能看西崖，东崖还在修理，明年才能完工。故我要看的44窟，不可能看了。

四时，又去仙人崖，车停在山前河边路上，看着仙人崖很近，但走起来却费了起码有一小时，路很陡，比上麦积山更费力。仙人崖是在山上的巨岩中间，有佛、道、观音等庙宇，但不大，都已半塌。为了游人，山上有卖食品的棚子。可惜来得太晚了，只能在上头停了半个小时，画了一张速写即下山。回到招待所已七时。

祁山堡

10月21日，观看礼县祁山堡，这是蜀汉诸葛亮的点兵台。刘竹溪、杜自勉、王埱三人同去。从天水往西南，天气多云，有时浓雾迷山。西汉水（只有此水，先向西，后东南），经过礼县祁山堡在什么地方汇进江后奔长江。我们快到小天水（一村镇，据说亡国成什么古时候天水就是这个，后迁到现在的天水城），王埱和司机走曲说，这个山上，原有姜维墓，开公路时拔去，但墓内无物。过了姜维墓，马上到了小天水，因无任何可看的文物。到了祁山堡，找见王乡长领我们上诸葛亮的点兵台——祁山堡。这是一座位于西汉水西岸的小山，约二百多米高，呈瓢形。

乡长带我们找到在堡上挖土豆的68岁的姓赵的看门人。

堡的土墙很高，但门洞已半塌落，有木门。再上去是有残墙的斜坡弯道，到了山上，有土筑照壁，壁后有光绪年间的一个什么官作的三首诗碑，嵌在壁上。山上有些柏树，有四五十年的，也有老一些的。向西的正殿不很大，门前有一重修的木匾，书有“伯仲伊吕”四个一尺大的字。这个匾在大炼钢时，曾在砸锅为矿的蛮干时，匾和楹联都作柴烧了，此匾当案板用。当时在公社当医生的独耀玉，酒买大师傅，把光绪年间谢威凤写的“伯仲伊吕”拓下，保存下来，到了1983年6月，出钱摹刻，重上此匾，并做了一个跋。这个老医生做了件好事，现病在家，已八十多岁。

这处古迹，已弄得不伦不类了。诸葛亮的泥塑还在，有些粗劣壁画，都有诸葛故事。后面的中院是关羽的庙，泥塑仍在，也有有关关羽的壁画。再后已变为三佛殿，左右变为送子观音和个什么神，又变为粮仓，现又变为迷信场所，每殿都有旗幡香炉和烧纸的灰盒，此处也做过学校。

据地区文化馆万家斌说，河西边都叫祁山，不仅是指这小堡。

两岸山顶上，都有土堡，老人说是地主防盗的。但是不是诸葛亮屯兵时的堡垒或烽火台？无法证实。老人指北面的山坡说是诸葛亮的粮堆，是用疑兵法，说表示那里有兵和粮。现被八六年大学大寨造梯田都毁了。堡下山村舍看来像是诸葛亮的司令机关部门、卫队、兵营。据说此山有暗道能通山外，但找不见洞口痕迹。

在这堡上，能观察南北两面平川，是个好地方。堡下是较宽广的农田，可作练兵场，点兵点将。即使是传说，也是有道理的。诸葛亮的事业，虽未成功，但我一生佩服他的鞠躬尽瘁死而后已的伟大精神和谨慎清廉，故不管有什么可看的东西，决心来看看。回时，画了一幅速写，可惜因底色不能配合，用了一张小的画纸，未能把堡和山景全装进画。

回来路上，在平南道段37公里路碑地段，见刚被人砍伐的小树木屑，砍去的路边树，有十来株，我们去时尚未见有砍伐痕迹，是不久砍去的。现在号召西北三省造林种草，可见我们的法律执行不力。

青镇山开建在五胡十六国的后秦姚长、姚兴的建初、皇初年间，是个战乱时期。

西崖栈道的被火烧和崖的崩裂，传说八月初八浴佛节（1621年），玉皇大帝和西王母午觉后，知道他的值日功曹、儿女都去麦积山看热闹，九天玄女在撒花耍翠而大怒，遣雷公电母、火神祝融去烧的。但事实是地震使西崖崩裂。

仙人崖的建寺是在北魏晚期，经隋唐五代十国宋元到明。明灭后朱松（朱元璋的第19子）的后代逃到此山，写下“宗风大振，长安市上作宾作主，政令全提，陇右山中学释学儒”。后来又有一个陇西人王予玉，雍正年间卷入年羹尧案逃到这里，说过：“处处无非菩提海，山山尽是普陀崖。”又写过一对联：“在何所在，试参来青莲池底谁拜月，音实无音，聊说起碧海潮头作甚观。”（现存麦积山保管。）

街亭，227年诸葛亮第三次攻打曹魏，228年以汉中为根据地，进占祁山，主力驻卤域（礼县官）的祁山堡，指挥总部在陕南的钙县，指挥部到主力驻地不足二百华里。司马懿兵沿渭水而上，指挥部在陈仓，从祁山到吴寨，150余里，中间是真空，必争之地是街亭。现在的天水县街子，街亭大队。

大地湾遗址

10月23日上午离招待所，去秦安县参观王营公社邵店大队的大地湾，五千年的古遗庙。路上经过渭河、活龙河，到秦安县委（十时），提前吃了午饭，再去王营公社。

今天单程一百公里。到了公社，先看了遗迹出土陶器，有瓮、碗、鼎、针、发簪等等东西。有绳、陶罐等等。

由北大地质系1968年毕业的郎同志领我们去看，地点在清水河（渭河支流）的南坡，海拔1500米。大地湾，是从河的第一台到发现遗址的后面，有三十万平方米的地方，均有古遗迹，现发掘的只是一万多平方米。

这片遗址，1957年已发现，划为省管文物，因公社建筑在遗址上，破坏地层，就开始发掘，此址是从东角靠边先发现土墙，后沿着掘进发现的。这个遗址比较完整，因有土墙，半坡村没有土墙，省前几天答应批7千元设棚保存。但这几天的发现，又增加了地面。

遗址是仰韶晚期，距今约五千多年，不像是居住房，而是集会的会厅，中间是火炉，中后有两根木柱，前后墙都有八根大柱，墙都有木骨。为防火，大柱都包着层泥。大门是伸出门外的，形成门廊。地稍低，是防水进屋，室内地面是用料僵石，砸碎成粉，以米汤和蛋清做成的，光滑而亮，比洋房差不了什么。

此地泾渭流域，汉族发祥地，属温湿森林草原。

这五千年的遗址之下，仍有更古的遗址。

看完遗址后，打算去看回族自治县，看街亭，因时间不够未去。回路天下小雨。

十四、新时期后期笔记[①]（1985年5月—1998年6月）

77#笔记：黄鹤楼笔会、故乡行笔记和北京市委会议记录[②]（1985年5月—1986年11月）（存目）

1. 诗草：《登新建黄鹤楼》（1985年5月初）
2. 诗草：《长江乐园》（5月15日）
3. 黄鹤楼介绍
4. 诗草：《夔门》
5. 到广州（5月11日）
6. 诗草：《谒中山先生故居》（5月16日）
7. 诗草：《回乡见白兰花开》

---

① 作者1984年4月重病后，先后请辞北京市人大常委和北京作协主席职务，希望能专心完成长篇创作。以此作为前后期分界。

② 此笔记是国图藏白色无封皮横开厚本。国图扫描件编号：77#图片夹共97张图片，1.6万字。

8. 象角村笔记：小学教学，干部名录、人口田地手工业收入产量等

9. 乡亲说在龙头环、龙聚环有作者青年时期的油漆画

10. 叠石乡校，港商捐建

11. 访问冲边两合油漆店邻居

12. 阮华富讲沙溪情况

13. 游长江乐园题字（5月16日）

14. 深圳方针、制度，出租汽车，货币兑换，售货员的懒惰态度

15. 到华仪公司，听介绍情况，题字

16. 广州六榕寺山门苏轼题字

17. 诗草：《雨中的西樵》

18. 录荀子、韩愈、孔子关于学习的句子

19. 准备搬家的杂记（1985年10月12日）

20. 对北京作协机构设置的意见

21. 妻子因一机部行政处强拆电话发病（10月30日）

22. 一些流行的诗歌主张

23. 参加《中国少年报》在中山组织的儿童文学讨论会，并在家乡各处参观考察、13日在广州参观（12月7—13日）

24. 陈希同主持向民主党派情况介绍会；王柏年讲经济，金鉴讲党风，李锡铭讲（1986年1月16日）

25. 现代汉语规范化会议

26. 市委宣传部长李筠传达中央意见（2月4日）

27. 作家若追求生理刺激，何须从兽变为灵物

28. 北京电台全真功法

29. 顺口溜、歌德语录

30. 北大教授刘烜来，谈了出版状况（11月2日）

78#笔记：《故乡岁月》资料手札[①]
（1972年—1975年、1986年4月）（存目）

1. 几个民间验方（1972年）

2. 《故乡岁月》参考资料（1986年4月）

《广东军阀史大事记》摘录（广东政协《文史资料》43期1984年）

《五四运动在广州 黄绍声遗稿》摘录（广东政协《文史资料》24辑）

3. 通讯录（1972—1975年）

① 此笔记是国图藏白色无封皮横开厚本。国图扫描件编号：78#图片夹共44张图片，1.1万字。

79#笔记：中宣部座谈会和北京作协换届等工作笔记[①]
（1986年12月—1988年9月）（存目）

1. 录周恩来张良诗《春日偶成》（1986年12月22日）

2. 参加中宣部座谈会记录

唐达成言论，《北京日报》措辞、刘心武和万里的意见（1987年1月21—22日）

陆梅林、侯敏泽发言（1月28日）

杜丰、陈涌、陈漱渝、侯敏泽发言（2月4日）

3. 徐惟诚报告：北大清华学生成立民主促进会外国记者采访情况等（3月19日）

① 此笔记是国图藏咖色塑皮华声报笔记本。国图扫描件编号：79#图片夹共60张有效图片，1万字。

4. 讨论反对资产阶级自由化（3月22日）

5. 方励之1986年11月15日言论

6. 北京作协讨论党代表的产生（4月24日）

7. 赵紫阳在理论宣传会议上讲话（5月13日）

8. 贺敬之讲话记录

9. 发言提纲：北京市一些小道议论和看法

10. 杜导正发言记录（6月）

11. 诗草：《胡杨泪》

12. 讨论中共十三大报告，谈对政治体制改革的意见（11月）

13. 北京作协第二届大会的筹备工作会议记录（1988年4月6日）

14. 北京民间文艺家协会理事会（4月16日）

15. 北京作协筹备会（6月11日上午）

16. 北京诗词学会学术讨论会（6月11日下午）

17. 中国作协领导机构改革座谈会发言（10月8日）

18. 十三届三中全会（1988年9月26—30日）传达形势，邓小平、赵紫阳、姚依林讲话

80#笔记：《群山》写作构思以及改名的焦虑[①]（1987年4月—7月）（存目）

有关《群山》的新设想（1987年4月）

1. 反思、假设、敌人、整风、林穆、安排

2. 第一卷：项骊珠、林穆、邯长大道、敌我情况、背景、林的个性、主线

★3. 改书名

4. 第二段落、林项重逢、章次

摘录

① 此笔记是国图藏草绿塑重庆晚报本。国图扫描件编号：80#图片夹共30张有效图片，0.6万字。

80.3　改书名

由于十年内乱，58岁患冠心病，1982年刘大夫见心脏病变化太明显，劝我辍笔，《群山》是件难产的作品。

由于过去想以历史为背景，采取纵写办法，意图太大，方面太多。又囿于原始材料，处处都是求全，都有所反映，意图太庞大了。如果在50岁一气写下去，可能成功。但到72岁再重新拿起，已是黄昏时刻。

1984年患大面积心梗后，体力、思维能力大退了，有如大海之退潮，令人心惊。

访问黄河、大别山、新疆、天水、出国等事，又写了一些诗和散文，编完《选集》和《夏雨秋风集》占领了八四、八五、八六的时间。又由于《华声报》的丢失新稿前半部，我再续上重抄，损失了十四个月时间。

一再丧失战机!

前些日子，见报道有人写出《寂静群山》。在此之前，也有人用《沸腾的群山》。因此“群山”不能再用了。

要换个书名!

火烬，还在冒烟!

81#笔记：北京作协工作笔记[①]
（1988年9月—1991年2月）（存目）

1. 颐和园与台湾诗人共度中秋（1988年9月24日）
2. 北京作协文艺沙龙开幕致辞（9月28日）
3. 进一步繁荣文艺的若干意见
4. 《漫漫幽林路》诗写“文革”的那部分
5. 北京电视台应开辟批评不文明、无公德行为的专栏
6. 房管、住房分配问题
7. 作家支部传达邓小平5月16日讲话（1989年5月30日）
8. 李锡铭传达邓小平5月21日讲话
9. 传达邓小平6月16日讲话

① 此笔记是国图藏白色无封皮竖开本。国图扫描件编号：81#图片夹共39张图片，0.6万字。

10. 参加中宣部会议，提出澄清作协领导人的理论指导问题（9月16日）

11. 参加《中流》座谈会（1990年3月10日）

12. 对英雄主义的议论（10月11日）

13. 诗草：《桂花油》

14. 对北京电台音乐编辑思路的评论（8月10日）

15. 在京丰宾馆听取市人大关于房改问题的说明会（1991年2月22日下午2:30）

86#笔记之一：北京作协二大筹备工作（存目）

1. 北京作协二大筹备会修改会章（1988年11月14日）

2. 民谣；四季歌

3. 萧三、海涅谈诗歌的民族性

87#笔记之一：《漫漫幽林路》长诗构思、人大发言、史料摘录等笔记（存目）

1.《漫漫幽林路》构思片段（1988年6月）

2. 参加市人代会门头沟代表团讨论提5个问题（1991年初）

3. 摘录《新中国编年史（1958—1959年）》

82#笔记：东欧问题传达、解放区书系等笔记[①]（1989年12月—1991年11月）（存目）

1. 宋汎传达东欧问题（1989年12月30日）

2. 在《解放区文学书系》编委会上的发言提纲（1990年3月21日）

3.《解放区文学书系》编委会总序讨论（6月1日）

4. 贺敬之召开会议，讲文联作协保定会议后的形势、困难和任务（6月2日上午）

5. 中国作协召开部分作家座谈贺敬之讲话（6月6日）

6. 诗草：《向中山》、《翠亨二首》、《寄梦虹桥》（1991年11月7日）

7. 五十式太极拳

① 此笔记是国图藏白色无封皮竖开本。国图扫描件编号：82#图片夹共39张图片，0.7万字。

8. 家事；长媳说1970年茅盾曾来访不遇

9.《解放区文学书系》诗歌卷编辑会（1990年8月22日）

10. 在青岛参加中华诗词学会会议的发言提纲（1990年7月1—5日）

11. 家存史书、音乐磁带、唱片目录

83#笔记：市文联与作协体制、亚运会等笔记[①]（1990年9月—12月）（存目）

1. 市文联与作协的关系
2. 亚运开幕表演节目（1990年9月22日）
3. 亚运闭幕式节目（10月7日）
4. 十一届亚运会节目观后感
5. 门头沟区人大代表到清水乡视察教育工作（10月26日中午）
6. 与陈仕元谈《漫》《夏秋》《新疆》等书出版问题（12月7日）
7. 解放区书系编选组讨论初选目录（12月17日）
8. 稿费记录

---

① 此笔记是国图藏咖色塑皮华声报笔记本。国图扫描件编号：83#图片夹共27张图片，0.4万字。

85#笔记：汉中陆游研讨会、西安等笔记[①]
（1991年12月—1993年10月10日）（存目）

1. 提及六四中的人物和港媒拒绝中央信息

2. 诗草：《陆游纪念馆》、《南湖宾馆》（10月11日）

3. 在中华诗词学会毛泽东诗词暨陆游诗词国际学术研讨会上发言提纲（10月11日）

4. 诗草：《雨晴》、留春晖同志、留司机小龙（10月16日）

5. “夏秋录”有无版权问题询莫文征（1月9日）

6. 对北京台播放秦声器乐的议论（1991年12月31日）

7. 通讯录（1991年12月）

---

① 此笔记是国图藏棕色塑皮华声报笔记本。国图扫描件编号：85#图片夹共25张图片，0.2万字。

84#笔记：汉中行、批评《废都》、《夏》集勘误等笔记[①]（1993年10月10日—15日至1994年2月）（存目）

1. 西乡、留坝、南郑县得名典故

2. 汉中历史简记

3. 南郑概况

4. 南郑建设小康村情况

5. 有关《废都》的一些讽语（1993年12月）

6. 校勘《夏雨秋风录》（1994年2月初）

① 此笔记是国图藏黑塑皮汉中工作笔记。国图扫描件编号：84#图片夹共20张图片，0.2万字。

87#笔记之二：《霜天》赠书名单[1]（存目）

4.《霜天》赠书名单（1997年10月）

86#笔记之二：诗草、出书计划等笔记[2]（1995年1月—1998年6月）（存目）

4. 海基会李庆平引顾启元（明）诗（1995年1月19日）

5. 政治民谣（1月初）

---

① 此笔记是国图藏棕色塑皮市八届人大本。国图扫描件编号：87#图片夹共14张图片，0.3万字。

② 此笔记是国图藏草绿色塑皮环境工作通讯本。国图扫描件编号：86#图片夹共40张图片，0.2万字。

6. 诗草：《诗刊四十年》[①]、《赠徐炳忠同志》、写上海一18岁女孩收养弃婴诗（1997年1月14日）

7. 诗草：《枕畔吟13首》（1997年2月）

8. 录《尚书》句

9. 诗草：《悼亡妻》（1997年11月）

10. 出书计划：近十年诗集、阮剧本集、杂文集、纪实文学、重出“漫、胡、夏”、散文

11. 读朱敏《我的父亲朱德》质疑

12. 诗草：《忆丁力》（1998年6月）

① 《诗刊》四十周年座谈会1月23日召开。

阮章竞著作出版年表

建国前

《转变》（话剧） 1941 太行韬奋书店

《未熟的庄稼》（话剧） 1943 太行新华书店

《比赛》（歌剧） 1943 太行新华书店

《糠菜夫妻》（短剧） 1943 太行新华书店

《圈套》（叙事诗） 1947 太行新华书店

《赤叶河》（歌剧） 1948年2月 太行群众书店

《赤叶河（修订版）》（歌剧） 1949年5月 新华书店

十七年

《赤叶河（修订三版）》（歌剧） 1950年9月 新华书店

《漳河水》（叙事诗） 1950 新华书店

《漳河水》（叙事诗） 1954 大众美术社

《漳河水》（叙事诗）1953 1958 1965 人民文学出版社

《在时代的列车上》（话剧） 1955 作家出版社

《金色的海螺》（童话诗） 1956 少年儿童出版社

《漳河水》　（吴静波绘本）　1957　人民美术出版社

《牛仔王》　（童话诗）　1958　少年儿童出版社

《虹霓集》　（诗集）　1958　作家出版社

《漳河水》　（绘画注音本）　1958　文字改革出版社

《漳河水》　（叙事诗）　1958　通俗文艺出版社

《漳河水》　（英译绘本）　1958　中国建设杂志社

《迎春桔颂》　（诗集）　1959　人民文学出版社

《草原钢城》　（纪录片）　1959　中央新闻纪录电影制片厂

《赤叶河》　（歌剧）　1959年11月　1960年2月　人民文学出版社

《马猴祖先的故事》　（童话诗绘本）　1962　少年儿童出版社

《金色的海螺》　（改编剪纸片）　1963　美术电影制片厂

《勘探者之歌》　（诗集）　1963　作家出版社

《四月的哈瓦那》　（诗集）　1964　作家出版社

《白云鄂博交响诗》　（叙事诗）　1964　作家出版社

新时期

《漳河水》　（叙事诗）　1977　人民文学出版社

《阮章竞诗选》　（诗集）　1982　人民文学出版社

《金色的海螺》　（英法德俄西葡阿等语译绘本）　1986　外文出版社（侵权出版）

《密令截击》　（改编电影故事片）　1986　长春电影制片厂

《漫漫幽林路》（叙事诗）1991 花城出版社

《夏雨秋风录》（诗集）1993 重庆出版社

《新疆忆旅》（散文集）1993 北京环境科学出版社

《白丹红》（中篇小说）1997 北京出版社

《山魂·霜天》（长篇小说）1997 大众文艺出版社

《金色的海螺》（童话诗集）1998 花山文艺出版社

身后

《晚号集》（诗集）2001 人民文学出版社

《王贵与李香香 漳河水》（新文学碑林本）2001 人民文学出版社

《漳河水》（吴静波绘本）2004、2011、2012 人民美术出版社

《阮章竞绘画篆刻选》2009 人民美术出版社

《金色的海螺（中国儿童文学经典100部）》（童话诗集）2010 湖北教育出版社

《故乡岁月》（回忆录）2012 人民文学出版社

《异乡岁月》（回忆录）2013 文化艺术出版社

《四月的哈瓦那》（中西文对照本）2015 五洲传播出版社

《熊熊炉火照天赤》（包钢作品集）2017年 人民文学出版社

《阮章竞太行山笔记手稿四种（影印本）》2017年 中华书局

《漳河水（红色红典初版本影印文库）》2021年 作家出版社

《阮章竞文存》编后记

整理父亲阮章竟先生的遗稿，本是我力所不能及的事情。因为在此之前，除了父亲的童话诗，我几乎没有通读过父亲的其他作品，更不知道他的画箧、画筒、画夹里藏着那么多精彩的国画、油画棒画和硬笔写生。父亲生前，我从来没有深入过他的精神世界，在我的心里，他只是个偏爱独生女儿的慈爱爸爸。

但在2000年2月父亲远行的那一天，当我从病房里收拾起那只人造革小皮箱时，我感到自己只能迎难而上了：那只皮箱里装的是父亲最后20年的诗作结集——《晚号集》，有亲笔手稿，有订正了的剪报粘贴稿、抄稿，也有字体不一、显然不是出自同一台电脑的打印稿。父亲最后的坚持就表现在这一包诗稿上，如影随形，不离不弃，就像他1993年在陕南勉县孔明墓前写下的诗句："生时未及中原地，死骨坚守定军山。"

在整理出版《晚号集》时，从手稿堆里，我又发现了父亲逝世50天前发表的最后一首诗："我终于来得及坐在轮椅上，/用我底气未尽衰竭的喉咙，/为你歌唱——澳门，/扑向母亲怀抱的澳门……" 我内疚、自责，我太不了解父亲了。他一生为人民歌唱，哪怕已经衰坐在轮椅上。那么推轮椅的人，不正该是我吗？整理出版他的全部著作，将是我此生必达之目的，我才刚刚50岁，一切都来得及。

我先生丁丙辰和我从父亲留下的资料归档整理开始跋涉，哪怕只是有父亲手迹的半张残缺纸片，都以"敬惜字纸"的态度，放入档案夹中，登记摘要，等待找到它在拼图恰当位置那一刻的到来。近四千个档案夹，以及分别以时间、体裁、专题来录入、制作和检索的电子表格，都在枯燥单调中慢慢完成了。就像玩扑克牌那样，这四千个卷宗本身和里面的文本，被多次重新排列，以期达到更为合乎逻辑的组合。若在时间轴线上发现了空白之处，也要采访相关前辈，寻找草蛇灰线，查阅资料档案，尽力予以补充。就连父亲在重要书籍刊物中的随笔批注，也会发现一处，记录一处，不肯放过。多年的坚持，父亲的人生和创作轨迹在我的头脑中慢慢清晰起来，自认有了编辑《阮章竞文存》的基础条件。

父亲的文学创作是从戏剧开始的。仔细研读便会发现，他的戏剧作品都带着鲜明的"群众工作"色彩，可以视为他的职务创作。有太行山剧团团长的、太行区党委文委委员的、包钢宣传部长的、也有中共中央华北局宣传部文艺处长和副秘书长的职务创作。作品的时间跨度从1938—1965年，而抗日战争时期的戏剧作品数量最丰，却多在残酷的战争中湮灭，只收得3部，其余仅留存目。因此，戏剧卷理所当然的列在了第一卷的位置上。

父亲与生俱来的对绘画和艺术的强烈爱好，使他在战争硝烟慢慢消散的时候，把精力逐步转向了更能抒发个体情感的诗歌，努力进行中国风格、中国气派的新诗探索。除了他在自传中提到的诗歌处女作《故乡》（1935年）没能找到之外，搜集到的诗歌共有535首（1938—1999年），贯穿作者的整个创作生涯，大多收入诗歌卷上下集。其中有叙事体长诗7首（后期2首），童话诗4首（后期1首）。以1966—1976年的沉默期为界，作者前期诗歌有197首。沉默过后的恢复期有十来首诗，读者可以明显感到作者在十年拳离手，曲离口，思想遭禁锢之后的笔涩声喑。正是线条、构图、色彩那些无声的绘画表达，使作者从极度的创作焦虑中得以康复，并开始了他的创作第二春。

作者同题诗画的创作，发轫于1961年3月对古巴的访问，一首《自由古巴诞生地》配着一幅水墨中国画《卡斯特罗等82人登陆处》出现在诗集《四月的哈瓦那》（1964年作家出版社）中。而在诗集《勘探者之歌》（1963年作家出版社）中收入组诗“沿着历史的长河行”的13首诗中的10首，都有同题绘画，但只有《金星槲树》这一标题下的一诗一画收入了诗集中。在作者全部8组[①]同题诗画中，有6组创作于后期，无论质量数量都大大超过前期的2组。从疗伤治愈到酣畅表达，“诗画共生”所承载的灵性才情，使他后期的诗歌创作绽放出了别样的光彩。

---

① 这8组诗画是：四月的哈瓦那（1961年4月—5月）、沿着历史的长河行（1962年1月—2月）、溯河千里行（1979年9月—10月）、夏日山村（1980年8月—10月）、大军之路（1981—1982年）、天山昆仑行（1983年9月—10月）、故乡行（1985年5月）、汉中行（1993年10月）。见《阮章竞绘画篆刻选》人民美术出版社2009年版。

作者后期的诗歌中，有一组专为长篇小说《山魂》三部曲写的旧体诗词，计45首，使用的诗词曲牌有37种之多。除了长篇弃用的3首收入了诗歌卷，其余均用于小说的章前词和内文之中。作者从民歌和古典两个方向汲取营养，在新诗创作中的探索，或许就蕴含在其中。

散文卷上下两集的收录原则曾让编者颇费了一番心思。因为纳入这一卷的，有相当一部分不属于文学意义上的散文。除了通讯、报告文学、游记、杂文随笔、序跋、创作谈、文评时评之外，我们还将作者在各种场合发表的讲话、题词、履历自传，统统收在此卷之中。未能收入的几篇，感兴趣的读者还是可以在当年报刊上查到。因为全书的编辑体例是以时间先后为主轴的，编者特为此卷做了一个分类检索的补充目录，以期能给读者提供一个更为方便快捷的查询工具。

小说这种文学体裁，在作者的创作中有着特殊的内容指向，那就是专为描写他和战友、乡亲们所经历的抗日战争而用。小说卷上下两集收有短篇小说4篇，中篇小说1部，长篇小说2部，无一例外都是献给逢七逢五的抗战纪念日的。

这一份小说祭礼，是在1945年对日大反攻进入焦作后，作者在众多战友面前许下的宏愿。之后55年的风雨坎坷，其志不堕弥坚。从1947年3月—7月的初稿，到1954年11月—1955年4月的第二稿，这部小说题为《太行山不会倒》。1964年改名为《烽火太行山》，到1966年初完成了57万字。抽出一些素材加以整理作为抗战周年小祭的仪程，就开始于此时。从抗战胜利20周年的1965年，发表《清晨的凯歌》开始，跨过无言的七十年代，1985年7月写

《民兵王小旦》，接着发表了《侦察英雄赵亨德》（1987年）和《五阴山虎郝福堂》（1995年）。中篇小说《白丹红》和长篇小说《山魂第一部 霜天》都在“七七事变”六十周年的1997年出版。这是作者生命中充满仪式感的献祭。

在作者的十年沉默期中，悄悄书写的，还是这部再次更名为《群山》的小说。从朱颜青鬓写到白发苍苍，辛苦煎熬，焦灼无眠，只为当初的千金一诺，只为埋骨太行的青葱战友和淳朴山民。为此，编者将遭遇退稿的《民兵王小旦》和尚未定稿的《山魂·晴岚》、《尾声 青春祭》收进小说卷中，以圆作者大愿。

两部回忆录的单行本，都是在作者身后出版的。其中《异乡岁月》是整部文存中仅有的口述记录文本。在编辑过程中，发现有多份相关的作者手稿可以给口述内容以印证，都选入了札记卷的回忆录组中。有感于文中与作者有过生命交集的众多战友已被淡忘，编者尽力为他们做了简要的注释，虽然挂一漏万，但编者谨借此来表达后辈的怀念与敬仰之情。

书信是本书最难征集的文本，以作者的老朋友和他们的后代陆续惠赠的为主。另外编者从他本人保存的信件草稿中得到了一些，还有些是从书刊中收集到的。作者保留了从1978年以来的各方来信千余封，从这些来信中发现了一些线索，对编辑本卷亦有所帮助。该卷共收书信187通。

札记卷收录的是作者未成手稿、手稿上的随手批注，还有创作计划等等难以归类，且未曾发表或不为发表而写的文字。虽然不能归类于某种文学体裁，但对于了解作者的思想和创作状态有一定的意义。编者试着将这部分文稿归纳成创作与诗草、回忆录、群山手记、日记随想、文艺批评等5组，希望能为研读者提供一些便利。

作者留有从1941—1998年记录的89种笔记计92册，家属已于2013年捐赠给国家图书馆善本部收藏。在作者家乡广东省中山市、国图善本部和华东师范大学历史系的共同努力下，这些笔记得以全部录成了电子文本，约270万字。本书编者在勉力承担了最终的校对工作后，从中选出了50万字，按照时间先后顺序编成了本书的笔记卷。编者把材料与文化工作的关联度，作为选取的原则，而将作者参加各种实际工作和会议的原始记录舍弃了。当然，这些实际工作和会议记录保留着最真实的现场感，具有较高的史料价值，但本书毕竟是一位文学家的著作结集，不得不作此等选择。编者还就个人梳理体会作者思想脉络的心得，把内容最丰富的四十年代笔记分成了三段，即：参加整风（1943年1月）前、不做文化工作（1945年5月—1946年12月）和民歌体创作期，以此就教于各位研究者。对于未能选入本卷的笔记，编者都做了摘要，存目备查。

笔记卷所用编号，均为国图扫描件的编号。由于当时对内容尚未及详读，在顺序上有所失误。此卷的编排严格以时间为序，故数字上的倒置，均由此产生，特此说明。

在整理编辑遗稿的21年时间里，我与父亲在他的文字中进行着持续的精神对话，感到与他更亲近了。编辑这部书对我来说是一次充满了生命细节和情感体验的探究历程，虽然辛苦却乐趣无穷。这部书的完成，使父亲的生命价值更加完整，也使我们兄弟姐妹对自己生命来源和性格特点多了一分带有哲学意味的了解，因为父亲是我们人生的镜子。

在这21年中，除了文字整理，帮助我加深理解和增强信心的，还有关于父亲的各种活动的举办，如诗集、画册的首发式，父亲百年诞辰的座谈研讨，“阮章竞诗歌奖”的设立颁奖，以及回忆录、评传、纪念文集、年谱、研究资料的出版等等。这些活动分别得到了父亲生前相关工作单位、机构和家乡父老的大力支持，谨向中国作家协会、北京作家协会、中山市委市政府市政协、沙溪镇党委、中国现代文学馆、包头钢铁公司、欧美同学会拉美分会致谢。还要特别感谢北京市委宣传部给予本书的资助。

华东师范大学韩钢教授，国家图书馆张志清副馆长，陈红彦主任，孙俊、程天舒两位女士，在整理作者笔记的工作中所做的努力，对完成本书的编辑至关重要，在此表达由衷谢忱。

感谢北京十月文艺出版社章德宁女士及各位责编为本书的编辑出版所做的艰苦细致工作。

我的爱人丁丙辰对我无条件的支持和各种扶助，兄长幼弟给予我的鼓励，是我完成这部书的基础保障。亲情与爱的力量，常在常新。

阮援朝

2021年8月于昌平望都寓所

图书在版编目（CIP）数据

阮章竞文存．笔记卷 / 阮章竞著．-- 北京：北京十月文艺出版社，2022.1

ISBN 978-7-5302-2214-0

Ⅰ．①阮… Ⅱ．①阮… Ⅲ．①随笔—作品集—中国—当代 Ⅳ．①I217.2

中国版本图书馆 CIP 数据核字（2021）第 246972 号

阮章竞文存　笔记卷
RUANZHANGJING WENCUN　BIJI JUAN
阮章竞　著

出　　版　北 京 出 版 集 团
　　　　　北京十月文艺出版社
地　　址　北京北三环中路 6 号
邮　　编　100120
网　　址　www.bph.com.cn
发　　行　新经典发行有限公司
　　　　　电话（010）68423599
经　　销　新华书店
印　　刷　北京盛通印刷股份有限公司
版　　次　2022 年 1 月第 1 版
　　　　　2022 年 1 月第 1 次印刷
开　　本　880 毫米 ×1230 毫米　1/32
印　　张　22
字　　数　360 千字
书　　号　ISBN 978-7-5302-2214-0
定　　价　85.00 元
质量监督电话　010-58572393
如有印装质量问题，由本社负责调换。